Tout près du tueur

DÉJÀ PARUS DU MÊME AUTEUR

Elles étaient jeunes et belles

DANS LA TRILOGIE VARTANIAN

Je te volerai ta mort
Le cercle du mal
Le sceau du silence

Autres publications

Le silence de la peur
Et tu périras par le feu
La proie du silence
Les roses écarlates
Le lys rouge

KAREN ROSE

Tout près du tueur

Roman

MOSAÏC

Collection :
MOSAÏC

Titre original :
YOU BELONG TO ME

Traduction de l'américain par BARBARA VERSINI

Photos de couverture
Fumée : © YAMADA TARO/GETTY IMAGES
Réalisation graphique couverture : ATELIER DIDIER THIMONIER

83-85, boulevard Vincent-Auriol, 75646 PARIS CEDEX 13.
Service Lectrices — Tél. : 01 45 82 47 47
www.harlequin.fr

ISBN 978-2-2802-7840-9

A la mémoire de mon cher A.C. Barrett, qui m'a enseigné la numération binaire quand j'avais sept ans, m'a offert mon premier Edgar Poe quand j'en avais huit, et m'a appris, quand j'en avais neuf, à utiliser un ballon sauteur pour me défendre contre les brutes des cours de récréation.

Plus tard, il a su faire preuve d'une imagination débordante pour m'expliquer les créneaux quand je passais mon permis de conduire. Il a aussi tapé mon mémoire de fin d'études en une nuit, à partir de mes brouillons, quand mon ordinateur m'avait lâchée et que j'avais besoin de dormir pour me présenter le lendemain à un examen — me reprochant à peine de ne pas avoir pris la précaution de sauvegarder.

C'est grâce à lui que je n'ai jamais laissé personne me détourner de mes rêves.

Et surtout, il m'a aimée, chaque jour de sa vie. Tu me manques, papa.

Et à Martin, mon roc.

Prologue

Bayview, Delaware
Dimanche 7 mars, 11 h 15

— Pardon, monsieur, mais il est interdit de grimper sur ce ponton.

Malcolm Edwards ignora la voix grave du directeur de la marina et continua d'avancer. Il regardait droit devant lui, se concentrant pour maîtriser son corps affaibli qui le faisait souffrir. Ballotté par les eaux agitées de la baie, le *Carrie On* tangua, comme pour lui faire signe. Un orage se préparait.

Le jour idéal pour mourir. Plus que quelques pas, j'y suis presque.

Le ponton résonna sous ses pieds quand Daryl y grimpa en courant.

— Hé ! Arrêtez ! C'est une propriété privée ! Hé, mon vieux ! Je vous ai dit…

Une main charnue s'abattit sur l'avant-bras de Malcolm pour l'obliger à se retourner. Il fit la grimace, mais ne protesta pas et attendit patiemment, sans un mot, que Daryl le reconnaisse. Daryl hésita quelques secondes, puis il ouvrit la bouche, et ses joues rubicondes pâlirent.

— Monsieur Edwards…, murmura-t-il en reculant d'un pas. Je suis désolé, monsieur.

— Ce n'est pas grave, répondit gentiment Malcolm Edwards. J'ai beaucoup changé, ces derniers temps.

Il n'était plus que l'ombre de lui-même, et il le savait. La maladie l'avait dévasté. C'était même surprenant que Daryl le reconnaisse. La plupart de ses soi-disant amis ne l'auraient sûrement pas reconnu — ils ne lui avaient d'ailleurs pas donné l'occasion de vérifier cette hypothèse. Seule Carrie était restée près de lui pour le soutenir, et parfois il aurait préféré qu'elle l'abandonne. Cela faisait trop longtemps qu'il était pour elle un poids mort.

Elle croyait qu'il n'entendait pas ses sanglots sous la douche, mais il les entendait. Il aurait donné tout ce qu'il possédait pour lui épargner cet enfer. Malheureusement, il n'était pas du ressort des hommes de décider de ces choses-là. Ce territoire était réservé à Dieu. Carrie avait maudit le Seigneur en le voyant décliner jour après jour, mais lui, il ne pouvait même pas se payer ce luxe. Son âme était déjà suffisamment entachée.

Daryl déglutit.

— Est-ce que je peux vous apporter quelque chose ? Vous aider en quoi que ce soit ?

— Non, merci, je n'ai besoin de rien. Ça va aller. Je sors pêcher.

Il montra un seau d'appâts qu'il avait emportés pour donner le change.

— J'ai besoin de sentir le vent sur mon visage.

Une dernière fois, ajouta-t-il pour lui-même.

Il se tourna vers son bateau et avança de nouveau, en posant avec détermination un pied devant l'autre. Le ponton résonna de nouveau du pas de Daryl, qui l'avait suivi et hésitait visiblement à dire ce qu'il pensait.

— Monsieur, il va y avoir du grain. Vous devriez attendre.

— Je n'ai pas le temps d'attendre.

C'était la stricte vérité.

Daryl fit la grimace.

— Je peux vous trouver quelqu'un pour sortir avec vous. Mon petit-fils est un excellent marin.

— J'apprécie l'intention, mais il y a des fois où un homme a surtout besoin d'être seul. Je vous remercie tout de même de votre sollicitude.

Il grimpa à bord et son corps se tassa quand ses mains se refermèrent sur la barre. Cela faisait beaucoup trop longtemps qu'il n'était pas sorti dans la baie. Il avait été très occupé. Par les visites médicales, les traitements, et… Il leva les yeux vers le ciel menaçant.

Et pas mal d'autres choses, pour résumer. Il avait eu des affaires à régler, notamment une qui concernait le fardeau qui avait pesé sur sa conscience durant vingt et un ans.

Il songea à la lettre qu'il avait écrite et espéra qu'il n'était pas trop tard. Il espéra aussi qu'il serait capable de manœuvrer la barre assez longtemps pour conduire son bateau suffisamment loin, là où il pourrait faire ce qui devait être fait. Et enfin, il espéra que se noyer serait aussi facile que de se laisser envahir par le sommeil.

Plus il s'éloignait de la marina, plus la mer devenait furieuse et le vent violent. Enfin, il mit le moteur au ralenti et écouta le bruit des vagues, les yeux fermés, inspirant à pleins poumons l'air salé, savourant cet instant, le dernier de sa vie. Carrie serait triste, mais soulagée aussi. Ce matin, elle avait réussi à afficher un visage faussement joyeux quand il s'était penché sur elle pour l'embrasser. Il l'avait prévenue qu'il partirait pêcher après son rendez-vous chez le médecin. Quand on frapperait à sa porte pour lui annoncer la terrible nouvelle, elle feindrait de croire à la thèse de l'accident. Mais tout au fond d'elle-même, elle saurait.

Il avança sur le pont et entreprit de placer ses cannes à pêche. Il y avait les apparences à sauvegarder, au cas où l'on retrouverait le bateau une fois que son corps aurait passé par-dessus bord, emporté par une vague. Il accrochait un appât sur un hameçon, quand une voix dure interrompit sa rêverie.

— Qui étaient les autres ?

Il fit volte-face. L'appât lui glissa des doigts. Un homme se tenait à quelques mètres de lui, fermement planté sur le pont, les bras croisés sur la poitrine. En découvrant ses yeux luisant de haine, Malcolm sentit un frisson secouer sa colonne vertébrale.

— Qui êtes-vous ? demanda-t-il.

L'homme s'approcha d'un pas, un seul pas bien assuré, en dépit des mouvements du bateau.

— Qui étaient les autres ? répéta-t-il.

— J'ignore de quoi vous parlez, mentit Malcolm.

L'homme tira un papier de sa poche, et l'estomac de Malcolm se souleva quand il reconnut la lettre qu'il avait écrite pour soulager sa conscience. Il comprit en un éclair qui était cet homme. Et aussi ce qu'il voulait.

— Qui étaient les autres ? répéta de nouveau l'homme, en détachant soigneusement ses mots.

Malcolm secoua la tête.

— Non. Ne comptez pas sur moi pour vous révéler des noms.

L'homme plongea la main dans son autre poche et en sortit un long couteau à filets dont il examina attentivement la lame aiguisée.

— Je vais vous tuer, annonça-t-il d'une voix neutre.

— Peu m'importe. Je m'apprêtais à mourir, de toute façon. Vous ne l'aviez pas compris ?

Le bateau gîta et Malcolm trébucha, mais l'homme resta bien campé sur ses jambes. *Il a le pied marin*. Le père de cet homme avait été pêcheur, et il avait autrefois possédé son propre bateau.

Depuis, les vies de cet homme et de son père avaient volé en éclats. Brisées. *A cause de nous. De ce que nous avons fait. De ce que j'ai fait. Il va me tuer. Et je le mérite.* Mais il n'avait pas l'intention de donner à l'homme les noms qu'il lui réclamait.

Et pas non plus envie de mourir d'une mort atroce.

Il plongea sur le côté.

Mais l'homme était rapide. Il le rattrapa par le bras et le fit asseoir sur l'un des fauteuils du pont. Puis il lui ligota les mains et les pieds avec une grosse ficelle qu'il tira de sa poche. Il avait bien préparé son coup.

L'homme se dressa devant lui, dans une attitude menaçante.

— Qui étaient les autres ?

Le cœur battant, Malcolm leva les yeux vers lui, sans dire un mot.

L'homme haussa les épaules.

— Tu vas cracher le morceau, fais-moi confiance. Si j'avais plus de temps, je te ferais tout ce que tu lui as fait.

Son regard rencontra celui de Malcolm.

— Absolument tout.

Malcolm avala sa salive en songeant à ce qui s'était passé cette nuit-là, il y avait bien longtemps.

— Je suis désolé. Je suis vraiment désolé. Mais je n'ai rien fait. Rien du tout. Je le jure.

— Ouais, fit l'homme d'un ton amer. J'ai compris ça en lisant ta lettre. Tu as fini par tout avouer, mais tu as été trop lâche pour signer de ton nom.

C'était la vérité. Il s'était comporté comme un lâche. Autrefois. Et encore récemment.

— Comment avez-vous su que cette lettre était de moi ?

— Elle était forcément de l'un de vous. D'un salaud de l'équipe. J'avais la photo, vous l'aviez tous signée.

Malcolm ferma les yeux et revit la photo. Ils étaient si jeunes, alors. Tellement arrogants. Ils croyaient tenir le monde dans le creux de leurs mains.

— Celle du championnat du lycée, précisa l'homme.

Il ricana.

— La fameuse photo ! Ton écriture n'a pas beaucoup changé, en vingt et un ans. Tu fais toujours tes *m* de la même façon. Pas besoin d'être un génie pour comprendre que la lettre était de toi. Ce qui me ramène à la raison de ma présence sur ce bateau. Tu vas me dire tout ce que je veux savoir.

— Je ne vous dirai rien. Comme je l'explique dans ma lettre, c'est entre eux et le Seigneur. Alors non, pas question. Je suis désolé.

Le ricanement de l'homme se transforma en un sourire sardonique.

— On va voir.

Il disparut dans la cale et Malcolm tira sur ses liens, tout en sachant que c'était peine perdue. Des images défilaient dans son esprit. Ce que cette fille avait subi. Et lui qui avait regardé, sans broncher.

J'aurais dû intervenir. J'aurais dû faire quelque chose pour que ça s'arrête. Mais il n'avait rien fait. Et les autres non plus. A présent, il allait en payer le prix.

Il entendit un bruit sourd. L'homme venait de faire sortir quelqu'un de la cale du bateau. Il tendit le cou. C'était une femme… Ses entrailles se liquéfièrent. Cette femme portait un pull semblable à celui que portait Carrie quelques heures plus tôt — quand il avait cru lui dire adieu.

Carrie.

Il tenta de se lever, mais n'y parvint pas. Carrie était ligotée, bâillonnée, elle avait les yeux bandés. L'homme la traîna sans ménagement, par un bras.

— Laissez-la, elle n'a rien fait.

— Toi non plus, tu n'as rien fait, riposta l'homme d'un ton moqueur. C'est bien ce que tu prétends, non ?

Il installa Carrie dans un fauteuil et posa la lame de son couteau contre sa gorge.

— A présent, Malcolm, je répète ma question. Qui étaient les autres ?

Malcolm chercha le regard de l'homme, puis ses yeux se posèrent de nouveau sur le couteau qui menaçait sa femme. Il avait le souffle coupé. Il n'arrivait plus à réfléchir.

— Je ne m'en souviens pas, dit-il.

Une goutte de sang coula le long du cou de Carrie quand le couteau entama sa peau.

— Ne t'avise pas de me mentir, avertit posément l'homme. Si tu as compris qui j'étais, tu dois savoir que je n'ai rien à perdre.

Malcolm ferma les paupières. Dès qu'il posait les yeux sur Carrie, il avait la tête vide. La peur l'empêchait de réfléchir.

— D'accord, je vais vous le dire. Mais d'abord, ramenez-la à quai. Je ne parlerai pas tant qu'elle sera sur ce bateau.

Le cri de douleur de Carrie fut étouffé par son bâillon. Malcolm ouvrit les yeux et la fixa avec horreur. Puis il eut un violent haut-le-cœur. Il ne pouvait plus regarder, il se sentait incapable de soutenir la vue du doigt que l'homme lui tendait.

Un doigt coupé. *Il lui a coupé le doigt.*

— Je vais tout vous dire…, gémit-il d'une voix rauque. Je vais tout vous dire.

— Je m'en doutais, commenta l'homme en s'éloignant de Carrie qui se recroquevilla, autant que le lui permettaient ses liens, en geignant lamentablement.

L'homme sortit un calepin et un stylo de sa poche de poitrine.

— Je suis prêt, dit-il. C'est quand tu veux.

Malcolm égrena les noms, le plus vite possible, en se haïssant pour ce qu'il faisait. Pour ça et pour le reste. Pour être resté, cette nuit-là, à regarder. Pour avoir écrit cette lettre. Pour avoir mis la vie de sa femme en danger. L'homme nota, froidement, puis rangea son calepin dans sa poche.

— Je vous ai tout dit, supplia Malcolm d'une voix brisée. Ramenez-la, maintenant. Je dois la conduire à l'hôpital. Je vous en prie, mettez son doigt dans de la glace. Je vous en supplie…

L'homme contempla la lame de son couteau. Elle était rouge du sang de Carrie.

— Est-ce qu'elle a dit ça, elle aussi ?

— Qui ?

L'homme fit une drôle de grimace.

— Ma sœur. Elle a supplié ?

Il prit Carrie par les cheveux et lui renversa la tête en arrière, tout en posant de nouveau la lame contre son cou.

— Elle a supplié ?

— Oui, gémit Malcolm, dont le corps était maintenant secoué de sanglots. Je vous en prie, je vous en supplie… Ma femme n'a rien à voir avec tout ça. Je vous en prie… Je vous donnerai ce que vous voulez. Je vous en prie, ne lui faites plus de mal.

Le bras de l'homme s'envola, le couteau trancha. Malcolm hurla quand le sang jaillit du cou de Carrie. *Non. Non. Non! Pitié, Seigneur, non!*

Elle était morte.

L'homme coupa négligemment la ficelle qui ligotait les pieds et les mains de Carrie, puis il la lâcha. Elle s'effondra aux pieds de Malcolm.

— Je devrais t'abandonner ici avec elle, pour que tu voies les oiseaux bouffer sa chair, murmura l'homme. Mais on risquerait de te trouver avant que tu crèves. Et tu me dénoncerais, je n'en doute pas. Je pourrais te couper la langue, bien sûr, mais tu trouverais un moyen de dire ce que tu as à dire. Donc, tu dois mourir aussi.

Il prit Malcolm par le menton, pour l'obliger à lever les yeux vers lui.

— Mais je vais quand même te couper la langue avant de te tuer. Un dernier mot?

Debout sur le pont, nu, l'homme regarda disparaître ses vêtements dans l'eau grise, par le même chemin que Malcolm et sa femme quelques minutes plus tôt. Il ne s'inquiétait pas pour les corps. D'ici ce soir, ils auraient servi de nourriture aux poissons.

La tempête s'était déchaînée au moment où il s'était débarrassé d'eux. Restait le sang. Heureusement, il avait pensé à apporter des vêtements de rechange. Il allait laver le pont du sang des Edwards avant de conduire le bateau jusqu'à une petite marina dont le propriétaire ne poserait pas de questions. Là, il pourrait lessiver le pont et retirer à ce bateau tout ce qui permettait de l'identifier comme étant celui de Malcolm Edwards.

Il descendit dans la cale et s'arrêta devant le comptoir de la cuisine où il avait déposé son calepin, pour ne pas risquer de le tacher de sang. Mais il n'en avait pas besoin pour se souvenir des noms. Les noms, ils étaient gravés dans son esprit.

Il s'était attendu à certains d'entre eux. D'autres avaient été une surprise.

Tous allaient regretter de ne pas avoir fait ce qu'il fallait cette nuit-là, vingt et un ans plus tôt.

1

Baltimore, Maryland
Lundi 3 mai, 5 h 35

— *Go get yourself some cheap sunglasses…*

Lucy Trask fredonnait en même temps que ZZ Top, tout en courant le long du chemin qui traversait le parc de sa résidence. Elle chantait faux, mais quelle importance ? Après tout, la chanteuse du groupe, c'était Gwyn. Elle, elle jouait du violon. De plus, elle ne croisait que des coureurs, comme elle, et qui avaient comme elle des écouteurs aux oreilles.

Elle se sentait libre et seule, comme chaque fois qu'elle courait le matin à l'aube.

Elle s'apprêtait à traverser le parc pour rejoindre l'entrée de son immeuble, quand elle s'arrêta net. Son humeur guillerette s'envola d'un seul coup.

— Oh non, murmura-t-elle tristement. Encore…

C'était M. Pugh, assis à l'une des tables d'échecs, son chapeau de tweed éclairé par le lampadaire derrière lui.

Elle quitta le chemin et se dirigea à petites foulées vers le carré d'herbe où son vieil ami avait passé tant d'heures à battre aux échecs ceux qui le défiaient. Mais ce temps était révolu. A présent, il était assis seul à la table, au petit jour, la tête baissée, le col de son manteau remonté sur son visage.

Elle soupira. Il s'était encore aventuré hors de chez lui. Elle ralentit et l'approcha en silence.

— Monsieur Pugh ?

Elle lui toucha délicatement l'épaule, soucieuse de ne pas l'effrayer. Il n'aimait pas qu'on le surprenne.

— Il est temps de rentrer chez vous, dit-elle.

Puis elle fronça les sourcils. Normalement, il aurait dû lever la tête, poser sur elle ce regard perdu qui la peinait tant. Elle l'aurait ensuite raccompagné chez lui, où Barb, qui veillait sur lui vingt-quatre heures sur vingt-quatre, était sûrement en train de l'attendre. Mais il ne leva pas les yeux. Il demeura immobile. Etrangement figé. Le cœur de Lucy fit un bond.

Elle allongea le bras pour poser deux doigts à la base de son cou, puis se couvrit la bouche pour étouffer un cri quand il s'effondra en avant sur la table, son chapeau tombant de sa tête. Pendant quelques secondes, elle ne put que fixer, horrifiée, le spectacle qui s'offrait à elle. La tête de M. Pugh était démolie, couverte de sang coagulé. Et son visage… Elle recula en titubant. La bile lui brûla la gorge.

Seigneur… Il n'avait plus de visage. Plus d'yeux non plus.

Elle recula de nouveau.

Non.

Elle entendit un lointain gémissement, en ayant vaguement conscience qu'il sortait de sa gorge. L'air se bloqua dans ses poumons, puis elle se força à respirer.

Elle parvint à fouiller en tremblant la poche de son short, et en sortit son téléphone portable pour composer le 911. Elle sursauta quand une voix claire lui répondit.

— Ici le 911. Quel est le motif de votre appel ?

— C'est…

La voix de Lucy se brisa et elle contempla de nouveau le cadavre de M. Pugh. Elle ferma les yeux.

— C'est…

De nouveau, sa voix se brisa. Elle ne pouvait plus parler ni respirer.

— Mademoiselle ? insista l'opératrice. Le motif de votre appel ?

Lucy se racla la gorge. Se raccrocha à ses années de pratique. Raffermit sa voix.

— Ici le Dr Trask, du service de médecine légale. J'appelle pour signaler un meurtre.

Lundi 3 mai, 6 heures

L'inspecteur J.D. Fitzpatrick étudia le petit groupe qui s'était rassemblé derrière le ruban jaune. *Des voisins*, songea-t-il. La plupart étaient encore en robe de chambre et en savates. Il y avait des jeunes, des moins jeunes. Certains pleuraient. D'autres juraient tout bas. D'autres encore juraient et pleuraient.

Il avança lentement et s'approcha de manière à écouter ce qui se disait. C'était le moment où les langues se déliaient, sous l'effet du choc. Le moment d'ouvrir ses oreilles.

— Quel genre de bête sauvage serait capable de faire ça à un vieil homme inoffensif? murmura une jeune femme en serrant les poings.

— Il n'avait jamais fait de mal à personne, renchérit d'un ton perplexe l'homme qui se tenait près d'elle.

— Ces maudites bandes, grommela un troisième qui, lui, ne s'adressait à personne en particulier. On ne peut plus quitter sa maison, de nos jours.

J.D. remarqua la pelouse bien entretenue du petit parc. Il n'y avait pas trace ici de la présence d'une bande, mais il l'avait compris en arrivant. Les résidents considéraient ce quartier comme un îlot de sécurité. Un sanctuaire à l'abri de la laideur du monde. Du moins en apparence, car, J.D. le savait, la laideur s'insinuait partout.

A présent, les voisins de l'homme assassiné le savaient aussi. Pas besoin d'une bande pour commettre un meurtre. Un criminel suffisait, surtout quand la victime était âgée et vulnérable.

— Barb n'y survivra pas, sanglota une vieille femme qui s'appuyait contre un vieil homme. Combien de fois lui ai-je dit de le mettre dans un établissement spécialisé? Combien de fois?

— Je sais, ma chérie, répondit tout bas son mari.

Il serra sa tête grisonnante contre son épaule, et posa une main sur ses yeux pour la protéger du spectacle.

— Au moins, Lucy est là, ajouta-t-il.

La vieille femme acquiesça en reniflant.

— Oui, elle saura quoi faire.

Barb était probablement la femme ou la fille du défunt, mais J.D. se demanda qui était Lucy et ce qu'avait voulu dire la femme par « elle saura quoi faire ».

Deux agents en uniforme se tenaient de part et d'autre du ruban jaune, dos à dos, l'un face aux voisins, l'autre face à la scène de crime. Ensemble, ils formaient un écran et tâchaient de cacher la victime aux curieux, autant que possible.

L'équipe des experts était déjà sur place, prenant des photos et parcourant le périmètre. Entre les agents et les experts, les gens ne pouvaient pas voir grand-chose, mais J.D. savait par expérience qu'ils avaient regardé tout leur comptant avant que la scène de crime ne soit bouclée.

Les deux agents en uniforme désignèrent à J.D. un troisième qui se tenait près de Drew Peterson, l'homme qui dirigeait l'équipe scientifique. Ce troisième agent, Hopper, était le premier à être arrivé sur les lieux, lui apprirent-ils.

— Merci.

J.D. contourna les deux agents et pénétra sur la scène de crime en se préparant à ce qui l'attendait. Il dut tout de même retenir une grimace. La victime était installée sur une chaise scellée au sol, le haut du corps affalé sur une table d'échecs. Sa tête et son visage avaient reçu tant de coups qu'il était méconnaissable. Qui avait pu faire ça à ce vieil homme ? Et pourquoi ?

Il portait un imperméable beige, boutonné jusqu'au col, avec la ceinture nouée. Ses mains étaient enfoncées dans les poches de l'imperméable. Il n'y avait à première vue pas de sang sur le vêtement, ni autour de la chaise. Seuls son crâne et son visage étaient couverts d'un sang noir et coagulé.

L'agent Hopper approcha, d'un pas raide et décidé.

— Je suis Hopper, dit-il.

— Fitzpatrick. Homicides, répondit J.D.

Après seulement trois semaines aux homicides, le mot lui paraissait encore étrange, sortant de sa bouche.

— Vous étiez le premier sur les lieux ? demanda-t-il à Hopper.

Celui-ci acquiesça.

— C'est mon secteur, ici. La victime est Jerry Pugh. Soixante-huit ans. De race blanche.

— Vous le connaissiez, murmura J.D. Désolé.

Hopper acquiesça de nouveau.

— Oui, c'est désolant. Jerry était sans défense. Il était malade.

— Il souffrait de démence sénile ? demanda J.D.

Hopper plissa les yeux.

— Oui, comment le savez-vous ?

— La vieille femme aux premières loges, là-bas, a dit qu'elle avait conseillé à Barb de le mettre dans un établissement spécialisé.

— C'est Mme Korbel. Elle a dû le lui conseiller, en effet. Tout comme moi. Mais Mme Pugh, Barb, ne voulait rien entendre. Elle ne pouvait pas s'y résoudre, je suppose. Ils étaient mariés depuis toujours.

— Qui a découvert le corps ?

La question parut surprendre Hopper.

— C'est elle.

Il désigna une femme qui se tenait debout, à l'écart, à l'intérieur du périmètre. Elle avait les bras croisés sur la poitrine, une expression indéchiffrable sur le visage. Mais il se dégageait d'elle une sorte de fragilité, de tension, comme si elle était sur le point de craquer.

Elle était grande, un mètre soixante-quinze environ, de longs cheveux tirés en arrière et rassemblés en une simple queue-de-cheval, dont le blond roux étincelait sous les projecteurs de l'équipe scientifique en petites mèches de feu. Elle était belle, vraiment belle, avec des traits fins, réguliers, un visage qui aurait pu servir de modèle à une statue classique.

Mais peut-être était-ce surtout son étrange immobilité qui évoquait une statue.

Elle portait un coupe-vent, un short, une paire de chaussures de course haut de gamme. Le fait qu'on l'autorise à rester dans le périmètre de la scène de crime laissait supposer qu'elle n'était pas une simple passante. Mais J.D. ne pensait pas l'avoir croisée dans les couloirs de la « maison ». Il se serait souvenu d'un tel visage.

Et encore plus de telles jambes.

— Qui est-c…

Il s'arrêta net. Elle venait de tourner la tête vers eux et voyait maintenant ses yeux.

En un éclair, il sut qui elle était.

— Dr Trask, dit-il doucement.

Lucy Trask, la légiste. *Lucy saura quoi faire.*

— C'est le Dr Trask qui a trouvé le corps ?

— Juste avant l'aube, répondit Hopper. Le Dr… Euh… C'est quelqu'un de bien.

J.D. éprouva le besoin de s'éclaircir la voix.

— Je sais. Où est Mme Pugh ?

— Mon partenaire, Rico, est allé la chercher. Mais quand il a frappé chez elle, personne ne lui a ouvert. Le gérant l'attendait avec un double des clés. Le temps qu'on lui ouvre, tout le bâtiment était dehors. Tout le bâtiment sauf Mme Pugh. Rico a fait le tour de l'appartement, mais pas de Mme Pugh. Sa voiture n'est pas dans le parking.

— Aucun signe d'effraction ou de lutte à l'intérieur ?

— Non. D'après Rico, on dirait qu'elle s'est simplement absentée pour quelques jours. Il a trouvé deux gamelles pleines dans la cuisine, de quoi nourrir le chat pendant plusieurs jours, et les appareils électriques débranchés. Le gérant est en train de se renseigner pour obtenir le numéro de la personne à prévenir en cas d'urgence.

J.D. avait écouté Hopper sans quitter le Dr Lucy Trask des yeux. Elle avait détourné le regard, mais il avait eu le temps de se rendre compte qu'elle était vraiment secouée.

Il se concentra sur Hopper.

— Contactez Rico par radio et dites-lui de ne pas appeler ce numéro. Qu'il me le transmette. Je ne veux pas que quelqu'un d'autre que moi annonce la nouvelle à cette femme.

Hopper fronça les sourcils.

— Barb Pugh a près de soixante-dix ans. Elle n'est pas impliquée dans le meurtre de son mari.

— J'entends parfaitement l'argument, répondit J.D.

Il était peu vraisemblable, en effet, qu'une femme âgée ait pu causer de tels dommages.

— Mais je dois procéder comme d'habitude. Elle fait partie de mes suspects tant qu'elle ne m'a pas convaincu de son innocence.

Les sourcils de Hopper descendirent d'un cran.

— Entendu. Je vais contacter Rico par radio.

— Merci.

J.D. alla s'accroupir près du cadavre pour l'observer. Le tueur s'était acharné sur Jerry Pugh. Il s'était servi d'une arme lourde et dure pour frapper violemment, à plusieurs reprises. Les traits du visage étaient écrasés.

La haine, songea-t-il. Ou bien le travail d'un camé sous influence d'une quelconque drogue. Il en avait vu pas mal dans les narcotiques. En tout cas, ce qu'il avait sous les yeux ne ressemblait pas à une petite agression de jardin d'enfants. Le type s'était complètement lâché.

Drew Peterson vint s'accroupir près de lui.

— Salut, J.D. Tu as fait vite. Tu as finalement vendu ta maison de banlieue ?

J.D. et Drew avaient été affectés à la même unité en sortant de l'académie. Ils s'étaient fréquentés, à une période, mais plus depuis la mort de Maya — J.D. ne sortait plus beaucoup. Il s'était absorbé dans son travail, au bureau des narcotiques. Un peu trop, sans doute. Cette mutation à la section des homicides était plus que bienvenue. Il avait la sensation de prendre un nouveau départ.

— Non, répondit-il. Pas encore.

Il essayait vainement, depuis un an, de se débarrasser de cette maison où il avait vécu avec sa femme. Il commençait à se décourager.

— Tu as trouvé quelque chose ? demanda-t-il.

— Nous venons seulement de terminer les photos. Ensuite on laissera faire les légistes, et on passera l'endroit au peigne fin. Où est Stevie ?

— Elle est en route.

Du moins elle se mettrait en route dès qu'elle aurait trouvé quelqu'un pour garder sa fille. Stevie Mazzetti avait un problème de baby-sitter. Ça ne dérangeait pas J.D. de la couvrir. Cela n'arrivait pas souvent. Stevie était un bon flic. Et une bonne amie, à laquelle il devait beaucoup.

Il désigna la zone herbeuse autour de la chaise.

— Il n'a pas été tué sur place. Pas de sang sur l'herbe ni sur son imperméable beige. Tu as une idée de la manière dont on l'a emmené ici ?

— Je parierais pour un fauteuil roulant. J'ai trouvé des traces dans l'herbe. On fera un relevé d'empreintes, si on peut. Le fauteuil n'est pas dans les parages, en tout cas. Celui qui a déposé le type est reparti avec.

— Je ne vois pas de traces de pneus entre le chemin et cette table, fit remarquer J.D. Il a donc été traîné ou porté sur cette portion. S'il a été traîné, il doit avoir de l'herbe sur ses chaussures.

— Tu les as regardées, les chaussures ?

J.D. se pencha sous la table d'échecs. Les chaussures de la victime, des mocassins, étaient neuves et bien cirées.

— Pas la moindre éraflure. Je ne pense pas qu'on l'ait traîné.

— Tu sais combien coûtent des chaussures pareilles ?

— Un paquet.

Elles avaient l'air plutôt chères, en effet, peut-être même était-ce de la confection sur mesure. J.D. jeta un coup d'œil par-dessus son épaule, pour évaluer l'immeuble. Il n'était pas miteux, mais ce n'était pas non plus le Ritz.

— Il devait dépenser en chaussures ce qu'il économisait en

loyer, commenta-t-il. Je me demande ce qu'il faisait comme travail, avant sa retraite.

— Le légiste doit le savoir, répondit Drew. Elle habite le même immeuble.

— Elle le connaissait ? demanda J.D.

Drew acquiesça.

Voilà qui expliquait la tristesse de son regard, et aussi le fait qu'elle fasse son footing ici, dans ce parc. Elle se trouvait toujours à la même place, debout, immobile, à contempler fixement le corps. Un élan de sympathie serra le cœur de J.D.

— Ça a dû lui faire un sacré choc. Elle ne va pas pratiquer l'autopsie, je suppose ?

— Non. Elle s'est tout de même occupée de faire venir la civière. Elle a l'air de tenir le coup.

— Tout juste, murmura J.D. Je vais l'interroger. Ensuite, je m'occuperai de rechercher la femme de la victime et d'interroger d'éventuels témoins. Appelle-moi si tu as quelque chose.

— Je n'y manquerai pas.

Lucy Trask se redressa en le voyant approcher. Elle avait les yeux secs, mais elle était pâle. Elle continua à fixer le cadavre sur sa chaise.

— Docteur Trask ? Je suis l'inspecteur Fitzpatrick.

— Je sais, répondit-elle d'une voix morne. Vous êtes le nouveau partenaire de Mazzetti. Où est Stevie ?

— Elle arrive. Puis-je vous poser quelques questions ?

— Bien entendu.

Elle répondait d'un air absent, en remuant à peine les lèvres.

— Pourquoi n'irions-nous pas nous asseoir dans ma voiture ? Nous serions plus à l'aise.

Le visage du médecin se ferma.

— Non. Je préfère rester là. Posez vos questions, inspecteur, je vous en prie.

Il y avait dans sa voix une sorte de fureur désespérée. Il remarqua qu'elle s'exprimait avec une pointe d'accent. Pas vraiment l'accent du Sud, mais pas non plus celui de Baltimore. Elle n'était pas d'ici.

— Très bien, dit-il. Vous connaissiez la victime ?

Elle acquiesça d'un geste brusque, mais n'ouvrit pas la bouche.

— Je suis désolé, docteur Trask. Je me doute que c'est très pénible pour vous. C'est bien vous qui l'avez découvert ?

— Il devait être 5 h 30. Je faisais mon footing. J'ai reconnu M. Pugh dans sa chaise.

Elle avait débité ça sur le ton monocorde de quelqu'un qui fait son rapport.

— J'ai pensé qu'il était sorti de chez lui, une fois de plus, pour errer dans le parc.

— Parce qu'il souffrait de démence sénile, commenta J.D.

Cette fois, elle leva la tête vers lui. Elle avait des yeux clairs, d'un bleu perçant, des yeux que l'on n'oubliait pas aisément. Aujourd'hui, elle avait un regard tourmenté, plein d'incrédulité, de chagrin, de colère, mais ces yeux-là pouvaient aussi exprimer une douceur infinie, comme la première et unique fois qu'il les avait vus — rien que les yeux, et pas son visage, vu qu'elle portait un masque et une blouse chirurgicale.

— M. Pugh était atteint de la maladie d'Alzheimer, confirma-t-elle.

— Il s'aventurait souvent hors de chez lui ?

Les épaules du Dr Trask s'affaissèrent.

— Ces derniers temps, trois ou quatre fois par semaine. Il fallait bien que Barb dorme de temps en temps. Quand il sortait la nuit, c'était généralement moi qui le trouvais.

— Et vous le rameniez chez lui ?

— Oui, répondit-elle, si bas qu'il l'entendit à peine.

— Il vous suivait sans faire d'histoires ?

— Oui. Il n'était pas agressif.

— Les patients atteints d'Alzheimer le sont parfois.

Elle avança le menton. Insensiblement.

— Ce n'était pas son cas. Nous arrivions à le calmer quand il s'agitait.

J.D. comprit que cet homme avait été pour elle plus qu'un simple voisin.

— Vous êtes sortie tôt, ce matin, fit-il remarquer.

— Oui. Je cours toujours à cette heure-ci. Avant le lever du soleil.

— M. Pugh était-il déjà sur cette chaise quand vous êtes partie ?

— Non. Mais même s'il avait été là, je ne l'aurais pas remarqué : j'entame mon parcours par l'autre côté du bâtiment. Je fais d'abord le tour du pâté de maisons, ensuite je coupe à travers le parc pour rentrer.

— Avez-vous rencontré quelqu'un ?

— J'ai croisé des coureurs. Des gens du quartier, mais que je ne connais pas. L'agent Hopper a peut-être leurs noms.

Elle jeta un coup d'œil en direction du bâtiment.

— Où est l'agent Rico ? Il était allé prévenir Barb.

— Barb est partie.

Elle tourna vers lui un regard paniqué. Une main fine et délicate lui agrippa le bras.

— Partie ? Comment ça, partie ? Vous voulez dire qu'elle est morte ?

Elle se tut, comme si elle regrettait d'avoir prononcé cette dernière phrase.

— Non, non, s'empressa-t-il de la rassurer, en posant une main sur la main qui agrippait sa chemise.

Elle avait la peau glacée. Il dénoua ses doigts et prit cette petite main entre ses paumes, pour la frictionner et la réchauffer.

— On dirait plutôt qu'elle a quitté l'appartement. Il est vide et sa voiture n'est pas dans le parking.

Elle le fixa d'un air incrédule, toujours immobile, sa main inerte dans les siennes.

— Non. Barb ne l'aurait jamais laissé seul.

— Elle n'est pourtant pas là.

Elle lui retira brusquement sa main et recula d'un pas, en pâlissant un peu plus.

— Non, insista-t-elle. Certainement pas. Elle ne l'aurait jamais laissé de son plein gré. Quelqu'un a dû l'enlever. Seigneur…

— Elle a débranché les appareils électriques de la cuisine, précisa J.D. en observant attentivement l'effet que ces mots produisaient sur elle. Elle avait l'habitude de faire ça, quand elle s'absentait pour plusieurs jours ?

Trask acquiesça avec une expression hébétée sur le visage.

— D'accord, mais je ne peux pas croire qu'elle l'ait laissé seul. Elle lui était entièrement dévouée.

— Parfois, les gens soumis à un stress important font des choses inattendues, indiqua-t-il d'un ton précautionneux. Prendre soin tous les jours d'un mari atteint de dém…

— Non ! coupa-t-elle.

La colère donnait de l'autorité à sa voix.

— Non ! Pour l'amour de Dieu, inspecteur, ne dites pas n'importe quoi. M. Pugh n'était même pas capable de s'habiller seul, pas capable de nouer ses…

Elle s'arrêta net et fronça les sourcils.

J.D. se pencha vers elle et l'encouragea à terminer sa phrase.

— Nouer ses quoi ?

Mais elle marchait déjà vers le corps.

— Ses chaussures, lança-t-elle par-dessus son épaule. Il porte des chaussures à lacets.

Il la suivit, prêt à la retenir si elle s'approchait trop, mais elle respecta la distance réglementaire et s'accroupit, au même endroit que lui tout à l'heure. Elle avait eu un déclic, visiblement. Elle ne paraissait plus du tout hébétée. A présent, elle dégageait une énergie surprenante. L'air vibrait autour d'elle.

Fasciné, il alla s'accroupir à son côté, en contemplant son profil, tandis qu'elle regardait fixement les chaussures de la victime. Son visage avait repris des couleurs, ses joues rosissaient à vue d'œil.

Non, il n'aurait jamais pu oublier un visage pareil.

— M. Pugh ne porte plus de chaussures à lacets depuis cinq ans, murmura-t-elle.

Il fit l'effort de se concentrer sur ce mort assis sur sa chaise.

— Il porte des chaussures orthopédiques qui ferment

avec du Velcro. Barb avait les doigts trop raides pour nouer des lacets.

— Il avait peut-être tout de même une paire à lacets, hasarda J.D.

Elle secoua la tête.

— Ces chaussures sont des Ferragamos. M. Pugh n'a jamais eu les moyens de se payer des chaussures pareilles. Et s'il avait eu les moyens, il n'aurait pas mis son argent dans des chaussures.

— Comment gagnait-il sa vie ? Je veux dire... avant de tomber malade.

Elle lui jeta un regard vif et aigu. Soulagé.

— M. Pugh était professeur de musique. Il enseignait dans un lycée et il achetait ses chaussures chez J.C. Penney. Cet homme n'est pas Jerry Pugh.

Elle paraissait totalement sûre de son fait.

— Comment pouvez-vous l'affirmer ? demanda-t-il.

— Ces chaussures ne sont même pas à sa taille, répondit-elle. C'est du 43. M. Pugh chaussait du 46.

Elle ferma les yeux et avança des lèvres tremblantes.

— Oh, Seigneur... Il chausse du 46. Il est vivant. Ce n'est pas lui. Cet homme n'est pas M. Pugh !

— Docteur Trask, vous vous sentez bien ?

Elle acquiesça, ses mains tremblaient, elle serra les poings.

— Très bien, oui.

Il en doutait. Il espéra qu'elle n'allait pas se trouver mal.

— Comment connaissez-vous la pointure de M. Pugh ? demanda-t-il d'un ton incrédule.

— Je vois pas mal de pieds, dans mon travail, inspecteur. Je suis incollable en pointures.

Il imagina les corps dans la chambre froide de la morgue, avec les pieds qui dépassaient des draps, une étiquette au gros orteil.

— Je m'en doute. Ce que je vous demande, c'est comment vous connaissez la pointure de M. Pugh.

Elle remua les épaules d'un air gêné, tout en contemplant le visage tuméfié de la victime.

— Au moins de février, j'ai trouvé M. Pugh sur cette chaise. Il était sorti sans chaussures et il avait les pieds pratiquement gelés. J'ai appelé le 911 et, en attendant, je lui ai massé les pieds et je les ai couverts avec mon manteau. Je connais sa pointure. Les pieds de cet homme sont trop petits. Cet homme n'est pas M. Pugh.

— C'était très gentil de votre part, de masser les pieds d'un vieil homme, murmura-t-il.

— J'ai fait ce que tout le monde aurait fait.

« Tout le monde »... Il en doutait.

— Vous l'appelez « M. Pugh », mais vous appelez sa femme « Barb ». Pourquoi ?

Il vit, à son expression, que la question la prenait de court.

— Je suppose que les vieilles habitudes ont la vie dure, répondit-elle enfin. Je ne m'en rendais même pas compte.

— Depuis combien de temps connaissez-vous ce monsieur ?

— Vingt ans. Il a été mon professeur. Au lycée.

Elle avait répondu précipitamment, du bout des lèvres, comme si elle répugnait à lui livrer cette information. Elle se leva brusquement, et il fit de même.

— De plus, cet homme n'a pas soixante-dix ans, ajouta-t-elle. Si je n'avais pas été perturbée, je m'en serais aperçue tout de suite.

— Vous aviez de bonnes raisons d'être perturbée, commença-t-il.

Mais elle balaya la remarque d'un geste de la main.

— Celui-là doit avoir dans les cinquante ans, au fait. Il est plus grand que M. Pugh, au moins de cinq centimètres.

Elle se pencha précautionneusement vers la tête du mort, dont le crâne était couvert d'une épaisse couche de sang coagulé.

— Il est chauve, comme M. Pugh. Ou bien on lui a rasé la tête. Je vous préciserai ça quand je l'aurai allongé sur une table d'autopsie.

— D'accord. Supposons que vous ayez raison et que cet

homme ne soit pas M. Pugh. Pourquoi, dans ce cas, l'avez-vous pris pour lui ?

— Il était installé sur la chaise de M. Pugh.

— Oui, ça, vous l'avez déjà dit. Pourquoi *sa* chaise ?

— Parce que c'est toujours là qu'il vient s'asseoir quand il s'échappe de chez lui. Avant Alzheimer, il était un excellent joueur d'échecs. Il venait ici après les cours, et il trouvait toujours quelqu'un qui l'attendait pour se mesurer à lui.

Elle se secoua légèrement.

— Et puis, il portait ça…

Elle montra du doigt le chapeau de tweed sur le sol.

— M. Pugh en porte un semblable. Il était enfoncé sur sa tête et dissimulait son visage. Il l'a perdu quand il a basculé en avant, au moment où je lui ai touché l'épaule.

Elle se tut et se mordilla pensivement la lèvre.

— M. Pugh a aussi un imper qui ressemble à celui-ci.

J.D. fronça les sourcils. Cela faisait beaucoup de similitudes.

— Qui est au courant que M. Pugh vient s'asseoir sur cette chaise ?

Elle se tourna lentement vers lui et le regarda droit dans les yeux. Elle paraissait troublée.

— Tous les gens de l'immeuble. Tous les gens des immeubles voisins. Il vient n'importe quand, le jour ou la nuit. Tout le monde a pu le voir. Pourquoi cette question ?

— Qui sait que vous courez le matin très tôt, avant qu'il fasse jour ?

— Les coureurs qui ont l'habitude de me croiser, je suppose. Et ceux qui se lèvent tôt. Pourquoi ?

— Parce que cet homme n'a pas été tué sur place. Drew pense qu'on l'a emmené ici en fauteuil roulant depuis l'entrée de votre immeuble. Quelqu'un s'est donné beaucoup de mal pour qu'on le trouve sur cette chaise.

Elle contempla le chapeau d'un air songeur.

— Vous pensez que ce quelqu'un voulait que ce soit moi qui le découvre ?

C'était exactement ce qu'il pensait, mais il ne voulait pas tirer de conclusions hâtives.

— Pour le moment, disons simplement que le tueur s'est donné du mal pour le transporter jusqu'ici.

— Il a les mains dans les poches, commenta-t-elle posément. Son visage est méconnaissable. Le quelqu'un en question voulait qu'on le trouve ici, mais il n'a pas cherché à nous faciliter la tâche, pour l'identification. Vous croyez que les empreintes ont pu être altérées ?

— Ou effacées, suggéra-t-il tristement.

— Ou effacées, répéta-t-elle d'un ton égal. La rigidité cadavérique est déjà dépassée. Il est mort depuis plus de deux jours, c'est certain. Je serai plus précise après un examen poussé.

Elle se pencha pour étudier de plus près ce qui restait du visage.

— Le tueur a utilisé un objet lourd. Je vous en dirai plus…

— Après examen, acheva-t-il à sa place. Transportons-le donc à la morgue. J'ai hâte de fouiller ses poches pour y chercher de quoi l'identifier, mais je ne voudrais pas faire tomber des indices dans l'herbe. Est-ce qu'on pourrait vérifier les poches dès qu'il sera allongé sur la civière, avant que vous ne l'emportiez ?

Elle le dévisagea, comme si elle le jaugeait.

— Stevie vous a bien expliqué les procédures, répliqua-t-elle. Ou alors vous possédez une certaine dose de bon sens. La plupart des flics m'auraient demandé de l'allonger dans l'herbe.

Son approbation lui fit du bien. Comme la première fois qu'ils s'étaient rencontrés. Elle n'avait fait aucune allusion à cette précédente rencontre. Elle ne s'en souvenait peut-être pas, et il n'était pas pressé d'en parler.

Une portière claqua derrière eux et ils virent approcher un technicien de la morgue qui poussait une civière, avec un sac à cadavre posé dessus.

— Je rentre de deux semaines de vacances, dit Lucy Trask. Je vais trouver un emploi du temps chargé en arrivant, aussi je ne suis pas certaine de pouvoir procéder aujourd'hui à l'autopsie. Mais on peut faire ensemble un examen préliminaire et vérifier le contenu des poches, ici même.

— Merci. J'apprécie. Je vais m'occuper de rechercher les Pugh, histoire de m'assurer qu'ils vont bien.

— Entendu. J'enfile une combinaison et je reviens.

Elle jeta un dernier regard au corps affalé sur la table.

— J'ai envie de croire que je l'ai trouvé par hasard. Qu'il n'était pas là pour moi.

— Mais vous ne le croyez pas.

— Et vous ?

Il aurait voulu la soulager de ce poids, mais il n'avait pas envie de lui mentir.

— Non, dit-il.

— Moi non plus, soupira-t-elle.

2

Lundi 3 mai, 6 h 20

Ça s'était encore mieux passé qu'il n'avait osé l'espérer. Il avait retenu sa respiration un certain temps, en espérant que Trask viendrait, et aussi qu'elle suivrait son parcours habituel.

Il avait eu tort de s'inquiéter. Lucy Trask était aussi prévisible que le soleil qu'elle haïssait tant. Elle avait trouvé le petit salaud, exactement comme il l'avait prévu.

Il avait adoré les précieuses minutes durant lesquelles elle avait pris le corps pour celui de son voisin. Malheureusement, elle avait découvert la supercherie un peu trop vite. *J'aurais dû changer ses chaussures.* Stupide erreur. *Le supplice aurait pu durer plus longtemps.* Lucy avait de l'affection pour le vieux M. Pugh. C'était bon à savoir.

Il observa les deux inspecteurs qui discutaient. L'homme était arrivé le premier. La femme venait de débarquer. Maintenant qu'il savait qui était en charge de l'enquête, il pouvait passer au plan B — préparer une diversion, dans l'hypothèse très improbable où les choses se gâteraient et où il serait obligé de se tirer vite fait. Un flic avait une famille, et il n'aurait aucun scrupule à utiliser la famille pour faire pression. *Ils ne se sont pas gênés pour manipuler la mienne.*

Il obtiendrait justice. *Un corps après l'autre.* Sa bouche s'incurva en un sourire de satisfaction. Le deuxième nom de la liste était déjà embarqué et arrimé. Il avait hâte de s'en occuper.

Lundi 3 mai, 6 h 35

Lucy poussa un soupir de soulagement et s'appuya à l'ambulance pour enfiler une combinaison. Son cœur battait encore la chamade. *Ce n'est pas lui. Cet homme n'est pas M. Pugh.*

Mais alors, qui était-ce ? Et pourquoi l'avait-on déposé là, sur la chaise de M. Pugh ?

Pour que je le découvre ? Un frisson la parcourut tandis qu'elle refermait la combinaison sur ses vêtements de sport. Il faisait déjà plus de vingt degrés, mais elle était gelée. Le choc, sans doute. Elle avait frôlé l'hyperventilation, surtout à la fin.

En se frottant les mains, elle se souvint que l'inspecteur Fitzpatrick avait pris la sienne pour la frictionner. Elle avait trouvé ce geste attentionné. Et efficace. Les mains de cet homme brûlaient comme une fournaise.

Avait-il pour habitude de réchauffer les mains de ceux qui découvraient les cadavres ? Sans doute n'avait-il pas encore eu l'occasion de le faire. L'ancien partenaire de Stevie Mazzetti n'avait pris sa retraite que trois semaines plus tôt, et Fitzpatrick, qui le remplaçait, venait d'un autre service. Du bureau des narcotiques et…

— Les stupéfiants, murmura-t-elle tout haut.

Elle se souvint brusquement. La petite fille. Deux ans plus tôt. Fitzpatrick était venu seul pour assister à l'autopsie d'une petite fille qui avait reçu une balle au cours d'une échauffourée dans une affaire de drogue.

Quelques instants plus tôt, pendant qu'elle observait les chaussures de la victime, il l'avait dévisagée intensément et elle avait eu l'impression de le connaître.

— Tu as raison, murmura Ruby Gomez, son assistante, qui attendait qu'elle finisse d'enfiler sa combinaison. Ce type est absolument stupéfiant.

Lucy leva les yeux au ciel. Ruby Gomez reluquait sans vergogne l'inspecteur Fitzpatrick, qui avait rejoint Stevie Mazzetti, sa partenaire, laquelle venait d'arriver.

— Ruby, grommela-t-elle. Tu as les yeux hors de la tête, c'est indécent. Tourne-toi vers moi.

Rudy ne bougea pas d'un millimètre.

— Pourquoi ? Tu viens d'avouer qu'il était stupéfiant.

— J'ai dit *les* stupéfiants. Il vient du bureau des stups.

— Ça, je sais. Pour tout te dire, je sais tout ce qu'il y a à savoir à propos de cet homme.

— Par exemple ? demanda Lucy d'un ton peu amène.

— Par exemple qu'il est sexy, répondit Ruby en lui jetant un regard amusé. Qu'est-ce que je devrais savoir de plus ?

— Qu'il est temps de travailler. Nous avons un cadavre affalé sur une table d'échecs. Concentre-toi.

— Je suis concentrée. Sur un flic sexy et bien vivant qui a un joli petit cul, répliqua Ruby.

Puis elle se détourna avec un soupir résigné.

— Très bien. Allons chercher le mort.

Elle referma les portières arrière de l'ambulance, en jetant un dernier coup d'œil à Fitzpatrick.

— Il est vraiment beau gosse.

Lucy secoua la tête d'un air indulgent. Au fond, elle était d'accord. J.D. Fitzpatrick était grand, ténébreux, séduisant, le tout en un cocktail parfaitement dosé qui le rendait irrésistible. Il y avait aussi sa manière si particulière d'évoluer. Il était félin, quand de nombreux flics étaient massifs et tout en muscles durs. Il avait de la présence, il paraissait sûr de lui. En résumé, il était plutôt dangereux. Et attentionné. Ce qui aggravait son cas.

Les hommes trop séduisants et sûrs d'eux étaient faciles à repérer et à éviter. Les gentils, on les laissait approcher et… Lucy ramassa sa trousse d'examen et avança vers le cadavre.

— Les hommes dans son genre apportent beaucoup trop d'ennuis, commenta-t-elle. Ça ne vaut pas le coup.

— A long terme, certainement pas, approuva Ruby. Je n'épouserais pas un type comme lui, ça c'est sûr. Mais pour un temps, c'est différent. Moi, je dis que ça vaut quelques déboires.

Elle avança ses lèvres rouge vif en une moue alléchée.

Le rouge était la marque distinctive de Ruby, qui aimait le tape-à-l'œil. Elle en mettait sur ses lèvres et sur ses longs ongles qu'elle retouchait à la fin de ses heures de service. Les hommes tournaient autour d'elle comme des abeilles autour d'une reine. Elle tirait de cette cour une certaine fierté et l'entretenait comme il se devait.

Lucy appréciait beaucoup Ruby. Elles avaient noué une véritable amitié, cantonnée certes à leurs horaires de travail, mais qui surprenait leurs collègues. L'eau et l'huile, disaient certains. Pas besoin d'avoir inventé la poudre pour savoir qui était l'eau. Ruby était vive et pétillante. Lucy, terne et renfermée.

C'était du moins l'impression qu'elle donnait. Mais personne ne savait qu'elle devenait une autre en sortant de la morgue, pas même Ruby. Personne ne savait que le violon était sa passion.

— Garde ce genre de déboires pour ton temps libre, dit Lucy d'un ton brusque. J'ai promis à l'inspecteur Fitzpatrick de procéder tout de suite à un rapide examen préliminaire. Au fait, j'ai combien de clients, aujourd'hui ?

— Quatre, il me semble, répondit Ruby d'un ton vague, tout en continuant à jeter des regards par-dessus son épaule. Il arrive. L'inspecteur Sexy Flic. Stevie Mazzetti est avec lui.

— Ruby ! protesta Lucy.

Ruby soupira de nouveau.

— Voilà, c'est ça, la différence entre nous, murmura-t-elle.

— Que je me comporte en professionnelle et pas toi ? demanda Lucy d'un ton railleur.

Ruby se contenta de sourire, pas du tout vexée.

— Ça aussi. Il faudrait que tu sortes un peu, ma petite. Ça te ferait du bien de rencontrer des hommes qui ne portent pas une étiquette au gros orteil.

— Pour l'instant, ma préoccupation principale, c'est cette victime sur sa chaise.

Ruby pinça la bouche.

— Et tu fais ta bêcheuse, en plus.

Lucy s'arrêta net.

— Quelqu'un a transporté ce cadavre sur cette chaise pour que ce soit moi qui le découvre, déclara-t-elle posément. Ce quelqu'un a également pris la peine de l'habiller comme une personne de ma connaissance, une personne qui m'est chère, pour me faire croire que j'avais perdu un ami. Donc, trouver qui est ce cadavre et comment il est mort, bref aider les flics à coincer le type qui a fait ça… c'est réellement une priorité pour moi.

L'attitude de Ruby changea aussitôt.

— Je suis désolée. Pourquoi tu ne files pas au labo ? Alan et moi, on peut s'occuper du transport.

— Si cet homme avait été mon ami, comme je l'ai cru au début, je vous aurais laissés faire. Mais il n'est pas mon ami et les deux inspecteurs attendent des réponses.

Ruby acquiesça.

— Dans ce cas, dépêchons-nous.

— Merci.

Ruby alla rejoindre d'un pas décidé Alan Dunbar, l'autre assistant, toujours en jetant des regards du côté de l'inspecteur Fitzpatrick. Lucy fut tentée de donner elle aussi un petit coup d'œil, mais elle avait du pain sur la planche.

Il fallait identifier cet homme au plus vite. Trouver qui avait placé ce cadavre sur son chemin et pourquoi.

— Lucy ! Qu'est-ce qui se passe ? Tout va bien ?

Lucy reconnut aussitôt la voix familière qui la hélait. Elle se détourna tout en baissant les yeux pour les mettre à la hauteur de Gwyn, un mètre cinquante et des poussières, soit vingt centimètres de moins qu'elle — vingt centimètres quand elle était pieds nus, parce qu'avec des bottines à talons, l'écart diminuait.

Lucy fut surprise que sa meilleure amie ait mis tant de temps à sortir. D'habitude, Gwyn s'arrangeait toujours pour se placer au premier rang de n'importe quel attroupement. La voix de Gwyn était paniquée. Lucy ouvrit aussitôt la bouche, dans l'intention de la rassurer.

— Je suis…

Elle s'arrêta net et se figea, les yeux écarquillés, en apercevant le nouveau chevalier servant de Gwyn.

Royce.

Royce ne connaissait que la Lucy du club et il contemplait d'un air dubitatif les deux lettres ME inscrites au dos de sa combinaison de légiste.

— Vous… Vous êtes venus tous les deux.

Depuis que Gwyn avait déménagé dans son immeuble, elle se doutait qu'un de ses petits copains finirait par la croiser dans la journée. Elle avait tout de même espéré qu'on la surprendrait en costume tailleur, pas en combinaison de légiste.

Et il fallait que ça arrive justement aujourd'hui, comme si elle n'avait pas eu sa dose de contrariétés.

Lucy soupira. Gwyn et Royce étaient venus la chercher très tard, la veille, à l'aéroport. Pas étonnant que Royce soit resté dormir chez Gwyn.

— Il est au courant, Lucy, murmura tout bas Gwyn en dévisageant intensément Lucy.

Elle paraissait moins paniquée.

— J'ai été obligée de lui expliquer. Mais il n'en parlera pas.

— C'est promis, renchérit Royce qui prenait visiblement la chose avec détachement. J'en déduis que vous n'étiez pas partie en Californie pour un salon commercial.

— Non, avoua Lucy. J'ai assisté là-bas à un symposium de médecine légale.

— Pourquoi avoir menti ? demanda-t-il d'un ton intrigué.

— Il y a des gens qui sont choqués par ce que je fais. C'est plus simple de ne pas en parler.

— Je crois que je comprends, dit-il avec un sourire engageant. Qu'est-ce qui s'est passé, ici ?

Gwyn se pencha pour tenter de voir la victime.

— Les voisins disent que c'est M. Pugh, mais tu es là, en

tenue de combat, l'air pas du tout contrariée, dit-elle. Donc, ce n'est pas lui.

— J'ai cru que c'était lui, mais ce n'est pas lui, en effet. On ne sait pas qui c'est.

Gwyn leva vers elle ses yeux sombres.

— Mais ce n'est pas M. Pugh, tu en es sûre ?

Elle semblait sincèrement préoccupée. Elle savait à quel point Lucy était attachée au vieil homme.

— Tout à fait sûre. Il faut que j'y aille, maintenant. On se retrouve plus tard ?

— Ce soir, répondit Gwyn en acquiesçant vigoureusement. Tout le monde a hâte de te retrouver, tu sais.

Elle aussi avait hâte de les retrouver. Elle ne s'était jamais absentée aussi longtemps, et elle avait pensé au club tous les soirs.

— Je vais faire de mon mieux, mais je serai peut-être retenue au boulot.

— Raison de plus pour la laisser filer, intervint Royce en s'adressant à Gwyn. Viens. Tu as vu tout ce qu'il y avait à voir, tu peux retourner te coucher, à présent.

Il gratifia Lucy d'un chaleureux sourire et lui pressa l'épaule.

— Si vous avez besoin de quoi que ce soit, n'hésitez pas à nous le faire savoir. Je suis content que cet homme ne soit pas votre ami.

— Merci, répondit Lucy.

Elle les regarda s'éloigner. Gwyn avait l'air d'une poupée, à côté de Royce. Il l'enveloppait de son bras, comme pour la protéger du spectacle de la scène de crime. Lucy se sentit soudain très seule. Gwyn croyait toujours que le dernier était le bon, mais ça n'avait jamais marché jusque-là. Elles étaient encore célibataires toutes les deux. Mais cette fois, Gwyn ne se trompait peut-être pas, songea Lucy.

Tout va changer. Et moi, je serai seule de nouveau.

Ce n'est pas le moment de broyer du noir, j'ai du boulot.

Arrivée près de la victime, Lucy posa sa trousse sur l'herbe, à côté de la civière qu'Alan avait préparée avec le sac à cadavre. Elle remarqua qu'il fixait le corps avec une drôle d'expression.

— Ça va ? demanda-t-elle.

Il était verdâtre.

— Il a eu droit à un traitement de faveur, celui-là, murmura-t-il.

— En effet, commenta Lucy avec une pointe de culpabilité.

Alan faisait partie de l'équipe depuis seulement quelques mois, et il n'avait jamais vu un corps aussi abîmé.

— J'aurais dû te prévenir, s'excusa-t-elle.

— Ça va. Les agents m'ont dit que tu l'avais pris pour un de tes voisins. Je suis content que tu te sois trompée.

— Moi aussi, murmura-t-elle.

Elle enfila des gants et fit signe à Ruby et Alan d'en faire autant.

— Il a dépassé le stade de la rigidité, il risque d'être mou. Essayez d'empêcher ses mains de sortir de ses poches.

— Pourquoi ? demanda Alan.

— Tu as vu l'état de son visage ? lui dit Ruby. Le tueur a dû aussi s'occuper de ses mains.

— Oh ! répondit Alan en avalant sa salive. Je vois.

Lucy effleura délicatement le crâne de la victime en fixant le sang coagulé avec un froncement de sourcils.

— Qu'est-ce qu'il y a ? demanda Fitzpatrick.

Lucy leva les yeux. Il les avait rejoints, avec Mazzetti.

— La texture de ce sang a quelque chose d'anormal. A part ça, je peux déjà vous dire qu'on lui a rasé le crâne.

Stevie se pencha pour regarder. Stevie était petite et brune, elle avait trente-quatre ans, un an de moins que Lucy, mais elle paraissait plus âgée.

— Ça va ? lui demanda-t-elle par-dessus le corps. Il paraît que vous avez été secouée. On peut appeler un autre légiste, si vous voulez.

— Pas la peine, répondit Lucy qui parvint à sourire.

Elle avait beaucoup de respect pour Stevie, sauf que… Stevie animait pour la police un groupe de parole pour le suivi de deuil. Lucy trouvait ce genre de chose inutile et morbide. Cet intérêt pour les morts lui paraissait malsain. Quand quelqu'un était mort, il était mort. *Je suis bien placée pour le savoir.* Se lamenter pendant des semaines était aussi vain qu'étrange.

— Mais merci tout de même, acheva-t-elle.

Stevie lui rendit son sourire, puis elle se redressa, rentrant de nouveau dans la peau de l'inspecteur.

— Il a une pièce d'identité sur lui ?

Lucy palpa les poches de l'imperméable de la victime et fit la grimace en ne rencontrant que le vide.

— Pas de portefeuille. Pas de doigts non plus.

— Pas de doigts du tout ? demanda Fitzpatrick.

— Il ne reste que la première phalange à gauche. Et à droite, c'est pareil, sauf…

Elle palpa un doigt à travers le tissu.

— On lui a laissé l'annulaire.

Elle leva les yeux vers Fitzpatrick, qui la dévisageait avec une étrange intensité, et elle se rendit compte qu'elle retenait son souffle. Le Sexy Flic, comme l'avait surnommé Ruby. En effet… Elle expira lentement.

— Et il porte un anneau.

Drew Peterson vint s'accroupir près d'elle, ce qui l'aida à se concentrer de nouveau.

— On pourra le lui enlever, une fois qu'il sera dans le sac ?

— On peut essayer, répondit-elle.

Elle palpa les jambes, cette fois, à travers le pantalon, et grimaça de nouveau.

— Fractures multiples. Ses genoux, on dirait de la bouillie. Ce type a été torturé.

— Je déteste ça, murmura Stevie.

— Je suppose qu'il a dû détester encore plus que toi, commenta sèchement Fitzpatrick.

Lucy se redressa et s'écarta du corps.

— Alan, Ruby, il est à vous.

Ruby était une pro, mais Alan avait vraiment une sale mine, suffisamment pour inquiéter Lucy. Pendant qu'elle surveillait la manœuvre pour s'assurer que rien ne tombait des poches du mort, Fitzpatrick s'était approché d'elle. Elle ne le vit pas, mais elle sentit la chaleur qui se dégageait de lui. Un frisson lui parcourut le dos.

— J'ai trouvé les Pugh, dit-il tout bas.

Il s'était penché pour lui parler à l'oreille et son souffle lui picotait la nuque.

— Ils vont bien.

Elle en fut tellement soulagée que ses genoux en flageolèrent, mais elle se tint bien droite et ses yeux ne quittèrent pas Ruby et Alan.

— Merci, dit-elle. Où étaient-ils ?

— Ils avaient confié au gérant un numéro à prévenir en cas d'urgence, celui de la sœur de Mme Pugh. Ils sont chez elle depuis deux jours. J'envoie tout de même une voiture de patrouille pour vérifier, par mesure de précaution.

— Merci. Je me suis absentée pendant deux semaines et je suis rentrée trop tard hier soir pour leur rendre visite. J'ignorais qu'ils n'étaient pas chez eux, mais ça ne me surprend pas. Mme Pugh rend régulièrement visite à sa sœur.

Il demeura silencieux quelques instants, mais resta tout près d'elle. Trop près.

— Qui était au courant de votre absence ?

Elle songea que tout le monde était au courant. Ses voisins ne l'avaient pas entendue jouer pendant deux semaines. Ils en avaient forcément déduit qu'elle était absente.

— Les gens de l'immeuble et mes collègues de travail. Je me suis rendue à un congrès de médecine légale, puis j'ai donné une conférence à l'université de Los Angeles.

— Vous n'avez pas mentionné sur votre page Facebook que vous partiez ?

Elle lui jeta un regard courroucé par-dessus son épaule.

— Bien sûr que non, protesta-t-elle.

Son nez ne se trouvait qu'à quelques centimètres du sien.

Elle put constater que ses yeux n'étaient pas noirs, comme elle l'avait cru, mais d'un bleu sombre.

— Certains le font, dit-il posément.

— Ils sont stupides. Je ne suis pas stupide.

— Humpf!

Le grognement d'Alan attira leur attention. Les mains du cadavre avaient glissé de ses poches au moment où ils le déposaient sur la civière. Heureusement, elles s'étaient posées sur le sac, qui n'était pas encore fermé. Rien n'était tombé dans l'herbe.

— Vous ne vous étiez pas trompée, commenta Fitzpatrick d'un ton morne quand ils entourèrent la civière. Il ne lui reste que l'annulaire de la main droite, avec un anneau. Mais il manque le bout du doigt.

— Je crois qu'on lui a cassé les dents, ajouta Lucy. Ça m'étonnerait beaucoup que vous trouviez une pièce d'identité sur lui.

— C'est l'anneau, sa pièce d'identité, intervint Stevie. Le tueur avait sûrement une raison de le lui laisser. Vous voulez bien le lui enlever ?

Lucy tira sur l'anneau et l'éleva pour le contempler à la lumière du matin.

— Université de médecine du Maryland, lut-elle.

Fitzpatrick fronça les sourcils.

— Je me demande ce que ce médecin a fait pour mériter qu'on lui écrase les genoux.

Lucy laissa tomber l'anneau dans le sac à indices que lui tendait Drew, puis elle retroussa délicatement la manche de la victime, révélant une montre en or.

— Une Rolex, dit-elle.

Elle la détacha du poignet et la posa dans la paume gantée de Fitzpatrick, qui tendait la main.

— Il y a une inscription, dit-il. « Thanks for the memories ».

Non, attendez, c'est bizarre, il y a deux *m* à « memories ». C'est plutôt « Thanks for the mammaries[1] ».

— J'ai l'impression que c'est un spécialiste des seins en silicone, votre client, commenta Ruby d'un ton ironique.

Lucy faillit rire, mais elle se retint. Ce n'était pas drôle.

— Un spécialiste qui n'avait pas que des patients reconnaissants, ajouta Fitzpatrick.

— Docteur Trask, il a quelque chose dans la bouche, dit doucement Alan.

L'objet était d'un blanc sale et ressemblait à un mouchoir. Stevie et Fitzpatrick se penchaient déjà, mais Lucy étendit son bras entre eux et la victime.

— Je préfère l'extraire dans un environnement protégé, dit-elle.

Fitzpatrick se redressa en faisant la moue.

— Oui, on connaît la chanson : une fois à la morgue… Je voudrais tout de même que vous regardiez tout de suite s'il n'a pas un portefeuille dans l'une de ses poches de poitrine, même si c'est probablement inutile.

— Ça oui, je peux, répondit Lucy, tout en palpant la poitrine de l'homme du bout des doigts.

Elle tressaillit.

— Qu'est-ce qu'il y a ? demanda Stevie, du ton angoissé de quelqu'un qui n'a pas vraiment envie de savoir.

Lucy appuya un peu plus sur le tissu beige de l'imperméable, pour être sûre. Non, elle ne s'était pas trompée. Ses doigts ne rencontraient aucune résistance là où ils auraient dû buter contre des côtes.

— Vos doigts, murmura Fitzpatrick. Ils ne devraient pas s'enfoncer autant, n'est-ce pas ?

— Non, répondit-elle en levant les yeux vers lui. Je ne sais pas si c'est la cause de la mort, mais il y a un gros trou à la place du cœur.

Stevie laissa échapper un soupir.

1. « Merci pour les souvenirs. » « Merci pour les implants mammaires. »

— Je crois que ce type vient de se placer en tête de votre liste, dit-elle.

Lucy acquiesça.

— Oui. Il se place en tête de liste, en effet.

Lundi 3 mai, 8 h 15

Clay Maynard raccrocha son téléphone en fronçant les sourcils. Il avait passé une sale nuit et la matinée s'annonçait plutôt mal.

— Eh bien ? demanda depuis le seuil de la porte Alyssa Moore, sa secrétaire.

— Evan ne s'est pas manifesté la semaine dernière, et pas ce matin non plus. Il ne répond pas au téléphone. Le contremaître du chantier pour lequel il travaillait vient de m'apprendre qu'il ne s'est pas présenté depuis une semaine. Qu'est-ce que tu as trouvé, de ton côté ?

— Il n'habite toujours pas l'appartement que Nicki a loué pour lui.

Alyssa se mordilla pensivement les lèvres.

— Ça craint. Est-ce que tu crois que Margo a retrouvé sa trace ?

— Pas s'il a suivi les conseils de Nicki, soupira Clay.

Il sentait venir la migraine.

— Mais si elle l'a retrouvé…

Il ne termina pas sa phrase.

— Elle avait déjà essayé deux fois de le tuer. Peut-être que la troisième a été la bonne.

— Merde, grommela Clay. On lui avait procuré une nouvelle vie. Tout ce qu'il avait à faire, c'était de s'y installer.

Alyssa vint s'asseoir dans un fauteuil, devant le bureau, en face de Clay, en croisant ses longues jambes. Clay sentit son mal de tête s'aggraver. Il avait fait la connaissance d'Alyssa quatre ans plus tôt, à l'époque où il était fiancé avec sa sœur aînée, Lou. A ce moment-là, Alyssa était une adolescente efflanquée doublée d'un garçon manqué. Mais aujourd'hui, elle avait dix-huit ans, des jambes qui n'en finissaient plus, et toujours le chic pour s'attirer des ennuis, quoique d'un genre différent. Clay ne s'était pas marié avec Lou, mais ils étaient restés bons amis — suffisamment pour qu'elle se sente autorisée à lui demander un service, celui de surveiller sa turbulente petite sœur.

Heureusement, Alyssa ne s'acquittait pas trop mal de sa tâche de secrétaire, parce que l'empêcher de faire des bêtises s'avérait beaucoup plus prenant qu'il ne l'aurait cru.

— Ça ne t'ennuierait pas de…

Il désigna sa jupe trop courte.

— Je te paye assez pour que tu t'offres des vêtements avec un peu plus de tissu que ça.

Alyssa leva les yeux au ciel et tira sur sa jupe.

— Seigneur… On croirait entendre Lou. Ou mon père. Et franchement, je ne sais pas lequel de vous trois est le plus pénible.

— Difficile à dire, grommela Clay. On est armés tous les trois.

La sœur aînée d'Alyssa, Lou, était shérif dans le Maryland, et M. Moore, le père, était retraité de la police de Boston. Clay était lui-même un ancien flic. C'était la raison pour laquelle M. Moore avait accepté que sa fille cadette travaille dans son agence de détective privé.

Pour cette raison, et aussi parce qu'il tenait à l'éloigner du jeune Roméo dont elle avait cru ne pas pouvoir se passer. Un mois à Baltimore avait suffi pour qu'elle l'oublie totalement. Ce que M. Moore ignorait, c'était qu'elle avait découvert ici un tout nouveau cheptel fort intéressant. Mais ça, c'était le cadet des soucis de Clay.

— Elle ne te dérangeait pas, ma jupe, hier soir, rétorqua Alyssa. Grâce à moi, ce crétin ne s'est pas aperçu que tu mettais un traqueur sous sa voiture. Il était trop occupé à reluquer mes jambes.

Clay ferma les yeux et fouilla à tâtons dans un tiroir pour chercher son flacon d'antalgiques.

La veille, il était intervenu pour une cliente séparée de son mari, un Mexicain, lequel n'avait pas ramené son enfant après un week-end de garde. Le père refusait de dire où se trouvait l'enfant et elle craignait qu'il ne l'emmène au Mexique.

Clay avait donc imaginé que Nicki pouvait se poster quelque part, en simulant une panne de voiture, pour distraire le type avec son décolleté. Pendant ce temps, lui, Clay, lui aurait collé un appareil espion sous la bagnole, en espérant que ça les mènerait à l'enfant.

Sauf que Nicki était en vacances au bord de la mer, à une heure de voiture, et qu'elle n'avait pas daigné répondre au téléphone de toute la journée.

Clay avait donc décidé de se débrouiller seul. Il avait frôlé la crise cardiaque en découvrant Alyssa négligemment adossée à la voiture du type, à la place de Nicki.

— Oui, ça m'a dérangé, répondit-il. J'avais prévu de faire ça tout seul, mais tu étais déjà là, à l'attendre. Qu'est-ce qui t'a pris, de t'en mêler sans me prévenir ?

— Il m'a pris que tu avais besoin d'aide, répliqua posément Alyssa. Le petit garçon aussi avait besoin d'aide. Si tu n'avais pas mis cet appareil en place hier, Dieu seul sait où serait ce gamin aujourd'hui.

— Probablement en route pour le Mexique, admit Clay.

Nicki était d'ordinaire une partenaire sur laquelle on pouvait compter. Nicki avait été flic, elle aussi. Elle avait laissé tomber la police d'Etat de DC au moment où l'ex-partenaire de Clay était parti pour Chicago. A présent, Clay et Nicki partageaient l'agence et les missions. Ils aidaient des gens qui ne savaient plus vers qui se tourner.

Cela exigeait une certaine souplesse vis-à-vis des lois, mais ils faisaient du bon boulot.

Sauf que, ces derniers temps, Clay avait dû plusieurs fois rattraper les bévues de Nicki. Elle était préoccupée. Sombre. Il espérait que ces vacances à la plage l'aideraient à se débarrasser du fatras qui encombrait en ce moment son crâne — quel qu'il soit.

— On a réussi, reprit Alyssa. J'ai assuré.

— C'est vrai. Mais tu aurais pu aussi te faire tuer. Promets-moi de ne plus me faire un coup pareil.

— Promets-moi de me former, répondit-elle en haussant un sourcil. Je serai sage et obéissante.

Clay s'efforça de ne pas perdre patience.

— J'y réfléchirai, dit-il.

Puis il se remit à chercher ses cachets.

— Dernier tiroir de gauche, dit Alyssa. J'ai pris la liberté de réorganiser ton bureau.

Il se pencha sur le tiroir. En effet, elle avait rangé.

— Eh ben ! s'exclama-t-il. Merci.

Elle inclina la tête d'un air digne.

— De rien. Bon, si on en revenait à Evan ?

— Ouais. Evan.

Nicki lui avait demandé de veiller sur Evan pendant son absence, mais il l'avait un peu négligé à cause de cette histoire de gamin, qui ne souffrait pas de délai. Et maintenant, Evan demeurait introuvable.

— Il se passe quelque chose, dit-il.

— Est-ce que tu crois que sa cinglée de maîtresse a réussi à le retrouver ?

— Merde, murmura Clay en constatant qu'il ne lui restait que trois cachets.

Il lui semblait pourtant qu'il venait d'acheter ce flacon. Et c'était probablement le cas.

— J'espère que non. Mais va falloir qu'on vérifie.

— Tu vas te faire un trou dans l'estomac, commenta Alyssa d'un ton mi-sérieux, mi-railleur.

Il l'ignora et avala les cachets avec une gorgée de café froid.

— Margo n'a pas pu le retrouver s'il a suivi les instructions de Nicki. Il a dû faire une connerie.

Alyssa soupira.

— Je l'aurais cru plus malin que ça.

— Il a des gosses. Les gosses, ça pousse les gens à faire des conneries. Il aura voulu les revoir une dernière fois avant de devenir Ted Gamble.

— Qu'est-ce que tu comptes faire ?

— Le chercher. S'il est mort, on signalera Margo à la police. S'il a changé d'avis, il faut que je récupère ses nouveaux papiers.

Il vérifia sa montre. Compte tenu de la circulation, il y avait environ quatre heures de route pour se rendre dans le sud de la Virginie.

— Je peux être à Newport News dans le milieu de l'après-midi.

— Je vais te chercher le nom de l'hôtel où Nicki avait l'habitude de descendre.

Alyssa retourna dans son bureau, pendant que Clay relisait le dossier clair et détaillé rédigé par Nicki. Evan Reardon avait fait une grosse bêtise, celle de tromper sa femme avec Margo Winchester, une strip-teaseuse et prostituée, dont il avait cru à tort pouvoir se débarrasser quand il en serait lassé.

Margo l'avait menacé de tout raconter à sa femme, et elle avait mis sa menace à exécution. La femme d'Evan l'avait quitté, en emmenant leurs trois enfants. Elle s'était installée chez ses parents, et tout ce qu'elle avait bien voulu dire à Nicki, c'était qu'elle ne voulait plus entendre parler d'Evan. Puis elle lui avait claqué la porte au nez.

Abandonné ou pas, Evan n'avait pas épousé Margo, laquelle était devenu violente. Il s'était adressé à la police, mais le père de Margo étant flic, ça c'était retourné contre lui.

Evan s'était adressé à Nicki quand Margo en était venue à menacer de s'en prendre à ses enfants. Il voulait à tout prix l'éloigner d'eux. Il n'osait pas porter plainte. Il songeait à se faire passer pour mort et à prendre une nouvelle identité. La méthode pouvait paraître radicale, mais il était aux abois.

Aider les gens à prendre un tout nouveau départ, c'était ce que Clay et Nicki faisaient de mieux. C'était devenu compliqué de se procurer une nouvelle identité, depuis les attentats du 11 Septembre, mais ça restait possible pour qui savait s'y prendre. Clay et Nicki savaient. Avant de rendre ce service, ils vérifiaient que le client ne les menait pas en bateau, bien entendu. Pour Evan, c'était Nicki qui s'en était chargée.

Clay soupira, en espérant une fois de plus que Nic n'avait pas pris une semaine de vacances pour se débarrasser du problème Evan. Ils n'avaient jamais « perdu » un client. Evan serait peut-être le premier. Il referma le dossier et boucla son porte-documents. Il devait absolument découvrir ce qui était arrivé à Evan Reardon.

3

Lundi 3 mai, 8 h 30

Assis derrière le volant, J.D. attendait que Stevie le rejoigne dans le garage public près de la morgue. Cela faisait déjà une heure que le corps était arrivé. Avec un peu de chance, le Dr Trask aurait de nouveaux éléments pour eux. Stevie et lui avaient fait le tour des voisins, mais personne n'avait rien vu.

Stevie verrouilla sa voiture.

— Je voulais te remercier pour avoir couvert mon retard ce matin, dit-elle.

— Pas de problème. J'aurai peut-être besoin du même service un jour.

Ils arrivaient devant la porte de la morgue, et J.D. se prépara intérieurement. Il avait cet endroit en horreur. Il plaignait les légistes qui y passaient leur temps.

— Cette affaire est pour toi un véritable baptême du feu, commenta Stevie.

— Ne t'inquiète pas, j'ai vu pire.

— Ce type a été réduit en bouillie, on lui a coupé les doigts et enlevé le cœur. Et ça, c'est ce qu'on a su avant de le débarrasser de ses vêtements. Et toi, tu as vu pire ?

— J'ai vu pire, répéta-t-il doucement.

C'était malheureusement la triste vérité.

— Tu as déjà eu affaire à un type qu'on avait torturé, au bureau des stups ? demanda-t-elle.

— Non, répondit-il en levant les yeux au ciel.

— Merde, J.D., tu vas cracher le morceau ou quoi ?

Il eut un petit sourire, à peine esquissé.

— Désolé, je ne suis pas habitué à travailler avec une partenaire aussi curieuse.

Mais il aurait menti en disant qu'il était surpris. Stevie essayait toujours de savoir ce qu'il avait dans le crâne. C'était chez elle une manie.

— Où est-ce que tu as vu pire ? En Afghanistan ? A Kandahar ?

Le visage de J.D. se ferma. Elle savait, pour Kandahar. Elle savait aussi ce qu'il avait fait là-bas. Peu de gens étaient au courant, mais le mari de Stevie avait été son meilleur ami.

— Oui.

— Paul disait que tu l'avais autorisé à m'en parler.

C'était vrai. Paul n'aurait jamais dit un mot là-dessus sans qu'il lui donne son feu vert.

— Oui, je l'avais autorisé, mais je ne me doutais pas que tu serais un jour ma partenaire.

Stevie eut un sourire attristé.

— Je peux m'arranger pour oublier. Faire comme si je n'étais pas au courant.

— Non, ça va.

— Tu n'as pas à avoir honte. Tu as servi ton pays. Tu as fait ce qu'il fallait.

J.D. songea à tous ces jours et ces nuits, posté, à guetter une cible. Et au dégoût de lui-même qui l'envahissait quand il avait appuyé sur la détente. Il s'était senti très seul en rentrant au pays, même s'il vivait avec Maya. Il s'était laissé porter par le mouvement, il avait fait son boulot, il s'était inscrit au club sportif de la police, où il avait excellé au softball. Mais ça ne l'avait pas empêché d'être seul.

Jusqu'au soir où Paul lui avait envoyé un ballon en pleine tête, puis avait insisté pour l'emmener passer une radio. J.D. n'avait jamais su si c'était un accident ou un prétexte pour établir le contact avec lui. En tout cas, Paul était devenu son premier copain, il lui avait présenté sa famille.

La nuit où Paul avait été assassiné, J.D. s'était de nouveau retrouvé seul. Puis Maya était morte, lui ôtant l'illusion d'avoir quelqu'un dans sa vie. Mais tout ça, c'était du passé, comme Kandahar. Des souvenirs qu'il se donnait rarement le droit d'évoquer.

Il ouvrit la porte de la morgue.

— Nous y sommes, dit-il.

Stevie avait l'air de quelqu'un qui ne demande qu'à poursuivre la conversation, mais, heureusement, elle laissa tomber.

— Je ne savais pas que tu connaissais Lucy Trask.

Ce nouveau sujet de conversation le mit aussi mal à l'aise que le précédent, mais pas pour les mêmes raisons.

— Je ne la connais pas, je ne l'ai rencontrée qu'une fois, trente minutes, au cours d'une autopsie, quand j'étais aux stups.

— Vraiment ? Je n'aurais pas cru, fit-elle remarquer d'un ton mutin. Lucy est une bonne légiste. Elle a le cœur bien accroché. Je ne l'ai jamais vue secouée comme aujourd'hui. Elle a dû passer un sale moment quand elle pensait que la victime était son ami. Elle n'a pas beaucoup d'amis.

Elle poussa la porte de la salle d'autopsie. Lucy était là, derrière une table d'examen, couverte de la tête aux pieds — vêtements stériles, blouse, masque, casaque chirurgicale — exactement comme la première fois que J.D. l'avait rencontrée. Sauf que, cette fois, le corps sur lequel elle se penchait était celui d'un adulte.

Elle était tellement concentrée qu'elle ne les avait pas entendus entrer.

— Alors, vous avez des choses à nous dire ? demanda Stevie.

Lucy Trask sursauta et leva la tête. Ses yeux rencontrèrent ceux de J.D., puis elle s'empressa de les baisser de nouveau vers le cadavre. L'échange n'avait duré que quelques secondes, mais J.D. eut le temps de déceler dans son regard une sorte d'étonnement candide — et aussi une drôle de lueur.

Une lueur d'intérêt ?

Cela faisait bien longtemps qu'il n'avait pas approché une femme, mais il restait capable de se rendre compte si on s'intéressait à lui ou pas. Quelques instants plus tôt, sur la scène de crime, il avait senti qu'elle n'était pas insensible à sa présence. En ce moment, elle se demandait vraisemblablement ce qui lui arrivait. Il eut un petit pincement au cœur. Lui aussi, il se le demandait.

— J'ai des choses à dire, oui, répondit-elle d'un ton un peu trop brusque. J'allais l'inciser.

Elle écarta le masque de son visage et le laissa pendre à son cou.

— Mais puisque vous êtes là, prenez le temps de l'examiner avant que je commence. Enfin, d'examiner ce qu'il en reste, je veux dire…

Elle n'exagérait pas. L'homme était tellement amoché qu'on ne pouvait pas tout saisir du premier coup d'œil. Le plus impressionnant, c'était son visage et l'énorme trou au niveau de son torse. Les doigts coupés ajoutaient encore au macabre du spectacle.

Stevie fit la grimace.

— On s'est servi de quel genre d'outils pour le mettre dans cet état ?

— Plusieurs. Je vous ai dit à la palpation qu'il avait les jambes fracturées ; la radio a confirmé. Il présente trois fractures au niveau du fémur droit et deux au niveau du gauche. Je pense que le meurtrier a utilisé une batte de base-ball. Le trou dans la poitrine, lui, est postérieur à la mort. Par contre, quand on lui a arraché les yeux, coupé la langue et sectionné les doigts, il était encore en vie.

— La langue était dans le mouchoir ? demanda Fitzpatrick.

Lucy Trask acquiesça.

— La cause de la mort, vous l'avez déterminée ? demanda Stevie en soupirant.

— Pas encore. Autre élément intéressant, le visage a été touché.

— Je m'en étais aperçue, rétorqua sèchement Stevie. Pas besoin d'être médecin pour le voir.

Lucy Trask secoua la tête.

— Je parlais de chirurgie plastique.

— Comment pouvez-vous le savoir ? s'étonna J.D. Son visage est totalement démoli.

— Il a tous les os brisés, oui, mais il a des implants au niveau des pommettes. On les voit distinctement à la radio.

— Ils portent un numéro de série, ces implants ! s'exclama Stevie. Avec ça, on va pouvoir l'identifier.

— Probablement, répondit Lucy Trask. Je vais les retirer pendant l'autopsie. Le tueur ne devait pas être au courant.

— Il a peut-être enlevé le cœur à cause d'un appareil, suggéra Stevie. Un appareil qui aurait permis de l'identifier.

— Je me suis posé la même question, approuva Lucy Trask. Nous le saurons quand nous aurons le nom de la victime.

— Comment il s'y est pris, pour le cœur ? demanda Stevie. Ce n'est pas facile à enlever, un cœur.

— Non, en effet. Je peux déjà vous dire qu'il a utilisé un outil suffisamment puissant pour sectionner proprement les os de la cage thoracique et les muscles. C'est du beau travail.

— Il n'y a pas beaucoup de sang, commenta Stevie.

— Il a lavé la victime avant de la rhabiller.

— Et le trou dans la poitrine, il n'a pas continué à saigner ?

— Il était bourré avec un essuie-mains, basique, en coton blanc.

— C'est tout ce que vous avez ? demanda J.D.

Elle haussa les sourcils.

— Si vous me laissiez finir, inspecteur ? J'ai pris sa température. Quatorze degrés.

J.D. et Stevie échangèrent un regard surpris.

— Il a été congelé ? demanda J.D.

Lucy Trask acquiesça.

— Exactement.

— Merde, avec ça, on ne va pas pouvoir déterminer la date de la mort..., grommela Stevie. Mais comment a-t-il fait pour faire asseoir le type sur une chaise, s'il était gelé ?

— Le tueur a décongelé les extrémités, probablement en les trempant dans l'eau. Un peu comme quand vous décongelez une dinde dans votre évier et que les ailes et les pattes sont les premières à s'assouplir. Ça a dû suffire à rendre le corps manipulable. Ça expliquerait pourquoi il n'avait plus de sang sur le corps, alors que son visage et son crâne sont encore couverts de sang coagulé.

— Il est resté congelé combien de temps ? demanda J.D.

Il vit passer une lueur d'inquiétude dans les yeux de leur interlocutrice.

— Pour le congeler et le décongeler partiellement, il a fallu au moins une semaine. Peut-être plus.

— Deux semaines ? suggéra-t-il calmement.

Elle baissa les yeux vers le cadavre, puis les leva de nouveau vers lui.

— Peut-être.

Stevie soupira.

— Le laps de temps qu'a duré votre absence, en somme. Vous rentrez hier soir, et ce matin, un cadavre congelé est décongelé pour être placé sur le trajet habituel de votre jogging.

— Habillé comme votre ami et voisin, sur la chaise où il a l'habitude de s'installer, ajouta J.D.

— Tout ça ne me dit rien qui vaille, murmura Stevie. Autre chose, Lucy ?

Celle-ci souleva délicatement le corps, juste assez pour leur permettre de voir le dos de la victime.

— Qu'est-ce que c'est ? demanda J.D. en faisant la grimace.

— Des brûlures de cigarette, répondit Lucy. Post mortem. Appuyez sur l'une des touches de l'ordinateur qui se trouve sur le comptoir, là-bas. J'ai pris une photo avant votre arrivée.

J.D. s'exécuta et l'écran de veille s'effaça pour laisser apparaître une photo du dos de la victime, avec un gros plan sur les brûlures de cigarette. Il regarda en silence, avec une seule pensée en tête. *J'ai parlé un peu trop vite : je n'avais pas vu pire.*

Stevie se pencha pour étudier l'écran.

— On dirait la lettre *I*.

Elle se tourna vers J.D., avec un air crispé.

— Ou bien le chiffre un, en chiffre romain. Ou encore autre chose.

J.D. se tourna vers Lucy et comprit à son regard qu'elle pensait la même chose qu'eux.

— Dépêchez-vous de retirer ces implants, docteur, dit-il. Il faut absolument identifier ce type.

Lundi 3 mai, 9 h 55

— Ce que vous me racontez ne me plaît pas beaucoup, grommela le lieutenant Peter Hyatt.

Debout devant sa fenêtre, il contemplait la rue en contrebas.

C'était un homme imposant qui souriait rarement et mettait un point d'honneur à ce que tout le monde sursaute à ses ordres.

Stevie assurait que Hyatt aboyait beaucoup et mordait rarement, mais J.D. n'était pas à l'aise avec lui. Il tâchait d'en faire abstraction. L'important, c'était que ce bougon soit capable de les soutenir.

J.D. songea à leur victime marquée de la lettre *I*. Avec cette affaire, ils allaient avoir besoin de soutien.

Hyatt se détourna de la fenêtre avec une bouche plissée de contrariété.

— Mais j'ai l'habitude. Il est rare que je sois content d'entendre ce qu'on vient me raconter dans ce bureau. Vous pensez donc que le corps a été placé de manière à ce que cette légiste le trouve ? Et pourquoi, d'après vous ?

— Ça, on n'en sait rien encore, répondit Stevie. Mais on va le découvrir.

— Cette Trask…

Hyatt se percha sur un coin de son bureau, en croisant ses bras sur sa poitrine massive.

— Parlez-moi un peu d'elle.

— Elle est douée, répondit Stevie. Elle a le sens du détail

et un bon esprit de déduction. Et elle n'est pas complètement obsédée par les procédures, comme certains de ses collègues.

Hyatt secoua la tête.

— Avec vous, Stevie, tout le monde n'a que des qualités. Et sa vie privée ? Des petits copains, des fiancés éconduits et vengeurs ? Une raison de penser qu'elle serait personnellement visée ?

Stevie fronça les sourcils.

— Je ne pense pas qu'elle fréquente quelqu'un. Mais je ne sais rien d'elle en dehors du boulot. C'est quelqu'un de très réservé.

J.D. se rendit soudain compte qu'il écoutait Stevie en retenant son souffle.

Elle ne fréquente personne.

— Réservée, je confirme, dit-il. Elle s'est aperçue que la victime n'était pas son voisin parce que la pointure ne correspondait pas. Elle le savait parce qu'elle avait massé les pieds du vieil homme cet hiver, un soir qu'il était sorti pieds nus de chez lui. J'ai eu un mal fou à le lui faire dire. Ça paraît pourtant anodin.

Hyatt fronça les sourcils.

— Ce comportement n'est pas normal. Si elle se fait prier pour raconter un truc aussi banal, c'est qu'elle a des secrets. Des secrets qui pourraient expliquer pourquoi quelqu'un a placé un cadavre sur son chemin. La victime, vous l'avez identifiée ? Elle la connaît ou pas ?

— Il s'agit de Christopher Jones, répondit Stevie. Il avait des implants au niveau des pommettes et on a attendu que Trask vérifie le numéro de série. Elle dit qu'elle n'a jamais entendu parler de lui.

Hyatt haussa ses sourcils gris.

— Et vous la croyez ?

— Oui, répondit un peu trop vite J.D., ce qui lui valut un regard aigu de la part de Hyatt.

Se sentant rougir, il haussa les épaules.

— J'ai vu son expression quand elle croyait que la victime était son ami. Je ne pense pas qu'elle nous mente, pour celui-ci.

Stevie acquiesça pour renchérir.

— Je suis d'accord. Elle coopère, Peter. Nous n'avons aucune raison de penser qu'elle est impliquée.

— A part que le tueur tenait visiblement à ce qu'elle découvre le corps, commenta Hyatt d'un ton sarcastique. Un petit détail, en somme. Que savons-nous à propos de la victime ?

— L'homme habitait Columbia, répondit Stevie. Nous y allons.

— M. Jones était donc médecin, si on se fie à l'anneau qu'il portait…

— Non, il n'était pas médecin, mais avocat spécialisé dans les divorces.

— Je n'aime pas les avocats spécialisés dans les divorces, surtout quand je signe mon chèque de pension en fin de mois. Mais je suppose que ce qui vous tracasse, c'est que votre avocat portait un anneau qui aurait dû appartenir à un médecin.

— Et une Rolex avec une inscription le remerciant pour des implants mammaires, ajouta J.D.

Hyatt ne put s'empêcher de rire, puis il se reprit et se racla la gorge.

— Désolé, excusez-moi, vous avouerez que c'est comique.

Il s'efforça de reprendre un air digne.

— Enquêtez sur cet avocat. Trouvez pourquoi il portait une bague provenant d'une école de médecine, et pourquoi il est mort. Trouvez aussi en quoi il peut être lié au Dr Trask. Même si ce que vous découvrez vous déplaît.

Il posa sur Stevie un regard appuyé.

— Vous êtes amies, toutes les deux ? Ça vous pose un problème d'enquêter sur elle ?

Stevie haussa les épaules.

— Elle m'est sympathique, mais ce n'est pas mon amie, non. Ça ne me pose aucun problème d'enquêter sur elle.

Hyatt se tourna vers J.D.

— Et vous ? Vous étiez bien prompt à la défendre, il y a cinq minutes.

J.D. secoua la tête, avec la désagréable sensation d'être obligé de se justifier.

— Je lui ai parlé aujourd'hui pour la première fois. Donc, non, pas de problème pour moi non plus.

Il espéra que c'était vrai. Mais il avait tout de même quelques doutes quand il songeait à la manière dont son pouls s'était emballé sous le regard de braise de Lucy Trask.

— Dans ce cas, foncez. N'oubliez pas de vous intéresser à ce *I.* si je dois annoncer aux huiles que nous avons un tueur en série sur les bras, plus j'aurai de détails, mieux ce sera.

Lundi 3 mai, 10 h 20

— Vous avez sonné ?

Lucy leva les yeux de son microscope. Le Dr Craig Mulhauser passait sa tête à la porte du labo. Il était aujourd'hui son patron, mais il avait été l'un de ses professeurs à l'école de médecine. C'était entre autres pour suivre son exemple qu'elle avait choisi de se consacrer à la médecine légale.

Elle avait tout de même longuement hésité entre cette voie et jouer dans les rues du centre-ville.

La deuxième option aurait probablement rendu sa mère hystérique. Elle imaginait ses lamentations. « Dire que nous t'avons payé tous ces cours de musique pour que tu joues dans la rue ! Pour quelques pièces. Comme une mendiante. » Lucy avait vraiment failli opter pour une vie de musicienne de rue, rien que pour le plaisir d'entendre sa mère se désoler. Elle songea au club, sa deuxième maison. Elle avait finalement réussi à concilier la musique et la médecine.

Elle fit signe à Craig d'entrer.

— Je ne vois pas ce que je devrais voir, et je voudrais votre avis, dit-elle.

Il montra le microscope.

— C'est l'inconnu de ce matin ?

— Christopher Jones. Quatorze degrés de température corporelle.

Les sourcils broussailleux de Craig grimpèrent d'un cran.

— C'est pas courant, ça.

— Comme vous dites. Les bras, les jambes et les articulations des hanches ont été décongelés. J'aurais dû m'en douter au moment où il a basculé sur la table d'échecs, au bruit qu'a fait le corps. « Boum », au lieu de « splash ».

— « Boum », au lieu de « splash » ?

Elle plissa les yeux.

— Vous comprenez ce que je veux dire.

— Oui, je vous comprends toujours, et c'est bien ce qui m'inquiète, répondit-il avec un petit sourire. Bon, sérieusement, si vous pensiez que c'était un ami, il est normal que ce « boum » qui aurait dû être un « splash » ne vous ait pas alertée plus que ça. Et là, dans votre microscope, qu'est-ce qui vous tracasse ?

Elle s'écarta pour lui laisser la place.

— L'absence de dessiccation, expliqua-t-elle tandis qu'il collait son œil à l'oculaire. Je devrais trouver des dommages cellulaires beaucoup plus importants.

— Mais ce n'est pas le cas, murmura-t-il. D'où vient cet échantillon ?

— De la cuisse, mais les échantillons de l'abdomen et du bras donnent les mêmes résultats. C'est anormal.

Des cellules décongelées auraient dû porter des traces de cristallisation et de déshydratation.

Craig leva les yeux vers elle.

— Et vous en concluez ?

— Il a bien été congelé, mais pas de manière classique. Je sais que ça paraît dingue, mais on dirait que ce type a eu droit à une congélation cryogénique. Comme pour du maïs.

— Ça ne me paraît pas dingue du tout. Dans le cas d'une congélation choc, l'eau contenue dans les cellules est instantanément cristallisée et la déshydratation minimale. C'est exactement ce que nous observons ici. Pas de dommages cellulaires. Goût conservé. Du moins dans le cas du maïs.

Il s'appuya au comptoir.

— Mais il faudrait un appareil d'une certaine taille pour congeler un corps humain par cryogénie.

— Je sais. La victime mesurait un mètre quatre-vingts.

Elle haussa les épaules.

— Ça fait au moins une piste. Combien de congélateurs géants y a-t-il dans les parages ?

— Bonne question, mais j'avoue que je suis surtout intéressé de savoir pourquoi on a congelé ce type.

— L'inspecteur Fitzpatrick pense que le tueur voulait que ce soit moi qui découvre le cadavre. C'est pourquoi il a été installé à une table d'échecs, habillé comme mon voisin. Je n'étais pas là pendant quinze jours, le tueur a dû chercher un moyen de conserver le corps jusqu'à mon retour. D'où la congélation.

Le visage de Craig se rembrunit. Il venait de comprendre.

— Mais pourquoi un tueur ferait-il ça ? Pourquoi vous ? Pourquoi justement vous ?

Elle dut se retenir pour ne pas se dandiner comme une enfant prise en défaut.

— Sans doute parce qu'il trouvait ça plus théâtral, que le corps soit découvert par un légiste. Franchement, ça ne me paraît pas très important, puisque je ne connaissais pas la victime.

— Admettons. Mais pourquoi s'est-il donné tout ce mal pour que ce soit vous ? Vous n'êtes pas la seule légiste. Et vous n'êtes pas une vedette, Lucy. Vous n'avez jamais accordé la moindre interview. C'est toujours moi qui donne les conférences de presse. Comment ce type était-il au courant de votre existence ? Comment savait-il que vous couriez tous les matins dans ce parc ? Comment savait-il que vous n'étiez pas à Baltimore pendant quinze jours ?

Elle passa mentalement en revue la liste de ceux qui savaient qu'elle était légiste et qu'elle n'était pas chez elle. Les gens qui habitaient son immeuble, ceux qui travaillaient avec elle, ceux de l'université de L.A. où elle avait donné une conférence, ceux de l'hôtel où elle était descendue en Californie.

Et les gens du club. Il ne fallait pas négliger le club.

— Pas mal de personnes savaient que je n'étais pas en ville et que je suis médecin légiste, conclut-elle tout haut.

— Et que vous courez tous les jours ? Et que ce vieil homme était quelqu'un d'important pour vous ?

— Je ne sais pas, murmura-t-elle.

Ces détails de sa vie privée n'étaient connus que d'une petite poignée de personnes. Mais on pouvait toujours se renseigner…

— Je veux que vous soyez prudente, dit Craig d'une voix angoissée.

— Je le suis. Ne me faites pas peur.

— Bon, soupira Craig en se levant. Appelez-moi quand vous serez chez vous ce soir.

Elle hésita.

— Je vais rentrer tard. Je ne voudrais pas réveiller Rhoda.

— Vous ne la réveillerez pas. Elle est plus difficile à réveiller qu'un mort.

Il secoua la tête.

— Désolé. Ce n'était pas de très bon goût.

Elle sourit.

— Vous faites ce genre de gaffes depuis que je vous connais, et c'est seulement aujourd'hui que vous pensez à vous excuser ?

Craig ne lui rendit pas son sourire.

— Je ne plaisante pas, Lucy. Appelez-moi quand vous arriverez chez vous. Même s'il est tard. Appelez de votre téléphone fixe, pas de votre portable. Et pas de texto non plus. Je suis de la vieille école, je veux entendre votre voix, avoir une preuve matérielle de votre présence dans votre appartement.

Elle soupira. Elle aurait préféré lui envoyer un texto depuis le club.

— Très bien. Je vous appellerai. De chez moi, ajouta-t-elle tandis qu'il lui jetait un regard méfiant.

— Parfait.

Lundi 3 mai, 10 h 35

— C'est là, annonça Stevie en regardant par la vitre de sa portière.

J.D. avait conduit jusqu'à la maison de Christopher Jones, pendant qu'elle se débattait au téléphone pour obtenir le bon service à l'université de médecine. Après quatre transferts d'appel et quinze minutes de musique d'ascenseur — qu'elle avait paru apprécier, ce qui avait vaguement inquiété J.D. —, elle avait enfin obtenu son renseignement.

Christopher Jones n'avait jamais été inscrit à l'école de médecine du Maryland.

J.D. se gara.

— Il y a une rampe pour fauteuil roulant devant la maison, dit-il.

— Et un autocollant handicapé sur la camionnette stationnée dans l'allée, ajouta Stevie.

Elle sortit une pièce de sa poche pour tirer à pile ou face celui qui annoncerait le décès à la famille.

— Pile ou face ?

— Face.

Elle lança la pièce et afficha un air plein de sollicitude.

— Pile. Mais je peux m'en charger quand même, si tu veux.

Il secoua la tête, les sourcils froncés.

— Je ne suis pas un dégonflé, Mazzetti. Allons-y.

Ils avancèrent jusqu'à la porte d'entrée et J.D. appuya sur la sonnette. Le battant s'ouvrit sur un homme d'âge mûr, en fauteuil roulant. Il avait les cheveux méchés de gris, le nez un peu tordu.

— Oui ? Que puis-je pour vous ?

— Je suis l'inspecteur Fitzpatrick et voici ma partenaire,

l'inspecteur Mazzetti. Nous voudrions parler à Mme Christopher Jones.

— Je suis M. Jones. De quoi s'agit-il ?

J.D. battit des paupières et jeta un regard en coin du côté de Stevie, qui paraissait aussi surprise que lui.

— Vous êtes Christopher Jones ? demanda-t-il.

L'homme leva les yeux au ciel.

— Je n'ai pas de temps à perdre, maugréa-t-il.

— Attendez, protesta J.D. en posant la main sur le battant que l'homme s'apprêtait à leur claquer au nez. Monsieur, votre nom est mentionné dans le cadre d'une enquête pour homicide. Pouvons-nous entrer, s'il vous plaît ?

L'homme devint tout pâle.

— Seigneur ! Il l'a fait ! Il l'a vraiment fait ! Je pensais que c'étaient des menaces en l'air. Pour qu'elle cesse de réclamer la garde. Jamais je n'aurais cru qu'il irait jusqu'à…

Ses épaules s'affaissèrent.

— Ça s'est passé quand ? Il l'a tuée quand ?

J.D. était de plus en plus intrigué.

— Monsieur, vous n'avez pas compris. Votre nom a été cité comme étant celui de la victime.

L'homme plissa les yeux.

— Comme vous pouvez le constater, je ne suis pas mort.

— En effet, répondit J.D. Pouvons-nous entrer, monsieur Jones ?

Christopher Jones fit reculer son fauteuil dans une large entrée, toujours en plissant les yeux.

— Je vous en prie, dit-il.

— Monsieur Jones, avez-vous subi une intervention de chirurgie plastique au visage ?

Monsieur Jones se caressa machinalement les joues.

— Oui, de chirurgie réparatrice, plutôt. Après mon accident de voiture, il y a cinq ans. J'ai eu le visage écrasé et des ligaments de la colonne sectionnés. Pourquoi ?

— Vous a-t-on posé des implants au niveau des pommettes ?

— Oui. Pourquoi cette question ?

— Parce que des implants enregistrés à votre nom ont été prélevés sur un corps retrouvé ce matin, expliqua J.D.

Jones parut sincèrement surpris.

— C'est une erreur, assura-t-il. J'ai toujours mes implants, grâce à Dieu.

— Qui vous a opéré ?

— Le Dr Russell Bennett, répondit Jones. Il a un cabinet au centre-ville.

— Très bien, dit J.D. Merci.

Il ouvrit la porte pour sortir, mais Stevie ne bougea pas. Elle regardait fixement Christopher Jones.

— Monsieur, nous ne sommes pas venus pour ça, mais apparemment, l'une de vos clientes est menacée de mort par son conjoint. Même si vous pensez qu'il s'agit de menaces en l'air, vous devriez les signaler. Je n'aimerais pas revenir vous voir pour vous annoncer un décès.

Jones acquiesça d'un air réticent.

— Je vais le suggérer à ma cliente.

— Merci, répondit Stevie. Bonne journée, monsieur.

Aussitôt dans la voiture, Stevie reprit son téléphone pour rappeler l'université du Maryland. Cette fois, elle était rodée, et obtint son renseignement plus vite.

— Russell Bennett est diplômé de l'université de médecine du Maryland, annonça-t-elle à J.D. en refermant son téléphone.

— Un spécialiste de la chirurgie plastique venant du Maryland, commenta J.D. C'est peut-être lui, notre victime.

Il démarra.

— Mais si nous le trouvons en vie, quel est le plan B ? S'il s'est trompé et a échangé des implants, il ne va pas répondre volontiers à nos questions.

— Oui, je sais.

Stevie abaissa le pare-soleil pour se regarder dans le miroir.

— Tu crois que j'ai suffisamment de rides pour faire croire à Bennett que je viens pour une consultation ?

J.D. ne put s'empêcher de rire.

— Je sors mon joker, là.

— Je vois que tu es prudent.

Elle baissa les yeux vers son décolleté, puis leva vers J.D. un visage hilare.

— Je vais demander une opération des seins. Ça, ça sera crédible.

Le sourire de Stevie était contagieux. Il lui sourit en retour.

— Et moi, je jouerai quel rôle, là-dedans ?

— Celui du mari. Un mari riche, généreux et frustré par mes petits seins, comme tous les hommes qui ont épousé des femmes aux petits seins.

J.D. redevint brusquement sérieux.

— Paul n'était pas frustré par tes petits seins.

A présent, elle non plus ne souriait plus.

— Je sais. J'étais une chanceuse.

— Tous ceux qui le fréquentaient étaient des chanceux.

Paul n'avait jamais eu que des amis. Sa mort avait secoué tout le monde.

Il n'avait pas eu de chance, s'étant trouvé au mauvais endroit, au mauvais moment. Un braqueur l'avait abattu de sang-froid, dans une épicerie, parce qu'il refusait d'obtempérer pour protéger son fils. Stevie était enceinte et elle avait dû enterrer son mari et son fils. La petite Cordelia qui avait maintenant cinq ans n'avait jamais connu son père.

Stevie avait tenu le coup en puisant dans cette tragédie la force d'aider les autres. Le groupe de suivi de deuil qu'elle animait pour le personnel de la police avait changé des vies. *A commencer par la mienne*, songea J.D. Il devait énormément à Stevie. Peut-être même lui devait-il d'être encore de ce monde.

Stevie eut une moue attristée.

— Nous allons bientôt faire la connaissance de ce Dr Bennett. Sauf si nous l'avons déjà vu sur la table de la morgue.

Il allait enclencher une vitesse quand son portable sonna.

— Fitzpatrick.

— Inspecteur, c'est Lucy Trask.

Il se redressa aussitôt sur son siège, instinctivement.

— Oui, docteur Trask, du nouveau ?

— Je pense que la victime a été congelée par cryogénie. Vous savez ce que c'est ?

— C'est ce qu'on fait avec les légumes, non ?

Il se tourna vers Stevie.

— Congélation par cryogénie, lui murmura-t-il.

— Exactement, répondit Lucy. Mais il a fallu pour ça un gros appareil, un appareil industriel. Si j'étais vous, je chercherais du côté des usines de conditionnement d'aliments.

J.D. transmit l'information à Stevie, laquelle tapait déjà sur le clavier de son ordinateur pour chercher les usines locales.

— Ça devrait nous être utile, dit-il à Lucy. Oh, à propos, nous venons de rencontrer Christopher Jones.

— Vous voulez dire que vous venez de chez lui ?

— Oui, entre autres. Mais je veux surtout dire qu'il était là, avec ses implants. Il était plutôt contrarié d'apprendre qu'on le croyait mort.

— Mais… Ce que vous dites n'a aucun sens, inspecteur.

— Ça en a si le chirurgien a fait une bourde. Nous allons de ce pas faire un tour dans son cabinet. C'est le Dr Russell Bennett.

Il entendit un cri étouffé, puis plus rien.

— Docteur Trask ?

— Bennett ? Russell Bennett ? Vous en êtes certains ?

— Oui, certains. Pourquoi ?

— Parce que Bennett, je le connais, murmura-t-elle dans un souffle.

4

Lundi 3 mai, 11 heures

Lucy raccrocha maladroitement le téléphone. Elle n'arrivait plus à quitter des yeux le cadavre allongé sur sa table. La voix de J.D. Fitzpatrick résonnait encore à ses oreilles.

Russell Bennett. Ce n'est pas possible.

Mais ça l'était. L'âge pouvait correspondre. Le poids et la taille aussi. Russell avait fait la fac de médecine du Maryland. Elle se souvenait du diplôme accroché dans son salon. C'était tout à fait possible.

— Seigneur..., gémit-elle.

Impossible pourtant de reconnaître Russ dans ce tas informe et obscène allongé devant elle. Elle l'observa longuement, tentant d'identifier un détail qui lui rappellerait l'homme qu'elle avait connu. Malheureusement, à part la taille et la corpulence, elle ne trouva rien à quoi se raccrocher.

— Salut, ma petite, lança Ruby en passant sa tête à la porte. Tu es libre pour le déjeuner ?

Elle entra dans la pièce, les sourcils froncés.

— Tu n'as pas l'air dans ton assiette. Qu'est-ce qui se passe ?

Lucy déglutit, puis son regard se porta de nouveau sur le cadavre. Lui ne la regardait pas. Parce qu'il n'avait plus d'yeux pour voir. Celui qui s'était acharné sur Russ avait arraché les globes oculaires. Pourquoi ?

— Je le connaissais, murmura-t-elle.

— Tu connaissais Christopher Jones ? Comment t'en es-tu souvenue ?

— Il y a eu une erreur d'identification, répondit Lucy d'un air hébété. Christopher Jones est vivant.

Ruby contourna la table et prit le menton de Lucy pour l'obliger à lever la tête vers elle.

— Tu es plus blanche que lui, tu devrais t'asseoir.

— Non, ça va, dit Lucy.

Mais elle se retrouva assise sur un tabouret.

— Ne bouge plus, ordonna Ruby en s'installant sur l'autre tabouret. Et maintenant, raconte-moi tout.

Lucy lui expliqua la théorie de Fitzpatrick au sujet des implants qui les avaient faussement dirigés vers Jones.

Ruby battit des paupières.

— Eh bien… Qui aurait pu imaginer une chose pareille ? Mais tu n'es pas encore sûre que ce corps soit celui du chirurgien, Russell Bennett. Pour l'instant, tout ce qui est confirmé, c'est que c'est lui qui a posé les implants de Jones.

Lucy secoua la tête.

— Je connaissais Bennett. Ça fait un lien avec moi, tu comprends. Ça expliquerait pourquoi on a mis le cadavre sur mon chemin.

Ruby plissa les yeux.

— Tu le connaissais… Tu le connaissais… bien ?

— Je le connaissais. Rien de plus.

Mais ça avait bien failli être plus.

— Je connais aussi ses parents. Ce sont des gens bien. Sa mort va leur briser le cœur.

— Qu'est-ce que tu comptes faire ?

— Pour l'instant, rien. Je vais rester ici, à attendre Stevie et Fitzpatrick. Si ça ne t'ennuie pas de ramener…

Russ… Non, elle n'arrivait pas à appeler Russ ce tas informe.

— De ramener le corps dans la chambre froide. Je crois qu'il vaut mieux que je ne me charge pas de cette autopsie. Je l'ai trouvé. Je le connaissais.

Et nous étions en mauvais termes. Elle retint une grimace. En mauvais termes, c'était peu dire.

— Je serai peut-être classée parmi les suspects.

— Pas du tout. On t'a piégée pour que tu le découvres. Les flics ne seront pas dupes.

Quand tout serait mis à plat, oui, sûrement. Mais il faudrait tout mettre à plat. Tout dire. Elle lutta pour conserver un ton égal, mais ses muscles étaient tétanisés.

— Tu as raison. Mais pour le moment, emporte ce corps. Je t'en prie.

Ruby se leva et enfila une paire de gants.

— Comme tu voudras.

Elle agita un doigt devant le visage de Lucy.

— Pas un mot à ces inspecteurs. Ne te laisse surtout pas embobiner par le Sexy Flic, Fitzpatrick. Ne parle qu'en présence du Dr Mulhauser ou de ton avocat.

Le ventre de Lucy se noua douloureusement. Un avocat. *Il va peut-être me falloir un avocat.* Heureusement, elle en connaissait un.

— Oui, tu as raison, dit-elle.

— J'ai toujours raison, déclara Ruby d'un ton solennel. Je suis désolée, ma chérie. C'est rude, ce qui t'arrive. Cet homme était un ami, je présume.

Il n'a jamais été mon ami. Il m'a baratinée pour m'entraîner dans son lit. Mais ça, elle n'avait pas envie de le confier à Ruby.

— Merci, répondit-elle seulement.

— Quand tout sera terminé, tu viendras déjeuner avec moi et on trinquera avec un martini pour fêter ça, d'accord ?

Lucy se força à sourire.

— J'accepte la proposition. Mais le martini, je te le laisse.

Le soupir de Ruby aurait pu lancer un bateau à voiles.

— Laisse-moi deviner. Tu viens d'autopsier un foie au vinaigre.

— Non. Mais j'en vois régulièrement. L'alcool te tuera.

— Ma chérie, il faut bien mourir de quelque chose. Au moins, avec l'alcool, tu t'éclates avant de crever.

Elle n'attendit pas la réponse et sortit avec le corps.

Durant un long moment, Lucy resta seule, assise sur son tabouret, en se demandant ce qu'elle allait faire.

Je devrais appeler un avocat. En parler à Craig. Il faut que quelqu'un prévienne les Bennett que leur fils est mort. Mais cela, ce serait aux inspecteurs de s'en charger.

Ils ne tarderaient pas à arriver et à faire leur travail. Ils n'avaient rien contre elle, mais ils poseraient une foule de questions auxquelles elle n'avait pas envie de répondre. Au moins, ainsi, Fitzpatrick cesserait de la fixer avec ses yeux de braise. Ce type était un passionné, ça se voyait tout de suite.

Elle avait appris autrefois, à ses dépens, que les hommes passionnés n'attiraient que des ennuis. Mais les hommes froids et calculateurs n'étaient pas plus recommandables. Russ Bennett étant mort, ça en faisait un de moins sur terre. *Il s'est vraiment foutu de moi, celui-là. De moi et d'elle.*

Il faut que je prévienne Gwyn. Elle était déjà en train de composer le numéro de Gwyn, machinalement.

— Chez Mel, la morgue qui s'occupe de vos cadavres. Vous les tranchez, nous les découpons en tranches, déclara Gwyn du ton d'une secrétaire qui répond au téléphone.

En d'autres circonstances, Lucy aurait éclaté de rire. Mais aujourd'hui, la boutade lui donna plutôt envie de pleurer.

— C'est moi, Lucy.

— Evidemment que c'est toi. J'avais reconnu ton numéro. Tu crois que je réponds ça à tout le monde ?

— Non, bien sûr que non.

Lucy se tut. Soudain, son cœur battait de nouveau trop vite. Et son cerveau tournait à toute allure. Qu'est-ce qui lui avait pris de l'appeler ?

Tu ne peux pas lui dire. Si les flics apprennent que ton premier réflexe a été de la prévenir de la mort de Russ, vous pourriez avoir toutes les deux des ennuis. Parce que Gwyn aussi avait connu Russ. « Bien connu », comme aurait dit Ruby. Et ça n'avait pas été une bonne expérience. Pas du tout. Gwyn avait le droit d'être prévenue de la mort de Russ, mais pas avant que les inspecteurs l'aient annoncée aux époux Bennett. Pas avant non plus qu'elle leur ait tout expliqué.

Gwyn n'avait pas tué Bennett. Lucy n'en doutait pas une seconde. Mais elle serait sur la liste des suspects. *Comme moi.*

Il était tout de même fâcheux que Gwyn apprenne la nouvelle par deux inspecteurs de police qui, en plus, viendraient l'interroger. Elle en serait bouleversée.

— Lucy, qu'est-ce qui se passe ? fit la voix inquiète de Gwyn. Ça ne va pas, ma chérie ?

Non, décidément non, elle ne pouvait pas lui parler de Russ. Pas encore.

— Passe-moi Thorne, dit-elle. C'est urgent.

— Pourquoi ? Qu'est-ce qui t'arrive ?

— Ne m'en veux pas, mais je ne peux rien te dire maintenant. S'il te plaît, passe-moi Thorne.

Thomas Thorne était l'employeur de Gwyn, leur ami, l'un des meilleurs bassistes de Baltimore. Mais aujourd'hui, Lucy ne s'intéressait qu'à ses talents d'avocat de la défense.

— Il est en salle d'audience, répondit Gwyn d'un ton inquiet. Mais je lui demanderai de te rappeler dès qu'il sortira. Ça a un rapport avec le cadavre de ce matin, n'est-ce pas ? Celui que tu étais censée trouver.

D'habitude, Lucy admirait la perspicacité de Gwyn. Aujourd'hui, elle la trouvait surtout dérangeante.

— Oui, avoua-t-elle.

— Lucy, dis-moi au moins si ça va. Tu n'es pas en danger ?

— Non, je suis à la morgue. Tout va bien. Je t'assure. Je te dirai de quoi il s'agit dès que possible.

— D'accord, répondit Gwyn d'un ton dubitatif. Viens au club ce soir. Ça te fera du bien.

Lucy soupira.

— Je ferai mon possible.

— Mowry dit que les gens appellent pour demander si tu seras là.

— Si je peux, je serai là, crois-moi.

Si je ne suis pas dans une salle d'interrogatoire. Une fois de plus. L'idée la terrifia.

— Ecoute, je dois déjeuner avec Royce. Pourquoi ne te joindrais-tu pas à nous ? Je pourrais lui demander d'inviter un de ses collègues de bureau.

Lucy eut envie de hurler. *Non ! Je ne peux pas déjeuner avec toi. J'ai de gros ennuis.* Mais bien sûr, elle n'en fit rien.

— Non merci, dit-elle posément. J'ai une tonne de boulot. Profitez bien de votre déjeuner en amoureux, tous les deux.

— Tu as toujours trop de travail, comme si cette morgue était toujours pleine à craquer, commenta Gwyn sur un ton de reproche.

Lucy comprit qu'elle ne l'avait pas convaincue.

— Il va bien falloir que tu fasses une pause pour manger, insista Gwyn.

Non, je ne vais pas faire une pause. Je n'ai pas faim. Elle sentait venir la nausée et fit l'effort de se ressaisir pour répondre avec un sourire dans la voix.

— J'ai pris mon petit déjeuner très tard et je n'ai vraiment pas faim. Amuse-toi bien avec Royce et remercie-le de ma part. C'était vraiment gentil à vous deux d'être venus m'attendre à l'aéroport, hier soir. Ça m'a fait plaisir.

La porte s'ouvrit et Craig Mulhauser entra. Il paraissait contrarié. Pas en colère, juste inquiet. Le sourire dans la voix de Lucy s'envola aussitôt.

— Je dois te laisser, ma chérie, dit-elle précipitamment. N'oublie pas de demander à Thorne de me rappeler dès que possible.

Elle reposa son téléphone sur le comptoir et se redressa.

— Je tentais de joindre mon avocat, soupira-t-elle.

— Vous avez raison, c'est plus prudent de prendre vos précautions. Ruby m'a dit que cet homme était Russell Bennett. Je vais rester avec vous jusqu'à l'arrivée des inspecteurs. Ensuite, nous verrons.

Il eut un sourire forcé.

— A votre place, je ne m'inquiéterais pas trop. Vous n'êtes

qu'une passante innocente, dans cette affaire. Vous n'avez rien fait de mal.

Cette fois... Il ne l'avait pas dit, mais c'était sous-entendu. Elle se souvint tristement de sa dernière rencontre avec un Russell Bennett qui n'en menait pas large. Elle songea à son visage blafard, au sang qui giclait de son nez, aux menaces stupides qu'elle lui avait lancées à la figure, dans un endroit public, au vu et au su de pas mal de monde.

Cette bêtise allait maintenant lui revenir comme un boomerang.

Craig se racla la gorge.

— S'ils me demandent ce que je sais, qu'est-ce que je dois dire ?

Elle soupira doucement.

— La vérité, tout simplement.

Lundi 3 mai, 11 heures

— Je préférais largement quand elle ne connaissait pas la victime, marmonna J.D. tout en roulant pour quitter le quartier de Christopher Jones.

— Je sais, répondit Stevie Mazzetti en le dévisageant.

Il avait été pris de court lorsque Lucy lui avait spontanément avoué qu'elle connaissait Russell Bennett. D'ailleurs, toute la personne de Lucy le prenait de court. En d'autres circonstances, Stevie aurait considéré que c'était une bonne nouvelle, mais dans les circonstances particulières de l'enquête, ça n'en était pas une.

— Pourquoi tu ne lui as pas demandé quelle était la nature de leurs liens ?

— J'ai failli, se défendit J.D. Mais j'ai pensé que Hyatt nous passerait un savon s'il apprenait que je lui avais posé une question pareille par téléphone. Et il aurait eu raison. Cette femme ne parle pas facilement, mais ses yeux en disent long. Je veux l'avoir en face de moi quand nous évoquerons ses relations avec Bennett. De plus, nous n'avons pas encore formellement identifié la victime, je te le rappelle.

Le point de vue se défendait, songea Stevie, mais J.D. avait d'autres motivations moins avouables. Il n'était son partenaire que depuis quelques semaines, mais elle le fréquentait comme ami depuis suffisamment longtemps pour sentir qu'il ne lui disait pas tout. Il avait paru soulagé, quelques instants plus tôt, dans le bureau de Hyatt, en l'entendant déclarer que Lucy n'avait pas de compagnon. Et à présent, il paraissait abasourdi et contrarié d'apprendre qu'elle connaissait Bennett.

Il lui jeta un regard en coin.

— Quoi ? demanda-t-il d'un ton véhément. Je vois que tu gamberges. Je n'aime pas beaucoup ça.

Elle eut un sourire ironique. Lui aussi la connaissait bien.

— Elle est mignonne, cette Lucy.

Cette fois, ce fut un mauvais regard qu'il lui jeta.

— Stevie…, lui dit-il en guise d'avertissement.

— J.D., rétorqua-t-elle en l'imitant. Bon, à part ce que tu me caches, tu as raison, il vaut mieux lui poser la question quand nous l'aurons en face de nous. Mais ce n'est pas elle qui a fait ça. Quelqu'un l'utilise. Commençons par aller chez Bennett, nous verrons bien si nous le trouvons chez lui.

— A cette heure-ci, il devrait plutôt être à son cabinet, répondit J.D. en fronçant les sourcils. Mais peu importe. S'il est vivant, il va devoir s'expliquer à propos de ces implants. S'il est mort, il faudra chercher nous-mêmes des explications dans ses dossiers. Dans les deux cas, nous allons avoir besoin d'un mandat. Il faut appeler Gray.

Il parlait de Grayson Smith, le procureur.

— Je vais demander à la secrétaire de Hyatt de nous chercher l'adresse de Bennett, dit-elle. Ensuite je réclamerai le mandat. Toi tu te charges de Hyatt.

J.D. ricana doucement avec une moue qui le fit ressembler à James Dean. Elle s'était souvent demandé si les initiales J.D. signifiaient James Dean, mais quand elle lui avait posé la question, il avait habilement dévié la conversation et elle n'avait pas osé y revenir.

Stevie était capable de comprendre et de respecter des limites.

— Très bien, grommela-t-il. Je me charge de Hyatt. Je suppose que c'est moins pénible que de réclamer un mandat à Smith. Vérifie tout de suite si personne n'a signalé la disparition de Bennett, parce que Hyatt va me poser la question.

— Personne n'a signalé sa disparition, annonça-t-elle quelques minutes plus tard, après avoir appelé le service concerné.

Elle avait aussi obtenu l'adresse de Bennett, qui habitait un luxueux appartement donnant sur le port.

— Il vit dans les beaux quartiers, fit-il remarquer. Ça colle avec la Rolex et les chaussures. Et ça fait un paquet d'implants mammaires, ajouta-t-elle.

Il ravala un ricanement qui se termina en quinte de toux.

— Tu peux appeler Hyatt, à présent, reprit-elle. Moi, je vais déranger Gray dans sa grotte.

Au bureau de Gray, ce fut Daphne Montgomery qui décrocha. Daphne avait quarante ans, elle venait de la petite ville de Riverdale, en Virginie, origine qu'elle s'empressait de revendiquer auprès de toute personne qu'elle rencontrait pour la première fois, en guise d'excuse pour son accent. Daphne rendait Grayson littéralement fou, avec ses longs cheveux et les irrésistibles daubes et clafoutis qu'elle lui apportait régulièrement au bureau.

— Salut, Daphne, c'est Stevie Mazzetti.

— Stevie ! Bonjour ! Comment va votre adorable petite fille ?

Stevie sourit.

— Cordelia va bien, merci. Peut-on lui parler ?

— On peut. Mais il est d'une humeur de chien, aujourd'hui.

— Il est toujours d'une humeur de chien. Voulez-vous me le passer, s'il vous plaît ? Dites-lui que c'est important.

— Vous prenez de gros risques.

Quelques secondes plus tard, la voix agacée de Grayson résonna dans le téléphone.

— Je suis à bout, Stevie. Je sens que je vais craquer.

— Qu'est-ce qui vous arrive ?

— Les pêches. Je suis allergique aux pêches. Les pêches me donnent de l'urticaire.

— Mais c'est la quatrième fois qu'elle vous fait un clafoutis aux pêches. Elle ne sait pas que vous êtes allergique ?

— Non, répondit-il sur un ton qui rappela à Stevie celui de sa petite fille de cinq ans. Je vais être obligé de le lui dire.

— Vous la vexeriez, Gray. Mettez ce clafoutis de côté. Cordy adore le clafoutis aux pêches. Bon… je vous appelle parce que j'ai un problème, il me faut un mandat.

— Vous cherchez toujours à régler vos problèmes avec un mandat. C'est une manie.

— C'est sérieux, Gray. C'est pour un cabinet médical.

Gray soupira.

— Un lundi, en plus. J'écoute.

Elle lui expliqua l'affaire en détail.

— Vous voyez, il nous faut de toute façon un mandat, conclut-elle.

— On est loin d'avoir suffisamment d'éléments pour un mandat, protesta-t-il. Votre victime a pu hériter des implants de quelqu'un d'autre à cause d'une simple erreur de paperasse.

Elle se doutait bien qu'elle obtiendrait cette réponse.

— Si le cadavre allongé sur notre table est Bennett, il faut qu'on fouille chez lui. Si c'est quelqu'un d'autre, Bennett lui a posé des implants et on doit l'interroger. Mais il ne voudra rien nous dire, il se réfugiera derrière le secret professionnel.

— Mais vous pensez plutôt que Bennett est la victime, si j'ai bien compris ?

Elle songea à l'anneau, à la montre. Et aux brûlures qui formaient d'après elle le chiffre « un » sur le dos du cadavre. « Un » pour « numéro un ».

— Oui. S'il a disparu, est-ce qu'on pourra avoir un mandat pour son appartement ?

— Ça devrait pouvoir se faire, oui. Je dois assister à une audience dans quinze minutes. Rappelez Montgomery une fois que vous en saurez plus. Elle mettra les papiers en route.

Elle raccrocha en même temps que J.D. Il levait les yeux au ciel.

— Hyatt a déjà décidé que Lucy Trask était impliquée, dit-il.

— Et toi, tu as déjà décidé qu'elle ne l'était pas, répondit-elle d'un ton ironique.

Il lui jeta un regard agacé.

— Toi aussi, il me semble.

— Je ne pense pas qu'elle l'ait tué, évidemment. Mais elle est impliquée, d'une manière ou d'une autre. Plus vite nous saurons quels étaient ses liens avec Bennett, mieux ça vaudra. J'espère pour elle qu'elle a un alibi.

— Ça serait vraiment idéal, répondit-il sèchement, tout en bifurquant dans la rue de Bennett. Nous avons le mandat ou pas ?

— Non. Grayson veut d'abord savoir s'il est mort. Ce mec pourra peut-être nous renseigner, ajouta-t-elle en montrant du doigt un portier en uniforme posté devant l'entrée de l'immeuble de Bennett.

— Désolé, monsieur, protesta le portier quand J.D. s'arrêta le long du trottoir. Vous n'avez pas le droit de stationner ici.

Stevie montra son badge. Le portier fronça les sourcils.

— Je suis l'inspecteur Mazzetti et voici mon partenaire, l'inspecteur Fitzpatrick. Nous cherchons le Dr Russell Bennett.

Le portier plissa des yeux méfiants.

— Il n'est pas là.

— Il n'est pas là, ça veut dire qu'il ne vit pas ici ou qu'il est absent ? demanda J.D. avec un sourire engageant.

Il jouait aussi bien le rôle du bon flic que celui du méchant, Stevie l'avait déjà constaté. Au cours des trois semaines où elle avait fait équipe avec lui, il avait déjà désarmé plus d'un témoin réticent avec son sourire à fossette. Elle songea avec une pointe d'amusement que Lucy Trask n'avait aucune chance de résister à cette fossette.

— Il habite ici, concéda le portier d'un air revêche.

Stevie sortit un calepin de sa poche.

— Votre nom, je vous prie ?

— Herrigan. Dennis Herrigan. Vous lui voulez quoi, au Dr Bennett ?

— Nous voulons juste lui parler, expliqua J.D. Nous menons une enquête. Nous ne pouvons pas vous en dire plus. Vous savez comment ça marche, je suppose.

— Oui, je sais, soupira Herrigan. Mais il n'est pas là. Il est en vacances.

— Oh…, murmura J.D. d'un air désappointé. Et il rentre quand ?

— Il ne devrait pas tarder, ça fait déjà deux semaines qu'il est parti.

— Eh bien, ça, c'est des vacances, commenta J.D. en secouant la tête. J'aimerais bien partir deux semaines faire la fête.

— Tout le monde aimerait bien, renchérit Herrigan. Mais lui, il en avait vraiment besoin. Il travaille très dur.

J.D. fronça les sourcils.

— On va se faire remonter les bretelles… par notre chef, vous voyez ce que je veux dire, si on revient bredouilles. Est-ce qu'il y a une Mme Bennett ? Et si oui, pourrait-on lui parler ?

Le visage de Herrigan s'assombrit.

— Elle, je ne l'ai pas vue depuis des semaines.

— Vous ne l'aimez pas beaucoup, on dirait, fit remarquer J.D.

Il avait pris un ton de conspirateur.

Herrigan jeta un regard méfiant du côté de Stevie.

— Mon rôle n'est pas de critiquer les uns et les autres.

Stevie comprit qu'il parlerait plus facilement si elle s'éloignait. Elle agita son téléphone.

— J'ai un appel. Attendez-moi, je reviens.

Elle s'éloigna en collant le téléphone à son oreille, comme quelqu'un qui répond à un appel, tout en continuant à écouter la conversation du portier et de J.D.

— Désolé, mon vieux, murmura J.D. Elle est un peu… enfin, vous avez vu. Mais elle a plus d'ancienneté que moi et je suis obligé de me tenir à carreau.

— Je comprends, murmura Herrigan en retour. J'en ai un exemplaire à la maison.

— Et cette Mme Bennett ? demanda J.D en faisant claquer sa langue avec un air gourmand. J'ai entendu dire que c'était une beauté.

Stevie retint un sourire. J.D. avait été à bonne école, aux narcotiques, où l'on intervenait régulièrement sous couverture. Il avait de l'entraînement, et cela se voyait.

— Bennett n'aime pas les mochetés, assura Herrigan.

— Il paraît qu'elle… qu'elle a augmenté sa silhouette, si vous voyez ce que je veux dire.

Herrigan eut un rire gras.

— Oui, c'est lui qui lui a fait ça. Mais elle ne lui en est même pas reconnaissante. La salope. Si elle pouvait, elle le laisserait sans un centime. Heureusement pour lui, ils ont signé un contrat de mariage. Elle a voulu monter dans l'appartement en son absence, le mois dernier, mais je l'en ai empêchée. Il a obtenu une interdiction d'approcher parce qu'elle lui piquait sa collection d'objets d'art.

— Elle n'a pas essayé de monter ces quinze derniers jours ?

— Pas que je sache.

— Bennett est parti quand, exactement ?

— Laissez-moi réfléchir… C'était dimanche. Dans l'après-midi. Normalement, je ne travaille pas le dimanche, mais j'avais échangé mon service avec un des portiers qui avait des tickets pour les Orioles. Au niveau du but de troisième base.

— C'est sympa de votre part. J'aimerais bien échanger mes heures de service contre des places pour un match, mais la dame ne serait pas d'accord. Vous avez donc vu le Dr Bennett le dimanche après-midi ?

— Oui. Je lui ai même appelé un taxi.

— Un taxi pour l'aéroport ?

Herrigan hésita et Stevie pivota légèrement sur elle-même, de manière à l'observer du coin de l'œil, tout en gardant son téléphone à l'oreille. Herrigan fronçait les sourcils.

— Je ne me souviens pas où il allait, mais je suis sûr que ce n'était pas à l'aéroport.

— C'est lui qui vous a dit qu'il partait en vacances ? insista J.D.

— Non. Enfin, oui, il l'a dit, mais pas à moi directement. Il avait appelé le bureau la veille. Je n'étais pas de service. Il a prévenu qu'il partait aux îles Vierges et il voulait qu'on garde ses journaux et son courrier. C'est ce qu'on a fait.

— Il avait une valise, quand il est monté dans le taxi ?

— Seulement un attaché-case, répondit Herrigan. Il a dû faire emporter ses bagages plus tard.

Puis il se figea et afficha de nouveau un air méfiant.

— Pourquoi toutes ces questions ?

— Pour rien, assura J.D. en souriant, nous cherchons seulement à lui parler.

Mais, cette fois, Herrigan demeura sur ses gardes. Stevie revint vers eux.

— Désolée, dit-elle. J'ai été un peu longue.

— Pas de problème, répondit J.D.

Il tira de sa poche une carte de visite et nota au dos son numéro de téléphone portable.

— Monsieur Herrigan, pourriez-vous me prévenir si vous voyez le Dr Bennett, ou si vous vous souvenez de quoi que ce soit ?

Herrigan ouvrit des yeux ronds en découvrant le mot « Homicide », sur la carte.

— Elle est morte ? Mme Bennett ? En tout cas, si elle est morte, ce n'est pas le Dr Bennett qui a fait ça. Cette femme fréquentait des drôles de types. C'est plutôt de leur côté qu'il faut chercher.

J.D. haussa les sourcils.

— Vraiment ? Des noms nous seraient utiles. Ou une adresse. Pour lancer l'enquête.

— Je ne connais pas leurs noms, répondit Herrigan. Elle leur donnait toujours rendez-vous en bas et elle partait avec eux, Dieu seul sait où. Mais je les ai vus.

— Et le prénom de cette femme, c'est… ?

— Brandi, avec un *I*, répondit Herrigan d'un ton dédaigneux. Elle signait en dessinant un cœur au-dessus du *I*. Une vraie gamine.

J.D. prit note sur son calepin.

— Si vous les voyez, l'un ou l'autre, prévenez-moi.

Quand ils furent dans la voiture, Stevie hocha la tête en signe d'approbation.

— Tu as eu de l'instinct, pour les implants de la femme.

J.D. haussa les épaules.

— « Merci pour les implants… » Dis donc, Bennett doit filer de sacrées étrennes à ce type, pour avoir droit à autant de loyauté.

Il démarra la voiture, les mains crispées sur le volant.

— Qu'est-ce qu'on fait ? On va voir d'abord la femme, ou le Dr Trask ?

— Passons d'abord voir Trask à la morgue, elle nous apprendra peut-être des choses qui nous seront utiles quand on interrogera la femme.

Lundi 3 mai, 11 h 45

En dépit de sa fatigue, il se sentait d'excellente humeur. Quelques heures de sommeil et une bonne tasse de café, et il n'y paraîtrait plus. Il gara sa Lexus près du ponton, sortit son téléphone et ouvrit la page du site Trakamatik. Le petit point bleu clignotait à l'emplacement de la morgue, exactement là où il était supposé se trouver, parce que c'était là que Lucy Trask travaillait.

Il s'attendait à ce qu'elle cherche à fuir, mais pas tout de suite… Seulement quand les corps commenceraient à s'amonceler et qu'elle comprendrait que son tour de danse était venu. Là, quand elle saurait que ses mensonges et ses crimes étaient découverts, elle tenterait de fuir. Et à ce moment-là, il voulait être sûr de la retrouver. Grâce à la technologie moderne, c'était aussi simple que de placer dans la doublure de son sac à main un petit appareil permettant de suivre ses déplacements. Les femmes étaient tellement négligentes avec leurs sacs à main ! Il n'avait eu aucune difficulté à trouver une occasion.

Et c'était tant mieux pour lui. Il pouvait consulter le site depuis n'importe quel ordinateur, ou depuis son téléphone. Pour l'instant, tout allait bien. La petite Lucy restait sagement à sa place.

Il verrouilla sa voiture et s'arrêta au bout du ponton, pour admirer son travail. Cette propriété avait appartenu à James Cannon qui l'avait laissée à l'abandon… Depuis qu'il l'avait récupérée, il avait nettoyé, réparé les planches abîmées. Ça prenait forme.

Cannon s'était trouvé en tête de la liste dictée par Malcolm Edwards deux mois plus tôt, un peu par hasard ; il fallait bien commencer par quelqu'un.

Obtenir cette liste en torturant Malcolm lui avait procuré des sensations étonnantes. Tuer Malcolm et sa femme s'était révélé tout simplement inoubliable. Il s'était senti remonté à bloc et ça avait duré des jours.

Mais quand il avait emmené James Cannon sur le bateau de Malcolm pour lui trancher la gorge, rien ne s'était passé, ou presque. Aucune finesse. Aucun panache. Et personne pour applaudir. Il avait pris conscience à ce moment-là que le regard horrifié de Malcolm regardant mourir sa femme avait été pour beaucoup dans son plaisir.

Parce qu'ils méritaient le pire. Tous tant qu'ils étaient. Aussi, la mort paisible de Cannon avait été une pâle victoire qu'il avait à peine savourée.

Il se consolait en se disant qu'il profitait des deux propriétés de ce salaud. Cette usine désaffectée au bord de l'eau lui fournissait un centre opérationnel, et l'appartement haut de gamme au centre-ville de Baltimore était son petit nid douillet, l'endroit qui lui permettait de se remettre de ses émotions après chaque exécution. On ne pouvait pas rêver mieux.

Cannon était doué pour les achats immobiliers, pas de

doute. Heureusement, il avait vécu isolé, coupé de sa famille, sans amis. Personne ne s'inquiétait de lui. *Aucun de ses voisins n'a tiqué quand j'ai dit qu'il me louait momentanément son appartement.* Il avait simplement pris les clés sur le corps et il s'était installé. Personne n'avait demandé où était James. Tout le monde s'en foutait.

Pour l'usine, il avait trouvé les titres de propriété dans un tiroir de l'appartement, et ce qu'il avait découvert en arrivant ici l'avait ravi. Il s'agissait d'une ancienne usine de traitement de poisson que Cannon avait projeté de rénover. A l'intérieur de l'usine, il avait trouvé des machines et des outils. Des scies électriques et d'énormes congélateurs. Et le plus intéressant : un ponton avec un port suffisamment profond pour amarrer un bateau.

Il avança sur le ponton et grimpa sur le pont. Ce bateau, c'était le *Carrie On*, mais transformé, maquillé, méconnaissable, rebaptisé. Le *Satisfaction*.

C'est mon bateau, à présent. J'ai de nouveau un bateau à moi. Enfin ! Il songea au bateau qu'il avait eu autrefois. La *'Vette*, en hommage à sa mère, un tas de rouille que son père avait adoré. Ils pêchaient des crabes dans la baie avec ce vieux rafiot. Pour certains, la pêche au crabe n'était qu'une distraction, une occasion de profiter d'un dimanche ensoleillé. Pour sa famille, ç'avait été un moyen de subsistance.

Mais tout ça était loin. La *'Vette*. Les crabes. Sa famille. Il n'en restait plus rien. A cause de Malcolm Edwards, de James Cannon, de Russell Bennett et de tous les autres. Ils avaient volé le cœur de sa famille, l'unique objet de valeur qu'ils possédaient. Ils lui avaient tout pris. Ils devaient payer.

Après Cannon, il y avait eu Bennett.

Russ Bennett lui avait servi de cobaye. Il s'était défoulé sur lui de tous les fantasmes qu'il avait nourris en ruminant sa vengeance.

Et ç'avait été bon.

Tellement bon.

Cerise sur le gâteau : il avait découvert que Russ Bennett

était plein aux as, comme Malcolm Edwards. Leur faire cracher leurs numéros de comptes et leurs mots de passe sous la torture avait été un jeu d'enfant. Transférer leur fric sur ses propres comptes, encore plus.

A présent, leur argent, il est à moi. Il accumulait les propriétés et le fric plus vite que des gamins qui jouent au Monopoly. *Et je vais prendre soin de mes biens. Parce que je sais ce que c'est, de ne rien avoir. A cause d'eux.*

Eux, ils étaient morts et ils n'avaient plus besoin d'argent. *Au moins, que j'en profite. De plus, ils me le doivent. La vie qu'ils mènent, ils me l'ont volée.*

Quant à Lucy Trask, celle qui avait gardé le cœur, elle allait payer le prix fort. Bientôt.

Mais pour le moment, il avait d'autres chats à fouetter. Enfin, façon de parler.

Il descendit l'échelle donnant dans la cabine du *Satisfaction* et ouvrit une porte. Elle était là, nue, attachée, bâillonnée, perchée sur le siège des toilettes, exactement comme il l'avait laissée. Elle ouvrait des yeux terrifiés. Apparemment, le cocktail de barbituriques qu'il lui avait administré pour la mettre hors d'état de nuire ne faisait plus effet. Sous son bâillon, elle était en hyperventilation. Excellent.

— Bonjour, madame Gordon, dit-il tranquillement.

Elle avait soixante-cinq ans et la peau du visage tendue comme un tambour, conséquence d'un abus de chirurgie plastique.

— Vous vous souvenez de moi ? Non ? Ce n'est pas grave, c'est normal, nous n'avons pas été officiellement présentés. Ce qui est important, ce n'est pas qui je suis, mais qui était ma sœur. Et qui est votre fils. Et ce qu'il a fait il y a vingt et un ans.

Elle roula des yeux paniqués, ce qui lui confirma que Russ Bennett n'avait pas menti. Janet Gordon était au courant.

Elle savait tout et elle avait gardé le silence depuis près de vingt et un ans.

Une haine brûlante monta du fond de ses entrailles. Cette femme ne méritait même pas l'air qu'elle respirait. Il ferma les poings, avec l'envie furieuse d'écraser ce visage auquel elle accordait tant d'importance. Qu'elle avait placé au-dessus de tout. Au-dessus de la morale. Mais il se retint. Chaque chose en son temps. Elle n'allait pas tarder à regretter ce qu'elle avait fait.

— Russ Bennett m'a tout dit, murmura-t-il d'une voix dure. Vous saviez. Vous l'avez fait chanter pour l'obliger à vous ravaler gratuitement la façade. Au début, je ne l'ai pas cru. Je me méfiais un peu des informations obtenues sous la torture, vous comprenez.

Elle se recroquevilla contre le mur, et ses yeux se remplirent de larmes. Elle était pitoyable et il aurait dû avoir pitié, mais la vue de ses larmes ne fit qu'attiser sa haine.

— Je n'arrête pas de me demander comment une femme, une mère, a pu songer à tirer profit des souffrances d'une innocente jeune fille. Et comment avez-vous pu être assez stupide pour vous mettre à la merci de Bennett le temps d'une opération ? Il aurait pu donner un mauvais coup de bistouri, ou vous administrer une dose mortelle d'anesthésique. Mais vous lui avez fait confiance, et vous voilà, avec de gros nichons bien remontés et une peau plus tendue qu'un trampoline.

Il fit la grimace.

— Vous pouvez battre des paupières ? Pas sûr...

Elle battit des paupières, avec difficulté, ce qui chassa de ses yeux quelques larmes qui roulèrent sur ses joues.

— Pauvre chose, murmura-t-il d'un ton cajoleur. Comment vous sentez-vous ? Mal ? Eh bien, ne vous en faites pas... ça ne va pas tarder à être pire. Et une fois que vous serez morte, votre fils fera en courant le trajet depuis le Colorado pour venir identifier votre corps. Et là, je m'occuperai de lui.

— Non, gémit-elle d'une voix étouffée par le bâillon.

— Si, persifla-t-il d'un ton mauvais. Après toutes ces années, Ryan va enfin recevoir ce à quoi il a droit.

— Non !

Elle se débattit pour se libérer de ses liens et il la regarda faire tranquillement, attendant qu'elle se fatigue. Au bout de quelques minutes, ses épaules s'affaissèrent et elle baissa la tête, vaincue. Il attendit cette fois qu'elle lève vers lui un regard craintif. Il voulait être sûr qu'elle comprenne bien ce qui allait lui arriver. Il voulait lire la terreur dans ses yeux.

Il avait patienté vingt et un ans pour lire la terreur dans leurs yeux. Il en avait rêvé la nuit, quand il était allongé dans son lit, à écouter les sanglots de sa mère, les beuglements alcoolisés de son père. Leurs disputes. Tout ça à cause de ce qu'avaient fait le fils de Janet Gordon et ses copains. Et aussi de ce qu'ils n'avaient pas fait.

— J'ai eu pitié de Malcolm et je l'ai tué gentiment, parce qu'il avait coopéré. Pas spontanément, je le reconnais. Il a d'abord fallu le convaincre que c'était son intérêt. Il m'a donné les noms de tous ceux qui avaient regardé sans rien faire. Comme votre fils. Ryan est resté là, à profiter du spectacle, sans lever le petit doigt. Lui, au moins, il a été puni par sa vie de merde, pas vrai ? Pas vrai ? insista-t-il d'un ton plein de méchanceté.

Elle acquiesça. Elle tremblait comme une feuille.

— Séjours en prison, drogue, épisodes dépressifs, incapacité à garder un boulot, la vie de votre fils n'a pas été rose. Russ Bennett, lui, avait réussi et il était riche. Et ça, ça m'a paru très injuste. Vous ne trouvez pas que c'était injuste ?

Il la saisit par les épaules et la secoua violemment.

— N'est-ce pas ? C'était vraiment injuste, non ?

Elle ferma les yeux, en acquiesçant vigoureusement.

Il sortit de sa poche son couteau à filet et tira la lame de l'étui pour la presser sous son menton, puis il lui ôta le bâillon.

— N'est-ce pas que tout ça est très injuste ? répéta-t-il.

— Qu'est-ce qu…

Elle tremblait si violemment qu'il écarta le couteau de

sa gorge de quelques centimètres, pour ne pas risquer de la blesser par inadvertance.

— Qu'est-ce que quoi, Janet ?

Elle eut un mouvement de recul et s'aplatit contre le mur.

— Qu'est-ce que vous voulez de moi ?

Il se pencha vers elle, si près qu'il sentait sa peur.

— Je veux obtenir satisfaction. C'est-à-dire justice.

— Mais je n'étais même pas là, pleurnicha-t-elle. Je n'ai rien fait.

— C'est précisément ce que je vous reproche. Vous n'avez rien fait. Rien.

Il lui remit le bâillon et lui fit lever le menton pour la dévisager.

— Grâce à Malcolm, j'ai eu la liste des participants. Ensuite il y a eu Russ. Ah, Russ… J'ai testé sur lui tout ce que je rêvais de vous faire subir depuis des années. C'est grâce à lui, tu sais, si j'ai rajouté ton nom sur cette liste.

Et si j'ai décidé de réserver un traitement de faveur à Lucy Trask, songea-t-il. Bennett n'avait pas menti au sujet de Janet Gordon. Il n'avait sûrement pas menti non plus au sujet de Lucy. Lucy était une salope, une dissimulatrice, une menteuse, un membre de la famille Trask, pour résumer. Elle les avait volés, et même si ce n'était pas elle directement, elle était coupable par son silence. *Et elle a tiré profit de cette affaire. Encore plus que Janet.*

Il inclina légèrement le visage de cette dernière.

— Voyons… Parce que Russ avait regardé, je lui ai arraché les yeux. Parce qu'il n'avait rien dit, je lui ai arraché la langue. Parce qu'il n'avait pas bougé le petit doigt, je lui ai coupé les doigts. Et pour m'amuser, je l'ai frappé à coups de batte de base-ball, comme on lui avait fait, à elle.

Il sourit.

— Et comme il continuait à prétendre qu'il ne savait rien du pendentif en forme de cœur, je lui ai arraché le cœur.

Son sourire se transforma en un rictus cruel quand elle se mit à gémir de terreur et à pleurer, cette fois sans retenue.

— Je n'ai pas pitié de vous, Janet. Ma sœur aussi a pleuré. Elle a supplié. Elle a imploré leur pitié. Elle a appelé à l'aide. Mais votre fils n'a rien fait. Et vous, vous avez fait pire que rien. Depuis vingt et un ans, vous auriez pu dire la vérité, parler, agir pour que justice soit faite. Au lieu de ça, vous n'avez songé qu'à tirer profit de la situation.

Il lui pressa méchamment le menton et elle gémit.

— Vous avez échangé votre silence contre des faveurs pour ce visage. Aussi, je vais savourer chaque seconde de votre agonie.

Il la repoussa d'un air satisfait et remit son couteau dans l'étui.

— Franchement, j'hésite encore. J'aimerais vous briser les os du visage, un à un, comme je l'ai fait pour Russ. Le résultat n'était pas mal… D'un autre côté, il faut quand même que votre fils puisse vous identifier, quand il viendra à la morgue.

Il recula de quelques pas et s'arrêta sur le seuil de la porte.

— Je vais revenir tout à l'heure. On va faire une petite sortie avec ce bateau et s'installer sur le pont, où j'aurai plus de place pour travailler. Sans compter que ça sera plus pratique à nettoyer. Je vous enlèverai votre bâillon. Vous pourrez hurler tant que vous voudrez.

5

Lundi 3 mai, 12 h 05

Le Dr Craig Mulhauser referma sur eux la porte de la salle de conférences.

— Dépêchons-nous de régler ça, nous avons beaucoup de travail, déclara-t-il sèchement.

Ils ne lui avaient pas demandé d'assister à l'entretien. Il s'était imposé, comme s'il éprouvait le besoin de protéger le Dr Trask. De quoi avaient-ils peur, tous les deux ?

Etait-ce parce que Lucy Trask avait connu Russell Bennett ?

J.D. prit un siège face à Lucy, tandis que Mulhauser et Stevie s'installaient à côté d'elle, le premier à sa droite, toujours en arborant son air de protecteur, la deuxième à sa gauche. Pendant quelques instants, Lucy les ignora et resta plongée dans la contemplation de ses mains, qu'elle gardait sagement croisées sur la table. Puis elle leva les yeux vers J.D. en affichant un air déterminé, l'air de quelqu'un qui se décide à affronter son bourreau. Il eut un mauvais pressentiment.

— Est-ce que vous savez si Russell Bennett est vivant ou non ? demanda-t-elle.

— Nous ne savons toujours rien, répondit Stevie. Mais ça se présente mal. J'ai appelé son cabinet en me faisant passer pour une patiente qui voulait confirmer un rendez-vous, mais sa secrétaire m'a répondu qu'il ne recevait pas aujourd'hui, et que tous ses rendez-vous étaient annulés. Nous sommes passés par chez lui. Belle résidence, plutôt chic. Mais là, c'est le portier qui nous a annoncé qu'il était en vacances depuis deux semaines.

Elle soupira.

— Pour nous, c'est bien Bennett qui se trouve sur votre table d'autopsie. Il ne reste plus qu'à l'identifier officiellement.

— Le portier, c'est Herrigan, murmura Lucy d'un ton méprisant. Il veille sur l'appartement de Russ.

Elle était donc déjà allée chez Bennett. Et elle l'appelait par son prénom. J.D. s'adossa à son siège et la dévisagea avec attention.

— Comment avez-vous fait la connaissance du Dr Bennett ? demanda-t-il.

Elle soupira et ses joues prirent une teinte rosée.

— Je suis sortie avec lui pendant un temps.

J.D. fit un effort pour dissimuler sa contrariété. Stevie ouvrit de grands yeux.

— Vous êtes sortie avec lui alors qu'il était marié ? s'étonna Stevie.

Les joues de Lucy devinrent encore plus rouges.

— Jusqu'à ce que j'apprenne qu'il était marié, plutôt. Je l'ignorais, sinon je ne l'aurais pas laissé m'approcher. Je ne sors pas beaucoup, et jamais avec des hommes mariés.

J.D. soupira de soulagement — discrètement et silencieusement.

— Très bien, dit-il. Pouvez-vous nous expliquer ce qui s'est passé ?

Lucy détourna les yeux et se massa les tempes.

— Vous finirez par l'apprendre en menant votre enquête, alors autant que je vous le raconte moi-même. Nous flirtions depuis quelque temps et… Il… Il voulait que notre relation aille plus loin. Il était plutôt patient, je dois le reconnaître. Un gentil garçon, quoi…

Cette dernière phrase avait été appuyée d'un ton sarcastique.

— Il n'était donc pas gentil, commenta J.D.

Elle lui lança un regard gêné.

— Non, répondit-elle. Bref, ce soir-là je sortais de chez

moi quand une femme s'est jetée sur moi et m'a giflée en me traitant de salope, de briseuse de ménage, de voleuse de mari, et de pas mal d'autres noms qui ont nourri les conversations de mes voisins pendant plusieurs mois.

— Et cette femme, c'était Mme Russell Bennett, intervint Stevie. Brandi.

— Non. Ça remonte à cinq ans et il s'agissait de la première Mme Bennett. Ensuite, il a divorcé et s'est remarié. Mais c'est ce soir-là que j'ai appris l'existence d'une Mme Bennett. Elle nous avait vus nous embrasser la veille devant chez lui, et elle m'avait suivie chez moi.

J.D. enregistra « nous embrasser devant chez lui » et la scène qu'il visualisa occupa la moitié de son espace mental.

Concentre-toi.

— Pourquoi avait-elle attendu le lendemain pour se manifester ? demanda-t-il.

— Je pense qu'elle était blessée et sous le choc. Il lui a fallu le temps d'encaisser le coup. Quand elle m'a giflée, elle était soûle.

— Si je comprends bien, elle ne vivait plus au domicile conjugal, dit Stevie.

— Ils avaient deux appartements, ce que j'ignorais, bien entendu. L'un en ville et l'autre en banlieue, ce qu'elle m'a expliqué après s'être un peu calmée. Je lui ai juré que j'ignorais que Russ était marié. Elle m'a crue, sans doute parce que moi aussi j'étais sous le choc et que ça devait se voir. Elle était trop soûle pour conduire, je lui ai appelé un taxi.

— C'était sympa de votre part, murmura J.D. Elle venait tout de même de vous agresser.

Lucy haussa les épaules d'un air gêné.

— Elle était malheureuse.

— Vous aussi, sans doute, commenta gentiment Stevie.

Lucy haussa de nouveau les épaules.

— En effet, soupira-t-elle. Je suis allée chez Russ pour lui réclamer une explication. J'étais déjà montée chez lui une fois ou deux. On commandait à dîner et on mangeait en tête à tête. Quand Herrigan m'a vue arriver, il a eu l'air totalement paniqué. Ensuite, c'est un peu flou. J'ai vu sortir Russ au bras d'une autre femme.

J.D. fit la grimace.

— Il n'était pas très prudent.

— Comme vous dites. Et le pire, c'est que cette femme était ma meilleure amie, Gwyn. De son côté, elle ignorait qu'il sortait avec moi. Et elle ignorait également tout de l'existence d'une Mme Bennett.

J.D. secoua la tête. Il ne comprenait pas bien.

— Attendez… Cette femme était votre meilleure amie, mais elle ne savait pas avec qui vous sortiez ?

— Nous nous étions perdues de vue depuis quelques années. Nous nous étions connues au collège, et ensuite, la vie nous avait séparées. Nous avons renoué grâce à cette nuit-là. Gwyn n'est pas stupide. Quand elle a vu mon air furibond et l'expression affolée de Herrigan, elle a tout compris. Russ a essayé de s'éclipser, mais je l'en ai empêché. Et quand j'ai annoncé que je venais de faire la connaissance de sa femme, Gwyn a craqué.

Elle hésita.

— Elle était allée plus loin que moi avec lui.

J.D. fit la grimace.

— Aïe.

— C'est exactement ce qu'a dit Bennett quand Gwyn l'a giflé.

Elle se tut, les sourcils froncés.

— Et il a riposté. Avec son poing. Elle est tombée. Elle avait la lèvre en sang. Il l'a traitée de putain. Je ne m'étais pas attendue à ça.

— Un beau salaud, ce type, murmura Stevie.

Trask baissa les yeux vers ses mains croisées sur la table.

— Et comment avez-vous réagi ? demanda J.D.

— J'en suis d'abord restée saisie.

Elle le fixa droit dans les yeux et il lui rendit un regard plein de compréhension.

— Mais il s'est penché sur elle pour la frapper de nouveau. Il était hors de lui. Je crois qu'il n'avait plus conscience d'être dans la rue. Je me suis interposée pour protéger Gwyn. Cette fois, c'est moi qu'il a frappée, au visage, et ça m'a rendue furieuse. Je ne me mets pas souvent en colère, mais là, j'ai vraiment explosé. Je lui ai collé mon poing en pleine figure.

J.D. se retint de la féliciter.

— Et ? demanda-t-il d'un ton neutre.

— Je lui ai cassé le nez, dit-elle sur un ton d'excuse. Le sang s'est mis à gicler. Gwyn pleurait. Russ jurait. Je hurlais à Herrigan d'appeler le 911. Les gens commençaient à s'attrouper. Certains filmaient avec leur téléphone. C'était un vrai cirque.

Elle jeta un coup d'œil du côté de Mulhauser, qui haussa les épaules.

— Tu devrais tout leur dire, Lucy. Ça vaut mieux.

— D'accord, soupira-t-elle. J'ai dit à Russ que s'il osait de nouveau lever la main sur moi ou sur une autre femme, je lui ferai regretter d'être né. Je lui ai dit aussi qu'il avait de la chance que personne n'ait encore songé à le tuer. C'était idiot et je n'ai pas vraiment menacé de le tuer, mais…

— Mais aujourd'hui vous le retrouvez dans le parc de votre résidence, mort, et ayant probablement regretté d'être né, acheva Stevie à sa place.

— Exactement, approuva Lucy. Dès que vous avez mentionné son nom, j'ai demandé à Ruby Gomez d'emporter le corps. J'avais terminé l'autopsie, mais j'effectuais des analyses cellulaires. Le Dr Mulhauser vérifiera mes conclusions et vous les confirmera.

— Lucy n'a pas tué Bennett, affirma Mulhauser.

J.D. ne soupçonnait pas une seconde Lucy, mais il devait tout de même poser la question de l'alibi.

— Où étiez-vous il y a deux semaines ?

— A Los Angeles, répondit-elle. J'ai pris un avion le dimanche matin, et je suis restée toute la semaine dans l'hôtel où se déroulait le symposium médical auquel j'assistais. La semaine suivante, j'étais invitée pour une session de cours à l'UCLA. Quand Herrigan a-t-il vu Bennett pour la dernière fois ?

J.D. et Stevie échangèrent un regard. Stevie fit signe à J.D. qu'il pouvait répondre.

— Le dimanche après-midi, répondit J.D.

Il put constater que Lucy Trask paraissait soulagée.

— Le dimanche après-midi, j'étais dans mon avion. Je n'ai pas quitté Los Angeles. J'imagine que la compagnie d'aviation et l'hôtel pourront confirmer. Ma présence au symposium est facile à vérifier, et l'université attestera que j'ai bien donné des cours. Des tas de gens m'ont vue, tous les jours. Je peux vous fournir une cinquantaine de noms.

— C'est très bien, répondit Stevie. Votre alibi est facile à vérifier.

— L'épisode que vous venez de nous raconter date d'il y a cinq ans, n'est-ce pas ? dit J.D. Aviez-vous revu le Dr Bennett par la suite ?

— Lors d'une réception, il y a deux ans. C'est comme ça que j'ai appris qu'il avait divorcé d'avec sa première femme. La seconde Mme Bennett était une gamine, ajouta-t-elle d'un ton railleur.

— Lucy…, intervint le Dr Mulhauser.

— Je veux dire qu'elle était très jeune, corrigea-t-elle. Pas plus de vingt ans, munie d'attributs avantageux. La première Mme Bennett était plus vieille que Russ. Elle avait subi pas mal d'opérations de chirurgie plastique pour paraître plus jeune, expliqua-t-elle avec amertume. Pour un mari qui la trompait. J'ai entendu dire, depuis, que Russ et la nouvelle Mme Bennett étaient séparés. Mais je ne l'ai plus revu. Pas jusqu'à aujourd'hui.

— Pourquoi a-t-on mis son cadavre sur votre chemin, d'après vous, docteur Trask ? demanda doucement J.D.

Elle leva vers lui un regard troublé, un peu perdu.

— Je n'en ai pas la moindre idée, répondit-elle. Pas la moindre. Il n'était pas délicat avec les femmes, mais je ne vois pas qui aurait pu lui faire subir un traitement pareil. Ce qu'on lui a fait est bestial, inhumain. J'ai du mal à imaginer que quelqu'un se soit amusé à l'habiller comme M. Pugh. C'était violent, destiné à me choquer. Je ne comprends pas.

— Qui savait que vous connaissiez le Dr Bennett ? demanda Stevie.

— Gwyn, bien entendu. Son employeur, Thomas Thorne, qui est avocat. M. Mulhauser. Herrigan. Et tous ceux qui sont passés devant l'appartement de Russ le soir de cette fameuse dispute. Si Russ en a parlé à quelqu'un de son côté, j'ignore à qui. La première Mme Bennett a pu elle aussi se confier.

J.D. fronça les sourcils.

— Pourquoi en avoir parlé à un avocat ?

— Pour la même raison qui l'a poussée à m'en parler, intervint Mulhauser. Parce que Bennett a porté plainte pour agression. Ce salaud savait que ça ne tiendrait pas la route, mais il voulait bousiller sa carrière.

Lucy lui tapota gentiment la main.

— Désolé, dit-il. Je me suis laissé emporter.

— Est-ce que quelqu'un d'autre ici, à la morgue, savait, pour vous et M. Bennett ? reprit Stevie. Quelqu'un qui aurait su aussi que vous vous absentiez pendant quinze jours.

— Non. Personne à part M. Mulhauser. Je pense que tout le monde ici serait surpris d'apprendre que j'ai trouvé le temps et le courage de fréquenter un homme. Et surtout d'apprendre que mon choix s'était porté sur le Dr Russell.

De nouveau, elle rencontra le regard de J.D. et, cette fois, il lut dans ses yeux une lueur de défiance.

— Parce que je suis plutôt du genre effacée et tranquille.

J.D. comprit que c'était à lui qu'elle s'adressait, et il fut surpris autant qu'ému qu'elle se donne la peine de se justifier. De plus, il ne la trouvait pas effacée, mais fascinante.

— Peut-on avoir le nom de famille de votre amie Gwyn ? demanda-t-il.

Lucy s'anima brusquement. Ses yeux lancèrent des éclairs.

— Elle n'est pas impliquée dans tout ça, assura-t-elle sèchement. Il y a quinze jours, elle passait le week-end chez sa mère. Elles ont fait les magasins, elles doivent avoir des tickets de caisse ou de cartes bancaires pour l'attester. Mais je m'attendais à ce que vous demandiez à lui parler. C'est normal. Son nom de famille, c'est Weaver. Elle travaille pour Thomas Thorne.

— Thorne, c'est l'avocat dont vous parliez tout à l'heure ?

Elle acquiesça.

J.D. nota le nom en grimaçant intérieurement. Il avait une fois témoigné contre un homme représenté par Thorne. Thorne l'avait appelé à la barre et ça ne lui avait pas laissé un bon souvenir. Il n'était pas pressé d'avoir de nouveau affaire à lui.

— Avez-vous dit à Gwyn que le cadavre d'aujourd'hui était sans doute Bennett ?

— Non. Je l'ai appelée pour le lui annoncer, mais j'ai changé d'avis. Je ne voulais pas que ça lui attire des ennuis.

Il lui en avait manifestement coûté de garder le silence, J.D. le devina aussitôt. Elle le fixa de nouveau droit dans les yeux.

— Parce qu'elle n'a rien à voir avec tout ça, je peux vous l'assurer.

— Vous l'avez déjà dit, commenta-t-il d'un ton vaguement amusé. Savez-vous avec quoi le tueur a sectionné le cœur de la victime ?

Elle battit des paupières, visiblement surprise qu'il s'adresse de nouveau au médecin légiste.

— Avec une scie électrique, probablement.

La chose n'avait rien d'étonnant. Une scie électrique était un outil puissant et facile à se procurer.

— Et qu'est-ce qui vous permet de le dire ? insista-t-il.

— Le type d'abrasion laissé par la lame au niveau des côtes. Même le petit modèle, à batterie, peut suffire à découper des os. Avec plus de temps, j'aurais pu déterminer la marque et le modèle. Le légiste qui prendra la relève le fera sûrement.

— D'où tenez-vous qu'une scie électrique est suffisamment puissante pour sectionner des os ? demanda-t-il.

— Les chirurgiens utilisent une sorte de scie électrique pour les amputations.

J.D. le savait. Il avait même vu pratiquer l'opération à Kandahar. Mais le ton embarrassé qu'elle avait pris pour s'expliquer piqua sa curiosité.

— Vous en avez déjà utilisé ? demanda-t-il.

Il la vit tressaillir.

Elle détourna les yeux.

— Oui.

Mulhauser lui jeta un regard surpris.

— A quelle occasion, Lucy ?

— Je venais de terminer mon premier internat, j'étais en vacances au Mexique. Il y a eu un accident de voiture devant nous. Une petite fille a eu la jambe coincée sous une voiture, elle saignait beaucoup. J'ai dû utiliser une scie pour la dégager, parce que c'était urgent.

Elle déglutit. Le souvenir était visiblement pénible.

— Donc, le tueur a pu couper la cage thoracique et les tendons avec une scie électrique.

— Est-ce que la petite fille a survécu ? demanda doucement J.D.

Elle eut un rictus amer qui le surprit.

— Oui. Vous n'auriez pas *d'autres* questions ?

Il en avait beaucoup. Mais il préférait les garder pour une autre fois.

— Comment avez-vous rencontré M. Bennett ?

— Il a cassé mon tricycle, répondit-elle d'une voix neutre.

J.D. se demanda s'il avait bien entendu.

— Votre tricycle ? Quel tricycle ?

— Mon tricycle. Vous savez, ces trucs à trois roues qu'on offre aux enfants. Vous avez dû en avoir un, vous aussi.

— Non, répondit-il. Je n'ai jamais eu de tricycle.

Il n'avait pas eu non plus le genre de parents qui offrent des tricycles.

— Et à quelle occasion a-t-il cassé ce tricycle ?

— J'avais quatre ans. Ses parents venaient d'emménager dans la maison voisine. Je faisais du tricycle sur la colline en face de chez nous et j'ai perdu une roue. J'ai foncé sur une voiture qui était garée là et je me suis cassé un bras. Un des gamins qui jouaient avec nous l'a entendu rire et se vanter d'avoir desserré le boulon de ma roue.

— Il avait quel âge ? demanda J.D., tout en songeant qu'à quatre ans, elle n'aurait pas dû faire du tricycle sans surveillance.

— Sept ans. Mon père est allé trouver ses parents pour leur raconter ce qui s'était passé. Ils l'ont puni, bien sûr, même s'il a protesté en disant qu'il n'avait rien fait et que le gamin qui l'avait dénoncé avait menti. Quelques jours plus tard, j'ai trouvé ma poupée Barbie pendue à une corde de la balançoire du jardin. Il a été puni de nouveau. Ensuite, j'ai eu la paix.

C'était déjà un sale gosse, songea J.D. Pas étonnant que le Russell Bennett adulte ne se soit pas gêné pour lever le poing sur une femme. Bennett était violent depuis l'enfance. Mais apparemment, cette fois, il était allé trop loin avec quelqu'un qui s'était rebiffé.

— Vous étiez donc voisins ? demanda Stevie.

— Oui. J'aimerais vous accompagner quand vous préviendrez ses parents.

Elle soupira.

— S'il s'agit bien de Russ.

— Nous devons demander l'autorisation à notre lieutenant, dit Stevie. Lucy, vous le connaissiez et vous saviez qu'il ne valait pas grand-chose. Pourquoi êtes-vous sortie avec lui il y a cinq ans ?

— Le temps avait passé. Les gens changent. J'avais envie de croire qu'il avait changé.

— Lequel de vous deux a pris contact avec l'autre ?

— C'est lui. Quand je suis arrivée à Baltimore. Au début, je n'avais pas envie de le voir, mais il a longuement insisté pour m'inviter à dîner. Un jour, j'ai trouvé un paquet enveloppé d'un papier doré sur le pas de ma porte. Il contenait une poupée Barbie. Une Barbie médecin, précisa-t-elle avec une moue.

— Bien vu, commenta sèchement Stevie.

— N'est-ce pas ? J'ai donc dîné avec lui. Il était beaucoup plus gentil que dans mon souvenir. J'ai accepté de le revoir.

Je le trouvais parfait, en fait, ironisa-t-elle. Jusqu'à ce que sa femme vienne me gifler.

Elle sortit de sa poche son téléphone portable qui vibrait.

— C'est mon avocat, annonça-t-elle. Je vais avoir besoin de lui ?

— Pas si votre alibi est confirmé, répondit Stevie.

Lucy reposa le téléphone sur la table, sans décrocher.

— Vous comptez le vérifier quand ? demanda Mulhauser. Il ne faudrait pas trop tarder, parce qu'en attendant, j'ai un légiste de moins.

Il jeta un regard d'excuse du côté de Lucy.

— Je ne peux rien vous confier tant que votre situation n'est pas réglée, je suis désolé.

— Je sais, murmura-t-elle. Je comprends, Craig. Je m'y attendais.

— Je vais m'en occuper dès que nous sortirons d'ici, promit Stevie.

Puis elle haussa une épaule.

— De plus, si cet homme n'est pas Russell, tout cela est inutile.

Mulhauser fronça les sourcils.

— Nous allons devoir attendre les résultats du profil ADN. A moins d'avoir une cicatrice, ou un autre élément permettant d'identifier formellement le cadavre. Malheureusement, nous ne pouvons pas utiliser le dossier dentaire.

— Vous avez trouvé des cicatrices antérieures à l'agression ? demanda J.D. en s'adressant à Lucy.

— Oui, répondit-elle. Une brûlure ancienne sur la main gauche et une trace de fracture remontant à cinq à sept ans au niveau de l'avant-bras droit. Il y a également un grain de beauté au niveau de l'omoplate droite. Vous pourriez peut-être en parler à l'une de ses femmes avant d'appeler ses parents. Si Russ est tout simplement en vacances, ce serait idiot d'alarmer pour rien Mme Bennett. Elle est fragile. Elle a eu une attaque cardiaque il y a quelques mois.

Il y avait presque de la tendresse dans sa voix. Elle avait

apparemment gardé de bons rapports avec les Bennett, en dépit de ses démêlés avec leur fils.

— Où vivent les Bennett ? demanda J.D.

— Au même endroit depuis trente ans. A Anderson Ferry, au bord du fleuve Choptank. C'est à une heure trente d'ici en voiture, quand il n'y a pas d'embouteillages sur le Bay Bridge.

Lucy Trask avait donc grandi à Anderson Ferry, dans le Maryland. Cela expliquait son phrasé chantant. J.D. avait connu des gens de l'est du Maryland et il avait été surpris de leur accent. Il se demanda si la famille de Lucy vivait toujours là-bas, mais il n'eut pas le temps de poser la question, car elle ouvrait un dossier contenant les photos de l'autopsie.

— Voici l'omoplate et le grain de beauté dont je vous parlais, dit-elle en triant les photos. Et voici la cicatrice de brûlure.

Stevie prit les deux photographies.

— Merci beaucoup, Lucy. Mais vous avez raison, avant de nous adresser aux parents de Bennett, nous allons rendre visite aux femmes.

— Je peux vous communiquer l'adresse de sa première femme, proposa Lucy.

J.D. haussa les sourcils.

— Vous êtes restée en contact avec elle ?

— C'est plutôt elle qui me fait signe, en fait. Elle m'a envoyé des fleurs après le malencontreux épisode de la gifle, et je reçois une carte tous les ans à Noël.

Elle trouva l'adresse dans son téléphone et la nota pour eux.

— Elle habite leur ancien appartement de banlieue, avec les enfants. Elle a des contacts avec les parents de Russell. Les Bennett l'aiment bien.

Elle tendit le papier à J.D., en évitant soigneusement d'effleurer sa main.

— Ce sont de braves gens et la mort de leur fils serait pour eux un choc terrible. N'oubliez pas de demander à votre lieutenant si je peux vous accompagner chez eux, je vous en prie.

— Je n'oublierai pas de le lui demander, promit J.D. Je

vous le promets. Mais vous aussi, vous devez nous promettre quelque chose.

Il tendit la main par-dessus la table et effleura ses doigts, à peine, tout en lui prenant des mains le dossier d'autopsie qu'elle tenait toujours. Elle tressaillit en retenant son souffle, et cela ne lui échappa pas. Il ouvrit le dossier et en sortit la photo du *I* gravé aux brûlures de cigarettes.

— Ceci est une menace, Lucy, dit-il doucement. On s'est arrangé pour que vous trouviez ce cadavre. La personne qui a fait ça a pris de gros risques. Vous n'êtes pas soupçonnée de meurtre, mais quelqu'un veut vous impliquer dans ce qui se passe en ce moment. Tant que nous ne savons pas pourquoi et comment, ne restez pas seule.

Elle abandonna sa façade glacée et lui rendit un regard tourmenté. Tant mieux si elle avait peur, car cela la rendrait prudente. *Elle a peur de moi, aussi.* Il le sentait confusément et se demandait pourquoi.

— J'ai compris, dit-elle d'une voix rauque. J'éviterai les rues sombres et désertes.

— Evitez aussi de courir le matin à l'aube, insista-t-il. Promettez-le, docteur Trask.

Elle acquiesça d'un bref hochement de tête, en soutenant son regard.

— Je vous le promets.

Il lui tendit une carte de visite.

— Mon numéro de portable et celui de Stevie sont inscrits au dos. N'hésitez pas à nous appeler si vous avez besoin de nous.

Elle prit la carte d'un geste précautionneux, en évitant une fois de plus de toucher sa main.

— Entendu. Merci.

— Nous y allons, annonça Stevie. Mais nous restons en contact.

Lucy les regarda partir, le cœur battant. Stevie lui avait gentiment tapoté l'épaule tout en se levant. Fitzpatrick n'avait plus tenté de contact physique, mais sa main frémissait encore de la brève caresse de ses doigts, ses joues brûlaient encore du long regard insistant qu'il lui avait lancé avant de refermer sur lui la porte de la salle de conférences.

Il s'intéressait manifestement à elle. Elle s'était décrite comme une femme effacée, insipide, ennuyeuse, mais cela ne l'avait pas dissuadé. Au contraire. Il l'avait dévisagée ostensiblement et avec intensité, depuis l'autre côté de la table.

Je ne veux pas qu'il s'intéresse à moi.

Elle se mentait à elle-même. *Bon sang, ce que je peux être sotte !* Elle serra les dents. *Je n'apprendrai donc jamais ?*

— Ça s'est passé bien mieux que je ne pensais, commenta Craig.

Elle se rendit compte qu'il la regardait d'un drôle d'air.

— En effet, murmura-t-elle. J'ai un alibi.

— Dès qu'ils sont entrés dans cette pièce, j'ai compris qu'ils ne vous soupçonnaient pas, assura-t-il. Et j'ai l'impression que Fitzpatrick a de la sympathie pour vous, ajouta-t-il d'un ton malicieux.

Elle retint une grimace.

— Peu m'importe qu'il ait de la sympathie pour moi ou pas.

Tu es une menteuse, Lucy Trask.

Cela lui importait, au contraire. Fitzpatrick était hyper sexy et son incroyable magnétisme attirait irrésistiblement le regard : elle avait beau essayer de résister, ses yeux revenaient toujours se poser sur lui. Ruby le trouvait stupéfiant, et n'avait pas tort. Il l'était. Au sens propre, au sens d'une drogue.

Au lit, il devait être exceptionnel. Cette pensée la fit de nouveau frissonner.

Décidément, elle devait garder ses distances avec lui. Même si tous les nerfs de son corps lui hurlaient de se rapprocher. *Une fois. Rien qu'une fois.* Une fois, ce n'était pas vraiment dangereux.

Mais si, ça l'était. Un grincement de pneus et un bruit de taule froissée résonnèrent dans son crâne. Les pleurs d'un bébé. Pas vraiment dangereux ? Aucune relation n'était sans danger.

Craig fronça les sourcils, toujours en la dévisageant.

— Si vous le dites, répondit-il d'un ton sceptique.

— Bon, qu'est-ce que je fais, moi, en attendant ? Je dois partir ?

— Oui. Tant que vous n'êtes pas blanchie officiellement. Vous venez de rentrer de vacances et vous n'avez aucune affaire en cours, c'est déjà une chance.

— Mais il y a beaucoup de travail, ici.

— Ça, c'est mon problème. Je trouverai bien une solution.

Il se leva et tira sur son manteau.

— Pour le moment, rentrez chez vous. Et n'oubliez pas d'être prudente. Je n'aimerais pas qu'on vous retrouve affalée sur une table d'échecs.

Lucy le suivit hors de la salle de conférences. L'image du corps de Russ sur cette table d'échecs chassa les pleurs du bébé. A présent, ce corps était allongé dans une chambre froide. Sans visage. Sans doigts. Sans langue. Et sans cœur.

Mais il ne pouvait s'agir que de Russ. Elle le sentait.

Fitzpatrick avait raison. *Je suis impliquée dans cette affaire.*

Mais comment ? Et pourquoi ? *Pourquoi moi ?*

Lundi 3 mai, 13 heures

Lucy traversait le parking public situé face à la morgue en jetant sans cesse des regards inquiets par-dessus son épaule. Elle se sentait terriblement exposée. Elle accéléra le pas, tout en serrant dans son poing ses clés de voiture, qu'elle avait déjà sorties de son sac.

Elle dépassa un véhicule dans lequel un homme seul était installé au volant. *Il me surveille.* Mais l'homme sortit sans lui accorder la moindre attention et alla ouvrir son coffre pour y prendre des livres. *O.K. Il ne me surveille pas.*

— Lucy !

Elle entendit la voix un dixième de seconde avant de heurter un corps de plein fouet.

— Thorne ! s'exclama-t-elle avec soulagement. Tu m'as fait peur…

Thomas Thorne était un homme impressionnant qui mesurait près de deux mètres.

— Tu ne répondais pas au téléphone, lui fit-il remarquer.

Il l'avait appelée, c'était vrai ; elle avait oublié.

— J'étais en train de parler avec deux inspecteurs, je n'ai pas pu décrocher.

Le visage de Thorne se renfrogna un peu plus.

— Tu leur as parlé sans moi ? grommela-t-il.

Il avait une voix rauque et profonde, puissante, qui portait sans micro dans une salle d'audience.

Mais elle le connaissait bien, et ne se laissa pas impressionner.

— J'avais un alibi.

Il plissa les yeux.

— Célèbre réplique… Tu es naïve à ce point ?

Gênée, elle fit un pas vers lui, en relevant le menton.

— Non. Tu as d'autres questions ?

Est-ce que la petite fille a survécu ? C'était la question que lui avait posée Fitzpatrick quand elle avait raconté l'histoire de l'amputation à la scie électrique. Elle songea de nouveau à cette fois où il était venu assister à l'autopsie d'une enfant. Il était resté planté, les jambes légèrement écartées, les bras croisés sur la poitrine, avec une expression consternée sur le visage. Elle avait même vu des larmes dans ses yeux.

Il avait manifestement été ému par la mort de cette enfant. Comme il s'était ému aujourd'hui du sort de l'enfant amputée.

Ce J.D. Fitzpatrick était décidément un homme dangereux.

— Reviens sur terre, protesta Thorne en la secouant. Tu ne te sens pas bien ?

Lucy fit un effort pour se ressaisir.

— Je me sens bien, mais j'ai eu une journée riche en événements.

Elle lui raconta tout, en passant sous silence certains détails de l'enquête que les deux inspecteurs ne voulaient pas divulguer — notamment les parties du corps qui manquaient sur la victime.

— Merde, murmura-t-il.

— Comme tu dis, reconnut Lucy. Mazzetti et Fitzpatrick vérifient en ce moment mon alibi. Il est en béton. J'ai assisté à un symposium médical, et ensuite, j'ai animé un séminaire. A l'hôtel, j'ai utilisé régulièrement le service de chambre. Je n'aurais pas pu revenir de L.A. pour tuer Russ Bennett, ou qui que ce soit d'autre.

— Ils vont interroger Gwyn, aussi, soupira-t-il.

— Je n'ai rien raconté de tout ça à Gwyn. J'ai pensé que ça risquait de lui porter préjudice. Mais j'ai dit aux inspecteurs qu'elle était chez sa mère le jour où Bennett a disparu.

Thorne fit la grimace.

— Elle va être furieuse que tu ne lui aies pas parlé.

Lucy se hissa sur la pointe des pieds pour tapoter la joue de Thorne.

— Eh bien, tu t'arrangeras pour l'amadouer, dit-elle. Offre-lui un fouet neuf. Le sien a fait son temps.

— C'est ça, et je le mettrai sur ta note, répliqua-t-il sèchement.

Mais il avait cessé de faire la tête.

— Je dois filer, dit-il. Mais je t'accompagne jusqu'à ta voiture.

Il se mit à marcher, et elle dut presque trottiner pour suivre ses longues enjambées.

— Si les flics demandent encore à te parler, cette fois, préviens-moi, ordonna-t-il. Et ne dis pas un mot tant que je ne suis pas là.

Elle acquiesça docilement.

— Oui, maître.

— J'ai déjà rencontré Fitzpatrick et je ne l'aime pas beaucoup, ajouta-t-il.

Elle haussa des sourcils étonnés.

— Ah bon ? Et pourquoi ?

La bouche de Thorne esquissa une moue.

— C’est un flic intègre, mais borné. Je l’ai cuisiné à la barre, mais il n’a pas bafouillé une fois. Il n’a pas dévié de sa version.

Lucy n’était pas surprise que Fitzpatrick soit un flic intègre, mais il lui déplaisait de penser que Thorne l’avait cuisiné. Elle s’était souvent disputée avec Thorne au sujet de ses choix de carrière et de clients. Ils n’avaient pas tout à fait la même façon de voir les choses.

— Tu as réussi à faire sortir ton client ?

— Non. Il était coupable.

Thorne haussa les épaules.

— Mais il avait eu un procès équitable, et donc ça ne m’a pas empêché de dormir.

Ils arrivaient devant la vieille Chevy de Lucy. Thorne s’arrêta.

— Appelle-moi quand tu seras arrivée chez toi.

— D’accord.

Il attendit qu’elle déverrouille les portières.

— Je te vois, ce soir, au club ?

— Je vais essayer de venir, répondit-elle. Je suis désolée de t’avoir inquiété, Thorne. Merci d’être passé.

— Ce n’est rien. C’était sur mon chemin.

Il recula, en mimant le geste de coller un téléphone à son oreille.

— Tu m’appelles ? Promis ?

Bien des femmes auraient aimé que Thorne leur demande de l’appeler, et elle aurait pu être l’une d’elles, autrefois. Plus maintenant. A présent, elle préférait les hommes doux et sensibles.

Le visage de Fitzpatrick lui apparut et elle soupira. *Pas comme lui. Lui, ce serait des prob…*

Ses pensées volèrent en éclats et sa main se figea sur la poignée de la portière. Il y avait un paquet dans sa voiture. Sur le plancher. Enveloppé d’un papier brillant. Surmonté d’un gros nœud rouge.

Elle avait pourtant fermé les portières, et personne d’autre qu’elle n’avait de clé.

Elle lâcha la portière.

— Thorne? appela-t-elle d'une voix qui tremblait.

Il revint aussitôt sur ses pas.

— Qu'est-ce que c'est que ça?

— Je ne sais pas. Ce n'est pas moi qui l'ai mis. Ce n'est pas toi?

— Non, répondit-il avec une expression désolée. Ne le touche pas.

— Je ne suis pas complètement stupide, Thorne.

Elle sortit son téléphone de son sac, en tentant d'empêcher sa main de trembler, tout en cherchant la carte de visite de Fitzpatrick.

— Qu'est-ce que tu fais? demanda-t-il.

Lui aussi avait sorti son téléphone.

— J'appelle Fitzpatrick, répondit-elle.

Le cœur battant, elle s'accroupit pour mieux voir le paquet. Il n'était pas très grand, à peu près de la taille d'une balle de softball.

— Et toi, qu'est-ce que tu fais? demanda-t-elle.

— Je m'apprêtais à appeler le 911. Ecarte-toi, Luce. On ne sait pas ce qu'il y a dans ce paquet. C'est peut-être une bombe, pour l'amour du ciel…

Lucy braqua la lampe torche de son trousseau de clés sur le paquet. Son cœur affolé pesa tout à coup une tonne. *Non, ce n'est pas une bombe.* Pas au sens propre, du moins.

— Je ne pense pas qu'il s'agisse d'une bombe, murmura-t-elle.

Thorne vint s'accroupir à côté d'elle.

— On dirait un vieux papier cadeau qui a servi pour la Saint-Valentin, commenta-t-il d'un ton pince-sans-rire.

Il la fixa avec attention.

— Tu sais ce que contient ce paquet, n'est-ce pas?

Elle composait déjà le numéro de Fitzpatrick.

— Je crois en avoir une idée assez précise, oui.

— Bon…

Thorne soupira d'exaspération.

— Dans ce cas, pourrais-tu me dire de quoi il s'agit?

— De la même chose que ce qu'on voit sur le papier, répondit-elle.

Elle leva la main pour faire taire Thorne qui ouvrait la bouche.

— Inspecteur, c'est Lucy Trask, murmura-t-elle d'un ton angoissé dans l'appareil.

— Qu'est-ce qui se passe ? s'inquiéta Fitzpatrick. Vous allez bien ?

Elle se redressa lentement, en prenant soin de ne même pas effleurer la portière.

— Je vais bien, mais il faut que vous reveniez. On a déposé un cadeau dans ma voiture. Un paquet enveloppé d'un papier imprimé de cœurs colorés.

Elle l'entendit pousser un soupir.

— Merde. Où êtes-vous ?

— Dans le grand parking en face de la morgue, premier étage, entrée est.

— Vous êtes seule ?

Il s'inquiétait pour elle et cela lui fit chaud au cœur.

— Non, Thomas Thorne est avec moi. Nous n'avons touché à rien.

— Très bien. Je vous envoie Drew et l'équipe scientifique. Stevie et moi, nous les rejoindrons dès que possible. Est-ce que Thorne peut rester avec vous jusqu'à l'arrivée d'une voiture de patrouille ?

Elle se rendit compte qu'elle aurait préféré qu'il décide de faire demi-tour et de venir sur-le-champ. Mais il n'y avait pas urgence. Drew devait faire son travail avant les inspecteurs. Elle leva les yeux vers Thorne.

— Tu peux rester quelques minutes ? Ils envoient une voiture et la police scientifique.

— Essaye donc de me faire partir, grommela Thorne.

— Il reste, dit-elle à Fitzpatrick. Qu'est-ce que je dois faire ?

— Rien. Nous attendre. On ne va pas tarder.

Lundi 3 mai, 13 h 10

J.D. referma son téléphone d'un coup sec et fixa la route devant lui. Ses mains s'agrippaient au volant. Ça le démangeait de braquer et de retourner tout de suite à la morgue. Mais ils étaient presque arrivés chez Brandi Bennett et les voitures de patrouille seraient sur les lieux avant eux. De plus, c'était à Drew d'intervenir en premier. Leur présence n'était donc d'aucune utilité dans l'immédiat.

— Merde, murmura-t-il en tendant la main vers la radio.

— Qu'est-ce qui s'est passé ? demanda Stevie.

— Le tueur a déposé un paquet enveloppé de papier cadeau dans la voiture de Trask.

Il appela le central pour demander qu'on envoie sur place des voitures de patrouille, l'équipe scientifique et une équipe de démineurs.

— Pourquoi dis-tu que ça vient du tueur ? demanda Stevie quand il eut terminé.

— Le papier cadeau est joliment décoré de petits cœurs colorés.

— Oh, je vois..., commenta Stevie avec une grimace. Ce type est franchement morbide.

— C'est maintenant que tu le remarques ? s'étonna J.D. J'avais déjà tiré cette conclusion quand j'ai su qu'il avait emporté le cœur de la victime.

— L'emporter, c'était une chose, l'offrir au légiste, c'en est une autre. Il est de plus en plus évident que Trask est personnellement visée. Elle t'a fait quel effet, au téléphone ?

— L'effet de quelqu'un qui tient le coup.

Mais ça lui coûte, songea-t-il. Sa voix avait tremblé quand elle lui avait demandé de venir.

— Elle n'était pas seule, ajouta-t-il. Thomas Thorne était avec elle.

Et cette idée ne le ravissait pas. Il se souvenait parfaitement de ce bellâtre qui avait séduit toutes les femmes de la salle d'audience. Y compris la juge.

— C'est un géant, ce Thorne, commenta Stevie. Tant qu'elle est avec lui, personne n'osera s'en prendre à elle.

— Tu le connais ? demanda-t-il en affectant un air indifférent.

Mais Stevie ne fut pas dupe. Il était difficile de la berner.

— En salle d'audience. C'est un sacré beau mec, mais je ne l'ai jamais côtoyé en dehors d'un tribunal. Il ment comme il respire, mais au moins, avec lui, elle est en sécurité.

J.D. regrettait tout de même de ne pas pouvoir faire demi-tour pour s'en assurer, mais il avait une enquête à mener. Il s'arrêta devant l'immeuble de Brandi. Celle-ci était enregistrée comme travailleuse indépendante, et ils n'avaient eu aucune difficulté à se procurer son adresse. En revanche, la nature de ses activités n'était pas très claire. Mannequin… Restait à savoir ce qu'elle exhibait.

— Tu veux mener l'entretien ? demanda-t-il à Stevie.

Stevie haussa les épaules.

— D'après le portier de Bennett, Brandi avec un *I* apprécie les hommes. Si tu veux l'amadouer avec ta charmante fossette, ne te gêne surtout pas.

6

Newport News, Virginie
Lundi 3 mai, 13 h 25

Clay apercevait l'eau grise de la baie et les bateaux qui se balançaient au loin. Il roulait dans le minable lotissement où Evan avait habité récemment. D'après Nicki, c'était tout ce que ce malheureux avait pu s'offrir, à cause de la pension alimentaire qu'il avait dû payer à sa femme.

Cette pauvre femme avait tout de même bien fait de le quitter. Evan leur avait avoué qu'il la trompait régulièrement. La dernière de ses conquêtes, l'entraîneuse Margo Winchester, avait fichu sa vie en l'air en exigeant qu'il l'épouse. C'était une folle furieuse, mais serait-elle allée jusqu'à…

Seigneur… Oui. Clay ralentit en passant devant ce qui restait de la petite maison d'Evan. C'est-à-dire des décombres calcinés. Elle avait totalement brûlé. Une pancarte « Entrée interdite » était plantée dans le jardin, un ruban jaune de scène de crime posé en travers de ce qui avait été la porte d'entrée.

Margo avait donc mis ses menaces à exécution. Au moins en partie. Elle avait juré à Evan de le tuer et de détruire tout ce qui lui appartenait — jusqu'à ses enfants. Pour appuyer ses dires, elle lui avait envoyé une série de lettres contenant des photos de la maison et des enfants jouant dans une cour d'école.

Elle était visiblement passée à l'acte.

Clay se passa la main sur le visage. Il se sentait tout à coup très las.

Mais il avait des soucis plus graves. Il devait vérifier les faire-part de décès. Savoir si on avait trouvé le corps d'Evan dans les décombres de sa maison. Avoir une petite conversation avec Mlle Margo Winchester. Parce que si Evan était en vie, il avait besoin de protection.

Evan l'avait payé pour ça. Pour changer de vie et se mettre à l'abri.

Bien entendu, s'il était mort, Margo n'allait pas s'en tirer aussi facilement. Clay avait l'intention de signaler l'affaire à la police.

Mais discrètement, sans attirer l'attention sur lui.

Il sortit son téléphone portable de sa poche et appela Alyssa, qui répondit à la troisième sonnerie.

— La maison d'Evan a brûlé, annonça-t-il.

— Oh, non…, gémit-elle. Cette dingue l'a vraiment fait. Elle l'a tué.

— Peut-être. Il faut que tu me donnes l'adresse des journaux locaux. Je veux savoir si on a trouvé son corps.

— Je te l'envoie par texto. Il te suffira de cliquer pour la transmettre à ton GPS.

Il battit des paupières.

— Ah oui ? Depuis quand ?

— Depuis que j'ai téléchargé sur ton téléphone l'application qui permet de le faire.

— Merci. J'ai aussi besoin de quelques infos. Pourrais-tu vérifier les articles de ces deux dernières semaines ? Il me faut des détails sur l'incendie de la maison, avant de me présenter aux journaux.

— Pourquoi ? demanda-t-elle.

Il hésita.

— Je vais me présenter comme l'expert de la compagnie qui assurait la maison. Il faut que je sois un peu au courant du dossier, si tu vois ce que je veux dire. J'ai besoin de détails sur l'incendie et du nom du propriétaire de la maison, puisque

Evan n'était que locataire. Tu sais comment effectuer ce genre de recherches ?

— Oui, Nicki m'a montré, une fois.

— Parfait. Pendant que tu t'en occupes, je vais essayer de trouver Margo.

Baltimore
Lundi 3 mai, 13 h 35

Lucy se trouvait toujours dans le parking de la morgue. Son téléphone portable à l'oreille, elle écoutait en grimaçant les reproches de Gwyn. L'équipe des démineurs vérifiait en ce moment le paquet.

L'arrivée des démineurs l'avait tirée de son état de choc et elle avait songé à la voiture de Gwyn. Et s'il ne s'agissait pas du cœur de la victime, après tout ? Si c'était bien une bombe ? Si le tueur en avait déposé une dans la voiture de Gwyn ? Elles avaient fréquenté Russ à la même période, après tout…

Gwyn s'était d'abord affolée et avait raccroché pour s'occuper de sa voiture. Elle rappelait à présent pour se plaindre. Elle était furieuse et blessée.

— Pourquoi tu ne m'as pas dit qu'il s'agissait de Bennett ? insista-t-elle d'une voix chevrotante d'émotion. Je serais venue, je t'aurais soutenue pendant que les flics t'interrogeaient. Seigneur… M. Pugh est comme ton père. Enfin…

Elle soupira.

— Je veux dire qu'il a été un père pour toi. Jamais tu n'aurais eu l'idée d'une mise en scène pareille et… Tu n'aurais pas dû être seule pendant que les flics te cuisinaient comme une criminelle.

Je n'étais pas seule, songea Lucy. *J'étais avec Fitzpatrick.*

Elle prit soudain conscience qu'elle ne s'était pas sentie agressée, mais protégée, au contraire, en sécurité, vu qu'il était présent.

— Craig Mulhauser assistait à l'entretien, dit-elle d'un ton las. Et Thorne m'a déjà reproché d'avoir parlé aux inspecteurs. Ça serait vraiment sympa d'arrêter de m'engueuler. J'ai eu une sale journée.

Gwyn soupira.

— Je te demande pardon. J'aurais tant voulu être près de toi, tu comprends…

— Je sais. Mais on ne me soupçonne pas de meurtre, je te rassure. Il ne s'agissait pas d'un interrogatoire, plutôt d'un entretien. On ne m'a pas passée à tabac.

— Il n'y a pas de quoi plaisanter, Lucy, déclara Gwyn d'un ton désapprobateur.

Ce fut au tour de Lucy de s'excuser.

— Tu as raison, pardonne-moi. La prochaine fois que je serai sur la sellette, je te ferai signe, c'est promis. Tu vas bien, toi ?

Gwyn eut un petit rire tremblotant.

— Oui, maintenant, ça va. J'ai eu si peur, quand tu m'as appelée, tout à l'heure, que j'ai abandonné un cannoli dans mon assiette.

— Tu as mangé des cannolis chez Mama Rosina ? s'exclama Lucy d'un ton envieux.

Son estomac s'était mis à gargouiller. Elle se rendit compte qu'elle était pratiquement à jeun et qu'elle mourait de faim.

— Mama Rosina les réussit bien, les cannolis, murmura-t-elle.

— Oui, elle les réussit, renchérit Gwyn. Presque aussi bien que les raviolis.

— Tu es sans pitié, se plaignit Lucy.

— Je le serais si je n'avais pas pensé à t'en rapporter.

Lucy sursauta quand on lui tapa sur l'épaule. Elle fit volte-face. Gwyn était là, avec Royce. Ils souriaient tous les deux. Gwyn tenait son téléphone d'une main, et de l'autre un gros sac en papier. Pendant quelques secondes, Lucy contempla le sac, interdite, puis le délicieux arôme qui s'en échappait parvint jusqu'à ses narines.

— Tu m'as apporté à déjeuner ?

— Bien sûr, répondit Gwyn en la prenant dans ses bras.

Quand on trouve des corps et des cœurs, on a besoin de consolation. Les cannolis, je ne connais rien de mieux pour vous consoler des misères de la vie.

Lucy souleva le papier qui fermait le plat et inspira.

— Mmm... Merci. Il y aurait une fourchette ?

Royce lui en tendit une.

— Désolé, dit-il. C'est un de ces trucs hybrides, en forme de cuillère, mais avec des branches de fourchettes. On dirait qu'ils ont peur que les gens s'amusent à s'embrocher avec.

— Ça ira très bien, assura-t-elle en plongeant la fourchette dans les cannolis. Tu es certaine qu'il n'y a rien dans ta voiture ?

— Rien. Aucun paquet. On a vérifié deux fois.

— Elle était si pâle que j'ai tenu à l'accompagner, expliqua Royce. Vous pensez qu'il faudrait demander à l'équipe de démineurs de vérifier aussi sa voiture ?

— Je ne pense pas, non. Le paquet déposé dans ma voiture n'est d'ailleurs probablement pas une bombe.

— Tu vas bien, Luce ? s'inquiéta Gwyn.

— Très bien. C'est juste que... Je me sens un peu submergée, vois-tu. Thorne est resté avec moi jusqu'à l'arrivée de la police.

— Je sais. Il m'a appelée avant d'entrer au tribunal pour me demander si tout allait bien de mon côté. Il m'a dit qu'avec les flics, tu étais en de bonnes mains.

Elle eut un petit gloussement forcé.

— Tu imagines ?

Lucy éclata de rire et se rendit compte que ça lui faisait un bien fou.

— Thomas Thorne soulagé par l'arrivée des flics... Ce jour est à marquer d'une croix rouge sur le calendrier.

Elle se calma brusquement.

— Les démineurs s'en vont. Je crois que c'est bon. Il faut que j'aille voir ce qui se passe.

— Je dois y aller aussi, annonça Royce. Tu viens, ma chérie ? demanda-t-il à Gwyn. Je te dépose au bureau.

— Salut, lança Gwyn en agitant la main. J'avoue que je n'ai pas trop envie de traîner dans le coin.

— Avec tout ce qui s'est passé aujourd'hui, je comprends, approuva Royce d'un air sombre. Et vous, qui s'occupe de vous ? demanda-t-il à Lucy. Vous avez besoin de protection.

Fitzpatrick. Elle se sentait protégée par Fitzpatrick, mais pas question de l'avouer. Elle désigna d'un large geste les hommes qui s'activaient autour de sa voiture.

— Il y a du monde, ne vous en faites pas pour moi.

Gwyn la prit dans ses bras.

— Viens ce soir, lui murmura-t-elle d'un ton fébrile. Ça te fera du bien, et moi, j'ai absolument besoin de te savoir en sécurité. Je t'en prie, fais-le pour moi, au moins.

Lucy lui rendit son étreinte.

— Avec tout ce qui s'est passé aujourd'hui ?

Lundi 3 mai, 13 h 35

Stevie tambourina pour la deuxième fois à la porte de l'appartement de Brandi Bennett.

— Madame Bennett ! cria-t-elle. Veuillez nous ouvrir, je vous prie.

— Elle n'est peut-être pas là, suggéra J.D.

— Sa voiture est garée dehors, elle est là, assura Stevie.

Une porte s'ouvrit sur le palier et une femme d'âge mûr avança un visage maussade.

— Elle est chez elle, déclara-t-elle.

Stevie lui adressa un sourire engageant.

— Merci beaucoup, madame. Vous êtes ?

— Dorothy Camellini, répondit la femme en plissant les yeux. Vous êtes de la police ?

— Oui, madame, dit Stevie. Je suis l'inspecteur Mazzetti et voici mon partenaire, l'inspecteur Fitzpatrick. Comment savez-vous que Mme Bennett est chez elle ?

Dorothy haussa les sourcils.

— Madame Bennett ? Parce qu'elle est mariée ? Son mari doit être mort. Ou bien très compréhensif.

— Que voulez-vous dire par là ? s'étonna J.D. Et comment pouvez-vous affirmer qu'elle est chez elle ?

— Les murs ne sont pas plus épais que du papier, ici, inspecteur. Je les entendais, dans la pièce du fond et quand vous avez tapé, ils n'ont plus fait de bruit. Ils attendent que vous partiez, je suppose.

Dorothy pinça la bouche d'un air écœuré.

— Ils font des trucs, là-dedans. Toute la journée. Elle et les hommes qu'elle reçoit. La nuit aussi, parfois. Des trucs…

Stevie se pencha vers elle.

— Vous voulez dire des trucs sexuels ? murmura-t-elle.

— Oui. C'est infect. Ils tournent du porno.

J.D. n'en fut pas surpris. Mannequin… *Tu parles.* Il s'était douté que Mme Bennett vendait ses charmes.

— Ils doivent penser que nous sommes de la brigade des mœurs, dit-il.

— Ils risquent de regretter qu'on ne soit pas des mœurs, rétorqua Stevie.

Elle tambourina de nouveau à la porte.

— On n'est pas la brigade des mœurs ! hurla-t-elle.

La porte s'ouvrit à la volée et une jeune femme apparut sur le seuil, en croisant les pans d'une robe de chambre de soie rose sur ses seins siliconés. Son visage était emplâtré de maquillage, ses cheveux blonds crêpés. Il y avait un suçon tout frais dans son cou.

— Merci, lança-t-elle. Maintenant, tous mes voisins savent que les flics frappent chez moi.

Stevie se tourna vers Dorothy, qui suivait la scène avec des yeux écarquillés.

— C'est bon, madame, lui dit-elle. Merci de votre aide.

Dorothy jeta un regard sournois du côté de Brandi, avant de refermer bruyamment sa porte.

Brandi les fixa d'un air plein de défi.

— Si vous aviez ouvert tout de suite, nous n'aurions pas ameuté les voisins, dit doucement J.D. Pouvons-nous entrer ?

— Non, vous ne pouvez pas, répondit sèchement Brandi. Dépêchez-vous. Je suis occupée.

Je n'en doute pas.

— Vous êtes bien Mme Brandi Bennett ? demanda J.D. d'un ton égal.

Elle eut une moue de mépris.

— Tant que mon crétin de mari n'a pas signé les papiers du divorce. C'est lui qui vous envoie ? Vous pouvez dire à ce salaud que je ne vais pas lui rendre les tableaux qu'il m'a offerts.

Elle remonta ses seins, lesquels restèrent en place quand elle les lâcha.

Eh bien… J.D. se demanda si c'était elle qui avait offert sa Rolex à Bennett.

— Il veut récupérer ses cadeaux ? demanda-t-il prudemment.

Elle ricana.

— Il veut tout récupérer ! Quelle mesquinerie ! Est-ce que je lui réclame les cadeaux que je lui ai faits, moi ?

— La Rolex, suggéra J.D.

Elle acquiesça.

— J'ai même fait graver quelque chose au dos du cadran, ajouta-t-elle d'un ton boudeur.

Elle soupesa de nouveau ses seins.

— Vous voyez, ça ? C'est tout ce que je lui dois. Et je ne vais certainement pas les lui rendre.

— On a compris, intervint Stevie. Mais nous ne sommes pas là pour les tableaux. Je suis l'inspecteur Mazzetti, et voici mon partenaire, l'inspecteur Fitzpatrick. Nous venons de la section des homicides.

La moue de Brandi disparut. Elle en resta bouche bée.

— De la section des homicides ? Mais pourquoi ?

— Nous avons des raisons de penser que le Dr Bennett est mort, déclara J.D.

Les lèvres rouges de Brandi s'activèrent comme celles d'une carpe échouée sur la rive.

— Russ ? Mort ? Quand ?

— Quand avez-vous vu votre mari pour la dernière fois, madame Bennett ? demanda Stevie.

— Il y a trois semaines, murmura Brandi. Au bureau de son avocat.

Le choc disparut de son regard, remplacé par la panique.

— Ce n'est pas moi. Je le jure.

— Nous n'avons pas dit que c'était vous, rétorqua J.D. Pour le moment, nous nous contentons de glaner des informations. Pouvez-vous nous dire si le Dr Bennett avait des grains de beauté ou des cicatrices ?

Elle acquiesça d'un air hagard.

— Ouais. Il avait un grain de beauté dans le dos, au bord de l'omoplate. Je voulais qu'il se le fasse enlever par son associé. C'était repoussant.

Avec ça, songea J.D., ils avaient suffisamment d'éléments pour une identification préliminaire, et donc pour un mandat.

— Comment s'appelle l'associé de votre mari ? demanda-t-il en sortant son calepin.

— Leon Renquist. C'est lui qui fait les visages, en général. Il s'est occupé de mon nez. Russ, lui, c'était les seins. Il ne prenait les visages que quand Leon partait en vacances.

Elle tenta de lire par-dessus la main de J.D., mais celui-ci éleva son calepin de manière à lui cacher la page.

— Est-ce que le Dr Renquist avait opéré le Dr Bennett ? demanda J.D.

Elle acquiesça.

— Une fois, oui. Une salope avait cassé le nez de Russ et Leon lui a arrangé ça. Et tant qu'il y était, il lui a rajouté un peu de pommettes et il lui a épilé le menton. Autrefois, j'en voulais à la femme qui l'avait agressé, mais si je la rencontrais aujourd'hui, je lui décernerais une médaille.

— Parce que le Dr Bennett était…

— Un salaud, acheva Brandi à sa place. Mais je jure que je ne l'ai pas tué. J'en ai rêvé plus d'une fois, mais je n'étais pas la seule, croyez-moi. On dirait que quelqu'un a fini par se décider. Est-ce qu'il a souffert quand il est mort ? J'espère qu'il en a bavé.

J.D. éprouva le besoin de se racler la gorge. Cette femme n'avait pas inventé la poudre.

— Madame Bennett, quand vous êtes-vous séparée de votre mari ?

Brandi détourna le regard, et le rouge de la colère lui monta aux joues.

— Ça fait deux mois.

— Et pour quel motif? insista J.D.

Stevie restait en retrait et le laissait mener l'entretien.

— Il est rentré plus tôt que d'habitude et il a vu le mec qui m'attendait en bas. Ce putain de portier m'avait dénoncée.

— M. Herrigan a dit au Dr Bennett que vous rencontriez des hommes ?

Elle acquiesça d'un air furieux.

— Comme si ce crétin se gênait ! Je veux dire mon mari, pas Herrigan. Herrigan est hideux, il est obligé de se rabattre sur les poupées gonflables. Pour les maîtresses de Russ, je savais, et il se trouve que je m'en fichais. Mais ce qui était acceptable pour l'un ne l'était pas pour l'autre.

Elle hésita.

— Bref, il n'a pas trouvé normal que je le trompe. Dites donc, il doit être salement amoché pour que vous posiez ce genre de questions… Apparemment, celui qui s'en est occupé lui a fait passer un sale quart d'heure.

— Mais ce n'est pas vous, commenta J.D.

Elle devint écarlate.

— Non. Et j'ai un alibi. J'étais là, à tourner des films parce que cette ordure n'alimente plus ma carte de crédit et a vidé mon compte en banque.

— Qui aurait pu en vouloir au Dr Bennett ? A part vous.

Elle ricana.

— N'importe laquelle des six nanas qu'il menait en bateau ! Russ souffrait d'une véritable addiction au sexe. Il n'en avait jamais assez. Et toutes les femmes qui couchaient avec lui en voulaient à son fric. Parce qu'au lit, il était nul. Et pire que ça.

J.D. se retint de se racler de nouveau la gorge.

— Auriez-vous des noms ?

— C'est à Herrigan qu'il faut demander des noms.

— Vous n'allez pas toucher de pension, avec le divorce ? demanda Stevie.

— Non. Nous avions signé un contrat de mariage.

— Parfois, les contrats de mariage prévoient une pension ou un montant compensatoire en cas de divorce, fit remarquer J.D.

Elle lui jeta un regard mauvais.

— Je sais. Est-ce que j'ai l'air complètement stupide ? Mais Russ n'a pas voulu inclure ça dans notre contrat.

— Mais vous l'avez tout de même épousé, dit J.D. Pourquoi ?

— Parce qu'il était riche, répondit Brandi sur un ton qui signifiait qu'elle considérait que l'idiot, c'était J.D. Je pensais que je pourrais mettre un petit pactole de côté, le temps de me trouver un autre riche protecteur, mais ce connard de Russ s'en est aperçu et il m'a repris ça aussi. C'est pour ça que je suis obligée de faire du porno. Je n'ai pas un sou.

Quand elle s'énervait, Brandi avait le même accent que Lucy, en beaucoup plus vulgaire.

— Où aviez-vous rencontré le Dr Bennett ?

— Lors de ma fête de fin de lycée, répondit-elle en le toisant d'un air qui le mettait au défi de commenter. J'avais dix-huit ans. Il rendait visite à ses parents et il s'est arrêté chez mon oncle, qui m'avait justement prêté sa maison pour ma fête. J'ai un peu flirté avec lui. Et puis, de fil en aiguille... On a fait ça dans la cave à vin de mon oncle. Après ça, Russ m'a installée en ville, dans un très chouette appartement. Il m'emmenait en vacances au ski dans son chalet, à Hilton Head, dans sa maison au bord de la mer, il me couvrait de cadeaux.

— Où étiez-vous, au lycée ?

— Dans une petite ville au milieu de nulle part.

Elle leva le menton et ses yeux brillèrent.

— Et je n'ai pas l'intention d'y retourner.

— Anderson Ferry ? suggéra J.D.

Elle acquiesça d'un air grave.

— Ouais. Rien de mieux à faire que de s'asseoir sous votre porche, dans un fauteuil à bascule, et de vous gratter les fesses. J'ai eu quatre-vingts ans avant d'en avoir dix-huit.

Elle posa sa main sur la poignée de la porte.

— Je n'ai pas tué ce fils de pute, mais quand vous trouverez celui qui s'en est chargé, faites-lui donc un gros baiser mouillé de ma part.

Elle commençait à reculer, mais J.D. posa la main sur le battant.

— Encore une question. Saviez-vous si M. Bennett avait eu des fractures ?

— Oui, il s'était cassé le bras au ski, en fonçant sur un arbre, dans le Montana.

— C'est ennuyeux, ça, pour un chirurgien, fit remarquer J.D. Il avait besoin de ses deux mains.

Elle haussa les épaules.

— Il a été bien soigné. Par un médecin du sport qui s'occupe de joueurs de hand-ball.

— Vous vous souvenez de son nom ? demanda Stevie.

Brandy eut une moue désolée.

— Sans blague, il est défiguré ou quoi ? Vous me posez des questions sur ses grains de beauté, ses fractures. Le médecin qui l'a opéré, c'est Hampton Hodgins. Avec un *h*, les deux. Je peux y aller, maintenant ? J'ai du boulot.

— Vous pouvez y aller, mais nous reviendrons probablement vous voir, répondit J.D.

— Je n'ai rien à cacher. Au propre et au figuré, ajouta-t-elle en ricanant, avant de leur claquer la porte au nez.

Stevie alla frapper à la porte de Dorothy, laquelle s'ouvrit sur-le-champ.

— Je vous laisse ma carte, dit Stevie en lui tendant une carte de visite. Vous trouverez au dos mon numéro de téléphone et celui de mon partenaire. Si vous voyez ou entendez quelque chose, n'hésitez pas à nous appeler.

Dorothy acquiesça.

— Est-ce qu'ils ont le droit de faire ça ? murmura-t-elle. De tourner ce genre de films dans un appartement ? A côté des gens décents ?

— Hélas, oui, s'ils possèdent une licence, répondit Stevie. Nous allons demander à ce que ce soit vérifié. Merci de votre aide.

Une fois qu'ils furent installés dans la voiture, Stevie émit un long sifflement.

— Ce Dr Bennett collectionnait les conquêtes, on dirait, fit-elle remarquer.

— Lucy, Gwyn, Brandi, récita J.D. Et sans doute bien d'autres.

— Je n'aurais pas deviné que Lucy et Brandi venaient de la même petite ville.

— Moi si. A cause de l'accent. Il est léger, mais c'est le même.

Stevie fronça les sourcils.

— Le même ? Je trouve que Lucy Trask ne s'exprime pas du tout comme cette femme.

— Si. Quand elle est troublée ou perturbée, elle a un petit accent qui s'entend.

Stevie posa sur lui un regard qui hésitait entre l'admiration et la curiosité.

— J'ai donc appris quelque chose sur vous deux. Tu as une bonne oreille.

— Merci.

Il attendit la suite, mais elle ne vint pas.

— Et à propos du Dr Trask, qu'est-ce que tu as appris ?

Stevie afficha une expression songeuse.

— Qu'elle est capable d'abandonner sa carapace.

Il songea au tremblement dans la voix de Lucy quand elle avait appelé pour le paquet déposé dans sa voiture. Elle était bouleversée, comme n'importe qui l'aurait été à sa place. Mais elle ne s'était pas affolée. *Et c'est moi qu'elle a appelé au secours.*

— Eh bien oui, elle est capable d'abandonner sa carapace, rétorqua-t-il d'un ton irrité. Ça te surprend à ce point ?

Il eut conscience que cette remarque le trahissait, mais il s'en ficha.

Stevie eut un sourire entendu.

— J'ai travaillé sur une cinquantaine d'enquêtes avec Lucy et elle n'a jamais lâché une seule goutte de transpiration. C'est bien la première fois aujourd'hui que je la vois exprimer quelque chose. Mais ça se comprend. La plupart des gens auraient craqué, à sa place. Bon… Où allons-nous, à présent ?

Rasséréné par cette tirade, J.D. démarra.

— On va aller voir ce paquet cadeau, ensuite on s'occupera du mandat pour l'appartement de Bennett. Il nous faut un échantillon pour établir un profil ADN. Après, je propose d'aller rendre visite à l'associé de Bennett. Il aura sans doute des choses à nous apprendre. Peut-être qu'il connaissait des ennemis à Bennett.

— Je parierais gros sur les six maîtresses dont nous a parlé Brandi. Ou sur sa première femme. Une femme flouée, c'est capable de tout. Le cœur arraché, c'est une belle métaphore de trahison, non ? Et il faudra revoir Herrigan, aussi. Je suis sûre qu'il va se mettre à chanter comme un pinson quand il apprendra que Bennett est mort. On aura les noms des six maîtresses en moins de dix minutes.

— Je dirais plutôt cinq, corrigea J.D.

Il se faufila dans le trafic, tout en songeant au cœur de Bennett, ou plutôt à son absence de cœur.

— Les doigts coupés et les os brisés, ça évoque une séance de torture, dit-il. Mais lui arracher le cœur une fois qu'il était mort…

— C'est pour ça, je te dis, c'est une métaphore. C'est personnel.

— C'est personnel et c'est aussi personnellement adressé à Lucy Trask, rappela J.D. d'un air sombre. Pourquoi ?

— Elle connaissait Bennett. Ils ont grandi dans la même ville.

— Comme deux autres femmes que Bennett a fréquentées.

— Tu as raison, répondit Stevie en fronçant les sourcils. Ça ne suffit pas à distinguer Lucy Trask des autres.

J.D. soupira.

— Peut-être que Hyatt a raison, après tout, de penser qu'elle nous cache quelque chose, dit-il.

Il préférait pourtant penser que Hyatt se trompait.

— Elle est en tout cas directement visée, renchérit Stevie. Au premier rang.

— Et si elle ne savait pas ce que le tueur lui reproche ? Et pareil pour Bennett ? S'il avait su quelque chose, il aurait parlé et le tueur n'aurait pas eu à le torturer.

— En effet… Sauf que nous avons affaire à un type qui mutile pour le plaisir. Admettons qu'il lui ait arraché le cœur pour signifier qu'il trahissait les femmes. Mais la langue… La langue, c'était quand il était encore en vie. Sans langue, il ne pouvait pas parler.

— Et si on considérait la langue arrachée comme un message ? proposa J.D.

— Oui. Pourquoi pas ? Bennett parlait trop. Ou bien il a gardé le silence sur quelque chose qu'il aurait dû dire. Il faut découvrir quoi. Surtout si la marque aux brûlures de cigarette représente le chiffre un, pour annoncer la victime numéro un.

— Et surtout si Trask est numéro deux sur sa liste.

Stevie soupira.

— Nous lui avons dit de se montrer prudente et elle n'est pas complètement stupide. Elle n'est pas non plus du genre à prendre des risques inutiles, à ce qu'il me semble.

— Non, murmura-t-il.

Lucy Trask ne prenait pas de risques inutiles… *C'est bien pour sa sécurité. C'est moins bien pour moi.*

Il n'avait pas oublié les regards que Lucy lui lançait à la dérobée — des regards enflammés, mais craintifs. Pour l'approcher, il allait devoir la rassurer. Mais plus tard. La priorité, pour le moment, était de la protéger d'un tueur sadique.

— Elle est une cible, donc elle est en danger, rétorqua-t-il.

— Je sais. Nous pourrions la mettre à l'abri. Dans un endroit isolé et sous protection de la police. Mais je préférerais la garder près de nous. Elle nous aiderait.

— Et si on la faisait entrer dans un programme de protection de témoins ?

Stevie secoua la tête.

— Il ne faut pas y compter, soupira-t-elle. Si elle était témoin dans une affaire impliquant la mafia et l'Etat, alors peut-être. Mais là, nous n'avons aucune chance.

Elle haussa les épaules et son froncement de sourcils s'accentua.

— Ecoute, reprit-elle, je n'aime pas ça plus que toi. Je vais appeler Hyatt et lui expliquer où nous en sommes. Il nous donnera peut-être des hommes supplémentaires pour accélérer l'enquête.

— N'oublie pas de lui demander si Lucy peut nous accompagner chez les parents de Bennett.

Stevie prit le temps de réfléchir.

— L'hôtel et l'université ont confirmé qu'elle se trouvait bien en Californie durant les deux dernières semaines. Hyatt ne devrait pas nous refuser cette petite faveur.

Elle haussa les sourcils.

— Et comme ça, elle sera avec nous, c'est-à-dire sous protection de la police.

— Exactement, confirma J.D. avec un petit sourire en coin.

— Tu connais l'art et la manière de contourner le système, commenta-t-elle.

— J'ai appris un ou deux trucs, aux narcotiques, répondit J.D. Si Hyatt se fait prier, dis-lui que trois des femmes fréquentées par Bennett venaient de la ville où il a passé son enfance, et que cette ville est aussi celle de Lucy Trask. Il y a quelque chose à chercher de ce côté-là, et Lucy peut nous aider. Fais valoir qu'elle serait une sorte d'expert, de consultant. Et à l'œil, bien entendu.

Le sourire de Stevie s'élargit.

— Tu deviens retors, ma parole. Mais tu as raison. Elle sera notre guide dans les contrées sauvages d'Anderson Ferry et elle nous montrera les tanières des lions, des tigres et des ours…

Elle fit la grimace.

— Zut ! J'ai trop regardé le *Magicien d'Oz* avec Cordelia. Quatre fois en deux semaines. Les Munchkins viennent me harceler jusque dans mes rêves. Pince-moi.

J.D. pouffa.

— Je ne pense pas que nous trouverons des lions, des tigres et des ours de l'autre côté du Bay Bridge, mais Lucy pourra tout de même nous indiquer les endroits où ils servent de bons beignets de crabes.

Lundi 3 mai, 14 h 15

Les bras frileusement ramenés autour de son buste, Lucy suivait attentivement les manœuvres de Drew et de son équipe, qui chargeaient sa voiture sur un pick-up à plate-forme. Ils avaient bouclé le garage avant l'arrivée des démineurs, ce qui avait mécontenté un certain nombre d'usagers — mais mieux valait les voir furieux que morts.

Par chance, il n'y avait pas de bombe. Une fois passé aux rayons X, le paquet avait révélé une masse musculaire compacte de la taille d'un poing. Le cœur de Russ Bennett était à présent en route pour le labo de la police.

Avec sa voiture…

— Vous comptez garder ma voiture combien de temps ? demanda-t-elle d'un ton inquiet.

— Quelques jours, répondit Drew. Je suis vraiment désolé, docteur Trask.

— Tu es désolé de quoi ? demanda derrière eux une voix chaude et pleine que Lucy reconnut aussitôt.

Elle se figea et son cœur battit la chamade. Fitzpatrick était là, à quelques centimètres d'elle. De nouveau, elle sentit la chaleur qui se dégageait de lui, et c'était infiniment agréable — elle avait eu si froid, aujourd'hui. Elle dut se faire violence pour ne pas reculer et se fondre dans les effluves tièdes qui émanaient de lui. Mais c'était dangereux, elle ne l'avait pas oublié. Dangereux et déplacé.

— On embarque sa voiture, il le faut bien, expliqua Drew. Je ne pense pas que le tueur y ait laissé des empreintes, mais on va tout de même la passer au peigne fin.

— Je suppose qu'il ne me reste plus qu'à louer une voiture en attendant, soupira Lucy.

Fitzpatrick se racla la gorge.

— J'ai une deuxième voiture dans mon garage, dont personne ne se sert. Je vous la prête volontiers, docteur Trask. Vous pourrez la garder tant que vous en aurez besoin.

Lucy tourna la tête pour le dévisager par-dessus son épaule.

— Vous plaisantez ?

Il soutint son regard. Il paraissait on ne peut plus sérieux.

— Elle est là, dans mon garage, elle ne roule pas.

— Je ne peux tout de même pas emprunter votre voiture, inspecteur, protesta-t-elle.

Sa voix était mal assurée, elle s'en rendit compte.

Il eut un sourire radieux qui creusa sa fossette.

— Bien sûr que si, vous pouvez. Et puis ce serait bête de gaspiller votre argent dans la location d'une voiture. Je suis sûr que vous n'avez pas d'argent à jeter par les fenêtres.

Elle hésita. Ces yeux n'arrivaient plus à se détacher de cette fossette. Une boule de panique monta dans sa gorge, mais elle parvint à la refouler. Fitzpatrick l'attirait, certes, mais elle avait encore son libre arbitre, et rien ne l'obligeait à céder à cette attirance.

— Mais vous me connaissez à peine, tenta-t-elle de nouveau. Vous me feriez suffisamment confiance pour me prêter une voiture ?

— Vous collectionnez les contraventions ?

— Bien sûr que non, répondit-elle sèchement. Je roule doucement. Vous savez combien d'autopsies j'ai pratiquées sur des idiots qui roulaient trop vite ?

Il battit des paupières, un peu dérouté par cette soudaine agressivité.

— Plus que je n'en peux compter, j'imagine, dit-il.

— Exactement. Donc, non, je n'ai pas de contraventions.

Elle fronça les sourcils en le voyant tirer son porte-clés de sa poche.

— Qu'est-ce que vous faites ?

— Je vous confie la clé de la voiture en question.

Il dégagea une clé de l'anneau, lui prit la main, déposa la clé dans sa paume.

— Vous avez encore les mains gelées, fit-il remarquer.

Elle contempla la grande main qui forçait délicatement la sienne à se refermer sur la clé. Le métal était encore chaud d'avoir séjourné dans sa poche, tout près de sa peau. Elle remarqua à quel point cette peau était bronzée, presque indécente à côté de sa propre peau, si blanche.

— Vous êtes fou, murmura-t-elle. Vous le savez ?

La main de Fitzpatrick s'attarda un peu sur son poing fermé.

— Ce n'est qu'une voiture, Lucy, objecta-t-il d'une voix douce. Rien de plus.

Elle leva les yeux et fut saisie par l'intensité de son regard. Mais il avait raison. Elle devait accepter, c'était l'évidence.

Elle laissa échapper un soupir silencieux.

— Je ne sais pas quoi dire… Merci…

— Vous viendrez chez moi tout à l'heure pour la récupérer, conclut-il d'un air satisfait. Je peux même vous emmener.

Il se tourna vers Drew.

— Et ce paquet ?

Lucy se sentit de nouveau envahie d'une peur glacée. Le paquet… Elle l'avait presque oublié.

— Ce n'est pas une bombe, annonça Drew. On l'ouvrira au labo.

— C'est le cœur de Russ, déclara Lucy d'une voix sans

timbre. Le tueur a ouvert ma voiture. Comment s'y est-il pris ? Et pourquoi m'avoir laissé ce paquet, à moi ?

— Pour la même raison qui l'a poussé à livrer le corps devant chez vous, si je puis dire. Il suit sa logique. Vous êtes personnellement visée, ça ne fait plus aucun doute.

Elle ferma les yeux en regrettant de ne pouvoir effacer d'un trait cette affreuse journée.

— Mais pourquoi ?

La main tiède de Fitzpatrick lui pressa l'épaule.

— Nous le découvrirons, ne vous en faites pas. Tout ira bien. On va vous tirer de là, je vous en donne ma parole.

Tout cela était complètement dément. Un corps sur une table d'échecs. Un cœur dans un paquet cadeau. Et le plus fou : elle croyait Fitzpatrick quand il disait que tout irait bien.

— D'accord, murmura-t-elle.

— Nous avons la cassette du bureau de la sécurité, annonça Drew. Je m'apprêtais à la visionner quand tu es arrivé.

— Allons-y maintenant, proposa Fitzpatrick.

— Où est Stevie ? demanda Lucy tandis qu'ils avançaient vers la camionnette du labo où l'un des experts avait préparé l'enregistrement.

— Dans la voiture. Elle parle avec Hyatt. Elle ne va pas tarder à nous rejoindre. Et à propos, je ne vois pas Thomas Thorne… Je croyais qu'il devait rester avec vous.

— Il avait une audience. Il est resté jusqu'à l'arrivée de Drew, mais ensuite, il a dû partir.

— Je comprends. Vous vous garez tous les jours à la même place, docteur Trask ?

— Bien sûr, répondit Lucy, qui sentit son angoisse grimper encore d'un cran. Je me gare à la même place. Je cours à la même heure. J'ai bien l'impression que je vais devoir modifier ma routine.

— Ce n'est pas votre faute, répondit Fitzpatrick, rassurant. Vous avez le droit de vous garer où vous le décidez, et de courir quand vous le décidez. Mais c'est vrai que votre routine lui facilite la tâche. Il sait où et comment vous approcher. Il sait aussi comment vous terroriser, ajouta-t-il posément.

— En effet, il sait, murmura-t-elle. Drew, je suis arrivée ici à 8 h 15, ajouta-t-elle en se tournant vers Drew.

— C'est bien ce que je pensais, répondit ce dernier en faisant défiler le début de l'enregistrement à vitesse accélérée. Voilà, c'est vous. Vous sortez. Vous verrouillez votre voiture… Vous n'aviez donc pas oublié.

— Bien sûr que non, protesta-t-elle. Vous en doutiez ?

Drew ne répondit pas et continua à faire défiler les images.

— Stop ! intervint Fitzpatrick.

Drew reprit un peu en arrière et, cette fois, sélectionna le ralenti. Une silhouette sur un vélo entrait dans le parking.

— C'est un gamin, fit remarquer Lucy.

— Un adolescent, confirma Fitzpatrick en se penchant sur l'écran. Il a l'air décontracté. Tenez… Voilà le paquet.

Le gamin sortait en effet le paquet de son sac à dos. Puis il tira de sa poche un bout de papier qu'il déplia. Un petit objet glissa dans sa main. Lucy eut brusquement les genoux en coton.

— On dirait… Mais c'est impossible…

— C'est possible, confirma Fitzpatrick d'un ton grave. Ce gamin s'apprête à utiliser une clé.

L'adolescent vérifia la plaque d'immatriculation, puis se servit de la clé pour ouvrir la portière du côté du conducteur. Il déposa tranquillement le paquet sur le plancher, redonna du gonflant au nœud, referma la portière, boucla la voiture. Puis il sortit un téléphone portable de sa poche pour taper un message, et repartit lentement sur son vélo.

— On pourrait avoir un gros plan du visage ? demanda Fitzpatrick d'une voix basse et tendue.

— On va prendre les images de la caméra de l'entrée, proposa Drew. L'angle sera meilleur.

Lucy se laissa glisser sur le pare-chocs arrière de la camionnette. Ses genoux ne la soutenaient plus. Elle était si oppressée qu'elle avait du mal à respirer.

— Il avait une clé de ma voiture, murmura-t-elle. Mais comment se l'est-il procurée ?

Fitzpatrick vint s'accroupir près d'elle, avec une expression aussi tendue que sa voix quelques secondes plus tôt.

— Avez-vous confié à quelqu'un un double de vos clés de voiture ?

— Non, murmura-t-elle.

— Avez-vous déjà prêté cette voiture ?

— Non plus.

A sa grande honte, des larmes lui piquaient les yeux.

— Jamais, je ne l'ai jamais prêtée, insista-t-elle dans un souffle.

Il lui prit les mains et les serra dans les siennes.

— Ne paniquez pas, dit-il. Nous sommes là, nous allons vous protéger. Ecoutez-moi bien... Une voiture est généralement livrée avec deux jeux de clés. Qu'avez-vous fait de votre deuxième jeu ?

Elle ferma les yeux et tâcha de se concentrer sur cette voix rassurante. Les larmes glissèrent entre ses cils et roulèrent sur ses joues.

— Je l'ai enfermé dans un coffre. Chez moi.

Il lui pressa gentiment les mains, puis essuya les larmes de ses pouces.

— Ce coffre, il ferme avec une combinaison, ou avec une clé ?

Elle le fixa droit dans les yeux et répondit à la pression de ses mains, en s'y agrippant, comme si elle cherchait à s'ancrer.

— Avec une clé. J'en ai une sur mon trousseau, celle que j'utilise. Et l'autre est enfermée dans un coffre à la banque.

— C'est bien, vous êtes prudente et avisée, approuva-t-il avec un sourire amusé. Je n'en attendais pas moins de vous.

Elle parvint à lui sourire en retour. Il cherchait à lui faire oublier sa peur. Le plus incroyable, c'était qu'il y parvenait. A présent, elle pouvait respirer.

— Je suis en effet une personne prudente et extrêmement

prévisible, dit-elle d'un ton léger qui ne reflétait pas son état d'esprit.

Elle ne cessait de se répéter que le tueur possédait une clé de sa voiture. *Il m'a approchée suffisamment pour se procurer une clé. Qui me dit qu'il n'a pas aussi une clé de mon appartement ? Et s'il entre chez moi pendant mon sommeil ?* L'image du corps mutilé de Russ Bennett flotta dans son esprit et elle frissonna. La terreur se refermait de nouveau sur elle. Elle poussa un soupir tremblotant.

— S'il possède la clé de votre voiture, il a peut-être d'autres clés, fit remarquer Fitzpatrick, comme s'il avait lu dans ses pensées.

— Celle de mon appartement ? hasarda-t-elle d'une voix rauque.

— Ce n'est pas à exclure. Dans le doute, vous devez trouver un endroit sûr pour dormir. Pouvez-vous passer quelques jours chez une amie ? Chez Gwyn, par exemple.

— Je peux dormir sur son canapé, oui. De toute façon, elle dort rarement chez elle.

Il sourit, et elle comprit qu'il tentait de nouveau de la distraire de son angoisse.

— Dormir sur le canapé de qui ? demanda Stevie qui arrivait.

Elle s'accroupit près de Fitzpatrick et leva les yeux vers Lucy.

— Que se passe-t-il ?

Fitzpatrick la mit au courant.

— Saloperie, murmura-t-elle. Ne vous inquiétez pas, Lucy. On va vous protéger.

Lucy déglutit péniblement.

— Merci, dit-elle.

Stevie lui tapota la main.

— J'ai au moins une bonne nouvelle pour vous. Vous êtes définitivement rayée de la liste des suspects.

Lucy ravala un rire nerveux.

— Merci, dit-elle encore.

— J'ai le visage du gamin, annonça triomphalement Drew en reculant pour leur laisser voir l'écran.

Fitzpatrick se redressa, sans lâcher la main de Lucy. Il la tira doucement pour la faire se lever, puis il la prit par les épaules, la fit pivoter face à l'écran, et se colla pratiquement à elle. Elle ne chercha pas à résister.

J'ai besoin de réconfort. Je suis sous le choc. Glacée. Je me sens en sécurité contre lui.

Et pourtant, la voix de la raison lui soufflait qu'accepter du réconfort de la part de cet homme revenait à se fourrer dans la gueule du loup. Il pressa ses épaules, puis elle le sentit remuer les hanches, contre sa taille, et en eut le souffle coupé. L'avait-il fait exprès ou pas ? Elle avait oublié depuis longtemps la sensation que procurait la proximité d'un homme qui vous désirait.

— Vous le connaissez, Lucy ? demanda Fitzpatrick.

Concentre-toi.

Le gamin était de type asiatique. Il devait avoir dans les dix-huit ans et mesurait environ un mètre soixante-dix. Il avait des cheveux courts et coiffés en épis. Son visage ne lui disait rien.

— Est-ce que vous le connaissez, Lucy ? murmura Fitzpatrick d'un ton pressant.

Elle secoua la tête, tout en suivant des yeux le gamin : il quitta le parking en contournant la barrière de sortie et adressa un signe à l'homme posté dans la guérite des tickets.

— Je ne connais pas ce garçon. Et d'habitude, ce n'est pas cet homme-là, dans la guérite, ajouta-t-elle.

— C'est juste, approuva Drew. Ce n'est pas l'homme à qui j'ai parlé en arrivant.

Fitzpatrick se tourna vers un agent en uniforme qui attendait.

— Pouvez-vous nous amener cet homme, je vous prie ?

— Ce gamin est un simple livreur, commenta Stevie. Reviens en arrière, Drew, je voudrais le revoir.

Ils suivirent cette fois le garçon quelques minutes de plus et le virent s'arrêter et poser pied à terre pour prendre, dans son sac à dos, une enveloppe qu'il examina quelques instants avant de la ranger.

— La caméra n'a pas pu saisir ce qui était inscrit sur l'enveloppe, dit Lucy d'un ton déçu.

Fitzpatrick lui pressa de nouveau les épaules.

— Est-ce qu'on peut avoir un cliché du visage ?

Drew en imprima un et le lui tendit.

— Le personnel du garage pourra peut-être l'identifier, dit-il.

— Inspecteurs, annonça l'agent en uniforme qui revenait accompagné d'un homme d'une cinquantaine d'années. Voici monsieur Joe Isaiah. L'employé qui tient la guérite aujourd'hui.

Joe avait l'air inquiet et Lucy remarqua qu'il évitait soigneusement son regard. Elle le connaissait. Elle le saluait au passage tous les matins. Il était gentil. Et en ce moment, il avait peur. *Bienvenue au club.*

— J'ai déjà été interrogé par deux agents, dit-il, sur la défensive.

— Nous avons d'autres questions à vous poser, répondit Stevie en montrant l'image que Drew avait déjà sélectionnée. Ce n'est pas vous, là, dans la guérite, monsieur Isaiah, n'est-ce pas ? Pouvez-vous nous expliquer pourquoi ?

Joe s'agita.

— J'avais demandé à mon cousin de me remplacer. Je ne me suis absenté qu'une heure.

— Pourquoi ne l'avez-vous pas dit aux agents ? demanda Stevie.

— Je ne voulais pas que le directeur l'apprenne. J'étais chez le médecin avec ma femme. Elle est malade. J'ai souvent demandé des autorisations d'absence pour l'accompagner, et cette fois, je n'ai pas osé. Je ne peux pas me permettre de perdre mon travail et mon assurance maladie. Je vous en prie… Mon cousin sait tenir la caisse, je lui fais confiance.

— Il a laissé entrer un coursier, fit remarquer Stevie. Combien de véhicules non autorisés circulent dans ce garage ?

Joe s'humecta nerveusement les lèvres.

— Mais il ne s'est rien passé. Les démineurs sont partis. C'était juste un cadeau. Je ne pensais pas…

Il s'arrêta net.

— J'ai fait une connerie, c'est ça ?

— Nous menons une enquête pour meurtre, expliqua Fitzpatrick. Nous devons parler à votre cousin et lui demander s'il connaît ce jeune homme.

Il lui tendit la photo du jeune Asiatique et Joe battit des paupières.

— C'est Jimmy. Il fait régulièrement des livraisons ici. Il n'est sûrement pas impliqué dans une affaire de meurtre. C'est un gentil garçon.

Fitzpatrick prit des notes.

— Vous savez pour qui il travaille ?

— Pour Yee's Express. C'est une affaire de famille. Ils livrent dans toute la ville.

— Merci, monsieur Isaiah, dit Stevie. Nous apprécions votre aide.

Joe acquiesça d'un air piteux.

— Vous allez devoir en parler à mon patron ?

Stevie échangea un regard avec Fitzpatrick.

— Je ne pense pas que ce soit nécessaire pour le moment, répondit-elle.

Fitzpatrick acquiesça.

— Seriez-vous disponible, au cas où nous aurions d'autres questions ?

Joe rentra piteusement les épaules.

— Tout ce que vous voudrez. Merci.

Il se tourna vers Lucy et la fixa d'un air coupable.

— Docteur Trask, je suis désolé. Ça va ? Vous n'êtes pas blessée ?

— Non, Joe, tout va bien. J'espère que la santé de Dinah va s'améliorer.

Elle sentait sur elle le regard de Fitzpatrick. Il était surpris qu'elle connaisse Joe et aussi sa femme.

— Allons à Yee's Express, dit Stevie. Voyons ce qu'ils ont à propos de cette livraison.

— Et moi, qu'est-ce que je fais ? demanda Lucy. Est-ce que je peux retourner travailler, maintenant que mon alibi est vérifié ? Je n'ose pas rentrer chez moi tant que vous n'avez pas visité mon appartement, ajouta-t-elle tandis qu'ils échangeaient un regard hésitant. Vous m'avez dit que je devais m'installer ailleurs.

— Quelqu'un va vous accompagner chez vous pendant qu'on s'occupe de la livraison, répondit Fitzpatrick. Vous y prendrez des affaires pour quelques jours.

— Ensuite, nous voudrions vous emmener à Anderson Ferry, ajouta Stevie. Nous devons prévenir les Bennett avant que Brandi ne s'en charge.

Lucy acquiesça. Elle se sentait à la fois soulagée et angoissée.

— Parfait, dit-elle. Vous remercierez votre lieutenant de ma part.

— Je n'y manquerai pas, répondit Stevie. Pendant que nous interrogeons le livreur, pourriez-vous vous occuper du cœur et nous dire s'il s'agit bien de celui de Bennett ?

— Je vous dirai si le groupe sanguin correspond à celui de Russ.

L'idée de devoir prendre dans ses mains le cœur d'un homme qu'elle avait bien connu lui donnait des frissons.

— Mais pour confirmer qu'il s'agit bien du cœur de Russ, il faudra une analyse ADN.

— Vous aurez des échantillons ADN de Russ d'ici une heure, dit Stevie. Nous avons un mandat pour perquisitionner son appartement.

Fitzpatrick chercha le regard de Lucy.

— Restez avec un agent jusqu'à ce que je vienne vous chercher.

Elle aurait dû se formaliser de ce ton autoritaire et possessif, mais étrangement, il la réconforta. Elle ne se sentait plus glacée.

— D'accord, promit-elle.

7

Newport News, Virginie
Lundi 3 mai, 14 h 15

Il y avait quelqu'un dans l'appartement. Clay colla son oreille au battant. D'après le rapport de Nicki, c'était à cette adresse qu'il trouverait Margo Winchester. Elle habitait ici, avec une colocataire, une jeune femme. D'après Nicki, cette jeune femme avait peur de Margo et il y avait de quoi. Margo avait piqué une crise quand Nicki s'était pointée — une crise impressionnante, toujours d'après Nicki, qui en avait pourtant vu d'autres dans la police.

Tout en se préparant à une confrontation musclée, Clay frappa avec le heurtoir de cuivre sur lequel le nom « Klein » était inscrit. Une femme qui devait avoir dans les quatre-vingts ans vint aussitôt ouvrir. Elle avait un visage doux, encadré de boucles souples. A en juger par la cicatrice qui dépassait de son décolleté, elle venait de subir une opération à cœur ouvert. Elle levait vers Clay des yeux méfiants et apeurés, agrandis par des lunettes aux verres aussi épais que celui d'une bouteille de Coca.

— Oui ? Qu'est-ce que je peux faire pour vous ? Si vous avez quelque chose à vendre, vous perdez votre temps avec moi.

Il sourit, pour la rassurer.

— Je n'ai rien à vendre, madame. Je suis détective privé et je cherche une femme répondant au nom de Margo Winchester.

— Elle n'habite pas ici, répondit la femme en refermant déjà le battant.

— Madame Klein, attendez, je vous prie. Margo habitait ici il y a deux mois.

— Non, jeune homme, pas du tout. J'occupe cet appartement depuis quinze ans et aucune Margo n'y a séjourné. A présent, partez, je vous prie.

Elle lui claqua la porte au nez.

Pendant quelques instants, il resta figé devant le heurtoir, avec un mauvais pressentiment. Puis il sortit la photo de Margo Winchester de son porte-documents et frappa de nouveau.

Mme Klein ouvrit en affichant un air furieux.

— Est-ce que je dois appeler le 911 pour que vous partiez, monsieur ?

— Non, madame. Je suis désolé d'insister, mais c'est important. Je recherche un homme qui a disparu et Mlle Winchester est peut-être la dernière personne à l'avoir vu. Acceptez-vous au moins de jeter un coup d'œil à cette photo ?

Elle fronça les sourcils, mais tendit la main.

— Très bien, dit-elle.

Elle plissa les yeux et colla littéralement la photo à son nez pour l'étudier. Puis elle la lui rendit.

— Jamais vu cette fille. Je ne peux rien pour vous. Vous vous êtes peut-être trompé d'immeuble. Ils se ressemblent tous.

— Je ne me suis pas trompé d'immeuble.

Nicki ne s'était pas non plus trompée d'adresse. Elle était très méticuleuse pour ce genre de détails.

— Elle habitait ici il y a deux mois et il y avait une autre femme avec elle. Vous vivez seule ?

Il regretta cette dernière question en la voyant pâlir. La porte claqua de nouveau et il se retrouva seul sur le palier.

— J'ai mon téléphone à la main, cria Mme Klein à travers le battant. Si vous n'êtes pas parti dans trente secondes, j'appelle le 911.

Il lui avait fait peur, et à présent, c'était fichu.

— Je suis désolé, répondit-il. Je m'en vais.

Il descendit l'escalier et se dirigea vers sa voiture, en se rassurant à l'idée qu'elle était bigleuse et ne serait pas capable de lire sa plaque depuis sa fenêtre.

Il démarra et roula jusqu'au parking d'une épicerie, où il s'arrêta pour relire le dossier et revoir les photos de l'immeuble prises par Nicki. C'était bien le même endroit, pas de doute. Margo Winchester avait ouvert la porte à Nicki. Il y avait avec elle une colocataire, mais pas de vieille femme.

On pouvait raisonnablement supposer que Mme Klein se trouvait à ce moment-là à l'hôpital. Sa cicatrice avait l'air fraîche. Pourquoi Margo avait-elle utilisé cet appartement ? Est-ce qu'elle l'avait tout simplement squatté en l'absence de la locataire en titre ?

Il appela son bureau.

— Tu as des renseignements, à propos de l'incendie ? demanda-t-il à Alyssa.

— Je n'ai pas tout ce que tu m'as demandé, mais ce que j'ai trouvé va t'intéresser, répondit-elle.

— Je m'y attendais un peu. Je t'écoute.

— La maison a brûlé il y a une semaine et on soupçonne un incendie criminel. On a trouvé à l'intérieur un corps d'homme, calciné. Il n'a pas encore été identifié. Voilà. Les journaux n'en disent pas plus.

Un homme… Clay en eut un coup au cœur.

— Merde. C'est Evan. Et en ce qui concerne la maison ? Qui est le propriétaire ?

— Une banque. Cette maison a été saisie il y a six mois, Clay.

Il se redressa.

— Qu'est-ce que tu dis ?

— Je dis que cette maison appartient à une banque. Si Evan l'habitait, c'était illégalement.

Tout cela ne lui disait rien qui vaille. Il se sentait de plus en plus inquiet.

— Je viens de l'appartement que Margo était censée habiter,

mais c'est une vieille femme qui l'occupe depuis quinze ans et elle n'a jamais entendu parler de Margo, expliqua-t-il à Alyssa.

— Qu'est-ce que tu comptes faire ?

— Je vais rendre visite à l'ex-femme d'Evan, puis prendre une chambre d'hôtel et dormir un peu avant l'heure d'ouverture du club où travaille Margo Winchester. Même si elle ne danse pas ce soir, l'une de ses camarades pourra peut-être me dire où elle vit réellement.

— Qu'est-ce que tu veux que je fasse, pour t'aider ?

Il se concentra. La fatigue le rattrapait.

— Renseigne-toi au sujet d'une Mme Klein.

Il donna à Alyssa l'adresse de l'appartement qu'il venait de quitter.

— J'aimerais savoir si elle a une parente d'une trentaine d'années. Nicki mentionne une jeune femme que Margo appelait Linda, laquelle Linda porte un tatouage de cobra sur l'avant-bras droit.

— Charmant, commenta Alyssa d'un ton dégoûté. Ou plutôt pas charmant.

— Je te dis ça parce que ça pourrait t'aider à l'identifier. Mme Klein a subi une intervention cardiaque, il faudrait que je sache à quelle date. Si mon instinct ne me trompe pas, ça doit remonter à deux mois, c'est-à-dire à la période où Nicki est venue ici pour vérifier l'histoire d'Evan.

— Tu penses que Margo squattait aussi ?

— Oui. Et je me demande bien pourquoi.

Lundi 3 mai, 14 h 45

— La voie est libre, docteur Trask, annonça l'expert qui avait accompagné Lucy chez elle.

Elle s'appelait Cherise Taylor et elle avait l'air compétente. A part ça, elle était impressionnante : un mètre quatre-vingt-dix et bâtie comme un roc. Avec elle, Lucy se sentait en sécurité.

Lucy laissa échapper le soupir qu'elle avait retenu pendant

qu'elle attendait, sur le palier, que Cherise fasse le tour de son appartement.

— Pas de paquet cadeau avec des cœurs sur le papier ? demanda-t-elle.

— Non, assura Cherise. Une équipe va passer tout à l'heure pour un examen plus approfondi, mais je n'ai pas vu de trace d'effraction. Vous pouvez prendre des affaires. De toute façon, je reste près de vous.

Lucy entra lentement. Elle avait la chair de poule. Elle passa dans toutes les pièces pour s'assurer que rien n'avait été déplacé.

— Rien d'anormal, dit-elle.

— C'est parfait, répondit Cherise. Pouvez-vous ouvrir votre coffre ? Nous avons besoin de savoir si le double de vos clés de voiture est là.

Les mains de Lucy tremblaient tant qu'elle eut du mal à manœuvrer la clé dans la serrure.

— Elles sont là, murmura-t-elle.

— Je vais prendre le coffre et son contenu. Nous vérifierons au labo s'il a été manipulé.

Elle pense que le tueur a pu entrer chez moi, faire une copie de la clé, et revenir pour remettre l'original en place ?

Il y avait de quoi devenir complètement parano.

— Je me dépêche de préparer une valise, dit Lucy.

— Je suis obligée de vous suivre, annonça Cherise sur un ton d'excuse.

Lucy soupira.

— Je sais.

Une fois dans sa chambre, elle sortit une valise du dressing, puis jeta un coup d'œil à Cherise par-dessus son épaule.

— Je dois prévoir des affaires pour combien de temps ?

— Difficile à dire. Au moins quelques jours.

— D'accord.

Elle emporta plusieurs tailleurs, puis hésita avant d'attraper l'une de ses « petites robes noires ». Le genre de robe indispensable quand on fréquentait le club. Elle plia la robe et la glissa entre deux tailleurs, choisit quelques paires de chaussures et rangea le tout dans la valise.

Elle rassembla ensuite ses affaires de toilette, puis s'arrêta devant sa commode en contemplant ses trésors. Elle effleura du doigt le vieil étui à violon qui trônait sur le dessus de cette commode depuis cinq ans, depuis qu'elle habitait cet appartement. Le violon avait appartenu à M. Pugh. Barb le lui avait confié quand ce dernier avait cessé d'en jouer.

En cas d'incendie, il aurait fait partie des trois objets qu'elle aurait emportés en priorité. Le deuxième était un cadre argenté contenant deux photos — celle d'un adolescent aux cheveux noirs, au visage grave, un casque sous le bras, et celle d'un homme blond et souriant, enfourchant une moto, lui aussi avec un casque sous le bras.

L'adolescent, c'était son frère, Buck. L'homme avait été son fiancé, Heath. Ils étaient morts tous les deux, la laissant seule. *Je n'en peux plus, de cette solitude.*

Elle alla chercher un grand sac dans lequel elle mit le violon et le cadre argenté. Puis elle ouvrit sa boîte à bijoux et en sortit un petit étui. En l'ouvrant, elle poussa un soupir de soulagement. Le bracelet était toujours là. C'était le troisième objet dont elle ne se serait séparée pour rien au monde, un cadeau de son frère, une breloque sans grande valeur, mais à laquelle elle tenait. Elle sourit en lisant ce qu'il y avait fait graver : « A la plus chouette des petites sœurs ». La boîte alla rejoindre le violon et le cadre dans le grand sac qu'elle prit en bandoulière.

— Je suis prête, annonça-t-elle en se tournant vers Cherise. Je n'ai besoin de rien d'autre.

Elle attendit dans le couloir que Cherise verrouille sa porte d'entrée et la boucle avec un ruban jaune de scène de crime.

— Lucy, qu'est-ce que ça signifie ? cria Mme Korbel depuis le palier du dessus.

Son visage ridé exprimait l'inquiétude.

— Rien de grave, répondit Lucy d'une voix qui se voulait

rassurante. La police enquête sur ce qui s'est passé ce matin, mais tout va bien, je vous assure.

Mme Korbel plissa les yeux d'un air sceptique.

— Bon, du moment que vous allez bien.

— Je vais bien. Merci de vous en préoccuper. J'ai eu des nouvelles de M. Pugh et de Barb, ils vont bien aussi.

— Je sais. J'ai appelé Barb dans la matinée. Elle passe quelques jours chez sa sœur.

— Oui, je suis au courant. Bon, je dois y aller, à présent.

Elle avait descendu un étage quand Mme Korbel l'appela de nouveau. Elle se retourna. La vieille femme la fixait d'un air désolé.

— Qu'y a-t-il ? demanda-t-elle.

— J'espère que vous reviendrez bientôt. Votre musique nous a manqué, pendant votre absence.

Surprise, Lucy jeta un regard du côté de Cherise, qui parut intriguée, mais ne fit pas de commentaire.

— J'ignorais que vous écoutiez, dit Lucy.

Ce fut au tour de Mme Korbel de paraître étonnée.

— Tout le monde vous écoute, ma fille. La musique, ça met du baume à l'âme… Revenez vite.

Lucy ne savait plus quoi dire.

— Merci, murmura-t-elle. J'ai bien l'intention de revenir le plus vite possible.

Lundi 3 mai, 14 h 55

M. Yee, de Yee's Express, était un vieil homme avec une moustache fine. Son regard passait nerveusement de ses dossiers aux deux inspecteurs. Il cherchait les fiches de livraison du matin.

— Mon neveu est un gentil garçon.

— Nous n'avons jamais dit le contraire, répondit posément J.D. Ce qui nous intéresse, c'est de savoir pour qui il a fait cette livraison.

— Il va arriver. Il est sur le port, ça va lui prendre quelques minutes. Ah, voilà la livraison en question.

Il leur tendit un formulaire.

— C'est au nom du Dr Russ Bennett. Il a réglé par carte Visa.

— Merde alors, murmura J.D.

Stevie acquiesça en silence.

— Mais ce paquet, il est arrivé comment chez vous ? demanda-t-elle. Quelqu'un vous l'a déposé ?

— Non. Maintenant que je sais que ça venait de M. Bennett, je me souviens de cette livraison. Il m'a appelé pour me dire qu'il était en déplacement professionnel et qu'il rentrerait plus tard que prévu. Il était ennuyé parce qu'il ne voulait pas rater l'anniversaire de sa petite amie. Le paquet, il l'a envoyé par la poste, avec des instructions pour le livrer aujourd'hui.

— Quand l'avez-vous reçu ?

— Hier après-midi, par la dernière distribution.

— Et la clé de voiture ? demanda Stevie.

— En même temps que le paquet. Nous avons reçu le paquet et une enveloppe contenant une clé, avec un mot nous expliquant où nous trouverions sa voiture.

— Le mot et la clé, vous les avez toujours ? intervint J.D.

— C'est Jimmy qui les a. Il vous les remettra.

— Très bien, répondit J.D. Et la boîte qui contenait le tout, où est-elle ?

Yee parut déconcerté.

— Je l'ai jetée, bien sûr.

— Les camions poubelles sont déjà passés ? demanda J.D.

Yee eut l'air encore plus déstabilisé.

— Non, pas encore.

— Nous allons fouiller les poubelles pour la retrouver.

Cette fois, Yee afficha un air abasourdi.

— Pour quoi faire ?

Stevie ignora sa question.

— Vous n'avez pas trouvé bizarre que M. Bennett vous demande de déposer son cadeau dans la voiture de son amie, plutôt qu'à son bureau ou chez elle ? Et aussi qu'il possède une clé de sa voiture ?

— Et qu'il vous envoie le cadeau par la poste ? ajouta J.D.

Yee haussa les épaules.

— Avec le Dr Bennett, je suis habitué à toutes les excentricités.

— Vous aviez donc déjà effectué des livraisons pour lui ? demanda J.D.

— Oui. C'est même un client régulier.

Il parut gêné.

— Il a beaucoup de petites copines.

— Saviez-vous qu'il était marié ? demanda Stevie.

— Oui, mais…

Il haussa de nouveau les épaules.

— Ce n'est pas mon problème.

— Quel genre de choses vous faisait-il livrer ? demanda J.D.

— Des roses, le plus souvent. Des sucreries. Des places de théâtre. Une fois, c'était un seau d'huîtres. Dans l'une des huîtres, la copine a trouvé une bague avec une perle qui valait bien dans les quatre mille dollars. Donc, vous voyez, je suis habitué à tout, avec lui, je ne m'étonne plus de rien.

Le carillon de la porte tinta et ils se tournèrent tous les trois vers l'entrée.

— Jimmy, murmura Yee d'un ton soulagé. On t'attendait.

Le jeune homme parut impressionné.

— Oui, qu'est-ce qui se passe ?

— Je suis l'inspecteur Fitzpatrick et voici ma partenaire, l'inspecteur Mazzetti. Nous voudrions vous poser quelques questions au sujet du paquet livré ce matin dans une voiture.

Jimmy quêta du regard le secours de son oncle.

— Tu n'as aucune raison de t'inquiéter, assura Yee. N'est-ce pas ? ajouta-t-il en s'adressant aux deux inspecteurs.

— A priori, non, dit J.D. Nous voudrions voir le mot et la clé.

Le garçon les sortit de son sac à dos.

— Je n'ai rien fait de mal, protesta-t-il.

— Nous le savons, répondit Stevie. Nous n'avons rien contre vous. C'est l'homme qui a envoyé ce paquet que nous recherchons.

— Le Dr Bennett ? s'étonna Jimmy. Pourquoi ? Ce type est un gros con, mais il est réglo.

— Jimmy ! gronda son oncle. Je t'interdis de parler comme ça des clients.

— Pourquoi dites-vous que c'est un gros con ? demanda J.D.

Le garçon haussa les épaules.

— Toutes ces femmes qu'il fréquente, moi, ça me donne mauvaise conscience. Je me sens responsable, je me dis que je devrais les prévenir. Mais je n'ose pas. Et puis mon oncle dit que notre boulot, c'est de livrer, pas de juger les clients.

J.D. échangea un regard avec Stevie.

— Je crois qu'on n'aura pas besoin d'interroger Herrigan pour avoir les noms des maîtresses de Bennett, dit-il.

Stevie esquissa un sourire.

— Monsieur Yee, il va nous falloir la liste des femmes qui profitaient de la générosité de M. Bennett.

Yee soupira.

— Vous voulez qu'on remonte à combien de temps en arrière ?

— Cinq ou six ans, répondit J.D.

— Ça fait beaucoup de femmes, ça, inspecteur, rétorqua Yee d'un ton alarmé.

— Ça va vous demander du temps et du travail, oui, et nous vous en remercions d'avance, répondit J.D. Il nous faudrait les six dernières le plus vite possible. Voici ma carte. Vous y trouverez mon adresse e-mail et mon numéro de fax. Envoyez-moi les noms.

Yee prit la carte en affichant un air mécontent.

— Quoi d'autre ?

— Vous avez parlé au Dr Bennett à propos de cette livraison, d'après ce que j'ai compris, dit Stevie. Vous n'avez rien remarqué d'inhabituel, chez lui ?

Yee fronça les sourcils.

— Je ne me souv… Attendez… Il était enrhumé. Il m'a même dit que c'était vraiment pas de chance de s'enrhumer en été, qu'il était gelé. Et il a éclaté de rire…

J.D. songea au corps congelé de Bennett.

— Il vous a appelé de quel téléphone ?

— De son portable, que j'ai déjà enregistré. Si ça avait été un nouveau numéro, je l'aurais noté sur le bon de livraison. C'est la procédure habituelle. Pour qu'on puisse joindre le client si le paiement par carte est refusé.

— Inspecteur, est-ce que le Dr Bennett va bien ? demanda doucement Jimmy.

— Nous n'en savons rien encore, répondit Fitzpatrick. En attendant, la prochaine fois qu'on vous demande de déposer un paquet dans une voiture, j'espère que vous refuserez.

— Qu'est-ce qu'il y avait, dans ce paquet ?

— Nous ne pouvons pas vous répondre, Jimmy, dit Stevie. Secret d'enquête. Mais nous avons dû boucler le garage pendant une heure, le temps que la police scientifique vérifie le paquet et la voiture.

Le garçon passa derrière le comptoir avec gaucherie.

— L'ordinateur n'a en mémoire que les cinq dernières années d'activités. Pour les livraisons plus anciennes, il faudra fouiller dans les archives papier.

Il leva vers eux des yeux tristes.

— On ne peut pas se retrancher derrière le secret professionnel, j'imagine ?

La question était posée avec tant de sérieux que J.D. eut du mal à ne pas rire.

— Non, mon petit, répondit-il d'un ton grave. Mais nous avons conscience du tracas que nous vous causons.

Au bout de quelques instants, Jimmy tendait une liste à J.D.

— Il y a quelques hommes dans le tas, commenta-t-il. Je me souviens leur avoir livré des enveloppes. Je suppose que c'était pour affaires.

La liste comportait une quarantaine de noms de femmes. J.D. y trouva, comme il s'y attendait, le nom de Lucy accompagné de la mention « Poupée Barbie ». Il se souvint que c'était avec ce cadeau que Bennett l'avait amadouée. Quel salaud !

— Merci, Jimmy, dit-il. Prévenez-nous si Bennett fait de nouveau appel à vous.

Il entraîna Stevie à l'écart.

— Je vais fouiller les poubelles pour chercher la boîte dans laquelle le paquet est arrivé, et toi, tu peux commencer à vérifier cette liste de noms, suggéra-t-il.

— D'accord, je vais vérifier qu'il n'y a pas dans le tas d'autres femmes qui viennent de la petite ville dont Bennett était originaire. Dépêche-toi, pour les poubelles. Avant d'aller chez les parents de Bennett, à Anderson Ferry, nous devons prévenir sa première femme, la mère de ses enfants.

— Entendu. Et on passera prendre Lucy.

Stevie jeta un coup d'œil à sa montre.

— Je vais prendre ma voiture et je te suivrai, pour rentrer seule plus tôt, si tout ça s'éternise. Cordelia a ce truc à l'école, ce soir.

— C'est important, ce truc, dit J.D. Ce n'est pas tous les jours qu'une petite fille reçoit son diplôme d'école maternelle. Je suppose que tout le clan sera là. Un mouchoir dans une main, une caméra dans l'autre.

Stevie eut un sourire amusé.

— Exactement. Alors dépêche-toi de fouiller tes poubelles.

Lundi 3 mai, 15 h 20

— C'est une magnifique journée.

C'en était une, en effet. Le soleil brillait et il soufflait un petit vent, juste assez pour le rafraîchir sans trop faire tanguer le bateau.

Il baissa les yeux vers Janet Gordon qui gisait sur le pont, ligotée et tremblotante.

— Par où allons-nous commencer ? ricana-t-il.

Elle se recroquevilla et des larmes roulèrent sur ses joues.

Mais les larmes de Janet, celles d'une égoïste qui s'apitoyait sur son sort, le laissèrent indifférent. Il se pencha sur elle et coupa le bâillon avec la lame tranchante de son couteau à filets.

— Eh bien ? demanda-t-il doucement.

— Pitié, ne me tuez pas, sanglota-t-elle. Je vous en prie, je n'ai rien fait.

Il la contempla fixement en secouant la tête.

— Incroyable. Vous ne comprenez toujours pas, n'est-ce pas ? Si vous êtes ici, c'est précisément parce que vous n'avez rien fait.

Il joua avec son couteau pour lui montrer le tranchant aiguisé de la lame. Elle en eut le souffle coupé, puis se mit à hurler à pleins poumons. Il ricana et la souleva.

— Regardez autour de vous, dit-il. Rien que de l'eau, à perte de vue. Criez tant que vous voulez, ça ne me dérange pas. Au contraire, ça m'excite.

Il la lâcha et elle s'effondra en battant des paupières, l'air de ne plus savoir où elle était.

— Je vous en supplie…, insista-t-elle.

Elle se tut et inspira longuement, méthodiquement. Il observa avec une certaine fascination ses efforts pour ne pas craquer. Elle devait encore imaginer qu'elle avait une chance de s'en sortir.

— Vous ne pouvez pas me tuer, dit-elle d'un ton agressif, qui tâchait de dissimuler son angoisse. J'ai écrit une lettre.

Il inclina la tête. Ça devenait intéressant.

— Une lettre, vraiment ? Et à qui ?

— Au procureur. Une lettre qui raconte tout. Tout ce que je sais. Tout ce qui s'est passé ce jour-là. Et qui donne les noms de tous ceux qui étaient présents.

— Et où est cette lettre ?

— Je l'ai déposée chez mon avocat. S'il m'arrive quoi que ce soit, il l'enverra au procureur.

— Tiens donc… Bennett n'avait pas menti…

Elle le fixa d'un air ahuri.

— Vous étiez au courant ?

— Oui. Quand Bennett m'a parlé de vous, je lui ai répondu que je ne le croyais pas, que personne n'était assez stupide pour se mettre à la merci d'un chirurgien qu'il faisait chanter. C'est là qu'il m'a expliqué, pour la lettre. La lettre qui l'empêchait d'agir contre vous. Votre assurance-vie. Il ne pouvait pas vous tuer et il devait satisfaire tous vos caprices.

Il haussa les sourcils.

— J'ai bien dit *tous* vos caprices.

— Ce n'est pas ce que vous croyez, protesta-t-elle. Vous êtes écœurant.

— C'est vous qui êtes écœurante, Janet. Vous vous êtes servie du viol et du meurtre d'une jeune fille innocente pour obtenir un lifting, et vous trouvez dégoûtant que je mentionne vos relations sexuelles avec Bennett ?

— Il ne s'agissait pas d'une innocente jeune fille, rétorqua-t-elle entre ses dents.

Il se figea.

— Qu'est-ce que vous venez de dire ?

Elle aussi se figea. Elle commençait sans doute à comprendre qu'il ne plaisantait pas.

— Rien. Je n'ai rien dit.

Il s'accroupit près d'elle.

— Vous croyez qu'elle voulait qu'on la viole ? dit-il d'une voix blanche de rage. Qu'on la frappe jusqu'à ce qu'elle soit méconnaissable ? Vous croyez qu'elle l'a cherché ? Elle portait une jupe trop courte, peut-être ? Elle avait déjà couché, c'est ça ?

Janet fit la moue, mais ne répondit pas.

— Est-ce que cette lettre mentionne le nom de votre fils ? demanda-t-il.

Elle ferma les yeux.

— Non, murmura-t-elle.

— Qu'est-ce qu'il pensera, d'après vous, quand il saura comment vous avez marchandé votre silence ?

— Il ne pensera rien. Il s'en fiche. Il me hait.

— Vraiment ? Et pourquoi ?

— Parce que j'ai refusé d'aller trouver la police pour raconter ce qu'il avait fait.

Cette réponse l'étonna.

— Ah oui ? Ryan vous avait demandé de tout raconter aux flics ?

— Oui, il se sentait coupable, mais il n'avait pas le courage de se dénoncer. Mais j'ai refusé, bien sûr.

Il y avait dans le ton de sa voix une sorte de contentement, et il eut vaguement pitié de Ryan. Pas longtemps, parce que Ryan était un lâche, un moins que rien.

— Bien sûr, ricana-t-il.

— Ça aurait détruit notre famille, et pour le reste, ça n'aurait rien changé. Le principal responsable était mort. Les autres… Ils n'avaient rien fait. Ils avaient une famille, un avenir. Non, on ne pouvait pas gâcher tout ça.

Il s'assit sur ses talons et la dévisagea avec une colère grandissante. *Moi aussi, j'avais un avenir… Personne n'a pensé à nous, à moi, à ma famille.*

— On ? Qui ça, on ?

Elle le regarda droit dans les yeux.

— Si je vous le dis, vous me laisserez en vie ?

Elle était décidément complètement bouchée.

— Non.

Ses yeux brillèrent de haine.

— Dans ce cas, allez au diable ! lança-t-elle.

Il sourit.

— C'est aussi ce que disait Bennett. Mais après quelques doigts, il a changé de disque. Et vous aussi, vous en changerez.

— Cette lettre sera transmise au procureur, dit-elle d'un ton désespéré. Tout le monde saura ce qui s'est passé. Elle était votre sœur. Vous serez le premier soupçonné.

— Je ne pense pas. Voyez-vous, je n'existe plus.

Il se pencha un peu plus sur elle et appuya sa lame dans le creux de son cou.

— Je suis mort.

Lundi 3 mai, 15 h 20

Stevie plissa le nez.

— Drew aurait pu envoyer une camionnette pour fouiller cette poubelle. Tu pues.

J.D. épousseta ses vêtements du revers de la main.

— Il m'est arrivé de puer plus que ça aux narcotiques. Une fois, j'ai transporté un gars qui ne s'était pas lavé depuis des semaines. Je t'assure qu'à côté, aujourd'hui, c'est du gâteau.

Il avait trouvé ce qu'il cherchait sous des restes de pizza et des canettes de bière.

— Il faut que Drew analyse cette boîte de toute urgence. On peut la mettre dans le coffre.

— Tu as raison, approuva Stevie, le plus tôt sera le mieux. Je suis contente qu'on ait pris ta voiture plutôt que la mienne.

Arrivé à sa voiture, J.D. ouvrit le coffre et soupira.

— Zut ! J'avais complètement oublié ça.

Stevie contempla les affaires entassées dans le coffre.

— Qu'est-ce que c'est que ça ? demanda-t-elle en lui jetant un regard prudent. Tu donnes les affaires de Maya ?

Elle l'encourageait à le faire depuis un certain temps. Apparemment, il s'était enfin décidé. Ou presque.

— Non, ce sont les miennes, dit-il. Il y a de vieux vêtements, des affaires de sport, des jeux vidéo. J'ai trouvé ça en rangeant mon débarras le week-end dernier. C'est ce que j'avais stocké avant de partir à l'armée. Je voudrais tout donner, mais je n'ai pas encore eu le temps de m'en occuper.

— Tu donnes des jeux vidéo qui datent de l'époque où tu es parti à l'armée ?

Elle plongea la main dans un sac et en sortit un jeu.

— Mais personne n'en voudra, de tes jeux ! s'exclama-t-elle en riant. Ils sont totalement dépassés.

— Non, ce sont des classiques, protesta-t-il. Vintage. Un collectionneur paierait la peau des fesses pour les avoir.

Elle les regarda de plus près.

— Il n'y a que des jeux où on tire dans tous les sens. Pas de gentil plombier.

Elle lui lança un regard entendu.

— Tu t'es entraîné avec ce genre de trucs ?

Aucun jeu ne vous apprenait ce que c'était que de tirer sur un homme. Il n'oublierait jamais ce qu'il avait ressenti quand la tête de sa première cible avait éclaté. C'était réel. Affreux. Ça ne vous quittait plus. *Plus jamais.* Il remit les jeux dans le sac et répondit à la première question de Stevie, histoire de changer de conversation.

— J'ai donné les affaires de Maya l'année dernière, quand j'ai mis la maison en vente.

Elle acquiesça, acceptant la dérobade.

— Tu as fait du chemin, J.D.

Pas tant que ça. Il lui avait fallu un an pour supporter l'idée que quelqu'un d'autre se serve de ce qui avait appartenu à sa femme, et un an de plus pour s'en séparer. Elle avait disparu depuis trois ans et il ne s'était pas encore senti capable de la remplacer. Aucune femme n'avait su éveiller son intérêt…

Jusqu'à aujourd'hui. Aujourd'hui, il avait croisé le regard de Lucy Trask et tout avait basculé.

— C'est en ce moment que je fais du chemin, dit-il.

— J'ai vu ça tout à l'heure, dans le parking, dit-elle sèchement. N'avance quand même pas trop vite. Et baisse les vitres, je t'en prie, cette odeur est insupportable.

Lundi 3 mai, 15 h 40

— Alors ?

Lucy leva les yeux de son microscope et découvrit Stevie Mazzetti debout dans l'embrasure de la porte. Elle tenait à la main un costume d'homme qui sortait du pressing.

— C'est bien un cœur humain, répondit-elle. Encore à moitié congelé et du même groupe sanguin que celui de Russ, mais il faudra tout de même comparer les profils ADN pour confirmer officiellement. Drew s'occupe de la boîte dans laquelle on l'a trouvé, mais il ne pense pas en tirer grand-chose.

— Et c'était quoi, cette boîte ?

— Un saladier en plastique, de ceux qui servent à conserver les aliments. Et le cœur était glissé dans un banal sac Ziploc.

— Je vois, soupira Stevie.

— C'est pour ça que Drew pense que ça ne va pas beaucoup nous aider, répondit Lucy.

Elle s'efforçait de se focaliser sur le visage de Stevie, mais elle ne pouvait s'empêcher de surveiller le couloir derrière elle.

Stevie eut un petit sourire.

— Il arrive, ne vous inquiétez pas.

— Je ne…

Stevie l'interrompit d'un geste de la main.

— Pas la peine de vous fatiguer, dit-elle.

Elle suspendit le costume à un crochet et tira à elle un tabouret. Pendant quelques instants, elle demeura immobile, à regarder droit devant elle, puis elle chercha le regard de Lucy.

— Je connais J.D. depuis de longues années, dit-elle. C'est mon ami.

— Il a de la chance, répondit posément Lucy.

Stevie eut de nouveau un petit sourire entendu.

— Il ne serait peut-être pas de votre avis. J.D. est quelqu'un de bien. Il en a bavé, ces dernières années.

Ces mots sonnaient comme une mise en garde, et Lucy eut envie de prendre ses jambes à son cou. Mais elle avait surtout envie d'en savoir plus, et la curiosité eut le dessus.

— C'est-à-dire ? demanda-t-elle.

— Il est veuf. Sa femme est morte il y a trois ans dans un accident.

Cette révélation la prit par surprise. Elle ne s'était pas attendue à ce que J.D. soit du genre à se marier. *Tu n'es pas vraiment compétente en la matière. Souviens-toi de Russ Bennett. Il était marié. Tu ne t'en doutais pas.*

Puis elle songea à l'autopsie de l'enfant. A la présence silencieuse de J.D. ce jour-là. Aux larmes dans ses yeux. Cela remontait à deux ans en arrière. Elle fut soudain saisie d'une angoisse. Avait-il perdu un enfant, en même temps que sa femme, dans cet accident ?

— Ils avaient des enfants ? murmura-t-elle.

Stevie parut étonnée par la question.

— Non. Maya ne s'intéressait pas aux enfants.

— Oh…

Dans ce cas, pourquoi J.D. avait-il éprouvé le besoin d'assister à cette autopsie ?

C'est à lui que tu dois poser la question, Lucy.

Stevie la dévisageait intensément.

— La mort de Maya l'a tellement affecté qu'il n'a fréquenté personne, depuis. Je lui ai plusieurs fois conseillé de sortir. De rencontrer quelqu'un.

— C'est dur de se remettre à sortir quand on a perdu quelqu'un qu'on aimait, murmura-t-elle en songeant au cadre argenté dont elle ne séparait jamais.

La mort de son frère l'avait dévastée. Après avoir perdu son premier fiancé, elle avait mis du temps avant de baisser de nouveau sa garde. Mais elle avait réussi. Le départ du fiancé numéro deux avait été un simple désagrément, mais elle avait de nouveau mis des années avant d'ouvrir son cœur à l'amour. Et cette fois, ç'avait été pour Russ Bennett.

A présent, elle était terrifiée à l'idée de s'engager avec un homme. Mais elle souffrait de la solitude.

— Tout le monde guérit un jour, mais chacun à son rythme, dit Stevie. Je ne sais pas si j'ai raison de vous en parler, mais j'ai remarqué les regards que vous échangez avec J.D. Je tenais à vous dire que c'est quelqu'un de bien, mais de fragile. Ne lui faites pas de mal. Je vous en prie.

— Tu la pries de quoi ? demanda Fitzpatrick en s'encadrant dans la porte, avec un tas de boîtes écrasées dans un sac-poubelle.

Il avait enlevé sa veste et sa cravate, sa chemise blanche trempée de sueur collait à son dos et à ses bras. Ses cheveux noirs étaient négligemment coiffés en arrière et quelque chose de louche était collé sur sa joue. Quand il manœuvra pour entrer dans la pièce avec son gros sac, ses muscles roulèrent sous le tissu transparent de la chemise.

Lucy tenta de ne pas le regarder, mais en vain.

Puis elle sentit la puanteur.

— Qu'est-ce que c'est que ça ? demanda-t-elle.

Fitzpatrick lui lança un regard gêné.

— Vous pratiquez des autopsies toute la journée et cette odeur vous dérange ?

— Je suis habituée aux fragrances « eau de cadavre », rétorqua-t-elle en agitant sa main devant son nez. Et vous n'avez pas répondu à ma question. Qu'est-ce que c'est ?

— Un échantillon des poubelles de l'arrière-boutique de Yee's Express, expliqua Stevie avec une lueur ironique dans les yeux.

— Stevie, tu l'as envoyé dans les poubelles ? plaisanta Drew qui arrivait sur ces entrefaites.

— Dis donc, c'est lui qui s'est porté volontaire ! Et en plus, il a de quoi se changer.

Elle montra le costume qui sortait du pressing.

— Tandis que moi, je vais devoir aller à la fête de l'école de Cordelia avec cette odeur sur moi.

— Elle sera dissipée d'ici ce soir, assura Fitzpatrick. Cesse de gémir. Où veux-tu que je te laisse cette merde, Drew ?

Drew lui désigna un coin vide, et ils suivirent Fitzpatrick des yeux tandis qu'il y déposait soigneusement son sac.

— J'espère que ce n'est pas de la merde au sens propre, n'est-ce pas Stevie ? demanda Drew d'un ton amusé. Pas cette fois.

— Ah oui, c'était moche, renchérit Stevie. Non, rassure-toi, ça c'est de l'ordure de base. La boîte qui contenait le paquet cadeau est arrivée hier par la poste, et la société chargée de livrer a mis cette boîte à la poubelle. Et ensuite, un groupe d'étudiants a balancé par-dessus des restes de pizza et des canettes de bière, ajouta-t-elle d'un ton guilleret.

Lucy eut du mal à ne pas rire.

Fitzpatrick le remarqua et sourit. Une fossette se creusa sur sa joue maculée.

— Ne vous gênez pas pour rire, dit-il. Vous avez bien le droit, après tout ce qui vous est arrivé aujourd'hui.

— Vous avez emporté le contenu de toute la poubelle ? demanda-t-elle d'un ton malicieux.

Les yeux de Fitzpatrick brillèrent et, de nouveau, elle sentit ce délicieux frisson lui parcourir la colonne vertébrale. Puis il haussa les épaules, brisant la magie de l'instant.

— J'ai pris quelques centimètres au-dessus et en dessous, par sécurité.

Lucy fit la grimace.

— Et vous avez transporté ça dans votre voiture ?

— Bien obligé. Et j'ai déjà transporté pire. Vous n'avez pas idée de la puanteur d'un camé qui ne s'est pas lavé depuis des semaines. Ça, à côté, ce n'est rien.

Il se mit à trier le contenu du sac.

— Voici la boîte en question, Drew. Le type qui s'est fait passer pour Bennett prétendait ne pas être en ville, mais le colis a bien été posté de Baltimore. Yee n'y a pas fait attention. Il a juste vérifié que l'expéditeur était bien Bennett.

Stevie sortit de sa poche deux sacs à pièces à conviction contenant le mot « Bennett » et la clé.

— Je ne pense pas que tu y trouveras d'autres empreintes que celles de Jimmy et de son oncle, mais tu peux toujours essayer, dit-elle.

— Ils vont venir déposer leurs empreintes, pour qu'on puisse comparer, ajouta Fitzpatrick. Nous leur avons dit de s'adresser à toi, Drew. Est-ce que tu as trouvé quelque chose d'intéressant, dans l'appartement de Bennett ? Hyatt avait envoyé Skinner et Morton, pour la perquisition.

— Pour l'instant, j'ai une brosse à dents et une brosse à cheveux qui vont me permettre de dresser un profil ADN. J'ai moi aussi envoyé une équipe, mais d'après ce que je sais déjà, ils n'ont pas trouvé de traces de lutte.

Stevie acquiesça.

— C'est aussi ce que m'a dit Hyatt. On est en train de se procurer les relevés d'appels de Bennett, pour savoir à qui il a parlé avant de disparaître. Le portier de son immeuble dit qu'il est monté dans un taxi avec pour tout bagage son attaché-case. Quelqu'un avait dû lui donner rendez-vous pour le piéger. Nous avons une réunion avec Hyatt dans quinze minutes. Est-ce que tu pourrais y assister, Drew ? Ça ne devrait pas être long.

— Je viendrai.

Fitzpatrick se leva, en époussetant son pantalon.

— Lucy, Hyatt souhaite vous parler au sujet de Bennett. Vous pouvez monter dans la voiture de Stevie. Je vais me doucher et me changer, je vous retrouve là-bas. On en sait un peu plus, à propos de ce cœur ?

— Seulement que le groupe sanguin correspond à celui de Russ, ce à quoi on s'attendait, en somme.

Stevie fit signe à Fitzpatrick de partir.

— Il faut qu'on se dépêche, dit-elle. Et tu sens vraiment trop mauvais. Va te laver.

Elle lui tendit le costume propre.

— Celui-là t'attendait au pressing. Tu as de la chance.

— Je vous retrouve dans quinze minutes, dit-il.

Il partit et Lucy le suivit des yeux. Ruby avait raison. Ce Sexy Flic avait un beau petit postérieur. « Stupéfiant », avait-elle dit. Oui, Fitzpatrick était stupéfiant, pas de doute.

Et elle, elle avait tout à coup très chaud.

8

Lundi 3 mai, 16 heures

Quand J.D. poussa la porte du bureau de Hyatt, tout le monde était debout. Hyatt ne conservait qu'un seul fauteuil en plus du sien, et personne ne s'y installait sans y être invité.

J.D. n'aurait su dire si Hyatt préférait recevoir les gens debout pour leur montrer où était leur place, ou s'il pensait qu'une réunion où personne n'était assis durait moins longtemps. Peut-être les deux.

— Fermez la porte, inspecteur, ordonna Hyatt d'un ton cérémonieux. Nous vous attendions.

J.D. se retint de lever les yeux au ciel. Il avait pourtant fait le plus vite possible, parce qu'il avait hâte de retrouver Lucy.

Quelques instants plus tôt, à la morgue, elle lui avait adressé pour la première fois un sourire franc et direct qui lui avait donné un coup au cœur. Son attitude avec lui avait changé. Il se demandait pourquoi.

Il referma la porte, et sentit aussitôt que quelque chose était dans l'air. Il y avait là Stevie et Drew, mais aussi Elisabeth Morton et Phil Skinner, deux inspecteurs qui les secondaient dans cette affaire.

Lucy avait pris place dans l'unique fauteuil réservé aux invités que Hyatt avait disposé de manière à ce qu'elle se trouve face au groupe. Près d'elle se tenait Daphne Montgomery, l'assistante de Grayson. Daphne avait la quarantaine, de longs cheveux blonds. Elle portait un tailleur rose vif, et sa jupe courte dévoilait une magnifique paire de jambes. La rumeur prétendait qu'elle avait été danseuse à Vegas, autrefois. J.D. l'appréciait énormément. Daphne était une optimiste au pays des pessimistes, un authentique rayon de soleil.

Mais en ce moment, elle affichait un air grave et préoccupé, tout à fait inhabituel chez elle, et donc inquiétant. Hyatt, lui, était installé derrière son bureau, dressé comme un cerbère, avec un visage de marbre. Lucy quêta du regard le soutien de J.D. Elle paraissait défaite.

— Que se passe-t-il ? demanda-t-il en s'adressant à Hyatt. Je croyais que vous aviez simplement quelques questions à poser au Dr Trask au sujet du Dr Bennett ?

— J'ai des questions à lui poser, en effet, répondit Hyatt. Mais pas celles que vous croyez.

J.D. ouvrit la bouche pour protester, mais Stevie le fit taire en le fusillant du regard. Il croisa ses bras sur sa poitrine. Cette mise en scène ne lui disait rien qui vaille.

Hyatt remarqua leur silencieux échange, mais ne fit pas de commentaire. Il se leva. A présent, Lucy était la seule personne dans cette pièce à se trouver assise, et elle avait l'air de plus en plus contrariée. Hyatt était connu pour ses sorties spectaculaires ; il s'apprêtait visiblement à en faire une.

— Lieutenant Hyatt..., protesta Lucy d'une voix ferme, mais crispée. Il me semblait que j'avais été lavée de tout soupçon dans l'affaire Russell Bennett.

— Votre alibi est confirmé, mais vous avez demandé à accompagner mes inspecteurs chez les parents de la victime. Ça m'a donné envie d'en savoir un peu plus à votre sujet.

Il haussa un sourcil provocateur.

— J'ai découvert que vous nous cachiez quelque chose, docteur Trask.

J.D. eut l'impression qu'elle battait des paupières, mais ce fut tellement furtif qu'il douta d'avoir bien vu.

— Je ne vous cache rien, lieutenant, répondit froidement Lucy. J'ai été franche avec vos inspecteurs. Je leur ai spontanément raconté que j'avais eu une courte liaison avec la victime, et que je lui avais cassé le nez le jour de notre rupture.

Hyatt acquiesça.

— Il y a cinq ans, oui, ils me l'ont dit. Mais moi, je vous parle de faits plus anciens. Que diriez-vous d'un certain mois d'août, treize ans en arrière ?

Cette fois, elle ne battit pas des paupières. Ses yeux lancèrent des éclairs, mais elle se reprit.

— Je n'ai rien à cacher, lieutenant, insista-t-elle.

— J'ai du mal à vous croire, rétorqua Hyatt du tac au tac. J'ai demandé aux inspecteurs Morton et Skinner de s'intéresser à votre passé. Mlle Montgomery n'a eu aucun mal à déterrer votre dossier.

Le visage de Montgomery se crispa, Morton ferma les yeux et Skinner secoua la tête d'un air désolé. J.D. ne savait pas encore de quoi il retournait, mais il comprit que ces trois-là n'avaient pas voulu ce qui arrivait.

Lucy leva posément ses mains et les croisa sur ses genoux, un geste qui pouvait passer pour assuré.

— Dans ce cas, vous savez tout. Tout ce que je pourrais vous dire de plus serait… anecdotique.

Hyatt se posa sur le bord de son bureau, tout près d'elle, envahissant délibérément son espace.

— Faites-moi plaisir, dit-il. Racontez-moi votre version des faits.

Elle le regarda droit dans les yeux. Sa voix était calme, mais ses mains se crispèrent sur ses genoux.

— J'ai été arrêtée, inculpée, traduite devant un jury et acquittée. Les charges contre moi ont été abandonnées et mon dossier classé.

J.D. jeta un coup d'œil du côté de Stevie, laquelle paraissait aussi surprise que lui. Hyatt eut simplement un petit sourire approbateur.

— Excellent résumé, commenta-t-il d'un ton ironique. Mais j'aimerais un récit moins squelettique.

— Je n'ai pas à vous faire le récit de quoi que ce soit, protesta Lucy. Puis-je partir ?

— Vous pouvez, mais je pense que vous préférez tout nous expliquer, répondit Hyatt. Il s'agissait d'un accident, n'est-ce pas ?

Elle acquiesça, la bouche pincée.

— Lieutenant, je...

— Un accident au cours duquel votre fiancé a trouvé la mort, coupa Hyatt. C'est bien ça ?

Elle a été fiancée. J.D. s'en voulut d'en être contrarié. Bien sûr qu'elle avait connu des hommes... Lui aussi avait connu des femmes. Il s'était même marié. Mais il était déstabilisé d'apprendre qu'elle avait aimé un homme au point de vouloir l'épouser. La mort de son fiancé la peinait encore, il le lut sur son visage avant qu'elle ferme les yeux pour reprendre ses esprits.

— C'est bien ça, dit-elle.

Lorsqu'elle ouvrit les yeux, son regard était vide.

— Mais cet accident n'a aucun rapport avec l'affaire qui nous occupe aujourd'hui, déclara-t-elle. J'ai eu une très longue journée. Je ne prolongerai pas plus longtemps cet entretien.

Elle voulut se lever, mais Daphne appuya sur son épaule pour la faire asseoir.

— Lucy, le lieutenant est une brute, dit Daphne en jetant un regard mauvais à Hyatt.

J.D. eut envie de l'applaudir.

— Mais vous devez rester. Et vous, Peter, allez droit au but et cessez de la tourmenter.

Hyatt eut l'air gêné.

— Merci, madame Montgomery, soupira-t-il. Dites-moi ce qui s'est passé, docteur Trask. Ça ne devrait pas être un problème pour vous, si vous n'avez rien à cacher.

De nouveau, les yeux de Lucy lancèrent des éclairs, et elle fit un effort visible pour ne pas se mettre en colère.

— Très bien, mais pas en restant assise sur ce fauteuil au

milieu de vous tous, comme si j'étais dans le box des accusés. Faites ceci, dites cela…

Elle se leva, tira sur sa jupe et marcha jusqu'à la fenêtre où elle se tourna face à eux.

— J'étais avec mon fiancé. J'avais bu un verre de vin, mais lui beaucoup plus. J'ai voulu lui retirer ses clés pour l'empêcher de conduire, mais il m'a poussée hors de la voiture. Une minute plus tard, j'ai entendu un choc. J'ai couru. Il avait été éjecté de sa décapotable et il était déjà mort. Il avait heurté une autre voiture, malheureusement.

— Et deux autres personnes avaient été blessées, acheva doucement Daphne à sa place.

Lucy acquiesça avec raideur.

— Oui. Une mère et son enfant. La mère était dans un état grave, l'enfant ne souffrait que de contusions, mais il était coincé dans un siège pour bébé. Je suis venue leur porter secours, mais, sur un malentendu, on m'a prise pour la conductrice de la voiture. J'ai été accusée d'homicide involontaire sur la personne de mon fiancé. Heureusement, les experts ont pu établir que je n'étais pas dans la voiture au moment de l'accident. Et j'ai été innocentée.

Elle inspira longuement.

— Voilà, c'est tout.

Hyatt eut un petit sourire narquois.

— Je ne pense pas que ce soit tout, mais nous en resterons là pour le moment. Par ailleurs, soyez assurée que je ne cherchais pas à vous donner l'impression de comparaître dans le box des accusés. Comme vous l'avez fait remarquer, vous avez eu une longue journée, et j'en ai parfaitement conscience. Je m'efforce au contraire de me montrer délicat.

Lucy afficha un air sceptique et J.D. lui donna intérieurement raison.

— Au but, Peter, je vous prie, dit Daphne en détachant ses mots. Le dossier.

Lucy balaya du regard le groupe qui lui faisait face.

— Quel dossier ?

— Quel dossier ? demandèrent en même temps Stevie et J.D.

— Celui que nous avons trouvé dans l'appartement de Bennett lors de la perquisition, répondit Elisabeth Morton. Il était sur son bureau. C'est un dossier sur vous, docteur Trask.

Hyatt allongea le bras pour attraper une épaisse chemise posée sur son bureau.

— Photocopies, dit-il en tendant la chemise à J.D.

J.D. posa le dossier sur le bureau et l'ouvrit, pour le feuilleter. Lucy vint regarder par-dessus son épaule.

— Seigneur..., murmura-t-elle. Mais qu'est-ce que c'est que ça ?

— On dirait que c'est un compte rendu détaillé de vos faits et gestes depuis le jour de votre naissance, répondit J.D. en continuant à tourner les pages. Bulletins de l'université, articles concernant votre arrestation et votre procès, déménagement à Baltimore. Tout y est, il ne manque rien.

Elle se pencha par-dessus son bras et fouilla parmi les documents.

— Non, il n'y a pas tout. Je vois bien des articles sur le procès, mais pas le dernier, qui parle du verdict.

Elle se tourna vers Elisabeth Morton.

— C'est vous qui l'avez retiré du dossier ?

— Non, répondit Elisabeth. Pour connaître le verdict, nous nous sommes adressés à Daphne.

— Je les avais accompagnés au cas où ils trouveraient des dossiers relevant du secret médical, déclara Daphne tandis que Lucy fronçait les sourcils dans sa direction. Je n'ai eu qu'à passer quelques coups de fil pour obtenir les renseignements qui nous manquaient. Il est clair que vous avez été totalement disculpée.

— Dans ce cas, pourquoi tout ça ? demanda Lucy d'une voix que la colère faisait trembler. Pourquoi cet entretien humiliant ?

— Je voulais être certain que vous n'aviez rien à cacher, répondit Hyatt. Si vous aviez minimisé votre rôle ou nié les faits, je ne vous aurais pas autorisée à collaborer avec mes deux inspecteurs. Mais au contraire, vous avez assumé et vous vous êtes chargée.

— Comment ça, chargée ? demanda Stevie.

— Chargée plus qu'elle n'aurait dû, répondit Daphne d'un ton énigmatique.

— Je suis donc appelée à collaborer, si je comprends bien, conclut Lucy d'un ton ironique. Et à qui dois-je cet honneur ?

— J'ai demandé à ce que vous soyez notre guide à Anderson Ferry, expliqua Stevie. Bennett avait encore pas mal de liens là-bas.

— Avant de vous envoyer à Anderson Ferry, j'avais besoin de m'assurer que vous n'aviez plus aucune relation avec Bennett, ajouta Hyatt. Mais vu votre attitude, je pense que je n'ai pas de souci à me faire.

Les joues pâles de Lucy rougirent de colère.

— Ravie de l'apprendre. Et si je refuse ?

Hyatt haussa les épaules.

— Quelqu'un a déposé un cœur dans votre voiture, aujourd'hui. Vous avez envie qu'on le coince le plus vite possible, je suppose.

— Que vous le vouliez ou non, vous êtes un élément clé de cette affaire, intervint J.D. Le tueur vous a choisie. Et à part ça, sachez que Stevie et moi n'étions pas au courant de ce traquenard.

Elle acquiesça d'un bref hochement de tête.

— Je vous crois. Merci.

Soulagé, J.D. se tourna vers Morton et Skinner.

— Est-ce que Bennett avait chez lui d'autres dossiers comme celui que vous avez trouvé sur Lucy ? Est-ce qu'il enquêtait sur ses autres conquêtes ?

Lucy fit la grimace.

— Il en avait tant que ça, des conquêtes ?

— Environ une quarantaine en cinq ans, répondit Stevie, ce qui arracha de nouveau une grimace à Lucy.

— Et ces liens avec Anderson Ferry, ce serait quoi ?

— Trois des femmes qu'il a récemment fréquentées venaient

de là-bas, répondit J.D. Nous vérifions en ce moment les autres noms de la liste.

— Trois ? Il y a Gwyn et moi, et qui d'autre ?

— Brandi Bennett.

Lucy ouvrit des yeux étonnés.

— Brandi Bennett vient d'Anderson Ferry ?

— Vous ne l'avez jamais rencontrée ? intervint Hyatt.

— Non. Mais elle est beaucoup plus jeune que Gwyn et moi. Quel est son nom de jeune fille ?

Stevie consulta ses notes.

— Stackhouse.

— Je vois de quelle famille il s'agit. Ils avaient beaucoup d'enfants, mais je ne les fréquentais pas.

— Vous avez trouvé d'autres dossiers ou pas ? insista J.D. en s'adressant de nouveau à Elisabeth.

— Non, répondit-elle. Il n'y avait que celui du Dr Trask. A quoi pouvait bien être destiné ce dossier ?

— La rancœur me semblerait la réponse la plus évidente, murmura J.D. Elle lui a cassé le nez. Mais les articles ont été envoyés il y a seulement trois semaines par les journaux locaux — comme l'atteste le tampon. Je ne vois pas pourquoi Bennett aurait eu brusquement envie, cinq ans après, de préparer une vengeance. Qu'est-ce que vous avez trouvé d'autre, dans son appartement ?

— Pas de traces de lutte, c'est certain, dit Elisabeth. Nous avons sa carte bancaire et ses relevés de banque. Il verse une grosse pension à sa première femme.

— Et sur la scène de crime, Drew ? demanda Hyatt.

— Nous avons relevé des empreintes dans l'herbe. Elles viennent d'un fauteuil roulant, comme je le pensais. Le fauteuil, lui, reste introuvable.

— Il ne l'a pas abandonné sur place, commenta Stevie. Il a préféré prendre le risque de se faire remarquer en poussant un fauteuil vide.

— Il a peut-être traversé le parc *dans* le fauteuil, répondit Drew. Mais je ne pense pas, on aurait retrouvé des traces.

Mon hypothèse, c'est qu'il l'a caché dans un appartement de la résidence.

— Il n'y a pas de caméra de surveillance dans le parking ? demanda Hyatt.

— Elles ne fonctionnent pas, soupira Drew. La sécurité laisse à désirer, dans votre résidence, docteur Trask.

Lucy acquiesça, mais ne fit pas de commentaire.

— Et à propos des résultats d'autopsie, du nouveau ? demanda Hyatt.

— Pour le moment, rien de plus que ce que j'ai déjà signalé.

Elle avait répondu d'un ton sec. Elle en voulait encore à Hyatt. Ses pseudo-excuses ne l'avaient pas convaincue.

— Nous attendons le résultat du profil ADN, conclut-elle.

— Brandi Bennett a déjà confirmé pour les fractures et le grain de beauté, intervint Stevie.

— A ce propos, Mulhauser m'a appelé, intervint Hyatt. Il a parlé à l'orthopédiste de Bennett. La fracture de votre cadavre correspond exactement à celle de Bennett. Il faut établir le profil ADN, mais c'est presque une formalité. Nous savons d'ores et déjà que c'est lui.

— Le corps a été congelé par cryogénie, dit J.D. Il nous faudrait la liste des usines de conditionnement alimentaire. Le tueur a forcément eu accès à un grand congélateur.

— Skinner et moi, on s'en occupe, répondit Elisabeth Morton.

— De mon côté, je vais charger quelqu'un d'enquêter sur les femmes auxquelles Bennett a fait livrer des cadeaux, ajouta Hyatt. N'importe laquelle d'entre elles pourrait avoir un mobile. Et l'ex-femme ?

— Elle avait un mobile il y a cinq ans quand il la trompait, répondit J.D. Mais pourquoi se serait-elle manifestée maintenant ? Il lui versait une belle pension…

— Elle est beaucoup trop petite et menue pour avoir manipulé le corps, fit remarquer Lucy.

— Nous allons tout de même lui rendre visite avant d'aller

chez les parents de Bennett, dit Stevie à Hyatt. Pour l'informer et lui poser quelques questions.

Elle se tourna vers Daphne.

— Avons-nous un mandat pour fouiller le cabinet de Bennett ?

— Grayson s'en occupe, assura Daphne. C'est plus compliqué que pour l'appartement. Nous vous appellerons dès que nous aurons trouvé un juge qui voudra bien signer. Peter, si vous recommencez à harceler Lucy pour des peccadilles, vous me trouverez sur votre chemin, ajouta-t-elle à l'intention de Hyatt.

Puis elle se détourna et partit, en laissant dans son sillage un délicat parfum de gardénia.

— Vous savez ce que vous avez à faire, déclara Hyatt d'un ton agacé. Tout le monde peut sortir, sauf Mazzetti et Fitzpatrick qui restent. Et fermez la porte, Fitzpatrick, qu'on puisse parler tranquillement.

— Attendez-moi dans le couloir, dit J.D. à Lucy quand elle passa devant lui.

Il la regarda s'éloigner dans le couloir, puis referma doucement la porte et se tourna posément vers Hyatt.

— C'était un test, votre petite sortie de tout à l'heure, non ? Pas seulement pour le Dr Trask, mais aussi pour nous.

— Vous l'avez réussi, mais de justesse, répondit Hyatt sans se démonter. Vous, dit-il en montrant Stevie du doigt, c'était parfait. Vous, Fitzpatrick, vous êtes une tête brûlée. Ne laissez pas vos émotions prendre le dessus. Allez-y un peu plus avec votre cerveau, je préfère. Et à présent, au boulot. Et soyez de retour à 20 heures précises.

Je l'emmerde.

Lucy se dirigeait vers les toilettes pour femmes, les poings serrés, en marmonnant des insultes adressées à Hyatt.

Hyatt avait eu le culot de déterrer son passé.

Il a étalé ma vie devant tout le monde sans le moindre scrupule.

— Lucy, attendez !

C'était Daphne. Lucy se força à s'arrêter. Elle n'avait aucune raison d'agresser Daphne, qui n'était pas responsable, et qu'elle appréciait réellement. Daphne était intelligente, elle n'avait pas froid aux yeux. Elles avaient collaboré ensemble sur six affaires. Leur score était de trois à trois. Trois inculpations et trois non-lieux. Daphne Montgomery était nouvelle, mais compétente.

Elle passa un bras autour des épaules de Lucy.

— Comment ça va, ma fille ?

Lucy eut une bouffée de nostalgie. *Ça fait bien longtemps qu'on ne m'a pas appelée ainsi.*

— Ça va, répondit-elle.

— J'espère que vous avez bien compris que personne n'a approuvé le comportement de cet ours de Hyatt.

Lucy ne put s'empêcher de rire, et Daphne lui sourit.

— A la bonne heure ! Vous vous déridez. Mazzetti et Fitzpatrick n'étaient au courant de rien, je peux vous le certifier.

— Je sais. Mais ça ne m'explique pas pourquoi Hyatt m'a traitée de cette manière.

— Si ça peut vous consoler, sachez qu'il est comme ça avec tout le monde. Ne le prenez pas pour une attaque personnelle.

— Vous plaisantez ? Et on le laisse faire ?

— Oui. Parce que c'est un bon flic.

Elle rit.

— Nous étions tous furieux. J.D. avait la tête de quelqu'un qui se retient de frapper. Je suis contente qu'il se soit retenu. Le test, c'était pour lui autant que pour vous. Ça aussi, vous l'avez compris ?

Lucy la contempla fixement.

— Pourquoi Hyatt a-t-il voulu tester l'inspecteur Fitzpatrick ?

— Je dirais que c'est lié à la manière dont l'inspecteur vous regarde.

Lucy se souvint du petit discours de Stevie, à la morgue.

— Pourquoi ? Il me regarde comment ?

— Comme si vous comptiez beaucoup pour lui. S'il avait pris ouvertement votre défense, Hyatt lui aurait retiré l'enquête. Heureusement, il a su se tenir. Vous avez besoin de lui. Si le dixième de ce qu'on m'a dit à son sujet est vrai, vous ne trouverez pas de flic plus courageux.

Elle effleura la bouche de Lucy pour dénouer sa moue.

— Et puis, il est sexy, ajouta Daphne. Le voilà. Je vous laisse.

— Merci, Daphne. Je vous remercie pour tout, vraiment.

— Je sais, répondit posément Daphne. Et à l'avenir, prenez un autre ton quand vous racontez cet accident. A vous écouter, on croirait que vous êtes plus coupable que Ma Barker.

— Il n'avait pas à me cuisiner là-dessus, protesta Lucy, qui sentit sa colère revenir brusquement.

— En effet, il n'avait pas à vous cuisiner. Mais s'il s'intéresse à vous, c'est parce qu'un tueur vous prend pour cible. Aussi, je vous conseille d'aider J.D. et Stevie de votre mieux.

Lucy soupira.

— D'accord.

Elle se sentait plus calme, à présent.

— Merci.

— C'est bien, approuva Daphne. Je vous donne mon numéro de portable et celui de mon domicile, ajouta-t-elle en glissant une carte dans la poche de Lucy. Appelez-moi si vous avez besoin de quoi que ce soit. Surtout, n'hésitez pas.

Elle se tourna pour regarder approcher Stevie et Fitzpatrick.

— J'aimerais être à votre place, ma petite. Ce mec, c'est quelque chose.

Lucy était de son avis. Douché et rasé de près, l'inspecteur Fitzpatrick aurait aisément pu faire la couverture d'un magazine. Il avait du charisme et une présence très masculine. Un peu comme son premier fiancé…

Et regarde comment ça s'est terminé.

— Vous devriez penser à respirer, murmura Daphne. Il paraît que c'est bon pour la santé. Bon, je dois y aller. Et n'oubliez pas : je serai toujours là pour vous.

Elle s'éloigna et tapota gentiment le bras de Fitzpatrick en le croisant.

Fitzpatrick lui sourit distraitement et continua à avancer

vers Lucy, tout en fourrant ses mains dans ses poches et en la dévisageant intensément. Puis il s'arrêta à sa hauteur, légèrement penché vers elle, comme s'il se retenait de la toucher.

— Je suis désolé, dit-il simplement. Ce que Hyatt vous a fait est inadmissible.

— Ce n'est pas votre faute, répondit Lucy. Alors, qu'est-ce qu'il vous a dit ? Vous avez réussi votre test ?

— De justesse. Stevie a eu une meilleure note que moi, mais je suis nouveau, j'apprends. Vous êtes prête à y aller ? Il est temps de rendre visite à la première femme de Bennett, parce qu'après, il faudra franchir le Bay Bridge pour aller chez ses parents.

Lucy n'était plus très sûre d'avoir envie d'accompagner les deux inspecteurs. Mais elle devait beaucoup aux Bennett. Leur fils était mort. Ils allaient avoir besoin de quelqu'un sur qui s'appuyer.

— Je vais chercher mes affaires, dit-elle.

— Je pars de mon côté, avec ma voiture, et je vous retrouve devant la maison de la première Mme Bennett, dit Stevie. J'emporte la liste des petites amies de Bennett que je tiens à lui montrer. Vous aussi, Lucy, j'aimerais bien que vous la regardiez.

— Eh oui, parce que je suis votre guide local, répondit sèchement Lucy. Vous savez, vous auriez pu m'en parler. J'aurais accepté, de toute façon. Comme Hyatt l'a très justement fait remarquer, le tueur a laissé un cœur dans ma voiture.

— Je ne vous en ai pas parlé parce que Hyatt hésitait, soupira Stevie. Mais j'ignorais ce qu'il avait en tête. Nous sommes vraiment désolés.

Lucy les dévisagea.

— Vous ne me demandez pas pourquoi j'ai été accusée de meurtre, fit-elle remarquer.

— Ça ne nous regarde pas, rétorqua J.D. Vous en avez eu assez pour aujourd'hui.

— La journée n'est pas terminée, corrigea Stevie. Je te retrouve là-bas, J.D.

Elle leur adressa un signe de la main et partit. Ils se retrouvèrent seuls, pour la première fois depuis le début de cette enquête.

Comme le jour où il était venu assister à l'autopsie de la petite fille.

— Que représentait cette petite, pour vous ? demanda-t-elle doucement.

Il ouvrit de grands yeux.

— Pardon ? De quoi parlez-vous ?

— De l'autopsie de l'enfant, il y a deux ans. Cette petite, qu'était-elle pour vous ?

Il parut gêné.

— Une victime, répondit-il, si bas qu'elle dut se pencher pour l'entendre. Je ne la connaissais pas. Je l'avais trouvée morte dans la rue.

— Personne n'était là pour elle. Ses parents ne s'étaient même pas présentés pour identifier le corps.

— C'est pour ça que je suis venu, moi.

Il lui prit tendrement le coude.

— Allons chercher vos affaires.

Elle le laissa l'escorter jusqu'au labo, où elle avait déposé sa valise et son sac. Il tendit le bras pour les prendre, mais elle attrapa le sac contenant l'étui à violon.

— Je tiens à porter celui-ci, dit-elle.

Ils demeurèrent silencieux jusqu'à la voiture et il lui ouvrit le coffre.

— Ça sent encore, se plaignit-elle en se penchant pour renifler.

— Nous pouvons déposer vos affaires sur le siège arrière, si vous préférez, proposa-t-il.

Elle plissa le nez.

— Le siège sur lequel vous transportiez les camés mal lavés ?

Il rit, et sa fossette se creusa.

— Je ne les transportais pas dans cette voiture, mais dans un véhicule de fonction. Aucun être puant n'est monté à l'arrière de ma voiture.

Il prit le sac et la valise et les déposa sur le siège arrière, à côté d'une pile de vieux vêtements, puis il lui adressa un clin d'œil.

— Pas depuis qu'elle est à moi, en tout cas. Je ne peux rien vous dire de ce qui s'est passé avant.

— Très drôle, grommela-t-elle.

Il vint lui ouvrir la portière du passager. Sa galanterie rendait son côté mauvais garçon encore plus excitant.

Calme-toi.

Il prit la direction nord-est, pour quitter la ville. Ils avaient au moins une demi-heure de trajet devant eux, et elle se sentit soudain nerveuse. La journée avait été riche en émotions, et, comme Stevie l'avait très justement fait remarquer, elle n'était pas encore finie.

— Pourquoi Stevie a-t-elle pris sa voiture ? demanda-t-elle.

— Parce qu'elle doit assister ce soir à une remise de diplômes à l'école maternelle de sa fille. Elle va donc devoir partir tôt.

— Une remise de diplômes à l'école maternelle ? C'est nouveau ?

Il acquiesça avec un petit sourire amusé.

— Oui. C'est très mignon.

— Je pensais que vous n'aviez pas d'enfants, dit-elle finement, pour le pousser à se confier.

Il lui jeta un regard en coin.

— Vous dites ça pour savoir si j'en ai.

Elle rougit.

— Oui.

— Très bien.

Il la regarda, un peu plus longuement cette fois, autant que le lui permettait la conduite d'une voiture.

— J'ai déjà assisté à la remise de diplôme du fils de Stevie, c'est pour ça que je suis au courant.

Il se racla la gorge.

— Je connais Cordelia depuis le jour de sa naissance. J'aurais bien voulu être là ce soir pour elle, mais c'est impossible. Et puis elle sera entourée, toute la famille se déplace.

Il lui tendit son portefeuille.

— Sa photo est là-dedans.

Elle ouvrit d'un geste hésitant, un peu gênée de tenir dans la main un objet aussi personnel. Mais sa gêne s'envola devant le frais sourire de la petite fille.

— Elle est adorable ! s'exclama-t-elle.

— Et heureuse, ça se voit, ajouta-t-il d'un ton un peu trop fervent. Stevie est une maman formidable.

Elle se souvint qu'il avait déclaré ne pas avoir eu de tricycle quand il était petit. Il n'avait sans doute pas eu droit à une enfance heureuse et à une mère formidable. Elle se retint de lui poser la question. S'il voulait raconter son enfance, il le ferait de lui-même.

De plus, si elle l'interrogeait sur sa mère, il ne manquerait pas de l'interroger sur la sienne, dont elle n'avait pas envie de parler. Elle lui rendit le portefeuille et il le glissa sans un mot dans sa poche.

— Quelles seront mes responsabilités, en tant que guide local ? demanda-t-elle.

— Ouvrir vos yeux et vos oreilles. Décoder les situations.

— Ça fait longtemps que je ne vis plus à Anderson Ferry. Je suis loin d'être au courant de tout.

— Mais vous avez gardé des contacts. Vous saviez que la mère de Bennett avait eu récemment une attaque cardiaque.

Lucy se souvenait à peine d'avoir mentionné ce détail, mais lui, en tant que policier, ne l'avait pas oublié. Il enregistrait tout, et elle se promit de le garder à l'esprit.

— Elle est venue à Baltimore pour se faire soigner. Ça fait des années que je n'ai pas mis les pieds à Anderson Ferry.

Il lui jeta un regard intrigué.

— Et pourquoi ça ?

Elle hésita, puis haussa les épaules.

— Il n'y a plus rien pour moi, là-bas.

— Pas de famille ?

Cette fois, elle n'hésita pas.

— Non. Pas de famille.

— Je suis désolé.

— Ce n'est pas grave.

Et ça ne l'était pas.

— Et vous ? demanda-t-elle. Vous avez de la famille ?

— Rien qui vaille la peine d'être mentionné.

C'était donc bien ce qu'elle pensait.

— Je comprends, inspecteur.

— J.D, corrigea-t-il. Je m'appelle J.D.

— Et qu'est-ce que ça signifie ?

— Just Deserts[1], répondit-il d'un ton ironique.

Elle comprit qu'il préférait ne pas répondre et décida de rentrer dans le jeu.

— Pas étonnant que vous ne vouliez pas parler de vos parents, commenta-t-elle. Je réagirais comme vous si les miens m'avaient affublée d'un nom pareil.

Il ne put s'empêcher de pouffer.

— J.D., ce sont juste des initiales, dit-il. Elles ne signifient rien de plus.

Elle ne le crut pas, mais n'insista pas.

— Très bien, mais vous n'avez pas vraiment répondu à ma première question. Qu'est-ce que je viens faire ici, avec vous ? Qu'attendez-vous vraiment de moi ?

— Vous avez insisté pour nous accompagner, non ? Vous vouliez être là pour annoncer la nouvelle aux Bennett.

Elle étudia son profil et remarqua qu'il prenait soin de ne pas se tourner vers elle.

Et aussi qu'un muscle de sa mâchoire tressaillait nerveusement.

— Vous avez peur ? demanda-t-elle. Pour moi ?

— Vous n'avez pas peur, vous ? rétorqua-t-il. Parce qu'à votre place, moi, j'aurais peur.

La réponse la laissa songeuse. Puis, brusquement, elle comprit.

1. Ce qu'on mérite.

— Vous m'emmenez pour me protéger, vous êtes mes gardes du corps, murmura-t-elle.

— Non. Nous ne sommes pas des gardes du corps, répondit-il comme s'il récitait une phrase de manuel. C'est pour ça que vous êtes notre expert. Un expert qui intervient gratuitement. Vous donnez de votre temps par bonté d'âme, par solidarité avec la communauté, parce que vous voulez qu'on arrête le psychopathe qui a déposé un cœur dans votre voiture.

— Bien sûr, murmura-t-elle. Votre guide local…

Il se tourna vers elle, cette fois.

— Oui. Vous voulez démissionner ?

Elle songea au corps brutalisé de Russ. Au chiffre qui marquait son dos. Fitzpatrick et Stevie avaient manœuvré pour la protéger.

— Non, pas du tout. Cet arrangement me va très bien. Je ne vais pas vous le reprocher. Et je promets de faire de mon mieux en tant que guide local.

— Parfait. A présent, je voudrais vous poser une question.

Elle se prépara à entendre une question à propos du procès.

— Allez-y, je vous écoute.

— Est-ce que vous avez une relation avec Thomas Thorne ? Je veux dire… Est-ce que vous sortez avec lui ?

Elle battit des paupières.

— Non, dit-elle d'un ton ferme. Nous sommes amis. Nos personnalités sont incompatibles. Thorne entretient un véritable harem et je…

— Parfait. Vous sortez avec quelqu'un ?

— Non.

— Mais vous n'avez rien contre le principe ?

— De sortir avec un homme ?

Elle contempla de nouveau son profil.

Il est aussi nerveux que moi.

Elle s'était attendue à ce qu'il se montre confiant, un brin arrogant, même. Mais pas à ce qu'il perde pied. Il n'était peut-être pas aussi dangereux qu'elle l'avait cru.

Non, Lucy. Il est dangereux. Pour toi, il l'est. Tu dis non, et c'est tout. Mais sa bouche refusa de coopérer. Elle disait non depuis trop longtemps.

— Peut-être. Tout dépend.

— Ça dépend de quoi ?

Réfléchis, ma cocotte. Un tueur a déposé un cœur dans ta voiture. Ce n'est pas le moment de flirter avec Fitzpatrick, qui doit rester concentré sur l'enquête.

— Lucy ? insista-t-il, alors qu'elle ne répondait pas. Ça dépendra de quoi ?

Elle soupira doucement.

— Eh bien, pour commencer, ça dépendra du temps qu'il me reste à vivre. Je suis bien sur la liste d'un tueur ?

Lundi 3 mai, 17 heures

Les poings de Fitzpatrick se crispèrent sur le volant.

— Vous ne serez pas la victime d'un tueur sadique, Lucy. Ça n'arrivera pas. Je vous protégerai.

Elle ne fut pas étonnée de sa véhémence. En tant que flic, il était sûr de lui, il ne doutait de rien.

— C'est bon à savoir, murmura-t-elle.

— Mais vous n'avez pas vraiment répondu à ma question. Ça dépendrait de quoi, que vous vous impliquiez dans une relation avec moi ? S'il vous plaît, répondez-moi.

— Je ne crois pas que vous comprendriez, si je vous le disais.

— Essayez tout de même.

Elle détourna le regard et contempla le trafic de la I-95 par la vitre de sa portière, tout en cherchant une réponse. Finalement, elle se décida pour la vérité.

— Ça dépendrait du degré de fascination que vous exerceriez sur moi.

Il se tut pendant quelques secondes.

— Je ne comprends pas, dit-il.

Elle eut un sourire attristé.

— Vous voyez, je vous l'avais dit.

Elle rassembla son courage et se tourna vers lui.

— Je suis une femme compliquée, J.D. Si j'ai un conseil à vous donner, c'est de passer votre chemin.

Il fronça les sourcils, mais ne répondit pas. Elle se rendit alors compte qu'elle se sentait déçue. Une partie d'elle-même aurait voulu qu'il proteste, une autre était soulagée qu'il accepte la situation. Il était probablement gentil et doux, du moins en avait-il l'air, mais il était le genre d'homme à rechercher les sensations fortes.

Le genre d'homme qu'elle devait éviter à tout prix.

Hyatt lui avait rendu service en mettant sur le tapis la mort de Heath et le procès qui avait suivi. Ce rappel lui avait fait l'effet d'une douche froide, douche dont elle avait bien besoin pour revenir sur terre.

Elle s'adossa à son siège et décida de se taire.

Mais quand Fitzpatrick se trompa de sortie, elle se redressa.

— Où allez-vous ? demanda-t-elle.

— Là, dit-il avec une expression sinistre sur le visage.

Il montrait du doigt une station d'essence au bout de la rampe d'accès, mais au lieu de s'approcher des pompes, il contourna le bâtiment et arrêta la voiture. Puis il mit les clés dans sa poche, vint ouvrir la portière du passager et défit la ceinture de Lucy.

— Qu'est-ce que… ?

Elle n'eut pas le temps d'en dire plus. Il la prenait par les épaules pour la hisser sur ses pieds. Elle le regarda fixement, la peau parcourue de frissons, le pouls affolé. Il était en colère. Mais il était aussi excité. Et, brusquement, elle le fut elle aussi.

— Est-ce que ça vous va, comme degré de fascination ? grommela-t-il en enfouissant ses doigts dans ses cheveux.

Puis sa bouche vint vers la sienne.

Des pensées confuses se bousculèrent. *Oui. S'il te plaît. Encore…* Il était ardent, exigeant, presque brutal. Elle avait posé ses mains sur son torse, et elle s'agrippa à son cou quand il l'écrasa contre la voiture. Il lui dévorait la bouche, qu'il mordillait, mordait, lui arrachant des gémissements sourds.

Ses mains glissaient le long de son dos, déviant de leur route pour lui saisir les hanches, au moment où elles auraient dû saisir ses fesses. Elle se hissa sur la pointe des pieds, en pestant intérieurement contre cette jupe trop étroite qui l'empêchait de nouer ses jambes autour de sa taille.

Elle arracha sa bouche à ce baiser trop passionné, en luttant pour se contrôler. *C'est pour ça que tu dois rester seule. C'est comme les alcooliques. Pas même une gorgée. Tu n'es pas capable. Il n'y a pas de « un peu ». C'est non, et puis c'est tout.*

Elle sentit son souffle contre sa joue et frissonna de nouveau.

— Est-ce que c'est suffisamment fascinant pour toi ? répéta-t-il, plus calmement, cette fois.

— Ça serait même trop, murmura-t-elle, toujours pendue à son cou.

Elle savait qu'elle aurait dû s'écarter, le repousser, mais elle en était incapable. C'était trop bon. Il sentait trop bon. Elle se sentait trop bien. Vivante. Elle posa son front contre son torse.

— Beaucoup trop.

— Je devrais m'excuser, dit-il d'une voix rauque, mais je ne regrette pas. J'ai envie de ça depuis ce matin.

— Tu fais toujours ce dont tu as envie ? demanda-t-elle avec une pointe d'amertume dans la voix.

— Non, pas du tout. Et j'ai l'impression que toi non plus.

Il avait raison. Elle déglutit, soudain pleine d'espoir.

— Qu'est-ce que tu fais de ton temps libre ? demanda-t-elle.

— Quoi ?

Elle leva la tête pour chercher le regard de ses yeux sombres.

— Ton temps libre ? Tu le passes comment ?

Il se figea.

— Serais-tu en train de me demander si j'ai une femme dans ma vie ? Parce que si tu crois que je serais en train de t'embrasser… Je ne m'appelle pas Russ Bennett.

— Non. Stevie m'a déjà dit que tu n'as eu personne depuis la mort de ta femme.

Il plissa les yeux.

— Stevie ? Et qu'est-ce qu'elle t'a dit d'autre ?

— Que tu étais quelqu'un de bien. Et son ami.

Une expression émue passa sur le visage de J.D.

— Oh…, murmura-t-il.

— J'ai besoin de savoir, J.D., insista-t-elle d'une voix basse. Je t'en prie. Que fais-tu ?

— Je n'ai pas beaucoup de temps libre. Je dors. Parfois, le week-end, je suis entraîneur.

— Entraîneur de quoi ?

Je t'en prie, réponds quelque chose de normal. De sain.

— En ce moment, c'est le base-ball. A l'automne, c'est plutôt le football. Pourquoi ?

Elle soupira de soulagement. C'était normal. *Ça je peux. Je peux m'asseoir dans les gradins pour le soutenir.*

— Juste pour savoir, répondit-elle.

Il la dévisagea intensément.

— Je ne comprends rien à ce que tu racontes, dit-il.

— Je sais, murmura-t-elle.

Si ça marchait entre eux, elle lui expliquerait tout. Il le faudrait bien. Mais pour le moment, il la tenait dans ses bras, il l'enveloppait de sa chaleur, il lui inspirait du désir. Cela faisait si longtemps… Elle se hissa sur la pointe des pieds et posa sa bouche sur la sienne pour lui donner un léger baiser. Léger, mais aguicheur.

Il ne tarda pas à exiger plus. Plus profond. Plus passionné. Elle remarqua que ses mains s'agrippaient à ses hanches, comme pour les empêcher d'explorer ailleurs. Puis il la repoussa gentiment.

— Nous devons repartir, murmura-t-il. Je suis en service.

— Je sais.

Il l'aida à remonter dans la voiture, boucla sa ceinture avec une délicatesse qui lui arracha un soupir, puis alla s'installer derrière le volant et démarra sans un mot.

— Voilà à quoi j'aimerais dorénavant passer mon temps libre, déclara-t-il avec le plus grand sérieux, tout en s'engageant sur l'autoroute.

Il paraissait nerveux, de nouveau, et c'était touchant.

— Je ne suis pas contre, dit-elle.

Il lui lança un sourire timide.

— Content de l'apprendre. Nous sommes presque arrivés chez la première Mme Bennett. Si tu me disais tout ce que tu sais d'elle ?

9

Lundi 3 mai, 17 h 15

Stevie vérifia sa montre. Elle attendait J.D. et Lucy devant la maison de la première Mme Bennett et ils n'arrivaient pas. Ils en mettaient, du temps… Vu l'heure, si elle voulait être rentrée à temps pour la remise de diplôme de Cordelia, il n'était plus question pour elle d'accompagner J.D. chez les parents de Bennett.

Ah, enfin !

J.D. se garait derrière sa voiture.

— Pourquoi as-tu mis tant de temps ? s'exclama-t-elle au moment où Lucy ouvrait sa portière.

— Les embouteillages, répondit-il.

Elle n'en crut pas un mot. Il avait un drôle d'air, et Lucy Trask aussi, dont les lèvres étaient légèrement plus gonflées que de coutume. Tout ça, c'était très joli, mais J.D. semblait oublier que Hyatt le surveillait de près.

J.D. et Lucy avaient pris le temps de s'arrêter pour échanger quelques baisers à la sauvette : ça crevait les yeux et ce n'était pas une bonne nouvelle.

Stevie soupira.

— Dépêchons-nous d'aller parler à cette femme. Je ne t'accompagnerai pas à Anderson Ferry, il est trop tard. Tu veux qu'on reporte à demain ?

Il secoua la tête, comme elle s'y était attendue.

— Il faut prévenir les parents de Bennett avant que les

journaux ne s'emparent de l'affaire, dit-il. Je suis étonné qu'il n'y ait pas encore eu de fuites.

— Il y en a eu, mais les journalistes ont eu la décence de se retenir quand on leur a dit que la famille n'était pas encore au courant. Pour l'instant, ils n'ont parlé que d'un corps découvert ce matin dans une résidence.

— Heureusement. Tu veux mener l'entretien, avec la dame ?

— Oui. Et Lucy ?

— Je peux vous attendre ici, répondit Lucy. Ça ne me dérange pas.

J.D. fronça les sourcils.

— D'accord, mais enferme-toi dans la voiture, dit-il sur le ton qu'on prend pour s'adresser à une enfant de cinq ans.

A la grande surprise de Stevie, Lucy ne protesta pas et se contenta d'un sourire un peu crispé.

— Ça va aller, dit-elle.

Stevie alla chercher une feuille dans sa voiture.

— C'est la liste des copines de Bennett. J'ai déjà des renseignements sur quelques-unes d'entre elles. Il y en a trois de plus qui viennent d'Anderson Ferry. Regardez si vous les connaissez, Lucy. Nous allons probablement leur rendre visite.

Lucy lut la liste et fit la grimace.

— Je suis là, moi aussi, avec ma poupée Barbie. Je vais lire ça attentivement et je vous dirai si je me souviens de quelqu'un.

Elle jeta un regard entendu du côté de J.D.

— Parce que je suis un bon guide local.

Il sourit en lui tendant les clés de la voiture.

— Ne joue pas avec la radio, dit-il.

— Lucy me paraît… beaucoup plus à l'aise, déclara Stevie tandis qu'ils se dirigeaient vers le porche de Mme Bennett.

— Elle n'est pas aussi coincée que tu le crois, murmura-t-il.

— Fais attention, J.D. Hyatt t'a à l'œil.

— Je sais, répondit-il.

Puis il frappa à la porte.

— Son prénom, c'est Helen, prévint Stevie.

Le battant s'ouvrit sur une femme élégante, qui aurait été belle si elle n'avait pas abusé de la chirurgie plastique.

— Que puis-je faire pour vous ? demanda-t-elle.

— Bonjour, madame. Je suis l'inspecteur Mazzetti, et voici l'inspecteur Fitzpatrick, mon partenaire. Nous venons vous parler de votre ex-mari, Russell Bennett.

Helen parut surprise.

— Ils ont envoyé la police ? Je ne m'attendais pas à ça. Entrez.

Stevie s'efforça de ne pas froncer les sourcils.

— A quoi vous attendiez-vous, madame ?

Helen les fit entrer dans un salon joliment meublé.

— Eh bien, je m'attendais à un coup de fil. Je suppose que vous voulez des détails pour votre rapport. Je vais vous chercher les papiers.

— Attendez, intervint Stevie en la retenant par le bras. Vous pensez que nous sommes là pour quel motif ?

— Pour la fraude que j'ai signalée ce matin à ma banque, répondit-elle.

Puis elle leva vers eux des yeux méfiants.

— Mais vous n'êtes pas là pour ça, murmura-t-elle.

Une expression paniquée passa sur son visage.

— Il s'agit de l'un de mes enfants !

— Non, non, s'empressa de répondre Stevie. Pas de l'un de vos enfants.

Helen se laissa tomber sur le canapé.

— Merci, mon Dieu, soupira-t-elle. Mais dans ce cas, qu'est-ce qui vous amène chez moi ? Vous êtes de quel service ?

— De la section des homicides, déclara Stevie. Et nous venons au sujet de votre ex-mari.

Le visage de Helen perdit tout à fait ses couleurs.

— Russell ? Il est mort ?

— C'est fort probable, madame, répondit Stevie en venant s'asseoir près d'elle.

J.D. s'installa sur une chaise, un peu plus loin.

— Comment ça, probable ? répéta Helen d'une voix blanche. Qu'est-ce que ça signifie ? Il est mort, ou il n'est pas mort ?

— L'identification n'est pas encore officielle, expliqua gentiment Stevie. Mais les fractures concordent, ainsi qu'un grain de beauté. Votre ex-mari est trop abîmé… Il est méconnaissable, et c'est un peu compliqué de l'identifier.

Helen se couvrit la bouche d'une main tremblante.

— Seigneur…

— Je dois vous poser quelques questions, madame Bennett. Des questions qui ne seront pas forcément agréables, je vous prie d'avance de m'en excuser. Nous pouvons commencer par cette fraude dont vous parliez. De quoi s'agit-il ?

— L'un de nos comptes en banque a été vidé. Russell y avait mis des économies à ma disposition, en plus de ma pension. Elles étaient destinées à couvrir des frais exceptionnels.

— Et vous avez voulu utiliser ce compte ?

— Oui. Le plus âgé de mes fils a douze ans aujourd'hui. J'ai tenté de régler ce matin son cadeau d'anniversaire avec la carte correspondant à ce compte, mais le paiement a été refusé. D'après la banque, le compte est vide. J'ai appelé Russ, mais je n'ai eu que son répondeur. J'étais furieuse. J'ai cru qu'il avait retiré l'argent, une fois de plus.

— Une fois de plus ? Ça lui était déjà arrivé ?

— Oui. Plusieurs fois. Chaque fois qu'une de ses cocottes lui réclamait un cadeau dispendieux.

— Quand avez-vous parlé pour la dernière fois à votre ex-mari, madame ?

— Il y a deux semaines. Le plus jeune de nos fils avait un récital et il avait demandé à son père d'y assister.

— Et le Dr Bennett est venu ?

— Non. Il avait une bonne excuse, bien sûr, comme toujours. Il a prétexté un rendez-vous d'affaires important.

— C'était quel jour, exactement ?

— Dimanche, il y a deux semaines. Russ a d'abord dit qu'il viendrait, puis il a rappelé quelques heures avant le spectacle pour annoncer qu'il était « ligoté », c'est le mot qu'il a employé. Ce soir-là, mon fils a pleuré en allant se coucher.

— A quelle heure vous a-t-il appelée ?

— Vers 13 heures. J'aurais dû me douter que quelque chose n'allait pas.

— Pourquoi ?

— Il n'avait pas pour habitude de s'excuser quand il faisait faux bond. Mais cette fois, il a pris la peine d'appeler et il m'a chargée de dire aux garçons qu'il les aimait.

Des larmes roulèrent sur ses joues.

— Et moi, je lui ai répondu d'aller au diable.

Stevie lui tapota la main.

— Il a appelé le téléphone de la maison ou votre portable ?

Cet appel allait renforcer l'alibi de Lucy. Il prouvait que Russell était encore en vie au moment où elle se trouvait dans l'avion pour L.A.

— Le portable. Est-ce que ses parents sont prévenus ?

— Non. Nous avons prévu d'y aller en sortant de chez vous.

Elle acquiesça.

— Je devrais peut-être d'abord les appeler, murmura-t-elle d'un ton hésitant.

— Non madame, c'est à nous de les avertir, répondit gentiment Stevie. Cette affaire est maintenant entre les mains de la police. Vous les joindrez plus tard. Connaissiez-vous des ennemis à votre ex-mari ?

— Les femmes qu'il avait trompées. Les patients qu'il avait arnaqués. Les seules personnes qui pleureront à l'annonce de sa mort seront ses parents et mes enfants — et moi aussi, pour mes enfants qui vont se retrouver sans père.

— Parlez-moi un peu de ses patients. Vous dites qu'il les arnaquait ?

— Plusieurs d'entre eux l'avaient attaqué en justice parce qu'ils n'étaient pas contents de son travail. Si vous avez l'intention de dresser la liste de tous ceux qui lui en voulaient, il va vous falloir beaucoup d'encre.

— Auriez-vous des noms de patients mécontents à nous communiquer ? demanda Stevie.

— Quelques-uns, oui, mais pas récents. Ceux que je connais remontent à cinq ans en arrière, avant notre divorce.

— Je vais tout de même les noter, répondit Stevie. Madame, où étiez-vous dimanche soir ?

Elle eut un sourire crispé.

— Là où je suis tous les soirs. Chez moi, avec mes fils. Et non, personne ne peut en témoigner. Suis-je sur la liste des suspects ?

— Pour l'instant, tout le monde est suspect, madame.

— Je ne l'aurais pas tué. Je le haïssais pour ce qu'il m'avait fait, mais il était tout de même le père de mes enfants. Un père défaillant, mais dont ils avaient besoin.

Son sourire se fit plus amer.

— De plus, maintenant qu'il n'est plus là, je perds ma pension.

— Il avait sûrement pris une assurance-vie, hasarda Stevie.

Les yeux de Helen lancèrent des éclairs.

— Non. Pas d'assurance-vie. Il avait cessé de la payer l'année dernière en prétendant qu'il n'avait plus les moyens. Je vais devoir trouver un emploi, quelqu'un pour s'occuper des enfants pendant que je travaillerai et… Seigneur !

Elle eut de nouveau l'air affolé.

— Je n'arrive pas à y croire. Comment est-ce que je vais annoncer ça à mes petits ?

Stevie sortit une carte de visite et y nota un nom.

— Voici les coordonnées d'un psychologue spécialiste de ce genre de situation. Il est très bien. Je vous laisse aussi mon numéro de téléphone portable, au cas où quelque chose vous reviendrait.

Elle se tourna vers J.D., qui consultait discrètement ses messages sur son portable.

— Aurais-tu des questions à poser à Mme Bennett ? demanda-t-elle.

— Une ou deux questions sur des points de détail, oui. Madame Bennett, quand vous avez dit à votre mari d'aller au diable, que vous a-t-il répondu ?

Helen détourna le regard.

— Il a dit : « Justement, j'y vais. » Sur le moment, je n'ai pas compris, ajouta-t-elle d'un ton désolé.

— Vous ne pouviez pas deviner, commenta J.D. d'un ton compréhensif. Vous souvenez-vous de quelque chose de particulier concernant ce coup de fil ? Des bruits ambiants, par exemple ?

Helen soupira.

— Il y avait des oiseaux. Des mouettes. Il était au bord de l'eau. Je l'ai même accusé de lâcher le récital de son fils pour déjeuner sur le port avec une de ses minettes.

— Et qu'a-t-il répondu à ça ?

— Rien. Il a raccroché.

— A-t-il mentionné le nom de la personne qu'il devait rencontrer ?

— Non. Et ça aussi, ça m'a fait pencher pour une femme. J'aurais dû me douter qu'il avait un problème, j'aurais dû appeler le 911.

Des larmes roulèrent sur ses joues.

J.D. vint s'asseoir dans un fauteuil, auprès d'elle.

— Je suis désolé, madame Bennett, mais j'ai encore besoin d'un ou deux renseignements. Pouvez-vous me dire comment vous avez rencontré votre mari ?

Stevie se demanda pourquoi il posait cette question saugrenue. Est-ce qu'il savait quelque chose qu'elle ignorait ?

Helen hésita.

— J'ai été sa baby-sitter et celle de sa sœur.

Stevie en resta abasourdie.

— Un été, pendant mes vacances universitaires, je travaillais pour financer mes études. Mais je ne suis pas sortie à ce moment-là avec lui, bien sûr. Nous nous sommes retrouvés beaucoup plus tard, au cours d'une soirée. L'un de nos amis mutuels a voulu nous présenter l'un à l'autre, et nous avons découvert avec étonnement que nous nous connaissions déjà.

— Vous avez donc grandi à Anderson Ferry, vous aussi.

— Non, j'ai grandi ici, à Baltimore. Mais ma mère a passé

quelques années à Anderson Ferry, après le divorce de mes parents, quand j'étais au lycée. Mais en quoi est-ce que ça peut vous intéresser ?

— Tout nous intéresse, madame, répondit J.D. Si un souvenir vous revient, surtout, n'hésitez pas à nous alerter.

Helen les raccompagna à la porte.

— Ses parents vont être dévastés. Ils n'approuvaient pas sa façon de vivre, mais ils l'aimaient.

J.D. s'arrêta sur le seuil.

— Une dernière chose. Que diriez-vous si je vous apprenais que c'est Lucy Trask qui a trouvé le corps de votre mari en faisant son jogging matinal près de chez elle ?

Helen recula d'un pas.

— Quoi ? C'est Lucy qui l'a trouvé ? Mon Dieu… Pauvre Lucy…

— Elle aussi est menacée, apparemment. Qui pourrait les haïr tous les deux ?

— Seigneur…, répéta Helen d'un ton horrifié.

Puis elle fit un effort pour se contrôler.

— Pas une des ex-copines de Russell, en tout cas. Lucy serait plutôt leur héroïne.

— Parce qu'elle lui a cassé le nez ? demanda Stevie.

— En partie. Et aussi parce qu'elle lui a tenu tête quand il a levé la main sur son amie.

Helen soupira.

— Russell était un mari épouvantable. Il me frappait quand il se mettait en colère. Je restais pour les garçons, mais quand j'ai découvert qu'il me trompait, je n'ai pas pu. Si Lucy a été menacée, ce n'est pas par une ex de Russ, croyez-moi.

— Merci, madame Bennett, répondit J.D. Et toutes nos condoléances.

Stevie attendit qu'ils regagnent leurs voitures.

— Comment avais-tu deviné qu'elle venait d'Anderson Ferry, elle aussi ? Ne me dis pas que tu lui as trouvé un accent, tout de même.

— Lucy m'a envoyé le renseignement par texto pendant

que tu lui parlais. Je lui avais demandé tout à l'heure de me dire ce qu'elle savait à propos de Helen Bennett, mais elle ne se souvenait pas de grand-chose. Je ne sais pas où elle a trouvé ça.

Il tapa à la portière de Lucy, qui fit descendre sa vitre.

— Alors ? demanda-t-elle.

— Elle a en effet vécu quelque temps à Anderson Ferry, répondit J.D. Comment tu l'as appris ?

Lucy lui tendit son téléphone.

— Facebook. On peut y retrouver des gens qu'on a connus au lycée. Je vérifiais la liste du livreur, quand j'ai eu un doute au sujet de Helen Bennett. J'ai donc cherché quelques années en arrière et je l'ai trouvée, enregistrée sous le nom de Helen Anderson Bennett.

— Bravo ! s'exclama Stevie. Bon travail, Lucy. Et pour la liste, vous en êtes où ?

— Sur les quarante noms de cette liste, j'ai déjà douze femmes qui ont au moins séjourné à Anderson Ferry, en incluant Gwyn, Brandi et Helen. Plus moi.

— Douze ? s'exclama Stevie. Mais c'est beaucoup. Qu'est-ce que ça peut bien signifier ?

Lucy haussa les épaules.

— Franchement, je l'ignore. Leur âge s'étale de cinquante-deux ans, Helen, à dix-huit, Brandi. J'ai noté leurs noms pour vous.

Stevie acquiesça.

— Parfait. Vous deux, vous allez chez les parents de Bennett, et moi j'enquête sur les demoiselles d'Anderson Ferry. Même si Mme Bennett est persuadée qu'elles font partie du fan-club de Lucy.

Lucy faillit s'étrangler.

— Le fan-club de Lucy ?

— D'après elle, les nombreuses ex de ce don Juan de Bennett t'adorent, expliqua J.D. d'un ton pincé. Bon, on ferait bien de se mettre en route. Oh ! j'ai failli oublier…

Il sortit de sa poche une petite boîte recouverte de papier argenté.

— C'est pour Cordelia, dit-il en la tendant à Stevie. J'aurais préféré la lui donner moi-même, mais tu lui expliqueras...

Stevie prit le cadeau en souriant. Du coin de l'œil, elle remarqua l'air étonné de Lucy.

— Tu lui as acheté un cadeau pour son diplôme ? C'est gentil. Merci.

Il fronça les sourcils.

— Je viens de penser que tu ferais peut-être bien de regarder ce que c'est, avant de le lui donner. Ça m'a semblé une bonne idée quand je l'ai choisi, mais maintenant, j'ai des doutes.

Stevie attendit d'être dans sa voiture pour ouvrir le cadeau de J.D. Les larmes lui vinrent aux yeux. La boîte contenait une chaîne à laquelle pendait un médaillon. Et, à l'intérieur du médaillon, il y avait une photo de Cordelia et une autre de Paul. Sur le coton qui tapissait le fond de la boîte, J.D. avait déposé une troisième photo où on le voyait auprès de Paul — photo dont était tiré le portrait du médaillon.

Stevie se souvenait parfaitement du jour où cette photo avait été prise. C'était un jour de match. Paul et J.D. jouaient. Maya et elle étaient venues les encourager. Mais Maya était morte, depuis. *Paul et mon fils aussi.* La douleur qui lui comprimait le cœur se fit un peu plus vive. Ils lui manquaient chaque jour. Mais comme elle ne cessait de le répéter au cours des sessions de suivi de deuil, il fallait continuer.

Elle continuait.

Elle caressa de son pouce le visage souriant de Paul. Cordy allait adorer ce médaillon. C'était vraiment gentil de la part de J.D. Lucy Trask avait de la chance.

Newport News, Virginie
Lundi 3 mai, 17 h 15

Clay Maynard était arrivé devant la maison de Franck Parker, le beau-père d'Evan. Il frappa, en espérant être mieux accueilli que chez la vieille Mme Klein. Un homme ne tarda pas à ouvrir. Parker, probablement.

— Oui ?

— Bonjour, je m'appelle Clay Maynard. Je suis détective privé. Je voudrais parler à Sandy Reardon, à propos de son mari.

Le visage de Parker se ferma.

— Elle n'a rien à dire à son sujet.

Il allait refermer la porte, mais Clay avait un argument pour attirer son attention.

— Attendez ! Je suis inquiet pour la sécurité de ses enfants.

Le visage de Parker devint rouge de colère.

— Il faudra me passer sur le corps pour prendre ces enfants.

— Du calme ! protesta Clay en levant la main. Qui a dit que je voulais prendre les enfants ?

Parker plissa les yeux.

— Vous ne travaillez pas pour la protection de l'enfance ?

— Pas du tout. Je viens de vous dire que j'étais détective privé. Je voudrais poser quelques questions à votre fille, au sujet d'Evan.

— Lesquelles ?

Clay hésita.

— Par exemple, savoir si elle l'a vu récemment.

Une lueur rusée brilla dans les yeux de Parker.

— Vous non plus, vous ne croyez pas à sa mort, c'est ça ?

C'était Nicki qui avait mis en scène le décès d'Evan, un accident avec un catamaran de location, au large du Mexique. Le bateau avait été retrouvé vide et à la dérive. Tout le monde en avait conclu qu'Evan était passé par-dessus bord et qu'il s'était noyé.

Mais Clay décida de jouer les naïfs.

— On vous a dit qu'il était mort ?

— C'est ce qu'on nous a dit, oui. Mais je n'y crois pas. Evan était un excellent marin. Un homme qui a navigué toute son adolescence sur un bateau de pêche ne tombe pas sottement d'un catamaran. Mais du moment que ce minable se tient à distance de Sandy et des gosses, je m'en fiche.

Parker sortit sur la galerie et referma la porte derrière lui.

— Elle en a bavé, Sandy. Il a fallu cinq ans pour qu'elle cesse de sursauter quand on faisait un geste brusque. Les gosses vont bien, ils sont habitués à vivre ici, ils se sont fait des amis, et ils ne pleurent plus le soir avant de s'endormir. Je vous en prie, laissez-les tranquilles.

Cinq ans ? Evan avait dit à Nicki que sa rupture avec Sandy datait de quelques mois, pas de plusieurs années. Et que sa femme était partie parce qu'il l'avait trompée. Pourtant, Parker avait bien dit cinq ans, et il parlait comme si Sandy avait subi des maltraitances. Ce n'était pas du tout le tableau que brossait Nicki dans son rapport. Leur boulot ne consistait pas à aider des salauds à oublier leur passé.

Nicki avait pourtant vérifié l'histoire d'Evan. Elle avait rencontré Margo Winchester, qui lui avait fait l'effet d'une folle dangereuse et agressive. Elle avait également rendu visite à Sandy, laquelle avait répondu du bout des lèvres à ses questions. *Oui, j'ai quitté Evan. Non, je ne veux pas retourner avec lui. Les enfants sont heureux ici. Ils restent avec moi.* Il n'avait pas été question de maltraitance, ni de femme traumatisée, ni d'enfants qui pleuraient le soir. Visiblement, quelque chose d'important avait échappé à Nicki.

Clay avait de plus en plus l'impression que cette affaire sentait mauvais.

— J'ai besoin de savoir pourquoi votre fille a quitté Evan, dit-il.

Parker plissa les yeux.

— Un détective privé est déjà passé. Une femme. Elle prétendait vouloir se renseigner sur Evan pour un boulot, mais on ne l'a pas crue. Cette femme n'a pas pris mes petits-enfants, et vous non plus, vous ne les prendrez pas.

— Je travaille avec la femme dont vous parlez. Comment avez-vous pu croire qu'elle venait pour les enfants ? Ça n'a pas de sens.

— Parce que les services sociaux ont appelé Sandy en lui annonçant qu'Evan l'avait signalée pour négligence, et qu'ils allaient envoyer quelqu'un pour voir ce qui se passait. Quelques jours après, cette femme a frappé à la porte en demandant si les enfants allaient bien. Qu'est-ce que vous auriez cru, à notre place ?

— Merde alors, murmura Clay.

Ce n'étaient sûrement pas les services sociaux qui avaient appelé Sandy, mais plutôt Evan, pour l'inciter à se méfier de Nicki. A présent, il commençait à douter de tout.

— Pourquoi votre fille a-t-elle quitté Evan ? demanda-t-il pour la troisième fois.

Les yeux de Parker brillèrent de haine.

— Il la battait. Si je l'avais su, je lui aurais arraché la tête. Mais elle avait honte, elle n'osait pas en parler, et elle est restée avec lui. C'est quand il a commencé à s'en prendre aux enfants qu'elle est partie. Elle n'a pas demandé le divorce, pour éviter les conflits. Je n'étais pas ravi, mais Evan versait régulièrement une pension, alors j'ai laissé courir.

Clay ferma les yeux. Il commençait à entrevoir le scénario.

— Est-ce que votre fille avait porté plainte pour maltraitance ?

Parker serra les dents.

— Non. Je voulais qu'elle le fasse, mais elle a refusé en prétendant que ça ne servirait à rien. Evan a un ami dans la police.

— Evan a un ami dans la police ?

— C'est que j'ai dit, oui, répondit sèchement Parker. Vous êtes sourd ?

— Non, monsieur. Je suis simplement surpris parce que je croyais qu'Evan avait peur de la police.

— Peur de la police, Evan ? Tu parles ! C'est de moi qu'il avait peur. Il a quitté la ville parce que je l'avais menacé de lui couper les couilles.

— Et où est-il allé ?

— Dans l'est du Maryland. A Cambridge, je crois. Il a trouvé là-bas un boulot à l'hôpital, mais les chèques qu'il envoyait venaient d'un compte domicilié à D.C. Mais bien sûr, depuis qu'il est *mort*, Sandy ne reçoit plus rien.

Bon sang… Ils s'étaient bien fait rouler. Nicki avait parlé avec un flic, ici. Un flic qui avait montré son badge, un vrai, et qui avait confirmé la version d'Evan : le père de Margo Winchester était un flic véreux. Mais si Evan avait un copain dans la police et que ce copain était justement l'homme interrogé par Nicki, ce témoignage sentait le roussi, lui aussi.

— Comment s'appelle le copain d'Evan ? Celui qui est dans la police ?

— Ken Pullman.

C'était bien lui. Les choses se confirmaient. Evan leur avait menti. Ou bien c'était Parker qui le menait en bateau. *Je parierais plutôt sur Evan*. Et le corps découvert dans la maison d'Evan ? Clay hésita. Il ne voulait pas trop en dire au père de Sandy, mais il tenait quand même à le mettre en garde.

— Je ne peux pas entrer dans les détails, dit-il enfin, mais Evan a disparu, et ça, croyez-moi, ce n'est pas un mensonge. J'ai de bonnes raisons de croire qu'il a eu un gros problème. Si vous avez une arme, gardez-la à portée de main, et chargée. Protégez votre fille et ses enfants.

Parker pâlit.

— Qu'est-ce que ça signifie ?

— J'aimerais bien le savoir, répondit Clay. Et ça non plus, ce n'est pas un mensonge. Une dernière question : quand avez-vous vu Evan pour la dernière fois ?

— Il y a trois mois, à l'enterrement de sa mère. Sandy pensait que c'était important que les enfants y assistent. Moi, j'y suis allé pour être sûr qu'il ne chercherait pas à les approcher. Il allait plutôt mal et il en voulait à la terre entière. Son caractère ne s'était pas amélioré, au contraire. Après la cérémonie, il a fouillé les affaires de sa mère et il est parti. Ensuite, nous avons appris qu'il était mort au large des côtes du Mexique.

— Merci, répondit Clay. Soyez prudent.

Il remonta dans sa voiture et appela Alyssa.

— Qu'as-tu trouvé sur la vieille Mme Klein ?

— Elle a effectivement été opérée il y a deux mois.

— C'est-à-dire à la période où Nic a rencontré Margo chez elle. Comment t'y es-tu prise, pour obtenir ce renseignement ?

— J'ai appelé le fleuriste du coin, en me faisant passer pour la petite-fille d'une amie de Mme Klein. Je leur ai dit que je m'occupais des comptes de ma vieille mamie et que j'essayais de déterminer si l'un des chèques correspondait à un envoi de fleurs pour une Mme Klein qui avait été malade. Ils m'ont appris que Mme Klein avait reçu des fleurs, livrées à l'hôpital, mais pas de la part de ma gentille mamie. En discutant un peu, j'ai appris également que Mme Klein a une petite-fille, une agitée qui fait les quatre cents coups et qui serait en partie responsable des problèmes cardiaques de la pauvre femme. C'est peut-être la fille que Nicki a vue avec Margo.

— Bon travail, Alyssa. De mon côté, je viens d'apprendre pourquoi Sandy avait quitté Evan.

— Au ton de ta voix, j'imagine que ce n'est pas une bonne nouvelle.

— En effet. Il la battait et il commençait à s'en prendre aux enfants.

— Seigneur… Evan nous a menti ?

— On dirait. Et si on ajoute à ça qu'il ne louait pas la maison qu'il prétendait habiter et qui a pris feu, et que Margo n'habitait pas non plus là où il nous l'avait dit, mais qu'elle squattait l'appartement d'une vieille dame qui séjournait à l'hôpital…

Et que le flic qui avait confirmé l'histoire d'Evan avait probablement menti…

Tout ça est très mauvais.

— Qu'est-ce qu'on a fait, Clay ? murmura Alyssa.

— Nous n'avons rien fait. Nicki aurait dû mieux vérifier son dossier, mais tous ceux qu'elle a interrogés ont confirmé la version d'Evan. Elle a été manipulée.

— Quelqu'un est mort dans l'incendie, ajouta Alyssa. Si Evan est mort…

Clay sentit un douloureux élancement à la base de son crâne.

— Ce n'est peut-être pas Evan, coupa-t-il.

Ils restèrent silencieux quelques secondes, puis Alyssa soupira.

— Qu'est-ce que je dois faire ?

— Je veux que tu appelles tous les hôtels d'Ocean City. Il faut absolument trouver Nic. Je veux lui parler.

Il hésita.

— Si tu arrives à la joindre et que tu as l'impression qu'elle a bu, préviens-moi tout de suite. En principe, elle est sobre, mais il lui est déjà arrivé de replonger.

— Entendu. Et ensuite ?

— Je vais faire un tour à la morgue. J'ai besoin de savoir si le corps calciné est celui d'Evan ou non. Après, j'irai au club de Margo. Je veux comprendre ce qui se passe. Et vite.

Baltimore
Lundi 3 mai, 18 h 30

Il ne regrettait pas d'avoir mis ce traqueur dans le sac de Lucy. Avec ça, il la suivait à la trace, jour et nuit.

En ce moment, elle se dirigeait vers Anderson Ferry. Il aurait bien voulu savoir pourquoi. Après s'être débarrassé du corps de Janet, il était rentré chez lui, il s'était lavé, puis il s'était connecté au site qui lui permettait de localiser Lucy. Le petit point bleu se trouvait en ce moment à l'est du Bay Bridge. Qu'est-ce qu'elle fichait ? Ça ne l'arrangeait pas du tout qu'elle s'en aille. Elle était censée trouver ce soir le corps de Janet.

Tout ça avait sans doute un rapport avec Russ Bennett. Les médias ne parlaient que de ça, du corps retrouvé dans un parc, mais le nom de Bennett n'avait pas encore été mentionné parce que la famille n'était pas prévenue. C'était peut-être là que Lucy allait, chez les Bennett.

Elle n'avait sûrement pas encore compris ce qui se passait, et elle n'avait donc aucune raison de fuir. De toute façon, elle n'avait pas la moindre chance de lui échapper. Il pouvait garder un œil sur le petit point bleu, d'ici, depuis sa voiture qui stationnait devant la maison de l'inspecteur Mazzetti.

Il n'y avait pas beaucoup de Mazzetti dans le Maryland. Il n'avait pas mis plus de cinq minutes à se procurer son adresse.

En se garant dans la rue de Mazzetti, il avait tout de suite compris qu'il ne s'était pas trompé. Il y avait une balançoire dans le jardin et un vélo d'enfant sous le porche. Donc une assurance-vie dans la maison. Une mère serait totalement accaparée par son enfant, si elle le savait menacé. Dans le cas présent, il s'agissait d'une fille, si l'on se fiait aux stickers de princesse collés sur les vitres des fenêtres de l'étage. Cette petite lui permettrait d'assurer ses arrières, au cas où l'improbable se produirait, c'est-à-dire au cas où les deux inspecteurs remonteraient jusqu'à lui. Si ça arrivait, il aurait de quoi les distraire, le temps de disparaître.

La porte d'entrée s'ouvrit et il ne put retenir un sourire de triomphe en voyant sortir une mignonne petite fille, un sac à dos jeté négligemment en bandoulière sur l'une de ses frêles épaules.

— Maman ! cria-t-elle. On va être en retard ! Dépêche-toi !

Mazzetti apparut à la porte, vêtue d'une jolie robe, un froncement de sourcils indulgent sur le visage, ses cheveux lâchés.

— Rentre à la maison, Cordelia. Je ne suis pas encore prête.

Elle disparut à l'intérieur et il décida que le moment était idéal. Il se glissa hors de sa voiture et remonta le trottoir sur lequel Cordelia avançait en trottinant. Il plaça malencontreusement un pied sur son chemin en la croisant. Elle trébucha.

— Oh, pardon ! dit-il en la rattrapant au vol et en lui ôtant le sac à dos de l'épaule.

Puis, discrètement, il ouvrit la fermeture Eclair d'un centimètre et y déposa un traqueur — en le faisant glisser du mouchoir dans lequel il l'avait enveloppé pour ne pas laisser d'empreintes.

— Je suis vraiment désolé, dit-il en roulant le mouchoir en boule dans sa main. Je suis tellement maladroit… Tu ne t'es pas fait mal ?

La petite baissa les yeux vers sa jolie robe qu'elle craignait sans doute d'avoir salie.

— Non, j'ai pas mal, dit-elle.

Il sourit.

— Tiens, prends ton sac à dos, tu l'avais laissé tomber.

Il déposa le sac sur le trottoir et s'éloigna en sifflotant, savourant la décharge d'adrénaline qui lui faisait battre le pouls.

— Cordelia! appela Mazzetti depuis la porte. Viens. Je vais te faire une natte.

Il n'avait pas l'intention de malmener cette petite et préférait même ne pas être obligé de se servir d'elle. Mais si les inspecteurs s'approchaient un peu trop de la vérité, il l'enlèverait pour la mettre en sûreté quelque part. La retrouver deviendrait pour les flics une priorité, et il en profiterait pour se barrer. Si on ne lui laissait pas le choix, il n'hésiterait pas.

Lundi 3 mai, 18 h 30

Lucy s'était endormie au bout d'une demi-heure de route. Elle tenait toujours la liste de Yee's Express dans une main et, dans l'autre, son téléphone qu'elle avait presque déchargé en vérifiant un à un les noms de la liste sur internet. Stevie avait sûrement fait la même chose de son côté, avec plus de résultats, mais J.D. n'avait rien dit, car Lucy avait besoin de s'occuper et d'oublier sa peur.

Et puis ça leur avait épargné de parler d'autre chose. D'eux. Stevie avait raison : Hyatt le surveillait. *Je n'aurais pas dû embrasser Lucy.* Du moins, pas maintenant. Mais elle l'avait provoqué avec son histoire de degré de fascination, et ça avait réveillé en lui quelque chose qu'il croyait mort depuis longtemps. *Ce n'était pas si mort que ça.* Il aurait dû attendre, certes, mais il n'arrivait pas à regretter de l'avoir fait. Elle s'était embrasée contre sa bouche. Elle n'était pas aussi froide qu'elle voulait le faire croire. Ni froide ni ennuyeuse.

Il profita de ce qu'elle dormait profondément pour l'observer tout son soûl. Le chignon strict qu'elle avait porté toute la journée s'était défait. Ses cheveux captaient la lumière du soleil déclinant, des mèches dorées coulaient dans la masse rousse qui retombait sur ses épaules. Elle était vraiment très belle.

Il songea à ce regard incroyablement doux qui l'avait frappé dès la première fois, à la morgue. Il y avait en elle beaucoup de douceur, mais aussi une incroyable intensité. Mlle Lucy Trask était un être complexe, et il avait hâte de découvrir les facettes cachées de sa personnalité.

Et pas que de sa personnalité.

« Est-ce que tu fais toujours ce que dont tu as envie? » avait-elle demandé. Pas du tout. Mais depuis qu'elle lui avait adressé ce sourire radieux, à la morgue, quand il était entré avec son sac d'ordures, il avait envie de céder à ses envies. Envie de voir ce qu'elle cachait sous ce costume tailleur bleu trop strict.

Elle aussi le désirait. Son corps avait démarré au quart de tour, sitôt qu'il l'avait prise dans ses bras. Ils n'avaient pourtant échangé qu'un simple baiser. C'était très prometteur pour la suite.

Il allongeait le bras pour lui caresser la joue, mais sursauta quand son téléphone vibra dans sa poche.

— J.D. ? C'est Stevie. Tout va bien?

— Oui. Lucy s'est endormie.

— Tant mieux. Elle a eu une dure journée, elle a besoin de se reposer. J'ai vérifié la liste fournie par les livreurs. Les filles qui viennent d'Anderson Ferry n'ont pas de casier, et aucune ne me semble assez grande pour avoir manipulé le corps de Bennett.

— Je sais déjà qu'elles n'ont pas pu manipuler le corps de Bennett, répondit-il tout bas. Lucy a regardé leur profil Facebook. Elles mesurent toutes entre un mètre soixante et un mètre soixante-dix, si leurs photos ne sont pas tronquées. Lucy est de loin la plus grande.

— Plus besoin de passer par les bases de données sophistiquées de la police, quand on a Facebook et un téléphone, ironisa Stevie. Ne raccroche pas. J'ai à côté de moi quelqu'un qui voudrait te parler.

Il y eut un remue-ménage, puis une voix claire et haut perchée prit le relais.

— Bonjour, J.D.

— Salut, Cordelia. Comment ça va ?

— Très bien. Merci. J'adore mon médaillon !

Il sourit.

— J'en suis ravi. J'aurais bien voulu assister à la remise de diplôme et te le donner moi-même.

Il y eut un temps de silence.

— Tu ne vas pas venir ?

Il grimaça en entendant la déception dans sa voix.

— Non, il faut que je travaille.

— Mais tu travailles tout le temps, J.D., protesta-t-elle. C'est pas très gentil.

— Je travaille ce soir pour que ta maman puisse être avec toi, se défendit-il. C'est gentil, ça, non ?

— Oui.

— Demande à tata Izzy de prendre beaucoup de photos.

— Elle en a déjà pris. Même que maman, ça l'énerve. Oh. On m'appelle. Je t'aime, J.D.

Le cœur de J.D. se serra, comme chaque fois que Cordelia lui faisait une déclaration d'amour.

— Moi aussi, je t'aime, ma puce. Amuse-toi bien.

Cordelia raccrocha, et il n'entendit plus que le bruit du trafic. Puis Lucy remua et pivota légèrement dans son fauteuil, de manière à le regarder.

— Je pense que tu es quelqu'un de gentil, en effet, dit-elle d'une voix encore rauque de sommeil.

Une voix dont la sensualité le troubla profondément.

— Pas vraiment. Je peux aussi être sarcastique et cynique.

— Mais une petite fille t'aime. Les enfants ne se trompent pas.

— Ouais, sans doute. Et Cordelia est loin d'être sotte.

— Et tu n'es pas du tout de parti pris en ce qui la concerne, commenta-t-elle avec un petit sourire qui lui donna un coup au cœur. Qu'est-ce que tu lui as offert ?

— Un médaillon. Dans lequel j'ai glissé une photographie de son père. Il est mort avant sa naissance.

— C'est pour ça que tu as demandé à Stevie de regarder. Tu avais peur que ça la perturbe ?

Il haussa les épaules.

— Je ne suis pas doué pour les cadeaux.

Elle se tut pendant quelques secondes, puis elle reprit la parole.

— Je suppose que Cordelia conservera ce médaillon toute sa vie. A sa place, c'est ce que je ferais.

— J'espère que tu as raison. Stevie est une supermaman, mais son papa était quelqu'un de vraiment bien.

— Je sais que Stevie est veuve, murmura-t-elle.

— Son mari a été tué au cours du braquage d'une épicerie.

Il soupira.

— Et son fils aussi. Il avait cinq ans.

— Seigneur…, murmura Lucy d'un ton horrifié en se redressant. Comment fait-on pour se remettre d'un choc pareil ?

— On fait comme Stevie, répondit-il. Elle était enceinte de Cordelia. Il fallait bien qu'elle trouve la force d'aller de l'avant. Pour Cordy. Quand on est flic, c'est dur de traverser ce genre d'épreuves, parce qu'on n'a pas le droit de se laisser aller. Il faut être fort. Invincible. Mais perdre quelqu'un, surtout dans ce genre de circonstances, ça vous met à terre.

— C'est pour ça que Stevie anime des groupes de suivi de deuil dans la police ?

— Oui. Elle avait besoin de se sentir soutenue, et elle a pensé qu'elle n'était pas la seule dans ce cas. Elle a donc monté ces groupes. A présent, c'est un peu différent. Elle est le gourou des participants.

— Je trouvais ça morbide, mais maintenant que je connais l'histoire, je trouve ça formidable. Comment as-tu rencontré Stevie ?

— Par l'intermédiaire de Paul, son mari. On jouait dans la même équipe de softball. Sa mort m'a beaucoup touché. Et puis je me suis senti tellement inutile…

Il hésita.

— Et ensuite, c'est ma femme qui est partie.

— Je suis désolée, murmura-t-elle.

Il se tut, parce qu'il avait besoin de quelques minutes pour se reprendre. Parler de la mort de Paul et de celle de Maya ne lui faisait plus aussi mal qu'autrefois. Le temps avait fait son œuvre. Mais le temps ne guérissait pas la culpabilité.

— J'ai traversé une très mauvaise passe quand Maya est morte.

— C'est pour ça tu t'es inscrit aux groupes de Stevie ?

Il acquiesça.

— Elle m'a aidé à me ressaisir.

— Ça me donne une raison de plus de les trouver formidables.

Il sourit.

— Je ne sais pas si « formidable » est le mot qui convient. C'est un peu comme quand on trouve un bout de cartilage dans un morceau de viande. On mâche ce qu'on peut et on recrache le reste. A propos de viande, si on allait dîner, quand on aura terminé avec les parents Bennett ?

Elle fit la grimace.

— Je ne sais pas. J'avais faim tout à l'heure, mais ton histoire de steak m'a coupé l'appétit.

— Tu découpes des gens toute la journée et ça te dérange d'entendre parler de cartilage ?

Elle parut mécontente.

— J'aimerais bien que tu cesses de faire allusion au fait que je suis médecin légiste.

Il sourit.

— Tu es mignonne, quand tu es furieuse.

— Je ne suis pas mignonne.

Elle poussa un soupir quand il prit la sortie d'autoroute pour Anderson Ferry.

— On est déjà arrivés ? s'étonna-t-elle.

— On a fait du chemin pendant que tu dormais. C'est

par où ? demanda-t-il alors qu'ils s'engageaient dans la rue principale.

Elle lui indiqua le chemin, puis se tut. La maison des Bennett était une maison de banlieue pareille à toutes les autres. Il arrêta la voiture et se tourna vers Lucy pour la dévisager. Elle était très pâle.

— Tu es sûre que tu veux venir, Lucy ? Rien ne t'y oblige.

— Oui, j'en suis sûre. Je dois beaucoup aux Bennett. Un peu comme toi avec Stevie.

Sur cette remarque énigmatique, elle sortit et tira sur sa jupe.

— Allons-y, dit-elle.

Lundi 3 mai, 18 h 45

— Votre steak monsieur. Bien saignant, comme vous l'aviez demandé.

Il contempla l'assiette qu'on posait devant lui. Du sang suintait de la viande. Il venait de passer l'après-midi à patauger dans le sang de Janet, et la vue d'un steak saignant aurait dû lui donner mal au cœur.

Mais ce n'était pas le cas.

Il enfonça son couteau dans la viande avec un certain plaisir et adressa un signe de tête approbateur au serveur.

— Je voudrais un autre verre, ajouta-t-il en désignant du doigt son verre de vin vide. Qu'est-ce que c'était, déjà ?

— Un pinot noir. Un excellent vin rouge.

Le serveur s'éloigna et il s'adossa à son fauteuil. Le vin était excellent et il coûtait un max, comme tout dans ce restaurant. Un restaurant chic, avec des nappes blanches sur les tables et des tas de couverts. D'après les tickets de carte bancaire qu'il avait trouvés dans le porte-monnaie de Janet, elle était souvent venue dîner ici. Cette salope avait bien profité de la vie. Il eut envie de rire en songeant qu'il était en quelque sorte invité par Janet, puisqu'il payait avec son fric.

A présent, c'était son tour. Il aimait sa nouvelle vie de friqué. Beaucoup plus que son ancienne existence de sans-le-sou.

Il avait eu raison de commencer par les plus nantis. Ça faisait du bien de profiter d'un certain confort, tout en préparant les prochains meurtres.

Il sortit la liste de sa poche et relut les noms qu'il avait réussi à faire cracher à Malcolm. Il aurait pu les réciter de mémoire, et dans l'ordre, mais les relire lui procurait un agréable frisson dont il n'avait pas envie de se priver. Il resta songeur devant le dernier nom.

Lucy Trask. Elle méritait plus que tous les autres la punition qu'il lui réservait.

Elle avait su. Pendant tout ce temps. Elle avait su et elle n'avait rien fait. Et ça, c'était pire que tout. Comme son père, Lucy était une menteuse et une tricheuse. Elle avait profité de leur malheur, comme Janet. *Elle s'est acheté ses rêves avec le sang de ma sœur.* Et pour ça, elle allait payer.

— Votre vin, monsieur, annonça le serveur.

Il replia le papier et le glissa dans sa poche.

— Merci.

— Remerciez plutôt cette femme, dit le serveur en montrant du doigt une femme installée au bar. Elle a tenu à vous l'offrir.

— Ah oui ?

La femme en question était franchement canon. Ses longs cheveux noirs bouclaient sur ses épaules. Sa jupe courte et son pull tout aussi court ne laissaient pas beaucoup de place à l'imagination. Il aurait voulu croire qu'il lui plaisait, mais elle était probablement intéressée par le paquet de liquide qu'il avait sorti au bar, quelques instants plus tôt. En tout cas, elle était hypersexy. Il se sentit brusquement excité.

Une minute plus tard, elle s'installait à sa table.

— Salut, ronronna-t-elle.

— Merci, dit-il en levant son verre.

Elle sourit et se pencha en avant en pivotant légèrement, histoire de lui offrir une vue plongeante sur son décolleté.

— Ça fait un bail que je ne vous ai pas vu, dit-elle.

Il la jaugea froidement. Elle se foutait de sa gueule, mais avec tant de classe qu'il n'arrivait pas à lui en vouloir.

— Ça doit être parce que je ne suis jamais venu, rétorqua-t-il.

Elle ne se démonta pas et rit.

— Moi non plus, mais j'ai quand même tenté le coup. Je m'appelle Susie.

— Ted, dit-il.

Il ne s'appelait pas Ted, bien sûr, pas plus qu'elle ne s'appelait Susie, mais Ted était tout de même le nom inscrit sur son permis de conduire et sur ses cartes bancaires. Le nom qu'il avait obtenu en filant un paquet de fric à Nicki Fields.

— Je ne vis pas à Baltimore, je suis là pour un colloque, dit-elle.

Il ne put s'empêcher de lui rire au nez.

N'importe quel crétin aurait compris qu'elle voulait signifier par là qu'elle était seule, et libre d'occuper le lit qui voudrait bien l'accueillir.

— Pas moi, répondit-il.

Elle le dévisagea et sa bouche s'incurva en un sourire félin.

— Vous ne me facilitez pas la tâche.

— C'est parce que je ne suis pas intéressé par le sexe payant.

Elle battit des paupières, comme si elle se sentait insultée.

— Moi non plus.

Elle se leva brusquement, les yeux pleins de larmes. Elle était douée pour jouer la comédie. Il fallait le reconnaître.

— Vous êtes un sale type, dit-elle. Ça n'a pas été facile, pour moi, de venir m'asseoir ici.

Il s'adossa à son fauteuil, conscient qu'ils attiraient l'attention, chose qu'il aurait préféré éviter.

— Asseyez-vous, ordonna-t-il calmement.

Elle obéit.

Du coin de l'œil, il constata que les autres clients ne s'intéressaient plus à eux. *Bah, de toute façon, ce n'est pas moi qu'ils regardaient, mais les seins qui débordent de son petit haut…*

— Dites-moi ce que vous voulez, murmura-t-il posément.

La lèvre inférieure de la fille trembla.

— Mon petit ami m'a trompée. Dans notre lit.

— C'est un salaud, dit-il avec douceur. Et donc, vous cherchez à lui rendre la monnaie de sa pièce ?

Elle acquiesça avec un air de défi.

— Oui. Je vous ai vu entrer et je me suis dit que vous n'étiez pas mal, et que si je devais le faire, autant que ce soit avec vous. Mais j'ai changé d'avis.

Elle battit des paupières, chassant deux grosses larmes qui roulèrent sur ses joues. Bon sang, elle était vraiment craquante. Si elle était aussi bonne au lit que bonne menteuse, ça devait valoir le coup.

— Je suis désolé…, dit-il. Mon intention n'était pas de vous blesser. Vous êtes sûre que vous voulez vous venger ?

Elle fit signe que oui, en affichant un air résolu.

— Oui. Il a fait ça avec ma meilleure amie et je veux qu'il paye.

— Et vous avez décidé de le lui faire payer en couchant avec un étranger ?

— Exactement.

— Pourquoi pas avec son meilleur ami ?

Elle se mordilla la lèvre.

— Son meilleur ami est hideux. Pas vous.

Il fit la moue.

— Je suppose que je dois me sentir flatté ?

Elle rit.

— Alors ? Ça vous tente, ou pas ?

Elle baissa lentement les yeux vers son entrejambe, et s'arrêta sur son sexe, qui se dressait depuis cinq minutes vers cette admirable paire de seins.

Il prit le temps de réfléchir. Après tout, pourquoi pas ? Il avait bien mérité une petite récompense, après sa dure journée de travail. Et il avait quelques heures à tuer.

— D'accord, mais je ne veux pas avoir d'ennui avec lui. Je n'aime pas me battre.

Il repoussa son assiette vide et déposa sur la table de quoi payer son dîner.

— Je ne supporte pas la vue du sang, ajouta-t-il.

Il la conduisit jusqu'à sa voiture, en reluquant ses seins.

— Vous êtes encore à temps pour changer d'av…

Elle le fit taire en se collant à lui et en l'embrassant à pleine bouche. Il ne sut pas comment, mais elle avait déjà défait sa fermeture Eclair et elle frictionnait vigoureusement son sexe qu'elle avait pris dans sa main. Il n'était plus en état de réfléchir et se laissa faire quand elle tomba à genoux pour le prendre dans sa bouche. Jusqu'à la garde. Un truc que Sandy n'avait jamais réussi.

Bon sang… Il faillit en tomber à la renverse.

Il reprit ses esprits, la tira à sa hauteur en la saisissant par les cheveux.

— T'es pas un peu dingue ? dit-il. Tu ne vas pas me faire ça ici.

— Alors trouvons un endroit où je pourrai le faire, murmura-t-elle tout contre ses lèvres.

Une sonnerie d'alarme résonna dans son crâne, mais il décida de l'ignorer. Si elle essayait de le rouler, il n'aurait qu'à la tuer.

— L'hôtel le plus proche, dit-il en essayant de reprendre souffle.

Ce qui n'était pas facile, avec cette main dans son pantalon qui secouait son sexe.

— D'accord, répondit-elle en haletant. Tu conduis ?

— Monte, grommela-t-il en la poussant sur le siège du passager. On y va tout de suite.

10

Lundi 3 mai, 19 h 15

Les Bennett étaient en plein dîner quand J.D. et Lucy se présentèrent devant chez eux. La bonne odeur de ragoût qui filtrait jusqu'au seuil de la porte rappela douloureusement à J.D. qu'il avait le ventre vide.

Ce fut M. Bennett qui vint ouvrir.

— Lucy ? s'exclama-t-il d'un ton surpris. Entre.

Ils n'avaient donc pas été prévenus par l'une des ex-femmes, songea J.D.

— Ça fait si longtemps qu'on ne t'a pas vue ! ajouta Bennett en prenant le bras de Lucy. Tu viens nous annoncer une bonne nouvelle, j'espère ?

— Non, monsieur, répondit-elle en jetant un regard hésitant à l'intérieur de la maison. Madame Bennett est là ?

Le sourire de Bennett disparut, tandis qu'il affichait un air inquiet. Lucy lui prit la main et inspira profondément, comme pour prendre son élan.

— Cet homme est un inspecteur de la section des homicides. Russ est mort. Je… Je suis désolée.

Le vieil homme devint livide et recula d'un pas en titubant.

— Non…

— Je suis désolée, murmura Lucy. Peut-on entrer ?

Bennett les contempla quelques secondes d'un air hébété.

— Bien sûr, marmonna-t-il enfin.

Lucy l'aida à s'installer sur le canapé du salon et leva les yeux vers J.D.

— Reste là, dit-elle. Je reviens tout de suite.

— Jason ? appela une voix depuis la cuisine. Qui est-ce ?

Lucy se redressa.

— C'est moi, madame Bennett. Lucy Trask.

Lucy s'éclipsa dans la cuisine et J.D. entendit Mme Bennett qui l'accueillait avec une exclamation joyeuse.

Puis il y eut un long silence, et Lucy réapparut en soutenant une petite femme qui s'appuyait lourdement contre elle, et dont le visage avait pris une teinte grise alarmante.

— Va lui chercher un verre d'eau, demanda Lucy. Vite.

J.D. obéit. Quand il revint dans le salon, il trouva Lucy agenouillée devant le canapé et sortant un cachet d'un flacon couleur ambre. Elle mit le cachet sous la langue de Mme Bennett et lui prit le pouls. Puis elle leva les yeux vers M. Bennett.

— Elle est toujours suivie par le Dr Jameson ? demanda-t-elle.

— Oui, répondit tout bas M. Bennett.

Sans lâcher la main de Mme Bennett, Lucy passa un appel depuis son portable.

— Le Dr Jameson arrive, annonça-t-elle en raccrochant. J'aurais dû l'appeler avant de venir et lui demander de nous retrouver ici. Mais ça va, avec le cachet, son pouls s'améliore, grâce à Dieu. Madame Bennett, parlez-moi.

Mme Bennett tourna vers Lucy un regard éteint.

— Mon fils… Il est mort… Comment ?

Lucy prit la main de M. Bennett et la tint avec celle de Mme Bennett.

— Il a été assassiné.

M. Bennett se renversa sur le dossier du canapé. Il était à présent aussi gris que sa femme.

— Que lui est-il arrivé ?

Lucy hésita.

— On l'a agressé et battu… Je suis vraiment désolée.

Mme Bennett poussa un cri étouffé.

— Battu ? Russell ? Pour le voler ?

Lucy tourna la tête vers J.D. et lui jeta un regard qui quémandait de l'aide. *Un peu tard*, songea-t-il. Il ne s'était pas attendu à ce qu'elle prenne l'initiative d'annoncer aux Bennett la mort de leur fils, plutôt que de se cantonner dans un rôle d'observatrice. Il se promit de ne pas oublier la leçon.

— Non, madame, répondit-il calmement à Mme Bennett. Nous pensons qu'il s'agit d'un crime haineux. Peut-être d'une vengeance.

Les Bennett eurent l'air totalement déboussolés. Ils faisaient pitié à voir.

— Une vengeance ? murmura M. Bennett. Mais pourquoi ?

— C'est ce que nous cherchons à comprendre, répondit doucement Lucy. Vous aviez des contacts fréquents avec lui. Est-ce qu'il vous a parlé de quelqu'un qui l'aurait menacé ?

M. Bennett ferma les yeux.

— Non, dit-il.

— Je suis désolée, murmura Lucy. Je vais appeler Renée.

— Qui est Renée ? demanda J.D.

— Leur fille. Elle vit à Oxford. Pas très loin d'ici.

— Bonté divine ! s'exclama une grosse femme qui venait de pousser la porte sans même frapper. Qu'est-ce qui se passe ?

Elle poussa un cri alarmé en voyant Lucy.

— Lucy Trask ! Qu'est-ce que tu fais ici ?

Le ton sonnait faux. J.D. comprit qu'elle avait dû les voir arriver et qu'elle venait aux nouvelles.

Lucy le comprit aussi, car elle se leva au ralenti, rouge de colère, les poings serrés.

Pendant quelques secondes, elle défia la femme du regard. La tension dans la pièce grimpa d'un cran.

— Madame Westcott, dit-elle enfin d'un ton formel et poli. Ce n'est pas vraiment le bon moment.

— Ça, je m'en rends compte. Qu'est-ce qui se passe, Hildy ? Qu'est-ce qu'elle vous a fait ?

Mme Westcott écarta Lucy pour venir s'asseoir près de Mme Bennett.

— Vous êtes aussi grise qu'un vieux tissu de flanelle. Vous avez pris vos médicaments ?

— Elle les a pris, répondit Lucy entre ses dents. Vous devriez la laisser tranquille. Elle ne se sent pas bien.

Mme Westcott lui jeta un regard sans aménité.

— Je n'ai pas d'ordres à recevoir de toi. Je sais qui tu es. Tes diplômes ne m'impressionnent pas.

Elle se tourna vers Mme Bennett en affichant un air désolé.

— Qu'est-ce qui se passe ? insista-t-elle.

Mme Bennett se mit à pleurer.

— C'est Russell. Il est mort. On l'a assassiné.

Mme Westcott battit des paupières et eut un mouvement de recul, comme quelqu'un qui accuse le coup.

— Eh bien, murmura-t-elle en attirant la frêle Mme Russell contre son large buste. Pauvre, pauvre chérie… C'est la vie qu'il menait, Hildy. Ça devait le rattraper un jour ou l'autre.

Mme Bennett sanglota de plus belle et M. Bennett jeta un regard courroucé à cette mégère, comme s'il s'apprêtait à se lever pour la mettre dehors.

J.D. s'en serait volontiers chargé à sa place, mais ce n'était pas son rôle.

— Une honte, c'est tout simplement une honte, reprit Mme Westcott. Je me demande qui sera le suivant.

— Le suivant ? répéta J.D.

Mme Westcott leva vers lui un regard glacial.

— Vous êtes ?

— Inspecteur Fitzpatrick, Baltimore, homicides, répondit-il tout aussi sèchement. Et vous ?

— Myrna Westcott. J'habite la maison voisine et je préside le comité de surveillance de la résidence.

Elle jeta un regard appuyé et méchant du côté de Lucy.

— Je veille à ce que les indésirables ne viennent pas déranger mes voisins.

Lucy se redressa de toute sa hauteur, le dos plus raide que jamais, et J.D. crut qu'elle allait frapper. Mais elle tourna les talons et s'éloigna.

— Salope, murmura-t-elle entre ses dents, ce qui laissa J.D. bouche bée.

— J'ai entendu, cria Mme Westcott. Ta mère aurait honte de toi.

— Ça ne serait pas nouveau, rétorqua Lucy entre ses dents.

On aurait dit que tout son corps vibrait de haine. Puis elle inspira et se tourna lentement vers Mme Bennett.

— Je suis désolée, lui dit-elle. Je vais dans la cuisine appeler Renée. Je reviens.

J.D. avait l'impression d'assister à un épisode d'une série télévisée. Il se sentait dépassé et tenta de s'imposer.

— Que voulez-vous dire par « qui sera le suivant » ? demanda-t-il en s'adressant à Mme Westcott.

Il s'accroupit devant Mme Bennett et lui prit le poignet pour vérifier son pouls. Il était faible, mais régulier ; elle n'avait donc pas été étouffée par l'opulente poitrine de Mme Westcott. Il leva les yeux et surprit l'encombrante voisine qui lui jetait un regard venimeux.

— C'est vous qui avez emmené Lucy Trask ici ? demanda-t-elle d'un ton méprisant.

Il eut envie de revendiquer le fait, mais il n'était pas là pour répondre aux questions des voisins, tout de même.

— Je suis inspecteur de police, madame. Et je suis là parce que j'enquête sur un meurtre. Je vous prie donc de répondre à la question que je vous ai posée. Qu'entendez-vous par « qui sera le suivant » ?

— Bennett est le deuxième. Jamais deux sans trois, tout le monde sait ça.

— M. Bennett est le deuxième ?

— Oui, s'empressa de répondre Mme Wescott, visiblement ravie de partager une nouvelle juteuse. Il y a deux mois, Malcolm Edwards et sa femme sont sortis en mer et…

Elle se pencha vers J.D. en entraînant avec elle Mme Bennett qui sanglotait toujours.

— Ils ne sont jamais rentrés.

Du coin de l'œil, J.D. remarqua que M. Bennett s'était figé.

— Qui était Malcolm Edwards ?

Mme Westcott haussa les épaules.

— Un homme qui avait grandi dans ce quartier. Il s'était acheté un beau yacht et il menait une vie dissolue qui l'a tué. Exactement ce qui est arrivé à Russell.

M. Bennett déglutit avant de prendre la parole.

— Il était atteint d'un cancer, Myrna.

— Il a disparu en mer, assena Mme Westcott. Et maintenant, on nous enlève Russell.

Elle tapota de nouveau le dos de Mme Bennett.

— Ne t'en fais pas, Hildy. Je suis là.

Lucy revint dans le salon, elle avait recouvré son calme.

— Renée arrive, annonça-t-elle.

— Merci, Lucy, dit M. Bennett d'une voix faible.

Lorsqu'il se leva, J.D. crut qu'il allait se trouver mal, mais il tint bon et trouva même la force de prendre Lucy par le bras pour la raccompagner jusqu'à la porte.

— Je te remercie d'avoir fait tout ce chemin, Lucy, déclara-t-il posément. Mais ma femme n'est pas bien. Vous devriez partir tous les deux, à présent, et la laisser se reposer.

Par-dessus son épaule, Mme Westcott jeta un regard de triomphe du côté de Lucy, laquelle contempla M. Bennett avec une expression blessée.

— Je peux rester, protesta-t-elle. Si vous avez besoin de moi…

Une voiture se gara dans l'allée.

— Voilà le Dr Jameson, déclara M. Bennett. Il va s'occuper de Hildy. Merci d'être venue, Lucy, ma chérie. Et merci à vous aussi, inspecteur.

J.D. envisagea un instant de refuser de partir, puis il se ravisa et tendit sa carte à Bennett.

— Merci, monsieur, dit-il. Je sais qu'il va vous falloir du temps pour prendre conscience de ce qui vous arrive. Vous aurez peut-être des questions à nous poser. Peut-être aussi vous souviendrez-vous de quelque chose qui pourra nous aider dans notre enquête. N'hésitez surtout pas à nous appeler. Venez, docteur Trask. Je vous ramène chez vous.

Mme Westcott renifla bruyamment.

— Bon vent et bon débarras.

J.D. fut tenté de demander à cette vieille sorcière de fermer son clapet, mais il changea d'avis devant le regard de Lucy, qui dévisageait M. Bennett d'un air désespéré. Il crut qu'elle allait craquer, mais elle ferma les yeux et bomba le torse, puis serra dans ses bras le vieil homme, qui se laissa faire, mollement, sans lui rendre son étreinte.

— Vous êtes sous le choc, lui dit-elle. Vous avez mon numéro de portable. Si vous avez besoin de moi, appelez. Je viendrai. Vous le savez.

— Je sais. Je ne manquerai pas de t'appeler, répondit Bennett.

Et sur ce, il leur ferma la porte au nez.

Lucy se dirigea vers la voiture comme une somnambule. Elle était si abattue qu'elle ne cherchait même pas à donner le change. J.D. lui ouvrait la portière, quand il eut la désagréable sensation d'être observé. Il se retourna et scruta les alentours pour chercher la source de son malaise. Depuis la maison voisine de celle des Bennett, quelqu'un les observait, derrière les stores du séjour.

— Lucy, on te surveille.

— Il y a toujours quelqu'un qui vous surveille, ici, répondit-elle d'un ton amer. Viens, partons.

Lundi 3 mai, 19 h 15

— Nous voudrions une chambre, dit-il.

Le réceptionniste leva le nez et fixa Susie qui se tortillait.

— Vous comptez rester combien de temps ?

— Une nuit maximum. Je règle en liquide.

— Impossible, monsieur. Vous devez utiliser une carte bancaire pour le paiement. Notre système informatique ne me délivrera pas de carte magnétique si je ne donne pas un numéro de carte bancaire.

— Mais je payerai à l'avance, protesta-t-il en sortant une liasse de billets dont il tira deux cents dollars qu'il déposa sur le comptoir.

— Je suis désolé, monsieur, il me faut une carte de crédit, notamment pour le minibar. Je suis vraiment désolé.

— Pas tant que moi, grommela-t-il.

Des cartes bancaires, il en avait toute une collection dans son portefeuille, mais elles appartenaient à ses victimes et les noms ne correspondraient pas à sa carte d'identité. Il avait aussi une carte et des papiers au nom de Ted Gamble, l'identité que Nicki lui avait procurée, mais il aurait préféré ne pas l'utiliser. Il ne voulait pas que Ted Gamble laisse des traces dans cette ville. Quand tout serait fini, il entamerait une nouvelle vie, ailleurs, en tant que Ted Gamble, justement.

Susie se colla à lui.

— Alors, tu te décides, mon chou ?

Elle se hissa sur la pointe des pieds pour murmurer à son oreille.

— J'ai hâte de poursuivre ce que nous avons commencé… Dépêche-toi.

Tout le sang de son organisme afflua vers son sexe. Il se pencha sur le comptoir.

— Ecoutez, dit-il. J'ai une femme. Je ne veux pas qu'elle sache que je suis venu ici. Et elle vérifie les paiements de ma carte bancaire.

— Je vois le problème. Je peux enregistrer votre carte et différer le paiement. En partant, vous réglerez en liquide et j'annulerai tout, comme si vous n'étiez jamais venu. Ça vous va ?

Il tendit au réceptionniste sa carte au nom de Ted Gamble. Une Visa.

— Donnez-moi une chambre. N'importe laquelle.

Le réceptionniste posa une carte magnétique sur le comptoir.

— Chambre 323, deuxième étage, les ascenseurs se trouvent…

Il n'écouta même pas la suite. Il reprit sa carte bancaire et s'empara de la carte magnétique, puis attrapa la main de Susie pour l'entraîner vers les ascenseurs. Susie laissa échapper un petit rire rauque.

— Allez vite, Ted. Moi aussi, j'ai envie de baiser.

Lundi 3 mai, 19 h 45

Ils quittèrent en silence le quartier des Bennett. Tout en conduisant, J.D. surveillait Lucy du coin de l'œil. Elle avait une expression hagarde et misérable, elle était pâle, elle gardait ses mains crispées sur ses genoux. « Bon débarras et bon vent », avait dit Mme Westcott. Et Bennett n'avait pas ouvert la bouche pour prendre la défense de Lucy. Il l'avait au contraire poussée dehors, bien que gentiment.

Cet homme venait d'apprendre la mort de son fils, aussi J.D. lui accorda-t-il des circonstances atténuantes. Mais tout de même… Il avait remarqué que Bennett avait tiqué quand la vieille sorcière avait parlé de Malcolm Edwards. Il fallait creuser de ce côté-là, pas de doute.

Il était également évident que Lucy avait laissé un gros bagage derrière elle, dans ce quartier d'Anderson Ferry. Elle n'avait pas bonne réputation. Quelques instants plus tôt, il l'avait sentie prête à bondir sur la vieille Mme Westcott — laquelle l'aurait par ailleurs amplement mérité.

Lucy s'était maîtrisée, de justesse, mais elle en tremblait encore, de chagrin ou de rage. Peut-être les deux.

Il attendit qu'ils se soient éloignés de ce quartier maudit pour s'arrêter dans le parking d'un centre commercial abandonné. Là, il descendit de voiture. Lucy le suivit des yeux quand il fit le tour, mais les ferma quand il ouvrit sa portière.

— Je suis désolée, murmura-t-elle en rougissant. J'ai été grossière. Je ne me suis pas comportée en professionnelle. J'ai gâché cet entretien.

Comme la première fois, il se baissa pour détacher sa ceinture et la fit sortir. Mais cette fois, il ne l'embrassa pas. Il se contenta de la serrer contre lui. Elle demeura toute raide, sans se laisser aller, mais sans le repousser non plus. Son tremblement s'était transformé en frisson, en dépit de la tiédeur de la soirée. Il ôta sa veste et la lui posa sur les épaules.

Elle agrippa le devant de sa chemise.

— Je suis désolée, murmura-t-elle d'un ton pathétique. Je ne sais pas ce qui m'arrive.

Il appuya sa joue contre son crâne, tout en prenant conscience qu'elle était merveilleusement bien calée contre lui, ainsi. La dernière fois qu'il l'avait tenue dans ses bras, il avait été trop occupé à l'embrasser pour s'en rendre compte. Il espéra que cela arriverait encore, mais pour l'instant, il voulait surtout la consoler. S'il le pouvait. Si elle le lui permettait.

— Tu es bouleversée, murmura-t-il. C'est normal. La vieille Westcott t'a traitée d'indésirable et ça t'a mise en colère. Moi aussi, ça m'aurait mis en colère. Qui est cette femme, pour toi ?

— Une simple voisine. Et une vieille harpie. Elle a toujours été comme ça.

— Pourquoi s'est-elle montrée aussi grossière et hostile ?

Elle soupira contre lui.

— Nous avons eu quelques démêlés et… je ne l'aime pas beaucoup.

— Ça, j'avais cru le comprendre. Tu l'as même traitée de salope.

Elle se couvrit le visage de ses mains.

— Je suis vraiment désolée, répéta-t-elle. Je… j'ai honte. Je voulais t'aider, soutenir les Bennett, mais ma présence n'a fait qu'aggraver les choses.

J.D. était d'avis que c'était plutôt la présence de Mme Westcott qui avait aggravé les choses.

— Qu'est-ce qu'il y a eu, entre toi et cette Westcott ?

Lucy se tut pendant quelques instants. Puis elle haussa une épaule.

— C'est une femme difficile à comprendre. Je serais bien incapable de t'expliquer son comportement.

Il eut une intuition et tenta le coup.

— Elle a témoigné contre toi à ton procès.

Lucy recula pour le regarder avec des yeux écarquillés.

— Comment le sais-tu ?

— Je ne le savais pas. C'était une supposition.

Elle plissa ses beaux yeux bleus.

— Tu viens de me piéger. C'est déloyal.

Il écarta une mèche de cheveux de son visage et caressa du pouce sa bouche qui faisait la moue. Il regrettait d'avoir évoqué le procès. Lucy était déjà suffisamment perturbée.

— Je suis désolé, s'excusa-t-il. Je ne cherchais pas à te piéger.

— Bien sûr que si, dit-elle d'un ton résigné. Tu es inspecteur de police. Vous êtes tous pareils. Rentrons. Tu as du travail, et moi, je dois trouver un endroit où dormir ce soir.

Elle s'écarta de lui et remonta dans la voiture.

— Nous, les guides locaux, nous avons besoin de sommeil pour conserver un esprit aiguisé.

Il obéit et reprit la direction de Baltimore, loin d'Anderson Ferry, de ses ragots, et des yeux qui vous guettaient derrière les stores. Lucy regardait droit devant elle, les bras croisés sur la poitrine, les mains crispées sur la veste qu'il lui avait prêtée et qu'elle refermait sur elle comme un bouclier.

Il se promit de ne plus utiliser les techniques d'interrogatoire avec une femme qu'il convoitait.

— Je suis désolé, Lucy, reprit-il au bout d'un moment. Ça fait vraiment longtemps que je n'ai pas approché une femme. Je ne sais plus m'y prendre. J'aurais dû simplement te poser la question.

— Ce n'est rien, dit-elle.

Elle n'avait plus l'air fâchée. Juste… déçue.

— Si tu m'avais posé la question, je ne t'aurais probablement pas répondu. Je n'aime pas parler de tout ça.

— Très bien. Dans ce cas, je vais parler d'autre chose. Qui était Malcolm Edwards ?

Elle se tourna vers lui, visiblement surprise.

— Je l'ignore. Pourquoi ?

— Parce qu'il est mort récemment. Pendant que tu appelais la fille des Bennett, Mme Westcott m'a dit qu'il avait disparu en mer, avec sa femme. Elle a même ajouté : « Jamais deux sans trois ».

— Le tueur a pourtant marqué Russ du chiffre un, fit remarquer Lucy en fronçant les sourcils.

— Tu n'as donc pas connu ce Malcolm ? Il fréquentait ton frère, d'après Mme Westcott.

— Le nom ne me dit rien. Si Buck fréquentait Russ, il était plus âgé que moi. En plus, ils se donnaient des surnoms. Tu veux que je cherche ?

Elle sortait déjà son téléphone portable de sa poche.

— S'il te reste de la batterie, dit-il.

Il sentait qu'elle avait besoin de s'occuper l'esprit pour oublier ce qui s'était passé chez les Bennett.

— Sinon, je peux appeler Stevie pour qu'elle s'en occupe.

Elle brancha son chargeur de téléphone au tableau de bord.

— Ça marche, dit-elle.

Elle tapa sur quelques touches et attendit.

— J'ai des liens pour Malcolm Edwards, annonça-t-elle.

Il jeta un coup d'œil de son côté et put constater qu'elle était totalement absorbée par ce qu'elle lisait sur l'écran. Elle était redevenue elle-même. Lucide. Concentrée. Il sentait l'énergie qu'elle dégageait, aussi nettement qu'il avait senti un peu plus tôt son découragement. Il fut impressionné par ses capacités de concentration. Chez elle, la chose paraissait naturelle et sans effort.

Lui, il avait dû apprendre à l'armée, quand il passait des heures, planqué à son poste, à attendre qu'une cible passe à portée de son viseur. Il fallait être prêt et ça n'était pas facile. Mais rien dans ce travail n'avait été facile. Il n'aimait pas y repenser.

— Malcolm Edwards est inscrit sur Facebook, lui aussi ? demanda-t-il.

— Non, mais j'ai trouvé des articles à propos de son accident. Celui que je suis en train de lire explique qu'il a été vu pour la dernière fois en train de quitter le port sur son yacht, le *Carrie On*. Carrie, comme le prénom féminin.

— Le prénom de sa femme ?

— Oui. Elle a disparu en même temps que lui. On pense qu'il s'est peut-être suicidé, mais ce qui fait tiquer, c'est qu'il n'aurait sûrement pas entraîné sa femme avec lui.

— Qu'est-ce qui s'est passé, exactement ?

— Le bateau a disparu au cours d'une tempête. D'après le témoignage d'une source qui aurait participé à l'enquête, Malcolm Edwards était très malade et pas en état de manœuvrer par un temps pareil. Il souffrait d'un cancer et en était au stade terminal.

— C'est ce que M. Bennett a dit tout à l'heure. Et la femme, Carrie ?

— On n'est pas certain qu'elle soit montée avec lui sur ce bateau, mais on le suppose, parce qu'elle ne s'est pas manifestée depuis l'accident.

— Le bateau ?

— Les garde-côtes l'ont cherché, mais ils n'ont rien trouvé.

— Tout de même..., grommela J.D. Ils auraient dû retrouver quelque chose.

— Sans doute. Mais d'après l'article, il y avait des courants très puissants ce jour-là. Il a pu couler totalement.

— Oui, mais même s'il a coulé, on devrait au moins retrouver des débris de bois échoués sur les côtes.

Elle haussa les épaules.

— En théorie. Edwards avait légué tous ses biens à sa femme, mais comme elle est morte avec lui, c'est l'Eglise du Pardon qui a tout récupéré.

Deux hommes s'étant fréquentés à l'adolescence mourant à deux mois d'intervalle, cela ne faisait même pas une coïncidence. Mais Russell avait été assassiné et son père avait fait une drôle de tête quand Mme Westcott avait mentionné Malcolm Edwards. Edwards avait disparu en mer, d'accord. Mais rien ne prouvait qu'il n'ait pas été assassiné. Et s'il l'avait été, ça devenait une drôle de coïncidence.

— Cette Eglise du Pardon avait intérêt à ce qu'ils disparaissent tous les deux, commenta-t-il.

— Si tu le dis…, répondit distraitement Lucy. J'ai sa nécrologie sous les yeux. Il y a eu un service funèbre pour lui et Carrie la semaine dernière. « Malcolm Edwards est né à Anderson Ferry, dans le Maryland. Au lycée d'Anderson Ferry, où il s'est distingué dans l'équipe de football et… »

Sa voix mourut peu à peu.

— Et ? insista J.D.

— Il jouait dans l'équipe du lycée, dit-elle d'un ton étrangement altéré. L'équipe qui a gagné les championnats locaux l'année de la mort de Buck.

Elle se racla bruyamment la gorge.

— Il ne laisse pas de famille derrière lui. Sa femme et lui n'avaient pas d'enfants. Ses parents sont décédés.

Elle se tut et contempla l'écran de son téléphone en se mordillant la lèvre inférieure.

— Qu'y a-t-il de si important au sujet de cette équipe de football, Lucy ?

Elle croisa les mains sur ses genoux d'un geste guindé.

— Mon frère jouait aussi dans cette équipe. Il a même reçu la récompense du meilleur joueur du championnat.

— Vraiment ? Et où est-il ton frère, à présent ?

— Il est mort quand j'avais quatorze ans. L'année où l'équipe a remporté le championnat.

— Je suis désolé.

Mais son cerveau s'emballait déjà. Edwards et le frère de Lucy avaient joué dans la même équipe de football. Un tueur menaçait Lucy, après avoir assassiné Russ Bennett, lequel avait connu Edwards.

— C'est vieux, murmura-t-elle. Je viens de voir une photo de Malcolm avec sa nécrologie. Une photo sur laquelle il porte l'uniforme du lycée. Je le connaissais. Sous le nom de Butch. Il jouait dans la défense. C'était un ami de mon frère.

— Est-ce que Russ Bennett jouait aussi dans cette équipe ?

— Non. J'imagine qu'il aurait bien voulu. C'était un truc

important, à Anderson Ferry. Un moyen de s'en sortir, quand on était un garçon.

— Et les filles, elles s'en sortaient comment ?

— Quelques-unes se sont mariées. Moi, je suis allée à l'université. Gwyn a intégré une…

Elle s'arrêta net, puis reprit.

— Une sororité.

Il lui jeta un regard en coin. Elle s'apprêtait à dire quelque chose et elle avait brusquement changé d'avis ; il n'était pas dupe.

— Je vois. Il est mort dans quelles circonstances, ton frère ? Si ça ne te dérange pas de répondre à cette question…

Elle rabattit un peu plus sur elle les pans de la veste.

— Dans un accident, répondit-elle sèchement.

— Je vois que ça te perturbe d'en parler, dit-il piteusement.

Elle soupira.

— Je suis désolée. Ça s'est passé il y a vingt et un ans, mais…

— Certaines blessures ne cicatrisent jamais, acheva-t-il à sa place.

Il était bien placé pour le savoir.

Elle acquiesça.

— Et je suppose que de revenir dans ce quartier a été pour toi une épreuve.

Elle grimaça, cette fois.

— En effet.

— Ton frère et Russ, ils avaient le même âge ?

Elle se tourna vers lui pour étudier son profil.

— Oui. Et Malcolm Edwards aussi. Mais pourquoi est-ce que tu t'intéresses à Malcolm, au fait ?

— Je te l'ai dit. Parce que la vieille Mme Westcott a parlé de lui.

— Elle a aussi parlé de moi comme d'une indésirable, et j'aurais cru que ça t'inquiéterait plus que la mort d'un inconnu. Surtout après ce qui s'est passé entre nous…

— Tu veux dire après ce baiser que tu m'as rendu avec tant de fougue ?

Elle sentit la chaleur lui monter aux joues.

— Oui, dit-elle. Et si tu avais eu tort de m'embrasser ? Je suis peut-être vraiment une personne indésirable, ajouta-t-elle sur un ton provocateur, comme si elle le mettait au défi d'abonder dans son sens.

— Je sais que non, assura-t-il posément.

Elle haussa les sourcils.

— Ah oui ? Et comment pourrais-tu le savoir ?

Il haussa les épaules.

— Parce que je te désire.

Elle esquissa un sourire, puis secoua la tête.

— Je ne plaisante pas, J.D. Et si Westcott avait raison ? Si je n'étais que de la mauvaise graine ? Tu n'en sais rien, après tout...

— Je possède quelques éléments pour étayer mes impressions. Pour commencer, si tu n'étais que de la mauvaise graine, tu n'aurais pas massé les pieds gelés de ton vieux voisin.

Il hésita, puis haussa de nouveau les épaules.

— Ni versé une larme en autopsiant le corps d'une gamine que tu ne connaissais pas.

— Toi aussi, tu as pleuré et tu ne la connaissais pas, murmura-t-elle.

Il fixa ostensiblement la route devant lui.

— Je sais. Mais je me suis demandé combien de fois tu avais pleuré en autopsiant un corps, sans que personne n'en sache rien.

— Un certain nombre de fois, répondit-elle, si bas qu'il l'entendit à peine. Pourquoi t'intéresses-tu à Malcolm ?

Il comprit qu'elle préférait changer de conversation. Une fois de plus, il avait abordé un sujet qu'elle jugeait sensible. Décidément, elle n'aimait pas se livrer.

— Parce que M. Bennett a eu une réaction bizarre quand Mme Westcott a parlé de lui.

Elle fronça les sourcils.

— Une réaction bizarre ? C'est-à-dire ?

— Il est devenu tout raide et il a pris un air coupable.

Il chercha son regard.

— Et ensuite, il s'est empressé de te mettre dehors.

— Tu penses qu'il y aurait un lien entre le meurtre de Russ et la mort de Malcolm ? s'étonna-t-elle. Et que M. Bennett saurait de quoi il s'agit ?

Elle secoua la tête.

— Non. C'est tout simplement impensable.

— Laissons tomber pour le moment, dit-il posément, en se concentrant de nouveau sur sa conduite.

— Laissons tomber, répéta-t-elle avec force. Qu'as-tu l'intention de faire, à présent ?

Me renseigner sur Malcolm Edwards et sur le père de Russ Bennett, songea-t-il.

— Me renseigner sur les anciennes petites copines de Russell, dit-il tout haut. Chercher les usines de conditionnement d'aliments qui possèdent de très gros congélateurs, et prier pour que Drew trouve une empreinte utilisable sur ta voiture, ou sur la boîte d'envoi que j'ai sortie des poubelles.

— Tu penses vraiment que ce type aurait commis l'erreur de laisser traîner des empreintes ? demanda-t-elle d'un ton morne.

— Non, mais on a le droit de rêver, soupira-t-il. Je devrais trouver en rentrant les relevés téléphoniques de Bennett, et je compte les éplucher.

Peut-être lui fourniraient-ils une piste.

— Je dois absolument savoir avec qui Bennett avait rendez-vous, le fameux dimanche où il a disparu. Et toi, tu auras peut-être du nouveau avec les analyses complémentaires de l'autopsie.

— Dépose-moi à la morgue. Je peux encore y travailler ce soir.

— Non. Je ne veux pas que tu restes seule.

— Je ne serai pas seule. Alan et Ruby sont de service, et

nous avons un vigile. Et puis, tu ne peux pas rester tout le temps avec moi.

Elle haussa un sourcil.

— A moins que tu ne tiennes à m'assister quand je découpe les cadavres. Mulhauser m'a dit qu'il y en avait quatre qui m'attendaient en chambre froide. Tu pourrais tenir le bol, quand je leur enlève la cervelle. Ça fait un bruit sympa... genre « plop ! ».

Il lui lança un regard de biais et déglutit.

— Je suppose que tu te venges parce que je t'ai piégée tout à l'heure.

— A peu près, répondit-elle d'un ton magnanime.

— Est-ce qu'on est quittes, là ?

Elle le gratifia d'un sourire qui lui fit chaud au cœur.

— A peu près.

— Très bien. Je vais te laisser découper des os. Moi, j'ai des relevés téléphoniques à vérifier.

Elle acquiesça d'un air entendu.

— C'est bien ce que je pensais.

Lundi 3 mai, 20 heures

Il roula sur le dos. Il s'était trompé. Susie baisait encore mieux qu'elle ne mentait.

— Incroyable, ronronna-t-elle d'un ton si convaincu qu'il la crut presque. C'était encore plus dingue la deuxième fois que la première.

— Tu penses lui avoir rendu la monnaie de sa pièce ? demanda-t-il.

— De quoi tu parles ?

— Mais de ton petit ami, bien sûr. Celui qui t'a trompée.

Elle pouffa.

— Ouais. Il a eu ce qu'il méritait.

— Et comment est-ce qu'il va le savoir ?

Elle se redressa et le fixa avec un froncement de sourcils étonné.

— Quoi ?

— Comment il saura que tu t'es vengée ?

— Qu'est-ce que ça peut te faire ?

Il haussa les épaules.

— Disons que je suis curieux.

— Tu es mignon, mais bizarre, dit-elle.

Elle repoussa ses cheveux pour montrer sur son cou une marque qui prenait une couleur violacée.

— Pas trop mal, non, comme suçon ?

— Pas trop mal, répondit-il d'une voix traînante. C'est ça, ta preuve ?

— Ça fera l'affaire, assura-t-elle.

Puis elle roula sur elle-même et se pencha en dehors du lit, lui offrant du même coup une superbe vue sur un fessier de premier ordre. Il entendit des clés tinter et se hissa sur un coude pour regarder ce qu'elle trafiquait.

Il avait bien fait de se méfier… Elle fouillait dans ses poches de pantalon. Il fut aussitôt saisi d'une rage froide et l'attrapa par le bras pour la plaquer sur le matelas.

— Qu'est-ce que tu foutais ? cracha-t-il.

Les yeux de Susie s'agrandirent de peur.

Elle leva le bras et lui montra le paquet de Marlboro qu'elle tenait dans la main.

— Je cherchais une cigarette, protesta-t-elle se dégageant. Dis donc, tu es dingue ou quoi ?

Si seulement tu savais, poupée…

Il soupira et lui retira des mains le paquet écrasé.

— Ça ne se fait pas, de fouiller les poches d'un homme.

Elle acquiesça, tout en s'écartant insensiblement de lui.

— Je suis désolée, gémit-elle. Ta veste sentait la cigarette. Je me suis dit que tu en avais forcément sur toi.

— Celles-là, tu ne peux pas les fumer, dit-il.

Ce paquet, il l'avait acheté pour Ryan, quand il viendrait identifier le corps de sa mère. Il espérait que Ryan apprécierait le symbole. Des Marlboro, pour un type qui bossait dans un ranch, c'était bien trouvé.

Elles lui serviraient pour imprimer au brandon une jolie lettre sur son dos. *Et je vais m'arranger pour que ça lui fasse mal.*

Susie le dévisageait avec un drôle d'air et il se rendit compte que cette interdiction lui paraissait bizarre.

— C'est une chambre non-fumeur, ajouta-t-il plus calmement.

Il se leva et rassembla ses vêtements dispersés dans la pièce.

— Je vais prendre une douche, annonça-t-il.

Elle détourna le regard.

— Est-ce que je pourrais utiliser la salle de bains avant toi ? demanda-t-elle d'un ton pincé.

Il eut un soupir exaspéré.

— D'accord, mais dépêche-toi. J'ai des choses à faire.

Un cadavre à livrer.

Elle ramassa sa minijupe et le string qui avaient échoué sous le lit. Puis fila, en attrapant son sac et son haut.

— Je fais vite, promit-elle.

Il remit le paquet de Marlboro dans sa poche. Il allait devoir en acheter un autre, parce qu'elle l'avait écrabouillé dans son poing et que les cigarettes étaient recourbées. Il voulait de belles cigarettes bien droites pour faire des ronds bien réguliers dans le dos de Ryan. Il allait retirer ses mains de sa poche, quand quelque chose lui parut bizarre. Il se figea, les sourcils froncés.

Sa carte de crédit. Tout à l'heure, il était tellement pressé de monter avec Susie qu'il l'avait glissée à la hâte dans sa poche, sans la ranger dans le portefeuille. Le portefeuille aussi avait disparu de sa poche. *Putain, cette salope m'a piqué mon portefeuille.*

Il regarda la porte de la salle de bains. Elle avait dû le soulager de la carte et du portefeuille quand il avait arraché son pantalon, en les cachant sous sa jupe qui était déjà à terre.

Dans le portefeuille, il conservait les cartes bancaires et les pièces d'identité de ses victimes. Et le nom des victimes ne tarderait pas à paraître dans les journaux. La fille savait qu'il se faisait appeler Ted Gamble. Bref, elle en savait beaucoup trop.

Commence par quitter tranquillement l'hôtel avec elle. Il enfila son pantalon, puis sortit un badge de sa poche de veste et poussa la porte de la salle de bains.

Susie était nue, agenouillée par terre, le couvercle des toilettes rabattu lui servant de bureau, en quelque sorte. Elle sursauta en se tournant vers lui, et le cri outragé qu'elle s'apprêtait à pousser resta coincé dans sa gorge quand elle vit le badge qu'il brandissait. Une lueur affolée passa dans son regard, puis son visage afficha une sorte de résignation furibonde.

— Merde alors ! D'habitude, les flics, je les renifle à des kilomètres.

Elle haussa un sourcil.

— Vous en avez, des cartes de crédit, agent Pullman. Je me demande ce qu'elles font dans votre portefeuille.

Il montra le lit avec le revolver qu'il tenait dans la main droite.

— Va t'asseoir sur le lit, les mains en évidence, que je les voie.

Pendant que Susie s'exécutait lentement, il rangea le badge et ramassa ce qu'elle avait étalé sur le couvercle des toilettes. Ainsi qu'un petit papier sur lequel elle était en train de gribouiller quand il l'avait surprise.

Elle s'en était servi pour relever le numéro de la carte au nom de Ted Gamble, en posant le papier sur la carte et en passant un crayon. Vieille technique.

Il lui lança ses vêtements.

— Habille-toi, ordonna-t-il.

Elle enfila son string, le visage fermé.

— Tu as l'intention de m'arrêter ou quoi ?

— Ça dépend de toi. On va passer ensemble à la réception, je vais payer la chambre en liquide, et vérifier qu'on efface bien toute trace de mon passage ici. Si tu coopères, je te laisserai partir.

Elle plissa les yeux d'un air méfiant.

— Pas de procès-verbal ?
Il sourit.
— Rien du tout.
— Ça me va.

Newport News, Virginie
Lundi 3 mai, 20 heures

Pour la deuxième fois de la journée, Clay arrêta sa voiture devant l'appartement de Mme Klein. Il se sentait frustré, et il était crevé. En ce qui concernait Margo Winchester, il n'était pas plus avancé qu'en arrivant ici. Il avait même plutôt reculé.

Au cours des dernières heures, les mauvaises nouvelles s'étaient accumulées. Malheureusement, il n'avait rien pu tirer de l'employé de la morgue. Il avait prétendu rechercher son beau-frère et donné la description d'Evan Reardon, mais l'autre lui avait répondu qu'il n'y avait pas de pensionnaire correspondant à cette description.

Pourtant, le corps trouvé dans la prétendue maison d'Evan avait forcément été transféré dans cette morgue. Mais il n'avait pu déceler une seule lueur d'intérêt dans les yeux de l'employé, qui aurait pourtant dû être intéressé par la perspective d'identifier un inconnu.

Ça ne pouvait signifier qu'une chose : le corps calciné n'était pas celui d'Evan. Et ça, c'était très inquiétant. Si Evan était en vie, il allait devoir s'expliquer sur un certain nombre de points. Seulement voilà, il demeurait introuvable.

Le téléphone de Clay sonna. Il espérait que ce serait Nicki, mais non, ce n'était qu'Alyssa. Il eut une montée d'adrénaline. Et où était Nicki, bon sang ? *Qu'est-ce qu'elle a foutu ?* Elle s'était forcément aperçue de quelque chose, à propos d'Evan. Tout ça était plus que louche. Clay commençait à s'inquiéter sérieusement.

— Tu l'as trouvée ? demanda-t-il sans préambule.

— Non. Et ça fait trois heures que j'appelle tous les hôtels de la création. Si Nicki est à Ocean City, elle doit forcément se trouver dans un hôtel.

— Elle est peut-être avec quelqu'un, et la chambre n'est pas enregistrée à son nom.

Ou alors…

Il commençait à entrevoir un tableau bien plus sombre. Nicki était peut-être allongée quelque part, dans la chambre froide d'une morgue, assassinée par un type ramassé dans un bar. Ou bien elle s'était suicidée. Il ferma les yeux. Il lui avait trouvé un comportement étrange, ces derniers temps. *J'aurais dû me douter que quelque chose clochait. J'aurais dû lui demander ce qu'elle avait. M'intéresser à elle.*

— Essaye avec Nicki Triton. C'était son nom d'épouse, il y a des années, mais il lui arrive encore de l'utiliser.

La dernière fois, ç'avait été quand elle avait quitté la police. Elle avait pris une cuite qui avait duré des jours entiers. Alerté par ses parents qui s'affolaient de sa disparition, Clay l'avait retrouvée dans un sale état. Il l'avait aidée à arrêter l'alcool, il lui avait offert une place dans son agence. Une deuxième chance. Et tout s'était bien passé. Jusque-là.

Parce que les choses étaient en train de se gâter sérieusement.

— On a d'autres problèmes, avoua-t-il. Je sais où est Margo.

— Comment tu as fait ? demanda Alyssa.

— Par son père. Il est flic dans la ville voisine.

— Ça, c'est plutôt bon, non ?

— Eh bien non, justement. Margo est en cure de désintoxication depuis des mois. Dans un établissement privé que ses parents lui ont payé en hypothéquant leur maison. C'est un voisin des parents qui m'a raconté ça. La vraie Margo a un casier pour agression et elle ne ressemble pas du tout à celle que Nicki a rencontrée ici il y a deux mois. En fait, elle n'est pas la femme que nous cherchons. Et Evan n'est pas mort la semaine dernière dans un incendie.

Alyssa poussa un soupir douloureux.

— Evan nous a manipulés.

— Il a manipulé Nicki. Et moi. Mais nous n'avons rien à nous reprocher, à part notre naïveté.

— Qu'est-ce que tu comptes faire ?

— Je sais qui est la femme que Nicki a vue chez la vieille Mme Klein. Elle danse dans un club au bord de la plage. Il ouvre à 21 heures. En attendant, je vais retourner voir Mme Klein.

Il leva les yeux vers la porte de cette dernière, en espérant qu'il serait mieux reçu que la première fois.

— Je veux lui poser des questions sur sa petite-fille.

— Et moi, qu'est-ce que je fais ?

— Continue avec les hôtels d'Ocean City. Concentre-toi sur la zone qui longe le chemin de planches du bord de mer.

— Mais qu'est-ce qui te dit qu'elle est bien là, Clay ?

— Sa voiture y est.

Il y eut un temps de silence.

— Tu peux suivre sa voiture à la trace ?

— Oui. Et elle, elle peut suivre la mienne. C'est une mesure de protection. Ta voiture n'est pas équipée, si c'est ça qui te tracasse.

— J'avoue que j'y pensais…

Elle hésita.

— Clay… est-ce que je dois appeler les hôpitaux et la police ?

Elle était inquiète. Lui aussi. Il ne comprenait pas pourquoi Nicki lui avait caché que l'histoire d'Evan n'était pas claire. *Qu'est-ce que tu as foutu, Nic ?*

— Pas la police. Pas encore. Mais tu peux essayer les hôpitaux. Et moi…

Les mots eurent du mal à franchir ses lèvres.

— Je me charge des morgues.

— Je suis désolée, murmura Alyssa.

— Tu n'y es pour rien, répondit-il d'un ton bourru. Je dois y aller. Appelle-moi si tu as du nouveau.

Il grimpa les marches menant à l'appartement de Mme Klein, en tentant de ne plus penser à la morgue. Il frappa avec le heurtoir, comme la première fois. A l'intérieur, il n'y avait pas de bruit, mais il avait vu la voiture de Mme Klein dans le parking, et donc elle devait être là.

— Madame Klein ? appela-t-il. Je ne veux pas vous déranger, mais je n'ai toujours pas trouvé la femme que je cherchais. Il faudrait vraiment que je parle avec votre petite-fille, parce que j'ai de bonnes raisons de croire qu'elles se connaissent. Votre petite fille a un cobra tatoué sur le bras.

Il n'obtint pas de réponse.

— Madame Klein ? Vous allez bien ?

Il se figea en entendant des pas derrière lui et se retourna lentement. Deux agents en uniforme grimpaient l'escalier. *Comment ont-ils fait pour arriver si vite ?* La vieille avait de meilleurs yeux qu'il ne pensait, et elle avait sans doute repéré sa voiture dans le parking.

— Monsieur ? demanda l'un des agents. Vous avez un problème ?

— Non. Mais je crois que j'ai effrayé la vieille dame qui habite ici. Ce n'était pas mon intention. Je cherche à me renseigner à propos de sa petite-fille.

— C'est ce que nous avons entendu, répondit l'agent. Voulez-vous vous écarter de la porte, je vous prie ?

Clay obéit, en mettant ses mains bien en évidence. Derrière lui, la porte s'ouvrit et, en jetant un coup d'œil par-dessus son épaule, il vit apparaître Mme Klein.

— Je vous avais dit que j'appellerais la police si je vous revoyais, déclara-t-elle d'un ton triomphant.

Clay soupira.

— Très bien. Je m'en vais. Je ne veux pas d'ennuis.

— C'est un peu tard pour y songer, rétorqua le deuxième agent. Vous devez nous suivre, monsieur.

Clay recula.

— Vous suivre ? Pourquoi ?

— On vous emmène au poste.

— Je suis en état d'arrestation ?

— Non, répondit le premier flic, le plus âgé et sans doute le plus malin des deux.

Du moins Clay l'espérait-il.

— Monsieur Maynard, vous correspondez à la description d'un homme qui s'est présenté à la morgue il y a quelques heures, en posant des questions sur les cadavres non identifiés.

Clay haussa les sourcils. Apparemment, sa démarche avait attiré l'attention.

— Je n'ai commis aucun délit, protesta-t-il.

C'était presque vrai, à un ou deux petits détails près qu'il avait l'intention de passer sous silence.

L'agent acquiesça d'un air solennel.

— Dans ce cas, ça ne vous dérangera pas de répondre à quelques questions.

Clay baissa les mains et laissa pendre ses bras le long de son corps. Il n'y avait rien à dire. Lui-même, s'il avait porté un badge, n'aurait pas réagi autrement.

— Très bien, je vous suis. Mais je prends ma voiture.

Le plus jeune des agents voulut protester, mais l'autre le fit taire d'un regard.

— Ce sera parfait, monsieur Maynard. Allons-y, je vous prie.

Clay soupira de nouveau.

C'était vraiment une journée de merde.

11

Baltimore
Lundi 3 mai, 21 h 15

J.D. secoua la tête, tout en prenant la sortie d'autoroute pour rejoindre la morgue.

— Tu ne me feras pas changer d'avis. Aussi, n'essaye même pas, dit-il.

Lucy avait trouvé dans la voiture le CD d'un groupe de Baltimore, découverte qui avait déclenché une discussion animée à propos des musiciens.

Elle dut s'avouer qu'elle passait un très agréable moment. Ils s'étaient arrêtés à un comptoir de vente pour le dîner et ils avaient mangé dans la voiture, tout en écoutant de la musique et en parlant à bâtons rompus. Ils n'avaient pas abordé une seule fois le sujet de l'enquête — pas un mot sur Mme Westcott, son frère ou les amis de son frère.

Lucy avait découvert avec plaisir que J.D. s'y connaissait en musique et qu'il écoutait un peu de tout. Elle s'était demandé ce qu'il penserait de sa musique. Si tout ça s'arrangeait… *Un jour, je serai peut-être suffisamment proche de lui pour lui proposer de passer au club. Peut-être.*

En attendant, elle n'était pas d'accord avec lui.

— Ce n'est pas possible de préférer Bromo Bay à Silver Fish, soyons sérieux, protesta-t-elle.

Il haussa les épaules.

— Le guitariste de Bromo est bien meilleur que celui de Silver Fish.

Elle soupira.

— Tu commets une erreur de fond.

Il entra dans le parking proche de la morgue.

— C'est-à-dire ?

— Il est plus technique, c'est tout. La technique, n'importe quel musicien peut l'acquérir avec du travail. Bromo manque d'âme. Il y a un monde entre l'âme et la technique.

— Je suppose que je dois m'incliner devant ce point de vue de musicienne.

Il trouva une place, puis tendit le bras pour lui prendre la main et caressa le bout calleux de ses doigts.

— Je sais que tu es musicienne, parce que j'avais déjà repéré ces doigts de travailleuse. Et aussi parce que tu as dit que M. Pugh avait été ton professeur de musique.

Le ton léger avait disparu. Il la fixait de nouveau, avec cette intensité qui lui donnait l'impression d'être à l'abri du froid et de la solitude pour toujours.

— Oui, il a été mon professeur. Au lycée.

— Tu joues de quel instrument ?

— Du violon, répondit-elle d'un ton absent, tout en luttant contre le désir de lui parler du club.

Sa réaction l'aurait intéressée. Et aussi son approbation.

— Tu n'as pris grand-chose quand tu es passée chez toi, mais tu as emporté ton violon, dit-il.

Elle fronça les sourcils.

— La femme qui m'a accompagnée t'a fait un rapport sur ce que j'avais emporté ?

— C'est la procédure, dit-il. Ne le prends pas mal. Elle m'a dit que l'une de tes voisines avait fait des commentaires sur tes concerts. De quoi parlait-elle exactement ?

— Je joue pour M. Pugh quand il est agité. Ça le calme. J'ai même fait un enregistrement que Barb lui passe quand je ne suis pas là.

Il la dévisagea en silence pendant quelques secondes, puis sortit de la voiture.

— Je vais t'accompagner jusqu'à ton bureau, dit-il.

Il vint lui ouvrir sa portière et la fit sortir. Mais, cette fois, il demeura face à elle, à la dévisager longuement, au point de la faire rougir. Elle avait les yeux à hauteur de sa pomme d'Adam et la vue de cet attribut masculin déchaîna son pouls.

— Merci, murmura-t-elle. Je tenais à être là pour les Bennett, même si ça ne s'est pas terminé comme je l'avais prévu. Et merci aussi pour avoir réussi à me faire oublier mes soucis pendant un moment.

— Lucy…, murmura-t-il en lui prenant le menton pour lui faire lever la tête.

Il chercha son regard. Il ne souriait pas. Il était aussi ému qu'elle.

— Je n'ai cessé de penser à la manière dont tu as répondu quand je t'ai embrassée, dit-il.

Elle sentit son sang se précipiter et tout son corps frémir.

— J'ai répondu, en effet.

— Oui.

Il se pencha sur elle, jusqu'à ce qu'elle ne voie plus que le bleu profond de ses yeux.

— J'espère que ça se reproduira, dit-il.

— Je…

Elle ne savait plus quoi dire, mais cela n'avait pas d'importance, vu qu'il avait déjà posé sur la sienne une bouche tiède et exigeante. Ses mains parcouraient ses cheveux et il lui inclina la tête d'un côté, puis de l'autre, pour mieux la posséder. Et chaque fois, c'était encore plus délicieux.

Elle ne put s'empêcher de gémir et il explosa. De tendre, sa bouche se fit ravageuse. Ses mains glissèrent pour lui malaxer les seins, chercher ses tétons à travers les trop nombreuses couches de tissu qui l'empêchaient d'y accéder. Puis elles s'aventurèrent plus bas, vers le creux de ses reins, qu'elles se mirent à pétrir avec une sorte de rage désespérée.

Elle tenta de se coller à lui, en maudissant sa jupe trop

étroite, et en gémissant, de frustration cette fois. Il s'arracha à sa bouche et resta là, haletant, contre sa tempe. Pendant un moment, ils demeurèrent silencieux, à bout de souffle.

— Je hais cette jupe, déclara-t-il d'un ton morne.

— Moi aussi.

Il s'écarta pour la regarder droit dans les yeux. Elle lui rendit son regard, hypnotisée.

— Je voudrais bien te voir sans cette jupe, murmura-t-il.

Elle déglutit. Son cœur battait, elle le désirait terriblement, beaucoup plus que de raison.

— Je serais d'accord, dit-elle.

Elle vit briller dans ses yeux une lueur gourmande, presque féroce.

— Ça fait vraiment longtemps, pour moi, tu sais, avoua-t-il. Je n'ai eu personne, je n'en éprouvais pas le besoin, je n'avais que mon boulot. Et ce matin je t'ai vue et…

— Et brusquement tu t'es senti de nouveau vivant ? suggéra-t-elle doucement.

Elle vit passer une lueur de soulagement dans son regard de braise.

— J'ai peur de tout gâcher en te bousculant, avoua-t-il.

— Je sais. Pour moi aussi, ça fait longtemps. Je ne sais pas trop comment affronter ce qui m'arrive.

Il posa son front contre le sien.

— Mais tu as envie de moi ? murmura-t-il.

Quelque chose en elle se figea, puis se liquéfia.

— Oui. J'ai envie de toi, oui. Mais il est tard. Nous avons eu tous les deux une très longue journée. Tu devrais rentrer chez toi et te reposer.

— J'allais te dire la même chose.

— Je ne peux pas rentrer chez moi. Il faut que je récupère une clé de l'appartement de Gwyn.

Il hésita.

— J'ai de la place. Plusieurs chambres.

Elle ferma les yeux.

— Tu te rends compte que tu me mets à la torture ?

— Oui, avoua-t-il d'une voix rauque.

Elle ouvrit les yeux et le surprit à sourire.

— C'est trop et trop vite ? demanda-t-il.

Elle acquiesça.

— Viens au moins chez moi prendre la voiture. Ensuite, je te suivrai pour t'escorter jusque chez Gwyn.

Elle fit la grimace.

— Cette voiture, c'était celle de ta femme ?

Il battit des paupières.

— Comment le sais-tu ?

— Je ne le savais pas, répondit-elle sèchement. C'était une supposition.

Il fronça les sourcils.

— Je croyais que nous étions quittes avec les cerveaux dans les plats.

Elle ne put s'empêcher de rire.

— Je t'avais dit que nous étions *presque* quittes. A présent, nous sommes quittes.

— Très bien, grommela-t-il.

Mais ses yeux souriaient.

— N'empêche qu'il te faut une voiture. Les gars du labo risquent de garder la tienne plusieurs jours, surtout s'ils trouvent quelque chose.

— Ils ne trouveront rien, et tu le sais aussi bien que moi, dit-elle. Et moi, je ne veux pas conduire la voiture de ta femme. Ça me donnerait la chair de poule. Thorne possède deux voitures, il m'en prêtera une.

Elle plongea la main dans sa poche et en sortit son téléphone.

— Il m'a envoyé un texto. La voiture est garée ici, à l'emplacement soixante-deux. Il a confié la clé à Alan, à la morgue.

— Au moins, appelle-moi quand tu partiras d'ici. Je te suivrai jusque chez Gwyn. Je ne chercherai pas à rester avec toi, je te le promets.

L'image du chiffre un inscrit sur le dos de Russ passa devant ses yeux.

— C'est d'accord, répondit-elle.

— Dans ce cas, je vais aller à mon bureau et éplucher les relevés de téléphone de Russ Bennett jusqu'à ce que tu décides de rentrer.

Elle attendit qu'il sorte la valise et la dépose sur le sol de béton, et se pencha à l'intérieur de la voiture pour prendre le sac, celui dans lequel elle avait mis le violon.

— C'est moi qui porte celui-là, dit-elle.

En le manipulant, elle fit tomber quelques vêtements d'une pile.

— Il n'est pas…

Elle s'arrêta net. Sous les pantalons et les vestes, elle venait d'apercevoir un casque. Elle le regarda comme s'il s'agissait d'un serpent prêt à mordre. Elle se sentait soudain gelée, son cœur battait à ses oreilles.

Des casques comme celui-là, elle en avait vu des centaines. Elle en avait elle-même porté. J.D. faisait de la moto. En compétition.

Elle prit son sac et recula, en essayant de se souvenir de ce qu'elle était en train de dire avant de voir ce fichu casque.

— Euh… lourd… Ce sac n'est pas lourd. Il est à qui, ce casque ?

Il jeta un coup d'œil par-dessus son épaule, visiblement surpris par la question.

— Il est à moi, dit-il. Pourquoi ?

Je le savais. Elle avait tout de suite senti en lui l'amateur de sensations fortes. *Pourquoi n'ai-je pas suivi mon instinct ?*

Parce qu'elle s'était laissé emporter par tout autre chose.

— Comme ça, par simple curiosité.

Prends tes jambes à ton cou.

Elle se dirigea vers la morgue, en serrant son gros sac contre sa poitrine, si fort qu'elle pouvait à peine respirer.

— Lucy ? Attends, Lucy !

Elle l'entendit claquer la portière, puis courir pour la rattraper. Ses pas résonnaient dans le silence.

— Lucy…

Il l'avait rejointe et lui emboîta aisément le pas, avec un froncement de sourcils.

— Tu avais oublié ton sac à main.

Elle s'arrêta, passa son gros sac en bandoulière, lui arracha des mains le sac qu'il lui tendait, et se remit à marcher.

— Merci. Je dois y aller, maintenant.

— Et moi, je tiens à t'accompagner jusqu'à l'entrée, rétorqua-t-il sèchement. Qu'est-ce qui te prend, tout à coup ? Qu'est-ce qu'il y a ?

— Rien du tout, mentit-elle. Je viens de me souvenir que j'avais mis un test en route ce matin, et je dois relever les résultats si je ne veux pas être obligée de tout recommencer.

Eloigne-toi de lui. Et surtout, ne l'embrasse plus.

Il lui prit le bras et le pressa gentiment.

— Lucy, attends une seconde.

Ils étaient presque à la morgue.

— Je ne peux pas, je te dis. Je dois m'occuper de ce test, sinon, demain matin, tu seras un inspecteur mécontent.

Elle se força à sourire et dégagea son bras. Il resta planté quelques secondes, à la regarder s'éloigner, puis il la rejoignit à petites foulées. Elle était déjà devant la porte et présenta son badge pour ouvrir.

— Lucy ! protesta-t-il. Merde !

Il tint le battant pour l'empêcher de se refermer sur elle.

— Arrête-toi et explique-moi ce qui se passe. Et ne me dis pas qu'il ne se passe rien. Tu as posé les yeux sur ce casque et tu as pris la fuite. Pourquoi ?

Elle inspira et compta jusqu'à dix.

— Tu participes à des courses de moto-cross ?

Les deux sourcils de J.D. se touchèrent.

— J'y participais autrefois, oui. Pourquoi ?

Elle bomba le torse, comme si elle s'apprêtait à l'affronter.

— Et tu serais susceptible de courir de nouveau ?

— Peut-être, je ne sais pas. Pourquoi ?

Elle fit un effort pour se calmer et trouver un argument recevable.

— Tu sais combien je pratique d'autopsies sur des idiots de motards ?

Il parut vexé.

— Je porte un casque. Celui que tu as vu, justement.

— Et après ? demanda-t-elle d'un ton volontairement sec et cassant. Un casque, ça te garantit simplement que ton cerveau écrasé restera une masse compacte, qu'un légiste pourra aisément examiner, au lieu de devenir une flaque que les techniciens de la morgue ramasseront à la petite cuillère. Mais tu seras mort tout de même.

Elle lui prit la valise des mains et la tira à l'intérieur du bâtiment.

— Merci pour cette charmante soirée. A plus tard.

— Hé ! Attends !

Il la retint par l'épaule.

— N'oublie pas de m'appeler quand tu seras prête à rentrer, O.K. ? Je t'accompagnerai jusqu'à ta voiture et je te suivrai chez Gwyn.

Elle acquiesça, tout en se disant qu'il pouvait toujours courir pour qu'elle l'appelle. Elle trouverait quelqu'un d'autre pour l'escorter.

— Merci, dit-elle en s'éloignant à grands pas vers l'ascenseur et en tirant sa valise derrière elle.

Une minute plus tard, les portes de l'ascenseur se refermaient sur elle — et sur la silhouette de Fitzpatrick qui la contemplait d'un air médusé depuis le seuil de la porte.

Elle se laissa aller contre la froide paroi de métal. Elle l'avait échappé belle. Mais elle ne s'en était pas tirée sans une égratignure. Ils s'étaient embrassés. J.D. était quelqu'un de bien, cela ne faisait aucun doute. Mais ça ne l'empêchait pas d'être dangereux. Encore plus pour elle que pour lui-même.

***

Newport News, Virginie
Mardi 3 mai, 21 h 15

Clay tambourinait nerveusement sur la table d'interrogatoire en métal. Déjà une heure qu'il faisait le poireau. Le plus vieux et le plus malin des deux flics lui avait pris son arme, en lui donnant un reçu en échange. Il avait aussi fouillé son porte-documents, puis le lui avait rendu sans un mot. Clay se félicita d'avoir eu la présence d'esprit d'enfermer le dossier de Nicki dans le coffre-fort de sa chambre d'hôtel. Dans le porte-documents, il n'avait conservé qu'un bloc-notes et la photo de Margo Winchester.

Ils me font perdre mon temps, ces crétins.

Le club où travaillait Margo était ouvert depuis quinze minutes. Il tenait à lui parler. Il espérait lui extorquer des renseignements sur Evan Reardon. Ensuite, il filerait à Ocean City pour chercher Nicki.

La porte s'ouvrit enfin pour laisser passer un grand Noir vêtu d'un costume bleu marine. Il avait un peu moins de la quarantaine. Son nœud de cravate était desserré et son col de chemise déboutonné. Il tenait dans une main une tasse qui fumait et dans l'autre une enveloppe kraft. La tasse, il la posa devant Clay.

— Il est infect, mais puisque vous avez été flic, vous êtes habitué au mauvais café, dit-il en s'asseyant face à lui. Je m'appelle Sherman, ajouta-t-il en faisant glisser une carte de visite sur la table.

« Inspecteur Richard Sherman, Homicides », disait la carte.

Intéressant. On m'envoie un inspecteur des homicides…

— C'est au sujet de quel cadavre ? demanda-t-il d'un ton ironique.

— Pas celui de votre beau-frère, répondit sèchement l'inspecteur, avec une moue agacée. A moins que vous n'ayez une autre ex-femme. Celle à qui j'ai parlé n'a pas de frère, et vous, vous n'avez pas de sœur.

Clay le contempla fixement.

— Vous avez appelé mon ex-femme ?

Vu que cela faisait des années qu'ils n'avaient plus aucun contact, elle avait dû se demander ce qui se passait.

— Eh ben merde, alors, murmura-t-il.

Sherman haussa les épaules.

— Vous avez menti à l'employé de la morgue. Je sais que vous étiez flic. Je sais que vous êtes détective privé et que vous avez un permis pour votre arme. Ce que je ne sais pas, c'est ce que vous cherchez.

— Je travaille pour un client, répondit Clay.

Il espérait que Sherman ignorait tout de sa visite chez Sandy Reardon.

C'était probable, sauf si le père de Sandy avait prévenu la police, ce dont il doutait fortement. Parker n'avait pas plus confiance que lui en la police.

— Ouais, murmura Sherman en sortant de l'enveloppe une photo qu'il posa entre eux sur la table, d'un geste théâtral. Qui est cette femme ?

Clay baissa les yeux vers la photo — un gros plan de visage qu'il s'empressa de repousser loin de lui, avec un goût de bile dans la bouche. *Margo*. Ou plutôt ce qu'il en restait.

— Quelques jours dans la baie, ça vous transforme un cadavre, commenta Sherman en retournant la photo. J'ai trouvé dans votre porte-documents la photo d'une femme qui ressemble étrangement à celle que je viens de vous montrer.

Clay se tut, le temps de réfléchir. Il y avait plus qu'une ressemblance, et ça ne servait donc à rien de nier. Mieux valait coopérer — jusqu'à un certain point.

— Le flic qui m'a emmené ici a un sacré coup d'œil, dit-il.

— On peut le dire, oui. Il a aussi une bonne oreille et il vous a entendu dire à Mme Klein que vous cherchiez une femme. Qui est cette femme ?

— Je l'ignore.

— Monsieur Meynard, je vous conseille de ne pas abuser de ma patience.

Clay eut un petit sourire.

— Je n'y songe même pas. Je croyais savoir qui était cette femme, mais j'ai découvert aujourd'hui qu'elle avait menti à mon associée.

— Aurait-elle un lien avec votre beau-frère ? demanda Sherman en accompagnant les derniers mots de guillemets imaginaires.

— Peut-être. Je n'en suis pas sûr.

— C'est tout de même étrange. Vous allez à la morgue en pensant y trouver le corps d'un homme, et vous trouvez le corps d'une femme que vous cherchez.

— Il n'empêche que j'ignore qui était cette femme, rétorqua Clay d'un ton amer.

— Dans ce cas, vous pourriez au moins me dire qui elle prétendait être.

Clay hésita, puis haussa les épaules.

— Elle prétendait s'appeler Margo Winchester.

— Et comment savez-vous qu'elle n'était pas Margo Winchester ?

— J'ai parlé aujourd'hui à un voisin des parents de la vraie Margo. Elle est en cure de désintoxication depuis déjà un moment.

— Je vois. Et à présent, dites-moi qui est ce prétendu beau-frère que vous croyez mort.

— Je ne peux pas vous le dire, parce que ça relève du secret professionnel. Je suis sûr que vous comprenez.

— Je me fous de votre secret professionnel, répondit froidement Sherman. J'ai un cadavre de femme sur les bras, et ce cadavre a peut-être un lien avec un homme que vous recherchez. Si vous ne me répondez pas, j'ai les moyens de vous retenir ici.

— Mais vous ne le ferez pas, dit posément Clay. Parce que je n'ai rien à voir avec la mort de cette fille.

Du moins, il l'espérait.

— J'étais dans le Maryland jusqu'à aujourd'hui, poursuivit-il. Vous ne pouvez pas me retenir. Vous allez me relâcher et me faire suivre.

Il haussa les épaules.

— Voyez-vous, je connais la musique.

Sherman n'eut pas l'air impressionné.

— Vous êtes un ex-flic, je sais. Et c'est pour ça que vous voulez comme moi qu'on arrête la personne qui a fait ça, ajouta-t-il en tapotant la photo.

— Bien sûr. Sauf que je ne peux pas vous aider.

— C'est peut-être votre client.

— Elle s'est peut-être tout simplement noyée, objecta Clay. Qu'en savez-vous ?

Sherman sortit une autre photo qui montrait un profil du cou de la victime.

— Cette blessure au cou laisse peu de place au doute.

— Je vois, murmura Clay.

Il se demanda pourquoi le fait qu'il ait cherché un cadavre à la morgue intéressait tant cet inspecteur. Ils se jaugèrent du regard.

— C'est vous qui êtes chargé de l'enquête sur la maison qui a brûlé la semaine dernière ? demanda-t-il tranquillement. Une maison dans laquelle on a trouvé un cadavre qui n'est pas identifié.

— Il est identifié. C'est un flic. Il s'appelle Ken Pullman.

Ken Pullman... Le type que Nicki mentionnait dans son dossier, celui qui avait raconté que le père de Margo Winchester était un flic véreux. Le copain d'Evan. La surprise dut se lire sur son visage, car Sherman inclina la tête de côté avec un petit air malin.

— Est-ce que ça vous étonne ? ironisa-t-il.

— Plutôt, oui. Les journaux ne mentionnaient pas l'identité du corps.

— Le corps était carbonisé et nous avons dû attendre le dossier dentaire. Il n'a été identifié formellement qu'aujourd'hui. A lui aussi, on a tranché la gorge.

— Vous voulez dire que ce serait la même personne qui aurait tué cette femme et Ken Pullman ? Les blessures sont similaires ?

Sherman acquiesça d'un air grave.

— Comme vous le voyez, je vais devoir insister, pour le nom de votre client.

Clay ferma les yeux. Un flic. Une femme inconnue. Et Evan était mouillé là-dedans, d'une façon ou d'une autre.

— Vaugh Stanley, dit-il, pour gagner du temps.

Vaugh Stanley était une identité qu'il avait de côté, depuis longtemps, en cas d'extrême urgence. Il n'avait jamais eu à s'en servir.

Sherman se leva.

— Merci. Nous restons en contact, bien sûr, mais vous pouvez partir.

Baltimore
Lundi 3 mai, 21 h 45

— Et là, tu m'entends ?

Gwyn hurlait dans le téléphone. Il y avait tellement de bruit autour d'elle qu'elle avait dû s'isoler dans le bureau du club.

— Oui, soupira Lucy, qui l'avait appelée en arrivant à la morgue. Il y a du monde, dis donc, ce soir…

— Tout le monde sait que tu es de retour, c'est pour ça. Et tout le monde espère que tu vas venir.

Lucy fronça les sourcils.

— Et comment sait-on que je suis de retour ?

— Je l'ai annoncé hier, en m'excusant de partir un peu plus tôt pour aller te chercher à l'aéroport avec Royce. Je ne pensais pas qu'il s'agissait d'un secret d'Etat.

— C'en est devenu un, depuis que je trouve des cadavres sur mon chemin.

— Tu as encore trouvé un cadavre ?

— Non, soupira Lucy en massant ses tempes douloureuses. Mais un seul suffit amplement, tu ne crois pas ? J'ai vraiment eu une sale journée.

— Personne ne songe à le contester. Viens jouer ici, ce soir. Tu sais que tu en as envie.

— J'en ai envie, oui, mais… Gwyn, je suis allée à Anderson Ferry, aujourd'hui.

Il y eut quelques secondes de silence.

— Pourquoi ? demanda enfin Gwyn.

— Pour prévenir les Bennett, au sujet de Russ. Je leur devais bien ça.

— Et comment ça s'est passé, là-bas ?

— Je suis tombée sur Mme Westcott.

— Seigneur ! Cette vieille harpie ? Elle n'est pas encore morte ?

— Malheureusement pour moi, non. Elle a dit devant J.D. que j'étais une « indésirable » dans le quartier.

— Qui est J.D. ?

— L'inspecteur Fitzpatrick.

— Nous reparlerons de lui dans cinq minutes. Pour l'instant, concentrons-nous sur toi. Est-ce que tu *les* as vus ?

— Non, mais eux, ils m'ont vue.

Elle soupira.

— Ils espionnaient derrière les stores de leurs fenêtres. Ils ne sont même pas sortis pour me parler.

Le soupir de Gwyn fit écho à celui de Lucy.

— C'est moche.

— Oui, c'est moche. Et par-dessus le marché, J.D. m'a embrassée. Deux fois.

— Waouh ! Revenons à lui. Alors comme ça, il t'a embrassée ? C'est que tu étais d'accord…

— Oui. Je me sentais bien avec lui. Mais ensuite, j'ai vu un casque de moto sur le siège arrière de sa voiture.

— Oooh…, gémit Gwyn d'un ton désolé. Il n'était peut-être pas à lui, ce casque.

— Il est à lui, il me l'a dit. Et ce n'est pas n'importe quel casque. C'est un casque de moto-cross.

— Mmm…, marmonna Gwyn. Si tu n'en veux pas, de ce Fitzpatrick, tu peux me le laisser.

— Gwyn, c'est sérieux !

— Bien sûr que c'est sérieux. C'est pour ça que tu vas enfiler ta robe et venir ici. Thorne t'attendra pour suivre ta voiture. Enfin, *sa* voiture, celle qu'il te prête.

— Merci, répondit Lucy. Vous êtes adorables.

— Normal, ma chérie. Tous pour un, tu le sais bien.

Lundi 3 mai, 21 h 45

J.D. avala son café en grimaçant. Il espéra que la dose de caféine vaudrait le goût infect qu'il avait maintenant à la bouche. Il avait eu la flemme de se faire du café frais, et s'était servi un vieux fond qui traînait dans une cafetière depuis un temps indéterminé.

Il se frotta le visage à deux mains et sursauta quand son téléphone portable vibra dans sa poche. Lucy avait dû terminer de lire ses tests. Mais c'était Stevie qui appelait.

— Est-ce que ta fille a obtenu son diplôme ? demanda-t-il en décrochant.

Stevie éclata de rire.

— Elle a eu son diplôme et elle s'est défoncée au sucre en se gavant de crème Chantilly. En ce moment, ma mère essaye de la coucher. Je voulais te dire qu'elle a adoré le médaillon. C'était vraiment gentil. Merci.

Il se dandina. Les compliments le mettaient mal à l'aise.

— Tant mieux, bredouilla-t-il. Tu as écouté mon message ?

— Oui. J'ai cru comprendre qu'il y avait eu de l'animation, chez les Bennett. Qu'est-ce qui s'est passé, exactement ?

Il lui raconta tout en détail et elle émit un petit sifflement.

— Lucy n'a pas une idée du lien qu'il pourrait y avoir entre Edwards et Bennett ?

— Je pense qu'elle n'était pas en état de réfléchir à ça, répondit J.D. Cette Mme Westcott s'est montrée particulièrement désagréable avec elle, et M. Bennett n'a rien fait pour rattraper le coup.

— Elle y réfléchira plus tard, alors. Après une bonne nuit de sommeil, elle y verra sans doute plus clair. Elle viendra d'elle-même nous trouver demain, j'en suis certaine. Comment est mort son frère ?

J.D. revit encore le sourire convenu plaqué sur le visage de Lucy quand les portes de l'ascenseur s'étaient refermées sur elle. Son casque l'avait fait fuir, aussi vite que le lui permettait sa jupe trop étroite. Mais au moins, il savait pourquoi, à présent.

En arrivant tout à l'heure au bureau, il s'était empressé de se renseigner. En tapant « Trask », « accident » et « Anderson Ferry », il avait obtenu la nécrologie du frère de Lucy.

— Il est mort dans un accident de moto, dit-il. Je t'ai envoyé un e-mail, avec un lien vers sa nécrologie.

— Je n'ai pas allumé mon ordinateur. Tu ne peux pas me dire ce qu'il en est, plutôt ?

J.D. appuya sur une touche de son clavier.

— On le surnommait Buck, mais son prénom, c'était Linus, annonça-t-il.

Stevie toussa.

— Sans blague ? Leurs parents les avaient appelés Lucy et Linus ?

— Ouais.

Et moi qui me plains de mon prénom ! Il avait de quoi se plaindre, mais pas pour les mêmes raisons.

— Linus est mort dans un accident de moto, il y a vingt et un ans. Lucy avait quatorze ans. Leurs parents sont toujours en vie.

Cela expliquait pas mal de choses. Aujourd'hui, Lucy avait été catapultée dans son passé. Et ce casque sur le siège arrière lui avait donné le coup de grâce.

— Il n'a donc pas été assassiné, commenta Stevie. Il y a quand même très peu de chances pour qu'il y ait un rapport entre son décès et les morts d'aujourd'hui, mais on ne sait jamais. Qu'est-ce qu'on sait, à propos d'Edwards ?

— Les Edwards étaient un couple très actif dans la communauté. J'ai trouvé *online* des photos d'eux dans plusieurs manifestations branchées.

Il feuilleta les documents qu'il avait imprimés.

— Edwards jouait au golf et se montrait à toutes les ventes de charité. Il avait un yacht. Il participait à des courses en équipe. Il était inscrit au club de yacht local. Il apparaît même sur le site du club pour s'être classé une ou deux fois dans des régates. Mais il n'y a rien de nouveau sur lui depuis un an.

— Depuis qu'on avait diagnostiqué son cancer, sans doute, proposa Stevie.

— Probable. Parce que c'est aussi à ce moment-là qu'il est cité pour des donations. Considérables, les donations.

Il plaça sur le dessus de la pile les papiers concernant les donations.

— Un demi-million pour une association luttant contre le cancer. Un autre demi-million pour une association luttant contre la maltraitance domestique. Et ça, c'est ce que j'ai trouvé en quelques clics. Il y a d'autres liens, que je n'ai pas encore consultés. Une bonne demi-douzaine.

— D'autres donations ?

— Je pense, oui.

Il cliqua sur l'un des liens et fronça les sourcils.

— Bizarre…, murmura-t-il.

Il prit le temps de lire le premier paragraphe et son pouls s'accéléra.

— Stevie, le compte en banque de Malcolm Edwards a été vidé.

Il y eut un temps de silence à l'autre bout du fil.

— Comme celui de Bennett, répondit-elle. Tu te souviens, Helen Bennett a signalé une fraude bancaire sur le compte commun qu'elle possédait avec son ex-mari ?

— Exactement. Il y a eu enquête pour le compte d'Edwards, et la police a pu déterminer que l'argent était parti via un virement électronique vers un compte *off-shore*. Malheureusement, la piste s'arrête là.

— Le site mentionne la personne qui a mené l'enquête ? demanda Stevie d'un ton excité.

— Non. Police d'Etat du Delaware, c'est tout.

— On appellera demain matin à la première heure. A présent, nous le tenons, notre lien entre les meurtres.

— Et nous avons aussi le numéro deux, murmura J.D.

— Comment ça ?

— Si Edwards a été assassiné par la même personne que Bennett, c'est lui, le numéro un. Et Bennett est numéro deux.

— Tu as raison. Mais dans ce cas, que signifie le chiffre un inscrit sur le dos de Bennett ?

— Et que vient faire Lucy là-dedans ?

— Tu as raison. Au fait, je suis étonnée que tu ne sois pas avec elle en ce moment.

— Je l'ai déposée à la morgue, où elle devait relever des résultats de tests. Elle est censée me prévenir quand elle aura terminé, mais je crois que je ne vais pas attendre qu'elle m'appelle pour aller la chercher.

— N'hésite pas à me téléphoner si tu as besoin d'un coup de main. Sinon, on se voit demain avec Hyatt. 8 heures. Précises.

— J'y serai, répondit J.D. tout en fermant les fenêtres ouvertes sur son écran.

Qu'est-ce que le tueur voulait à Lucy ? Considérer que la mort de son frère avait un rapport avec celle de Russell Bennett paraissait un peu tiré par les cheveux… J.D. allait fermer un dernier article ouvert sur son écran, quand un détail attira son attention.

Qu'est-ce que… ?

Il s'agissait d'un vieil article commentant la mort de Linus Trask. Son adresse y était mentionnée. Il la relut plusieurs fois pour s'assurer qu'il n'avait pas la berlue. Oui, c'était bien la maison mitoyenne de celle des Bennett, à Anderson Ferry.

J.D. songea aux yeux qui les avaient observés quand ils avaient quitté la maison des Bennett. Qui habitait cette maison, aujourd'hui ? Il s'empressa de vérifier sur le site des impôts fonciers, où il tapa la dernière adresse de Linus, celle de Lucy quand elle vivait avec ses parents.

La maison appartenait toujours à Ron et Kathy Trask. Lucy lui avait bien dit que ses parents étaient morts ? Non. Elle avait déclaré ne plus avoir de famille. Et pourtant, ses parents étaient bien vivants et habitaient cette maison, il l'aurait parié.

Il rassembla ses documents. Il finirait de lire tout ça quand il aurait raccompagné Lucy chez Gwyn. Et en attendant, il avait l'intention de lui demander pourquoi elle était passée devant la maison de ses parents sans même jeter un regard vers leurs fenêtres.

Et pourquoi eux n'étaient pas sortis saluer leur fille.

Mme Westcott avait qualifié Lucy d'« indésirable ». Elle avait ajouté que sa mère aurait eu honte d'elle. Lucy avait vertement répondu que ce ne serait pas nouveau.

Hyatt avait raison. Lucy ne leur disait pas tout. Et lui, maintenant, il voulait des réponses. Il y avait eu bien assez de cachotteries.

Lundi 3 mai, 21 h 45

— Ça fait une demi-heure que tu me trimballes dans ta voiture, se plaignit Susie. Tu aurais pu tout simplement me déposer devant le restaurant.

— Pour que tu puisses lever un autre pigeon ? ricana-t-il.

Il cherchait un endroit convenable pour se débarrasser de son corps. Et aussi une cabine téléphonique. Pas forcément dans cet ordre.

— Quel genre de flic je serais, si je te déposais sur ton terrain de chasse ?

— J'espère que tu seras au moins le genre à me filer de quoi rentrer en taxi, grommela-t-elle.

— Ouais, t'inquiète pas pour ça. Tu seras pas obligée de payer pour rentrer.

Il repéra une impasse déserte avec une énorme poubelle. *Parfait.* Il s'arrêta devant la poubelle.

— Descends, ordonna-t-il.

— Tu vas pas me lâcher ici ? protesta-t-elle. C'est un quartier pourri.

Il fit le tour de la voiture et la saisit par les cheveux.

— Sors, je te dis.

Elle devint blême.

— D'accord, d'accord… Mais tu ne peux pas m'abandonner ici, insista-t-elle en jetant des regards affolés autour d'elle. Je n'aurais pas fait deux pâtés de maisons qu'on me trancherait la gorge.

— C'est pas « on » qui va te trancher la gorge, dit-il en l'entraînant vers le coffre. C'est moi.

— Arrête ! Lâche-moi !

Comme elle hurlait et se débattait, il la gifla violemment. A moitié assommée, elle chancela, puis poussa un cri étouffé en découvrant le corps de Janet Gordon quand il ouvrit le coffre. Elle ne remarqua même pas le couteau qu'il tira du passage de roue.

— Seigneur, murmura-t-elle en fixant Janet d'un air horrifié. Tu… elle… elle est morte. Oh, mon Dieu !

Elle gonfla ses poumons, pour hurler de nouveau, mais elle n'en eut pas le temps. De sa gorge, il ne sortit aucun son, juste un flot de sang. Il éclata d'un rire mauvais en voyant le jet qui éclaboussait le mur de briques de l'impasse, mais ça ne l'empêcha pas d'avoir la présence d'esprit de faire pivoter Susie avant de trancher d'oreille à oreille. Il commençait à avoir le coup de main. Il se salissait beaucoup moins qu'au début.

Il avait tout de même du sang sur les mains et le visage. Il baissa les yeux et fit la grimace. Et aussi sur ses fringues neuves. Zut !

Heureusement, il avait pris des vêtements pour se changer après avoir livré Janet. Tant pis. Il allait se changer tout de suite. Il planqua le corps de Susie derrière une poubelle, puis ôta sa chemise et s'en servit pour nettoyer le couteau qu'il rangea ensuite soigneusement à sa place, dans le passage de roue, avec ses autres outils. La chemise, il la roula en boule et la cala contre le corps de Janet. Il s'en débarrasserait ailleurs. Pas la peine de laisser des indices aux flics.

Il vérifia sa montre. Il était temps de mettre Janet en place, s'il voulait que Lucy la trouve.

Lundi 3 mai, 22 h 10

La morgue n'était qu'à quelques minutes en voiture. J.D. se gara. N'ayant aucune nouvelle de Lucy, il avait décidé d'aller la chercher.

Il avait fait quelques pas dans le parking, quand la porte donnant sur les ascenseurs s'ouvrit, laissant passer deux personnes qui rejoignaient leur véhicule. Il dut cligner plusieurs fois des yeux pour s'assurer qu'il ne rêvait pas.

Mais non… Il ne rêvait pas. C'était bien Lucy, accompagnée d'un vigile qui tirait sa valise à roulettes. Elle ne portait pas son étroite jupe bleue. Elle avait enfilé une blouse blanche de labo qui lui arrivait à mi-cuisse. Il fronça les sourcils. Qu'est-ce qu'elle portait, sous cette blouse ? Apparemment, pas grand-chose.

Le garde la laissa devant l'emplacement 62, où attendait une rutilante Mercedes. *Sans doute la deuxième voiture de Thorne*, songea-t-il avec un pincement au cœur. Lucy ne l'avait pas appelé. Elle avait préféré demander à un vigile de l'accompagner.

Elle m'évite. Puis, soudain, il comprit. Il avait cru qu'elle réclamait une vie trépidante, mais il s'était trompé. Elle avait eu son content de trépidations, avec la mort de ce frère qui participait à des courses de moto-cross. A présent, ce qu'elle recherchait, c'était le calme.

Le calme, la routine, l'ennui… Il contempla ses longues jambes. Elle se prétendait fade et ennuyeuse, mais elle ne trompait personne. Au moins, là-dessus, elle ne pouvait donner le change.

Il s'apprêtait à la rejoindre, quand la portière de la berline noire garée sur l'emplacement 63 s'ouvrit. Il posait déjà la main sur son revolver, quand il reconnut Thomas Thorne qui sortait de la voiture. Lucy n'eut pas l'air surprise de le voir. Au contraire, elle parut soulagée.

Elle a appelé Thorne. Pas moi.

Quand Thorne prit la valise de Lucy pour la déposer dans le coffre, le vigile le balaya du regard d'un air méfiant, puis se tourna vers Lucy, comme pour quêter son approbation. Elle lui adressa un signe de tête et lui signifia sans doute qu'il pouvait partir, car il salua et s'éloigna.

Thorne avait maintenant ouvert les portes de la Mercedes et examinait l'intérieur de l'habitacle avec une lampe de poche. Debout près du coffre, Lucy fouillait dans sa valise. Apparemment, ils se disputaient. J.D. n'entendait pas ce qu'ils se disaient, mais le ton était suffisamment éloquent. En tout cas, ils n'avaient pas l'air de former un couple.

Lucy lui avait d'ailleurs assuré que Thorne était simplement un ami. Pour le moment, elle n'avait menti que par omission. Il décida donc de la croire sur la question de ses relations avec Thorne, du moins tant qu'elle ne lui donnait pas une bonne raison de mettre sa parole en doute.

Lucy venait d'enlever les confortables chaussures qu'elle mettait pour travailler. Puis elle se débarrassa de sa blouse et… J.D. faillit s'étrangler. Elle portait une robe. Enfin, une robe, c'était vite dit. Un vêtement noir, en cuir, clouté, qui laissait ses épaules et son ventre dénudés.

Elle se pencha pour enfiler une paire de chaussures à talons aiguilles. Cette fois, il ravala un gémissement. Bon sang, cette robe ne cachait pas grand-chose… Et ce qu'elle montrait était très plaisant.

Il poussa un gros soupir, tellement gros qu'il eut peur d'être entendu, mais Lucy et Thorne étaient trop occupés à se chamailler pour s'intéresser à ce qui se passait autour d'eux.

Thorne vérifia une dernière fois l'intérieur de la voiture, puis il aida Lucy à s'installer derrière le volant et claqua violemment sa portière. Il monta ensuite dans sa berline et attendit que Lucy manœuvre, pour quitter à son tour l'emplacement de parking et la suivre.

J.D. n'hésita pas une seconde. Il grimpa derrière le volant et démarra.

Lundi 3 mai, 22 h 20

— Va au diable, Thorne, murmura Lucy tout en jetant un coup d'œil dans son rétroviseur.

Il voulait lui interdire de se montrer au club ce soir ! Il ne comprenait donc pas qu'elle serait plus en sécurité dans une salle bondée que seule dans l'appartement de Gwyn, à attendre que le croquemitaine vienne lui trancher la gorge ? En attendant, Thorne était furieux parce que, d'après lui, elle commettait une imprudence. Parfois, il la traitait comme une demeurée. Et ça la mettait littéralement hors d'elle.

Mais il était venu. Thorne était toujours là quand on avait besoin de lui. Leur amitié était solide. Il en allait souvent ainsi, quand on avait en commun un souvenir douloureux.

Avec J.D. Fitzpatrick aussi, tu as en commun un souvenir douloureux. Il avait perdu sa femme, et elle son fiancé. Puis elle songea au casque sur le siège de sa voiture. Elle avait beaucoup trop de choses en commun avec Fitzpatrick, quand elle y réfléchissait. Beaucoup trop pour qu'elle l'approche sans risque.

Tu avais promis de l'appeler. Il allait être furieux, lui aussi, qu'elle ait quitté la morgue sans le prévenir. Elle attendit un feu rouge pour sortir son téléphone et composer le numéro de Fitzpatrick, qu'elle avait déjà mémorisé.

— Fitzpatrick.

Il avait décroché à la première sonnerie.

Elle fit la moue. Le simple fait d'entendre sa voix lui donnait des palpitations.

— C'est Lucy, dit-elle.

— Je peux venir te chercher ?

Il avait un drôle de ton. Il paraissait distant. *C'est toi qui l'as mis à distance. Qu'est-ce que tu espérais ?*

Le feu passa au vert. Elle redémarra.

— Non, tu n'as pas besoin de venir. Thorne était dans le coin et il me suit jusque chez Gwyn.

Il y eut un temps de silence.

— Thorne, murmura-t-il.

De nouveau le silence.

— D'accord.

Elle comprit qu'elle l'avait blessé et en fut contrariée. D'un autre côté, puisqu'elle avait décidé de le tenir à distance…

— Ce n'est pas ce que tu crois, dit-elle.

— Et qu'est-ce que je crois, d'après toi ? répondit-il sèchement.

Elle en eut le cœur serré.

— Que je me moque de toi et que je t'ai menti au sujet de mes relations avec Thorne.

— Et c'est le cas ?

La manière dont il avait posé la question, avec une étrange froideur, lui fit froncer les sourcils.

— Bien sûr que non.

De nouveau, il marqua un temps de silence.

— Appelle-moi dès que tu seras chez Gwyn. Depuis un téléphone fixe. Je veux être certain que tu es en sécurité.

— Tu parles comme Mulhauser, lui fit-elle remarquer. Lui aussi, il tient à ce que je l'appelle d'un téléphone fixe.

— Bennett a appelé son ex-femme depuis son portable quand il était déjà aux mains du tueur.

Elle soupira.

— Je vois. Dans ce cas, je t'appellerai depuis le téléphone de Gwyn.

Elle hésita.

— Je ne vais pas directement chez elle. Je dois d'abord régler un truc.

— Est-ce que Thorne est avec toi ?

Elle vérifia son rétroviseur et leva les yeux au ciel.

— Oui, il est là, pratiquement collé à mon pare-chocs. Je ne risque rien. Et puis je serai prudente, je te le promets.

— Et demain matin ? Comment iras-tu à la morgue ? Il ne faut pas que tu te déplaces seule.

Elle n'y avait pas pensé, et cela l'ennuyait de demander encore ce service à Thorne. Elle l'avait suffisamment dérangé aujourd'hui.

— Je… Tu pourrais peut-être passer me chercher, avec Stevie.

Cette fois, le temps de silence dura un peu plus longtemps.

— Tu es toujours là ?

— Oui. Appelle-moi dès que tu seras chez Gwyn, peu importe l'heure.

Et sur ces mots, il raccrocha.

Il est mécontent. C'est normal. Tu l'as embrassé, et maintenant, tu le rejettes.

Et pourtant, tu le désires.

Peut-être. Mais on n'avait pas toujours ce qu'on désirait, dans la vie.

Elle espéra que la musique serait assourdissante, ce soir — suffisamment pour couvrir cette voix qui lui criait qu'elle commettait une erreur.

12

Lundi 3 mai, 22 h 40

J.D. faillit s'étrangler en voyant Thorne aider galamment Lucy à sortir de sa voiture. Elle rangea son sac à main dans le grand sac qu'elle tendit à Thorne. *A lui, elle confie son violon...* Pourtant, ce n'était pas le couple qu'ils formaient qui lui coupait le souffle, mais l'allure de la nouvelle Lucy qu'il venait de découvrir.

La femme en minirobe de cuir noir et talons aiguilles, qui entrait en ce moment dans un club au bras de Thomas Thorne, n'avait rien de commun avec la légiste de la morgue. Il ne l'aurait d'ailleurs pas reconnue s'il n'avait pas vu la transformation s'opérer quasiment sous ses yeux, quand elle avait ôté sa blouse dans le parking.

Elle s'était maquillée en soulignant ses yeux d'un trait noir et en mettant sur ses lèvres un rouge... très rouge. Ses cheveux d'un blond roux retombaient sur ses épaules. Elle portait un collier ras de cou. Un collier avec des piques ! Cela aurait dû l'inquiéter. Au contraire, ça l'intriguait, et même, ça l'excitait. En tout cas, il se sentait déboussolé. Cette femme-là paniquait en voyant un casque de moto dans sa voiture et elle entrait dans un club habillée comme... comme une vamp.

— Lucy..., murmura-t-il. Tu vas me devoir quelques explications.

— Pardon, monsieur...

Le voiturier, un gamin qui devait encore être étudiant, venait de s'avancer.

J.D. exhiba son badge.

— Je me gare seul, petit.

Le gamin leva les yeux au ciel, déçu sans doute de voir s'envoler un pourboire.

— Par ici, dit-il.

J.D. rangea sa voiture et laissa tout de même un pourboire au passage.

— Moi aussi, j'ai été voiturier, dit-il.

— Ah oui ? demanda le gamin du ton froid et poli de quelqu'un qui s'en contrefout.

— Mais ça n'a pas duré plus d'une heure, répondit J.D., que l'air surpris du gamin fit sourire. J'ai rayé la Ferrari d'un client et on m'a viré sur-le-champ.

Cette fois, il eut droit à un sourire en retour.

— Ce n'est pas donné à tout le monde de rayer une Ferrari, commenta le gamin.

— Ouais, on peut le dire. Qu'est-ce qui se passe, exactement, dans ce club ?

Le gamin haussa les sourcils.

— Ben y'a des groupes qui se produisent. Du Heavy Metal, surtout. Mais pas de drogue, ajouta-t-il avec un peu trop d'empressement. Et c'est vrai, même si ma façon de le dire doit vous faire douter.

— En effet, tu me fais douter. Qui est la femme qui vient juste d'entrer ?

Le gamin lui lança un regard lubrique et J.D. se retint de lui envoyer son poing dans la figure.

— C'est Lucinda, répondit-il en appuyant sur la deuxième syllabe. Elle joue du violon électrique.

— Du quoi ?

Il avait très bien compris, en réalité. Le gamin lui lança cette fois le regard condescendant que les jeunes gens réservent aux vieux ringards.

— Du violon électrique. Elle n'est pas là tous les soirs,

mais quand elle vient, c'est la folie. Ça vaut le coup de voir ça. Elle est vraiment géniale.

— J'ai bien l'intention de voir. Merci, mon petit.

Newport News, Virginie
Lundi 3 mai, 22 h 45

Clay dépassa la voiture banalisée qui le suivait depuis le poste de police et que Sherman lui avait collée au train. Il entra dans l'épicerie et acheta un téléphone jetable. La police ayant eu en main son téléphone pendant qu'on l'interrogeait, il préférait ne plus l'utiliser.

— Vous avez des cabines téléphoniques ? demanda-t-il à l'employé, qui lui désigna le mur du fond d'un air morne.

Clay trouva la cabine et appela son bureau. A son grand soulagement, Alyssa décrocha presque aussitôt.

— Je suis content que tu sois encore là, dit-il. Je voudrais que tu actives pour moi un téléphone à carte, sur internet.

Il lui lut les instructions.

— C'est fait, annonça-t-elle. A part ça, j'ai appelé les hôpitaux d'Ocean City. Aucune femme correspondant à la description de Nicki n'y a été récemment admise. Et toi ? Tu… t'es renseigné, du côté des morgues ?

— Je n'ai pas fini.

Il avait eu un léger contretemps… Et maintenant, il avait plus peur que jamais de ce qu'il risquait de découvrir en faisant la tournée des morgues. Il y avait déjà deux corps dans celle de Sherman. Evan était mêlé à ça. C'était peut-être même lui l'assassin. Et Nicki avait disparu.

Faites qu'elle soit en train de cuver dans un coin…

— Je voudrais que tu vérifies les cartes bancaires de Nicki, celle du boulot, et aussi sa carte personnelle. Ça nous aidera sans doute à la localiser.

Il devait trouver Evan. Et une fois que ce serait fait, il s'arrangerait pour le livrer au flic sans foutre en l'air son agence et sans filer ses tuyaux. Il avait fait du bon boulot jusque-là, seul ou avec Nicki. Et il continuerait. Mais l'urgence, pour le moment, était de régler le problème Evan.

Clay soupira. Il n'aimait pas du tout les idées qui lui traversaient l'esprit. Il n'avait jamais tué que pour sauver sa peau ou celle de quelqu'un d'autre. *Pense à toutes les vies que tu ne pourras plus protéger, si les flics découvrent que Nicki a fourni une fausse identité à Evan.*

Il songea avec amertume qu'il allait tout de même se débrouiller pour éviter la prison. Puis, tout à coup, la fausse identité d'Evan lui donna une idée.

— Quand est-ce que tu as vérifié la carte au nom de Gamble ?

— Ce matin. Elle n'avait pas été utilisée.

— Recommence. Evan aura besoin d'argent à un moment ou à un autre. Appelle-moi si ça donne quelque chose. Je vais au Pussycat Lounge, le club où travaillait la fausse Margo. Je voudrais parler à sa copine.

Baltimore
Lundi 3 mai, 23 h 05

J.D. mit quelques minutes à s'accoutumer à la pénombre du club, lequel s'appelait le Sheidalin. Son regard fut tout d'abord attiré par ce qui se passait sur la scène, où un groupe jouait une musique bruyante, mais étrangement mélodieuse. Il en fut surpris. Il se serait plutôt attendu à une cacophonie dissonante, le genre qui écorche les tympans.

Au centre de la scène, il y avait Lucy, un violon électrique coincé sous le menton. L'instrument était étrange, sans caisse de résonance, et ressemblait plutôt à une carcasse d'instrument en forme de *S* tarabiscoté, avec tout de même un manche et des cordes.

Quand elle se mit à jouer, la musique enfla soudain, à un rythme rapide, presque frénétique. Elle avait fermé les yeux, comme si elle était possédée. Et d'ailleurs, elle l'était peut-être. Mais J.D. ne s'en inquiéta pas. Elle était magnifique.

— Elle est impressionnante, n'est-ce pas ?

J.D ne jeta qu'un bref regard du côté de Thorne. Il lui était pénible de détourner les yeux de Lucy, ne fût-ce que quelques secondes. Sur scène, c'était tout le groupe qui était maintenant en transe. Tout en jouant avec les autres, Lucy paraissait à l'écart, dans sa bulle. Hors d'atteinte.

— En effet, dit-il. Elle l'est. Mais pourquoi m'a-t-elle menti au sujet de cet endroit et de sa musique ?

— Elle vous a menti ? Elle vous a dit qu'elle ne jouait pas dans un club avec un groupe ? demanda Thorne.

J.D. leva les yeux au ciel.

— J'avais oublié qui vous étiez, grommela-t-il.

Un avocat de la défense. Thorne avait ça dans la peau.

— Le fardeau de la preuve, inspecteur, répondit Thorne d'un ton amusé. Vous le portez en permanence.

— Pourquoi ne m'a-t-elle rien dit ?

— Je suppose qu'elle n'avait pas envie que vous sachiez, tout simplement. Elle va être furieuse de vous voir ici.

Il y avait comme une menace dans sa voix. J.D. fronça les sourcils.

— Je reste, dit-il.

— Si elle vous autorise à rester, vous resterez. Ce club m'appartient. Je peux vous faire sortir si je le décide.

Cette fois, J.D. quitta la scène du regard et leva lentement les yeux vers lui.

— Ce club vous appartient ?

— Je suis un des propriétaires, oui. Avec Lucy et Gwyn.

J.D. en resta bouche bée.

— Le club appartient aussi à Lucy ?

— Pour un tiers. Nous l'avons ouvert ensemble, tous les trois.

— Quand ?

— Ça va faire trois ans, maintenant. Mais nous avions

ce projet depuis longtemps. Depuis que j'ai rencontré Lucy, en fait.

— Quand Bennett voulait la poursuivre pour agression.

— C'est ça. Je venais d'engager Gwyn comme secrétaire, et quand Bennett a attaqué Lucy, c'est à moi qu'elle s'est adressée. Lucy et moi, on s'est tout de suite bien entendus.

Il eut un petit sourire en remarquant le regard furibond de J.D.

— Ce n'est pas ce que vous croyez. Nous avons dans notre passé un événement commun qui nous rapproche.

— Lequel ? demanda J.D. d'un ton âcre.

— Nous avons tous les deux été injustement inculpés de meurtre.

— Lucy a été acquittée.

— Moi aussi, j'ai été acquitté, répondit Thorne. Mais il reste ceux qui doutent et qui murmurent sur votre passage. Et s'il n'était pas innocent ? Comment a-t-il fait pour s'en tirer ? Un nuage sombre vous suit à jamais. Oh…

Il s'interrompit et abandonna son ton amer.

— Elle vous a vu, ça y est, ricana-t-il. Et elle n'a pas l'air contente !

En effet, elle n'avait pas l'air heureuse. Son attitude avait changé, et sa musique aussi. Elle avait les joues écarlates. Elle paraissait sur le point d'exploser.

— Mon Dieu…, murmura J.D.

Il en avait le souffle coupé.

— Mais c'est du feu, cette femme.

Thorne ricana bruyamment.

— Attention de ne pas vous brûler les doigts. Et de ne pas réveiller l'animosité de ceux qui l'aiment.

J.D. tressaillit.

— Vous me menacez ?

— Moi ? Non. Mais eux…

Il désigna le groupe de danseurs agglutinés devant la scène.

— Eux, s'ils sentent qu'elle est blessée, ils n'hésiteront pas.

Il chercha le regard de J.D.

— Fitzpatrick, personne ici ne sait ce qu'elle fait dans la journée. Ne gâchez pas tout.

— Que voulez-vous dire ?

— Rien de plus que ce que j'ai dit. Personne ne connaît son métier.

Il prit la peine de détacher ses mots.

— C'est son jardin secret, ici. Ne gâchez pas tout.

— Mais pourquoi ? Pourquoi ce besoin de cloisonner sa vie ?

— C'est à elle qu'il faut poser la question.

Il tourna le dos, abandonnant J.D. qui put de nouveau se concentrer sur Lucy. Elle déposa son violon et son archet sur un guéridon, puis descendit l'escalier qui se trouvait sur un côté de la scène pour venir vers lui, à grands pas furieux et décidés.

Il déglutit péniblement. Comme chaque fois qu'elle se concentrait intensément, elle dégageait cette fabuleuse énergie qui l'avait tant frappé le matin même, sur la scène de crime. Il savait à présent que cette vibration n'était qu'un pâle reflet de ce qu'elle pouvait donner.

Il se demanda une fois de plus pourquoi elle cachait ses activités nocturnes à ses collègues de la journée. Franchement, elle aurait dû être fière de son talent. Pourtant, elle se comportait comme si elle en avait honte.

— Tu m'as suivie, murmura-t-elle.

— Oui.

Il n'avait aucun remords, et pas la moindre intention de s'excuser. Son cœur battait, son sang pulsait dans ses veines. Toutes les cellules de son corps lui hurlaient de la prendre dans ses bras. De la posséder sans plus attendre.

— Il faut que je te parle, dit-il.

Elle releva le menton.

— Je n'ai pas envie de te parler.

— Très bien, dans ce cas, nous ne parlerons pas.

Il la prit par le coude et l'entraîna vers la porte, un peu surpris qu'elle ne tente pas de résister. Si elle avait refusé, il aurait respecté sa décision. En attendant, elle n'avançait pas assez vite, et il dut se retenir pour ne pas la charger sur son épaule.

Ils franchirent la porte et passèrent devant le videur. Une fois dehors, il passa un bras autour de sa taille et la conduisit derrière le bâtiment. Elle maugréait, mais elle trottinait pour se caler sur son allure. Dès qu'ils tournèrent au coin, dans une petite impasse, enfin à l'abri des regards, il enfonça ses doigts dans ses cheveux et colla sa bouche à la sienne, désespérément, pour prendre ce qu'il désirait. Ce dont il avait besoin.

Elle poussa un gémissement et attrapa les revers de sa veste pour hisser sa bouche à hauteur de la sienne.

— Je te hais, souffla-t-elle entre deux baisers. Pourquoi m'as-tu suivie ici ?

Il ne répondit pas tout de suite, parce qu'il était trop occupé à dévorer sa bouche. Ses mains glissèrent dans le dos de cet étrange vêtement qui lui tenait lieu de robe. En rencontrant sa peau nue, ses mains n'hésitèrent qu'une seconde avant de remonter le long de ses cuisses. Il gémit. Ses fesses aussi étaient nues. Elle ne portait qu'une petite ficelle qui disparaissait entre les deux rondeurs de ses fesses, lesquelles remplirent sa paume d'une masse douce et moelleuse. Elle tressaillit et se suspendit à son cou, pliant une jambe pour caler sa cuisse contre la sienne.

Encouragé par tant de bonne volonté, il avança ses doigts de quelques centimètres, jusqu'au creux humide et tiède qui était tout près. Il sentit qu'elle s'ouvrait, qu'il aurait pu la posséder. Ici. Maintenant.

Maintenant. Maintenant. Maintenant.

Le mot rebondissait dans son crâne. Tout de même… Pas dans une impasse ! Il posa une main sur son cou et fit la grimace en sentant les piques de collier.

— Enlève ce truc, ordonna-t-il.

Elle le lâcha pour défaire la boucle du tour de cou, qu'elle laissa tomber par terre. Puis ses mains revinrent glisser sur son torse, elle tira sur les boutons de sa chemise et se mit à le caresser et à l'embrasser furieusement. Lui, il avait toujours une main sur son entrejambe, de plus en plus chaud et humide, qui paraissait le supplier. L'odeur de son sexe montait jusqu'à lui. Il avait envie de le goûter. Envie de la posséder. *Elle est à moi. A moi.*

N'y tenant plus, il planta ses dents dans le creux de son épaule, tout en la pénétrant avec deux doigts. Elle se figea, puis se cambra en poussant un cri de plaisir étranglé.

— Je te veux, lui murmura-t-il à l'oreille. Tout de suite.

— Oui, gémit-elle en renversant la tête en arrière pour le laisser dévorer son cou. Je veux. Moi aussi. Maintenant.

Elle ouvrit les yeux.

— Fais-le.

Il la fit reculer contre le mur et la hissa contre lui. Elle enroula ses jambes autour de sa taille. Ses cuisses étaient dénudées, magnifiquement exposées, jusqu'aux hanches, jusqu'à la ficelle qui retenait son string.

Elle le fixa intensément, avec des yeux de braise, comme si elle le défiait.

Fais-le, répéta-t-elle, cette fois en articulant silencieusement.

Le lien qui retenait son minuscule string craqua quand il tira dessus. Il libéra son sexe et plongea en elle, en poussant un gémissement féroce quand il la sentit se refermer sur lui.

— Bon sang…, gémit-il.

Il allait et venait furieusement. Il ne pouvait plus s'arrêter.

— Lucy…

Elle enfonça ses ongles dans ses épaules puis, brusquement, tout son corps se cambra, tandis qu'elle laissait échapper un cri rauque, un cri de plaisir, sauvage et magnifique. Comme elle.

Elle est à moi. Cette pensée occupait tout son esprit quand il plongea une dernière fois en elle, pour la rejoindre.

Il appuya son front contre le mur, puis tourna la tête pour lui embrasser le menton. Elle haletait, l'étreinte de ses jambes autour de sa taille s'était ramollie. Elle posa lentement ses pieds à terre. Il frissonna en s'écartant d'elle. Elle, elle tremblait et dut faire un effort pour se tenir debout.

Elle ferma les yeux.

— Seigneur, dit-elle avec un soupir silencieux.

Il eut l'impression qu'elle regrettait.

Il lui prit la tête à deux mains et la regarda droit dans les yeux.

— Ne me demande pas de dire que je suis désolé, supplia-t-il. S'il te plaît.

— Je n'en avais pas l'intention. Mais il faut que j'y aille.

Elle le repoussa et il s'écarta sans résistance. Elle s'éloigna aussitôt, en tirant sur l'ourlet de sa robe.

— Lucy, attends !

Elle s'arrêta net.

— Pourquoi m'as-tu suivie ? demanda-t-elle sans se retourner.

— Pourquoi m'as-tu menti ? rétorqua-t-il.

— Je ne t'ai pas menti, protesta-t-elle d'une voix rauque. Pas une seule fois.

— Mais tu me caches beaucoup de choses.

— C'est mon droit. J'ai le droit d'avoir des secrets.

Elle frissonnait de nouveau.

Il ôta sa veste pour la lui poser sur les épaules, puis vint se placer en face d'elle. Il ne supportait pas de lui parler sans la regarder.

— Je vais te poser une question. Quand tu m'as dit que tu me désirais, est-ce que tu me mentais ?

Elle se figea et une lueur agacée passa dans ses yeux.

— Bien sûr que non !

— Donc, tu ne regrettes pas ce qui vient de se passer ?

Elle marqua un temps de silence.

— Non, avoua-t-elle. Mais ça ne m'empêche pas de savoir que tu ne peux rien m'apporter de bon.

Cette étrange réponse le plongea dans la confusion.

— Je ne peux pas te laisser dire ça, protesta-t-il.

— Tu ne comprends pas, murmura-t-elle.

— Je ne demande qu'à comprendre. Explique-moi.

— Je ne peux pas, répondit-elle avec des accents de panique dans la voix.

Il saisit son visage entre ses paumes et suivit de son pouce le pourtour de ses lèvres.

— Quand je t'ai vue, j'ai tout de suite su, murmura-t-il.

— Tu as su quoi ? demanda-t-elle avec angoisse. Qu'est-ce que tu as su ?

— J'ai su que…

Que tu m'appartenais, songea-t-il, sans oser le dire tout haut.

— J'ai senti quelque chose de particulier, reprit-il. Entre nous. Une attirance. Quelque chose qui nous poussait l'un vers l'autre et à quoi on ne pouvait pas résister. Je l'ai senti ce matin. Et maintenant aussi, je le sens.

Et je l'ai senti quand j'étais en toi. Il n'avait jamais rien vécu de pareil, mais il ne prit pas la peine de le lui dire, parce qu'elle ne l'aurait pas cru.

— Et ta musique est… Pourquoi ne pas m'en avoir parlé ?

— Parce que cet endroit, c'est mon jardin secret. C'est là que je viens pour être enfin moi-même.

Elle hésita, puis haussa les épaules.

— Et pour exprimer tout ce qu'il y a de sombre en moi.

Il eut aussitôt une érection et dut inspirer profondément pour résister à l'envie de la prendre dans ses bras.

— Et où est le problème ?

— Je ne peux pas être dans cet état vingt-quatre heures sur vingt-quatre. Ici, je me lâche. Mais le jour, j'ai besoin d'une vie calme et stable.

— D'une vie ennuyeuse ?

Elle parut soulagée d'être si bien comprise.

— Oui. J'espère que tu es capable d'accepter ça.

— Je le suis. Mais pourquoi dis-tu que je ne peux rien t'apporter de bon ?

Elle prit un air douloureux.

— Parce que tu recherches les sensations fortes.

— C'est au casque que tu penses ? Je ne cours plus, Lucy. Je ne prends plus de risques.

— Bien sûr que tu prends des risques. Tu es un flic, non ?

Ta vie, c'est le risque. Mais ce n'est pas toi, le problème, de toute façon, ajouta-t-elle d'un ton à la fois résigné et désespéré.

Il fronça les sourcils et se pencha vers elle.

— C'est toi, alors ? Tu as peur de quoi ? Je ne comprends pas.

— Je t'ai dit que j'étais compliquée. Tu aurais dû m'écouter.

Elle lui rendit sa veste.

— Je dois retoucher mon maquillage. J'ai laissé ma trousse dans la voiture de Thorne.

Elle fit quelques pas dans la ruelle, en direction des voitures garées devant le club. Pendant quelques secondes, il la suivit des yeux, abasourdi, puis son cerveau se remit en marche. Il ramassa le collier et ce qui restait du string, les fourra dans sa poche, et se mit à courir pour la rattraper.

— Lucy ! Arrête ! Attends !

Elle s'arrêta, mais ne se retourna pas.

— Si tu veux me poser une question à propos de l'enquête, je suis d'accord, dit-elle sèchement.

L'essentiel était qu'elle parle.

— Les comptes en banque de Bennett et Edwards ont été vidés après leur mort. Il y a un lien entre leurs deux disparitions, et je suis sûr que M. Bennett sait quelque chose à ce sujet.

Elle tourna lentement la tête pour regarder par-dessus son épaule.

— Mais quel rapport avec moi ? demanda-t-elle.

— Pour l'instant, je ne sais pas. Ils connaissaient tous les deux ton frère, c'est tout ce que je vois.

Elle se remit à marcher et il la rattrapa pour avancer à côté d'elle.

— En tout cas, je suis sûr de moi, pour Bennett et Edwards. Et ça veut dire que tu dois absolument trouver un endroit sûr jusqu'à ce que…

Elle était presque arrivée devant la Mercedes de Thorne, quand elle s'arrêta net.

— Non, murmura-t-elle.

— Lucy, soit raisonnable.

— Seigneur…

Elle leva vers lui un regard horrifié.

— Regarde, dit-elle.

Il se pencha par-dessus son épaule, pour voir à son tour ce qu'elle fixait. Et quand il vit, ses entrailles se nouèrent. Il y avait quelqu'un dans la voiture. Assis sur le siège du passager.

C'était une femme, appuyée à la vitre de la portière, laquelle était couverte de sang. La femme était morte, son visage était tailladé, mais identifiable. J.D. déglutit péniblement. On lui avait arraché les yeux et elle avait quelque chose dans la bouche, tout comme Bennett.

— Numéro deux, murmura Lucy.

Elle était livide, complètement sous le choc.

Il pensa à Malcolm Edwards, qui s'était perdu en mer.

— Non, corrigea-t-il. Pas numéro deux, numéro trois.

Lundi 3 mai, 23 h 25

— Merde, murmura Stevie, que J.D. avait appelée pour lui annoncer la nouvelle. Est-ce que Lucy la connaissait ?

Il était debout près de la Mercedes de Thorne, pendant que Lucy étudiait la victime à travers la vitre.

— Elle ne pense pas, mais c'est difficile à dire. La vitre de la portière est maculée de sang. La victime a dans les soixante ans et on lui a rasé la tête.

— Comme Bennett, commenta Stevie. Tu as prévenu qui ?

— J'ai appelé du renfort, le labo, l'équipe de la morgue. Et ensuite, je t'ai appelée. Il y a un voiturier devant le club, mais je ne le vois pas. Tous les autres sont à l'intérieur de l'établissement.

— L'établissement où Lucy joue du violon électrique en robe de cuir, compléta Stevie sur un ton incrédule.

— Oui, répondit-il en jetant un coup d'œil du côté de Lucy.

Elle fixait la victime d'un air concentré et professionnel, mais horrifié.

Il coinça son téléphone entre son épaule et son oreille pour l'envelopper dans sa veste. Elle lui jeta un regard reconnaissant et referma les pans sur elle.

— Je prends la chose avec calme, mais d'autres risquent de réagir plus violemment que moi, notamment Hyatt qui se méfie déjà d'elle, commenta Stevie. Je te fais remarquer, à ce propos, que tu ne l'as pas encore prévenu.

— Je le préviendrai, quand on aura terminé.

— Je le ferai. En chemin. Dis donc, tu as bien parlé d'un voiturier ?

Bon sang ! Elle avait raison…

— Oui, il doit avoir des clés de voiture ! Attends une minute. Lucy ? Le voiturier a gardé les clés de ta voiture, n'est-ce pas ?

Elle se tourna lentement vers lui, avec une lueur de compréhension dans le regard.

— Le voiturier, murmura-t-elle. Il gare toujours ma voiture, celle de Thorne et celle de Gwyn. Evidemment. C'est par lui que le tueur a réussi à se procurer mes clés pour déposer le cœur de Russell. Je n'y ai pas pensé tout à l'heure. Je te l'aurais dit si j'y avais pensé, je te le jure, même si ça impliquait que je te parle du club.

Il la crut, mais il ne fit pas de commentaire, car Stevie écoutait. Il acquiesça en silence et écarta tendrement une mèche de cheveux des yeux de Lucy.

— Oui, dit-il à Stevie. Le voiturier avait les clés.

— J'ai entendu.

— Ce voiturier, reprit-il en s'adressant de nouveau à Lucy, c'est votre employé ?

— Non, répondit-elle. C'est un contractuel. Nous faisons appel à une société qui dessert toute la ville. Mais il est souvent là et nous le connaissons bien.

— J'ai entendu, dit de nouveau Stevie. Je me mets en route. Hyatt sera probablement sur place avant moi.

Il comprit qu'il s'agissait d'une mise en garde.

— Les voitures de patrouille arrivent, dit-il. Je vais sécuriser le périmètre.

Il raccrocha et se tourna vers Lucy.

— Hyatt va venir. Il se méfie de toi.

— De moi ? Mais pourquoi ?

— Parce que tu caches des choses, dit-il.

Elle releva le menton.

— C'est ma vie. Et mon droit.

Son attitude était pleine de défi, mais ses yeux tristes disaient tout autre chose. J.D. eut pitié d'elle.

— Reste là jusqu'à ce que je mette les agents en place. Ensuite, nous irons à l'intérieur du club.

Il regarda autour de lui, mais ne remarqua rien d'anormal, excepté que le voiturier n'était pas à son poste et qu'une file de voitures attendait devant le club.

— Ne t'éloigne surtout pas, dit-il. Il est peut-être encore dans les parages en train de te surveiller.

— Il savait que je conduisais la voiture de Thorne. Or, je ne le sais moi-même que depuis quelques heures.

— J'y ai pensé. Il faudra faire une liste des gens qui étaient au courant. Mais il a peut-être simplement guetté ton arrivée.

Il fit signe aux agents qui sortaient des voitures de patrouille.

— Par ici.

Il posta un agent près de la voiture, en envoya deux autres devant les sorties du club, sur le côté et à l'arrière du bâtiment, puis chargea le quatrième d'installer le ruban de scène de crime.

— Essayez de repérer le voiturier, leur demanda-t-il. C'est un jeune homme brun, un mètre soixante-dix environ, quatre-vingts kilos, il porte une veste mauve. Il était dehors quand je suis arrivé. Il a peut-être vu quelque chose.

— C'est peut-être le coupable, suggéra l'un des hommes.

— Ce n'est pas à exclure. Ça s'est passé il y a trente minutes maximum. J'ai réclamé d'autres hommes et je les enverrai interroger les voisins. Quelqu'un a pu voir le tueur installer la victime depuis une fenêtre, on ne sait jamais. Prévenez-moi quand les voitures arrivent. Moi, je m'occupe d'interroger les gens à l'intérieur.

Il prit le coude de Lucy.

— Allons-y, dit-il.

***

Lucy marqua un temps d'hésitation à la porte du club.

— Il est 23 h 30, Gwyn a dû arriver.

— Tant mieux. Je vais enfin faire sa connaissance.

Elle s'enveloppa dans la veste de Fitzpatrick, se demandant ce qu'il penserait du numéro de Gwyn.

— On verra, dit-elle. Entrons.

Elle se glissa à l'intérieur, mais Ming, le videur, un Polynésien aussi grand et baraqué que Thorne, lui barra le passage.

— Personne n'entre, rugit-il par-dessus le brouhaha de la foule.

Puis il reconnut Lucy.

— Mademoiselle Lucinda, je ne vous avais pas reconnue, s'excusa-t-il.

Il plissa les yeux en fixant le revolver que Fitzpatrick portait à la ceinture.

— Est-ce que ce monsieur vous importune ?

— Non, ne vous inquiétez pas, Ming. C'est un inspecteur de police, l'inspecteur Fitzpatrick, des homicides.

Ming en resta bouche bée.

— Homicide. Quel homicide ?

— On vient de trouver un cadavre dehors, répondit Fitzpatrick. Je dois vous interroger. Où étiez-vous durant la dernière demi-heure ?

— Ici, répondit Ming en jetant un regard affolé du côté de Lucy. Je le jure.

Elle posa une main sur son bras.

— Répondez aux questions, ne vous en faites pas, tout se passera bien.

— Mais qui est mort ?

— Une femme. Ming travaille pour nous depuis deux ans, inspecteur. Il sait qui entre et qui sort. Ming, qui avez-vous vu sortir après mon arrivée et celle de Thorne ?

— Personne n'est sorti. Une douzaine de personnes sont entrées. Dont vous, ajouta-t-il en se tournant vers Fitzpatrick.

— Vous me montrerez ces personnes quand nous allumerons les lumières, dit Fitzpatrick. Mais ça me semble bien peu, douze en une demi-heure. La salle est pourtant pleine.

— C'est parce que nous sommes lundi, répondit Ming en regardant Lucy, laquelle ne put s'empêcher de rougir. Les habitués savaient que Mlle Lucinda serait de retour ce soir. Ils sont venus tôt.

Fitzpatrick jeta un regard intrigué du côté de Lucy.

— Je vois. Est-ce que vous avez remarqué une agitation particulière aujourd'hui ? Une dispute ? Une bagarre ?

— Non. Il n'y a pratiquement que des habitués. Personne ici ne serait capable de commettre un meurtre…

Il s'arrêta net et resta songeur.

— Quoique…

— Ming, fit sèchement remarquer Lucy. Pas de spéculations hasardeuses.

Il prit un air contrit et Fitzpatrick entraîna Lucy à l'écart, près du rideau qui les séparait de la salle.

— Qu'est-ce que c'était que ça ? demanda-t-il entre ses dents.

Elle fit mine de ne pas avoir compris la question.

— C'était Ming. En fait, il s'appelle Clive, mais il trouve que Ming est plus impressionnant et colle mieux avec son personnage de videur.

Elle haussa les épaules.

— Va savoir pourquoi…

— Ce n'est pas ce que je te demande et tu le sais. Pourquoi lui as-tu coupé la parole en le rabrouant ?

Elle prit le temps de chercher ses arguments.

— Si tu soupçonnais quelqu'un en te fondant sur des faits, alors il serait légitime que tu t'y intéresses de près. Mais si Ming te dit que certains ici seraient capables de meurtre, ce n'est fondé sur rien d'autre que son imagination. Ça ne t'empêchera pourtant pas de retenir leurs noms. Tu mèneras ta petite enquête et ils seront vite disculpés. Mais la prochaine fois qu'il se passera quelque chose et que tu auras besoin de noms, tu repenseras à ceux-là. Même s'ils n'ont rien à se reprocher.

Il lui jeta un regard sombre et mécontent.

— Je ne ferai jamais ça. N'interviens plus quand j'interroge quelqu'un, ou je serai obligé de demander à ce qu'on te fasse sortir.

Elle s'était attendue à cette réponse, mais elle en fut tout de même agacée.

— Je suis ici dans mon club et…

— Il y a un cadavre dans le parking de ton club. Ecoute, quand tu…

Il se pencha vers elle et baissa la voix pour ne pas risquer d'être entendu.

— Quand tu découpes des cadavres, je ne te dis pas comment tu dois procéder. C'est mon enquête. Je ne veux pas t'écarter, mais Hyatt ne va pas tarder à débarquer. Ne recommence pas ce que tu viens de faire devant lui, ce serait une catastrophe.

Il s'écarta pour chercher son regard.

— Je t'en prie, ajouta-t-il.

Elle acquiesça d'un air maussade.

— Très bien. Il faut prévenir Thorne.

Une acclamation s'éleva de l'autre côté du rideau. Bon sang… Le numéro de Gwyn allait commencer.

— Qu'est-ce qui se passe ? demanda-t-il.

Il voulut tendre la main pour écarter le rideau, mais elle arrêta son bras.

— Non. Pas comme ça. Gwyn est en place. Il faut entrer discrètement pour ne pas la déconcentrer, sinon elle risque de blesser son partenaire. Viens. On peut peut-être l'arrêter avant qu'elle commence.

Elle alla tout au bout du rideau et se glissa subrepticement de l'autre côté, puis le lui tint pour qu'il passe. La clameur de la foule cessa brusquement et un étrange silence se fit. Gwyn était lancée. Trop tard pour intervenir.

Elle fit signe à Fitzpatrick de garder le silence, mais c'était superflu. Il était hypnotisé par ce qui se passait sur scène. Gwyn, vêtue d'un bustier noir et de cuissardes, tenait un fouet enroulé dans chaque main. A l'autre bout de la scène, il y avait Mowry, gérant du club et aussi batteur. Lui, il tenait une paille dans la bouche. Il se pencha lentement en avant pour présenter à Gwyn la paille qui était sa cible.

Gwyn enchaîna cinq coups de fouets, en alternant droite et gauche, et en coupant chaque fois quelques centimètres de paille. Quand ce fut terminé, elle se tourna vers le public pour saluer, tandis que Mowry faisait mine d'être soulagé et brandissait le petit bout de paille qui restait. Ce numéro impressionnant avait nécessité de nombreuses heures d'entraînement.

Le public poussa un hourra qui fit rougir Gwyn de plaisir. Lucy jeta un regard inquiet du côté de Fitzpatrick : son visage affichait une expression qui hésitait entre l'horreur et la fascination. Avec un petit plus pour l'horreur, lui sembla-t-il.

— Tu m'as demandé tout à l'heure comment on faisait pour échapper à Anderson Ferry, dit-elle.

— Tu m'as dit que tu étais allée à l'université et que Gwyn avait rejoint une sororité, répondit-il sans quitter Gwyn des yeux.

— C'était un mensonge, avoua-t-elle. Je n'ai pas osé te dire la vérité parce qu'elle était surréaliste.

— Et c'est quoi, la vérité ?

— La vérité, c'est qu'elle a rejoint un cirque. Elle y a été funambule et contorsionniste. Mais une blessure l'a obligée à arrêter. Ensuite, elle est tombée amoureuse d'un rocker et elle est entrée dans un groupe. Puis elle a quitté le rocker, mais est restée dans le groupe. Ceux qui viennent d'entrer sur scène, ce sont les musiciens de ce groupe.

Ils installaient leurs instruments, comme d'habitude, sans se douter qu'un tueur était peut-être ici, dans ce club. Lucy se sentit soudain glacée.

Fitzpatrick s'était remis du choc provoqué par l'apparition de Gwyn et par son numéro. Il scrutait en ce moment la foule d'un œil professionnel qui la rassura un peu.

— Ils sont bien jeunes, tous ces gens, commenta-t-il d'un

air rêveur. Je me sens vieux, tout à coup. J'ai l'impression que je ne vais pas tarder à avoir besoin d'une maison chaleureuse dans laquelle je serai heureux de rentrer le soir.

Il y avait une note de nostalgie et d'espoir dans sa voix, et elle se demanda s'il en était conscient.

— C'est dans ce groupe qu'elle a rencontré Thorne. Mais lui, il était plus malin que les autres, il avait un boulot rémunérateur dans la journée. Et besoin d'une secrétaire. Gwyn a une très belle voix, mais le fouet, c'est un numéro qui fait un tabac. Et puis elle l'aime bien, parce qu'elle est cabotine. Un peu comme nous tous, je suppose.

Il lui lança un drôle de regard.

— Tu fréquentes des gens originaux, Lucy.

— Il faut prévenir Thorne et Gwyn de ce qui se passe. Ensuite, on pourra allumer les lumières.

Gwyn les avait déjà repérés et se frayait un chemin à travers la foule pour les rejoindre. Ses yeux allèrent du visage de Fitzpatrick au revolver qu'il portait à la ceinture. Thorne, lui, sortit de derrière le rideau, ce qui provoqua un froncement de sourcils de Fitzpatrick.

— D'où venez-vous ? lui demanda-t-il.

— De mon bureau, répondit Thorne. La porte est près du poste de Ming. Qu'est-ce qui s'est passé ? Ming m'a parlé d'un homicide et j'ai vu un flic devant l'entrée.

— Un homicide ? s'exclama Gwyn. Encore ?

— Encore, confirma tristement Lucy. J'ai le regret de t'annoncer qu'il y a un cadavre à l'avant de ta voiture, Thorne. Sur le siège du passager.

Le visage de Thorne se ferma.

— Tu parles de la Mercedes ou de la berline ?

— De la Mercedes.

Cette fois, Thorne eut l'air effondré.

— Donc de la voiture que tu conduisais. C'est encore toi qui as trouvé le corps, c'est ça ?

Elle acquiesça.

— Oui, c'est ça. Cette fois, c'est une femme. Qui doit avoir dans les soixante ans.

— Le tueur savait que je te prêtais cette voiture, Lucy.

Il se tourna vers Fitzpatrick avec une lueur de panique dans le regard.

— Qu'est-ce que vous comptez faire ? demanda-t-il sèchement.

— Mener mon enquête, répondit Fitzpatrick sur le même ton. Pour commencer, j'ai besoin de savoir qui était au courant du fait que vous lui prêtiez cette voiture, ou qui était susceptible de guetter son arrivée devant ce club.

— Cette femme, tu la connais, Luce ? demanda Gwyn.

Lucy fit signe que non de la tête.

— Non. Mais le tueur n'a eu que très peu de temps pour l'installer dans la voiture.

— Entre le moment où tu es arrivée avec Thorne, et celui où tu es précipitamment sortie avec l'inspecteur, précisa Gwyn.

— Vous nous avez vus sortir ? demanda Fitzpatrick.

Il avait l'air gêné.

— Mon cher, tout le monde vous a vus sortir, répondit Gwyn avec le plus grand sérieux. Au fait, bonsoir, je suis Gwyn Weaver et je n'ai pas tué Russ Bennett. Je dis ça au cas où vous auriez l'intention de me poser la question.

— Inspecteur Fitzpatrick. Où étiez-vous durant l'heure précédente ?

Gwyn releva le menton.

— Ici. A l'intérieur du club. Vous pouvez demander à qui vous voulez.

— Je ne manquerai pas de me renseigner, croyez-le, répondit calmement Fitzpatrick.

— Si quelqu'un s'est approché de la Mercedes pour y déposer un cadavre, Kevin aurait dû voir quelque chose, déclara soudain Thorne en secouant la tête.

— Kevin est le voiturier, expliqua Lucy à Fitzpatrick. Kevin est introuvable, ajouta-t-elle à l'adresse de Thorne.

Gwyn se mordit la lèvre.

— Ce n'est pas bon signe. Kevin n'est pas du genre à quitter son poste.

— Inspecteur ? appela un agent en passant la tête sur le côté du rideau. Je… Euh…

Il s'arrêta net et fixa Gwyn d'un air ahuri.

— … nous avons trouvé quelque chose que vous devriez venir voir.

Après un rapide conciliabule à voix basse avec l'agent, Fitzpatrick se tourna vers eux. L'expression glaciale et figée de son visage noua les entrailles de Lucy.

— Non, murmura-t-elle.

Elle avait compris. Non. Pas ça.

— Pas Kevin.

Fitzpatrick acquiesça.

— Je suis vraiment désolé, murmura-t-il.

Elle voulut demander comment c'était arrivé, mais aucun son ne sortit de sa bouche.

Kevin… *Il est mort parce qu'il travaillait pour moi.*

— L'équipe de la morgue est arrivée, ajouta Fitzpatrick. On te réclame. Tu veux peut-être d'abord te changer ?

Thorne était livide. Gwyn se mit à pleurer.

— Il faut allumer la salle, interroger ceux qui sont entrés pendant le laps de temps où ça s'est passé, gémit-elle.

— Inspecteur, je connais Kevin depuis des années et je suis ami avec ses parents, intervint Thorne dont la pomme d'Adam montait et descendait, comme s'il avait du mal à déglutir. Est-ce qu'il a été torturé, comme Bennett ?

— Non, répondit doucement Fitzpatrick. Ç'a été une mort rapide. Je suis vraiment désolé, Thorne. Je suis désolé pour vous tous. Il faut coincer le salaud qui a fait ça.

13

Lundi 3 mai, 23 h 45

— Décidément, mon petit, ce n'est pas ton jour, déclara Ruby à Alan.

Ils poussaient la civière vers l'arrière du bâtiment, pour aller chercher le corps qu'on avait découvert dans une mare de sang, la gorge tranchée d'une oreille à l'autre.

— Trois corps en vingt-quatre heures, je crois bien que c'est le record du service.

Lucy eut envie de crier à Ruby de la boucler, mais elle se retint. Ruby faisait de l'humour pour supporter l'insupportable, tout simplement.

— Ce corps, c'était Kevin Drummond, récita-t-elle d'une voix monocorde. Il avait vingt-cinq ans. Sa copine s'appelle Jen et son chien Leopold. Il rêvait de devenir une star du rock, mais il chantait comme une casserole.

— Oh, ma chérie, je suis désolée…, murmura Ruby en serrant Lucy dans ses bras à travers la combinaison blanche que celle-ci avait enfilée, par-dessus le pantalon de survêtement emprunté au batteur. Tu le connaissais ?

Lucy prit soudain conscience qu'ils ignoraient qu'elle passait ces soirées dans ce club et qu'elle y était aussi à l'aise que derrière une table d'autopsie. Face au regard vide de Kevin, son secret lui paraissait soudain bien dérisoire. *Il est mort parce qu'il travaillait pour moi.*

— Oui, je le connaissais, répondit-elle simplement.

Il était couvert de sang, le gravier sur lequel il était allongé trempait dans le sang, le mur derrière lui était maculé de sang.

— C'était un gentil garçon. Il n'a pas eu de chance. Il s'est trouvé au mauvais endroit, au mauvais moment.

— Tu n'as pas à te sentir responsable, intervint fermement Fitzpatrick.

Il vint s'accroupir près d'elle et chercha son regard avec des yeux désolés.

— Apparemment, il a été traîné jusque-là depuis l'autre côté du bâtiment, ajouta-t-il d'un ton contrit en montrant l'impasse où ils avaient…

Ils avaient fait l'amour pendant qu'on égorgeait Kevin. Une culpabilité nauséeuse souleva le cœur de Lucy.

— Non, protesta Fitzpatrick comme s'il avait lu dans ses pensées. Que pouvez-vous me dire après examen préliminaire, docteur Trask ?

— C'est une hémorragie due au sectionnement de la jugulaire qui a causé la mort, répondit-elle.

Kevin n'avait pas souffert. Ce qui la consolait un peu.

— L'ecchymose qui est en train de se former au niveau du menton est *post mortem*, ajouta-t-elle.

— Il a dû l'assommer avant de lui trancher la gorge, murmura Fitzpatrick.

— Oui. Le corps porte des traces de blessures défensives.

Elle prit la main de Kevin dans sa main gantée et l'éleva pour montrer ses articulations écorchées.

— Il s'est battu, fit remarquer Fitzpatrick.

— Il s'est battu pour sa vie, murmura Lucy. Alan, il faudra bien envelopper les mains de la victime.

— Est-ce qu'il a toujours son cœur ? demanda Alan.

Ruby le fit taire d'un claquement de langue réprobateur.

Lucy leva vers lui un visage sombre.

— Pourquoi cette question ?

Alan rougit.

— Non, mais c'est… C'est parce que je me demande… Si c'est comme le type de ce matin, je préfère me préparer à l'idée.

Il paraissait sur le point de se trouver mal.

— Oui, répondit-elle doucement. Son cœur est toujours là. Et pour ce qui est de la femme dans la voiture, je ne sais pas. L'agresseur était plus grand que la victime. La blessure au cou remonte aux extrémités.

— D'accord, murmura Fitzpatrick. Plus d'un mètre soixante-dix. Ça nous fait au moins un élément. Et la lame ?

— Non dentelée, fine. Très tranchante. Il a terminé en donnant un coup de poignet. La blessure fait une sorte de boucle au niveau de l'oreille.

— D'accord, répéta Fitzpatrick. Nous avons presque terminé d'interroger ton personnel. Ton Ming nous a fourni une liste complète des gens qui sont entrés et sortis.

— Qu'est-ce que c'est, un Ming ? demanda Ruby. Luce, c'est quoi ce club ?

Lucy se leva en inspirant profondément, pour se donner du courage.

— C'est mon club.

Ruby fronça les sourcils.

— Comment ça, ton club ?

— J'en suis propriétaire pour un tiers. Avec mes amis.

Ruby faillit s'en décrocher la mâchoire, mais Alan accueillit la nouvelle sans broncher. Ruby contempla fixement Alan et Lucy.

— Pourquoi suis-je la seule à être surprise ?

Alan regarda Lucy droit dans les yeux.

— Je savais déjà que Lucy était Lucinda, dit-il.

Ce fut au tour de Lucy de rester bouche bée.

— Des amis m'ont invité dans ce club pour mes vingt et un ans, et depuis, je viens régulièrement. Pour les groupes, bien sûr. Mais aussi pour toi…

Quelque chose brilla dans les yeux d'Alan, une sorte d'approbation sensuelle qui mit Lucy mal à l'aise.

— J'ai cru que tu me reconnaîtrais quand j'ai postulé pour être embauché à la morgue, puis j'ai vu que non. Peut-être que tu as préféré ne pas voir. Mes copains étaient verts, quand ils ont appris que je travaillais avec toi.

— Bon, intervint Fitzpatrick qui avait hâte de changer de conversation. Lucy, je venais te dire que Drew est prêt à sortir le corps de la voiture. Alors, si Ruby et Alan peuvent emporter celui-là, je te propose de rejoindre Drew.

Il prit Lucy par le coude et l'entraîna d'autorité vers l'entrée du club.

Elle jeta un regard par-dessus son épaule vers le corps de Kevin, vers Ruby, qui paraissait abasourdie, vers Alan, qui savait depuis le début. Et qui d'autre était au courant ? Elle commençait à se demander si son secret en était bien un…

Elle eut sa réponse en entrant dans le club.

Les employés étaient assis en cercle, visiblement choqués. Certains pleuraient. D'autres se retenaient. Hyatt et Stevie se tenaient près du bar et parlaient avec Thorne et Gwyn, laquelle avait passé des vêtements convenables. En voyant entrer Lucy avec sa blouse de légiste, les serveurs du club eurent l'air totalement abasourdis. Eux, au moins, ils ne savaient pas…

Kraemer, le barman, la balaya du regard des pieds à la tête.

— Ah, c'est ça, ton boulot officiel, si je comprends bien, déclara-t-il posément.

— Mais tu avais dit que tu travaillais comme employée, pour l'Etat, dans un bureau, commenta Jasmine, visiblement vexée.

Elle était la dernière petite amie en date de Thorne, et elle avait sans doute cru être admise dans le cercle des intimes.

— Je travaille pour l'Etat, déclara Lucy. Je suis légiste pour la police d'Etat. Et j'ai un bureau.

— Donc, pour être clair, tu découpes des gens toute la journée, commenta Mowry.

Lucy soupira. Mowry était depuis un an le gérant du club, mais il faisait partie du groupe de rock de Thorne depuis le premier jour. Il paraissait encore plus surpris que tout le monde qu'elle ait réussi à leur cacher une chose pareille.

— Oui, dit-elle.

— Cool, commenta-t-il sobrement.

Remarque qui déclencha un concert de murmures et d'approbation.

— Ce n'est pas cool, rétorqua-t-elle. C'est utile. Un gosse comme Kevin n'avait pas mérité de…

Mowry se leva lentement et s'approcha d'elle pour prendre son visage dans ses mains et appuyer son front contre le sien — un geste plein de tendresse amicale qui l'émut jusqu'aux larmes.

— C'est pour ça que c'est cool, murmura Mowry. Un gosse comme Kevin n'a pas mérité ce qui lui arrive, et tu vas aider les flics à arrêter le salaud qui a fait ça. C'est cool.

— Merci, murmura Lucy. J'avais besoin d'entendre ça.

Il déposa un baiser sur son front. C'était la première fois qu'il se permettait une telle familiarité.

— Je n'aurais jamais osé embrasser la violoniste en robe de cuir, mais là, je te trouve abordable, commenta-t-il.

Fitzpatrick se racla la gorge.

— Nous devons rejoindre l'équipe qui travaille dehors. Si vous voulez bien nous excuser.

Gwyn arriva sur ces entrefaites. Elle avait les yeux rouges et gonflés.

— Ils sont tous en train d'envoyer des textos pour raconter ce qui se passe ici, annonça-t-elle d'un air inquiet. Il faudrait penser à prévenir les parents de Kevin.

— J'ai envoyé deux inspecteurs chez eux, dit Fitzpatrick. On s'attendait à ce genre de débordement.

Lucy jeta un coup d'œil du côté du bar, où Hyatt et Thorne avaient l'air de se disputer.

— Qu'est-ce qui se passe ? demanda-t-elle.

— Hyatt réclame la liste des clients, expliqua Gwyn. Thorne ne veut rien lui donner sans mandat.

— L'un de vos employés est mort, murmura Fitzpatrick d'un ton agacé. Je ne pensais pas que Thorne se ferait prier pour coopérer.

— Tu te trompais, rétorqua simplement Lucy.

— Fitzpatrick, docteur Trask, appela Stevie depuis la porte. On vous attend.

Gwyn glissa une clé dans la main de Lucy.

— La clé de mon appartement, dit-elle. Ce soir, tu y seras seule, je dors chez Royce. Il va passer me chercher, les flics ont embarqué ma voiture.

Elle se tourna vers Fitzpatrick.

— Peut-on savoir pourquoi, au fait ?

— Parce qu'elle était garée à côté de la Mercedes et qu'on espère que le salaud y a posé les mains. On va faire un relevé d'empreintes et vous la rendre. Lucy, il faut y aller.

Lucy se pencha vers Gwyn et l'embrassa fougueusement sur la joue.

— Sois prudente, je t'en prie.

— Toi aussi. Et appelle si tu as besoin de moi. Et aussi quand vous aurez identifié la personne qui se trouve dans la voiture de Thorne.

Elle se mordit la lèvre.

— Je sais que ça doit vous paraître affreusement égoïste, mais tout ce que j'espère, c'est qu'on ne la connaissait pas.

Lucy ne la jugea pas égoïste, parce qu'elle aussi espérait que cette femme était pour elle une inconnue. Mais elle avait le mauvais pressentiment qu'elle ne tarderait pas à déchanter.

Mardi 4 mai, minuit

Il n'avait pas prévu de tuer le gamin.

Il avait voulu l'assommer pour le traîner derrière le bâtiment, où on aurait fini par le trouver et le ranimer. Mais non… Cet idiot avait résisté. *Et en plus, il a vu mon visage.* A noter : le masque de ski, ça ne marchait que dans les films. Dans la vie, la victime vous l'arrachait…

Il avait réagi d'instinct. Son couteau s'était retrouvé dans sa main, et adieu la carotide du type. *Je deviens vraiment très bon. Je serai peut-être un tueur en série, dans une autre vie.*

L'idée lui donna envie de rire, puis il se surprit à envisager la chose sérieusement. Après tout, pourquoi pas ? C'est vrai qu'il était bon. Un tueur, ça pouvait gagner beaucoup d'argent. Des tas de gens avaient besoin des services d'un tueur. Beaucoup plus qu'on ne croyait.

Il était déjà en train de réfléchir au moyen de mettre sur pied un tel négoce, quand quelque chose attira son attention du côté de la scène de crime. Ils déplaçaient la Mercedes.

Eh oui. Bien obligé, s'ils voulaient sortir le corps.

Il n'avait pas trop abîmé le visage de Janet Gordon, mais Lucy risquait de ne pas la reconnaître. Le nom ne lui dirait sans doute pas plus que le visage, Janet s'étant remariée plusieurs fois. Mais quand ils en viendraient aux proches de la victime… là, Lucy serait fixée. Et elle commencerait à flipper pour sa propre vie.

Tu peux avoir peur, Lucy. Parce que je suis là. Tu vas bientôt regretter d'avoir pris ce qui ne t'appartenait pas. Tu vas savoir ce que c'est, de tout perdre. Bientôt, tu seras à moi.

— Vous en êtes certaine, docteur Trask ? insista Hyatt. Vous ne connaissez pas cette femme ?

Lucy eut le mérite de conserver son calme. Du moins en apparence. Parce qu'à l'intérieur, elle fulminait, J.D. n'en doutait pas. Hyatt lui posait tout de même cette question pour la troisième fois.

— Non, lieutenant Hyatt, je ne la connais pas, répondit-elle sans quitter des yeux les techniciens qui manœuvraient pour extraire délicatement le corps de la voiture. Je ne la connais pas. Mais si vous me laissez un peu de temps et de marge de manœuvre, je ferai de mon mieux pour vous aider à déterminer son identité.

— Regardez son dos, grommela Hyatt.

Pour la troisième fois. Au moins.

— Je le regarderai quand nous l'aurons transportée à la

morgue. Je ne pense pas qu'il soit judicieux de manipuler le corps ici.

Hyatt ouvrit la bouche pour parler, mais elle ne lui en laissa pas le temps.

— Nous pourrions endommager ou perdre des indices, dans ce parking. Et pire encore, nous fournirions aux caméras de télévision un reportage croustillant.

— Je ne veux rien donner à ces vautours de la télé, murmura Hyatt. Je vais donc vous suivre à la morgue, docteur Trask. Et vous examinerez ce corps. Aussitôt arrivée.

— Aussitôt arrivée, répondit-elle d'un ton froid et serein.

— Elle est parfaite, murmura Stevie. On pourrait presque croire qu'elle ne le déteste pas.

— Presque, répondit tout bas J.D.

Sa posture figée la trahissait tout de même. Il songea avec plaisir qu'elle s'était appuyée sur lui quand il l'avait entraînée loin du corps de Kevin. Cela lui donnait de l'espoir. Elle ne l'avait pas totalement repoussé. Il n'avait pas tout gâché en oubliant de réfléchir, quelques instants plus tôt, dans cette impasse…

Faire l'amour dans une impasse… C'était dingue. Pourtant, il aurait recommencé sans hésiter.

— Il y a un chapeau à l'intérieur, déclara Ruby. Il était tombé aux pieds de la victime. Il a dû servir à dissimuler son visage pendant que le tueur la déplaçait.

— L'hypothèse se tient, dit J.D. à Hyatt. L'un des agents a interrogé un couple qui sortait du bar, de l'autre côté de la rue. Ils ont vu un homme qui poussait une femme en fauteuil roulant vers une voiture. Elle portait un grand chapeau mou qui retombait sur son visage.

— Merveilleux, commenta sobrement Hyatt. Et l'autre victime ?

— C'est le voiturier du club, répondit J.D. Il s'est apparemment débattu. Pas d'indices pour le moment. S'il n'avait pas été tué, il aurait fait un suspect idéal. Il manipulait régulièrement la clé de voiture du Dr Trask. Il n'était probablement pas impliqué, mais on va tout de même enquêter de son côté.

Hyatt plissa les yeux.

— Vous étiez là avant les meurtres, inspecteur Fitzpatrick. Pouvez-vous m'expliquer ce que vous faisiez dans ce club ?

J.D. s'était attendu à cette question, elle ne le prit pas au dépourvu.

— Je suivais le Dr Trask, lieutenant. Elle a déjà été ciblée deux fois aujourd'hui.

— Nous en avions parlé tous les deux et nous étions d'accord sur ce point, intervint Stevie. Le tueur connaît les habitudes du Dr Trask. En restant près d'elle, nous avions toutes les chances de croiser son chemin. J.D. a proposé de commencer. Je devais le relayer dans la nuit.

C'était une pure invention, bien entendu, et J.D. se retint de remercier Stevie du regard. Hyatt n'était pas un imbécile, il en aurait tiré les conclusions qui s'imposaient.

Heureusement, Ruby et Alan venaient enfin de sortir le corps de la femme, ce qui arrêta net les questions insidieuses de Hyatt. Le corps fut posé sur le sac à cadavre ouvert sur la civière. La victime portait une robe noire à manches longues qui lui arrivait aux genoux. Elle n'avait pas de chaussures.

— Elle a déjà atteint le stade de la rigidité, déclara Lucy en s'accroupissant près de la civière. C'est une femme, de race blanche, entre cinquante et soixante ans. Son visage a subi un lifting. On lui a cassé les doigts et retiré les yeux.

Elle palpa de ses doigts gantés le tissu noir de la robe, à hauteur de la poitrine.

— Et son cœur n'est plus là, ajouta-t-elle.

— Merde, murmura Hyatt.

— Oui, c'est le mot, commenta sobrement Lucy. La blancheur de la partie inférieure de ses jambes prouve qu'elle était allongée sur le côté au moment du décès, ou tout de suite après. On l'a frappée de manière répétée au niveau du crâne, avec un objet lourd. Son visage a été tailladé par une lame fine et non dentelée.

— Celle qui a servi à égorger le voiturier ? demanda Hyatt.

— Peut-être. Au moins une lame similaire, en tout cas. Il y a un corps étranger dans sa bouche, enveloppé dans un mouchoir. Elle est morte entre 14 et 17 heures cet après-midi. Je ne pense pas qu'elle ait été congelée, mais je le confirmerai après avoir pris la température du corps.

Elle se redressa et fit un pas en arrière.

— Vous pouvez refermer le sac et l'emporter.

Drew les rejoignit.

— La clé de la Mercedes a disparu du poste de travail du voiturier. Thorne en possède un double que nous avons utilisé pour ouvrir la voiture. On embarque les voitures proches de la Mercedes pour rechercher des empreintes. On aura peut-être de la chance, qui sait ?

J.D. soupira. Il en doutait fortement.

Mardi 4 mai, 12 h 45

Il avait fallu un peu de temps à Clay pour semer le type que Sherman avait envoyé pour le filer. Il venait d'entrer dans le Pussycat Lounge et de s'asseoir, quand il remarqua sur le podium un bras tatoué d'un cobra.

Ah, te voilà…

Il songea que Mme Klein n'aurait pas apprécié de voir sa petite-fille dans un endroit aussi glauque. Autrefois, durant sa folle jeunesse, Clay aurait été hypnotisé par les femmes qui se tortillaient en ce moment sur le podium. Plus maintenant. Elles ne le laissaient pas totalement indifférent, mais l'idée de s'offrir leurs services lui donnait la nausée.

La fille au cobra avait remarqué qu'il la regardait et elle lui lança un regard langoureux, parfaitement étudié et éloquent. D'après le dossier de Nicki, Margo avait appelé cette fille Linda. Il n'allait pas tarder à savoir si elle aussi avait utilisé un faux nom avec Nicki.

Les consommations étant obligatoires, il commanda donc

une boisson, par ailleurs hors de prix. Mais il n'en but pas une gorgée et attendit que Cobra finisse. Elle vint d'elle-même le rejoindre.

— Ça vous a plu ? demanda-t-elle.

Il se retint de faire la grimace et s'efforça de conserver un sourire neutre.

— Comment tu t'appelles, chérie ? dit-il.

— Cléo. C'est un diminutif pour Cléopâtre. Rapport au serpent, tu vois.

Elle fit saillir son biceps, et le cobra se dressa, comme prêt à frapper.

— Ben oui, logique, répondit Clay. Combien pour un petit moment en privé avec toi ?

— Cent dollars. Quinze minutes. Et tu me touches pas.

— Je n'y songeais même pas, protesta-t-il.

Il la suivit dans une salle privée et la laissa refermer la porte. Elle lui désigna un vieux fauteuil.

— Assieds-toi et détends-toi.

Clay préféra ne pas se demander quelle était la matière humide et poisseuse dont était souillé le siège du fauteuil. Pas question, en tout cas, de s'y asseoir.

— Allons droit au but, Linda. Je ne suis pas un client, mais un détective privé. Je suis intéressé par une femme que tu as accueillie dans l'appartement de ta grand-mère il y a deux mois. Une femme qui se faisait appeler Margo Winchester.

Linda recula d'un pas.

— Je ne sais pas où elle est, bredouilla-t-elle.

— Moi, je sais, ce n'est pas le problème, rétorqua Clay. Ce qui m'intéresse, c'est de savoir *qui* elle est.

Linda fronça les sourcils.

— Vous savez où elle est ? Faut le dire, alors. Ça fait une semaine qu'elle est pas venue bosser.

— Elle est à la morgue. Ça fait une semaine qu'elle est morte.

Linda porta sa main à sa bouche pour étouffer un cri.

— Morte ? Comment ?

— On l'a assassinée. C'était quoi, son vrai nom ?

— Mary Stubbs, murmura Linda. Seigneur…

— Il faut me dire pourquoi elle a menti à ma partenaire il y a deux mois. Pourquoi elle a prétendu s'appeler Margo Winchester.

Les larmes se mirent à rouler sur le visage de Linda.

— Elle a été engagée par un type pour jouer un rôle… Il voulait qu'elle fasse l'hystérique. Je lui ai dit de refuser, mais elle avait besoin du fric. C'est pas possible qu'elle soit morte…

— Pourquoi est-ce que c'est elle qu'il a choisie, le type ?

— Il connaissait son petit copain. Ils étaient en classe ensemble.

Le cœur de Clay fit un bond.

— Et il s'appelait comment, le petit copain ?

— Ken Pullman. C'est un flic. Vous êtes sûr que Mary est morte ?

— Certain, oui. Qui savait que Ken et Mary sortaient ensemble ?

— Pratiquement personne, parce que Ken était marié. On l'a prévenu, pour Mary ?

Clay ignora la question.

— Est-ce que Mary avait eu récemment des contacts avec ce type, celui qui l'avait engagée ?

Linda acquiesça d'un air misérable.

— Elle l'a appelé pour lui réclamer encore du fric, en le menaçant de cracher le morceau s'il refusait. Je lui ai dit que c'était dangereux, mais elle était persuadée que Ken la protégerait.

Clay songea que Ken avait dû essayer. C'était sans doute pour ça qu'il avait mal fini.

— C'était quand, ça ?

— La semaine dernière.

Ça collait. Tout collait, hélas.

— Le type qui l'a engagée, il savait que vous étiez au courant ?

Une expression de terreur passa dans les yeux de la fille.

— Je ne pense pas. Je ne l'ai jamais rencontré. Vous croyez que c'est lui qui a tué Margo ?

— Je ne sais pas. Margo s'est servie de l'appartement de votre grand-mère pour leur mise en scène. Vous avez retiré quoi, vous, dans l'histoire ?

— Dix pour cent. Et elle m'a fait entrer ici. J'avais besoin d'un boulot.

Clay songea au corps de Mary étendu à la morgue, avec cette taillade qui lui barrait le cou d'une oreille à l'autre. Evan n'était probablement pas au courant que Linda avait participé.

— Les flics cherchent en ce moment à identifier le corps de votre amie. Je vais devoir les renseigner. Ils vont venir ici et poser des questions.

Le visage de Linda se ferma.

— J'aime pas les flics.

— Ils vont se montrer très insistants, ajouta-t-il.

— Pourquoi ?

— Parce que le petit copain de Mary, Ken, est mort aussi.

Linda chancela.

— Seigneur… Et elle qui pensait qu'il la protégerait.

— Il n'a pas pu.

Elle lui jeta un regard paniqué.

— Je dois filer d'ici. Je ne veux pas qu'il me tue.

— Vous pouvez vous cacher chez votre grand-mère ?

Elle fit la grimace.

— Non. Elle ne m'a pas pardonné les derniers ennuis que je lui ai causés. J'ai de l'argent de côté. Je pars ce soir, dès que j'ai fini ici et que j'ai touché ma paye de la soirée.

Il aurait dû se sentir désolé pour elle, mais après tout, elle avait délibérément participé à une arnaque, sans s'inquiéter de ce que ça cachait, et elle n'avait que ce qu'elle méritait. La fuite était sa meilleure option, sans aucun doute. Et ainsi, elle ne dirait pas un mot aux flics.

Il ne tenait pas à ce qu'elle s'épanche auprès de la police, parce qu'il voulait avoir le champ libre pour coincer Evan.

Et pour retrouver Nicki. Une fois que ce serait fait, il dirait à Sherman tout ce qu'il savait.

— Bonne chance, dit-il. Et soyez prudente.

Il quitta le club avec l'envie de prendre une douche, et décida de passer par son hôtel pour dormir un peu avant de partir pour Ocean City, à la recherche de Nicki.

Il roulait depuis cinq minutes quand son téléphone sonna. C'était Alyssa, qui appelait depuis son portable. L'angoisse lui serra le cœur.

— Tu l'as trouvée ? demanda-t-il.

— Non.

Elle avait un drôle de ton, un peu guindé, comme si elle était agacée.

— J'ai essayé de t'appeler, mais tu ne répondais pas.

— Je n'ai rien entendu, c'était trop bruyant dans ce club. Qu'est-ce qui se passe ?

— La carte de Ted Gamble a été utilisée cette nuit à l'hôtel Orion.

— A l'hôtel Orion de Baltimore ?

— Oui. Et… comme j'étais fatiguée, j'ai pris ma voiture pour rentrer chez moi, et je suis passée devant l'appartement de Nicki. Clay, sa voiture est là.

Le cœur de Clay s'arrêta de battre.

— Quoi ? Tu en es certaine ?

— Oui. C'est sa voiture. Elle est là. Pas à Ocean City.

Mais le traqueur, lui, se trouvait bien à Ocean City, ce qui signifiait que quelqu'un l'avait retiré de la voiture. Nicki, sans doute. Les mains de Clay se mirent à trembler.

— Je vais chercher les dossiers que j'ai laissés dans le coffre de mon hôtel et je rentre. Où es-tu ?

— Chez moi.

Clay songea à Mary Stubbs et à Ken Pullman.

— N'en bouge surtout pas, dit-il d'une voix rauque. Ferme ta porte à clé. Tu as un revolver ?

— Oui, murmura-t-elle. J'ai un revolver et je sais m'en servir. Mon père m'a appris.

— Parfait. Charge-le. Et surtout, si Evan se pointe, ne discute pas, tire.

Mardi 4 mai, 1 heure

Lucy arriva à la morgue avec une escorte impressionnante. Devant elle, Alan poussait la civière transportant le corps de la femme non identifiée. Derrière suivaient Hyatt, Fitzpatrick et Stevie. Ruby fermait la file, avec la civière sur laquelle gisait le corps de Kevin. Elle était visiblement subjuguée par ce qu'elle venait d'apprendre de la nouvelle Lucy, qu'elle ne cessait de dévisager.

Craig Mulhauser les attendait dans l'entrée.

— Voyons un peu tout ça, dit-il d'un ton bourru.

Ils déposèrent l'inconnue sur une table d'autopsie et Lucy défit la glissière.

— Eh bien ? demanda sèchement Hyatt en s'avançant. Enlevez-lui sa robe, qu'on voie si elle a une marque dans le dos.

Lucy fit l'effort de répondre aimablement.

— Lieutenant Hyatt, nous devons examiner ce corps en suivant une procédure. Ici, c'est bien éclairé, et je vois des détails que je ne voyais pas dans le parking. Veuillez reculer, je vous prie.

Elle leva les yeux vers lui et haussa les sourcils, comme si elle le mettait au défi de désobéir.

Les yeux de Hyatt lancèrent des éclairs, mais il recula.

— Dépêchez-vous.

Elle se remit à examiner le corps, aidée de Craig. Ils dressèrent la liste des coupures et ecchymoses qui marquaient les jambes et le visage. Puis Lucy se concentra sur la robe noire.

— Cette robe ne lui appartenait pas, commenta-t-elle tout en défaisant les boutons du corsage. Elle est trop ample et…

Elle se tut et fit la grimace. Non seulement le cœur de la victime avait été retiré, laissant un gros trou au niveau du torse, mais on avait mutilé les seins, dont il ne restait plus grand-chose.

— Bon sang..., murmura-t-elle.

Fitzpatrick se pencha par-dessus son épaule.

— Dites-moi que ça a été fait post mortem, docteur Trask.

— Non, je ne peux pas vous dire ça, répondit Lucy d'un ton désolé. Elle portait une prothèse mammaire pour augmenter le volume des seins. Il a laissé une partie des implants.

Stevie vint se placer au côté de Craig, à l'autre bout de la table.

— Je parie que nous trouverons le numéro de série sur le morceau qui est resté à l'intérieur, dit-elle. Un indice abandonné volontairement, pour nous aider à l'identifier, comme la bague pour Bennett.

— Est-ce qu'elle a le dos marqué ou pas ? insista Hyatt.

Lucy tira doucement sur les manches pour dégager les bras de la victime, puis, avec l'aide de Craig, elle mit le torse à nu. Ensemble, ils déplacèrent la femme pour regarder son dos.

Il était couvert de brûlures de cigarette qui formaient un dessin. Lucy s'y était attendue, mais elle eut tout de même la nausée.

Hyatt se pencha pour mieux voir et fronça les sourcils.

— La partie inférieure pourrait ressembler au chiffre deux, mais au-dessus, c'est quoi ?

Il s'agissait d'un graphisme tout en courbes et en volutes, d'une élégance macabre.

— On dirait deux chiffres deux reliés au centre, suggéra Mulhauser.

— Non, soupira Lucy. C'est un *L* majuscule en écriture cursive.

Une lettre qu'elle traçait régulièrement. Chaque fois qu'elle signait de son nom.

— Elle a raison, approuva Stevie d'un ton sinistre, *L* pour Lucy ?

Hyatt fixait maintenant Lucy avec des yeux encore plus méfiants que de coutume.

— Ou Lucinda ? proposa-t-il.

Lucy ferma les yeux, en envoyant secrètement Hyatt au diable. Elle avait le visage en feu. Quand elle ouvrit les yeux, elle surprit Craig qui fixait Hyatt d'un air torve.

— Quelle importance, cette distinction ? dit-il sèchement. Et ne la regardez pas comme si elle était responsable. Elle n'a rien fait de mal.

— A part nous cacher un certain nombre de choses depuis le début de cette affaire, répondit Hyatt sur le même ton.

Le visage de Craig se ferma.

— Elle n'a fait que préserver sa vie privée. Ce qu'elle fait quand elle sort d'ici ne nous concerne pas, du moment que c'est autorisé par la loi. Ça-ne-vous-re-gar-de-pas, répéta-t-il en détachant bien les syllabes.

Lucy posa sa main sur la sienne.

— Ce n'est pas grave, Craig, vraiment.

— Si, c'est grave, intervint Fitzpatrick d'une voix impressionnante de calme. C'est grave parce que le tueur savait que Lucinda jouait dans ce club. Il avait sans doute accès aux clés par le poste de travail du voiturier, ce qui expliquerait comment il a pu se procurer celle de la voiture du Dr Trask. Tout cela est très grave.

— A vous de trouver pourquoi et comment il fait ça, merde ! lança Craig, irrité.

— Identifier la victime serait un bon début, intervint posément Stevie.

— Nous allons la déshabiller et ôter le résidu d'implants au niveau des seins, dit Lucy. Vous avez raison, Stevie, il l'a sûrement laissé pour une bonne raison.

Mardi 4 mai, 2 h 30

— Elle s'appelle Janet Gordon, annonça J.D. en déposant le permis de conduire de la femme sur son bureau.

Ils étaient au bureau, en communication téléphonique avec

le lieutenant Hyatt qui était rentré chez lui pour la nuit. Stevie avait mis le haut-parleur pour qu'ils puissent discuter à trois.

— Elle avait soixante ans, célibataire mais divorcée trois fois, elle vivait au centre-ville, à quelques pâtés de maisons de l'immeuble de Bennett, sur le port. Pour l'instant, cette proximité géographique est leur unique point commun.

— Ils en ont un autre, c'est qu'ils sont morts, rétorqua sèchement Hyatt. Est-ce qu'elle fait partie de la liste de femmes qui avaient droit à des livraisons de cadeaux ?

— Non, répondit J.D. Elle ne figure pas sur la liste. Ça ne veut rien dire, mais tout de même, elle n'est pas dans la tranche d'âge qu'il chassait.

— Ce ne serait pas la première fois qu'un homme coucherait avec une femme assez vieille pour être sa mère, fit remarquer Hyatt. Est-ce qu'elle était originaire d'Anderson Ferry ?

— On ne sait pas encore, répondit Stevie.

— Elle n'a donc pas de compte Facebook ? ricana Hyatt.

Stevie leva les yeux au ciel.

— Non, elle n'en a pas. Nous attendons des mandats pour son appartement, ainsi que pour ses relevés d'appels et bancaires. Si le tueur suit son schéma habituel, il va s'intéresser à son compte en banque. Avec un peu de chance, il ne l'a pas encore vidé et nous pourrons suivre la piste de l'argent.

Le téléphone de J.D. vibra. C'était Lucy. Il s'excusa et sortit dans le couloir pour ne pas risquer d'être entendu par Hyatt.

— Bonsoir, dit-il doucement.

— Bonsoir, répondit-elle d'un ton très professionnel. Grâce au numéro de série de l'implant, j'ai eu le nom du chirurgien qui a opéré les seins de notre inconnue.

— Laisse-moi deviner… C'est Bennett.

— Oui.

— Je mentirais en disant que je suis surpris. Vous avez fini l'autopsie ?

— On vient de finir, oui. Je suis en train de taper le rapport préliminaire. La cause de la mort serait un traumatisme crânien causé par un coup violent. Comme pour la première victime, c'est *post mortem* qu'on lui a coupé la langue et retiré les yeux. Les brûlures sur le dos sont de plus petit diamètre que celles de Bennett.

— Faites avec des cigarettes différentes, sans doute.

— Oui. J'ai envoyé Ruby acheter plusieurs marques. Les marques de Bennett sont standards. Celles de Janet sont très particulières. Elles ont été causées par des Virginia Slims.

— Je me demande bien pourquoi.

— Il craignait peut-être de ne pas avoir assez de place pour écrire son *L*, s'il prenait des cigarettes plus épaisses ?

— Ça voudrait dire qu'il aurait bien préparé son coup.

— Son coup, il l'avait préparé, pas de doute. Il a même amélioré sa technique. Cette fois, j'ai trouvé très peu de sang dans la cage thoracique.

— Ce qui signifie ? En termes simples, je te prie…

— Qu'il a aspiré le sang. La première fois, il s'était contenté d'absorber avec une serviette placée dans la cavité. Cette fois, il a fait mieux.

— Et il se serait servi de quoi, pour aspirer ?

— Etant donné que c'est un spécialiste de la scie électrique, je pencherais pour un Shop-Vac.

J.D. fit la grimace.

— Donc, le même appareil que pour détacher le cœur ?

— Peut-être pas le même, mais un de facture et de taille similaire. Après avoir retourné la victime, nous avons remarqué au niveau des mollets deux ecchymoses semi-circulaires très nettes, l'une plus large que l'autre, vraisemblablement provoquées par des pneus. Je t'ai envoyé des photos sur ton adresse e-mail, tu peux déjà y jeter un œil.

— Des pneus de fauteuil roulant ?

— Exactement. Ces ecchymoses sont postérieures à la mort, donc nous pensons que la victime a été allongée près des roues. Peut-être dans le coffre d'une voiture. Nous avons prélevé des fibres dans ses cheveux, plutôt courtes et raides, qui pourraient provenir d'un tapis. Drew t'en dira plus, les fibres et la robe sont au labo. Les ongles étaient coupés à ras, et même plus que ça. Elle venait d'avoir une manucure, probablement avec de magnifiques faux ongles, vu le genre de femme que c'était. Mais les faux ongles ont disparu.

— Elle s'est débattue, sans doute. Comment peux-tu être si affirmative, pour la manucure ?

— Parce que ses ongles de pied étaient impeccables, comme si elle venait de faire une pédicure. Je t'ai dit hier que je voyais beaucoup de pieds dans mon boulot.

Elle se tut et J.D. l'imagina, concentrée sur ses notes, avec cette intensité dont il connaissait maintenant la pleine mesure.

— Elle avait l'estomac vide, reprit Lucy. Pas d'alcool dans le sang. Voilà.

Elle soupira.

— C'est tout ce que je peux dire pour le moment. On étudiera les analyses cellulaires et toxicologiques dès qu'elles seront prêtes.

Elle hésita.

— Craig va se charger demain de l'autopsie de Kevin Drummond, avec le Dr Bellamy. Je suivrai depuis une autre pièce, je pourrai écouter et poser des questions.

Il savait qu'elle aurait préféré ne pas s'en mêler, se tenir à distance, oublier.

— Merci, dit-il.

— C'est normal. Comment vont les parents de Kevin ?

— Comme on peut aller dans ce genre de circonstances, mais ils tiennent le coup. C'est Morton et Skinner qui les ont prévenus.

— Morton et Skinner, ceux qui étaient dans le bureau de Hyatt hier ? demanda-t-elle d'un ton glacial.

— Ils n'étaient pas au courant de ce que mijotait Hyatt. Ils savaient, pour le procès, et aussi que tu avais été déclarée non coupable. C'est tout.

Elle demeura silencieuse.

— Lucy ?

— Je dois vraiment y aller, murmura-t-elle d'une voix lasse.

— Attends…

Il était sur le point de perdre patience, mais il se contint.

— J'ai dit quelque chose qui t'a déplu ?

— Bonne nuit, inspecteur. Ne vous en faites pas pour moi, ce soir, je dors chez Craig. Il a une chambre d'amis. Demain, je viendrai à la morgue avec lui et je m'occuperai de louer une voiture. Je ne prendrai aucun risque inutile. Vous me préviendrez, quand je pourrais réintégrer mon appartement ?

— Ne fais pas ça ! grommela-t-il.

— De quoi tu parles ? De retourner dans mon appartement ? Je finirai par y retourner un jour, quand même…

Le ton était faussement aimable et enjoué, ce qui était encore plus agaçant.

— Tu as très bien compris. Ne me pousse pas à bout, Lucy.

— Bonne nuit, inspecteur, répéta-t-elle.

Sur ces mots, elle raccrocha, le laissant seul avec sa frustration.

Quand il revint dans le bureau, Stevie l'accueillit avec un haussement de sourcils en lui désignant le haut-parleur du téléphone.

— Oui, il est là, dit-elle. Il vient de raccrocher. J.D. ?

— C'est Bennett qui a opéré les seins de Janet Gordon, déclara-t-il en prenant un fauteuil.

Stevie fit la moue.

— C'est lui aussi qui s'est occupé de son lifting ?

— Ça, je n'en sais rien. Pour les seins, il y avait le numéro des implants, le renseignement vient du fabricant. Pourquoi cette question ?

— Parce que, d'après Brandi, Russ Bennett se chargeait des seins, et les visages étaient pour son associé.

— Peu importe, coupa Hyatt. Je pense qu'avec ça Montgomery nous fournira un mandat pour les dossiers médicaux. Quoi d'autre, inspecteur Fitzpatrick ?

J.D. lui transmit les éléments du rapport préliminaire d'autopsie.

— Nous devons enquêter sur le passé de Janet Gordon et trouver son lien avec les autres victimes, conclut-il.

— Quand aurez-vous accès à son appartement ? demanda Hyatt.

— Daphne dit que nous devons attendre le lever du jour, répondit Stevie en consultant sa montre. Quelques heures.

— Dans ce cas, rentrez chez vous, ordonna Hyatt. Reposez-vous et retrouvons-nous demain dans mon bureau à 9 heures précises. Je demanderai à Morton et Skinner de venir aussi.

— Oh ! s'exclama Stevie. J'ai failli oublier… Cet après-midi, après avoir quitté la maison de la première Mme Bennett, j'ai contacté le Dr Berman. Je lui ai demandé de nous assister dans cette affaire. C'est un profileur, un excellent psychiatre, ajouta-t-elle en s'adressant à J.D.

— J'ai entendu parler de lui, répondit J.D., mais je ne l'ai jamais rencontré.

— Tu ne vas pas être déçu. Il est un peu en dehors des sentiers battus.

— A propos d'être en dehors de sentiers battus, intervint Hyatt, nous parlerons demain de l'attitude des associés du Dr Trask. Thorne a refusé de coopérer, et je trouve ça un peu fort.

— C'est vrai, renchérit Stevie en se tournant vers J.D. Il exige un mandat pour nous communiquer une liste de ses clients. Daphne s'en occupe.

— Je sais, j'étais là, dit J.D. sur un ton circonspect.

— Vous pourriez essayer d'extorquer la liste cette nuit au Dr Trask, lâcha Hyatt d'un ton plein de sous-entendus.

— Je ne verrai le Dr Trask que demain, quand nous retournerons à la morgue, répondit J.D. en se sentant rougir jusqu'aux oreilles. Mais nous essayerons.

— N'essayez pas, Fitzpatrick. Exigez. Et si elle refuse, dites-lui que j'enverrai tous les soirs une voiture de patrouille dans leur fichu club, avec gyrophare et tout le toutim, jusqu'à ce que Thorne et elle acceptent de coopérer pleinement.

— Elle ne cédera pas au chantage, rétorqua Fitzpatrick.

— Dans ce cas, arrangez-vous pour la convaincre par la douceur.

Il marqua un temps de pause.

— Ou tout autre moyen que vous jugerez adéquat.

J.D. ouvrait la bouche pour répondre, mais Stevie lui coupa la parole, initiative qui sauva probablement sa carrière.

— Nous continuerons demain cette conversation, lieutenant, dit-elle. Pour ce soir, je crois que nous avons tous besoin de dormir un peu.

Elle appuya sur le bouton du haut-parleur et coupa la ligne.

— J.D., ne le laisse pas t'entraîner dans ce genre de disputes. Il adore ça.

— Ah bon, il adore ? Et pourquoi ?

— Il n'a pas de femme dans sa vie en ce moment, et il faut bien qu'il se dispute avec quelqu'un. Quand il se sera remarié, il se défoulera avec sa nouvelle femme et il nous fichera la paix.

Elle haussa les épaules.

— Apparemment, poursuivit-elle, il a besoin de sa dose d'engueulade tous les jours pour se sentir bien.

J.D. ne put s'empêcher de sourire.

— Très bien, dit-il. A demain, alors.

Il s'était levé trop vite. Il se rendit compte qu'il était au bord du malaise.

— Je crois que je vais plutôt viser les lits de camp qui sont au-dessus. Je ne me sens pas en état de conduire jusque chez moi. Si tu ne me trouves pas à mon bureau en arrivant demain, monte me réveiller, d'accord ?

— Pas de problème, répondit Stevie en se levant.

Elle avait l'air préoccupée.

— Tu sais qu'on va devoir interroger les employés du club de Lucy ?

Il acquiesça.

— Oui. Pour le moment, la seule personne qui n'est pas coupable, à ma connaissance, c'est Lucy. Pendant le laps de temps où le tueur a opéré, elle était sur scène, et ensuite avec moi.

— Mais tu ne sais pas où étaient ses amis.

— En effet, je ne sais pas, soupira J.D.

La perspective d'interroger Gwyn et Thorne ne le réjouissait pas.

— Bon, on verra ça demain, conclut Stevie. Je rentre chez moi.

Elle s'arrêta dans l'ascenseur, tandis qu'il prenait la direction de l'escalier.

— Au fait, tu as compris pourquoi elle était furieuse ?

Il lui jeta un regard surpris.

— Je ne vois pas de quoi tu parles.

— Tout à l'heure, au téléphone, tu as dit à Lucy quelque chose qui l'a mise en colère. Et ensuite, tu lui as demandé pourquoi elle prenait la mouche.

Il secoua la tête.

— C'est vrai. Je me demande ce qui lui a pris.

— Tu lui as dit que Morton et Skinner savaient qu'elle avait été déclarée non coupable.

J.D. ferma les yeux.

— Au lieu de dire qu'ils la savaient innocente, murmura-t-il.

— Eh oui. Et si tu avais enduré comme elle un procès au cours duquel on t'avait injustement accusé de meurtre, la distinction t'aurait semblé importante. Prends cinq minutes pour y réfléchir.

Il se sentit soudain minable.

— Parce que tu crois que je suis capable de penser à autre chose qu'à ça...

Mardi 4 mai, 6 h 30

Clay se glissa dans l'immeuble de Nicki sans se faire remarquer. Il était encore tôt et il n'y avait personne dehors. De toute façon, dans ce quartier, les gens ne se montraient pas à l'aube. Il était habité par des créatures de la nuit, des solitaires, comme Nic.

L'immeuble était un taudis qui aurait mérité d'être condamné. Mais il plaisait à Nicki, du moins c'était ce qu'elle prétendait.

Clay la soupçonnait de se terrer dans ce trou minable parce qu'elle n'osait y inviter personne et que ça lui fournissait une excuse pour rester seule.

Il monta lentement l'escalier d'un pas alourdi par l'angoisse, le cœur encore plus lourd que les jambes. Durant le trajet, son inquiétude n'avait cessé de croître, à chaque kilomètre. A présent qu'il était près de découvrir la vérité, il parvenait tout juste à mettre un pied devant l'autre. *Avance, Maynard*, se répétait-il silencieusement.

Il s'arrêta devant la porte et ferma les yeux.

Non.

Mais cette odeur, il la connaissait. *Non.* Tout, mais pas ça. *Elle n'a peut-être pas sorti les poubelles.*

Il tentait de se rassurer, mais il n'y croyait pas. Ce n'était pas une odeur de poubelle.

Il enfila des gants en tremblant, puis entra avec la clé qu'il était passé chercher au bureau. Il tressaillit en franchissant le seuil de la porte, qu'il referma aussitôt derrière lui. *Elle est morte.* Il avait été soldat, puis flic. Il était capable d'affronter un cadavre. Mais Nic était son amie. Sa partenaire.

Il noua un mouchoir devant sa bouche et obligea ses pieds à parcourir les quelques mètres qui le séparaient de la chambre de Nicki. La porte était ouverte. Elle était allongée sur le lit. *Elle... Ses entrailles... Sur les draps.* Il ne pouvait plus détacher ses yeux du lit. L'horreur lui paralysait les jambes.

Des larmes coulaient sur ses joues. Il ne bougeait plus. Il ne respirait plus. *Seigneur, Nic... Qu'est-ce qu'il t'a fait?* Il l'avait éventrée. Ce malade l'avait éventrée.

Saloperie. Un gémissement dans son crâne.

De nouveau, il força ses pieds à lui obéir et se retrouva près du lit, en haletant, cette fois. Les draps, autrefois blancs, étaient rouges. Rouge sang.

Il serra les dents et se pencha en avant, en essayant de ne plus voir tout ce rouge. Indifférent aux mouches, il contempla l'oreille droite, que le salaud avait contournée avec sa lame pour ponctuer son geste. Il resta là un long moment, à regarder cette boucle, avec son cœur qui battait dans ses tympans, figé, comme hypnotisé.

Puis il eut une sorte de déclic et sortit de la chambre comme un automate, à reculons. Nic se méfiait de ses voisins et ne laissait rien traîner d'important chez elle. Ses dossiers, elle les cachait dans la cuisine, dans un coffre qu'il lui avait installé dans un placard. Il déplaça les boîtes de soupe qui le dissimulaient et composa d'une main sûre la combinaison. La porte s'ouvrit.

Le portable de Nicki se trouvait à l'intérieur, avec six chemises. Il prit le tout et referma le coffre, puis remit les boîtes de soupe en place. En sortant de l'appartement, il ferma à clé derrière lui, puis descendit l'escalier et se dirigea vers la voiture de Nicki pour nettoyer l'habitacle des papiers qui traînaient.

Enfin, il regagna sa propre voiture et parcourut deux kilomètres. Il s'arrêta et sortit, puis s'éloigna de quelques pas dans le bas-côté herbeux, avant de tomber à genoux pour vomir tout son soûl.

14

Mardi 4 mai, 6 h 45

Il fit la grimace en contemplant son reflet dans le miroir, et inclina la tête pour mieux voir les deux égratignures rouges et sanguinolentes qui barraient son cou. Elles brillaient comme deux balises. Ce voiturier ne l'avait pas loupé. Heureusement, il pouvait les dissimuler sous son col. Il boutonna sa chemise, noua sa cravate, et approuva le résultat d'un signe de tête. Personne ne verrait rien. Personne ne saurait. Et bientôt, ça n'aurait plus d'importance.

Bientôt, il naviguerait sur le *Satisfaction*, parce que tous les noms de sa liste seraient dans la morgue de Lucy Trask.

C'était quand même une sacrée bonne femme, cette Lucy. Elle avait su mener sa double vie avec l'habileté d'un agent de la CIA. Les tarés de son club avaient été époustouflés d'apprendre qu'elle était payée à découper les cadavres. Et elle avait d'autres secrets que personne ne soupçonnait. Pour le moment.

Parce qu'il allait s'arranger pour que tout le monde sache qui était vraiment Lucy Trask. Pour qu'on sache jusqu'où elle pouvait aller pour obtenir ce qu'elle désirait. De quels mensonges elle était capable. Quand le moment serait venu, il étalerait tout ça au grand jour. *Et ensuite, elle sera à moi.* Encore un peu de patience.

Il sortit de sa poche une carte de visite qu'il avait pris la liberté d'imprimer dans l'appartement de James Cannon.

« Briddle et Light, Avocats ». Quand Ryan aura vu la dépouille de sa mère, il se méfiera de tout le monde. Sauf de l'avocat de sa mère.

Parce que Ryan n'avait pas le choix. S'il voulait palper l'argent de maman, il faudrait bien qu'il passe par son avocat. *Eh oui… On va avoir une petite discussion, tous les deux.* Et ensuite, fini pour lui.

Il ne comptait pas passer autant de temps avec Ryan qu'avec les autres. Ryan n'avait pas beaucoup profité de son péché. Pas comme Edwards, Bennett ou Janet Gordon.

Et pas comme Lucy Trask.

S'il jouait bien ses atouts, il pouvait en avoir terminé avec Ryan à l'heure du dîner et s'attaquer au suivant sur la liste. *Je serai à Anderson Ferry à la tombée de la nuit.* Lucy avait emmené l'inspecteur là-bas, la veille, et ça ne lui plaisait pas beaucoup. Ils avaient filé droit à la maison des Bennett, probablement pour leur annoncer la triste fin de leur pauvre fils.

Son traqueur était précis : il savait qu'ils n'avaient rendu visite à personne d'autre, ce qui était une bonne nouvelle. Les retrouvailles de la famille Trask, il tenait à les orchestrer lui-même. A part ça, Lucy commençait à devenir intime avec ce flic. Qu'est-ce qu'elle pouvait bien mijoter ? Encore un truc pas clair. Elle était décidément incontrôlable.

Mardi 4 mai, 7 h 50

J.D. arrêta sa voiture derrière celle de Stevie, qui l'attendait déjà sous la voûte de l'immeuble habité par Janet Gordon.

Il avait peu et mal dormi. Il avait passé une partie de sa courte nuit à se demander si Lucy lui pardonnerait sa gaffe. Et surtout si elle accepterait de nouveau de l'embrasser. Et aussi, bien sûr, de réitérer l'exploit de l'impasse. Il avait eu un bref sommeil peuplé de rêves — salles sombres, musique envoûtante, Lucy nue dans son lit.

Lucy nue dans son lit… Il soupira. Ça ne se produirait peut-être jamais…

— Daphne a obtenu le mandat ? demanda-t-il à Stevie en la rejoignant sur le perron.

— Je l'ai dans ma poche, répondit Stevie. Il couvre l'appartement, le téléphone, les comptes en banque. Le gérant de l'immeuble nous attend en haut avec une clé.

— Et le mandat pour la liste de Thorne ? demanda J.D.

— Le juge réfléchit, répondit Stevie en haussant les épaules. Ce serait bien que tu arrives à amadouer Lucy, ça nous ferait gagner du temps.

— Je ne crois pas être en position de l'amadouer en ce moment.

— C'est une femme sensée. Excuse-toi pour ce malencontreux « déclarée non coupable ». Mets ça sur le compte de la fatigue, de la goujaterie masculine, de ce que tu veux. Montre ta fossette. Elle ne pourra pas résister.

Stevie était optimiste parce qu'elle ignorait que Lucy avait d'autres raisons de le mettre à distance. *Elle pense que je ne peux rien lui apporter de bon.*

— Je vais essayer, dit-il.

Le gérant attendait près de la porte de Janet, et il tendit la main pour examiner le mandat. J.D. et Stevie enfilèrent des gants pendant qu'il ouvrait.

— Pas mal, approuva J.D. en balayant du regard les toiles de prix et le piano demi-queue. Quand avez-vous vu Mme Gordon pour la dernière fois ? demanda-t-il.

— Il y a déjà quelques jours, répondit le gérant.

— Vous lui connaissiez un compagnon, un amant ?

— Elle est veuve. Elle fréquente de temps en temps des hommes, mais rien de régulier. A part ce médecin, qui est un ami, quoi qu'en disent les mauvaises langues.

— Quel médecin ? demanda J.D., qui pensait déjà connaître la réponse.

— Un jeune. Plus jeune qu'elle en tout cas. Hé, touchez

pas à ça ! s'exclama-t-il tandis que Stevie ouvrait les tiroirs du bureau. Mme Gordon ne me le pardonnera pas.

Stevie leva les yeux.

— Monsieur, vous n'avez pas entendu ce que je vous ai dit quand je me suis présentée ?

— Si, bien sûr.

Il fronça les sourcils.

— Enfin, pas très bien. Il était tôt.

J.D. se retint de lever les yeux au ciel.

— Inspecteurs Fitzpatrick et Mazzetti, dit-il. Section des homicides.

Le superviseur en resta bouche bée.

— Des homicides ? Alors, elle est morte ?

— Oui, monsieur, elle est morte, répondit Stevie. Et à présent, parlez-nous de ce médecin qui était son ami.

— Je ne me souviens pas de son nom, mais il était assez jeune pour être son fils. Je n'ai jamais cru qu'ils avaient une liaison, mais ma femme pense que Mme Gordon avait besoin de ferrer un jeune pour se sentir moins vieille.

— A quoi ressemblait-il, ce jeune médecin ? coupa J.D d'un ton agacé.

— Un mètre quatre-vingts, brun. Je ne pense pas qu'ils formaient un couple, franchement. Il ne l'aimait pas beaucoup, en fait.

La description pouvait correspondre à Russ Bennett.

— Dans ce cas, que faisait-il avec elle ? demanda J.D.

— Je suppose qu'il en voulait à son fric. Elle était bourrée aux as. Son dernier mari était dans le pétrole.

— Et qu'est-ce qui vous fait dire qu'il ne l'aimait pas ? intervint Stevie.

— Je ne sais pas. Son attitude. Il la regardait parfois comme s'il avait envie de la tuer.

— Qui était la personne à prévenir en cas d'urgence ? demanda J.D. Elle avait de la famille proche ?

— Elle avait son fils. Il faut que je regarde sur son bail. Vous voulez peut-être que je vous l'imprime ?

J.D. lui adressa un sourire aimable.

— S'il vous plaît, oui. Faites-le.

L'homme partit en grommelant.

— Il va probablement annoncer qu'elle est morte à tous les locataires, soupira Stevie.

— Je sais, répondit J.D. en ouvrant le réfrigérateur. Cette cuisine est impeccable. Et ce frigo est vide.

Il ouvrit un tiroir.

— Elle collectionnait les menus des restaurants les plus chers de la ville. Elle devait dépenser une fortune en restaurant.

— Elle avait les moyens, dit Stevie en se dirigeant vers la chambre. J.D ! Viens voir !

La chambre était visiblement celle d'un adolescent. Les étagères étaient chargées de trophées, des banderoles étaient accrochées aux murs. Et le tout était marqué des initiales AFHS.

— Le lycée d'Anderson Ferry, murmura J.D.

Il n'en était même pas surpris.

Il prit une coupe.

— Ryan Agar, récompensé par le *Most Yards Rushed*.

— Un joueur de football, commenta Stevie.

— Pas n'importe quel joueur, corrigea J.D. en prenant une photo encadrée qui trônait sur une commode haute. Ça, c'est la photo de son équipe, en dernière année de lycée. L'équipe qui a gagné le championnat régional cette année-là. Regarde les noms.

Il lui tendit la photo pour qu'elle puisse lire.

— On voit Ryan Agar, Malcolm Edwards, et aussi Linus Trask, alias Buck.

— Le frère de Lucy, alias Lucinda.

J.D. observa la photo de plus près pour déchiffrer les numéros inscrits sur les maillots.

— Malcolm jouait en défense. Linus était le quater back et il a reçu la récompense du meilleur joueur de la compétition.

— Comment peux-tu le savoir en regardant la photo ?

— Lucy me l'a dit hier, quand nous revenions d'Anderson Ferry.

— Le frère de Lucy était donc la coqueluche d'Anderson Ferry, mort dans un accident de moto quelques semaines après avoir obtenu son diplôme de fin de lycée. Tandis qu'elle, elle est brouillée avec ses parents au point de ne pas les saluer quand elle passe devant chez eux. C'est bien ça ?

— C'est bien ça.

Il mit la photo dans un sachet à indices.

— Tu prends l'armoire, je prends les tiroirs.

Ils fouillaient en silence depuis quelques minutes, quand Stevie appela de nouveau J.D.

— Des boîtes contenant des albums de promotions, dit-elle. Je vais les descendre de là.

J.D. passait en revue des photos et des lettres entassées dans le tiroir du haut de la commode.

— Ryan a été admis à l'université avec une bourse sportive, mais il a apparemment sabré ses études, dit-il. Il y a ici des lettres l'avertissant qu'il risque le renvoi. Et une autre dans laquelle on lui signifie son renvoi.

— C'est bizarre qu'il ait eu envie de conserver de telles lettres, commenta Stevie.

— Il n'a jamais vécu ici, intervint le gérant qui revenait. Son fils, je veux dire.

— Ryan Agar ? demanda Stevie.

— Ouais. Il ne lui rendait visite qu'à Noël et j'ai l'impression qu'ils ne s'entendaient pas très bien. Voici le bail. Son fils habite un ranch au milieu de nulle part, dans le Colorado.

— Il va lui falloir au moins vingt-quatre heures pour arriver du Colorado, dit Stevie. On va faire venir les experts pour relever des empreintes, pour l'identification. Ça accélérera les choses.

— Je peux aller à la morgue pour l'identifier, proposa le gérant, d'un ton un peu trop enthousiaste.

— Ce ne sera pas nécessaire, répondit J.D.

Il le reconduisit jusqu'à la porte.

— Pourriez-vous aller attendre les experts en bas ? Il faut que quelqu'un leur montre le chemin.

Le gérant ne fut pas dupe.

— Si vous ne voulez pas que j'assiste à la perquisition, il suffit de le dire.

— Mais non, ce n'est pas ça, mentit J.D. Mais parler nous fait perdre du temps et ralentit notre enquête. Nous voudrions une liste des hommes qui sortaient de temps en temps avec Mme Gordon, si vous avez leurs noms, ainsi que les noms des personnes de cet immeuble avec lesquelles elle était amie.

Le gérant sortit en ricanant.

— Janet Gordon n'était amie avec personne, elle faisait semblant de l'être avec ceux qui pouvaient lui être utiles. Mais je vous ferai quand même une liste.

— Pourquoi avoir installé une chambre pour son fils, s'il n'a jamais vécu ici et lui rendait à peine visite ? demanda Stevie quand il eut disparu. C'est tordu, comme idée.

— Je ne sais pas. On devrait poser la question au psy, tout à l'heure.

— Il s'appelle Lennie Berman, dit Stevie. Bonne idée, on lui posera la question. Je vais jeter un coup d'œil dans la salle de bains et les toilettes. Tu devrais te charger du bureau et de l'ordinateur qui se trouve dans le salon.

Dans le bureau de Gordon, J.D. trouva des invitations à des ventes de charité, des factures, des relevés de compte. Les relevés de compte dataient tous d'un mois. Pris d'une soudaine intuition, il remua la souris de l'ordinateur et l'écran s'alluma aussitôt. Il afficha une page internet, fit défiler les favoris de Janet Gordon, et trouva, comme il s'y attendait, le site de sa banque.

Son identifiant et son mot de passe étaient enregistrés — le mot de passe apparaissant masqué, sous forme d'une série d'astérisques.

— Stevie, tu peux venir ? appela-t-il.

Il attendit qu'elle soit derrière lui pour se connecter.

— Les gens sont fous d'enregistrer leurs identifiants et leurs mots de passe, fit-elle remarquer. Surtout pour un site bancaire.

— Je suppose qu'ils ne s'attendent pas à être assassinés, ni à ce qu'un flic s'installe devant leur ordinateur pour le fouiller, répondit J.D. tout en observant l'écran. Elle avait près de deux cents mille dollars sur son compte il y a un mois, et maintenant, il ne lui reste rien. Le tueur l'a vidé.

— On dirait que ça s'est passé avant-hier soir. Est-ce qu'elle avait un rendez-vous, ce soir-là ?

J.D. ouvrit l'agenda qui se trouvait sur le bureau.

— Non. Rien de prévu, apparemment. Et Lucy avait raison. Elle avait eu une manucure et une pédicure dans l'après-midi. C'est bien le tueur qui a abîmé ses ongles.

Stevie se pencha pour lire par-dessus son épaule.

— Elle avait un rendez-vous ce soir-là, J.D. D'habitude, elle allait le jeudi chez la manucure. Toujours la même. Mani. Et ce jour-là, un dimanche, elle est allée ailleurs et a noté le nom complet et l'adresse, parce qu'elle n'était pas une habituée. Elle a dû se rabattre sur l'un des rares endroits ouverts le dimanche.

— Le dimanche où elle a été assassinée.

— Exactement.

— Elle avait donc un rendez-vous, mais elle ne l'a pas noté dans son agenda. Pourquoi ?

— Aucune idée. Mais je parierais que celui avec qui elle a dîné est notre type.

J.D. allait renchérir, quand le téléphone de Stevie sonna.

— Mazzetti, dit-elle.

Elle écouta d'un air neutre pendant quelques secondes, puis ouvrit des yeux ronds.

— C'est impossible. Comment a-t-il fait pour arriver si vite ?

Elle se tourna vers J.D., un froncement de sourcils sur le visage.

— Devine qui vient de se présenter dans le bureau de Hyatt ? Ryan Agar.

— Pas possible, murmura J.D. d'un ton incrédule.

Elle écarta le téléphone de son oreille et mit le haut-parleur.

— Oui, lieutenant, nous sommes là tous les deux.

— Il est là et il exige de voir le corps de sa mère, dit Hyatt. Je lui ai demandé d'attendre votre arrivée.

— Il n'a pas pu faire le trajet depuis le Colorado en si peu de temps, commenta J.D. Vous lui avez demandé d'où il venait, et comment il savait que sa mère était morte ?

— Il vient du Colorado, assura Hyatt. Il m'a montré son billet d'avion. Il a quitté Denver par le dernier vol. A minuit.

— Mais comment a-t-il été prévenu ? demanda J.D. d'un ton agacé.

— Il a reçu un coup de fil à 20 heures, heure du Colorado, la nuit dernière, d'un policier de Baltimore lui annonçant que sa mère était morte et qu'il devait venir identifier le corps.

J.D. serra les dents.

— L'ordure. C'est le tueur qui l'a prévenu. Il n'y a pas d'autre explication.

Stevie fronçait de plus en plus les sourcils.

— Il s'est présenté, ce soi-disant policier de Baltimore ?

— Oui. Il s'est présenté comme l'inspecteur J.D. Fitzpatrick, répondit Hyatt d'un ton morne.

J.D. tressaillit.

— Moi ?

— Oui, vous, inspecteur. Le tueur sait que vous êtes chargé de l'enquête.

J.D. vit rouge. *Ce salaud se fiche de nous.*

— D'où provenait l'appel ? demanda-t-il posément, en maîtrisant sa rage.

— On ne sait pas encore. En attendant, rentrez tout de suite pour l'interroger.

— On arrive, répondit Stevie. On tient à l'interroger, figurez-vous. Il était dans le même lycée que Bennett, qu'Edwards, et que le frère de Lucy Trask.

Hyatt eut un soupir résigné.

— Evidemment.

Stevie raccrocha.

— Il se paye notre tête, cet assassin, murmura-t-elle.

J.D. s'efforça de conserver son calme.

— Pas de problème, dit-il. On va se payer la sienne, nous aussi.

Mardi 4 mai, 8 h 10

— Vous n'auriez pas dû vous donner tant de mal, murmura Lucy.

Elle était installée à la table de la cuisine, chez les Mulhauser. Rhoda, la femme de Craig, venait de déposer devant elle une assiette d'œufs au bacon.

Rhoda s'activait depuis quelques instants comme une abeille. Lucy songea à sa propre mère, qui n'en avait jamais fait autant, mais qui lui préparait un bol de céréales et la gratifiait d'un sourire.

Il y avait bien longtemps… *A présent, elle me regarde à travers les stores.* C'était très douloureux, bien plus qu'elle ne voulait se l'avouer. Elle avait réussi à l'oublier, mais se réveiller avec le délicieux arôme du pain cuisiné par Rhoda avait ravivé de vieux souvenirs. Sa mère aussi faisait de temps en temps cuire le pain, quand elle voulait les gâter.

Revoir Anderson Ferry l'avait bouleversée. Fitzpatrick croyait comprendre, mais il ne pouvait pas savoir. Heureusement, son rôle de guide local était terminé. Elle ne serait pas obligée d'y retourner.

— Mais pensez-vous, ce n'est rien, objecta Rhoda. Je le fais pour Craig tous les matins.

Craig, qui était en train de s'installer devant son assiette, lança un regard surpris à sa femme, mais ne dit mot. Lucy comprit que Rhoda cherchait à la mettre à l'aise. Elle ne put s'empêcher de sourire.

— Mangez, ordonna Rhoda d'une voix flûtée. Une dure journée vous attend, tous les deux.

— C'est le moins qu'on puisse dire, grommela Craig. Les cadavres s'accumulent.

— Je vais tenter de rattraper le retard, promit Lucy entre deux bouchées. Rhoda, c'est délicieux.

Cette dernière rougit.

— Si vous en voulez encore…

— Non merci, je vais déjà avoir du mal à finir mon assiette. Mais ça fait du bien, un vrai repas.

Le dernier, ç'avait été avec Fitzpatrick, à un comptoir de vente, en revenant d'Anderson Ferry. Il lui semblait que ce moment remontait à des siècles, et pourtant, c'était la veille au soir…

Cette nuit, dans la chambre d'amis des Mulhauser, elle n'avait cessé de se tourner et se retourner dans son lit, l'esprit en ébullition, à penser à ce pauvre Kevin et à cette femme, Janet Gordon…

Et elle avait aussi pensé à J.D. Fitzpatrick et à ce qui s'était passé entre eux dans l'impasse. Quelque chose d'absolument ébouriffant s'était produit. Dans une allée ! Même Gwyn n'avait sans doute jamais osé.

Mais à quoi est-ce que je pensais, pour m'abandonner comme ça ? Justement, elle n'avait pensé à rien. Cette longue et dure journée, le club, sa musique, l'expression de J.D. quand il l'avait écoutée jouer. *On aurait dit qu'il voulait me dévorer.* Elle avait eu soudain terriblement envie de lui. Une envie irrésistible. Et quand il avait posé ses mains sur elle, elle avait craqué.

Elle frissonna. Ç'avait été incroyable. *Et ça n'arrivera plus.*

— Lucy ? fit la voix de Craig.

Lucy leva les yeux vers Craig et Rhoda, qui la fixaient d'un air inquiet.

— Je suis désolée, j'étais ailleurs…

— Votre téléphone, dit Rhoda. Il sonne.

Il sonnait, en effet. Elle l'attrapa d'un geste fébrile et appuya sur le bouton vert.

— Allô ?

— Où tu es, bon sang ? s'exclama Gwyn.

— Chez le Dr Mulhauser. Et toi ?

— Chez moi. Ou plutôt *devant* chez moi. Je suis à la porte. C'est toi qui as mes clés, je te le rappelle.

Lucy fit la grimace.

— Je suis désolée. Qu'est-ce que tu fais là ? Je te croyais chez Royce.

— J'y étais, mais j'avais oublié ma pilule. Et moi, je croyais que tu avais dormi chez moi. Qu'est-ce que tu fais chez les Mulhauser ?

— Je n'avais pas envie de rester seule cette nuit.

— Oh…, murmura Gwyn en changeant de ton. Je comprends. Mais j'avais cru que ce grand flic sexy te tiendrait compagnie pour la nuit.

Lucy devint écarlate.

— Ça ne risque pas d'arriver.

Ça ne risque plus d'arriver.

Elle posa sa main sur le haut-parleur du téléphone pour s'adresser à Craig.

— J'ai les clés de l'appartement de mon amie, qui est à la porte. On pourrait faire un détour par chez elle ?

— Bien sûr, répondit Craig.

— Entendu, Gwyn, je serai là dans vingt minutes.

— Hé, attends ! Ne raccroche pas.

Il y eut une conversation murmurée à l'autre bout du fil, puis Gwyn s'adressa de nouveau à elle.

— Ma voisine a retrouvé un double des clés que je lui avais laissées l'année dernière pour qu'elle arrose mes plantes.

Lucy l'entendit ouvrit la porte.

— Heureusement que…

— Gwyn ? appela Lucy en tendant l'oreille. Tu es là ?

— Seigneur, murmura Gwyn. Lucy… Il y a une boîte sur ma table basse.

Le cœur de Lucy fit un bond.

— Une boîte enveloppée d'un papier cadeau ?

— Oui. Avec des cœurs colorés.

— Et un gros nœud rouge, acheva Lucy d'un ton lugubre.

En face d'elle, Craig avait pâli.

— Sors de là tout de suite, ordonna-t-elle à Gwyn.

— Je suis sortie, j'ai refermé la porte, j'appelle le 911.

— Tu peux te réfugier chez cette voisine ?

— Oui, répondit Gwyn avec un tremblement dans la voix. Tu penses qu'il est encore dans les parages ?

— Je n'en sais rien, mais mieux vaut être prudent. Est-ce que Royce est avec toi ?

— Il m'attend en bas, dans la voiture, répondit Gwyn d'un ton misérable.

Lucy serra les dents. Ce salaud n'épargnait donc personne ? Comment osait-il s'en prendre à ses amis ?

C'était toi qu'il visait, Lucy. Tu étais censée passer la nuit là-bas. Cette idée lui donna la nausée.

— Très bien, dit-elle en s'efforçant de ne pas paniquer. Tu appelles le 911, et ensuite, tu demandes à Royce de monter attendre avec toi.

— D'accord, répondit Gwyn.

Elle s'était mise à pleurer, et Lucy s'efforça de ravaler sa colère.

— Moi, je m'occupe de prévenir Fitzpatrick et Thorne, reprit-elle. J'arrive dès que possible.

Elle raccrocha et composa en tremblant le numéro de Fitzpatrick.

— J.D., c'est Lucy. Nous avons un autre paquet cadeau.

— Quoi ? Où ça ?

— Chez Gwyn. J'ai dormi chez les Mulhauser, mais j'étais supposée passer la nuit chez Gwyn. Elle prévient en ce moment le 911. Tu peux venir ? Elle habite la même résidence que moi, l'immeuble d'en face.

— Je dois d'abord passer au bureau. Il y a une urgence, là-bas.

Lucy fronça les sourcils.

— Qu'est-ce qui se passe ?

Il hésita, puis jura tout bas.

— Le fils de Janet Gordon est Ryan Agar.

— Le nom ne me dit rien, mais laisse-moi deviner… Il était au lycée avec mon frère ?

— Oui. Et il a participé au même championnat de football.

Elle soupira.

— Tu l'as appelé ? Il va venir identifier le corps de sa mère à la morgue ?

— Oui pour l'identification. Non pour l'appel. Enfin, pas moi. Quelqu'un l'a appelé hier soir pour lui annoncer que sa mère était décédée.

— Mais c'est impossible… Sauf…

Elle se tut. Elle venait de comprendre.

— Quel enfoiré !

Puis elle fit la grimace.

— Désolée, Rhoda.

Rhoda Mulhauser paraissait à la fois inquiète et fascinée.

— Ce n'est rien, dit-elle.

— Et ce n'est pas tout, reprit Fitzpatrick. Le tueur s'est fait passer pour moi.

Lucy se retint de jurer, cette fois.

— Il s'amuse. Où est le fils de Mme Gordon ?

— Dans le bureau de Hyatt. Il faut que je passe le voir. Je vais avertir Hyatt et Drew, pour le cadeau. On t'envoie quelqu'un. N'entre pas seule dans l'appartement de Gwyn.

— Je ne suis pas complètement stupide, rétorqua-t-elle sèchement.

— Je sais, répondit-il posément. Je suis désolé… Je… Hier soir, je n'ai pas voulu dire… Oh, peu importe ! J'arrive le plus vite possible et je t'envoie tout de suite les autres.

Il n'avait pas voulu dire quoi ?

Lucy se leva, en essayant de s'ôter Fitzpatrick de l'esprit.

— Merci pour le petit déjeuner, Rhoda. Craig, nous devons y aller.

— Je resterai avec vous et votre amie jusqu'à ce que Fitzpatrick arrive, promit Craig.

— Non. Parce qu'on aura besoin de vous à la morgue pour une identification. Un parent de la dernière victime est arrivé aujourd'hui en ville. Il y aura des voitures de patrouille, chez Gwyn. Je ne risquerai rien.

Elle tenta d'adoucir son refus par un sourire.

— Mais merci de la proposition.

Mardi 4 mai, 8 h 40

Ryan Agar était un grand gaillard taciturne. Il avait le visage tanné par le soleil et paraissait plus âgé que ses quarante ans. Sans doute à cause de ses yeux tristes, songea J.D.

Il était installé dans une salle d'interrogatoire et tenait dans ses mains une tasse de café à laquelle il n'avait pas touché.

— Je voudrais voir ma mère, dit-il.

— On s'occupe des formalités nécessaires et vous pourrez y aller, assura J.D. On ne vous attendait pas si tôt.

Agar le regarda droit dans les yeux.

— C'est ce que j'ai entendu dire. Et vous n'êtes pas l'homme qui m'a appelé hier.

— Non, monsieur. Nous essayons de remonter à la source de l'appel. Avez-vous remarqué quelque chose de particulier au moment du coup de fil ?

— Non. Rien. Je ne sais pas... L'homme qui m'a parlé avait une voix moins grave que la vôtre. Et un accent.

— Quel genre d'accent, monsieur Agar ? demanda Stevie.

— Franchement, je ne saurais pas le dire. Pourquoi s'est-il fait passer pour vous ?

— Nous n'en savons rien, répondit J.D. Connaissiez-vous des ennemis à votre mère ?

— Ma mère n'était pas vraiment une femme gentille et attentionnée. Les gens ne l'approchaient que pour l'utiliser. Mais de là à la tuer ? Non, franchement, je ne sais pas qui aurait pu faire ça.

— Quand l'avez-vous vue pour la dernière fois ?

— Lors de mon pèlerinage annuel, à Noël, répondit-il d'un ton sarcastique. Nous avons dîné dans un restaurant chic et elle m'a fait un cadeau que je n'ose même pas porter. Nous avons échangé des banalités et je suis rentré chez moi.

Ses yeux se remplirent de larmes. J.D. et Stevie en furent un peu surpris.

— Dites-moi qu'elle n'a pas souffert, murmura-t-il.

J.D. et Stevie échangèrent un regard, et Agar comprit. Il baissa la tête en pleurant à gros sanglots silencieux qui secouèrent ses larges épaules. J.D. déposa une boîte de mouchoirs près de son coude et Stevie attendit patiemment que l'orage passe.

— Toutes nos condoléances, murmura-t-elle quand les épaules d'Agar s'immobilisèrent enfin. Nous savons que vous traversez un moment difficile, mais nous devons vous poser quelques questions.

Agar redressa la tête, le regard dur.

— Avez-vous des pistes ?

— Nous en avons, assura Stevie. Monsieur Agar, connaissez-vous Russell Bennett ?

Agar se figea. Puis il déglutit.

— Le nom m'est familier, dit-il.

— On a retrouvé son cadavre hier matin, reprit Stevie. Il présente des blessures similaires à celles de votre mère. Savez-vous s'ils se connaissaient ?

Agar fronça les sourcils, feignant de réfléchir.

— C'est possible. Ma mère connaissait beaucoup de monde.

— Monsieur Agar, insista Stevie. Vous étiez au lycée avec Russell Bennett.

Il avala de nouveau sa salive, avec un peu plus de difficulté, cette fois.

— Ah, c'est *ce* Russell Bennett ? Oui, je me rappelle vaguement. Nous nous sommes perdus de vue après le lycée.

— Et Malcolm Edwards ? enchaîna J.D. d'une voix douce. Vous souvenez-vous vaguement de lui ?

Une lueur d'affolement passa dans les yeux d'Agar.

— Pourquoi cette question ?

— Parce qu'il a disparu il y a deux mois. Il est supposé s'être perdu en mer.

— Et quel serait le rapport avec ma mère ou moi ?

— Les comptes en banque d'Edwards et de Bennett ont été vidés après leur mort, probablement par l'assassin.

J.D. laissa passer quelques secondes, le temps qu'Agar fasse lui-même le lien. Il devint soudain tout pâle. Il venait de comprendre.

— Les comptes de ma mère ont été vidés ? Tous ?

— Au moins un, répondit Stevie. Il y a un lien entre la mort de votre mère et celle de ces deux hommes. Ils venaient tous les trois d'Anderson Ferry, il ne reste plus un sou sur leur compte, ils ont été assassinés par la même personne.

Agar s'humecta les lèvres.

— Mais pourquoi ?

— C'est justement ce que nous cherchons à savoir, répondit Stevie d'un ton agacé.

— Et nous leur avons trouvé d'autres points communs, monsieur Agar, enchaîna froidement J.D., vu que ce dernier ne répondait pas. Bennett pratiquait la chirurgie plastique. Il a opéré votre mère. Et si nos renseignements sont bons, ils se fréquentaient.

Agar tressaillit.

— Bennett a opéré ma mère ? Non. C'est impossible.

— Et pourquoi serait-ce impossible ? demanda Stevie.

— Mais parce que... parce que... Ma mère n'avait pas besoin de chirurgie plastique.

Stevie s'adossa à son fauteuil en arborant une expression lasse.

— Monsieur Agar, j'ai trois corps à la morgue. Soyez gentil de ne pas vous foutre de moi.

Agar écarquilla les yeux.

— Trois ? Je croyais qu'Edwards s'était perdu en mer.

— C'est le cas, répondit Stevie. Mais un jeune homme a été égorgé hier soir à l'endroit où nous avons trouvé le corps de votre mère. Et tout ça a un rapport avec Anderson Ferry. Que s'est-il passé à Anderson Ferry, monsieur Agar ?

— Je vous ai dit que je n'en savais rien, répliqua Agar entre ses dents. Je dois y aller. Vous avez mon numéro de portable. Prévenez-moi quand je pourrai identifier le corps de ma mère.

— Et Buck Trask, vous le connaissiez aussi, n'est-ce pas ? demanda J.D.

Ils avaient prévu de lui poser la question s'il essayait de les mener en bateau, ce qui était justement le cas.

Agar était en train de se lever ; il s'arrêta net et se rassit.

— Ça fait plus de vingt ans qu'il est mort, dit-il d'un ton précautionneux. Dans un tragique accident. Je ne vois pas le rapport.

— Le corps de Bennett a été découvert par Lucy Trask, répondit J.D. Celui de votre mère aussi. On les a placés sur son chemin, pour ainsi dire.

Agar secoua la tête.

— Je ne comprends rien du tout à ce que vous me racontez. Je ne me souviens même pas de Lucy Trask.

— La jeune sœur de Buck, expliqua patiemment Stevie.

De nouveau, il secoua la tête, un peu plus vigoureusement.

— Je ne la connais pas, protesta-t-il. Et j'ignore pourquoi c'est elle qui a découvert le corps de ma mère. Est-ce que je peux y aller, à présent ?

Il se leva.

— Vous n'avez pas le droit de me retenir ici, ajouta-t-il fermement.

— En effet, répondit J.D. sur le même ton. Mais avant que vous ne partiez, je voudrais vous rappeler que quelqu'un était pressé que vous arriviez à Baltimore.

— Etes-vous en train d'insinuer que je serais en danger ? demanda Agar avec des accents de peur dans la voix.

J.D. haussa les épaules.

— J'insinue que vous avez intérêt à être prudent.

Il se leva et regarda Agar droit dans les yeux.

— Et j'insinue aussi que vous en savez plus que vous ne le prétendez. S'il y a un autre meurtre, je ne manquerai pas de vous le reprocher.

Agar ferma les yeux et ils le virent déglutir. J.D. crut un instant qu'il allait parler, puis il ouvrit les yeux.

— Je dois y aller, dit-il simplement.

— Je vais vous accompagner dans un bureau où on vous fournira une liste d'hôtels, suggéra Stevie. Ensuite, un agent vous escortera jusqu'à celui que vous aurez choisi. Mon partenaire a raison : l'homme qui vous a attiré ici avait probablement une bonne raison de le faire, et nous ne voudrions pas qu'il vous arrive quoi que ce soit.

Agar acquiesça, mais ne fit pas de commentaire.

J.D. le regarda partir en refoulant son agacement. Puis il décrocha le téléphone pour appeler Hyatt.

— C'est Fitzpatrick, dit-il. Ryan Agar vient de sortir de notre bureau. Pour moi, il sait quelque chose, mais il ne veut rien dire. Stevie l'aide à trouver une chambre d'hôtel. Il faut le filer. Quelque chose me dit qu'il va prendre la fuite.

— Je m'occupe de ça. Vous et Mazzetti, dépêchez-vous de venir dans mon bureau pour la réunion.

— On va venir…

Il hésita.

— Vous avez des nouvelles de Drew, à propos du deuxième paquet cadeau ?

— Pas encore. Appelez-le et venez. On vous attend.

J.D. raccrocha, puis appela Drew. Il dut attendre plusieurs sonneries avant qu'on ne décroche.

— C'est Fitzpatrick. Tu as récupéré la boîte, Drew ?

— Oui, répondit Drew. D'après les rayons X, elle contient une masse compacte de la taille d'un poing. Et si on se fie au sang qu'il y avait sur la table basse où elle était posée, nous avons probablement un autre cœur, mais qui n'a pas été congelé, celui-là.

J.D. fit la grimace.

— Et il a fui ?

— Il y en a partout. Nous avons relevé des empreintes sur la porte, le bouton de porte et la table. Apparemment, rien n'a été dérangé. Morton et Skinner ont interrogé les voisins.

Personne n'a rien vu. Et il n'y a pas de caméra de surveillance, bien sûr, puisque c'est la même résidence que celle du Dr Trask, avec une sécurité de merde.

— Des signes d'effraction ?

— Non. Le tueur avait une clé.

— Le Dr Trask est toujours là ?

— Oui, elle est dehors, dans le couloir, avec son amie. Tu veux lui parler ?

Mardi 4 mai, 8 h 50

— On ne pourra pas nettoyer les murs de cette poudre noire à empreintes, gémit Gwyn d'un ton désolé. Et ce sang, sur le tapis…

— Ça ira, répondit Royce en la prenant par les épaules. Je t'aiderai à lessiver.

— Et on t'achètera un nouveau tapis, ajouta Lucy. Je suis vraiment désolée.

Gwyn soupira.

— Ce n'est pas ta faute. Heureusement que tu n'as pas dormi là. Et moi non plus.

— Amen, approuva Thorne.

Il était venu tout de suite, comme chaque fois qu'on l'appelait au secours. Il était planté derrière elles, les jambes écartées, les bras croisés. Comme un garde du corps. Ou plutôt comme un chien prêt à mordre.

— A partir de maintenant, vous ne vous déplacez plus seules, déclara-t-il.

Royce acquiesça.

— Gwyn restera avec moi cette nuit.

Gwyn fronça les sourcils.

— Mais je croyais que tu devais partir à Atlanta, s'étonna-t-elle.

— Je vais m'arranger pour différer mon voyage de quelques

jours, assura Royce. Mon client comprendra. Ce qui se passe ici est beaucoup plus important.

Il paraissait consterné.

— Et les flics, qu'est-ce qu'ils font, Lucy ? dit-il d'un ton sévère. Il faut que tout ça s'arrête.

— Je sais, dit Lucy. Croyez-moi, eux aussi le savent.

— Vous devriez rester chez moi, ce soir. Il y a de la place.

Son visage se figea.

— J'ai un revolver, ajouta-t-il. J'aimerais voir si ce salaud est aussi à l'aise quand il s'agit de terroriser quelqu'un de son gabarit.

Lucy n'avait pas envie de dormir dans le même appartement que Gwyn et Royce. Gwyn lui avait fait un compte rendu imagé de leurs nuits, et elle ne tenait pas à entendre leurs ébats.

— C'est gentil, mais non, merci, dit-elle. Ce soir, j'irai chez Thorne.

Elle jeta un coup d'œil par-dessus son épaule.

— Si tu es d'accord.

— Tu sais bien que oui, répondit gentiment Thorne. Tu peux rester chez moi autant que tu veux.

Ils se tournèrent pour regarder Drew qui sortait dans le couloir en tendant son téléphone portable.

— C'est pour vous, docteur Trask.

Elle prit le téléphone.

— Dr Trask, dit-elle.

— C'est J.D. Je voulais te dire que je ne peux pas vous rejoindre. Hyatt avait prévu une réunion et… Je suis désolé.

Lucy sentait sur elle les regards inquiets de Gwyn et de Thorne.

— Rien de grave, leur dit-elle.

Puis elle s'écarta du groupe pour parler plus tranquillement.

— Est-ce qu'il y a du nouveau ? demanda-t-elle.

— Pas vraiment, non. Nous venons juste de quitter Ryan Agar. Quand j'ai mentionné le nom de ton frère, il a paru gêné. Nous lui avons dit que c'était toi qui avais trouvé les corps, en espérant qu'il aurait une idée du pourquoi, mais il n'a cessé de répéter qu'il ne savait rien.

— Et tu penses qu'il ment.

— Oui. Sois prudente s'il t'approche. Il mesure environ un mètre quatre-vingt-dix, il est roux, bronzé.

— S'il m'approche, je crie.

— Bonne idée. Et appelle-moi. Où seras-tu aujourd'hui ?

— A la morgue. Nous avons du travail en retard. Craig y est déjà, c'est lui qui va se charger de l'identification du corps de Janet.

— On pensait que ce serait toi. On a envoyé Agar chercher un hôtel, pour te donner du temps.

— Craig attend probablement votre appel. Quand il aura reçu Agar, il commencera le…

Elle se mordit la lèvre en se rendant compte que Gwyn et Thorne avaient les yeux rivés sur elle.

— L'autre autopsie, dit-elle pour éviter de prononcer le nom de Kevin.

Thorne avait passé une partie de la nuit avec la famille Drummond.

— Je comprends.

Il marqua un temps de pause.

— Lucy, il faut que je te parle. Seule.

Elle ferma les yeux et frissonna.

— Ce n'est pas une bonne idée, murmura-t-elle.

— Je me pose beaucoup de questions. Je voudrais des réponses. S'il te plaît.

Une fois de plus, ce fut ce « s'il te plaît » qui l'émut. Mais peut-être avait-elle tout simplement envie de dire oui.

— Très bien. Je sors à 17 heures. Je vais probablement rester chez Thorne ce soir.

— Entendu. J'essayerai de faire une pause à l'heure du dîner. Lucy, une dernière chose… Hyatt veut la liste de vos clients réguliers. Il dit qu'il enverra une voiture de patrouille devant le club tant que vous ne la lui aurez pas donnée.

Le visage de Lucy se ferma.

— Tu crois qu'il serait capable de mettre sa menace à exécution ?

— Franchement, non. Mais qui pouvait savoir que tu avais prévu de passer la nuit chez Gwyn, à part quelqu'un du club ?

— Si le tueur est d'abord passé chez moi et qu'il a vu ma porte bloquée par un ruban jaune, il a pu en déduire que j'étais chez Gwyn.

— Il avait une clé.

Elle se sentit soudain glacée.

— Si Gwyn avait été chez elle…, murmura-t-elle.

— Tu vas essayer de m'avoir cette liste ?

— Je vais demander à Thorne. Il va refuser. Mais je demanderai tout de même.

— Nous allons interroger vos employés, et je compte sur toi pour les encourager à coopérer.

— C'est promis. Il faut que je te laisse. Drew attend son téléphone.

— Je t'appellerai dès que j'aurai un moment. Sois prudente.

Prudente ? C'était lui qui demandait ça ? Alors qu'elle oubliait toute prudence dès qu'il était là…

Elle tendit son téléphone à Drew.

— Merci, dit-elle.

— De rien, répondit Drew. On en a pour un moment ici. Nous avons pris vos dépositions, vous pouvez y aller. Vous avez besoin que quelqu'un vous accompagne ?

— Non, l'un de mes amis s'en chargera.

J'ai besoin d'eux. Plus que jamais.

— Drew dit qu'on peut y aller, annonça-t-elle au groupe en le rejoignant. Thorne, tu peux me déposer à la morgue ?

Thorne consulta sa montre.

— Je suis déjà presque en retard à mon audience, mais si on se dépêche…

— Va a ton audience, coupa Royce. Je les accompagne toutes les deux. Ne t'inquiète pas.

Mais Thorne était manifestement inquiet.

— Tu sais te servir d'un revolver, Royce ? murmura-t-il.

— Ouais, t'en fais pas pour ça, répondit Royce en jetant un coup d'œil du côté de l'équipe des experts qui s'activaient dans l'appartement de Gwyn. J'espère que le super-flic de Lucy va régler le problème, parce que ça me démange d'appuyer sur la détente.

Lucy rougit.

— Ce n'est pas *mon* flic, Royce. Cessez de dire des bêtises. Et il est temps d'y aller.

15

Mardi 4 mai, 9 h 10

En entrant dans le bureau de Hyatt, J.D. remarqua aussitôt l'homme en costume de tweed, la soixantaine, installé dans le fauteuil réservé aux visiteurs. Il supposa qu'il s'agissait du psy. Foulant les conventions aux pieds, Daphne avait pris l'initiative d'apporter un fauteuil supplémentaire dans lequel elle trônait avec des airs de triomphe. Hyatt lui jetait de temps en temps un regard courroucé.

J.D. eut envie de la remercier en l'invitant à déjeuner.

— Est-ce qu'Agar est parti ? demanda Hyatt.

— Il est parti, répondit Stevie. Il a pris une chambre au Peabody. Tory Reading l'y accompagne. C'est elle qui prend le premier quart pour la filature.

Elle se tourna vers l'homme en costume.

— Lennie, je vous présente mon nouveau partenaire, J.D. Fitzpatrick. J.D., voici le Dr Lennie Berman.

J.D. serra la main que le docteur lui tendait.

— Docteur Berman, je suis enchanté.

Berman acquiesça d'un bref hochement de tête.

— Qui est Agar et pourquoi est-il surveillé ? demanda-t-il.

J.D. et Stevie lui racontèrent leur entrevue avec Agar.

— Il sait quelque chose, conclut J.D. d'un ton ferme.

— Je suis de votre avis, approuva Berman. Mais on dirait que ce M. Agar a plus peur de ce qu'il sait que de vous. Il y a un autre moyen d'obtenir l'information qu'il refuse de vous livrer ?

— Oui, coupa Hyatt. J'en vois un. Lui faire peur.

— Retourner à Anderson Ferry et poser des questions, répondit J.D. Les anciens joueurs de l'équipe de football du lycée partagent un secret, et je pense que le père de Russel Bennett sait de quoi il s'agit.

— Oui, mais que vient faire là-dedans la mère d'Agar ? intervint Daphne. Et pourquoi le tueur lui a-t-il enlevé son cœur ?

— Peut-être parce qu'il est tordu, proposa Stevie. Il s'est servi de la mort de la mère pour faire venir le fils à Buffalo, de ça, nous sommes certains. Il n'a pas attendu qu'on identifie Mme Gordon, il a prévenu Agar parce qu'il le voulait à Baltimore ce matin.

— Il est pressé, hasarda Berman.

— Il a deux semaines à rattraper, fit remarquer J.D. Quand il a tué Bennett, le Dr Trask était en déplacement.

— Et il a donc congelé la victime, dit Berman. Il s'est donné beaucoup de mal pour mettre les corps sur le chemin de Lucy Trask, et ensuite, c'est à elle qu'il livre leurs cœurs. On ne peut pas être plus clair. Elle est au centre de tout. Son frère est mort peu après le bal de promotion du lycée, c'est bien ça ?

— Oui, répondit J.D. Dans un accident de moto. Il avait dix-huit ans, et le Dr Trask en avait alors quatorze.

— Et elle ne voit vraiment pas en quoi elle pourrait être concernée par ce qui se passe aujourd'hui ?

— Elle n'en a pas la moindre idée, soupira Stevie. Nous savons que Bennett la haïssait et qu'il avait constitué un dossier sur elle. Nous savons aussi qu'il collectionnait les maîtresses originaires d'Anderson Ferry, où il avait passé son enfance. Qu'est-ce que vous en pensez, docteur ?

— Je dirais qu'il a dû vivre là-bas un épisode particulier de sa vie sexuelle. Quelque chose qu'il essaye de rejouer, ou d'oublier, de régler. Il faut absolument que nous allions sur place, vous avez raison.

— « Nous » ? s'étonna J.D. Vous venez ?

— Bien sûr que je viens. Si le tueur ne laisse pas de traces derrière lui, nous devons trouver son mobile. Parce qu'il ne laisse aucun indice, c'est bien ça ?

J.D. acquiesça.

— Pour le moment. Nous espérons que les légistes trouveront des échantillons de peau sous les ongles du voiturier, le seul à avoir été tué là où on l'a découvert.

— Et vous avez une idée de l'endroit où les autres ont été tués ? demanda Hyatt.

— Au bord de l'eau, vraisemblablement, répondit J.D. La première femme de Bennett a entendu des mouettes la dernière fois qu'il l'a appelée, à un moment où il était déjà entre les mains du tueur.

— Nous savons aussi que notre homme a accès à un congélateur géant, ajouta Stevie.

— Morton et Skinner ont travaillé, dit Hyatt en leur tendant une page imprimée. Voici la liste des installations qui possèdent un congélateur cryogénique suffisamment grand pour contenir un corps humain. Dans un rayon de quatre-vingts kilomètres.

Stevie parcourut la liste.

— Ces usines fonctionnent vingt-quatre heures sur vingt-quatre. Impossible de manipuler un cadavre sans se faire remarquer.

— Il a pourtant congelé le corps de Russell par cryogénie, rétorqua Hyatt. Donc, vous vérifiez ces usines. Que sait-on d'autre ?

— Il vole l'argent de ses victimes, dit J.D. Edwards, Bennett, et maintenant Janet Gordon : leurs comptes en banque sont vides. Gordon a été dépouillée de près de deux cent mille dollars.

— On va essayer de suivre les transferts, dit Stevie. En

espérant que les inspecteurs qui travaillent sur la disparition de l'argent d'Edwards ont déjà des pistes.

Hyatt acquiesça.

— Dépêchez-vous de les joindre. Qui est la dernière personne à avoir vu Janet Gordon vivante ?

— Une manucure l'a reçue dimanche après-midi, répondit J.D. Mais si elle avait un rendez-vous le soir, comme nous le pensons, c'est la personne avec qui elle a passé sa soirée qui est la dernière à l'avoir vue.

— Parlez-moi un peu de la personnalité des victimes, demanda Berman.

— Bennett était un dragueur, répondit Stevie. Un homme à femmes. Aucun respect pour les autres. Quant à Janet Gordon, c'était le genre égoïste, pleine de fric, soucieuse avant tout de son apparence.

— Les Edwards étaient des mondains, compléta J.D. Mais dernièrement, monsieur s'était découvert une âme de philanthrope.

— Et pourquoi cela ? demanda Berman.

— Il avait un cancer, répondit J.D. Et il a laissé ses biens à une Eglise.

— Intéressant, répondit Berman d'un air songeur. Il avait quelque chose à se reprocher, sans doute. Il cherchait l'absolution.

— La question à se poser, c'est ce que vient faire dans tout ça Buck Trask, le frère de Lucy, intervint Stevie. Agar est devenu blême quand J.D. a parlé de lui. On aurait dit qu'il avait peur, mais aussi qu'il se sentait coupable.

Les yeux de Berman s'allumèrent.

— Raison de plus pour aller à Anderson Ferry.

— D'accord, dit Hyatt. Stevie, vous et Fitzpatrick, vous emmenez le Dr Berman à Anderson Ferry. Débrouillez-vous pour découvrir ce qu'ils cachent, là-bas. Il nous faut le lien entre les victimes. Et tant que vous y êtes, emmenez aussi le Dr Trask. Elle se souviendra peut-être de quelque chose. Je vais remettre Morton et Skinner sur les congélateurs cryogéniques.

Il jeta un coup d'œil du côté de Daphne, qui était restée silencieuse.

— Vous êtes venue pour quoi ? demanda-t-il.

Elle fit la grimace.

— Vous êtes décidément charmant. Vous m'aviez demandé un mandat pour les dossiers médicaux de Bennett, non ?

— Oui, parce que c'est lui qui a opéré les seins de Janet Gordon, expliqua J.D.

— C'est assez troublant, insista Stevie. Elle le connaissait depuis qu'il était enfant. Il avait fait sa scolarité avec son fils.

— D'après Agar, sa mère n'était pas vraiment une personne pleine de bonté, poursuivit J.D. La femme du gérant de l'appartement pense que Bennett et Gordon avaient une liaison. Mais le gérant, lui, pense que Bennett haïssait Gordon.

— Ah bon… Et pourtant elle l'a laissé l'opérer, fit remarquer Berman. Très intéressant, non ?

— Que fait-on pour le cabinet de Bennett ? demanda Daphne. Si vous tenez à avoir accès à ses dossiers, obtenir un mandat va réclamer du temps et un certain nombre de clafoutis aux pêches.

— Je veux ces dossiers, répondit Hyatt. Je veux ses comptes et les dossiers de ses patients. Il a peut-être opéré d'autres femmes d'Anderson Ferry. Peut-être même ce médecin de la morgue qui porte des robes de cuir noir.

J.D. fronça les sourcils, mais ne releva pas la provocation. Les seins de Lucy n'étaient pas artificiels, il pouvait le garantir.

— Tout ça n'explique pas la mort d'Edwards, ni le fait que le tueur ait voulu attirer Agar ici, répondit-il d'un ton égal.

Hyatt eut l'air amusé.

— Exact. Mais nous devons étudier les dossiers de Bennett. Où en est-on dans l'appartement de l'amie de Trask ?

— L'équipe scientifique y travaille toujours, répondit Stevie. Tout ce qu'on peut dire pour l'instant, c'est qu'il ne manque rien et qu'il n'y a pas de traces d'effraction.

— Ce qui signifie que le tueur possédait une clé, dit J.D.

Le personnel du club a vu Gwyn confier sa clé à Lucy. Il nous faut l'emploi du temps du personnel.

— Je vais mettre Morton là-dessus, déclara Hyatt d'un ton grincheux. Skinner peut se charger seule du congélateur. Et les caméras du club, ça donne quoi ?

— Rien, répondit J.D. Il y avait une caméra dans l'allée, mais elle n'a filmé que le sang qui éclaboussait le mur. Le meurtrier s'est arrangé pour rester hors champ.

— Merde ! s'exclama Hyatt en montrant Daphne du doigt. Il me faut un mandat pour obliger cet arrogant de Thorne à nous livrer la liste de ses clients. Il y a forcément quelqu'un qui a vu quelque chose.

Daphne haussa les sourcils.

— Bien monsieur, répondit-elle d'un ton sarcastique.

Hyatt leva les yeux au ciel.

— C'est bon. Au boulot. Au rapport à 17 heures.

Mardi 4 mai, 9 h 45

Il était là. Ryan Agar. Dans une voiture banalisée, véhiculé jusqu'à son hôtel aux frais de la police de Baltimore. La voiture s'arrêta sous l'auvent de l'hôtel et Agar en sortit, prenant sa petite valise avec lui.

La voiture partit, puis fit demi-tour pour se garer un peu plus loin, de manière à surveiller l'entrée. Heureusement, des entrées, il y en avait deux. Et donc deux sorties. Il comptait faire sortir Agar par l'ascenseur donnant sur le parking.

Mais d'abord, il fallait le piéger. Il composa le numéro de téléphone que Janet lui avait hurlé sous la torture. Agar répondit à la troisième sonnerie.

— Allô ?

— Monsieur Ryan Agar ?

— Oui, répondit précautionneusement Agar. Qui est à l'appareil ?

— Joseph Biddle, du cabinet Biddle et Light. Je suis l'avocat de votre mère. Permettez-moi tout d'abord de vous présenter mes condoléances pour cette mort brutale.

— Merci. Comment savez-vous qu'elle… ?

— J'ai reçu un coup de fil ce matin de sa femme de ménage, et je me suis renseigné auprès de la police pour avoir confirmation. On m'a dit que vous étiez en ville et que vous cherchiez un hôtel. Je peux vous aider ?

— Non, inutile. J'ai trouvé.

— Très bien. Vous devez être fatigué de votre voyage, je le sais, mais j'aimerais vous rencontrer rapidement. Votre mère m'a laissé une enveloppe que je dois vous remettre. Vous avez dû dépenser beaucoup d'argent pour le voyage, et j'ai accès à un compte que votre mère avait ouvert pour vous.

— Ah bon ? Elle avait ouvert un compte pour moi ? Quand ?

— L'année dernière.

— J'avoue que ça m'arrange. Le billet d'avion pour venir ici m'a mis à sec, et j'ignore combien de temps je vais devoir rester.

— Parfait. Je peux vous rejoindre à votre hôtel, si vous le voulez.

— Je suis au Peabody.

— Leur restaurant est très bien.

Il était justement devant le restaurant.

— Je serai sur place dans… disons vingt minutes. Nous pourrions prendre un petit déjeuner ensemble et je vous donnerai votre argent.

— Merci, monsieur Biddle, c'est très aimable à vous. J'apprécie beaucoup.

Il raccrocha en souriant.

Pas tant que moi.

Mardi 4 mai, 9 h 45

Lucy avait prévu deux autopsies dans la journée, trois si possible. Elle tenait à aider Craig à rattraper le retard. De plus, rester occupée l'empêcherait de ruminer ses soucis et de penser à une certaine personne. Qu'est-ce qui lui avait pris d'accepter un rendez-vous avec Fitzpatrick ?

— Addictif, murmura-t-elle.

— Pardon, docteur Trask ? Vous m'avez parlé ?

Ralph, l'un des assistants de la morgue, comparait le numéro d'un orteil étiqueté à celui de son porte-bloc à pince. Il leva vers elle des yeux interrogateurs.

— Non, je parlais toute seule. Je suis venue pour... Voyons un peu.

Elle sortit de sa poche une feuille imprimée et lut le numéro d'identification.

— Un homme afro-américain, âgé de cinquante-deux ans, suspicion de crise cardiaque.

— Je peux vous l'amener, si vous voulez.

Il lui tendit son bloc.

— Si vous me tenez ça une minute.

— Merci, répondit-elle en jetant un coup d'œil au bloc.

Elle fronça les sourcils. Une ligne, la dernière, venait d'attirer son attention, avec autant de force que si elle avait bondi hors de la page.

— Nous avons une nouvelle victime avec la gorge tranchée ?

Ralph leva les yeux de la civière qu'il sortait de l'alignement.

— Une autre ?

— Oui. Une femme, d'après votre liste. Et nous avons aussi un homme, décédé hier.

Elle revoyait encore le sang de Kevin sur le mur de briques.

— Cette femme est arrivée il y a quelques heures, expliqua Ralph. Elle a été assassinée hier soir et on ne l'a pas encore identifiée. Des éboueurs l'ont trouvée ce matin derrière une grosse poubelle.

Le mauvais pressentiment qui tenaillait le ventre de Lucy se précisa.

— Il faut que je la voie, dit-elle.

— Comme vous voudrez.

Il tira une civière.

Lucy souleva le drap. Elle s'y était attendue, mais elle en eut tout de même le souffle coupé : même blessure que Kevin. Elle inclina la tête de la femme. Son sang se glaça.

Exactement la même blessure, qui s'enroulait en boucle autour de l'oreille.

Elle remit le drap en place et recula.

— Amenez cette femme dans la salle d'examen numéro deux, s'il vous plaît, dit-elle calmement.

Ralph lui jeta un regard intrigué.

— Mais elle est la dernière sur la liste, fit-il remarquer.

Lucy songea à Bennett, à Gordon, au pauvre Kevin.

— Elle vient de passer en tête.

Mardi 4 mai, 9 h 45

— Merci, répondit Stevie, qui parlait au téléphone avec la police du Delaware. Nous demanderons à nos experts en informatique de se mettre en contact avec les vôtres pour travailler sur ces transferts d'argent.

Elle raccrocha en poussant un soupir de frustration.

— L'argent d'Edwards est parti sur un compte *off-shore*, et ensuite, la police du Delaware a perdu sa trace. Ils attendent un mandat fédéral pour remonter jusqu'au titulaire du compte.

— Et l'Eglise ? demanda J.D. Tu crois que ça peut venir d'eux ?

— Si c'est eux, il n'y a pas de preuves. Pas encore, du moins. Il ne nous reste plus qu'à nous concentrer sur Anderson Ferry.

— Où il ne s'est rien passé de particulier il y a vingt et un ans, dit J.D. Du moins rien qui soit mentionné en ligne. Leurs archives ne remontent qu'à dix ans en arrière.

— Dans ce cas, allons chercher Lennie et Lucy, et partons. On en a pour la journée. Je propose de prendre deux voitures, au cas où nous aurions à nous séparer, ou si je dois ramener Lennie. Tu as demandé à Lucy de venir ?

— Je l'ai appelée, mais elle n'a pas répondu.

Il espérait que c'était à cause de ses occupations, et pas parce qu'elle l'évitait.

— Je lui ai laissé un message vocal. J'en ai laissé un aussi à Agar, que Mulhauser attend à la morgue pour l'identification.

— Il dort, probablement. Je vais demander à l'agent qui le surveille d'aller le chercher. On passera nous aussi par la morgue, avant de prendre Lennie. Je voudrais jeter un coup d'œil au L inscrit dans le dos de Janet. Je me demande si nous avons un I et un L, deux lettres, ou bien si ce sont des chiffres romains.

— Qu'est-ce que ça ferait, IL en chiffres romains ? Quarante-neuf ? Et ça signifierait quoi ?

— Ça pourrait être un âge, ou un numéro de rue. Ou le numéro d'un maillot de foot.

J.D. montra du doigt le porte-documents de Stevie d'un air impressionné.

— Tu as la photo de l'équipe. Vérifie.

Elle sortit la photo et l'étudia, les sourcils froncés.

— Non. Pas de numéro 49 dans cette équipe.

— C'était bien essayé, dit-il. Et si c'était des lettres ? Un *I* et un *L* ?

— Les deux lettres d'un mot ? proposa-t-elle tandis qu'ils se dirigeaient vers l'ascenseur. D'un nom de lieu ? D'un nom ou d'un prénom ? Quels mots commencent par *il* ? Illégal, illogique, illuminé ?

— Illuminé, ça oui, ce type est un illuminé, répondit tristement J.D.

— Je suis sérieuse. Aide-moi un peu. Des noms de lieux : Illinois ? Un prénom. Ilene ?

— Eileen, ça commence par un *E*.

— Mais il l'écrit peut-être autrement. Tu ne m'aides pas beaucoup.

J.D. appuya sur le bouton de l'ascenseur.

— Je ne sais pas quel mot il veut écrire, mais j'espère que ce n'est pas un mot trop long.

Mardi 4 mai, 10 h 15

— Vous avez raison, Lucy.

Les yeux de Craig cherchèrent ceux de Lucy par-dessus le corps de l'inconnue.

— Cette blessure est identique à celle de Kevin Drummond. Elle a été causée par une arme similaire.

— Et regardez l'oreille, insista Lucy en inclinant la tête de quelques degrés.

— La même boucle, murmura Craig. Bonne pioche, Lucy.

— Merci. Mais ça ne nous dit pas pourquoi. Pourquoi cette femme est morte, pourquoi il l'a tuée.

— Vous dites qu'on l'a trouvée derrière une poubelle ?

— Ce matin. L'heure de la mort est estimée entre 20 heures et 22 heures la nuit dernière. Les ecchymoses du dos et du visage sont postérieures au décès. Elle avait eu un rapport sexuel peu de temps avant.

Craig plissa les yeux.

— Du sperme ?

— Oui. J'ai prélevé des échantillons et je les ai transmis pour une analyse ADN. On pourra comparer à ce qu'on a prélevé hier sous les ongles de Kevin.

— Les inspecteurs sont prévenus ?

— Pas encore. Je voulais vous en parler d'abord.

Craig plissa les yeux.

— Dites plutôt que vous vouliez que ce soit moi qui les prévienne.

Lucy baissa les yeux vers le cadavre de l'inconnue.

— Aussi, oui.

— Froussarde, murmura Craig. Mais je ne marche pas dans la combine. C'est vous qui allez appeler Fitzpatrick.

Il afficha brusquement un air surpris et amusé. Fitzpatrick arrivait justement avec Stevie, comme un mauvais génie qui apparaît quand on le convoque.

— Mais vous pouvez aussi lui en parler tout de suite, parce que le voilà.

Fitzpatrick portait le même costume que la veille, mais il n'avait pas l'air trop défraîchi. Il s'avançait avec une démarche fluide et nonchalante qui provoqua en elle un frisson désormais familier.

Il franchit la porte de la salle d'autopsie en la fixant d'un regard bleu et perçant. Elle aurait voulu détourner les yeux, mais c'était impossible. Elle n'arrivait pas à s'ôter de l'esprit le souvenir de ce qui s'était passé dans l'impasse — ce n'était pourtant pas faute d'essayer.

Mais pourquoi ai-je accepté de sortir avec lui ce soir ? Seule avec lui… C'est de la pure folie !

— De quoi doit-elle me parler ? demanda Fitzpatrick.

Elle se reprit et montra du doigt le cou de l'inconnue.

— De ça, répondit-elle. Regardez son oreille.

Elle vit à leur regard qu'ils avaient compris.

— Merde, alors…, murmura Fitzpatrick. D'où elle sort, celle-là ?

— Où l'a-t-on trouvée ? renchérit Stevie. Vous savez qui c'est ?

— Inconnue, répondit Lucy. Arrivée ce matin. Il m'a suffi de regarder sa gorge pour comprendre qu'elle avait été assassinée par notre homme.

— Elle n'avait pas de pièces d'identité sur elle ? insista Fitzpatrick.

— Rien. On l'a trouvée derrière une poubelle. Elle était habillée comme quelqu'un qui va en boîte. Elle a eu des rapports sexuels peu avant sa mort. Consentis. J'ai prélevé un échantillon de sperme.

— Et tu la connais ? demanda Fitzpatrick.

— Non, répondit patiemment Lucy. C'est pour ça que je dis que c'est une inconnue.

Les yeux de Fitzpatrick lancèrent des éclairs.

— Ce que je voulais savoir, c'était si elle pouvait être originaire d'Anderson Ferry.

— Je suis désolée…, dit Lucy d'un air contrit.

Il ne méritait pas qu'elle s'adresse à lui sur ce ton condescendant.

— Je n'en sais rien, reprit-elle. J'ai envoyé ses empreintes à Latent. Elle sera peut-être répertoriée dans notre base de données. J'ai pris quelques photos de son visage, sans le cou, pour que vous les fassiez circuler.

Fitzpatrick acquiesça. Il avait déjà oublié sa colère.

— Très bien, dit-il.

— Je m'apprêtais à commencer l'autopsie. Je vous appellerai dès que j'aurai quelque chose.

Elle surprit Fitzpatrick et Mazzetti qui échangeaient un drôle de regard.

— Est-ce que quelqu'un d'autre pourrait se charger de l'autopsie ? demanda Stevie. Nous allons à Anderson Ferry et nous aurions besoin de vous.

Lucy songea aux yeux qui les avaient observés derrière les stores.

Je ne veux pas retourner là-bas, et je ne veux pas non plus passer une journée avec Fitzpatrick.

— Pourquoi avez-vous besoin d'elle ? demanda Craig.

— Le lien entre les victimes passe par Anderson Ferry et par Lucy, déclara Stevie. Notre patron veut qu'elle nous accompagne. Nous emmenons aussi un profileur.

— Allez-y, Lucy, soupira Craig. Je m'occuperai de cette autopsie dès que j'aurai terminé celle de Kevin Drummond. Je vous tiendrai au courant de mes conclusions.

Lucy secoua la tête.

— Vraiment, je préférerais éviter d'aller là-bas.

— Nous avons besoin de toi, Lucy, insista tranquillement Fitzpatrick. Je t'en prie. C'est important.

Elle soupira.

— Très bien, mais je monterai dans la voiture de Stevie, dit-elle sèchement.

— Désolée, répondit Stevie en haussant les épaules. Mais le Dr Berman a déjà réservé la place.

— On dirait que vous êtes condamnée à me suivre, docteur Trask, fit remarquer Fitzpatrick d'un air faussement attristé.

— Je n'ai même pas de vêtements convenables, rétorqua-t-elle d'un ton désolé. Je ne me suis pas changée depuis hier soir.

— On passera par chez toi, pour que tu puisses te changer, proposa Fitzpatrick.

A court d'arguments, elle serra les dents.

— Très bien. Puisque je n'ai pas mon mot à dire, je m'incline.

Mardi 4 mai, 10 h 25

Mais que donnait-on à manger aux cow-boys, de nos jours ?

Il souleva Ryan Agar du fauteuil roulant et le fit monter dans sa voiture garée dans le parking de l'hôtel, en sous-sol. Ryan était grand, lourd et costaud. En pleine santé. Bientôt, il serait mort. Il le poussa sur le siège arrière et le couvrit avec un plaid. Il ne savait pas exactement combien de temps durerait l'effet des cachets qu'il avait mis dans son café, mais il lui avait collé une dose d'éléphant. Ryan en avait pour un moment.

Il fallait sortir du garage au plus vite, quitter le centre-ville. Ensuite, il trouverait un endroit tranquille pour attacher proprement ce cow-boy. L'idée de le ligoter comme du bétail le réjouissait. Ça lui irait comme un gant.

Il s'installa derrière le volant et alluma une cigarette, en aspirant avidement, et en sentant son stress se relâcher un peu. Il jeta un coup d'œil dans le rétroviseur, en lissant sa fausse moustache entre deux doigts. Son chapeau était de travers, et il le remit en place.

Sa propre mère ne l'aurait pas reconnu. Mais sa mère, de toute façon, elle était morte. A cause de Ryan Agar et de ses ordures de copains.

Il s'attendait à être contrôlé et avait glissé un badge dans sa poche de chemise. Les gens laissaient plus facilement passer un flic. Il suffisait en général de montrer le badge.

Donc, si on l'arrêtait, il serait l'agent Ken Pullman, de Virginie, en vacances avec un pote qui avait une sacrée gueule de bois et cuvait à l'arrière.

Mais personne ne l'arrêta. Personne ne le remarqua quand il sortit du garage en glissant dans la machine un billet flambant neuf. Si les vents étaient favorables, il aurait quitté la baie avec Ryan d'ici midi. Et la fête pourrait commencer.

Un bip attira son attention et il sortit son téléphone portable de sa poche de veste. Le petit point bleu qui marquait la position de Trask avait quitté la morgue. Tiens, la petite Lucy partait en vadrouille… Il fronça les sourcils. Elle était pourtant supposée travailler toute la journée.

Elle a peut-être décidé de fuir. Il avait craint qu'elle ne file en trouvant Bennett, puis le cœur de celui-ci, mais elle n'avait pas pris ses avertissements au sérieux, apparemment. Elle était restée. Et elle ne quittait plus le bel inspecteur.

Il n'aurait jamais cru que Lucinda tomberait amoureuse d'un flic — ou qu'elle ferait semblant, ce qui revenait au même. Dans quelle direction orientait-elle l'enquête ?

Loin d'elle, il n'en doutait pas. Elle devait murmurer des noms à l'oreille de son inspecteur, mais lesquels ? Sur qui rejetait-elle la faute ? Que dirait le bel inspecteur, quand il découvrirait enfin la vérité ?

Je dois vraiment surveiller Lucy de près. S'il le fallait, il modifierait son programme en fonction d'elle. Si elle retournait à Anderson Ferry, il serait obligé de la suivre. Il ne fallait surtout pas qu'elle parle à ses parents. Il avait encore quelques lettres à inscrire à la cigarette. Ensuite, seulement, il serait prêt à organiser leur réunion de famille.

Mardi 4 mai, 10 h 30

Clay s'arrêta devant l'hôtel Orion et prit un moment pour se ressaisir. Il était retourné chez Nic et il avait appelé le 911, dans un état second.

A présent, il allait passer à l'action. Il se redressa en bombant le torse et entra dans l'hôtel d'un pas assuré, comme s'il n'avait pas découvert quelques heures plus tôt le cadavre éventré de sa partenaire.

Il s'arrêta devant la guérite du portier.

— Je voudrais parler au chef de la sécurité, je vous prie.

— Puis-je savoir pour quelle raison ? demanda le portier.

— Je m'appelle Clay Maynard et je suis détective privé. Je recherche un homme qui ne verse plus sa pension alimentaire depuis un certain temps. D'après un tuyau, il serait passé hier à votre hôtel. J'aimerais vérifier sur les enregistrements de vos caméras de surveillance.

L'excuse du père indigne marchait à tous les coups : le visage du portier exprima aussitôt la plus totale désapprobation. De plus, ce n'était pas un mensonge. Evan ne payait plus sa pension, puisqu'il se faisait passer pour mort. Mais il était bien vivant. Et il avait tué trois personnes.

— Je vais voir ce que je peux faire, répondit le portier en appelant d'un signe de main un homme en costume.

Les deux parlementèrent un instant, puis l'homme en costume entraîna Clay dans le bureau de la sécurité. Il ne lui fallut pas plus de dix minutes pour trouver le bon enregistrement. Il fit pivoter son écran vers Clay.

— C'est votre homme ? demanda-t-il.

Evan Reardon. Clay sentit la haine lui nouer les entrailles. Il était là, ce salaud, avec une petite nana à moitié à poil, et il tendait tranquillement sa carte bancaire au type de la réception. La nana s'agrippait à lui comme une arapède. Clay secoua la tête en les voyant filer vers l'ascenseur, presque en courant. Une fois qu'il se serait occupé d'Evan, le nom de Ted Gamble disparaîtrait de la surface de la terre. Pas la peine de laisser traîner des trucs compromettants.

— Non, mentit-il. Ce n'est pas lui. Mais merci.

Clay quitta l'hôtel. Reardon était donc à Baltimore.

Quand je t'aurai retrouvé, mon salaud, tu vas regretter d'être né.

16

Mardi 3 mai, 10 h 55

— Lucy !

J.D. claqua la portière de sa voiture et partit à petites foulées pour rattraper les longues enjambées de Lucy, qui atteignait déjà l'entrée de son immeuble.

— Attends !

Il voulut lui prendre le sac de voyage qu'elle portait en bandoulière, mais elle s'écarta.

— Je le porte, dit-elle sèchement.

Puis elle soupira.

— Mais merci quand même.

Elle tremblait.

— Lucy, qu'est-ce qui se passe ?

— Je ne veux pas retourner là-bas, voilà ce qui se passe.

— Tu veux dire à Anderson Ferry ?

— Non, je veux dire dans le septième cercle de l'enfer ! lança-t-elle. Oui, à Anderson Ferry.

— Et pourquoi ?

Elle lui jeta un regard consterné.

— Et pourquoi ? répéta-t-elle d'un ton incrédule.

— Oui, pourquoi ? Westcott est une mégère et Bennett t'a fait un sale coup. Je veux bien accorder des circonstances atténuantes à Bennett, parce qu'il venait d'apprendre la mort de son fils, mais il sait quelque chose. L'opinion que ces deux-là ont de toi m'importe peu. Alors je repose ma question. Pourquoi redoutes-tu d'y retourner ?

Elle le fixa en silence pendant quelques secondes.

— Laisse tomber, murmura-t-elle en se remettant à marcher.

Mais J.D. n'avait pas l'intention de laisser tomber.

— C'est parce que tes parents vivent dans la maison voisine ?

Elle s'arrêta net.

— Voilà, c'est pour ça, lâcha-t-elle entre ses dents.

— Parle-moi, Lucy, s'il te plaît.

Il avait compris que ce « s'il te plaît » était un sésame qui lui ouvrait toutes les portes, aussi avait-il tendance à en user et en abuser.

— Je sais que je dois y aller, Fitzpatrick. Mais je ne suis pas pour autant obligée d'apprécier le voyage.

— Hier, tu avais l'air d'apprécier. Tu as même insisté pour nous accompagner.

— C'était pour les Bennett. J'avais la sensation de leur devoir quelque chose.

Il s'approcha d'elle.

— Et ils t'ont rejetée.

— Ils sont en deuil de leur fils. On ne peut pas leur en vouloir. Bon… Dépêchons-nous. Le temps presse.

Elle évitait son regard et il voulut lui prendre le menton, mais elle se dégagea.

— Il n'y a pas que ça, murmura-t-il. Ce qui s'est passé hier soir entre nous… Il faudra qu'on en parle. En attendant, ne me rejette pas. S'il te plaît.

Elle soupira.

— Je ne t'en veux pas pour hier soir, si c'est ce qui t'inquiète.

— Mais ?

Elle ferma les yeux.

— La vérité, c'est que je suis gênée. J'ai même un peu honte. D'un autre côté… je dois avouer que c'était délicieux et que je ne peux pas jurer que je ne recommencerai pas. Et ça, ça ne me va pas. Je te l'ai déjà dit, tu ne peux rien m'apporter de bon. Tu n'es pas l'homme qu'il me faut, même si tu me plais. J'espère que tu es capable de le comprendre.

Il ouvrit la bouche, mais aucun son ne sortit. Le sang avait quitté son cerveau et tout son corps s'était enflammé quand elle avait dit « délicieux » et la suite…

— Lucy ! appela une voix.

L'interpellation venait d'un balcon au-dessus d'eux, et ils levèrent simultanément la tête. Une vieille femme se penchait à une rambarde, au premier étage. Elle paraissait à bout.

— Que se passe-t-il Barb ? demanda Lucy.

Barb se tordait les mains d'angoisse.

— Il va mal, aujourd'hui. J'ai failli te téléphoner.

— J'arrive tout de suite, répondit Lucy.

J.D. dut la suivre à l'intérieur du bâtiment, dans l'escalier, sans un mot, incapable de parler, le ventre douloureux. Barb les attendait sur le seuil de sa porte. Aussitôt entrée, Lucy sortit son violon de son sac.

— J'ai tenté de lui passer l'enregistrement, mais il a lancé l'appareil contre le miroir du couloir, gémit Barb.

Des tessons de verre jonchaient en effet le sol du couloir, où un vieil homme portant des chaussures orthopédiques allait et venait en maugréant, sans se préoccuper de l'appareil enregistreur qu'il continuait à piétiner au passage.

— Il ne me laisse même pas ramasser les morceaux, murmura Barb.

Lucy tendit son sac à J.D.

— Tiens-moi ça, s'il te plaît.

Puis elle s'approcha précautionneusement du vieil homme.

— Monsieur Pugh, c'est Lucy, dit-elle en posant doucement sa main sur son épaule. Ça n'a pas l'air d'aller très fort. Je peux vous aider ?

— Je ne le trouve pas, répondit-il. Je ne le trouve pas.

— Qu'est-ce que vous ne trouvez pas ? demanda-t-elle d'une voix si douce que J.D. en fut ému.

Le vieil homme secoua la tête.

— Je ne le trouve pas, répéta-t-il.

— Venez, dit Lucy en le prenant par la main. Asseyez-vous un moment avec moi.

Déconcerté, M. Pugh se laissa entraîner vers un canapé à grosses fleurs bleues.

— Je ne le trouve pas, insista-t-il d'une voix plaintive.

Lucy lui sourit.

— Je sais. Ne vous inquiétez pas, on va le chercher ensemble.

Elle sortit le violon et l'archet de leur étui, puis cala l'instrument sous son menton — avec un naturel déconcertant.

J.D. retint son souffle. Elle allait jouer.

— Non ! protesta le vieil homme en sursautant et en saisissant le bras de Lucy.

J.D. fit un pas en avant, prêt à intervenir, mais elle l'arrêta d'un regard.

— Ce n'est rien, lui dit-elle. Il y a une boîte dans le sac, peux-tu la donner à Barb ?

Barb prit la boîte et en sortit un bracelet à breloques en argent qu'elle accrocha au bras de Lucy. Il s'agissait visiblement d'un rituel… Lucy montra son poignet à M. Pugh.

— Vous voyez, il est là, dit-elle. A présent, asseyez-vous.

Il se rassit sans un mot et Lucy se leva. Son bracelet tinta quand elle éleva le bras pour poser la main sur l'instrument. Puis elle positionna l'archet sur les cordes et commença à jouer.

La veille, au club, J.D. avait entendu un morceau plein d'énergie et de sensualité. Mais ça… c'était la beauté à l'état pur. Le son était plein, riche, doux. Elle avait choisi un air classique qu'il reconnut, mais qui ne l'avait jamais ému à ce point.

M. Pugh avait fermé les yeux et son visage exprimait à présent une sorte de béatitude. Une larme roula sur sa joue ridée et il joignit les mains. Le regard de Lucy se perdit dans le vide. Elle était ailleurs. Très loin.

Elle portait toujours sa blouse blanche de légiste, elle n'était pas maquillée, ses cheveux blond-roux étaient tirés en queue-de-cheval, mais elle dégageait quelque chose de magique. Il prit brutalement conscience de ce qu'elle représentait pour lui, et cela le heurta comme un coup de fouet. Oui, il la voulait, il la désirait. Mais il y avait bien plus. Il l'aimait.

Tu ne la connais pas, et elle ne veut pas de toi.

Peu importait. Il la voulait. A lui de la convaincre qu'ils étaient faits l'un pour l'autre.

— C'est un adagio d'Albinoni, murmura Barb derrière lui.

— C'est vraiment…

Il abandonna. Il ne trouvait pas de mot pour qualifier ce qu'il ressentait.

— Je sais, murmura Barb en lui tapotant le bras. Elle est douée.

Il perçut du mouvement à la périphérie de sa vision et jeta un coup d'œil par-dessus son épaule. Les portes s'ouvraient un peu partout à l'étage, mais aussi au-dessus et en dessous. Les locataires sortaient dans le couloir pour écouter, avec une expression ravie, sans doute la même que lui.

Puis ce fut la fin du morceau. Trop vite. Trop tôt. M. Pugh ouvrit les yeux et leva la tête vers Lucy, comme pour quémander une suite. Lucy enchaîna avec une autre pièce, plus nostalgique, plus poignante encore.

Barb Pugh s'agenouilla au sol pour ramasser les morceaux de verre, mais J.D. secoua la tête et lui fit signe qu'il s'en chargeait. Quand il eut terminé, il décrocha le cadre du miroir. Lucy avait déjà entamé un troisième morceau depuis quelques minutes.

— Merci, murmura Barb. C'est vous qui avez appelé hier, chez ma sœur, n'est-ce pas ?

— Oui, madame, répondit Fitzpatrick en l'entraînant dans le couloir pour parler tranquillement. Je suis l'inspecteur Fitzpatrick. Est-ce que vous et votre mari avez vécu à Anderson Ferry ?

— Oh, non ! Nous avons toujours vécu à Baltimore.

J.D. fronça les sourcils.

— Je croyais que votre mari avait été le professeur de Lucy quand elle était au lycée.

— C'est le cas. Mais c'était ici, dans un lycée pour jeunes filles avec un internat.

— Un internat ?

— Tout le monde n'y était pas interne. Mais Lucy habitait trop loin pour faire le trajet. Alors elle était à l'internat, oui.

— C'était une école de musique ? demanda-t-il.

Barb hésita, puis acquiesça.

— Elle a donc suivi un cursus artistique, murmura-t-il.

Elle hésita de nouveau, un peu plus longuement cette fois.

— Oui, on peut dire ça. Mais c'est à elle qu'il faudrait poser la question.

On peut dire ça… Qu'est-ce que ça signifiait ?

— Je vais essayer, dit-il. Mais elle n'est pas très volubile, vous savez.

— Laissez-lui du temps, inspecteur. Je pense que vous finirez par trouver la clé qui vous livrera ses secrets.

— Mais pourquoi tant de cachotteries ?

Barb eut un sourire attristé.

— Parfois, les secrets, c'est tout ce qui vous reste, inspecteur.

Dans le salon, Lucy avait terminé le troisième morceau et rangeait le violon dans son étui, quand M. Pugh se leva de nouveau pour lui prendre le bras.

— Je t'en prie, murmura-t-il.

Elle lui caressa la main.

— Est-ce qu'on a encore un peu de temps ? demanda-t-elle à J.D.

— Oui, dit-il simplement. S'il te plaît.

Elle parut surprise et soupira, visiblement émue, puis elle cala de nouveau le violon sous son menton et rejoua le premier morceau. M. Pugh écouta de nouveau en pleurant silencieusement. Cette fois, J.D., lui aussi, laissa couler ses larmes.

Quand Lucy eut terminé, elle le fixa longuement avec un regard appuyé qui lui fit battre le cœur. Puis elle détourna les yeux, remit l'instrument dans son étui, et s'agenouilla auprès de M. Pugh pour lui ôter ses chaussures.

— Est-ce qu'il va se calmer, maintenant ? demanda J.D. à Barb.

Barb secoua la tête.

— Plus ou moins. Il aura probablement d'autres épisodes dans la journée, mais moins pénibles que celui-ci.

— Vous n'allez pas pouvoir le garder encore longtemps chez vous, murmura J.D. Vous en avez conscience ?

Elle acquiesça.

— Oui.

Elle paraissait soudain terriblement inquiète.

— Je sais.

— Je suis désolé, dit-il. C'est très coûteux et…

— L'argent ne m'inquiète pas, coupa Barb. Lucy se charge de l'aspect financier du problème. Elle a commencé à économiser dès que je lui ai annoncé que Jerry était malade. Elle a aussi quitté son travail pour s'installer près de nous.

— Et où vivait-elle, avant de venir ici ?

— En Californie. C'est quelqu'un de bien, notre Lucy.

Lucy venait de convaincre M. Pugh de s'allonger sur le canapé et le couvrait avec un plaid.

— Elle a déjà trouvé un endroit où je pourrais envoyer Jerry. Elle attend simplement que je…

Barb déglutit.

— Que je sois prête à me séparer de lui. Mais elle ne cherche pas à précipiter les choses. Elle sait ce que c'est, d'être placé dans un établissement contre sa volonté.

Elle se mordit la lèvre.

— Je vous en ai trop dit, murmura-t-elle d'un ton désolé.

— Non. Vous m'avez dit ce qu'il fallait.

Il lui tendit une carte.

— Appelez-moi si vous avez besoin de quoi que ce soit.

— Pourquoi le tueur fait-il ça ? demanda Barb en prenant la carte. Pourquoi a-t-il habillé le cadavre comme mon Jerry ?

— Pour effrayer Lucy, répondit J.D. En principe, vous n'êtes pas visés. Mais si vous avez peur, si quelque chose vous paraît anormal, appelez le 911. Et ensuite moi. Mais d'abord le 911.

Barb pâlit.

— Je comprends. Vous allez prendre soin d'elle, n'est-ce pas ?

— Oui, répondit-il sans hésiter. Accepteriez-vous de répondre à une dernière question ?

— Peut-être.

— Vous connaissez les parents de Lucy ?

Barb fronça les sourcils et ses yeux lancèrent des éclairs.

— A peine. Ils ne venaient jamais lui rendre visite, ni l'écouter jouer. Jamais. Ils se comportaient comme s'ils l'avaient abandonnée. Nous, ça nous brisait le cœur.

Elle soupira.

— Elle en a souffert, elle aussi.

Mardi 4 mai, 11 h 25

Les experts de la police avaient changé la serrure de Lucy et sa clé ne fonctionnait plus. Fitzpatrick lui tendit la nouvelle clé sans un mot. Depuis qu'ils avaient quitté l'appartement des Pugh, il se murait dans un étrange mutisme, tout à fait inhabituel chez lui.

Elle songea qu'il avait pleuré en l'écoutant jouer. M. Pugh aussi, bien entendu, comme toujours. Mais les larmes de ce dernier étaient celles d'un artiste, celles du professeur qui l'avait formée.

Mais Fitzpatrick… *Il me regardait avec une telle intensité… On aurait dit qu'il cherchait à déchiffrer mon âme…*

— Le tueur ne pouvait pas entrer ici, hier, murmura-t-elle. C'est peut-être pour ça qu'il a déposé son paquet chez Gwyn.

— Peut-être. Mais ça m'étonnerait. Il savait où tu dormirais, Lucy. Et, que tu le veuilles ou non, il le savait parce qu'il se trouvait dans ton club quand Gwyn t'a confié sa clé devant tout le monde.

— Oui, soupira-t-elle.

Il avait raison, mais elle avait du mal à l'admettre. Elle

poussa la porte de sa chambre d'un geste réticent, et soupira de soulagement en la trouvant telle qu'elle l'avait laissée.

— Je ne serai pas longue, promit-elle tout en commençant à préparer une valise.

Le regard de Fitzpatrick erra, puis se posa sur elle avec insistance, avant de glisser vers le lit. Et ce fut brusquement comme si tout l'air de la pièce avait été aspiré. Le cœur de Lucy se mit à battre furieusement.

— Je ne m'attendais pas à du rose, ni à de la dentelle, commenta-t-il d'un ton bourru.

Elle avait en effet un couvre-lit mousseux, en dentelle, très fleur bleue. Celui dont elle avait rêvé durant toutes ces années où elle avait dû se contenter d'un petit lit tout simple de dortoir.

— On ne peut pas se cantonner au cuir noir, répondit-elle en tentant de prendre un ton léger.

Mais sa voix rauque la trahissait et les yeux de Fitzpatrick brillèrent dangereusement, tandis que ses poings se crispaient au bout de ses bras ballants.

Elle dut faire un terrible effort de volonté pour se détourner de lui et aller dans le dressing.

Où elle constata avec désarroi qu'il ne restait plus grand-chose.

— Si on confisque encore mes vêtements, sous prétexte qu'ils se trouvent dans une voiture où m'attend un cadavre, je vais me retrouver nue, se plaignit-elle.

Elle rassembla quelques tenues de travail et contempla rêveusement l'unique robe noire qui pendait encore sur un cintre.

— Le club restera fermé combien de temps ? demanda-t-elle.

— Encore vingt-quatre heures, répondit-il.

Il l'avait suivie et elle fit volte-face en entendant sa voix si proche, juste derrière elle. Il se tenait sur le seuil du dressing, le visage crispé. Une ombre de barbe accentuait encore la dureté de ses traits. Il avait l'air d'un pirate évaluant son butin. *Et le butin, c'est moi.* Elle aurait dû lui dire de reculer.

— Et peut-être plus, ajouta-t-il en se penchant vers elle.

Les pans de sa veste effleuraient ses seins. Elle crut qu'il allait l'embrasser, mais il allongea le bras pour atteindre une étagère au-dessus d'elle et attraper une paire de chaussures à talons aiguilles.

— Tu devrais prendre une robe ou deux, dit-il. On ne sait jamais.

Elle ferma les yeux. Tout son corps était en émoi, malgré elle.

— Tu as vraiment une très mauvaise influence sur moi, murmura-t-elle.

Il eut un rire sombre et grave qui lui donna le frisson.

— Je pense que tu n'as pas besoin de moi pour être capable du pire, dit-il en déplaçant des cintres par-dessus son épaule. Hmm, c'est vraiment dommage.

Quand elle ouvrit les yeux, il tenait à la main une robe en cuir au bout de son index.

— Qu'est-ce qui est dommage ?

Il lui répondit par un sourire coquin qui creusa sa fossette, et elle eut toutes les peines du monde à résister à l'envie de la caresser.

— Tu n'as rien qui ressemble à ce que portait Gwyn hier soir.

Il avait craqué sur les bustiers de Gwyn. Pas étonnant.

— Tu tiens en main ce que j'ai de plus osé. Désolée. Je ne suis pas capable d'aller plus loin.

Il haussa les sourcils.

— Et jusqu'où es-tu capable d'aller, exactement ?

Elle détourna le regard, en songeant au casque de moto. Et à ce qui s'était passé dans l'impasse. Pas moyen d'oublier ça.

— Laisse-moi me changer, dit-elle. Je te rejoins dans le salon.

Il posa la robe noire et les talons aiguilles sur le lit.

— Très bien, soupira-t-il.

Elle enfila une robe fourreau bleu marine, toute simple, avec une veste assortie, et plia le reste de ses vêtements dans la valise. Puis ses yeux se posèrent sur la robe noire qu'elle mit sur le dessus.

— Au cas où, marmonna-t-elle.
Au cas où quoi, elle n'en savait rien.

Mardi 4 mai, 11 h 40

Fitzpatrick leva les yeux de la photo qu'il était en train d'étudier quand Lucy entra dans le salon en tirant sa valise. Elle portait à l'épaule le sac qui contenait son violon. Elle avait encore enfilé une de ces insupportables petites robes à la jupe trop étroite. Il jeta un regard intrigué du côté de la valise, en espérant qu'elle avait emporté la robe de cuir noir.

Son visage se ferma quand elle remarqua le cadre qu'il tenait à la main. Elle devait le trouver indiscret, mais tant pis. L'affaire tournait autour d'elle. Il se sentait en droit de fouiller dans sa vie pour avancer dans son enquête.

Et aussi pour la protéger. Car le tueur pouvait s'en prendre à elle. Une angoisse sourde le saisissait chaque fois qu'il y songeait.

Il tourna le cadre dans sa direction.

— C'est toi avec M. Pugh, dit-il.

Elle le lui prit des mains et essuya une poussière imaginaire. Sur la photo, une jeune Lucy en uniforme d'écolière, assise dans un fauteuil, un violon sous le menton, l'archet posé près d'elle, fixait d'un regard attentif M. Pugh qui jouait avec une expression de pur bonheur sur le visage.

— Je me souviens de ce jour-là, murmura-t-elle d'un air rêveur. C'est dur de penser à ce qu'il a été, quand on le voit aujourd'hui.

— Tu l'aimes beaucoup.

Elle lui jeta un bref regard douloureux.

— Il a été… comme un père pour moi.

Tandis que ses parents ne sortaient même pas pour la saluer et l'observaient à travers les stores, songea J.D.

— Tu étais très jeune, sur cette photo.

— J'avais quinze ans.

— Barb m'a dit que tu étais en internat.

Elle rougit.

— Barb parle trop, parfois.

— Pourquoi étais-tu en internat ? demanda-t-il d'un ton insistant. Dis-le-moi, je t'en prie.

Elle releva le menton.

— Tu devrais le demander à Mme Westcott, elle se ferait un plaisir de te répondre.

— C'est à toi que je le demande.

— Très bien.

Elle bomba le torse, comme si elle s'apprêtait à affronter une brigade d'intervention rapide.

— J'ai fait une bêtise, et on m'a envoyée dans un foyer pour jeunes filles « perturbées ».

Il haussa légèrement les sourcils.

— Une bêtise, c'est-à-dire ?

— Je suis entrée par effraction dans la maison de Mme Westcott. Et ensuite, elle m'a accusée de vol.

Il haussa un peu plus les sourcils.

— Et pourquoi étais-tu entrée dans sa maison par effraction ?

— Parce que j'avais quelque chose à y prendre.

Il ferma les yeux.

— Tu vas te décider à me parler, ou bien je vais devoir te tirer les vers du nez pendant des heures ?

Elle reposa le cadre sur l'étagère avec un soupir résigné.

— Mme Westcott a un fils.

J.D. se balança sur ses talons, tout en croisant les bras sur son torse.

— Laisse-moi deviner. Ce fils connaissait ton frère, Edwards, Bennett, et Agar.

Elle fronça les sourcils.

— Oui, évidemment. Sonny était du même âge qu'eux. Il jouait dans la même équipe de football que mon frère.

— Que Linus, dit-il.

Elle eut un petit sourire attristé.

— Il détestait ce prénom. Le nom de jeune fille de ma mère était Buckland. Il se faisait appeler Buck.

— Tu l'aimais beaucoup.

— Oui. Buck était... un être magnifique. Le salon de mes parents est rempli de ses trophées. Il les collectionnait. Il excellait dans tous les sports, et c'était une sorte de vedette, à Anderson Ferry. Tout le monde l'adorait.

— Mais ?

— Quand il est parti, tout s'est arrêté.

— Qu'est-ce qui s'est arrêté ?

— Ma m...

Elle se reprit et haussa les épaules.

— La vie. Mes parents ne pensaient qu'à lui. Mon père se passait en boucle les vidéos de ses matchs. Ma mère faisait reluire ses coupes. Sa chambre est devenue un sanctuaire. Personne n'était autorisé à y entrer.

— Pas même toi ?

Elle soupira.

— Surtout pas moi.

— Et pourquoi ?

— Parce que ma mère l'avait décidé. Mais j'y entrais tout de même, quand j'étais seule à la maison. Buck me manquait tant... Je me glissais en cachette dans sa chambre pour m'imprégner de l'atmosphère dans laquelle il avait vécu. Un jour, en fouillant dans ses affaires, j'ai trouvé ça...

Elle fit tinter le bracelet qui pendait à son bras.

— Dans une vieille boîte à cigares, sous son lit. Il avait dû me l'acheter peu de temps avant son accident. Ça faisait déjà un an qu'il était mort.

J.D. prit sa main et l'éleva pour lire l'inscription.

— « A la plus chouette des sœurs ».

Il abaissa son bras, mais conserva sa main dans la sienne. Elle se laissa faire et lui pressa gentiment les doigts.

— C'était un bijou de pacotille qu'il avait dû trouver dans un paquet de biscuits, dit-elle. Mais pour une gamine qui pleurait la mort de son frère, c'était un cadeau venu tout droit du paradis. Je ne l'enlevais jamais, sauf pour me doucher.

— Et qu'ont dit tes parents ?

— Rien. Ils n'ont rien remarqué. Ils étaient dans leur monde.

— Bon… Et si tu me disais ce que tu tenais tant à récupérer chez Mme Westcott…

Elle eut un sourire ironique.

— Je me doutais que tu y reviendrais. Un jour, j'avais enlevé mon bracelet pour prendre une douche, et quand je suis revenue dans ma chambre, j'ai vu un garçon qui se sauvait par la fenêtre.

— Le fils de Mme Westcott ? demanda-t-il.

Elle acquiesça.

— Oui. Et mon bracelet avait disparu. J'ai enfilé des vêtements et je suis allée tout de suite chez les Westcott pour réclamer mon bien. Mme Westcott n'était pas chez elle, alors j'ai poussé la porte et je suis entrée. Sonny était là, avec Russ Bennett. J'ai dit que je voulais mon bracelet, et Sonny a eu le culot de prétendre qu'il ne savait pas de quoi je parlais. J'ai piqué une crise.

J.D. haussa les sourcils.

— Ne me dis pas que tu lui as cassé le nez, à lui aussi ?

Lucy fit la grimace.

— Je ne le lui ai pas cassé, non. Je l'ai amoché. Il a pissé le sang. Russ était en train de me traîner dehors, quand Mme Westcott est rentrée. Elle a vu son petit chéri en sang et ça l'a rendue folle. Elle a appelé les flics. Mon père était furieux.

— Mais le petit chéri avait l'âge de ton frère…

— Il avait dix-neuf ans. Et il n'était pas ravi qu'une gamine ait eu le dessus sur lui.

— Il était joueur de football, murmura J.D. d'un ton incrédule. Il devait être costaud.

— Il l'était. Mais ça n'a fait qu'aggraver son cas. Tout le monde s'est fichu de lui, surtout ses copains. L'histoire l'a poursuivi à l'université, d'après ce que j'ai entendu dire. Il a été plus d'une fois obligé de se battre parce qu'on le traitait de mauviette.

— Et comment as-tu fait pour récupérer ton bracelet ?

— Je suis retournée chez les Westcott. J'ai attendu que le scandale se tasse et je suis entrée dans la chambre de Sonny en brisant une vitre, un soir, quand Mme Westcott dormait. Sonny n'habitait plus là, il était à l'université. Je pensais que je ne risquais rien. J'ai trouvé le bracelet sous sa collection de magazines de tatouages. Manque de chance, Mme Westcott m'a vue quand je ressortais par la fenêtre et elle a de nouveau appelé les flics. J'ai caché le bracelet derrière un buisson. Comme ça, si les flics m'avaient arrêtée ce soir-là, ils ne me l'auraient pas pris.

— Et ensuite, qu'est-ce que tu as fait ?

— J'ai refusé de dire ce que j'allais faire là-bas. J'ai eu droit à un sermon de mon père et à une crise d'hystérie de ma mère. J'ai attendu de nouveau qu'on oublie un peu, et j'ai récupéré mon bracelet. Je ne pouvais plus le porter parce que Sonny avait cassé la chaîne et écrasé le fermoir.

— D'accord… Et pourquoi t'a-t-on envoyée en internat ?

— Sonny est rentré chez lui pour Thanksgiving. Il a appris à ce moment-là que j'avais visité sa chambre, probablement. Il est venu me menacer. Je lui ai dit que j'ignorais où se trouvait le bracelet et, au lieu de s'énerver, il a souri et il m'a dit : « O.K. »

— Ça n'augurait rien de bon, murmura J.D.

— Comme tu dis. Et le lendemain matin, le jour de Thanksgiving, un adjoint du shérif a sonné à notre porte. Mme Westcott avait porté plainte. Il lui manquait une bague et de l'argent liquide. Comme j'étais déjà entrée chez elle deux fois, elle m'a accusée. Et le shérif a trouvé la bague et l'argent dans le tiroir où je rangeais mes sous-vêtements.

— Sonny avait profité de sa visite de la veille pour les y placer.

Les yeux de Lucy lancèrent des éclairs.

— Oui, répondit-elle.

— C'est à ce moment-là qu'on t'a envoyée en internat ?

— A l'école Sainte-Anne, une institution pour délinquantes. J'y suis restée trois ans.

— Trois ans ! s'exclama-t-il d'un ton outré. Pour un premier délit ?

— J'avais déjà eu des problèmes à l'école. Un certain nombre d'heures de retenue… parce que je m'étais battue. Mais c'est plus compliqué que ça. C'est moi qui ai voulu y rester.

— Quand as-tu rencontré M. Pugh ?

— A l'école. J'avais une fois de plus été punie pour mauvaise conduite et je récurais les sols après les cours. J'ai entendu une atroce musique qui venait d'une des salles, un son à vous écorcher les oreilles produit par une fille qui prenait un cours. Mais ensuite, M. Pugh s'est mis à jouer et je me suis cachée pour l'écouter. Je croyais qu'il ne m'avait pas vue, mais il est venu droit sur ma cachette à la fin de la leçon.

— Et qu'a-t-il fait ?

— Il m'a demandé si j'aimais la musique. J'avais déjà pris des cours de violon, contrainte et forcée par ma mère. Mais en entendant M. Pugh, j'ai eu envie d'apprendre, pour la première fois. Nous avons commencé le lendemain à travailler ensemble. Mes parents ont refusé de me payer des cours, mais M. Pugh a quand même continué à m'en donner, gratuitement, pendant trois ans. Plus tard, il m'a avoué que ç'avait été pour lui une grande joie d'enseigner à quelqu'un qui avait soif d'apprendre.

— C'était vraiment gentil de sa part. Et ça explique beaucoup de choses. Tu rentrais de temps en temps chez toi, tout de même ?

— Je suis rentrée au bout d'un an, au moment des vacances scolaires, et c'était censé être définitif. Mais mes parents ne voulaient pas vraiment de moi, et au moment de la rentrée, ç'a été l'enfer. Tout le monde savait d'où je venais. Les autres enfants me regardaient comme on regarde un animal de foire. J'avais parfois l'impression qu'ils étaient tentés de me piquer à travers les barreaux de ma cage.

— Ils t'ont provoquée.

Elle acquiesça.

— Oui. Et ils ont finalement réussi à me faire sortir de mes gonds. Ç'a été une sacrée bagarre. Quelqu'un a encore porté plainte contre moi et on m'a traînée devant une juge. J'étais malheureuse à la maison, je voulais retourner à Sainte-Anne, et je le lui ai dit.

Elle haussa les épaules.

— Là-bas, les profs étaient gentils avec moi. La juge m'a fait remarquer que l'école était chère, mais que si mes parents étaient d'accord pour payer, elle m'y renvoyait. Mon père a dit oui, j'ai donc emballé mes affaires et je suis repartie.

— Attends… Tu veux dire que tes parents ont payé ce foyer ?

Elle comprit, à son regard étonné, qu'il y avait un malentendu.

— Je n'étais pas dans une prison pour mineurs, J.D., mais dans une école privée réservée aux mineurs présentant des troubles du comportement. Mes parents ont payé, oui.

— D'après Barb, ils ne te rendaient jamais visite.

Il paraissait outré.

Elle tressaillit et retira sa main.

— C'est la vérité. Tu comprends maintenant pourquoi je ne leur rends pas visite, moi non plus.

Elle hissa le sac sur son épaule et se dirigea vers la porte.

— Le temps passe, inspecteur. Si nous devons aller à Anderson Ferry, il est temps de se mettre en route.

Elle avait de nouveau cet air abattu et il regretta de l'avoir poussée à se plonger dans ce passé si douloureux.

— Lucy, je ne m'attendais pas à ce que tu m'en dises tant. Je te remercie.

Elle haussa les épaules.

— Tu allais entendre cette histoire de la bouche de Sonny Westcott, un jour ou l'autre. Je préférais que tu aies d'abord ma version.

— Attends une minute, dit-il en la prenant par le bras pour l'empêcher de franchir la porte qu'elle avait déjà ouverte. Je suis censé rencontrer Sonny Westcott ?

— Tu as l'intention de faire un tour par le bureau du shérif d'Anderson Ferry, non ?

— Sonny Westcott travaille pour le bureau du shérif ?

— Sonny *est* le shérif.

Elle se libéra d'un coup sec.

— Allons-y.

Mardi 4 mai, 12 h 25

Le souffle court, il s'écarta de Ryan Agar, qu'il venait d'installer dans le fauteuil roulant. Le sortir de la voiture n'avait pas été une mince affaire. *Ce type pèse une tonne.* Il avait besoin de se reposer avant de le pousser sur la rampe et de le faire monter sur le *Satisfaction.*

Il sortit son portable de sa poche pour vérifier le point bleu indiquant la position de Lucy, et fronça les sourcils. Elle se déplaçait. Encore. Elle partait de chez elle, visiblement, et elle prenait la direction d'Anderson Ferry. Elle pouvait tout foutre en l'air. Il devait absolument savoir ce qu'elle mijotait.

Ryan allait devoir attendre un peu. Maintenant qu'il était dans le fauteuil, ça n'allait pas être difficile de le garder. Il suffisait de le ligoter. Il eut envie de rire. Quand Ryan se réveillerait, ficelé comme une dinde de Noël et les pattes en l'air, il allait gamberger et se demander quel traitement on lui réservait. La police ne lui avait pas donné de détails à propos de ce qu'avait subi sa mère.

Il n'allait pas tarder à s'en faire une idée.

17

Mardi 4 mai, 12 h 30

Sur l'autoroute en direction d'Anderson Ferry, la circulation était fluide. J.D. n'eut aucun mal à rattraper Stevie et Berman qui avaient pris de l'avance sur eux.

C'était un beau jour pour rouler. Le soleil brillait, le ciel était d'un bleu sans nuages. Mais à l'intérieur de l'habitacle, l'atmosphère n'était pas au beau fixe. Assise sur le siège du passager, son sac à ses pieds, Lucy regardait obstinément par la vitre de sa portière. Elle n'avait pas ouvert la bouche depuis qu'ils avaient quitté son appartement.

J.D. s'était entretenu au téléphone avec Sloane et Kaminski, les inspecteurs chargés de l'enquête sur le meurtre de l'inconnue égorgée. Ils cherchaient pour le moment à déterminer son emploi du temps durant les heures précédant sa mort, mais ils piétinaient. Ils attendaient que Latent compare ses empreintes à celles de leurs bases de données, en espérant que ça donnerait quelque chose.

Il avait également appelé Tory Reading, l'agent qui surveillait l'hôtel Peabody. Ryan Agar n'en était pas encore ressorti. Il n'avait pas appelé le service de chambre, et pas non plus pris rendez-vous pour aller identifier le corps de sa mère. Il se terrait, probablement. Il était mort de peur et il y avait de quoi. Peut-être allait-il décider de filer sans passer par la case morgue. J.D. avait demandé à Reading de vérifier qu'Agar était bien dans sa chambre. Il n'aurait pas fallu qu'il leur file entre les doigts. Si leur voyage à Anderson Ferry ne leur apprenait rien de nouveau, le fils de Janet deviendrait leur unique source de renseignement — à condition qu'il se décide à cracher ce qu'il savait.

Trente heures après la découverte du corps de Russ Bennett, ils en étaient déjà à six victimes, mais ils n'avaient rien de concret, à part de vagues liens, un paquet de questions sans réponses et une unique certitude : Lucy Trask était au centre de tout ça — il s'était passé quelque chose à Anderson Ferry, jadis, et elle y était mêlée de près ou de loin.

— Lucy, j'aurais besoin de…

Il fut interrompu par la sonnerie de son téléphone.

— Fitzpatrick.

— C'est Debbie.

Debbie était la secrétaire de Hyatt.

— J'ai les relevés que tu voulais, annonça-t-elle.

— Les relevés de Bennett ?

— Oui, téléphone portable et ligne fixe. Ils sont arrivés hier soir, mais ils ont été envoyés par erreur aux narcotiques. Quelqu'un avait dans son dossier ton numéro de fax là-bas. Qu'est-ce que tu veux que j'en fasse ?

J.D. jeta un coup d'œil à l'horloge du tableau de bord. Ils ne seraient pas de retour à Baltimore avant plusieurs heures…

— Tu peux les transmettre par e-mail à Mazzetti ? Elle a son ordinateur portable avec elle.

— D'accord, je les scanne et je les envoie, répondit Debbie.

— Merci, dit-il. A tout à l'heure.

— Je n'ai pas fini, protesta Debbie. Celui qui a prévenu le fils de Janet Gordon, la nuit dernière, en se faisant passer pour toi, appelait d'une cabine téléphonique.

Elle lui donna l'adresse de la cabine.

— C'est à quelques centaines de mètres de l'endroit où on a trouvé l'inconnue, commenta J.D. Tu peux demander à Latent de relever les empreintes dans cette cabine ?

— Ce sera fait.

Il raccrocha et jeta un coup d'œil du côté de Lucy, qui vérifiait ses messages.

— Du nouveau ?

— Craig vient juste de terminer l'autopsie de l'inconnue et de recevoir les résultats des analyses envoyées hier au labo. Les urines de Janet Gordon et de Russ Bennett contenaient du penthiobarbital et du chlorhydrate.

— Je vois… Les bonnes vieilles méthodes. Avec ça, ils devaient être dociles, mais capables de marcher.

— Tout juste. Certains sujets ne supportent pas le mélange et font des malaises. Pas de nouvelles pour les empreintes de l'inconnue, mais elle a eu des rapports avec deux hommes différents le soir de sa mort.

— Une prostituée ?

— Peut-être… Sauf que les prostituées de luxe utilisent généralement des préservatifs.

— Et pourquoi penses-tu qu'il faudrait plutôt la classer dans les prostituées de luxe ?

— Son chemisier portait la marque d'un styliste et devait coûter au moins dans les cent cinquante dollars. Elle avait une excellente coupe de cheveux, une bonne coloration, un parfum de luxe.

— On a retrouvé son corps derrière une poubelle et tu as réussi à reconnaître son parfum ?

— Dans mon métier, on apprend à discerner finement les odeurs, répondit-elle.

Il décida de ne pas chercher plus loin.

— Bref, reprit-elle. Les filles qui font le tapin n'ont pas les moyens de s'offrir ce genre de gâteries. Elle n'avait pas non plus de traces de piqûre, mais il faudra tout de même attendre les résultats de l'analyse toxicologique pour confirmer qu'elle ne se droguait pas.

— Autre chose ?

— Le groupe sanguin du cœur retrouvé chez Gwyn correspond à celui de Janet Gordon, comme on s'y attendait. C'est tout pour le moment.

Il se tut pendant quelques instants. Il cherchait les mots justes pour formuler une question qu'elle n'allait pas du tout apprécier. Elle dut se douter de quelque chose, car elle poussa un soupir agacé.

— Si tu as d'autres questions, vas-y. Finissons-en.

— Très bien. Depuis combien de temps possèdes-tu cette affaire avec Gwyn et Thorne ?

— Nous avons monté l'affaire il y a quatre ans et demi, mais ça fait seulement trois ans que le club fonctionne. Pendant un an et demi, nous avons économisé et préparé l'ouverture.

— Depuis combien de temps connais-tu Gwyn ?

Elle lui lança un regard aigu.

— Gwyn n'a rien à voir avec tout ça.

— Je n'en doute pas une seconde, mais réponds quand même.

— Je t'ai dit hier que nous nous étions connues enfants, au collège, avant la mort de Buck. Ensuite, nous nous sommes perdues de vue et retrouvées grâce à Bennett.

— Oui, je me souviens. C'est quand tu es partie à Sainte-Anne, que vous vous êtes perdues de vue, n'est-ce pas ?

— C'est ça. Tu es décidément incollable, dit-elle d'un ton ironique.

Il ne releva pas le sarcasme.

— Et c'est elle qui t'a présenté Thorne ?

— Oui, parce que Russ portait plainte contre moi et que j'avais besoin d'un avocat.

— Et vous trois, vous vous êtes très bien entendus.

— Où veux-tu en venir ? demanda-t-elle avec agacement.

— Nulle part, soupira-t-il. Tu ne m'en dis pas assez pour que je tire des conclusions. Je ne suis pas ton ennemi, Lucy. Mes questions, que tu juges tellement agaçantes, pourraient bien sauver ta vie ou celle de tes amis. Pour Kevin, il est déjà trop tard.

Elle tressaillit, mais il ne s'arrêta pas pour autant.

— Le tueur est bien renseigné à ton sujet. Il savait que tu serais au club, hier soir. Il savait aussi que tu devais dormir chez Gwyn, et il s'était procuré une clé de son appartement. Cette clé, ça me tracasse. Comment a-t-il fait pour l'avoir ?

— Je n'en ai pas la moindre idée, répondit-elle. Gwyn affirme que sa voisine était la seule personne à avoir la clé de chez elle.

— Et son petit copain, il n'a pas la clé ?

— Non. Ça ne fait pas longtemps qu'ils se sont rencontrés. Il est rare qu'elle garde un petit copain suffisamment longtemps pour lui confier une clé.

— Parle-moi du dernier.

— Royce est représentant. Je crois qu'il vend des imprimantes. Je ne l'ai jamais vu qu'au club.

— Comment ça se fait ?

Elle haussa les épaules.

— Je n'avais pas envie qu'il sache que j'étais légiste, et de plus…

Elle hésita.

— Celui d'avant avait essayé de me draguer quand Gwyn avait le dos tourné. Elle sait que je n'y suis pour rien, mais elle en a souffert. Du coup, elle m'a tenue à distance de Royce. Du moins jusqu'aux récents événements.

— Et Thorne ? Quel est son rôle dans ce club ?

— Pendant un certain temps, il s'est occupé de tenir les comptes et de régler les factures. Maintenant, c'est Gwyn qui s'en charge, parallèlement à son boulot de secrétaire dans le cabinet d'avocats. Ensuite, nous avons engagé Mowry pour gérer le club. C'est lui qui commande les alcools et les biscuits apéritifs, qui règle les problèmes quotidiens. Thorne exerce un autre de ses talents au club, il joue de la basse. Il est plutôt bon.

— Thorne m'a dit que vous aviez quelque chose en commun, tous les deux.

Elle fronça les sourcils.

— Oh… Il faisait sûrement allusion aux procès. Je suppose que tu vas me demander de t'en parler.

— En effet.

— Je veux bien, mais il faut d'abord que tu répondes à une question, dit-elle d'un ton belliqueux.

— Si je peux.

— Pourquoi es-tu venu assister à l'autopsie d'une petite fille que tu ne connaissais pas ?

Elle soupira.

— Je t'en prie. J'aimerais vraiment savoir…

Il songea qu'elle irait probablement chercher des explications saugrenues s'il ne répondait pas, aussi décida-t-il de faire l'effort d'accéder à sa demande, même s'il lui en coûtait.

— Ma mère était… est une alcoolique. Pas suffisamment pour qu'on lui ait retiré la garde de son fils, mais assez pour me pourrir mon enfance. J'ai eu la chance d'avoir une tante qui m'a pris chez elle quand j'étais au lycée et qui m'a donné un peu de stabilité. J'ai obtenu mon diplôme, mais pas avec d'excellents résultats. Je me suis engagé dans l'armée.

— Et qu'est-ce que tu as fait, dans l'armée ?

— J'ai tué pas mal de gens, répondit-il d'un ton neutre. Et ça, c'est un truc qui vous abîme. Déjà, avant d'être soldat, j'étais un solitaire, mais quand je suis revenu, c'était pire. Même au milieu d'une foule, je me sentais seul. Ce n'était pas que je n'aimais pas les gens, mais juste que je ne savais pas comment entrer en communication avec eux. Et puis j'ai rencontré Paul Mazzetti, le mari de Stevie. Je n'avais jamais eu un ami comme lui.

— Et tu l'as perdu, cet ami, dit-elle doucement.

Il acquiesça.

— Oui, il est mort. En même temps que son fils Paulie. J'aimais beaucoup ce gamin et…

— C'est bon, coupa-t-elle en posant une main sur la sienne. Tu n'as pas besoin d'en dire plus, j'ai compris.

Il entrelaça ses doigts aux siens.

— Non, je ne pense pas que tu aies compris. Quelques années après Paul, c'est ma femme qui est partie, et ça m'a rendu fou. J'ai pris des risques inconsidérés. Quand j'ai trouvé cette petite fille… ça a réveillé quelque chose en moi. Je me suis rendu compte que j'étais en train de faire un beau gâchis de ma vie, à me vautrer dans mon chagrin et dans mon égoïsme. J'ai compris que j'avais besoin d'aide et je me suis inscrit aux groupes de parole de Stevie.

— Et elle t'a remis d'aplomb.

— Oui. Je ne peux pas t'expliquer pourquoi je tenais à assister à cette autopsie, Lucy. Tout ce que je sais, c'est que j'avais besoin de le faire.

Elle demeura un instant silencieuse.

— Et ta mère ? Elle a fini comment ?

— Ma mère est toujours en vie. J'en suis le premier surpris, mais l'alcool ne l'a pas encore tuée. Elle a probablement une solide constitution.

— Ce sont les meilleurs qui partent jeunes, murmura-t-elle.

— Pas sûr. J'ai rencontré pas mal de salauds qui sont morts jeunes, commenta-t-il sobrement. Simplement, quand ce sont des gens biens, ça paraît injuste.

— La vie est injuste, dit-elle.

— Souvent, oui. Mais il arrive que les justes s'en sortent, tout de même.

Il éleva sa main jusqu'à sa bouche, d'un geste hésitant, et y déposa un baiser. Elle se laissa faire et cela lui mit du baume au cœur. Puis il remarqua le bracelet qui pendait à son poignet.

— Lucy, la breloque de ce bracelet est un cœur.

— Je sais, dit-elle d'un ton lent et réticent. C'est probablement une coïncidence, mais…

— Sonny Westcott accordait beaucoup d'importance à ce bracelet, insista J.D. Tu as bien dit que Russ Bennett était avec lui, la première fois que tu as tenté de le récupérer ?

— Oui, dit-elle dans un souffle. Seigneur, J.D., je me souviens brusquement que Russ m'a parlé de ce bracelet des années plus tard, quand je suis sortie avec lui, ici, à Baltimore… Il était chez moi et il regardait la photo où je suis avec M. Pugh.

— Photo sur laquelle tu portes ce bracelet, dit-il en se souvenant d'avoir remarqué ce détail, mais sans y prêter attention. Que t'a demandé Bennett ?

— Il m'a demandé si je jouais toujours du violon.

— Tu lui as parlé du club ?

— Non. Je lui ai simplement dit que je jouais encore pour mon vieux professeur et que je donnais des cours dans mon ancienne école.

Il haussa les sourcils.

— A l'école Sainte-Anne ?

— Oui. Le vendredi, à l'heure du déjeuner. Les filles qui sont là-bas ont besoin de modèles d'identification positifs.

Il ne put s'empêcher d'admirer sa générosité.

— En effet, dit-il. Et qu'a répondu Bennett ?

— Il a montré le bracelet sur la photo en me faisant remarquer qu'il était joli. Je me suis énervée et j'ai rétorqué que c'était le bracelet que son copain m'avait volé quand j'avais quinze ans. Il a prétendu qu'il n'avait pas cru que Sonny m'avait volé ce bracelet, que s'il l'avait su, il l'aurait obligé à me le rendre.

— Et tu as avalé ça ?

— Non. Bien sûr que non. J'étais furieuse, mais j'ai préféré changer de conversation, parce que je ne voulais pas qu'il sache que ce bracelet était toujours en ma possession.

— Mais je croyais qu'il était cassé quand tu l'as récupéré ?

— Il l'avait cassé, mais je l'ai gardé. Je l'ai caché dans le livre de prières que m'avait offert le prêtre qui avait enterré Buck.

— Caché dans un livre ?

— Oui. J'avais vu à la télévision quelqu'un qui s'arrangeait pour ménager une cachette dans une couverture de livre, alors j'en ai fait autant. Quand je suis arrivée à Sainte-Anne, j'avais pris le livre avec moi, en pensant qu'ils me le laisseraient, mais ils ont trouvé le bracelet et ils me l'ont confisqué. J'ai dû le mériter pour le récupérer, comme tout le reste. Et quand on me l'a rendu, un prof m'a aidée à le réparer. Ensuite, je le portais tout le temps. C'est pour ça que M. Pugh veut que je le porte quand je joue pour lui.

— Et quand tu es rentrée chez toi, l'été ?

— Je l'ai caché de nouveau, dit-elle d'une voix étrange. Je ne sais pas pourquoi, mais il me semblait que c'était mieux.

— Tu as suivi ton instinct. Et que te dit ton instinct, en ce moment ?

— Que ce bracelet est très important. Et le tien, qu'est-ce qu'il te dit ?

Il fit la grimace.

— Je ne sais pas trop. Ton frère avait l'habitude de te faire des cadeaux ?

Elle se mordilla l'intérieur des joues, visiblement gênée, et il sut qu'elle avait compris où il voulait en venir.

— Non. Ce bracelet était son premier cadeau.

— Donc, mon instinct me dit qu'il ne s'agissait pas d'un cadeau pour toi.

Il crut qu'elle allait protester, mais ce ne fut pas le cas.

— Je me demande ce que dirait le shérif Westcott s'il me voyait avec ce bracelet, murmura-t-elle d'un air songeur.

— Il n'y a qu'à le lui montrer, nous verrons bien comment il se comporte, dit-il en lâchant sa main pour prendre son téléphone.

Mardi 4 mai, 12 h 50

Comme c'est mignon…, songea-t-il avec dégoût. Ces deux-là fricotaient vraiment ensemble. Quelle honte ! Il n'avait rien contre Fitzpatrick, mais si cet inspecteur restait trop près de Lucy, il risquait de le gêner. Dans ce cas, tant pis pour lui : il faudrait qu'il meure.

En ce moment, ils étaient en pleine conversation, et il regretta de ne pouvoir entendre ce qu'ils se disaient. Dommage, il n'avait pas choisi le mouchard haut de gamme qui permettait d'avoir le son. Trop tard pour en commander un nouveau. Le temps qu'on le livre, Lucy serait déjà morte.

Donc, il allait devoir se débrouiller sans.

De toute façon, Lucy débitait sûrement à ce gros naïf des mensonges ou des semi-vérités. Elle n'était pas programmée pour dire la vérité et rien que la vérité. C'était une Trask.

Il se laissa dépasser par plusieurs voitures, pour éviter d'être repéré. Il s'était un peu trop approché. Il ne risquait pas de les perdre, puisqu'il savait où ils allaient. Il tapota la poche droite de sa veste, là où il avait rangé son téléphone, le précieux objet qui lui permettait de tout suivre *via* le site Web du traqueur. Puis il palpa sa poche gauche, celle où il avait mis son revolver.

Celui de Ken Pullman, plutôt, mais Ken n'en avait plus besoin. Ce connard n'avait eu que ce qu'il méritait. Un flic tentant d'extorquer du fric à un civil. Ça aussi, c'était une honte.

Il l'avait payé de sa vie. Tant pis pour lui.

La voiture dans laquelle se trouvait Lucy accéléra brusquement et changea de file, probablement pour prendre la sortie suivante. Pas de problème. Qu'ils sortent. Lui, il allait continuer et il serait sur place avant eux. *Le Grand Méchant Loup va vous attendre chez mère-grand.*

Mardi 4 mai, 13 h 20

— Mais où est-ce que tu vas ? murmura Lucy.

« Une seconde », articula silencieusement Fitzpatrick.

Il parlait depuis cinq minutes avec Stevie, et voilà qu'il bifurquait sans prévenir vers la file de droite pour quitter l'autoroute.

Lucy ne put s'empêcher de penser qu'il l'avait embrassée, la dernière fois qu'il avait quitté l'autoroute inopinément, et elle dut s'avouer qu'elle espérait un peu qu'il recommencerait. Il lui jeta un regard en coin, tout en écoutant Stevie qui avait reçu les relevés téléphoniques de Bennett.

Il s'arrêta dans une station-service.

— J'ai la facture du portable de Janet dans mon porte-documents, dit-il à Stevie. Attends une seconde.

Lucy se cala contre sa portière pour lui laisser de la place, tandis qu'il allongeait le bras pour attraper son porte-documents sur le siège arrière. En se remettant sur son siège, il effleura sa joue d'un baiser et lui fit un clin d'œil.

« Tout à l'heure », articula-t-il.

Elle se sentit rougir. Ça se voyait donc tant qu'elle attendait qu'il l'embrasse ? C'était gênant… Mais elle n'y pouvait rien. Elle se sentait incapable de lutter contre son désir. Pas plus qu'elle n'avait été capable de lutter, la veille, dans l'impasse.

Les yeux de Fitzpatrick s'assombrirent en la regardant, comme s'il avait lu dans ses pensées. Mais peut-être les affichait-elle sur son visage, tout simplement. Elle détourna la tête et il ouvrit son porte-documents qu'il avait posé en équilibre instable sur la boîte de vitesses. Elle le prit sur ses genoux et le lui tint pour qu'il cherche d'une main le papier qui l'intéressait.

— Les voilà, dit-il d'une voix rauque.

Il se racla la gorge.

— Tu peux me redonner le numéro qui a appelé Bennett le jour de sa disparition ? demanda-t-il.

Il suivit du doigt la liste de la facture de Janet.

— Ah ! s'exclama-t-il. Janet a reçu un appel du même numéro, quelques jours après Bennett. Il faudrait un relevé des appels récents, pour savoir si ce type l'a aussi appelée dimanche. Je me demande comment il fait pour les convaincre de le rencontrer.

Il se tut pour écouter la réponse de Stevie.

— Tu as raison. Il n'a sûrement pas appelé d'un téléphone enregistré à son nom. Il doit se douter qu'on va vérifier les appels.

Il fronça les sourcils.

— Attends. De quand date le premier appel reçu par Bennett depuis ce numéro ?

Il fouilla dans son porte-documents et sortit une chemise étiquetée. Quand il l'ouvrit, Lucy reconnut les articles que Hyatt lui avait montrés la veille, ceux qui la concernaient et que Bennett avait soigneusement rassemblés.

— D'après le tampon apposé par le journal, les articles

ont été envoyés le lendemain du jour où Bennett a reçu le premier coup de fil provenant de ce numéro. Le journaliste qui a signé les articles s'appelle…

— Milo Davidoff, acheva Lucy à sa place.

— Milo Davidoff, dit Fitzpatrick à Stevie. Il faudrait demander au journal quel était le motif invoqué par Bennett pour réclamer ces articles. On pourrait commencer par parler au shérif d'Anderson Ferry, et ensuite interroger ce Davidoff. On se retrouve devant le bureau du shérif, conclut-il en raccrochant.

— On ne peut pas interroger Davidoff, intervint Lucy. Il est mort.

— Comment le sais-tu ?

— Je m'intéresse à ce qui se passe à Anderson Ferry. Je m'informe en suivant ce qui est publié en ligne. Un peu comme quelqu'un qui s'est fait virer d'un boulot et qui se renseigne discrètement pour savoir si son patron a fini par crever.

— Je vois, murmura-t-il en reposant son porte-documents sur le siège arrière.

Il reprit son téléphone et rappela Stevie.

— Stevie, c'est moi. J'ai oublié de te dire que nous étions suivis par une Lexus noire. J'espérais qu'elle prendrait la sortie avec moi, mais elle a filé. Je penche pour un journaliste. Fais attention, en tout cas. A tout à l'heure.

Après avoir de nouveau raccroché, il démarra et regagna l'autoroute.

Il n'avait pas tenté de l'embrasser. Lucy se sentit déçue.

— Nous sommes en retard, dit-il. Et puis je pense que je n'aurais pas dû t'embrasser hier, même si je ne regrette pas.

Il hésita.

— Et toi, tu regrettes ?

— Non, mais je vais sûrement le regretter plus tard. Pourquoi voulais-tu interroger Davidoff ? Tu as besoin de renseignements à propos de mon procès ?

— A propos de ton procès, je voulais m'excuser… Je n'aurais

pas dû dire que tu avais été « déclarée non coupable ». Je me suis mal exprimé. Je sais que tu étais innocente.

— Ce n'est pas grave. Je suis susceptible dès qu'on aborde ce sujet.

— Je comprends. Et je comprends aussi pourquoi Mme Westcott a témoigné contre toi. Elle pensait que tu lui avais volé une bague et de l'argent. Tu avais un passé chargé, de son point de vue. Et les Bennett, comment se sont-ils comportés au moment de ton procès ?

— M. Bennett a payé la caution pour ma libération provisoire et il a engagé un avocat pour me défendre. Je n'avais pas un sou, j'étais étudiante, je vivais chez les Pugh. Je n'étais pas bénéficiaire de l'assurance-vie de mon fiancé, puisque nous n'étions que fiancés, et même si je l'avais été, ses parents se seraient arrangés pour que je ne touche pas un centime. J'étais une des bénéficiaires de son testament et ils ont essayé de m'empêcher d'avoir ce qui me revenait, en prétendant que je l'avais tué. J'ai tout de même eu l'argent, après mon acquittement. Ça m'a aidée à payer mon école de médecine.

— C'est M. Bennett qui t'a trouvé un avocat ? demanda J.D. avec étonnement.

— Oui. J'avais bien sûr un avocat commis d'office, mais il était nul. Heureusement, celui de M. Bennett a eu vite fait de prouver que je ne me trouvais pas dans le véhicule au moment de l'accident.

— Et comment s'y est-il pris ?

— Il a engagé un expert qui a démontré que si je m'étais trouvée dans la voiture, vu le choc, j'aurais eu la cage thoracique écrasée et n'aurais pas pu marcher pour chercher du secours.

— Ce n'était pas encore l'ère des portables, dit-il.

— Non, les portables étaient encore réservés aux gens aisés. Tu ne peux pas savoir combien de fois j'ai rêvé, la nuit, que j'avais un portable pour appeler à l'aide. Je n'oublierai jamais les pleurs du bébé. C'était terrible.

— La mère et le bébé ont tout de même survécu.

— Oui. Le bébé était dans un siège enfant. Il était terrifié, mais il n'avait rien. La mère, par contre, avait été touchée à l'artère fémorale. Je lui ai donné les premiers secours et j'ai arrêté l'hémorragie.

— Tu lui as sauvé la vie.

— Oui, dit-elle d'un ton amer. C'était la moindre des choses. Après tout, j'étais responsable de cet accident.

— Je ne comprends pas. Tu n'étais responsable de rien ! Tu n'étais même pas dans la voiture.

— C'est vrai, soupira-t-elle. Mais je me suis sentie responsable tout de même. Et responsable aussi de la mort de mon fiancé. Il était… un peu comme Buck.

Elle lui jeta un coup d'œil à la dérobée.

— Et il faisait du moto-cross, lui aussi. En compétition.

— Oh ! murmura-t-il. Je vois.

— Et moi aussi.

Il tourna la tête vers elle.

— Toi aussi ?

— Oui. Je sais… Tu dois me trouver gonflée de t'avoir fait la morale à propos des accidents…

— Un peu. Mais je comprends surtout pas mal de choses.

— Je m'en doute.

— Tu dis que tu n'avais pas les moyens de te payer un téléphone portable et tu faisais du moto-cross ? C'est pourtant un sport de riche.

— C'était Heath, mon fiancé, qui finançait. Ses parents avaient de l'argent.

— Vous êtes restés combien de temps ensemble ?

— Quatre ans. Je l'avais rencontré durant mon premier semestre d'université. J'étais serveuse, pour payer mes études et il… Il m'a fait tourner la tête, comme on dit. J'avais vingt et un ans quand il est mort.

— Tu l'aimais ?

Elle soupira.

— Oui. Mais j'étais très jeune et je crois que j'avais surtout envie d'être amoureuse, si tu vois ce que je veux dire.

Il acquiesça d'un air nostalgique, et elle songea à la femme qu'il avait perdue.

— Je vois très bien ce que tu veux dire, murmura-t-il.

— Mais je l'aimais. Et j'aimais aussi la moto, la vitesse, le danger. Pour être honnête, j'étais ravie à l'idée que ça rendait mes parents dingues de savoir que je faisais l'idiote sur une moto… après ce qui était arrivé à Buck.

— Ils étaient au courant ?

— Je m'étais arrangée pour qu'ils le soient, ce qui était totalement infantile de ma part. Mais j'avais des comptes à régler avec eux, je leur en voulais de m'avoir abandonnée.

— Il y avait de quoi, dit-il d'un ton fervent.

Elle fut touchée qu'il se sente si impliqué.

— Quand j'ai quitté Sainte-Anne pour aller à l'université, je crois que j'en voulais à la terre entière. J'ai fait un grand pied de nez à tout le monde. Et puis le destin m'a frappée.

— Qu'est-ce qui s'est passé, cette nuit-là, avant l'accident ?

— Les choses se dégradaient entre Heath et moi depuis un certain temps. Il avait changé, il filait un mauvais coton. Il conduisait vite. Au début, ça me plaisait. Quand il s'est mis à boire et à prendre des cachets, je n'ai pas su l'arrêter.

— Tu as essayé de l'empêcher de conduire.

— J'ai essayé, mais il était plus fort que moi. J'avais bu deux verres de vin et lui deux bouteilles. Il avait repéré une route qui filait tout droit au-dessus d'un vieux pont. Il voulait l'essayer. J'ai tenté de retirer les clés du contact, mais il m'a giflée et poussée hors de la voiture.

— D'où les ecchymoses sur le visage.

— Oui. Le procureur s'était fondé là-dessus pour affirmer que j'étais dans la voiture au moment de l'accident, mais, comme je viens de te l'expliquer, l'expert a démonté sa théorie. Heath a démarré en trombe et il est monté à cent vingt, alors que la vitesse était limitée à quarante. La femme arrivait sur le pont, en face de lui. Aucun des deux n'a rien pu faire. Heath était dans une décapotable et il a été éjecté de sa voiture. Il est mort sur le coup.

Elle soupira et se redressa.

— J'ai été inculpée parce que j'étais positive à l'alcootest. Et comme Heath était mort, c'était un homicide involontaire. J'avais un passé agité, les gens étaient trop contents de me croire coupable.

— Et tes parents ?

Elle eut un rire amer.

— Ils ont assisté à toutes les audiences. Assis derrière moi. Ils avaient honte. Les seuls qui aient témoignés en ma faveur, ce sont les Pugh.

— Tes parents n'ont pas été appelés comme témoins de la défense ?

— Non, répondit-elle d'un ton morne. Les parents de Heath m'ont traitée de menteuse quand j'ai dit qu'il avait pris le volant après avoir bu. Heureusement, quand mon avocat a eu le rapport d'autopsie en main, tout le monde a compris que c'étaient eux, les menteurs.

Fitzpatrick fronça les sourcils.

— Comment ça ?

— Heath avait une tumeur au cerveau qui provoquait des troubles du comportement. Il souffrait de terribles maux de tête. C'était aussi pour ça qu'il s'était mis à boire. Ses parents le savaient, mais ne m'avaient rien dit. Ils ne m'appréciaient pas beaucoup. Ils prétendaient que j'avais une mauvaise influence sur lui, ce qui n'était pas tout à fait faux. Mais quand les jurés ont entendu parler de la tumeur, tout a basculé de mon côté, heureusement.

— C'est donc le rapport d'autopsie qui t'a sauvée.

— Ça et la compétence de mon avocat. Je croyais savoir ce que c'était qu'avoir peur, parce que j'avais été terrifiée pendant mes premières nuits à Sainte-Anne. Mais quand je me suis retrouvée à la barre des accusés en sachant que je risquais une inculpation pour meurtre…

Le souvenir la faisait encore frissonner d'angoisse.

— J'ai vraiment su ce qu'était la peur, conclut-elle dans un souffle.

— Je comprends. Et ça éclaire ma lanterne. Quand as-tu vu tes parents pour la dernière fois ?

— Le jour où je suis sortie du tribunal. Ma mère m'a regardée longuement. J'ai eu l'impression qu'elle avait envie de venir vers moi et de me dire quelque chose de gentil. Mais moi, je n'avais pas envie de l'entendre et je lui ai tourné le dos. Ensuite, quand j'ai obtenu mon diplôme, je suis partie le plus loin possible.

— En Californie, je sais, dit-il. Barb me l'a expliqué.

— Après mon internat, j'ai pris un poste de légiste là-bas. Je venais passer mes vacances ici, avec les Pugh. Et ensuite, M. Pugh est tombé malade.

— Tu es donc revenue, pour être près de lui et de Barb, dit-il.

Elle acquiesça.

— J'ai eu la chance de trouver une place dans la police d'Etat. Je n'ai pas remis les pieds à Anderson Ferry, mais je suis restée en contact avec les Bennett. Quand j'ai commencé à gagner ma vie, j'ai proposé de leur rembourser les frais d'avocat, mais ils n'ont jamais voulu. Alors, je les invitais à dîner quand ils venaient en ville, histoire de leur montrer que je leur étais reconnaissante de ce qu'ils avaient fait pour moi.

— Et hier, tu as fait l'effort de retourner dans une petite ville que tu détestes pour leur annoncer la mort de leur fils.

— Ça résume assez bien la chose, oui.

— J'ai encore une question, dit-il en fronçant les sourcils.

— Que voudrais-tu savoir d'autre ?

Il lui jeta un regard en coin.

— Après la mort de ton fiancé, tu as eu un autre homme ?

Elle détourna le regard. Elle se sentait trop épuisée pour se lancer dans cette discussion.

— Nous sommes arrivés, dit-elle alors qu'ils passaient devant une pancarte leur souhaitant la bienvenue à Anderson Ferry.

— Je suppose que ça signifie que tu ne veux pas répondre.

— Parle-moi de tes copines d'abord, rétorqua-t-elle.

Il eut un soupir exaspéré.

— Tu as eu beaucoup de copains ?

— Après Heath, j'en ai eu deux. Tu en as vu un hier, effondré sur une table d'échecs. Par quoi veux-tu commencer ? Le bureau du shérif, les Bennett, le journal ?

— Le bureau du shérif, dit-il.

Elle leva le bras pour lui montrer la direction. Le bracelet tinta à son poignet.

— Tu tourneras à droite après ce carrefour.

— Très bien. Tu veux bien passer ce bracelet à ton bras droit ?

— Parce que c'est ma main droite que je vais tendre à Sonny ? D'accord, soupira-t-elle.

Elle était terrifiée à l'idée qu'elle allait bientôt affronter Sonny. Et sans doute ses parents. Mais au fond, elle avait toujours su que cela arriverait un jour.

Mardi 4 mai, 13 h 30

Assis sur le canapé de son salon, Clay reprenait ses esprits. Il se sentait maintenant rempli d'une rage froide et sourde. Nicki. Egorgée. Etripée. Pourrissant sur son lit.

— Evan était à Baltimore la semaine dernière, dit-il. Et jusqu'à hier soir.

— Dans l'appartement de Nicki, murmura Alyssa.

Il avait fait venir Alyssa chez lui. Pas question de la laisser seule à l'agence. Pas tant qu'il n'aurait pas réglé son compte à Evan.

— Je suis désolée, murmura Alyssa. Je sais que vous étiez proches, tous les deux.

— Elle a été ma première partenaire à DC. Elle était intelligente et efficace. Je ne comprends pas comment Evan a pu lui tomber dessus pendant son sommeil.

Alyssa hésita, puis tira une feuille de papier de son sac et la lui tendit. Il s'agissait d'une photo imprimée depuis un ordinateur. Clay soupira. On y voyait Evan, couché dans un lit. Clay reconnut sur la table de nuit de Nicki un mug qu'il lui avait offert.

— Merde alors, murmura-t-il d'un ton las. Où as-tu trouvé ça ?

— Pendant que tu dormais, j'ai passé en revue les dossiers de l'ordinateur de Nicki. Elle s'est envoyé cette photo à elle-même, il y a deux mois.

— Deux mois ? gémit Clay d'un ton horrifié. Bon sang…

— J'ai pensé que c'était mieux que tu le saches, commenta Alyssa d'un ton incertain.

Clay se frotta les yeux.

— Je comprends mieux maintenant pourquoi Nicki s'est laissé berner à ce point. Elle n'a pas voulu voir ce qui la dérangeait. Bon, on sait comment Evan est entré chez elle. Mais pourquoi a-t-il fait ça ?

— Peut-être qu'elle commençait à se douter de quelque chose.

— Peut-être. Merde… J'ai du mal à croire qu'elle ait été stupide à ce point.

— Evan est probablement un génial baratineur, répondit doucement Alyssa. Tu l'as cru, quand il t'a dit qu'il n'osait pas porter plainte contre la femme qui le harcelait.

Elle se mordit la lèvre, hésita une seconde, haussa les épaules.

— Il vous a peut être choisis, toi et Nicki, parce qu'il savait que vous seriez compatissants.

Clay acquiesça. Elle avait raison. Il ferma les yeux. Il avait un goût de bile dans la bouche.

— Je me suis laissé manipuler. Et maintenant, trois personnes sont mortes.

Il se leva et se mit à arpenter la pièce.

— Nous savons qu'il était à Newport News il y a une semaine, puisqu'il a tué la fausse Margo et son copain flic qui lui réclamaient de l'argent. Puis il est revenu et…

Il soupira. Il ne devait plus penser à Nicki pour l'instant. Uniquement à l'homme qui l'avait tuée.

— Nous savons aussi qu'il se trouvait hier soir à l'hôtel Orion.

— Il s'est peut-être installé provisoirement dans l'appartement loué au nom de Ted Gamble.

— Il n'est jamais venu chercher la clé, mais tu as raison, ça ne veut rien dire.

Clay s'arrêta devant la fenêtre pour regarder au-dehors. *Mais pourquoi fait-il tout ça ? Pourquoi nous avoir raconté tous ces bobards ?*

— Il avait besoin d'une fausse identité, reprit-il tout haut.

— D'un nouveau départ, renchérit Alyssa.

— Il est en ville pour une raison précise. Il n'est sûrement pas resté pour rien après avoir assassiné Nicki. Et il ne s'est pas installé dans l'appartement loué pour Ted Gamble, qui se trouve à une heure de route d'ici. Il est tout près. Dans le coin.

— Mais pourquoi ne s'est-il pas tout simplement enfui avec sa nouvelle identité ?

— Nicki devait savoir pourquoi, elle.

Il se tourna vers Alyssa.

— Evan se trouve quelque part dans cette ville. Le chercher reviendrait à chercher une aiguille dans une meule de foin. Je propose de commencer par retracer le parcours de Nicki ces derniers jours.

18

Mardi 4 mai, 13 h 50

Stevie et le Dr Berman attendaient déjà devant le bureau du shérif. En les voyant arriver, Berman plaça sa main en visière au-dessus de ses yeux pour observer Lucy. Elle avait pris avec elle le gros sac contenant le violon qu'elle refusait d'abandonner, de peur qu'on ne le lui confisque si la voiture devenait une scène de crime. J.D. ne partageait pas ses craintes, mais il comprenait qu'elle se méfie.

— Voici donc le Dr Trask, dit Berman en souriant. J'ai beaucoup entendu parler de vous.

— Je suis ravie de vous rencontrer. Je pense que Stevie vous a mis au courant de tout. Avez-vous une théorie ?

— Ma première théorie, c'est que vous êtes au centre de cette affaire, ma chère. Votre frère et ses amis ont fait quelque chose qui pousse quelqu'un à les traquer.

Berman lui prit la main et examina le bracelet à breloques.

— Est-ce que votre frère vous faisait souvent des cadeaux ? demanda-t-il.

Elle rougit et jeta un regard en coin à J.D.

— Vous pensez que ce bracelet ne m'était pas destiné, murmura-t-elle.

— Je n'ai pas dit ça, répondit Berman d'un ton évasif.

— Vous ne l'avez pas dit, mais vous le pensez. Et l'inspecteur Fitzpatrick le pense aussi.

Elle soupira.

— Comment savoir ?

Berman ne répondit pas et l'entraîna vers les marches qui menaient au bureau du shérif. Stevie et J.D. les suivirent, un peu en retrait.

— Nous avons un nouveau problème, dit tout bas Stevie.

J.D. s'obligea à détourner le regard de Lucy.

— Lequel ? demanda-t-il.

— Tory Reading vient de m'appeler. Elle est montée dans la chambre de Ryan Agar. Il n'y est pas.

— Merde. Elle le surveillait, pourtant !

— Depuis sa voiture, comme on le lui avait demandé. Comme elle ne le voyait pas ressortir, elle a fini par aller voir. L'un des serveurs a remarqué Agar qui prenait un petit déjeuner avec un homme. Il se souvient de lui parce qu'il n'avait pas l'air bien. Quand ils sont partis, l'homme a aidé Agar à marcher jusqu'à l'ascenseur. Ils ont dû descendre dans le parking et sortir.

— Merde et merde ! On n'aurait pas dû le lâcher d'une semelle.

— C'est facile de dire ça après coup. On n'avait aucune raison de le soupçonner. Et aucun motif de le garder.

— Que fait Tory, maintenant ?

— Elle visionne les enregistrements des caméras de surveillance. Elle nous rappelle si ça donne quelque chose.

Stevie montra Berman et Lucy qui grimpaient la dernière marche.

— Nous, on va parler avec le shérif. En principe, il devrait être moins grossier que dans le souvenir de Lucy. C'est un adulte, à présent.

J.D. ricana.

— J'ai rencontré sa mère, et s'il est aussi charmant qu'elle, je crois que tu vas déchanter.

Il rattrapa Lucy et Berman pour leur ouvrir la lourde porte d'entrée. En passant, Lucy lui jeta un drôle de regard. Reconnaissant, pour la porte, et suppliant, pour ce qui l'attendait.

— Ça ira, murmura-t-il, en essayant de s'en convaincre.

Derrière le comptoir, une femme d'âge mûr dont le nom et la fonction — Gladys Strough, employée — étaient affichés sur une plaque les accueillit avec un sourire aimable.

— Puis-je vous aider ? demanda-t-elle.

— Nous l'espérons, répondit J.D. Je suis l'inspecteur Fitzpatrick, police de Baltimore, section des homicides. Voici ma partenaire, l'inspecteur Mazzetti. Nous voudrions voir le shérif Westcott.

— Oh ! vous êtes là pour le fils Bennett, murmura Gladys Strough. C'est terrible, ce qui lui est arrivé... Le shérif est dans son bureau. Je vais lui annoncer votre arrivée.

Quelques instants plus tard, un homme aux larges épaules et au torse puissant sortit d'un bureau. Il faisait plus que son âge, sans doute à cause de ses joues flasques et d'un début de calvitie. Il les dévisagea, en s'attardant sur Lucy.

J.D. lui rendit posément son regard, mais il bouillait à l'intérieur. Du coin de l'œil, il remarqua que Berman avait posé sa main sur celle de Lucy, qui lui agrippait le bras.

— J'avais entendu dire que tu te baladais dans le coin, dit Westcott à Lucy d'une voix doucereuse.

Puis il se tourna vers J.D.

— Il paraît que vous enquêtez sur le meurtre de Russ Bennett.

J.D. acquiesça.

— Oui. Chez vous aussi, il y a eu un décès. Celui de Malcolm Edwards.

— Malcolm Edwards, ça remonte à plusieurs semaines, inspecteur. De plus, il ne s'agit pas d'un meurtre, il s'est perdu en mer.

— Depuis hier soir minuit nous avons un deuxième cadavre, à peu près dans le même état que celui de Bennett, reprit tranquillement J.D. Nous l'avons identifié ce matin. La victime est une certaine Janet Gordon.

Gladys poussa un cri étouffé.

— Seigneur Dieu ! murmura-t-elle.

Westcott fronça les sourcils en se penchant vers elle.

— Vous la connaissiez ? demanda-t-il.

— C'est Janet Agar, murmura-t-elle. Gordon était le nom de son troisième mari.

Westcott se raidit, comme s'il accusait le coup, puis il reprit son attitude nonchalante.

— Et vous avez une idée de ce que ça signifie ? demanda-t-il à J.D.

— Nous pensons que le tueur cherchait à attirer à Baltimore son fils Ryan, qui vit dans le Colorado, intervint Stevie. Ça a marché : Ryan est arrivé ce matin.

J.D. vit, au regard de Westcott, que celui-ci tirait déjà les conclusions qui s'imposaient.

— Mais si vous n'avez identifié la mère que ce matin, comment le fils a-t-il pu arriver ce matin du Colorado ? demanda-t-il.

— Le tueur l'a prévenu hier soir en se faisant passer pour moi, répondit J.D. Et nous venons d'apprendre que Ryan a disparu.

Lucy le fixa avec des yeux écarquillés, mais elle ne fit pas de commentaire.

Westcott pâlit, mais ce fut tout.

— Il est peut-être tout simplement reparti chez lui, puisque le corps était identifié, suggéra-t-il. Il ne s'entendait pas très bien avec sa mère.

Il jeta un regard entendu à Lucy.

— Vous savez ce que c'est, docteur Trask.

— Je le sais, murmura-t-elle. Je ne m'entends pas bien avec ma mère. Ni avec la vôtre.

— Eh oui, ricana Westcott. Il y a des gens qui ne s'entendent avec personne.

J.D. eut envie de lui coller son poing dans la figure. Ou que Lucy s'en charge, ce qui aurait mis un peu d'animation.

— Je suis désolé de tous ces meurtres qui vous tombent sur les bras, mon gars, dit Westcott à J.D. Mais ils se trouvent hors de ma juridiction. Et vous aussi, aujourd'hui, vous n'êtes pas dans votre juridiction.

— Je le sais, répondit posément J.D. Considérez notre présence comme une visite de courtoisie. Nous avons l'intention d'interroger quelques personnes à Anderson Ferry et nous voulions vous en informer.

Il croisa le regard de Lucy et lui adressa un bref signe de tête.

Elle sourit et tendit la main à Westcott.

— Ç'a été un plaisir de te revoir, Sonny.

Elle secoua vigoureusement la main qu'il lui présentait, ce qui fit tinter son bracelet.

Les yeux de Westcott se posèrent sur son poignet et il tressaillit. Puis il détourna le regard. Il avait rougi. Il était même écarlate.

— Tu as un alibi, pour le meurtre de Bennett, Lucy ? demanda-t-il sèchement.

— J'ai un alibi, répondit-elle tranquillement. Et toi ?

Westcott serra les dents et lui lâcha la main en reculant d'un pas.

— A présent, j'ai à faire. Veuillez m'excuser.

— Une seconde, insista Lucy. Nous pensons qu'il s'est passé quelque chose dans cette ville. Quelque chose qui concerne Bennett, Edwards, Agar, peut-être toi, mon frère, et moi, visiblement. Qu'est-ce que ça pourrait être, Sonny ?

Les yeux de Westcott brillèrent d'un éclat mauvais.

— Je pourrais te poursuivre pour propos calomnieux, dit-il.

— J'ai un bon avocat, rétorqua-t-elle. Poursuis-moi si ça t'amuse. Mais réponds à ma question.

— Je ne vois pas du tout de quoi il pourrait s'agir, dit-il en prenant la direction de son bureau.

— Si j'étais toi, je serais prudent, dit-elle d'une voix douce. Rien ne dit que tu ne finiras pas sur ma table d'autopsie.

Il lui jeta un dernier regard chargé de menace, puis rentra dans son bureau en claquant la porte derrière lui.

Ils n'avaient plus rien à faire ici. Lucy les entraîna au-dehors, en retenant son souffle. J.D. remarqua qu'elle paraissait abattue, comme le jour où ils avaient quitté la maison des Bennett.

— Je hais cette ville, murmura-t-elle d'un ton fervent.

Il lui prit les mains. Elles étaient glacées.

— Je sais, dit-il gentiment. Mais tu t'en es très bien sortie, Lucy. Vraiment.

— C'est vrai, renchérit Berman qui haletait un peu en descendant les marches. Bien joué, ma chère. Vous avez réussi à le déstabiliser. Il sait quelque chose, c'est l'évidence.

— Mais il ne dira rien, intervint Stevie. Où allons-nous, Lucy, maintenant ?

Lucy se redressa.

— Nous allons parler à l'ancien shérif. Suivez-moi.

Mardi 4 mai, 14 h 20

Ils lui emboîtèrent le pas dans la rue principale. Bientôt, les immeubles s'espacèrent, laissant voir la baie. Lucy, qui marchait en tête du groupe, se dirigea sans hésiter vers une marina d'une douzaine de pontons. Le plus petit bateau se trouvait tout au bout. Un homme, debout sur le pont, les mains sur les hanches, les regarda approcher.

J.D. était brusquement tenaillé par un mauvais pressentiment. Un coup d'œil à Berman et Stevie lui confirma qu'eux aussi sentaient dans l'air une tension inhabituelle.

Non… Faites que ce ne soit pas ce que je pense.

Lucy s'arrêta au milieu du ponton. Elle déposa son sac à ses pieds et attendit, les bras ballants. L'homme la dévisagea un long moment avant d'emprunter la passerelle pour quitter son bateau. Puis il avança vers eux en faisant tanguer le ponton sous son pas lourd.

L'homme était grand, avec de larges épaules et des yeux d'un bleu glacial. Il ne prononça pas un mot lorsqu'il s'arrêta face à Lucy. Ils demeurèrent immobiles, à se défier du regard.

Et J.D. ne douta plus.

— Ces gens viennent de Baltimore, dit-elle à l'homme en laissant tomber les formules de politesse. Ils veulent te parler. Je te présente les inspecteurs Fitzpatrick et Mazzetti, et le Dr Berman, leur profileur.

Elle se tourna vers eux.

— Je vous présente Ron Trask, l'ancien shérif d'Anderson Ferry, annonça-t-elle d'un ton pompeux et vaguement moqueur.

J.D. songea à ce qu'elle lui avait raconté. Mme Westcott avait appelé la police. *Et j'ai eu droit à un sermon de mon père.* La police, c'était son père. Il sentit monter en lui une colère sourde qu'il s'empressa de refouler. Lucy n'avait pas besoin de sa colère. Elle en avait assez de la sienne. On la sentait émaner d'elle, par vagues presque palpables.

— Ton père était le shérif, murmura-t-il. Pourquoi ne pas me l'avoir dit ?

Elle ne répondit pas et continua à fixer Trask.

— Qu'est-ce que tu es venue faire ici ? demanda sèchement celui-ci.

— Nous sommes ici dans le cadre d'une enquête pour homicide, répondit Stevie à sa place. Et nous venons vous demander de coopérer.

Ron Trask ne lui accorda même pas un regard. Il ne s'intéressait qu'à Lucy.

— C'est au sujet de la mort de Russ Bennett ?

Lucy acquiesça.

Trask serra les dents.

— Tu as quelque chose à voir là-dedans ?

Elle acquiesça de nouveau, sans prononcer un mot pour se justifier ou s'expliquer.

J.D. vint se placer à son côté et posa doucement sa main contre son dos.

— Bennett est mort, ainsi que Malcolm Edwards. Et Ryan Agar a été enlevé.

Une drôle de lueur s'anima dans les yeux froids de Trask, mais fugacement.

— Je connaissais Bennett et je me souviens parfaitement d'Edwards et d'Agar, qui jouaient au football avec mon fils.

Il avait appuyé sur le « mon fils » avec une ostentation qui agaça prodigieusement J.D.

— Le tueur s'arrange pour que ce soit votre fille qui retrouve les corps, dit-il, en appuyant à son tour sur « votre fille ». Et il a tué deux autres personnes en plus de celles que j'ai mentionnées.

Trask plissa les yeux.

— Qu'est-ce que tu as encore fait ? demanda-t-il à Lucy.

J.D. commençait à voir rouge.

— Elle n'a rien fait ! s'exclama-t-il. Nous venons ici pour vous demander si vous auriez quelque chose à nous dire à propos des noms que j'ai cités. Et je vous préviens que je n'entends pas considérer « rien » comme une réponse.

— Dans ce cas, vous n'aurez pas de réponse du tout, rétorqua Trask sur le même ton. Tout ça n'a rien à voir avec moi.

Il allait s'éloigner, mais Lucy fit un bond en avant et le retint par les pans de sa chemise.

— Dis-moi, murmura-t-elle d'une voix basse et tendue. Dis-moi ce qui s'est passé, ou je te jure que je te le ferai payer.

Surpris, Trask tenta de repousser Lucy à deux mains, mais elle tint bon.

— Je ne sais rien, dit-il entre ses dents. Laisse-moi partir ou je t'envoie en prison, là où est ta place.

Lucy se hissa sur la pointe des pieds pour se placer à sa hauteur. Elle n'avait pas lâché la chemise.

— Un jeune homme innocent a été assassiné hier soir. On lui a tranché la gorge, d'une oreille à l'autre. Il n'avait rien fait. Il travaillait, c'est tout. Il travaillait quand un malade est venu lui tran-cher-la-gor-ge.

Un sanglot lui échappa.

— Les amis de Buck meurent les uns après les autres. Alors, tu vas me dire ce qu'a fait Buck. Ce qu'il a fait. Tu vas me le dire maintenant !

Trask referma ses grosses mains sur les frêles poignets de sa fille.

— Il n'a rien fait. Rien. Ton frère n'a rien fait. C'était toi, la sale gosse, celle qui avait toujours des ennuis. Qui ne nous a causé que des problèmes.

Il l'obligea à reculer, tandis qu'elle poussait un cri de douleur. J.D. s'avança aussitôt pour le saisir au col — et en profiter pour lui planter ses articulations dans la gorge.

— Lâchez-la, ordonna-t-il d'une voix d'autant plus menaçante qu'elle était calme. Et tout de suite !

Il eut la satisfaction de voir passer une ombre apeurée dans le regard de Trask, qui lâcha sa fille, laquelle se frotta le poignet en grimaçant.

— Si vous osez encore lever la main sur elle, murmura-t-il, je veillerai à ce que vous alliez en prison, là où est votre place.

Trask lança un regard haineux du côté de sa fille, puis s'éloigna à grands pas, en faisant trembler le ponton. Puis il grimpa sur son bateau et disparut dans la cale.

Le ponton avait cessé de trembler, mais pas Lucy. J.D. l'attira à lui. A sa grande surprise, elle ne tenta pas de lui résister, mais se laissa aller contre son torse, y appuyant son poing fermé. Il referma ses bras sur elle, tout en rencontrant par-dessus son épaule le regard désolé de Stevie. Lucy tremblait toujours. Elle s'était même mise à pleurer.

— Il t'a fait mal ? murmura-t-il.

— Non. Moins que certaines fois, dit-elle.

— Tu aurais dû m'en parler, murmura-t-il.

Berman vint glisser discrètement un mouchoir dans le poing fermé de Lucy.

— Votre père n'a pas remarqué le bracelet, dit-il. En tout cas, s'il l'a remarqué, ça n'a déclenché chez lui aucune réaction. Quand vous vous sentirez prête, nous irons dans un endroit où les gens ne se feront pas prier pour dire tout le bien qu'ils pensent de vous.

— Le salon de beauté ? demanda Stevie d'un ton moqueur.

Berman ne put retenir un petit sourire en coin.

— Ma charmante femme assure qu'un salon de beauté est un parfait microcosme de la société, mais elle m'en a interdit l'étude.

Il reprit un air grave.

— Je pensais plutôt au journal local.

Lucy poussa un gros soupir et s'écarta de J.D., puis elle se servit du mouchoir de Berman pour s'essuyer les joues, avec un nouveau soupir tremblotant.

— Je me sens prête, dit-elle. C'est par là.

Mardi 4 mai, 14 h 35

Ç'avait été très instructif. Le vieux Trask était toujours aussi hargneux. *Je vais pouvoir tester son courage quand il sera dans mon antre.*

La pauvre Lucy avait vraiment ce qu'on pouvait imaginer de pire comme père, mais il n'avait pas le moins du monde pitié d'elle. Il venait de voir de ses propres yeux qu'elle *l'avait* en sa possession. Non seulement elle l'avait, mais elle *le* portait.

Comme si ç'avait été le sien. La garce !

Il s'était retenu pour ne pas jaillir de sa cachette et lui arracher ce bracelet qui ne lui appartenait pas. Puis il s'était consolé en se disant qu'elle payerait quand elle serait à sa merci. Et le prix fort.

Il avait déterminé un ordre de passage des noms de sa liste, mais c'était avant que Lucy ne décide d'emmener les inspecteurs à Anderson Ferry. Maintenant, il allait être difficile d'y enlever ses victimes les unes après les autres. Les salauds allaient devenir méfiants et plus difficiles à manipuler.

Mais il pouvait aisément remédier à ce petit problème. *Je vais les prendre tous ensemble.* Il les stockerait dans l'usine et il s'occuperait d'eux un par un, à son rythme, sans être dérangé par les continuels déplacements de Lucy Trask.

Elle était plus maligne qu'il ne l'avait cru. Elle venait ici se montrer, s'exhiber, se pavaner. Elle servait de guide aux inspecteurs pour se mettre à l'abri des soupçons. Elle trompait bien son monde.

Mais moi, elle ne me trompe pas. Parce que je sais qu'elle n'est qu'une petite salope dissimulatrice et calculatrice.

Il attendit que le groupe s'éloigne dans la rue principale pour sortir de sa cachette entre deux bâtiments. D'un pas sûr et léger, il se dirigea vers les pontons et grimpa à bord du bateau de Trask, puis descendit dans la cale où la télévision hurlait des hourras.

Ron ne le vit pas arriver. Assis dos à l'échelle, un verre de vodka à la main, il fixait d'un œil douloureux une photo sur son étagère. Elle était abîmée, écornée, comme usée d'avoir été trop manipulée. Un groupe de jeunes joueurs lui rendaient son regard, avec des sourires de champions.

Cette photo, il la connaissait. Il se souvenait même de la première fois qu'il l'avait vue. *Je prenais ces mecs pour des dieux. Quand j'y pense… Si j'avais su, je leur aurais réglé leur compte tout de suite.* Mais bientôt, il serait vengé. Il sortit son revolver de sa poche et, profitant des hourras de la télévision qui couvraient le bruit de ses pas, il approcha tranquillement derrière Trask.

Le vieil homme ne l'entendit pas, mais il dut sentir sa présence, car il se retourna.

— Qu'est-ce qui se passe ? Qui…

Il n'eut pas le temps de terminer sa phrase, car un coup de crosse bien placé l'avait envoyé à terre. Un revolver, c'était parfait pour assommer quelqu'un. Il ligota Ron et lui fourra un bâillon dans la bouche.

Puis il enfila une de ses chemises, qu'il trouva dans l'armoire, et lui piqua un chapeau.

Le mot « shérif » était brodé sur le rebord du chapeau. Quand il sortirait ce bateau du port, personne ne se douterait que l'homme à la barre n'était pas Ron Trask.

Mardi 4 mai, 14 h 50

Fitzpatrick et les deux autres la laissaient marcher seule, en avant, et elle leur en fut reconnaissante. Elle avait besoin de reprendre ses esprits. Revoir son père lui avait causé un choc. Et quand il l'avait accusée… une fois de plus. « Qu'est-ce que tu as encore fait ? » avait-il demandé. *Quel salaud !*

Elle avait craqué devant son indifférence en songeant au corps sans vie de Kevin, avec cette taillade obscène en travers de la gorge.

Il lui avait broyé le poignet et elle sentait encore l'étau de ses doigts. Il avait toujours su faire mal sans laisser de traces. Fitzpatrick était intervenu pour l'arrêter. Puis il l'avait tenue contre lui, avec cette tendresse dont elle avait toujours rêvé.

Elle se prit sottement à espérer.

Puis elle oublia Fitzpatrick et songea de nouveau à Buck.

Elle n'avait cessé de réfléchir pendant le trajet. Qu'est-ce que Buck avait bien pu faire de si terrible pour inspirer au tueur, vingt et un ans plus tard, une rage qui le poussait à torturer Bennett et Janet Gordon ? A égorger Kevin, un innocent, ainsi que l'inconnue, la femme qu'ils n'avaient pas encore identifiée ?

Elle s'arrêta net en arrivant au coin de la rue menant à l'église. Quand elle avait saisi la chemise de son père, tout à l'heure, les mots qui étaient sortis de sa bouche…

Qu'est-ce que Buck a fait ?

Ces mots n'étaient pas les siens.

— Lucy ?

Une vague de chaleur atteignit son dos et elle frissonna. Les mains de Fitzpatrick se posèrent sur ses épaules.

— Qu'est-ce qui se passe ?

— « Qu'est-ce que Buck a fait ? » murmura-t-elle. C'est ce que ma mère a demandé à mon père.

— Quand ? murmura-t-il.

— Le jour de l'enterrement de Buck. Elle était assise sur le lit de Buck et elle pleurait. Mon père est entré dans la chambre pour lui annoncer qu'il était temps de se rendre à l'église. Il était très en colère. Il était toujours plein de colère, mais ce jour-là… il y avait quelque chose de si sombre dans sa voix. J'ai eu peur.

— Peur de quoi ? demanda-t-il.

Elle ferma les yeux.

— Je suis sortie de ma chambre et je me suis postée dans le couloir, au cas où.

— Mais tu craignais quoi ? insista-t-il.

— Qu'il la batte. Ça lui arrivait parfois. Il s'est arrêté quand Buck a grandi et qu'il est devenu suffisamment costaud pour…

Elle déglutit péniblement.

— Je sais que c'est Buck qui l'a obligé à cesser de nous battre.

— Ton frère t'a sauvée de la maltraitance de ton père, dit-il.

— Oui. Mais ensuite, quand il n'était plus là, il a recommencé.

Elle se tut, rêveuse.

— Tu en étais à me raconter ce qui s'était passé entre tes parents le jour de l'enterrement de Buck.

— Maman pleurait sur le lit de Buck. Mon père est arrivé et l'a secouée violemment. Il ne se maîtrisait plus. J'ai cru qu'il allait la frapper, mais elle l'a saisi par les pans de sa chemise et elle s'est mise à hurler : « Qu'est-ce que Buck a fait ? »

Il y eut un temps de silence.

— Et qu'a répondu ton père ?

Elle serra ses paupières sur ses yeux fermés.

— Je ne sais pas. Il l'a giflée. Je n'ai pas entendu ce qu'il lui a dit, mais elle est devenue pâle et elle a acquiescé. J'ai couru dans ma chambre. Quand il est passé dans le couloir, il s'est arrêté sur le seuil de ma porte et il m'a lancé : « On y va dans deux minutes. »

— Que voulait-elle dire, d'après toi, par : « Qu'est-ce que Buck a fait ? »

— A l'époque, j'ai pensé qu'elle parlait du fait qu'il avait bu le jour de son accident.

— Il avait bu le jour de son accident ? s'étonna J.D.

— Oui, murmura-t-elle en fermant les yeux. Il était complètement soûl. Tout juste en état de marcher.

Gênée par l'amertume que trahissait sa voix, elle fit la grimace.

— Mais comment le savez-vous, Lucy ? demanda doucement le Dr Berman.

Elle ouvrit les yeux. Elle ne s'était pas aperçue que Stevie et Berman l'avaient dépassée et la dévisageaient. Elle s'écarta, pour échapper à leur regard.

— Il était passé voir une ex-petite amie, ce soir-là. C'est elle qui a raconté qu'il était complètement soûl. Et ensuite, j'ai lu le rapport d'autopsie, avoua-t-elle. Beaucoup plus tard, quand je suis devenue légiste et que j'ai eu accès aux dossiers. Il avait dans le sang un taux d'alcool trois fois supérieur à la limite autorisée. Je ne sais pas pourquoi j'ai regardé. J'avais besoin de savoir, je crois.

— Il vous avait abandonnée, murmura Stevie. Il était votre grand frère, votre protecteur, et il vous avait abandonnée. Vous aviez besoin de comprendre pourquoi. C'est naturel.

Cette remarque aurait dû la réconforter, mais un autre souvenir, plus affreux encore que le premier, affleurait à sa mémoire. Les lettres *I* et *L* inscrites sur le dos des victimes… Elle les avait déjà vues. Et elle savait où. Le cœur au bord des lèvres, elle jeta un coup d'œil par-dessus son épaule et rencontra le regard désolé de Fitzpatrick.

— Nous devons faire un détour par l'église, J.D.

Il parut surpris, mais se contenta d'acquiescer.

— Entendu, dit-il. Nous te suivons.

La petite église bâtie en bordure de la ville se trouvait tout au bout de la rue. J.D. lui avait pris la main et elle s'y agrippait un peu plus à chaque pas. Quand ils s'arrêtèrent devant Notre-Dame-de-Miséricorde, elle lui broya si fort les doigts qu'il retint avec peine une grimace.

— Je ne suis pas entrée dans cette église depuis l'enterrement de mon frère, murmura-t-elle. Avant sa mort, nous nous y rendions en famille, tous les dimanches. Ensuite, mon père n'a plus voulu y aller. Quand j'étais toute petite et que je m'asseyais sur les bancs, j'avais mal aux cuisses parce que le bois était dur et que c'était là que notre père nous frappait. Je priais Dieu pour qu'il meure.

Elle fit la grimace.

— Et ensuite, j'avais peur d'être foudroyée sur-le-champ pour avoir osé demander une chose pareille.

J.D. n'eut pas le temps de lui répondre, car elle avait lâché sa main pour passer derrière le bâtiment où se trouvait un cimetière entouré d'une clôture. Elle marqua une pause, les mains sur la grille de l'entrée. Puis elle prit une longue inspiration, comme pour rassembler son courage, et poussa. Ils la suivirent en silence.

Elle s'arrêta devant une pierre tombale portant l'inscription : « A notre fils bien aimé, Linus TRASK ». Elle la contempla un long moment, puis elle leva les yeux vers eux et balaya les alentours du regard.

— Je ne suis plus entrée dans l'église depuis la mort de mon frère, mais je suis souvent venue dans ce cimetière durant l'été qui a suivi mon premier séjour à l'école Sainte-Anne. C'était calme et silencieux, je me sentais proche de Buck. Ça doit vous paraître bizarre.

— Chacun affronte son deuil comme il peut, commenta Stevie.

— Je suppose, oui. C'est par là…

Elle les entraîna à l'autre bout du cimetière et s'arrêta cette fois devant une pierre toute simple, plantée dans le sol, qui marquait l'emplacement d'une tombe. J.D. eut le souffle coupé en découvrant ce qui y était inscrit. Un regard du côté de Stevie et Berman lui confirma qu'ils étaient aussi surpris que lui.

— Ileanna Bryan, lut-il tout haut.

I-*l*.

Née la même année que Buck Trask, morte deux semaines avant lui.

— Qui était-ce ? demanda-t-il.

— Une fille d'ici. Elle est morte le soir du bal de fin d'année de son lycée, violée et battue à mort par son ex-petit copain qui s'est lui-même suicidé cette nuit-là. Apparemment, il était jaloux parce qu'elle avait pris un autre cavalier pour l'accompagner au bal. Je ne me souviens plus du nom de ce petit copain, je sais seulement qu'il était probablement drogué et qu'il a perdu les pédales. Elle est morte des suites de ses blessures avant le lever du jour. On ne parlait que de ça, avant l'accident de Buck. Ensuite, il lui a volé la vedette.

— Et quel serait le lien avec Buck ? demanda J.D.

— C'était lui, le garçon qui lui servait de cavalier.

— Eh bien…, murmura Stevie. Ça s'est passé pendant le bal, le viol ? Votre frère était là ?

— Non. Il avait raccompagné Ileanna chez elle et il était ressorti avec des amis. Il venait lui-même de quitter une fille. Ileanna n'était pour lui qu'une remplaçante sans importance. J'avais oublié son existence, jusqu'à aujourd'hui.

— Et pourquoi vous en êtes-vous souvenue aujourd'hui ? demanda Berman.

— Comme je vous l'ai dit, je suis souvent venue dans ce cimetière, durant l'été qui a suivi mon séjour à Sainte-Anne. Buck était mort depuis deux ans déjà, mais il me manquait toujours. Je passais un long moment devant sa tombe, puis je me promenais dans les allées. On peut dire que je hantais le cimetière… Je connaissais toutes les pierres tombales et je m'inventais des histoires sur ce qu'avait été la vie de ces gens. Cette pierre tombale m'émouvait plus que les autres, parce que cette pauvre fille était morte jeune et qu'elle n'avait pas mérité ce qui lui était arrivé.

— Pas comme votre frère qui avait bu avant de prendre sa moto ? demanda Berman d'une voix douce.

— C'est vrai que je lui en voulais, admit-elle. Mais plus tard, quand j'ai grandi, j'ai compris à quel point il devait être malheureux. Je me suis même demandé si son accident en était vraiment un. S'il n'avait pas cherché à mourir pour échapper à ce qu'il vivait à la maison. Mais ça ne tenait pas debout. Il avait une bourse, il allait partir à l'université. Quand ma mère a demandé à mon père ce qu'avait fait Buck, j'ai cru qu'elle faisait allusion à ça... Au fait qu'il s'était suicidé. Mais à présent, je n'en suis plus si sûre.

— Est-ce qu'il a été soupçonné de complicité pour le meurtre d'Ileanna ? demanda Stevie.

— Non. Il l'avait raccompagnée chez elle avant les faits. Mon père a confirmé l'avoir vu rentrer à la maison pour enlever son costume et ressortir ensuite. Mon père étant le shérif, personne n'a insisté. Le petit copain de la fille a été retrouvé mort le lendemain. Il s'était tiré une balle dans la tête. Le dossier a été classé.

— Sauf que notre tueur d'aujourd'hui pense que Buck était impliqué, insista prudemment J.D. Qu'est devenue la famille d'Ileanna ?

— Je ne sais pas trop, répondit Lucy d'un air songeur. Je me souviens qu'après sa mort, son père était furieux parce qu'ils n'avaient pas retrouvé un bijou qu'elle portait ce soir-là. Il a même accusé mon père de l'avoir volé. Mais c'était grotesque.

Elle avait prononcé ces mots d'un ton peu convaincu, comme si elle l'avait cru jusque-là, mais qu'elle commençait à douter.

— Il s'agissait d'un collier avec un pendentif en diamant. La famille en a fait toute une histoire.

— Et où sont passés les membres de cette famille ? demanda une nouvelle fois J.D.

— Il me semble qu'ils ont déménagé. L'ambiance était atroce, chez nous, à cette période. Je ne m'intéressais pas beaucoup à ce qui se passait ailleurs.

— Pourquoi y avait-il une ambiance atroce chez vous ? voulut savoir Berman.

Elle haussa les épaules.

— Ma mère a fait une dépression nerveuse et a dû être hospitalisée.

Le cœur de J.D. se serra.

— En te laissant seule avec ton père ?

— Oui, répondit-elle sèchement. En me laissant seule avec mon père. Ça m'a semblé long, tu peux me croire.

— Et puis vous avez trouvé ce bracelet dans la chambre de votre frère, dit Stevie.

Lucy baissa les yeux vers le bracelet, comme si elle se souvenait brusquement qu'elle le portait.

— Oui. Et Sonny Westcott est venu me le voler. Pourquoi ?

— Ça m'étonnerait beaucoup qu'il nous le dise, fit remarquer Berman.

Lucy pinça les lèvres.

— Dans ce cas, il faut trouver quelqu'un qui nous le dira.

Mardi 4 mai, 15 h 30

— Attends une seconde, dit Fitzpatrick. Faisons le point avant d'entrer.

Lucy s'apprêtait à entrer dans les locaux du journal. Elle les y avait conduits d'un pas décidé, tandis qu'ils marchaient derrière.

— Nous pensons tenir le mobile, enchaîna Berman. Ce serait le meurtre d'Ileanna. Russ, Ryan et Malcolm seraient impliqués d'une manière ou d'une autre. Sonny aussi, probablement, sinon il n'aurait pas réagi en voyant votre bracelet. Combien sont-ils en tout, à être concernés ?

Stevie sortit la photographie de l'équipe de football.

— Ils sont vingt-cinq joueurs, sur cette photo. J'ai cherché leurs noms sur l'album de promotion que j'ai trouvé dans l'armoire de Janet, et j'ai demandé à la secrétaire de Hyatt de se renseigner sur ceux qui étaient en dernière année de lycée, comme Russ, Ryan et Malcolm. Elle en a trouvé quatre : George Cuzman, Marty Swenson, Randy Richards, et James Cannon. Les deux premiers ont déménagé, l'un est mort il y a quelques années dans un accident de voiture, le quatrième vit à Baltimore. Nous essayons de joindre ceux qui sont encore en vie.

— Mais Bennett ne jouait pas dans cette équipe, commenta Lucy.

Stevie acquiesça.

— C'est vrai. Nous avons donc peut-être d'autres cibles potentielles. Il va nous falloir les rapports de police et d'autopsie concernant le meurtre d'Ileanna. Mais puisque nous sommes là, autant essayer de glaner ce que le journal pourrait avoir sur cette soirée de fin d'année et sur le meurtre.

Elle poussa la porte du journal.

— Il y a quelqu'un ? appela-t-elle.

Un homme qui devait avoir la quarantaine sortit d'un bureau en essuyant ses lunettes.

— Puis-je vous aid…

Il s'interrompit et ouvrit de grands yeux en reconnaissant Lucy.

— Lucy Trask, murmura-t-il.

Surprise, Lucy le dévisagea.

— Vous me connaissez ? demanda-t-elle.

— Oui. Je suis Bart Higgins. Vous avez cassé le nez de mon copain. En seconde.

Lucy vit du coin de l'œil J.D. qui haussait les sourcils.

— Je suis désolée, dit-elle. Sincèrement désolée.

— Ce n'est pas grave, répondit Higgins. Il l'avait mérité, de toute façon. Vous reveniez de Sainte-Anne et il n'avait cessé de vous provoquer.

Il s'accouda au comptoir.

— Qu'est-ce qui vous amène ici ? demanda-t-il.

Elle lui présenta le petit groupe.

— Nous sommes intéressés par les articles sur la mort d'Ileanna Bryan.

De nouveau, il ouvrit de grands yeux. Puis il se dirigea sans un mot vers une grande armoire. Moins d'une minute plus tard, il en sortait une épaisse chemise.

— Ileanna Bryan, annonça-t-il.

Stevie se mit aussitôt à feuilleter le dossier.

— Vous l'aviez quasiment sous la main, fit remarquer J.D. d'un air méfiant. Comment est-ce que ça se fait ?

— Personne ne s'est intéressé aux articles sur la fille Bryan pendant vingt ans, et tout à coup, on me les demande deux fois. Une détective est venu me les réclamer, c'est pour ça que je les avais déjà sortis. Il a rempli un formulaire qui se trouve au dos de cette chemise.

— Nicki Fields, lut Fitzpatrick. J'aimerais bien lui parler, à cette Nicki.

— Ça ne devrait pas être trop compliqué, répondit Higgins. Elle est de Baltimore, elle aussi.

Stevie ferma le dossier pour noter l'adresse de Nicki.

— Merci, dit-elle.

— Quand avez-vous remis ces articles à Nicki Fields ? demanda Fitzpatrick.

— Il y a environ une semaine. Peut-être un peu moins.

Stevie consulta un message sur son portable en fronçant les sourcils.

— Il faut que je passe un coup de fil. Peut-on avoir des photocopies ?

— Bien sûr, répondit Higgins. Je reviens tout de suite.

Il disparut dans le fond du local. Fitzpatrick et Stevie sortirent sur le pas de la porte. Berman les suivit. Lucy leur emboîtait le pas quand son portable vibra dans sa poche. C'était un texto de Craig.

« Impossible de te joindre. APPELLE. C'est très urgent. »

Dans le bureau, son portable n'affichait qu'une barre de réception. Craig n'avait obtenu que son répondeur, apparemment, mais les textos passaient. Il y en avait d'autres de lui et elle eut la nausée en les découvrant. Elle se précipita à l'extérieur, où Stevie était elle aussi en train de batailler avec son téléphone.

— Stevie essaye de parler à l'inspecteur qui suivait Ryan Agar, lui expliqua Fitzpatrick. Sur les vidéos de surveillance de l'hôtel, on le voit prendre l'ascenseur avec un homme qui le soutient, comme s'il ne pouvait pas marcher seul. Ils sont descendus au garage et l'homme a poussé Ryan dans un fauteuil roulant vers une Lexus noire.

— Une Lexus noire..., murmura Lucy. Comme la voiture que tu as remarquée tout à l'heure.

Le tueur les avait donc approchés. Un frisson lui parcourut le dos.

— Est-ce qu'on voit suffisamment cet homme pour l'identifier ? demanda Berman.

— Non, répondit Fitzpatrick. Il portait un chapeau de tweed qui dissimulait son visage.

— Un chapeau comme celui de Russ Bennett quand on l'a trouvé devant sa table d'échecs, dit Lucy.

— Exactement, confirma Fitzpatrick. Quand la Lexus est passée devant l'une des barrières, la caméra a pu filmer le bas du visage, mais c'est tout. On voit la moustache de l'homme.

— Et la plaque d'immatriculation ? demanda Lucy.

Fitzpatrick secoua la tête.

— Volée. Nous allons tout de même lancer un avis de recherche, mais sans trop y croire, parce qu'il a probablement changé les plaques depuis.

— Il faut trouver cette détective, dit Stevie en commençant à composer un numéro. Je vais mettre Debbie sur le coup.

Lucy l'arrêta d'un geste de la main.

— Pas la peine. Je sais où elle est.

Le visage de Fitzpatrick se décomposa.

— Non..., murmura-t-il. Ne nous le dis pas.

— Elle est morte, dit Lucy. Je viens de recevoir plusieurs messages de Craig. Il a terminé l'autopsie de l'inconnue et il s'est occupé des nouveaux arrivants. Nicki Fields a été transportée ce matin à la morgue. Elle a la gorge tranchée, d'une oreille à l'autre, avec cette boucle caractéristique autour de l'oreille droite qui est la signature de notre tueur.

— Merde..., siffla Fitzpatrick entre ses dents.

— Seigneur..., murmura Berman.

— On l'a trouvée dans son appartement. Ça faisait plusieurs jours qu'elle y était, d'après Craig.

— Je me demande si elle n'est pas morte parce qu'elle était arrivée jusqu'à ce dossier, commenta Stevie. Et je me demande surtout pourquoi elle l'a réclamé. Le Dr Mulhauser vous a dit autre chose, Lucy ?

Lucy fit défiler les messages de Mulhauser.

— C'est son partenaire qui a découvert le corps et qui a prévenu le 911. Il s'inquiétait de son silence. Elle vivait à Laurel. Ce sont deux inspecteurs du district, Wenzel et Graham, qui sont sur l'affaire.

— Je vais les appeler, déclara Stevie. Il faut interroger son partenaire, celui qui a appelé le 911.

— Qu'est-ce que vous avez vu, dans le dossier du journal ? demanda Lucy.

— En gros, ce que tu nous avais déjà raconté, répondit Fitzpatrick. Il y avait aussi le nom de son ex-petit copain, celui qui s'est suicidé. Il s'appelait Ricky Joyner.

— Ricky s'était battu avec Buck Trask pendant un match, fit la voix de Higgins derrière eux.

Ils sursautèrent tous les quatre. Higgins tendit une grande enveloppe à Stevie avec un petit sourire d'excuse.

— Voilà les photocopies que vous m'avez demandées. Je suis désolé, je ne voulais pas me montrer indiscret.

Stevie lui jeta un regard sévère.

— Mais vous l'avez été, dit-elle.

Il haussa les épaules.

— C'est vrai. Disons que je suis curieux. Certains événements marquent à jamais la vie d'un enfant, vous savez. Le meurtre d'Ileanna Bryan a été l'un d'eux, pour moi, tout comme l'accident de Buck. Il était l'idole de tous les gamins, vous savez.

— Que vouliez-vous dire à propos de Ricky Joyner et de Buck ? demanda Fitzpatrick.

— Joyner jouait au football, mais dans une équipe rivale, d'une autre école. Il avait fauché Buck en lui donnant un mauvais coup pendant un match, et des copains de Buck se sont chargés de lui casser la gueule après. Il y a des gens qui pensent qu'il n'a pas supporté que son ex se montre au bal de fin d'année avec Buck, que c'est pour ça qu'il a vraiment pété un câble. Evidemment, le crack qu'il avait fumé n'a pas arrangé les choses.

— Et Ileanna ? demanda Berman. Vous vous souvenez d'elle ?

Higgins soupira.

— Je me souviens que les gens disaient…

Il s'interrompit et soupira.

— N'oubliez pas que ça remonte à vingt ans en arrière. Les gens disaient qu'une fille habillée comme la fille Bryan, c'était une fille qui cherchait les ennuis.

— Qui cherchait à se faire violer, en somme, précisa Stevie d'une voix morne.

— Je sais, je suis de votre avis, s'empressa d'ajouter Higgins en levant les mains, comme s'il se rendait.

— Que sont devenus les membres de la famille Bryan ? demanda Fitzpatrick.

— Ils ont quitté la ville. Je n'en sais pas plus parce que je ne les fréquentais pas. Ileanna était plus âgée que moi et son frère était plus jeune.

Lucy sentit son sang se glacer dans ses veines.

— Ileanna avait un petit frère ?

— Il s'appelait Evan. La détective qui m'a réclamé les articles avait l'air de s'intéresser beaucoup à lui.

« A la plus chouette des sœurs. »

Lucy fixa quelques secondes le bracelet qu'elle portait au poignet, puis elle leva les yeux et devina, au regard de Fitzpatrick, qu'il pensait la même chose qu'elle. Elle glissa subrepticement sa main dans sa poche, mais son geste n'échappa pas à Stevie et Berman.

— Il paraît qu'il manquait un bijou à Ileanna, reprit Fitzpatrick.

— Une chaîne avec un diamant en forme de cœur, oui,

confirma Higgins. C'était censé être un bijou de famille. Son héritage.

— Pourquoi « censé » ? demanda Stevie.

— Parce que personne ne l'avait jamais vu, ce bijou. M. Bryan était pêcheur. Il pêchait le crabe et tout ce qu'il pouvait trouver dans la baie. Les gens ont dit que s'il avait vraiment possédé un diamant, il l'aurait vendu depuis longtemps pour vivre un peu mieux. Mais les Bryan ont soutenu qu'ils conservaient ce bijou dans une boîte, pour leurs enfants.

— Ils prétendaient pourtant qu'Ileanna l'avait porté ce soir-là, fit remarquer Fitzpatrick.

— Oui. C'est un fait. On voit sur la photo de promotion qu'elle porte un pendentif en forme de cœur. Evidemment, impossible de dire s'il s'agissait ou non d'un diamant, puisque le bijou n'a jamais refait surface. Ileanna avait insisté pour le mettre, sa mère avait refusé, mais elle l'avait pris quand même, en douce.

Il jeta un regard gêné du côté de Lucy.

— Les Bryan sont allés jusqu'à accuser le shérif et le légiste de l'avoir volé.

— Et comment ça s'est terminé ? demanda Berman.

Higgins haussa les épaules.

— On leur a dit que c'était probablement l'assassin d'Ileanna qui avait volé le collier. Comment savoir où il était passé ? Puis Buck a eu son accident, et les gens étaient trop contents d'oublier le meurtre d'une fille qu'ils considéraient de toute façon comme une traînée.

— Vous auriez une copie de cette photo de promotion ? demanda Berman.

— Oui. C'est mon oncle qui avait pris la photo pour le journal. Il prenait aussi des photos des remises de diplômes et des élèves qui revenaient de l'université. Elles sont archivées dans le sous-sol, mais je peux retrouver celles qui vous intéressent. Elles sont classées par année.

— Ça vous prendrait combien de temps, de mettre la main dessus ? demanda Fitzpatrick. Nous devons rentrer à Baltimore.

— Une heure grand maximum. Je vais essayer de faire plus vite, mais je ne vous promets rien.

Fitzpatrick tendit sa carte à Higgins.

— Une dernière question. Il y a quelques semaines de ça, Russ Bennett vous a réclamé les articles du procès de Lucy. Il vous a dit pourquoi ?

Higgins jeta de nouveau un regard gêné du côté de Lucy.

— Ce n'est pas Russ, qui m'a demandé les articles. C'est Jason Bennett.

Lucy eut l'impression de recevoir un coup de poing dans le ventre.

— Le père de Russ ? demanda-t-elle. Mais pourquoi ?

— Il ne m'a pas donné d'explication et je n'en ai pas demandé. Je vous appellerai dès que j'aurai trouvé les photos.

Lucy le regarda s'éloigner. Elle avait du mal à respirer. Quand Fitzpatrick la prit par la taille, elle se laissa aller contre lui sans hésiter, et, tout en refoulant des larmes de rage, elle sortit sa main de sa poche et se mit à batailler avec le fermoir du bracelet.

— Je veux enlever ça. Tout de suite.

— Laissez-moi vous aider, intervint Stevie d'une voix douce.

Elle ôta le bracelet du bras de Lucy et le mit dans un petit sac à glissière.

— « La plus chouette des sœurs », murmura-t-elle tristement.

— Ce n'était pas moi, la plus chouette des sœurs, dit Lucy.

Et ça faisait mal. Beaucoup plus qu'elle ne l'aurait imaginé.

— Je crois que je peux préciser la question que je dois poser à mon père, à présent, dit-elle. Je vais lui demander ce que Buck a fait à Ileanna Bryan.

— Moi aussi, j'ai des questions à poser, renchérit Stevie. Et à pas mal de gens. Nous devons retourner dans le bureau du shérif et nous procurer le procès-verbal de la mort d'Ileanna.

— Moi, je veux demander à Jason Bennett pourquoi il est venu réclamer ici de vieux articles sur un procès qui s'est terminé par un acquittement, dit J.D. Parce que je suis persuadé que ces articles ont un rapport avec le « client » que Russ a rencontré le jour où on l'a tué.

— Je veux aussi parler à ma mère, ajouta Lucy d'un ton morne. Je vais lui demander ce qu'elle entendait par : « Qu'est-ce que Buck a fait ? »

Mardi 4 mai, 15 h 55

Ça servait, d'avoir une bonne mémoire. Il avait joué souvent sur ce coin de plage, autrefois, avant que les Trask ne foutent sa vie en l'air. Il amarra le bateau de Ron Trask et descendit dans la cale.

Trask avait repris connaissance et poussait des grognements étouffés par son bâillon. Il le lui enfonça un peu plus dans la bouche. S'il se débattait, le vieux allait vomir, et comme rien ne pouvait sortir de sa bouche, il ravalerait son vomi et s'étoufferait avec. Tant pis pour lui. Il lui prit le téléphone portable qu'il avait dans la poche et fit défiler la liste des contacts, jusqu'à trouver la personne qu'il cherchait.

— Allô ? répondit une voix de femme.

— Bonjour, je cherche à joindre Mme Kathy Trask.

— C'est moi. Qui êtes-vous ? Pourquoi appelez-vous depuis le portable de mon mari ?

Parce que je vais vous tuer. Tous les deux.

— J'étais en train de pêcher quand le bateau de votre mari est venu s'amarrer à mon quai. Il est sorti en titubant. Au début, j'ai cru qu'il était soûl, mais il ne sent pas l'alcool, il a un problème. Je ne suis pas médecin, mais il a l'air mal en point.

— Seigneur… Vous avez appelé le 911 ?

— Je m'apprêtais à le faire, mais il s'est mis en colère et il a tenu à ce que je vous prévienne d'abord. Il a dit que vous sauriez quoi faire.

— Ça ne m'étonne pas de lui, il ne supporte pas les hôpitaux. Où vous trouvez-vous ?

Il sourit à Ron, qui venait juste de comprendre ce qui se passait et dont les yeux semblaient prêts à jaillir de leurs orbites.

— Sur le bateau de votre mari, sur la plage, devant un petit cottage avec des volets bleus. Je loue ce cottage depuis peu. Le nom sur la boîte aux lettres, c'est Turlington.

— Je vois où c'est. Dites à Ron que j'arrive le plus vite possible.

— Je le lui dis, et en attendant, je ne le quitte pas, vous pouvez compter sur moi.

— Merci, dit-elle d'une voix qui tremblait. Je vous remercie beaucoup, monsieur.

Il l'entendit démarrer, puis rouler sur du gravier.

— J'arrive tout de suite.

Il raccrocha, en souriant de nouveau à Ron.

— Ta femme nous rejoint. On va pouvoir commencer à s'amuser.

Mardi 4 mai, 16 h 15

— Clay, appela Alyssa.

Clay leva les yeux du paquet de dossiers qu'il avait rapportés du bureau de Nicki. Ils les avaient étalés sur sa table de salle à manger et les épluchaient depuis des heures.

— Tu as trouvé quelque chose du côté de sa carte de crédit ? demanda-t-il.

— Peut-être. J'ai vérifié les quatre derniers mois et je n'ai rien remarqué d'anormal, sauf pour une journée, il y a deux semaines, où elle ne s'est pas servie une seule fois de sa carte, pas même pour un Starbucks.

— Si elle a tout payé en liquide ce jour-là, murmura Clay, c'est pour ne pas laisser de trace. Mais où est-elle allée ?

— Je suis en train de vérifier ses tickets de caisse. Elle a peut-être conservé quelque chose.

Clay écarta la boîte qu'il avait devant lui.

— Tu ne trouveras pas de ticket de caisse, soupira-t-il. En tout cas pas dans les tickets classés.

Il attrapa le sachet où il avait conservé les papiers ramassés dans la voiture de Nicki.

— Qu'est-ce que tu fais ?

— Je cherche des tickets de caisse. J'en trouverai peut-être un datant de ce jour-là.

Alyssa fronça les sourcils.

— Mais Clay, j'y pense, tu n'as pas besoin des tickets pour savoir où elle est allée ! Tu m'as dit que tu pouvais suivre les déplacements de sa voiture !

Il ferma les yeux. Bon sang ! Il n'avait même pas eu l'idée de se servir du traqueur pour reconstituer les déplacements de Nicki…

— Oui, murmura-t-il en ouvrant les yeux.

Alyssa le regardait d'un air indulgent.

— Tu es encore sous le choc, dit-elle. C'est normal.

Il acquiesça, tout en se connectant au site qui enregistrait les informations fournies par le traqueur.

— Je peux remonter jusqu'à quatorze jours en arrière, dit-il.

Il trouva aussitôt ce qu'il cherchait.

— Elle est allée à Ocean City, en passant par une ville qui s'appelle Anderson Ferry. Un détour qui lui a rajouté deux heures de route et qu'elle n'a sûrement pas fait pour rien.

— Et qu'est-ce qu'il y a, à Anderson Ferry ?

— Aucune idée, mais je compte me renseigner. Pour le moment, je dois filer. J'ai promis aux parents de Nicki d'aller les chercher à l'aéroport et de les accompagner à la morgue pour l'identification. Dès que j'aurai fini, je file à Anderson Ferry.

— Je t'accompagne, dit-elle.

— Non, ce n'est pas nécessaire. Je préfère que tu ne bouges pas d'ici tant que nous n'avons pas localisé Evan Reardon.

— Pendant ce temps, je peux faire des recherches sur Anderson Ferry.

— Parfait. Et ferme la porte à clé derrière moi.

19

Mardi 4 mai, 16 h 25

— On commence par qui ? demanda J.D.

Ils s'étaient arrêtés sur le trottoir et ils hésitaient entre l'entrée des Trask et celle des Bennett. Lucy fixait d'un air angoissé la maison de son enfance, tandis que Stevie finissait d'envoyer un message au procureur Grayson Smith pour qu'il intervienne auprès de la police d'Anderson Ferry. La secrétaire du shérif avait évoqué un délai de vingt-quatre heures pour obtenir des éléments d'archives, mais Stevie voulait activer les choses.

Ryan Agar était entre les mains du tueur. Dans vingt-quatre heures, il serait peut-être trop tard pour lui.

Ils n'avaient pas trouvé le bateau du père de Lucy en retournant sur le port, ce qui avait paru la décevoir et la soulager à la fois. Elle était déboussolée. J.D. avait eu le cœur serré devant l'expression de son visage quand elle avait ôté le bracelet de son poignet. « La plus chouette des sœurs »...

— Je vais sans doute avoir besoin de votre aide, docteur Berman, murmura-t-elle. Si ma mère accepte de parler avec moi.

— Je suis prêt à vous aider, bien entendu, répondit Berman. Mais pourquoi pensez-vous avoir besoin d'aide ?

— Je vous ai dit qu'elle avait fait une dépression nerveuse.

— Oui, après la mort de son fils. Une dépression réactionnelle, consécutive au deuil.

— C'est ça, répondit Lucy.

Mais elle n'avait pas l'air convaincue.

— Ma mère était autrefois une femme dynamique, avec un travail à responsabilité. Elle était toujours occupée, à se déplacer, à aider les autres. Puis Buck est mort et… elle s'est arrêtée brusquement, comme une horloge. Elle passait des heures à fourbir les coupes de Buck, pendant que mon père visionnait ses matchs. Un jour, je l'ai trouvée sur le lit de Buck, le regard perdu dans le vide, totalement absente. J'ai eu peur et j'ai appelé mon père, qui a fait venir son médecin. C'est à ce moment-là que j'ai appris qu'elle était suivie par un psychiatre. Il l'a envoyée à l'hôpital.

— Et comment était-elle, après son hospitalisation ? demanda Berman.

— Je l'ai trouvée changée. Elle n'avait plus peur de mon père. Quand on parlait de Buck, elle réagissait au quart de tour, parfois en se lamentant, parfois en se mettant en colère. De temps en temps, elle avait encore des absences.

— Qu'est-ce qui vous fait penser qu'elle pourrait refuser de vous parler, Lucy ? demanda Stevie.

— A l'époque, je n'ai pas mesuré à quel point elle était fragile, et je mentionnais Buck chaque fois que je le pouvais. De plus, j'ai eu des tas de problèmes, notamment avec Mme Westcott, comme vous le savez, et ça, elle n'a pas supporté ; ç'a été la goutte d'eau qui a fait déborder le vase. Elle a appelé l'école Sainte-Anne.

— C'est ta mère qui a demandé à ce que tu quittes la maison ? s'exclama J.D.

Il avait toujours pensé que c'était son père.

— Oui. Je crois qu'elle ne supportait plus que je parle sans cesse de Buck. Aussi, je ne sais pas comment elle va réagir aujourd'hui. J'aimerais que vous veniez, docteur Berman, au cas où.

— Tout ça s'est passé il y a vingt ans, fit remarquer Stevie. Votre mère doit être mieux, à présent.

— Ce n'est pas l'avis des Bennett. Ils m'ont régulièrement

donné de ses nouvelles, quand nous dînions en ville ensemble. Ma mère est encore très fragile. Elle n'a jamais repris le travail. Elle quitte rarement la maison.

— Vous pensez que votre père la bat toujours ? demanda doucement Stevie.

— Non. Ça m'étonnerait. Je vous l'ai dit, elle avait changé, à son retour de l'hôpital. Elle lui tenait tête et il n'insistait pas.

Son regard se perdit au loin.

— Mais s'il avait continué, elle ne l'aurait pas quitté pour autant.

J.D. comprit ce qu'elle ressentait. Elle savait que sa mère n'avait pas changé, mais elle espérait en secret que c'était le cas. Et surtout, elle ne pouvait s'empêcher de l'aimer, même si elle lui en voulait.

Elle se redressa.

— Allons-y, dit-elle.

Ils grimpèrent ensemble les marches menant à l'entrée de la maison des Trask et J.D. frappa à la porte.

— Elle n'est pas là ! cria une voix de femme.

Ils se tournèrent tous vers la droite, en direction de la voix. A deux maisons de là, Mme Westcott les observait depuis le pas de sa porte, les bras croisés sur son opulente poitrine, le visage sévère.

— Et où est-elle ? demanda sèchement J.D.

— Je l'ignore. Elle est partie en courant il y a une demi-heure environ, avec sa trousse médicale à la main.

— Sa trousse médicale ? s'étonna J.D.

— Elle est médecin, murmura Lucy.

— Elle est médecin, répondit en même temps Mme Westcott, d'un ton pompeux.

— Ta mère est médecin ?

« Une femme dynamique, avec un travail à responsabilité. »

— Elle était, corrigea Lucy, si bas qu'il dut tendre l'oreille pour entendre.

— Elle l'était, avant que sa fille ne la rende folle, commenta Mme Westcott.

Lucy se figea. J.D. eut une fois de plus envie de gifler cette vieille harpie.

Mme Westcott dut sentir qu'elle avait touché un point sensible, parce qu'elle arbora un grand sourire satisfait.

— A présent, elle fréquente des hypocondriaques et d'autres malades encore plus dingues qu'elle.

Lucy serra les poings.

— Non, murmura J.D. Elle n'en vaut pas la peine.

Stevie se racla la gorge.

— Lennie et moi, nous allons lui parler, dit-elle. Restez là.

Ils traversèrent le jardin pour rejoindre Mme Westcott. Stevie se présenta et présenta Berman.

Mme Westcott les fixa d'un air méfiant.

— Vous accompagnez cette femme ? demanda-t-elle.

— C'est plutôt elle qui nous accompagne, répondit posément Stevie. Pourquoi dites-vous qu'elle a rendu sa mère folle ?

— Parce qu'elle était ingérable, voilà pourquoi, marmonna Mme Westcott en descendant les marches de sa galerie pour se rapprocher de Stevie. Elle a fait de la prison, vous savez, ajouta-t-elle haut et fort, pour que Lucy entende.

— De la prison ? s'exclama Stevie en feignant d'être surprise. Le Dr Trask ?

— Non ! répondit Mme Westcott en battant des paupières. Enfin, oui, la fille, pas la mère… C'est de la mauvaise graine. Elle est entrée chez moi pour me voler quand elle était gamine.

Elle jeta un regard méchant du côté de Lucy.

— J'imagine qu'elle n'a pas jugé utile de vous en parler. Elle m'a volé une bague et cent dollars en liquide qu'on a retrouvés dans le tiroir de sa commode. On l'a envoyée dans une maison de redressement. Ensuite, elle a tué un homme et elle a failli tuer deux autres personnes. C'est là qu'elle a fait de la prison.

— Nous sommes au courant, pour le procès, répondit Stevie. Elle a été innocentée.

Mme Westcott ricana d'un air méprisant.

— Parce qu'on lui a procuré un avocat pour riches qui a trouvé le moyen de la faire sortir. Circonstances atténuantes, expertises truquées, il n'y a pas de justice en ce bas monde.

— C'est honteux, commenta posément Berman. Parfois, les gens ont la vérité sous les yeux et ils refusent de la voir.

— C'est tellement vrai, ce que vous dites, approuva Mme Westcott d'un air pénétré.

— Auriez-vous le numéro de portable de Mme Trask ? demanda Stevie.

— Bien sûr. Je suis la coordonnatrice du comité de ce quartier. J'ai les numéros de téléphone de tout le monde. Je reviens tout de suite.

Elle disparut dans la maison et revint presque aussitôt.

— Pourquoi avez-vous besoin du numéro de Kathy Trask ? demanda-t-elle.

— Vous êtes vraiment une femme efficace, répliqua Stevie en ignorant sa question. Si tous les coordonnateurs de quartier étaient comme vous, ça nous faciliterait le travail. Nous sommes passés par le bureau du shérif, mais votre fils n'y était pas. Je suppose que vous avez son numéro.

— Mais oui, je vais vous le donner, je pense qu'il serait d'accord, s'empressa de répondre Mme Westcott, toute rougissante du compliment. Je suis toujours prête à aider un agent des forces de l'ordre, ajouta-t-elle.

Elle dicta le numéro à Stevie qui le nota.

— Merci, dit Stevie. A présent, veuillez nous excuser, nous devons rendre visite aux Bennett.

— Ils sont partis ce matin, rétorqua Mme Westcott. Vous arrivez trop tard.

— Savez-vous où ils sont allés ? demanda Stevie.

— En ville. Pour organiser l'enterrement de Russ. C'est affreux, d'enterrer son enfant. Ce n'est pas naturel.

— Non, madame, ça ne l'est pas, approuva Stevie. Merci beaucoup. Au revoir.

Mardi 4 mai, 16 h 25

— Il y a quelqu'un ? Ron ?

Il jeta un coup d'œil par le hublot. Tout était prêt pour accueillir Mme Trask, qui venait de grimper sur le pont, une trousse médicale à la main.

— Par ici, appela-t-il.

Il avait installé Ron sur le lit, en le couvrant de manière à ce que ses liens et son bâillon ne soient pas visibles.

— J'ai pensé qu'il fallait l'allonger, expliqua-t-il.

Mme Trask descendit l'escalier à la hâte et passa devant lui pour rejoindre son mari.

— Ron…

En se penchant sur lui, elle vit le bâillon et les liens. Mais trop tard. Puis elle fit volte-face et pâlit en apercevant l'arme qu'Evan tenait à la main.

— Je vous en supplie, ne nous faites pas de mal, gémit-elle. Je vous donnerai tout ce que vous voudrez. De l'argent en liquide, nos cartes bancaires… J'ai quelques produits dans mon sac. Vous pouvez tout prendre.

— Rien de tout ça ne m'intéresse, mais merci quand même de l'avoir proposé, dit-il poliment.

— Qu'est-ce que vous voulez ? demanda-t-elle d'une toute petite voix.

— Je veux récupérer ce que vous m'avez volé, répondit-il en la poussant sur le lit, le visage contre le matelas.

Il n'eut aucun mal à la maîtriser et lui ligota les mains et les pieds avec du Scotch. Puis il la bâillonna. Tout ça sous les yeux de son mari qui assistait à la scène, impuissant et horrifié.

— Je veux que tu me rendes ma sœur et mes parents. Que tu me rendes ma vie.

Il se pencha vers elle et fixa ses yeux agrandis de terreur.

— Je veux le collier de ma mère, lui souffla-t-il en plein visage, en guise de conclusion.

Il ricana.

— Mais tu ne peux pas me les rendre, n'est-ce pas ? Tout ce que tu peux me donner, à présent, c'est la satisfaction d'une vengeance.

Il voulait aussi le bracelet, mais ça, il savait où le trouver.

— Nous avons encore un passager à embarquer, ajouta-t-il en se tournant vers Ron pour lui ôter son bâillon. Et tu vas m'aider en passant un coup de fil.

— Allez au diable ! lança Ron.

— Malcolm Edwards non plus ne voulait pas coopérer. Mais quand j'ai coupé le doigt de sa femme, ça l'a rendu docile.

Une sorte de miaulement étranglé sortit de la gorge de Mme Trask.

— Vous êtes un taré, marmonna Ron entre ses dents.

— Je sais que les gens penseront que je suis un taré. Mais je m'en fiche.

— Ma femme est vieille et malade. Laissez-la partir.

Il haussa les sourcils.

— Quelle sollicitude ! Ma mère aussi était vieille et malade. J'étais près d'elle quand elle est morte, et vous savez ce qu'elle a réclamé avant de rendre son dernier souffle ? Sa fille et le collier qui avait appartenu à sa mère ! Bien sûr, personne n'a pu les lui donner. Alors toi non plus, tu n'auras pas ce que tu réclames.

Il fit défiler la liste de contacts du téléphone de Ron.

— Tu vas demander à Sonny Westcott de venir ici. Tu lui diras que les inspecteurs de Baltimore sont passés, qu'ils t'ont posé plein de questions, et qu'il faut absolument que tu parles de ça avec lui. Et tu as intérêt à te montrer convaincant, si tu ne veux pas que ta femme y laisse des doigts.

— Nous avons vu votre visage. Je sais que vous allez nous tuer. Pourquoi est-ce que j'accepterais de coopérer ?

— Parce que ça peut changer la façon dont tu vas crever.

Pour la femme de Malcolm, ç'a été relativement rapide et sans douleur.

Il haussa les épaules.

— A part le doigt. La semaine derrière, j'ai tué une détective qui voulait se mettre en travers de mon chemin. Elle, elle en a carrément bavé. Je l'ai éventrée comme un cochon et elle a tout senti, tu peux me croire. Donc, à toi de voir si tu veux que ta femme parte gentiment, ou qu'elle souffre le martyre. De toute façon, moi, j'aurai ma vengeance.

Il posa la lame de son couteau sur le cou de Mme Trask.

— Je compose le numéro. Réfléchis bien à ce que tu vas dire. Je peux égorger ta femme avant que tu aies terminé de prononcer le nom de ma sœur. Et je t'assure que je m'arrangerai pour qu'elle le sente passer. A toi, ça va décrocher. Tâche de bien te comporter, shérif.

Il plaça le téléphone de manière à pouvoir entendre lui aussi. Ron lui jeta un regard haineux.

— Shérif Westcott, fit la voix de Westcott. Qui est à l'appareil ?

— C'est Trask. Il faut qu'on se voie.

— Ce n'est pas une bonne idée.

— Ne discute pas, je sais ce que je dis, répliqua Trask avec irritation. Retrouve-moi à l'emplacement du bateau des Turlington. Tout de suite. Ou bien je serai obligé de raconter des trucs que personne n'a envie d'entendre.

— Espèce de salaud, siffla Sonny entre ses dents. Toi et ta fille, vous ne pouvez pas foutre la paix aux gens ?

Evan appuya la lame du couteau contre la gorge de Kathy Trask. Ron se figea.

— Ecoute, dit-il. Si tu ne viens pas, je dirai aux inspecteurs tout ce qu'ils veulent savoir.

Il y eut une pause.

— Très bien, dit enfin Westcott. Je viens.

Evan referma le téléphone avec un bref hochement de tête.

— C'était parfait, approuva-t-il.

— A présent, laissez-la partir, ordonna Trask, qui s'accrochait à sa morgue comme à une bouée de sauvetage.

— Sûrement pas, rétorqua Evan.

Il retira la batterie des téléphones, puis se pencha en avant, pour mieux savourer leurs expressions terrifiées. Pour respirer l'odeur de la peur.

— Vous avez gâché ma vie. Votre fils a tué ma sœur.

— Non, protesta Trask avec des accents de désespoir dans la voix. Il ne l'a pas tuée ! Il ne l'a même pas touchée.

— Tu es une ordure. Tu savais ce qu'avait fait ton fils. Tu savais aussi qu'il nous avait volés. Et tu as osé te présenter chez nous pour menacer mon père.

Trask se tut. Un muscle de sa joue tressaillait nerveusement. Mme Trask le regardait fixement.

Elle ne savait pas. Il avait cru pourtant qu'elle était au courant…

— On dirait que ta femme ignorait que tu étais venu menacer mon père s'il continuait à réclamer le collier qui avait disparu, commenta-t-il. Tu nous as chassés de la ville. Nous avons tout perdu. J'étais là, quand tu es venu, caché dans ma chambre, terrorisé. Mais aujourd'hui, je n'ai plus peur de toi.

— Elle ne savait rien, murmura Trask. Laissez-la partir.

— Trop tard. Elle ne savait peut-être rien, mais à présent, elle en sait trop.

Il rangea son couteau.

— Et puis même… Elle a vécu une vie à laquelle ma mère n'a pas eu droit. En quittant Anderson Ferry, nous avons perdu notre maison, notre affaire. Nous n'avions plus rien. Pas un sou. Quand mon père s'est suicidé, notre situation a empiré. Tu as détruit ma famille et ma vie. Ta famille et ta vie m'appartiennent.

Mardi 4 mai, 16 h 40

Dans les locaux du journal, Higgins les attendait.

— J'ai trouvé les photographies datant de l'année de la mort d'Ileanna, annonça-t-il. Il y a tout, comme je vous l'avais dit. Les remises de diplômes, les photos de classes, les retours à la maison.

Il jeta un regard à la dérobée du côté de Lucy.

— Plus quelques clichés de la cérémonie à la mémoire de Buck. Je ne savais pas si vous les voudriez ou non.

Lucy déglutit péniblement.

— Merci, répondit-elle.

La main chaude de Fitzpatrick vint se poser contre son dos.

— On prend tout, dit-il. Est-ce qu'on voit Ileanna, sur la photo de classe ?

Higgins prit une chemise dans la boîte.

— Voici la photo officielle, dit-il.

Ils s'approchèrent tous les quatre du comptoir pour regarder. Lucy cherchait le poignet d'Ileanna, mais son regard fut attiré par le séduisant visage de ce frère qu'elle avait adoré. Que tout le monde avait adoré. Elle songea avec tristesse qu'il était mort quelques semaines après cette photo.

Puis elle s'obligea à se concentrer sur Ileanna, une mignonne petite brune au sourire vaguement provocateur. Elle portait au cou un pendentif en forme de cœur, mais son poignet était nu. Lucy n'aurait pas su dire si elle en était soulagée ou déçue.

— Elle ne le porte pas, murmura-t-elle.

— Non, en effet, commenta tout bas Fitzpatrick.

Higgins se racla la gorge.

— Celle-là, c'est la photo officielle, dit-il.

Lucy baissa les yeux vers son poignet qui ne portait plus le bracelet.

— Mon frère avait pris lui aussi des photos de cette journée, ajouta Higgins. Buck avait été élu roi du bal, on le voit au bras d'Ileanna sur la plupart des photos.

Il aligna une série de clichés sur le comptoir.

Lucy eut le souffle coupé. Cette fois, Ileanna dansait un slow avec Buck, la main posée sur son épaule. Et elle avait au poignet un bracelet avec une breloque en forme de cœur.

La main de Fitzpatrick glissa jusqu'au creux de sa taille.

— Personne n'a jamais réclamé ce bracelet ? demanda-t-il.

— Pas à ma connaissance, répondit Higgins. Il n'est même pas mentionné dans le rapport de police.

Fitzpatrick haussa les sourcils.

— Parce que vous avez le rapport de police ?

— Vous en trouverez une photocopie dans cette boîte. Mon grand-père l'a utilisé pour écrire ses articles sur Ileanna, et ensuite, il l'a conservé.

Tandis que Fitzpatrick et Stevie lisaient ensemble le rapport de police, Lucy contempla de nouveau la photo de classe.

— Votre frère était impressionnant, fit remarquer Berman, qui passait en revue les clichés étalés sur le comptoir.

— Oui, murmura Lucy. Il avait atteint le mètre quatre-vingts avant l'âge de quinze ans.

— Je parlais surtout de sa présence. On ne voit que lui. Il avait réellement quelque chose de particulier. Vous avez remarqué l'expression des autres garçons quand ils le regardent ? Ils ne l'aimaient pas beaucoup.

Lucy fronça les sourcils.

— Tout le monde aimait Buck, protesta-t-elle.

— Tout le monde aurait voulu être Buck, corrigea-t-il. C'est très différent. Voyez ce garçon, par exemple. Son sourire crispé et ses poings fermés en disent long. S'il avait été un bouc, il se serait jeté sur votre frère tête la première.

Lucy ne put s'empêcher de sourire.

— C'est Russ Bennett, dit-elle.

— Ah bon ? Et celui-là ?

Il montra un autre garçon qui couvait lui aussi Buck d'un œil envieux.

— Malcolm Edwards. Et Ryan Agar, où est-il ?

— Il ne se trouve pas sur cette photo, répondit Higgins en cherchant parmi les clichés. Tenez… Le voilà.

Agar était seul, adossé à un mur. Il semblait très mal à l'aise.

— On dirait qu'il préférerait se trouver n'importe où ailleurs, commenta Lucy.

— Il a mal aux pieds, murmura Berman. Vous avez vu comme il se tient ? Il doit avoir des chaussures trop petites.

A présent qu'il le lui disait, elle le remarquait aussi.

— Regardez Buck et Ileanna, dit-elle en prenant en main une des photos. Elle le dévisage comme s'il venait de décrocher la lune, mais lui, il ne la regarde même pas.

— Excellente remarque, déclara Berman. Qu'est-ce qu'il regarde, d'après vous ?

Elle suivit du doigt la direction du regard de Buck.

— Il regarde Sara, son ex… Il tenait toujours à elle. Il essayait de la rendre jalouse en se montrant avec Ileanna.

Elle se tourna vers Higgins.

— Qu'est devenue Sara Derringer ?

— Sa famille a déménagé. Elle vit à DC et elle a six enfants. Je peux vous donner ses coordonnées, si vous voulez.

Il n'attendit pas sa réponse et se mit à chercher dans son Rolodex.

— Voici sa carte, dit-il.

Lucy prit la carte qu'il lui tendait et la glissa dans sa poche.

— Merci.

Fitzpatrick et Stevie avaient terminé la lecture du rapport de police.

— Lucy, dit Fitzpatrick, c'est ta mère qui est intervenue sur les lieux en tant que médecin. Quand elle est arrivée, Ileanna était encore consciente. Elle a succombé quinze minutes plus tard à ses blessures.

— Elle devait être de garde. Mais le corps d'Ileanna est parti ensuite à la morgue de la police. Je me charge de me procurer son rapport d'autopsie et celui de son ex-petit copain, Ricky Joyner, celui qui s'est suicidé.

Elle se tourna vers Higgins.

— Vous avez quelque chose sur lui ? demanda-t-elle.

— Non, rien, répondit Higgins. Vous devriez vous adresser à la police d'Etat.

— Je m'en charge, intervint Fitzpatrick en prenant la boîte contenant les photos.

Ils remercièrent Higgins et sortirent. En quittant la ville, ils passèrent par la marina, mais le bateau du père de Lucy n'était toujours pas amarré.

— Je ne suis plus angoissée à l'idée de le revoir, déclara Lucy. Je me sens à la fois vidée et gonflée à bloc. Je sais, ça n'a pas de sens…

— C'est très compréhensible, au contraire. Comment savais-tu que tu trouverais ton père sur son bateau ?

— J'avais repéré son pick-up devant la maison, hier, quand nous sommes allés chez les Bennett. Et aujourd'hui, il était garé près de la marina. J'étais consciente du fait qu'il faudrait l'affronter, mais il me fallait un peu de temps pour m'habituer à l'idée.

— Maintenant que je l'ai vu, je comprends pourquoi, répondit-il en lui pressant la main. Je dois m'arrêter pour une réunion téléphonique avec Hyatt. Pendant ce temps, détends-toi. Tu as eu une dure journée.

Mardi 4 mai, 17 h 05

— J'ai une conférence de presse dans moins d'une heure, annonça Hyatt.

Stevie s'était arrêtée elle aussi, derrière Fitzpatrick, et participait à la réunion depuis sa voiture.

— Morton, Skinner et Mlle Montgomery sont dans mon bureau, annonça Hyatt. Drew est en ligne depuis le labo. Les journalistes sont au courant pour Bennett, Gordon et le voiturier. Je m'attends à ce que l'un d'eux ait déjà fait le rapprochement avec l'inconnue trouvée derrière une poubelle. J'espère que votre petit séjour à Anderson Ferry a été fructueux, parce que je voudrais avoir quelque chose à leur dire.

— Il l'a été, affirma Stevie.

Ils lui firent un rapide compte rendu de leurs découvertes.

— Nous avons un mobile. Ce groupe de joueurs a été impliqué dans le meurtre d'Ileanna Bryan.

— Et le frère du Dr Trask faisait partie de ce groupe,

murmura Hyatt. Ça expliquerait pourquoi le tueur s'intéresse à elle.

Pour la première fois, il n'avait pas pris un ton soupçonneux en parlant de Lucy.

— C'est sans doute en rapport avec le bracelet, compléta J.D. Ce que nous ignorons, c'est comment et pourquoi ce bracelet est arrivé dans la chambre de Buck.

— Il y a aussi ce fameux pendentif en forme de cœur, ajouta Stevie. On va devoir parler aux Bryan, mais ils ont quitté Anderson Ferry peu après la mort d'Ileanna, et personne à Anderson Ferry ne sait où ils sont allés. On dirait qu'ils ont disparu de la surface de la terre.

— On ne disparaît pas comme ça sans laisser de traces, objecta Hyatt. Mais pourquoi le tueur se réveillerait-il plus de vingt ans après le meurtre pour punir les coupables ?

— Nous n'en savons rien, avoua Stevie.

— Et qu'est-ce que vous savez, au juste ? demanda Hyatt avec irritation.

— Sonny Westcott, le shérif d'Anderson Ferry, est impliqué dans l'affaire, dit J.D. Il a eu une drôle de réaction en voyant le bracelet au poignet de Lucy. Il nous évite. Nous avons le rapport de police de la mort d'Ileanna. Le Dr Trask va se charger de récupérer le rapport d'autopsie.

— Je viens d'appeler pour le réclamer, ainsi que celui de Ricky Joyner, annonça Lucy.

— Je l'ai entendue, dit Hyatt. Remerciez-la de ma part, J.D.

— Je n'y manquerai pas, répondit J.D. Est-ce que l'inconnue a été identifiée ?

— Oui, répondit Drew. Ses empreintes étaient dans notre base de données. Elle s'appelle Sue Ellen Lamont. Elle a été arrêtée il y a trois ans pour utilisation frauduleuse de carte bancaire.

— Pour l'instant, personne n'a signalé sa disparition, intervint Elisabeth Morton. On a trouvé chez elle un placard plein de préservatifs. Je pense qu'elle devait être une prostituée de luxe. On va diffuser par la presse la photo d'identité de son permis de conduire, et lancer un appel à témoin. On verra ce que ça donne.

— Qu'est-ce qu'elle avait, comme voiture ? demanda J.D., en songeant à la Lexus noire.

— Une Ford Focus, répondit Elisabeth. On ne l'a pas encore retrouvée. Et on n'a pas trouvé non plus la Lexus noire qui a embarqué Ryan, si c'est à ça que tu penses, J.D.

— Je regrette de l'avoir semée, grommela J.D., qui était furieux contre lui-même. Le tueur était au volant et je l'ai laissé filer.

— Vous ne pouviez pas savoir, répliqua Hyatt.

J.D. fut surpris de sa gentillesse. Il était décidément d'excellente humeur, aujourd'hui.

— Elisabeth, reprit Hyatt, préparez-moi la photo de la fille pour que je la transmette aux journalistes. On va mettre du personnel supplémentaire sur une ligne spéciale, pour répondre aux appels.

— Et la détective ? demanda Stevie. Vous allez la mentionner, lieutenant ?

— Non, je ne parlerai pas de la détective. Pas encore. La police de Laurel nous a transféré l'enquête et j'ai mis deux inspecteurs là-dessus. Pour l'instant, ils tentent de retracer les derniers déplacements de cette femme, mais ils se heurtent à un mur. Nicki Fields utilisait un téléphone jetable. Dans son appartement et dans son bureau, ils n'ont pas trouvé un seul dossier. Son ordinateur a disparu.

— C'est peut-être le tueur qui s'est chargé de faire le vide, suggéra Stevie.

— Ou son associé. C'est lui qui a appelé le 911, et les inspecteurs de Laurel l'ont trouvé bien vague. Ils ont interrogé la secrétaire, qui prétend n'être au courant de rien, et assure que son rôle se borne à répondre au téléphone et à servir le café. D'après les gars de Laurel, ces deux-là mentent. La question est de savoir pourquoi, et s'ils cachent quelque chose. Debbie va vous envoyer tout ce qui les concerne. Stevie, je veux que vous enquêtiez sur eux. Le partenaire s'appelle Clay Maynard et la secrétaire, Alyssa Moore.

— D'accord, répondit Stevie.

— Skinner, on en est où avec les congélateurs géants ? demanda Hyatt.

— Nulle part. J'ai une liste des usines qui ne fonctionnent plus depuis plusieurs années et qui ont peut-être un vieil appareil dans des locaux désaffectés. Je m'y attelle dès demain matin.

— Nous avons passé la journée à vérifier les alibis du personnel du club, expliqua Elisabeth. Les deux personnes qui n'ont pas un alibi en béton pour les trois meurtres sont des femmes. Ryan Agar a été enlevé par un homme. Donc, nous n'avons rien.

— Et la liste des clients, ça avance ? demanda J.D.

Lucy lui jeta un regard courroucé. Il haussa les épaules.

— Le mandat est rédigé, répondit Daphne. Grayson le relit. De mon côté, il y a du nouveau. J'ai appelé le partenaire de Bennett et je lui ai parlé de cette erreur d'enregistrement d'implant. Vous vous souvenez ? L'implant de pommette de Bennett qui était au nom de quelqu'un d'autre… Je lui ai fait remarquer que le comité de contrôle médical n'apprécierait pas la bévue. Je lui ai fait valoir qu'en cas de poursuites, une coopération spontanée avec la police jouerait en sa faveur. Il s'est aisément laissé convaincre de me confier le dossier médical de Janet Gordon.

J.D. eut envie de rire. Il aurait bien aimé assister à la conversation de Daphne et de l'associé de Bennett.

— Et qu'est-ce que ça a donné ? demanda J.D.

— Bennett a opéré deux fois Janet Gordon. Elle a eu droit à un lifting et à une augmentation mammaire. Ils avaient programmé une liposuccion abdominale pour le mois prochain, mais elle ne lui a pas versé un centime.

— Bennett opérait gratuitement Gordon ?

— Etonnant, de la part d'un type qui avait tout le temps besoin d'argent pour ses petites copines, commenta Stevie. Pourquoi aurait-il fait ça ?

— Ce n'est sûrement pas par amitié, intervint J.D. Le gérant de l'immeuble prétend que Bennett n'aimait pas Gordon. Elle le faisait peut-être chanter. Sans doute qu'elle savait quelque chose.

— Comme son fils, proposa Stevie.

— On devra bientôt parler de lui au passé, si on ne coince pas rapidement le tueur, grommela Hyatt. Drew ?

— Nous avons relevé des empreintes sur les voitures garées près de la Mercedes dans laquelle on a trouvé Janet. Il y en a pas mal, notamment sur la voiture de Gwyn. En tout, plus d'une vingtaine.

— Il doit y avoir celles de son petit copain, dans le lot, commenta J.D.

— Royce Kendall, intervint Lucy.

— Dites-lui de passer nous voir, pour qu'on élimine ses empreintes, dit Hyatt. Fitzpatrick, continuez à chercher du côté de la famille Bryan. Intéressez-vous au fils. Stevie, vous vous chargerez du privé et de sa secrétaire. Je veux savoir ce qu'ils cachent. Elisabeth, vous prenez la prostituée. On s'intéresse à ses déplacements le jour de sa mort et à la liste de ses clients. Entre cette prostituée, la détective et Ileanna, il y a forcément un point d'intersection. Skinner, il me faut ce congélateur.

Il marqua une pause.

— Et j'attends toujours la liste de Thorne.

— Pourquoi ? demanda posément Daphne. Parce que Thorne vous agace, ou parce que vous pensez que le coupable pourrait être un des clients du club ?

— Les deux, rétorqua sèchement Hyatt. Accélérez le mouvement pour le mandat. Je veux des nouvelles de vous tous d'ici ce soir 23 heures, et tout le monde au rapport demain matin, à 8 heures précises. La vie d'Agar dépend de notre rapidité.

Lucy tapota la manche de J.D.

— Je voudrais savoir si je peux récupérer mon appartement…

J.D. transmit la requête et il y eut un échange murmuré dans le bureau de Hyatt.

— Drew dit qu'elle peut dormir chez elle dès ce soir, répondit Hyatt. Mais il garde la valise et la voiture.

— Je m'en arrangerai, dit-elle. Au moins, je vais retrouver mes pénates, ça me fera du bien. Merci.

— Elle vous remercie, transmit J.D. Nous avons terminé ?

— Non, dit Stevie.

Quelque chose dans le ton de sa voix donna le frisson à J.D.

— Ce type a déjà tué cinq personnes à Baltimore, reprit Stevie. Sept si on compte Edwards et sa femme. Huit, si nous ne sauvons pas Agar. Il faudrait trouver un moyen de le faire sortir de sa tanière. Nous pourrions…

— Pas question, coupa J.D. qui venait de comprendre où elle voulait en venir.

— Je vous écoute, dit Hyatt.

J.D. serra les dents. Lucy lui jeta un regard inquiet, mais ne dit rien.

— C'est Lucy qu'il veut, reprit Stevie. Il faut donc l'obliger à se montrer pour l'atteindre.

— Pas question, répéta J.D., avec plus de force.

— Taisez-vous, inspecteur, rétorqua Hyatt. Qu'avez-vous en tête, Mazzetti ?

— D'abord, il faudra protéger Lucy vingt-quatre heures sur vingt-quatre. Ce type connaît bien ses habitudes. Elle va retourner chez elle et reprendre sa routine : son jogging matinal, son travail, où elle ira seule, et ses soirées au club.

J.D. écoutait avec une expression atterrée. Lucy se tourna vers lui, les bras croisés sur la poitrine.

— Qu'est-ce qu'ils veulent ? lui demanda-t-elle.

— Ils veulent que tu serves d'appât, répondit-il.

— Un appât que nous protégerons, corrigea Stevie.

— Je n'aime pas ça du tout, intervint Daphne. Cette femme est une civile.

— Elle travaille pour la police d'Etat, objecta Hyatt. Mais on ne peut pas lui imposer ça, il faut qu'elle soit d'accord. Nous lui expliquerons comment elle sera protégée. Qu'est-ce qu'elle en pense, Fitzpatrick ?

Lucy acquiesça.
— Dis-lui que je suis d'accord.
— J'ai entendu, déclara Hyatt. Dites-lui que je la remercie.
— Il faudra qu'elle porte le bracelet, intervint Stevie. Dis-le-lui, J.D.
— Tu devras porter le bracelet, répéta J.D.
Elle accusa le coup, mais acquiesça.
— Très bien, murmura-t-elle en se redressant sur son siège. J'accepte.
— Amenez-la ici, ordonna Hyatt. Drew va l'équiper pour qu'on la suive à la trace. Bon, je dois vous laisser pour affronter la presse. La réunion est terminée.

Mardi 4 mai, 17 h 40

Lucy était encore en vadrouille, apparemment. Il était monté sur le pont du bateau de Trask, une main en visière pour mieux voir l'écran du téléphone. Elle s'approchait du Bay Bridge. Elle serait donc de retour à Baltimore d'ici une heure. Le bateau de Trask avançait bien, les vents étaient favorables. Il arriverait une ou deux heures après Lucy — avec sa cargaison : Sonny, Trask, sa femme.

Il allait commencer par s'occuper de Ryan, parce que c'était son tour. La manière dont les choses se passeraient dépendrait de lui. S'il ne voulait pas trop souffrir, il avait intérêt à coopérer. Edwards s'était compliqué la vie en jouant les preux chevaliers et en refusant de donner spontanément la liste. Sale hypocrite !

Si Edwards avait joué les preux chevaliers vingt et un ans plus tôt, tout aurait été différent. *Ileanna serait encore en vie.*

James Cannon s'était sottement débattu. *On ne cherche pas à se défendre quand on est attaché. En plus, j'avais ma batte. Et un couteau.* Ça n'avait pas été plus difficile que de harponner un poisson dans un tonneau, sauf que ce jour-là, c'étaient les poissons qui avaient bien mangé.

Quant à Bennett… Il eut envie de rire… Cet idiot de Bennett avait cherché à négocier. A négocier, sans blague !

Bennett avait cru pouvoir acheter sa liberté, mais il s'était trompé. Il avait simplement ajouté quelques noms sur la liste en crachant le morceau pour Janet Gordon et d'autres parents qui avaient su — dont le père de Bennett lui-même.

Le corps allongé à ses pieds remua. Westcott avait repris conscience.

— Qu'est-ce qui se passe ? gémit-il. Qu'est-ce qui m'est arrivé ?

— Tu as été enlevé, répondit-il d'un ton aimable.

Westcott tenta de rouler sur lui-même et se rendit compte qu'il était ligoté.

— Qu'est-ce que ça veut dire ? murmura-t-il entre ses dents.

Il paraissait souffrir.

— Tu as reçu un coup sur la tête, Sonny.

— Un coup ?

— Oui, un coup. Je t'ai frappé. Avec ma batte. C'est fou ce que c'est efficace, une simple batte de base-ball.

— Mais pourquoi ? demanda Westcott.

Il vint s'accroupir près de Westcott pour le regarder bien en face.

— Parce que tu es un chien puant, Sonny, et que tu as fait une belle saloperie il y a vingt et un ans.

Westcott s'agita, puis abandonna la partie et ferma les yeux.

— Je n'ai rien fait, dit-il dans un souffle.

Il se redressa et lui balança un méchant coup de pied dans les côtes. Westcott se mit à tousser et à cracher.

— Si, tu as fait quelque chose. Je te conseille de ne plus tenter de me convaincre du contraire. Si tu me mets en colère, tu le payeras encore plus cher. Tu as lu ce qui était arrivé à Russ Bennett ?

Westcott acquiesça d'un signe de tête à peine visible.

— Vous allez me tuer ?

— Absolument.

Il s'accroupit de nouveau et eut la satisfaction de le voir cracher du sang.

— Tu comprends, dit-il d'une voix douce, je sais ce qui s'est passé, cette nuit-là. Je sais ce que tu as fait.

— Attendez, gémit Westcott d'une voix rauque. Je vous paierai. J'ai de l'argent.

Evan se redressa.

— Je t'écoute.

— Je peux rassembler cent mille dollars. Il me faudrait juste quelques jours.

— Je n'ai pas quelques jours, Sonny.

— Je suis sérieux, insista Westcott en faisant l'effort d'accompagner cette déclaration d'un hochement de tête qui lui arracha un gémissement. J'ai des actions. Il me faut le temps de les vendre.

— Quand on sera à destination, tu m'en diras un peu plus long sur tes actions. Je m'intéresse aussi aux numéros de comptes bancaires et aux mots de passe, ce genre de trucs, tu vois.

Westcott se tassa sur lui-même.

— Je ne les connais pas, avoua-t-il.

— Tu allais m'acheter avec des actions qui ne t'appartiennent pas ? Mais quel genre de shérif es-tu ?

— Elles appartiennent à ma mère, murmura Westcott.

— Oh ! mais c'est encore pire… Tu allais voler ta petite maman ? Honte à toi ! Vilain garçon ! Ta maman, elle savait ?

— De quoi parlez-vous ?

— De ce que vous n'avez pas fait, toi et tes copains.

Sonny ferma les yeux.

— Est-ce que CNN en a parlé ? demanda-t-il.

Evan se retint de sourire. Si la vieille Myrna Westcott avait su quelque chose, elle n'aurait jamais pu le garder pour elle.

— Non, répondit-il.

— Donc, ma mère ne le savait pas. Pourquoi avez-vous tué la mère de Ryan Agar ?

— Parce qu'elle savait. Et que, comme toi, elle n'avait rien fait. Je l'ai même torturée, parce qu'elle avait tiré profit de la situation. Comme toi, probablement.

Westcott ouvrit les yeux.

— Je ne vois pas de quoi vous parlez.

— Mais si, tu vois. Comment est-ce que tu as fait, pour te faire élire shérif ? Je me suis souvent posé la question. Et ensuite, je me suis dit que l'ancien shérif avait dû soutenir ta candidature.

— J'ai été élu.

— Ce n'est pas ce que dit Ron Trask. D'après lui, tu as menacé de dire la vérité à propos de Buck s'il ne te donnait pas un coup de pouce. Tu veux lui demander ? Il est en bas.

Westcott battit des paupières.

— Trask est là ?

— Il est là. Et sa femme aussi.

Il ne put s'empêcher de pouffer devant l'air paniqué de Westcott.

— Tu comptais sur lui pour voler à ton secours ? C'est tordant. Personne ne lèvera le petit doigt pour toi. Juste retour des choses, tu ne trouves pas ?

20

Mardi 4 mai, 17 h 45

Fitzpatrick serrait si fort le volant qu'il en avait mal aux mains.

— Servir d'appât, merde ! C'est une idée complètement loufoque...

— Je ne vois pas pourquoi tu te mets dans cet état, répondit Lucy avec un calme qui la surprit elle-même. De toute façon, j'étais sa cible. A présent, je suis une cible protégée.

— Tu es un appât, gronda-t-il.

— Tu joues sur les mots. Je suis dans cette voiture parce que tu n'oses plus me laisser circuler seule. Tu ressens le besoin de me protéger. Et je trouve ça très gentil de ta part, concéda-t-elle. Je ne prendrai pas de risques inutiles. On ne me demande pas de me montrer à la télévision en agitant mon bracelet et en disant : « Viens, salaud, viens me chercher ! » Je vais vivre normalement, c'est tout. Avec des gardes du corps.

Il se détendit un peu.

— « Viens, salaud, viens me chercher » ? répéta-t-il.

— C'est ce que dirait Gwyn, avec son sens du comique. Ecoute, ça ne m'emballe pas du tout de porter de nouveau ce bracelet, mais il y a pire. Kevin est mort, ainsi que deux autres personnes qui n'avaient rien à voir avec le meurtre d'Ileanna Bryan. Elles méritent justice. Et Ileanna aussi mérite justice.

— Son meurtrier s'est suicidé, fit remarquer J.D.

— Mais son bracelet se trouvait sous le lit de mon frère, dans une vieille boîte à cigares.

— Tu crois que ça pourrait être lui, le meurtrier d'Ileanna, et pas Ricky Joyner ?

— Je me pose la question. J'ai envie de répondre non, mais rien n'est comme je l'aurais cru, ou voulu. Si Buck a une part de responsabilité dans ce meurtre, je tiens à ce que la vérité éclate.

Il lui jeta un regard en coin.

— Même si ça risque de perturber ta mère ?

— Oui.

— Si je te disais que tu n'es pas responsable de l'état de ta mère, tu me croirais ?

Elle haussa les épaules.

— Probablement pas. Elle s'occupait de moi, avant la mort de Buck. Puis elle a eu cette dépression nerveuse et elle est partie. Je crois que c'est là que j'ai compris à quel point elle me protégeait. Et je lui en ai voulu de m'avoir abandonnée.

— Pourquoi ? demanda doucement Fitzpatrick. Qu'est-ce que ton père t'a fait quand elle n'était plus là ?

Il avait pris un ton menaçant, et elle se souvint de son regard quand son père l'avait saisie par le poignet.

— Rien de sexuel, si c'est ce que tu me demandes.

Elle le vit soupirer discrètement. De soulagement.

— Mais il m'a frappée, ça oui. Et dur. Alors, à l'école, je frappais les autres.

Elle eut un petit sourire attristé.

— Seulement, moi, ça m'attirait des tas d'ennuis, alors que lui passait au travers. Ça m'a toujours paru terriblement injuste.

Elle se sentit soudain coupable de se plaindre.

— Mon enfance n'a tout de même pas été un calvaire. J'étais surtout très seule. Toi aussi, tu as eu une enfance pénible. Ta mère ne s'occupait pas de toi.

— Non, en effet, répondit-il. Mais il lui est arrivé d'essayer. Je me raccrochais à ces tentatives pour lui pardonner et tenir le coup. Mais ce n'est pas de moi et de ma mère qu'il est question. C'est toi qui devais voir ta mère aujourd'hui.

— Mais tu la revois, ta mère ?

Il s'agita sur son siège, visiblement mal à l'aise.

— De temps en temps. Ça n'a pas été facile pour toi d'affronter ton père, et je comprends que tu en veuilles à ta mère. Je comprends aussi que tu te sois sentie responsable de sa dépression nerveuse quand tu avais quatorze ans, mais maintenant, tu en as trente.

Elle contempla le téléphone qu'elle avait dans la main et changea de sujet.

— Je ne recevais pas les appels, à Anderson Ferry, juste les textos. Est-ce que l'inconnue a été identifiée ?

— Elle a été identifiée, ses empreintes étaient enregistrées dans notre base de données. Elle s'appelait Sue Ellen Lamont.

— Bon. D'après le texto que j'ai reçu, Sue Ellen avait mangé du steak avant sa mort. Probablement un filet de bœuf. Elle avait un peu d'alcool dans le sang, elle avait dû boire un verre de vin. Pas de drogue. Nicki, elle, avait l'estomac vide et elle était encore vivante quand il l'a étripée.

Fitzpatrick tressaillit.

— Seigneur...

— Oui, comme tu dis. Pas de drogue non plus pour elle. Il lui a donné un premier coup de couteau qui a manqué le cœur de quelques centimètres, et c'est assez surprenant. A se demander s'il ne cherchait pas à la faire souffrir le plus longtemps possible.

— Rien à voir avec Kevin qu'il a égorgé proprement, uniquement parce qu'il se trouvait sur son chemin.

— Exactement. Craig ne m'a pas envoyé de photos de la scène de crime de Nicki Fields, mais la description qu'il m'en a faite est vraiment atroce. Le tueur l'a poignardée au niveau du cœur, il lui a ouvert lentement le ventre, puis il lui a tranché la gorge. Elle a souffert le martyre. Il avait des comptes à régler avec elle.

— J'en parlerai à Stevie. C'est elle qui se charge d'enquêter sur Nicki. Moi, je dois me renseigner sur la famille Bryan. Mais je dois d'abord organiser ta protection. Hyatt va désigner quelqu'un pour toi, ce soir.

Elle détourna le regard vers la vitre de sa portière. Ils traversaient le pont, et l'eau s'étendait sous eux à perte de vue.

— Et pourquoi tu ne resterais pas avec moi ? murmura-t-elle enfin.

— En tant que garde du corps ou bien…

Il prit le temps de respirer.

— Ou bien parce que tu veux de moi ? acheva-t-il d'un ton précautionneux.

— Parce que je veux de toi, J.D.

— J'aimerais bien rester, répondit-il simplement.

Elle décida de se lancer, mais continua à regarder au-dehors.

— A propos de la nuit dernière…

Il eut un petit rire tremblotant.

— C'était inoubliable… Mais il faut que tu saches que je n'ai pas l'habitude de sauter sur les femmes dans des impasses.

Elle se tourna vers lui.

— Dis donc, pour qui tu me prends ? Moi non plus je n'ai pas l'habitude de faire l'amour dans des impasses !

— Je m'en doute, murmura-t-il. J'ai dit une bêtise ?

— Plutôt, oui. Je n'avais pas fait l'amour depuis des années.

Il lui lança un regard surpris.

— Vraiment ? Depuis combien de temps, exactement ?

— Pourquoi est-ce que les hommes posent toujours cette question ?

— Parce qu'ils aiment bien flatter leur ego. Combien de temps ?

Elle leva les yeux au ciel.

— Sept ans. La dernière fois, c'était avec mon fiancé.

— Ça fait plus de sept ans que ton fiancé est mort.

— Le premier, oui.

Il battit des paupières.

— Le premier ? Tu as été fiancée combien de fois ?

— Deux fois, murmura-t-elle d'un air atrocement gêné.

Elle lui jeta un regard en coin.

— Et pour toi ? Ça fait combien de temps, pour toi ? Est-ce que tu pourrais me parler de ta femme, dont tu conserves religieusement la voiture dans ton garage ? Et ta mère, est-ce que tu la vois toujours, oui ou non, pour l'amour du ciel ? Et que signifient les initiales J.D. ?

Son visage se ferma et il regarda droit devant lui. Elle crut qu'il allait refuser de répondre, mais elle se trompait.

— Trois ans. Jack Daniel. Et avec ce prénom, tu répondras toute seule à la question à propos de ma mère.

Il se figea.

— Et je l'ai tuée, ajouta-t-il dans un souffle.

Elle se demanda si elle avait bien entendu.

— Tu as tué ta mère ?

— Non. Ma femme. A présent, si tu veux bien m'excuser, j'ai des coups de fil à passer. Tu pourrais me donner mon téléphone ?

Ne sachant quoi répondre, elle le lui tendit sans un mot.

Mardi 4 mai, 18 h 45

— Enfin ! soupira Gwyn. J'attendais ton appel et je m'inquiétais. Je me demandais si tu n'étais pas morte !

Lucy déposa son gros sac sur le comptoir reluisant de la cafétéria du bureau de police, et coinça son téléphone entre l'épaule et l'oreille pour chercher son portefeuille.

— Mais comment peux-tu avoir des idées pareilles ? Bon sang, mais où il est ?

— Où est quoi ? demanda Gwyn.

— Mon portefeuille. Je n'arrive pas à mettre la main dessus. Attends une seconde.

Elle glissa un billet de vingt à la femme derrière le comptoir.

— Deux cafés, s'il vous plaît.

Elle prit sa monnaie, son sac en bandoulière, et porta son plateau jusqu'à une table.

— Voilà, je suis là.

— Pourquoi est-ce que tu ne m'as pas appelée plus tôt ? J'étais morte d'inquiétude.

— Je t'ai envoyé un message pour te dire que j'allais bien, répondit-elle après avoir avalé une gorgée de café. Je ne pouvais pas t'appeler de là-bas, les portables ne passaient pas bien. Et ne m'engueule pas, s'il te plaît, j'ai eu une sale journée.

— Je suis désolée, répondit Gwyn plus calmement. Mais un texto, ça ne me suffisait pas. On pouvait t'avoir volé ton téléphone. J'avais besoin d'entendre ta voix pour être rassurée.

Lucy soupira.

— Tu lis trop de romans. C'est bien moi. Je vais bien.

— J'ai quand même de bonnes raisons de m'inquiéter, rétorqua Gwyn. Mais je ne relève pas la pique. Tu as l'air vidée. Où es-tu ?

— Au bureau de police.

Elle contempla la deuxième tasse de café.

J'ai fait l'amour avec un type et je ne sais même pas s'il sucre son café.

— Qu'est-ce que tu fais là-bas ? Tu es en état d'arrestation ?

— Non. On va me baguer. Comme un ours polaire.

— Je ne comprends rien à ce que tu racontes.

— Je sais, je dis n'importe quoi, c'est la fatigue.

Et elle était encore sous le choc de l'étrange déclaration de Fitzpatrick. « Je l'ai tuée. » Il avait passé le reste du trajet à parler au téléphone, et elle n'avait pu lui demander d'explications. Elle se doutait bien qu'il n'avait pas tué sa femme. Du moins pas au sens propre. Mais tout de même… Elle aurait bien aimé avoir des détails.

— Les flics s'inquiètent, ils vont équiper mon sac à main d'un traqueur.

Elle ne lui précisa pas qu'elle était censée servir d'appât, pour ne pas l'affoler.

— Ils vont le placer dans mon sac à main. Ils m'ont laissé mon portefeuille et mon téléphone, j'attends dans la cafétéria. Et toi, tu es où ?

— Chez Thorne, soupira Gwyn. Royce travaille tard, ce soir, et mon appartement est une scène de crime.

— Je croyais que Royce avait annulé des salons pour rester près de toi.

— Il a annulé, mais il avait justement des trucs à boucler pour ne pas être obligé de quitter la ville. Il m'envoie un texto toutes les heures. C'est gentil, tu ne trouves pas ?

Il y avait une note d'espoir dans sa voix, et Lucy comprit aussitôt ce qu'elle ressentait. Elle aussi, quand son père l'avait bousculée et que Fitzpatrick était intervenu, elle s'était sentie aimée et protégée.

Gwyn, comme elle, était une femme indépendante et capable de s'assumer, mais c'était bon d'avoir quelqu'un qui prenait soin de vous.

— Oui, c'est très gentil, répondit-elle.

— Quand est-ce que tu nous rejoins ? Pour l'instant, il n'y a que Ming et moi. Et Jasmine, ajouta-t-elle avec une pointe d'agacement.

Jasmine ne quittait pas Thorne d'une semelle. Il n'allait pas le supporter longtemps.

— Ming n'est pas très causant et Jasmine ne parle que de Thorne. Elle me rend folle.

Lucy fronça les sourcils.

— Qu'est-ce que Ming fait chez Thorne ?

— Thorne devait voir un client, il a demandé à Ming de rester avec moi en attendant qu'il rentre, ou que Royce passe me chercher. Ne t'inquiète pas.

Elle baissa la voix.

— Ming est armé. Il ne laissera entrer personne.

— Je vois, commenta Lucy. Du moment que tu n'es pas seule.

Ming était de taille à tenir tête à une armée. Avec lui, Gwyn ne risquait rien.

— Quand est-ce que la police aura fini de te baguer ? J'ai un bon film, de la glace et un peu de ce truc qui coûte si cher et que tu prétends adorer.

Zut. Lucy avait oublié qu'elle était censée rester chez Thorne, ce soir.

— Le programme a changé, dit-elle. Je réintègre mon appartement. Ils m'ont donné l'autorisation.

— Thorne ne va pas apprécier. Et ça ne me plaît pas beaucoup, à moi non plus.

— Ne t'en fais pas. J.D. reste avec moi.

Enfin, je crois.

— Tiens donc, mademoiselle ça-ne-risque-pas-d'arriver, vous vous êtes décidée à coucher avec lui ?

Lucy se retint de lui raconter l'épisode de l'impasse.

— Je l'envisage.

— Enfin un comportement adulte, approuva Gwyn.

Elle marqua un temps de pause.

— Et c'était où, l'endroit paumé où tu étais aujourd'hui, et où les téléphones ne passaient pas ?

Lucy soupira.

— J'ai dû retourner *là-bas*, avec les inspecteurs. Et j'ai vu mon père.

Gwyn poussa un petit cri de surprise.

— Il n'a pas encore crevé, ce salaud..., murmura-t-elle.

— Il est bien en vie, tu peux me croire, et en pleine forme. Et il continue à me rendre responsable de tout.

— Chérie, murmura Gwyn. Ton père est un gros naze. N'écoute pas ce qu'il te dit.

— C'était difficile de ne pas l'écouter. Il hurlait. Et moi aussi.

Elle raconta alors à son amie ce qui s'était passé.

— Il t'a fait mal, Lucy ?

— Il a essayé. Mais J.D. l'a saisi à la gorge et l'a écarté de moi.

— Eh bien... C'est chaud. A ta place, pour ce soir, je n'hésiterais pas. Il ne faudrait pas qu'il se décourage, cet inspecteur, tu le regretterais.

Lucy fronça les sourcils.

— On ne couche pas avec un type de peur qu'il vous quitte.

— Ma foi, tout dépend… Tu as déjà couché avec lui, je parie ?

Lucy soupira. Gwyn avait le don de poser des questions trop directes qui vous mettaient mal à l'aise.

— Oui, avoua-t-elle.

— Quand ? Où ?

— Peu importe.

— Ah non ! Je veux des détails.

Lucy regarda autour d'elle.

— Je ne peux pas te raconter ça maintenant. Je suis dans une cafétéria. Je te dirai tout plus tard.

— C'était chaud à ce point-là ?

— Plus que ça. Je dois te laisser, Gwyn.

— Appelle-moi dès que tu seras chez toi. Et pas de texto.

Elle marqua une pause. Lucy crut l'entendre déglutir.

— J'ai vraiment paniqué, tout à l'heure. Je n'arrête pas de penser à Kevin. S'il t'arrivait la même chose…

— Je suis désolée, dit Lucy. La prochaine fois, je penserai à te rassurer. Mon café refroidit, je te laisse.

Elle rangea le téléphone dans sa poche et sortit de la cafétéria pour aller voir ce qui empêchait Fitzpatrick de la rejoindre.

Mardi 4 mai, 19 h 10

J.D. se sentait si fatigué que les chiffres se brouillaient sur l'écran de son ordinateur. Une délicieuse odeur de café vint lui chatouiller les narines. Il leva les yeux. Lucy était là et déposait une tasse devant lui, avec un petit pot de crème et un sachet de sucre.

— Je ne savais pas comment tu l'aimais, dit-elle. Le café, précisa-t-elle.

— Tu n'as donc pas peur de moi. Même après ce que je t'ai dit à propos de ma femme.

— J'ai confiance en Stevie, répondit-elle posément. Si tu

étais un dangereux tueur, elle ne m'aurait pas laissée voyager seule avec toi.

Il vida le sachet de sucre dans sa tasse et lança le paquet de crème sur le bureau vide de Stevie.

— Elle rajoute de la crème dans son café, commenta-t-il.

— Je le saurai, pour la prochaine fois. Je peux m'asseoir ?

Il tira une chaise vers eux.

— Je t'en prie, dit-il.

— Je sais que tu n'as tué personne, J.D.

— Détrompe-toi, j'ai été tireur d'élite à l'armée.

Il se tut et attendit sa réaction.

— Tu cherches à me faire fuir pour de bon ?

— Peut-être, reconnut-il.

— Eh bien, c'est raté, parce que je suis toujours là, comme tu peux le constater. Qu'est-il arrivé à ta femme ?

— Elle est morte. Dans un accident stupide.

— Quel genre d'accident ?

— Un accident de plongée. Maya était une adepte des sports extrêmes. La plongée, l'escalade… Bref, tu vois le genre.

— Je le savais, dit-elle en plissant les yeux. Je savais que tu étais un casse-cou.

— Je ne suis pas du tout un casse-cou, protesta-t-il. Et c'est d'ailleurs pour ça qu'elle est morte.

— Ça n'a aucun sens. Si tu me racontais tout depuis le début, je comprendrais peut-être mieux. Où vous étiez-vous rencontrés ?

— A l'armée. Une sorte de coup de foudre. J'ai été rapatrié avant elle et j'ai atterri ici. La tante qui m'avait recueilli était malade, et j'ai pu prendre soin d'elle pendant les derniers mois de sa vie. L'année que j'ai passée près d'elle à ce moment-là a été la plus paisible de ma vie. Je voulais lui rendre un peu de ce qu'elle m'avait donné. Comme toi, avec les Pugh.

— Je comprends, dit-elle.

Il n'en douta pas.

— Puis Maya est revenue à son tour. Comme elle n'avait pas de famille, elle s'est installée avec moi, à Baltimore. Je suis entré dans la police et elle dans le corps des pompiers. Un an plus tard, nous nous sommes mariés.

— Tu l'aimais ?

— Oui, mais pas à la manière dont Paul et Stevie s'aimaient. Maya et moi, nous étions plutôt deux amis, et nous trouvions commode de payer moins d'impôts en nous associant. Après le moment de la découverte, nous n'avions plus grand-chose à nous dire.

— Pourquoi dis-tu que tu l'as tuée ?

— Au début, je l'accompagnais dans ses activités sportives, mais ce n'était pas vraiment mon truc. Et puis, j'avais rencontré Paul et Stevie… J'avais envie de vivre comme eux. Je rêvais d'avoir des enfants.

— Mais Maya n'en voulait pas, murmura-t-elle.

— Non, elle n'en voulait pas. Elle m'a accusé de vouloir l'empêcher de s'amuser, ce qui devait être en partie vrai. Elle passait de plus en plus de temps à faire des trucs qui lui donnaient des poussées d'adrénaline. De plus en plus de temps loin de moi.

— Et un jour, elle est partie plonger et elle n'est pas revenue.

Il acquiesça.

— Elle a plongé trop profondément et elle n'a pas respecté les paliers de remontée.

— Et tu t'en es voulu.

— Nous nous étions violemment disputés, ce jour-là.

Elle le dévisagea.

— Est-ce qu'elle t'a reproché de ne pas vivre avec assez d'intensité pour elle ?

Il tressaillit.

— Comment as-tu deviné ?

— Je t'ai dit hier que le fait que je m'engage avec toi dépendrait de l'intensité de ce que tu me ferais vivre. J'ai remarqué que ça avait fait mouche.

— Oui. Tu avais touché un point sensible.

— Je suis certaine qu'elle ne pensait pas ce qu'elle disait.

— Oh si, elle le pensait ! C'est bien le problème. Elle était furieuse quand elle est partie, ce jour-là, et je n'ai pas cherché à la calmer. Je l'ai excitée, au contraire. C'est ma faute si elle est morte.

— J.D., sois sérieux. Ta femme était censée être une adulte responsable. Elle était en colère et ça l'a poussée à prendre des risques inconsidérés. Tu n'y es pour rien.

Il la regarda droit dans les yeux.

— Ta mère, un médecin, adulte responsable, a fait une dépression nerveuse après la mort de son fils. Toi, sa fille, tu as fait des bêtises pour attirer son attention et elle t'a chassée de la maison. Tu n'y es pour rien.

Elle plissa les yeux.

— Tu m'as piégée.

— Mais j'ai raison, non ?

Elle rumina quelques secondes avant de répondre.

— Peut-être. Mais ne recommence plus ce genre de manipulation.

— Je ne le ferai plus, promis. C'est une technique employée par Stevie. Tu peux te plaindre auprès d'elle, si tu veux.

Elle fit la moue.

— Je vais y réfléchir.

— Tu plaisantes ?

— Oui, je plaisante.

Elle soupira.

— De plus, je crois que j'ai toujours su que je n'étais pas responsable de l'état mental de ma mère.

— Mais tu te sentais tout de même coupable.

Elle acquiesça.

— Tu t'es donc inscrit au groupe de parole de Stevie après la mort de ta femme, reprit-elle.

— Pas tout de suite. Au début, j'ai fait n'importe quoi. Au boulot, je prenais des risques inutiles. J'ai mis plusieurs fois ma vie en danger. Et aussi celle de mon partenaire. Mon supérieur m'a fait comprendre que je devais me faire aider, ou bien changer de service. J'ai fait les deux.

— Et te voilà, conclut-elle.

Il sourit.

— Et me voilà.

— Me voilà, annonça la voix de Drew derrière eux.

Il posa d'un geste brusque le sac de Lucy sur le bureau de J.D.

— J'étais en train de tester le traqueur que j'ai installé dans ce sac.

Il montra un petit appareil qui ressemblait à une clé.

— Mais les données que je recevais étaient brouillées et je ne comprenais pas pourquoi. Ensuite…

Il ouvrir le sac de Lucy et tira sur la doublure.

— J'ai trouvé ça.

Il se tourna vers Lucy.

— Votre doublure est décousue et quelqu'un a caché ce truc là-dedans.

Il tenait dans sa paume un autre appareil en forme de clé.

J.D. se leva d'un bond.

— Qu'est-ce que ça signifie ?

Lucy le contempla fixement. Elle avait pâli.

— Quelqu'un a mis un micro dans mon sac ?

— Ce n'est pas un micro, mais un traqueur, expliqua Drew.

— On me surveille ? murmura-t-elle. On m'écoute ?

Drew secoua la tête.

— Non. Celui-là, à la différence du mien, ne permet pas d'obtenir une transmission sonore, juste de suivre vos déplacements.

— Voilà donc comment il se tenait au courant de ton emploi du temps, commenta J.D.

Elle acquiesça en silence. Elle réfléchissait.

— Dans ce cas, il savait que je n'étais pas chez Gwyn, et il y a pourtant déposé le cœur de Janet. C'est étrange, mais je me sens presque soulagée. Qu'est-ce qu'on va faire de cet appareil ?

— On va le remettre en place, dit Drew.

— Il faut qu'il continue à croire qu'il a une longueur d'avance sur nous, expliqua J.D. Est-ce que cet appareil peut permettre de remonter jusqu'à lui ?

— Il faut se connecter à un site Web pour lire les données transmises par le traqueur. Et donc, ça signifie mot de passe et adresse IP. Autant oublier. On n'est pas près d'y arriver.

— Je le transporte depuis combien de temps, d'après vous ? demanda Lucy.

— Le site Web qui le vend mentionne dix jours d'autonomie de batterie au maximum, quand la fonction déplacement n'est pas activée. Elle est activée et vous vous êtes déplacée. Donc moins de dix jours.

— Il y a dix jours, je me trouvais à Los Angeles où j'ai acheté ce sac. A moins de m'avoir suivie en Californie, il a eu accès à mon sac après mon retour.

— Qui aurait pu avoir accès à ton sac ? demanda J.D.

— Je le range dans le tiroir de mon bureau quand je suis à la morgue. Et non, ne me pose pas la question, le tiroir n'est pas fermé à clé. Quand je suis au club, le sac reste dans le bureau de Thorne, qui est fermé, lui. Je l'ai laissé dans ta voiture le jour où nous avons rendu visite aux Bennett. Depuis hier soir, je le range dans mon grand sac et il ne m'a pas quittée.

J.D. avait en tête deux suspects, mais ça n'allait pas plaire à Lucy, il le savait déjà. Alan, le technicien de la morgue qui en savait plus long que tout le monde sur sa double vie. Et Thorne, forcément. Il décida de ne pas en parler pour le moment.

— Ce traqueur a dû être placé hier, dit-il. Est-ce que tu peux rechercher des empreintes, Drew ?

— Je peux, mais il ne faut pas rêver. Pour l'instant, je n'ai trouvé aucune empreinte. Ça m'étonnerait que le tueur ait commis la grossière erreur d'en laisser sur cet appareil.

Lucy intervint.

— Ce n'est pas cet appareil qui l'a renseigné sur mes habitudes, si je ne l'ai que depuis deux jours ! s'exclama-t-elle. Il a peut-être utilisé d'autres gadgets, ou alors il me suit physiquement.

— Vous avez raison, concéda Drew. On va de nouveau vérifier votre voiture et vos autres sacs.

— Ils sont dans mon placard, répondit-elle d'un ton angoissé. Et c'est toujours votre verrou qui ferme ma porte.

— Je vais aussi jeter un œil à votre portable. On ne sait jamais.

— Mais comment aurait-il mis la main sur mon portable ?

— Il a pu vous envoyer un logiciel espion à travers un texto, une pièce attachée, une photographie. Votre téléphone ?

Elle le lui tendit en soupirant.

— C'est vraiment… effrayant.

— Sans doute. Mais mieux vaut être effrayé que mort. Je vous tiens au courant.

Il allait partir, mais elle le retint par la manche.

— Drew… Vous avez bien dit que votre appareil enregistrait les sons ambiants ? Je n'aime pas beaucoup ça.

J.D. songea aussitôt à la nuit qu'ils avaient prévu de passer ensemble. *Moi non plus, je n'aime pas ça.*

— Il n'enregistre pas tout le temps. Je peux activer la fonction depuis mon téléphone portable, si les données que je reçois ne correspondent pas à l'endroit où vous devriez être.

Elle eut une expression horrifiée qui aurait pu être comique en d'autres circonstances.

— Non, vraiment, non, ça me déplaît vraiment.

Drew haussa les épaules.

— S'il vous enlève, vous serez contente qu'on sache que vous avez un problème.

Elle quêta du regard le soutien de J.D.

— J.D., je t'en prie… Je veux bien être suivie à la trace et servir d'appât, mais je supporte mal l'idée qu'on écoute mes conversations privées.

— Je sais, dit-il. Mais ça ne durera pas.

— Non. Je ne suis pas d'accord. Drew, trouvez un autre appareil. Je trouve que je fais suffisamment de concessions comme ça.

J.D. lui pressa gentiment l'épaule.

— Lucy… Il arrache le cœur de ses victimes. Il les torture.

Il les marque avec des brûlures de cigarette. Il leur tranche la gorge.

A chaque phrase, elle avait pâli un peu plus.

— Je sais, murmura-t-elle.

— L'homme que nous recherchons est un monstre. Nous ferons en sorte qu'il ne t'approche pas, mais s'il y parvenait tout de même…

Elle détourna le regard.

— Je vois, soupira-t-elle.

Elle se tourna vers Drew.

— Il y a un moyen de désactiver la fonction son quand je veux un peu d'intimité ?

— Oui, répondit-il. Mais ce serait risqué. J.D. a raison, Lucy. Nous avons affaire à un monstre. Vous êtes d'ailleurs bien placée pour savoir de quoi il est capable.

Elle déglutit péniblement.

— Qui possédera le numéro pour activer le son ?

— Moi, J.D., Stevie et Hyatt.

Elle fit la grimace.

— Hyatt aussi ? C'est indispensable ?

Drew ne put retenir un sourire en coin.

— Malheureusement, oui. Il a déjà signé le formulaire de sécurité.

Elle soupira.

— J'ai compris. Je n'aime pas ça du tout, mais je vais le faire parce que je veux qu'on coince ce type avant qu'il ne fasse d'autres victimes. Dont moi. Je marche, mais sachez que je suis mécontente.

Drew acquiesça d'un air solennel.

— Très bien. Je vous rapporte votre sac dès que j'ai terminé.

Il partit. Elle se laissa tomber dans un fauteuil.

— Ça me perturbe vraiment, tu sais, murmura-t-elle.

— Qu'est-ce qui te perturbe ? Le fait d'être la proie d'un malade, ou le fait de ne plus avoir d'intimité ?

— Les deux. Mais au fond, le plus important, c'est de l'arrêter. Que faisais-tu quand je suis entrée ?

— J'enquêtais sur les Bryan. J'ai retrouvé le certificat de décès du père, par son numéro de sécurité sociale. Il est mort en Caroline du Nord, un an après le meurtre de sa fille.

Lucy fit rouler son fauteuil pour s'approcher de l'écran.

— Oh ! murmura-t-elle. Il s'est suicidé.

— Il s'est tiré une balle dans la tête. D'après le rapport de police, c'est son fils, Evan, qui a découvert le corps.

— On dirait qu'Evan a des tas de raisons d'en vouloir à tout le monde, commenta-t-elle. Et qu'est-il devenu, cet Evan ?

— Je n'ai toujours pas retrouvé sa trace, et je suis tellement fatigué que je commence à loucher.

Mais il avait continué à chercher. Evan était au cœur de cette affaire. Il le soupçonnait d'être le tueur. Tant qu'ils ne l'avaient pas identifié et localisé, Lucy était en danger.

— Moi aussi, je suis épuisée, avoua-t-elle. Craig s'est procuré les rapports d'autopsie d'Ileanna et de Ricky Joyner. Il me les a transmis par e-mail, mais je n'arrive pas à me concentrer sur les petits caractères de mon téléphone. Je pourrais les lire ici, à partir d'un ordinateur ?

— Oui, utilise le mien.

Pour taper son adresse et son mot de passe, elle se pencha tout contre lui, ce qui le mit à la torture.

— Lucy ? murmura-t-il.

Un frisson la parcourut, et il remarqua qu'elle avait la chair de poule.

— Oui ?

— Tu es toujours d'accord pour que je dorme chez toi ?

Elle se tourna vers lui pour répondre. Sa bouche ne se trouvait qu'à quelques centimètres de la sienne.

— Oui.

— Alors dépêche-toi, comme ça nous aurons le temps de manger et de dormir un peu.

Elle eut un petit sourire en coin, et il dut faire appel à tout son sang-froid pour ne pas lui sauter dessus et l'embrasser sur-le-champ. Mais Hyatt n'était pas loin, et il avait intérêt à se méfier de lui. Il espéra que le lieutenant aurait la décence de ne pas activer la fonction son du traqueur cette nuit. Parce que cette nuit…

— Manger et dormir, ça me convient, dit-elle en se replaçant face à l'écran. Voyons ce qui est arrivé à Ileanna.

Le rapport d'autopsie était accablant et les photos atroces. Mais ils avaient l'habitude.

— Son assassin n'y est pas allé en douceur, fit remarquer J.D.

— Il l'a frappée avec ses poings. D'après le rapport, c'est un coup au niveau de la tête qui a provoqué une hémorragie interne, puis la mort. Elle a été violée avec une grande brutalité. Regarde ces bleus. Ces vêtements déchirés.

Elle agrandit la photo.

— Tu vois cette trace au niveau du cou ? dit-elle.

— Oui. On lui a arraché la chaîne et le pendentif.

— Exactement. Mais elle n'a pas de marques au niveau du poignet. Quand j'ai trouvé le bracelet dans la chambre de Buck, il n'était pas cassé.

— Donc on ne le lui a pas arraché au moment de l'agression.

Elle se mordit pensivement la lèvre.

— Tu as le bracelet ? demanda-t-elle.

— Oui, répondit-il, sortant de sa poche le sachet en plastique transparent où Stevie avait soigneusement rangé le bijou. Stevie me l'a confié.

Elle contempla le bracelet à travers le plastique.

— Tu pourrais ouvrir ce fermoir ? demanda-t-elle.

— J'aurais du mal. Il est minuscule.

— Buck aussi aurait eu du mal. Est-ce qu'Ileanna avait un sac, le soir du bal ?

J.D. fouilla dans la boîte de photos qu'ils avaient rapportée d'Anderson Ferry.

— Oui, dit-il, en sortant une photo. Mais on n'a pas trouvé de sac avec le corps, d'après le rapport de police.

— Je suppose qu'on a mis ça sur le dos du petit copain, Ricky Joyner, celui qui s'est suicidé. Tu as le rapport de police le concernant ?

— J'ai demandé à la police d'Etat de me l'envoyer. Attends…

Heureusement, la police d'Etat était plus efficace que Gladys, et le rapport attendait sur le fax. Il le lut et le tendit à Lucy.

— Le sac d'Ileanna n'a pas été retrouvé dans ses affaires.

Elle étudiait de nouveau un cliché de l'autopsie d'Ileanna.

— Ma mère a vu ces blessures, dit-elle. Elle avait plutôt l'habitude de soigner des bébés enrhumés et des égratignures de gamins. Elle n'était pas préparée à ça. Et ensuite, elle a perdu Buck.

Il lui caressa le dos, sans un mot. Elle avait besoin de s'épancher.

— Je crois que c'est aujourd'hui, sur ce ponton, face à mon père, que j'ai compris combien j'aurais aimé que les choses se passent autrement. J'aurais voulu qu'il me prenne dans ses bras et qu'il m'emmène voir ma mère. Qu'il réponde à mes questions sans se mettre à hurler. Qu'il me dise que tout allait bien et que mon frère avait une bonne raison de cacher ce bracelet sous son lit.

Elle fit défiler les photos.

— Le légiste avait relevé des échantillons de sperme.

Elle en avait fini avec le chapitre de sa vie personnelle, mais elle s'était vraiment livrée. Pour une fois.

— Le rapport de police du meurtre d'Ileanna ne mentionne pas de profil ADN, dit-il.

— A l'époque, ça prenait plusieurs semaines d'établir un profil ADN, et le meurtrier était censé s'être suicidé. Je suppose qu'ils n'ont pas jugé utile d'aller jusque-là. Mais ils ont fait des analyses de sang. Le sang prélevé sur la scène de crime correspondait au groupe du garçon qui s'est suicidé. Pas à celui de Buck.

Elle avait donc soupçonné Buck du viol d'Ileanna. Lui aussi y avait pensé. Plus d'une fois.

— Ça ne suffit pas à établir l'innocence de ton frère, dit-il.

— Non. Mais il y avait aussi les ecchymoses sur les mains de Joyner, causées par les coups qu'il avait portés à Ileanna. Et Joyner avait un mobile.

Il relut le rapport.

— Il présentait aussi des traces de griffures sur le visage et le torse, commenta-t-il.

— Et on a trouvé des fragments de peau lui appartenant sous les ongles de la victime.

— Tout ça colle parfaitement, murmura-t-il. Mais je ne suis pas convaincu. Je me demande ce qui me chiffonne.

Elle ouvrit le dossier photo de l'autopsie de Joyner. Ça n'était pas beau à voir non plus. Joyner avait placé le canon de son revolver dans sa bouche, et il n'avait plus de visage. Mais Lucy n'eut pas un battement de cils et étudia l'écran avec cette expression concentrée qui le fascinait tant.

— Regarde son visage, dit-elle.

J.D. fit la grimace.

— Quel visage ? Il n'en a plus.

Elle secoua la tête et fit un gros plan sur la mâchoire, du côté droit.

— C'est un bleu.

— Il s'est tiré une balle en plein visage, Lucy, murmura tristement J.D.

— Oui, mais ce bleu ne vient pas de là. Il a été frappé, violemment, *post mortem*.

Elle chercha un gros plan des bras.

— Et là, on voit des blessures défensives.

Elle cliqua sur le torse, marqué d'une ecchymose violacée.

— Et ça, c'est un coup de pied.

J.D. fronça les sourcils. Elle avait raison.

— Comment se fait-il que le légiste n'ait pas signalé ça, à l'époque ? demanda-t-il.

— Il peut y avoir plusieurs raisons. La police a conclu tout de suite au suicide, en le présentant comme une évidence. La victime et l'assassin étaient morts tous les deux, et donc on a bouclé le dossier sans trop se poser de questions. Et pour peu que Joyner ait eu déjà un casier… Il se droguait. C'était plus simple de le considérer comme le coupable.

— Il s'est suicidé ou pas, d'après toi ?

— Peut-être. Mais en tout cas, il s'est battu avant.

Elle cliqua sur la photo suivante et se figea.

— Peut-être pas avant de mourir, après tout… Ce bleu au niveau du dos est également *post mortem*, et causé par un coup de pied. Et même un coup de botte.

— Soit il a été assassiné, soit quelqu'un est arrivé après sa mort et s'est défoulé sur son cadavre, murmura-t-il.

Il feuilleta le rapport de police. Elle avait probablement raison.

— Sa main tenait toujours le revolver quand on l'a trouvé. S'il avait tiré, il l'aurait lâché. C'était une mise en scène.

— Le numéro de série de l'arme ? demanda-t-elle.

— Il ne figure pas dans le rapport. On peut le rechercher, si la police a conservé l'arme.

L'estomac de Lucy se mit soudain à gargouiller.

— Tu peux imprimer les rapports d'autopsie ? demanda-t-elle. Et ensuite m'envoyer quelqu'un qui m'accompagnera pour aller chercher à manger. A la cafétéria, il n'y a que des cochonneries.

Il imprima les rapports et se leva.

— Je viens avec toi, dit-il.

— D'accord. Ensuite il faudra que je passe à la morgue pour vérifier des analyses en cours.

Elle parlait de partir, mais elle n'avait pas bougé et continuait à fixer les photos de l'autopsie de Joyner.

— Qu'est-ce qu'il y a ? demanda-t-il.

— Je viens de me souvenir que ma mère ne cessait de rabrouer Buck parce qu'il rayait son parquet.

Il comprit aussitôt.

— Il portait des bottes ?

Elle acquiesça.

— Des bottes très pointues. Tout le temps. Sauf quand il jouait au foot, évidemment.

— Il n'était sûrement pas le seul à porter des bottes pointues, Lucy.

— Oui, mais il était le seul à avoir caché sous son lit le bracelet d'une fille assassinée.

Il la prit par le bras.

— Viens. Faisons une pause. Mangeons. Nous en reparlerons plus tard.

Elle ferma le dossier et sa session.

— Entendu, dit-elle.

21

Mardi 4 mai, 19 h 30

Clay était littéralement sur les rotules. Les parents de Nicki n'avaient cessé de pleurer. Il aurait voulu pleurer, lui aussi, mais il n'osait pas, de peur de ne plus pouvoir s'arrêter.

Il poussa la porte de son appartement et tressaillit. Plantée au milieu du salon, Alyssa pointait un revolver sur lui. Elle l'abaissa quand elle le reconnut, en soupirant de soulagement.

— Qu'est-ce qui t'arrive ? demanda-t-il d'une voix que la fatigue rendait monocorde.

— Je sursaute au moindre bruit. J'ai passé mon temps à imaginer Evan de l'autre côté de la porte. Je suis désolée… J'ai peur, tu comprends.

— Bien sûr que je comprends.

Il la regarda ranger le revolver dans un tiroir de son meuble chinois, et remarqua qu'elle y avait entassé les dossiers de Nicki.

— Pourquoi as-tu mis les dossiers de Nicki là-dedans ? demanda-t-il, étonné.

— Parce que June a reçu une visite d'un inspecteur des homicides de Baltimore qui me cherchait.

Clay retint un gémissement. June, la colocataire d'Alyssa, n'avait pas inventé la poudre, et il espéra qu'elle n'avait pas gaffé avec les flics.

— Qu'est-ce qu'elle leur a dit ?

Il plissa les yeux.

— Qu'est-ce qu'elle sait ?

— Elle leur a dit que j'étais chez toi, rien de plus. Je l'avais prévenue, pour qu'elle ne s'inquiète pas. Et je lui avais demandé de s'enfermer.

Elle avait raison. Tant qu'Evan était dans la nature, ils étaient en danger.

— Et qu'est-ce qu'elle leur a dit d'autre ?

— Rien. Les flics lui ont conseillé eux aussi de s'enfermer, parce qu'il y a eu trois meurtres hier soir. Trois meurtres commis par la même personne, d'après eux. Ils ont expliqué à June que les deux autres victimes avaient eu la gorge tranchée.

Elle chercha le regard de Clay, et il lut la peur dans ses yeux.

— Comme Nicki.

Clay en resta saisi.

— Deux autres ? Mais qui ?

— J'ai vérifié sur le Net. L'une des deux victimes ressemble à la femme que tu as vue avec Evan sur la vidéo de surveillance de l'hôtel.

Il déglutit péniblement. Il sentait venir la nausée.

— Et l'autre ?

— L'autre était le voiturier d'un club du centre-ville. Le club s'appelle le Sheidalin. On a retrouvé le corps d'une femme dans une voiture du parking de ce club. Hier. Ça fait une quatrième victime, mais les journaux ne donnent pas de détail sur celle-là. Qu'est-ce qu'on va faire, Clay ?

Clay ferma les yeux.

— Je ne sais pas.

— Décide-toi, parce que l'inspecteur qui s'est présenté chez moi, Mazzetti, ne va pas tarder à débarquer ici.

A ce moment, une portière de voiture claqua au-dehors et Alyssa sursauta.

— C'est sûrement elle, murmura-t-elle.

— File dans ma chambre, ordonna Clay. Et n'en sors pas.

Pour une fois, Alyssa obéit sans discuter.

Quelques secondes plus tard, on frappait à la porte.

— Police de Baltimore, fit une voix de femme. Inspecteur Mazzetti, de la section des homicides. Ouvrez, je vous prie.

Clay alla ouvrir et fut surpris de découvrir une petite femme brune au regard perçant, dont le physique ne correspondait pas à la voix ferme et grave qu'il avait entendue.

— Que puis-je faire pour vous, inspecteur ? demanda-t-il.

— Je viens vous parler de Nicki Fields. La police de Laurel nous a transféré l'enquête.

Parce que le meurtre de Nicki était lié aux trois autres. Clay hésita entre dire tout ce qu'il savait et se taire. Se taire pour régler lui-même son compte à ce salaud d'Evan.

— Vous avez une piste ? demanda-t-il.

— Oui, répondit Mazzetti. Et vous ?

— Non, murmura-t-il. Si j'en avais une, je vous le dirais.

Il venait de prendre sa décision. Il allait lui livrer Evan. Les pieds devant.

— Où est Mlle Moore ? demanda Mazzetti.

— Je l'ignore, répondit-il.

— D'après sa colocataire, elle se serait réfugiée chez vous, insista Mazzetti en haussant un sourcil. Par ailleurs, j'ai remarqué sa voiture garée en bas. Mais je ne suis pas venue pour elle. La police de Laurel n'a pas trouvé de dossiers dans le bureau de Mlle Fields, ni chez elle. C'est vous qui avez ses dossiers ?

— Pourquoi aurais-je ses dossiers ? rétorqua-t-il.

Mazzetti lui répondit par un sourire éloquent.

— Je vois pas mal de raisons. Je pense même que vous êtes en train de les éplucher avec Mlle Moore. Aussi je vous pose la question : que cherchez-vous dans les dossiers de Nicki Fields ?

— Ma secrétaire n'est pas…

— Clay, mon chéri ?

La porte de la chambre s'ouvrit et Alyssa s'encadra sur le seuil, vêtue d'un T-shirt de Clay, jambes nues. Elle bâilla en s'étirant.

— J'ai entendu des v…

Elle s'arrêta net et ouvrit des yeux ronds en apercevant Mazzetti. Clay n'apprécia pas l'intervention, mais s'efforça de le dissimuler.

— Vous voyez, qu'elle est là, commenta Mazzetti d'un ton ironique. Et comme ça, vous deux…

Elle n'acheva pas sa phrase.

Alyssa s'approcha de Clay et se colla à lui.

— En effet…, répondit-elle. Et ça ne vous regarde pas.

— Vous êtes tout de même un peu jeune, mademoiselle Moore, fit remarquer Mazzetti.

— J'ai dix-huit ans.

— C'est en effet ce que dit votre permis de conduire, répondit Mazzetti avec un grand sourire. Bon, je vais être directe. Je pourrais vous embarquer tous les deux pour vous interroger. Vous craqueriez peut-être. Vous nous mentez, monsieur Maynard. C'est vous qui avez les dossiers de feu votre partenaire. Je sais bien que je ne les trouverais pas forcément dans cette pièce. Aussi, rassurez-vous, je ne la fouillerai pas.

— Il vous faudrait un mandat, pour la fouiller, fit sèchement remarquer Alyssa.

— En effet, mais je pourrais l'obtenir. J'ignore ce que vous cachez, mais j'ai pas mal de corps à la morgue et ma patience est très limitée. Donc, je repose ma question…

Elle regarda Clay droit dans les yeux.

— Que savez-vous, monsieur Maynard ?

— Tout ce que je sais, c'est que Nicki était mon amie et qu'elle est morte, murmura tristement Clay. Celui qui l'a éventrée en la laissant pourrir sur son lit doit payer. Mais je ne suis pas de ceux qui pensent qu'il vaut mieux se charger soi-même de faire justice.

Du moins jusqu'à ce matin. Il avait changé de doctrine depuis qu'il avait vu le corps mutilé de Nicki.

— Je l'espère. Parce que si c'était le cas, je pourrais vous faire inculper pour obstruction à l'enquête.

Elle n'avait rien pour l'inculper, et ils le savaient tous les deux.

— Je dois aller chercher les parents de Nicki à leur hôtel et les accompagner à la morgue, dit-il posément. Donc, si vous n'avez rien d'autre à me demander…

— Rien pour l'instant. Veuillez, je vous prie, accepter mes condoléances pour la perte de votre partenaire.

— Elle était mon amie, rétorqua sèchement Clay.

Plus sèchement qu'il ne l'aurait voulu.

— Désolée, murmura l'inspecteur Mazzetti.

Elle posa deux cartes de visite sur le bout de canapé.

— Si vous pensez à quelque chose qui me serait utile pour mon enquête, ça me faciliterait la tâche, aussi n'hésitez pas. J'ai hâte d'arrêter cet assassin.

Elle fit quelques pas vers la porte, puis revint vers eux.

— Est-ce que le nom d'Ileanna Bryan vous dit quelque chose ? demanda-t-elle.

— Non, répondit-il. Il devrait ?

Il était sincère et le ton dut être convaincant, car elle parut le croire.

— Sans doute… Je vous laisse, à présent.

Clay referma la porte derrière elle, puis tourna vers Alyssa un visage furibond.

— Qu'est-ce que c'est que ce déguisement ? gronda-t-il en pointant un doigt menaçant vers le T-shirt.

— Jésus, Marie, Joseph ! gémit Alyssa en se laissant tomber sur le canapé. C'est pourtant toi qui es censé me former ! Elle sait qu'on a les dossiers. Elle savait que j'étais là. J'ai cherché à justifier ma présence. Tu voulais lui servir sur un plateau d'argent un motif pour réclamer un mandat ?

Elle avait raison, mais c'était agaçant.

— O.K., grommela-t-il. Je file à la morgue. Toi, tu ne bouges pas d'ici.

Mardi 4 mai, 20 h 40

Evan inclina le fauteuil roulant pour renverser Ron Trask sur le sol de béton de l'usine. Il avait encore les pieds ligotés au fauteuil et atterrit avec un bruit sourd. Son visage tuméfié était à peine reconnaissable. *Je l'ai bien arrangé…*

Mme Trask était déjà à terre, recroquevillée dans une position fœtale — position dans laquelle il l'avait déposée quand il l'avait sortie du bateau.

Il prit le temps de ligoter de nouveau Ron, et s'accroupit près de lui.

— Il est pas mal ton bateau, shérif. J'ai bien envie de l'ajouter à ma flotte.

Trask lui lança un regard haineux, puis jeta un coup d'œil du côté de sa femme et poussa des gémissements angoissés sous son bâillon. Evan souleva le bâillon pour le laisser s'exprimer, se préparant à le gifler s'il osait crier.

— Est-ce qu'elle va bien ? demanda Trask d'une voix rauque.

— Elle n'est pas morte, si c'est ta question, répondit tranquillement Evan.

— Elle a besoin de ses médicaments, il faut qu'elle voie un médecin.

— Le prochain médecin qu'elle verra sera un légiste. Mais au fait, vous en avez un, dans la famille… Vous devez être fiers de votre fille, qui a si bien suivi votre exemple. Elle ne se prend pas pour de la merde, elle non plus, mais il faut dire qu'elle a de qui tenir.

— Ma fille n'a rien à voir avec moi, protesta Trask. Je l'ai reniée il y a bien longtemps.

— Vos retrouvailles n'en seront que plus amusantes. Reste tranquille, je ne vais pas tarder à revenir. Je dois m'occuper de Ryan et de Sonny. Mais ne t'inquiète pas, je ne t'oublie pas.

Mardi 4 mai, 20 h 45

Un sachet de cookies glissa sur le bureau de J.D. Il leva les yeux vers Stevie qui venait d'entrer.

— C'est pour moi ? demanda-t-il.

— C'est de la part de Cordelia. Elle tenait à te remercier pour le médaillon. Je suis passée deux minutes chez moi pour la voir, et ma sœur les sortait justement du four. Ne t'inquiète pas, elle s'est assurée que Cordelia s'était lavé les mains avant de les tremper dans la pâte. Où est Lucy ?

— A la morgue. Les parents de la détective sont venus identifier le corps.

— Je croyais qu'on ne recevait pas les gens le soir pour les identifications.

— C'est le cas. Mais le technicien de service a appelé pour dire qu'ils étaient là et qu'ils étaient effondrés. Alors Lucy s'est dévouée pour les recevoir. Ce serait bien qu'on les interroge, mais je t'attendais. Lucy nous préviendra quand on pourra y aller.

— Elle est seule, là-bas ?

— Bien sûr que non. Hyatt a désigné Skinner pour la suivre comme son ombre toute la soirée.

Elle le dévisagea par-dessus son bureau.

— Jusqu'à ce que tu prennes le relais ?

Il haussa les épaules et changea de sujet.

— Nous avons reçu des appels de témoins qui assurent avoir vu Sue Ellen Lamont, la prostituée. Hyatt a envoyé des hommes recueillir leurs dépositions, mais pour l'instant, tout est bidon. Tu as vu le partenaire de la détective ?

— Il nous cache quelque chose et sa secrétaire aussi. Ils ont essayé de me faire croire qu'ils étaient amants. Elle est sortie de sa chambre vêtue d'un de ses T-shirts, tout endormie.

— Mais ?

— Mais il ne l'a pas regardée comme on regarde une femme avec laquelle on vient de faire l'amour.

J.D. baissa le nez vers son écran d'ordinateur.

— Et ça serait quoi, ce regard ? demanda-t-il d'un ton faussement dégagé.

— Comme le tien quand tu regardais Lucy hier soir et aujourd'hui.

Elle posa ses pieds sur son bureau et se gratta un genou.

— Maynard avait l'air très touché de la mort de sa partenaire, ajouta-t-elle.

— C'est normal. Elle vient d'être assassinée.

— Oui, mais je l'ai senti culpabilisé. Je ne sais pas. J'ai mentionné le nom d'Ileanna avant de partir, pour voir...

Il haussa un sourcil.

— Pour voir quoi ?

— Ces deux-là n'ont pas tué Nicki Fields, mais ils connaissent le coupable, j'en jurerais. Le nom d'Ileanna ne leur disait rien, mais ils vont se mettre à chercher, c'est certain. On devrait les surveiller, parce que ça ne m'étonnerait pas qu'ils filent à Anderson Ferry dès demain.

— On peut leur mettre un traqueur, c'est très en vogue.

Il raconta à Stevie que Drew avait trouvé un traqueur dans le sac de Lucy.

— Et il vient d'appeler pour m'annoncer qu'il y en avait trois autres dans les doublures de ses bagages.

— Le petit salaud, murmura Stevie. Peut-être bien qu'il nous suit tous à la trace.

— Drew va vérifier nos voitures. Il a déjà jeté un œil sur mon porte-documents ; il veut voir le tien. Il lui faut aussi nos téléphones.

Il enchaîna en lui rapportant les commentaires de Lucy à propos du rapport d'autopsie, et ses doutes quant au « suicide » du supposé meurtrier d'Ileanna.

— Elle pense que c'est son frère Buck qui a tué Ricky Joyner ? demanda Stevie.

J.D. acquiesça.

— Oui, et son raisonnement se tient. Sa théorie répond à pas mal de nos questions et en pose un certain nombre d'autres.

— Moi, la question que je me pose, c'est pourquoi cette affaire refait surface maintenant, plus de vingt ans après.

— Malcolm Edwards est mort il y a deux mois. L'événement qui a réveillé le désir de vengeance du tueur s'est donc produit il y a deux mois.

— J'aurais volontiers parié pour le frère de la belle Ileanna, mais si Ricky Joyner a été assassiné, on peut aussi imaginer que c'est lui que le tueur cherche à venger. Où tu en es, avec la famille Bryan ?

— Le père s'est suicidé en se tirant une balle de revolver dans la bouche, peu de temps après la mort de sa fille. C'est le fils qui a découvert son corps. Après, on dirait que le fils et la mère ont navigué hors radar. J'ai trouvé une dizaine d'Evan Bryan, mais six sont des femmes, et l'âge des hommes ne correspond pas au Bryan qu'on cherche.

— Il a dû changer de nom en cours de route. Lui ou sa mère.

— Possible, parce qu'Yvette Bryan n'a rien donné non plus.

— Tu as essayé avec son nom de jeune fille ? demanda Stevie.

— Ils n'étaient pas divorcés quand il est mort. Une veuve ne décide pas d'abandonner le nom de son défunt mari.

— Elle avait peut-être décidé de le quitter avant qu'il ne se suicide. De nombreux couples se séparent après la perte d'un enfant. C'est statistiquement prouvé.

— Son nom de jeune fille est Smith.

Stevie poussa un gémissement de dépit.

— D'accord… Smith, même avec Yvette comme prénom, ça ne va pas être facile.

— Et j'ai eu moins de six heures de sommeil en quarante-huit heures. D'habitude, je tiens le coup mieux que ça. Là, je n'arrive plus à réfléchir correctement.

— Moi non plus. Et je n'en peux plus de voir Lucy traîner le fardeau de son passé. La pauvre…

— Elle va tenir le coup, assura J.D. Mais je me suis retenu pour ne pas casser la gueule à son salaud de père.

— Je suis contente que tu te sois retenu, parce que je ne serais peut-être pas intervenue pour t'arrêter. Lennie Berman a été très impressionné, au fait.

— Impressionné parce que je n'ai pas étranglé Ron Trask ?

— Oui. Parce que lui aussi en avait envie. Nous avons longuement parlé pendant le trajet du retour. Il pense qu'un événement précis a déclenché la folie vengeresse de l'assassin. Il devait être sous pression depuis longtemps et quelque chose a fait sauter le bouchon. Pour lui, ça a un rapport avec le bijou en forme de cœur.

— Nous voilà donc ramenés à Evan, dit-il. Si on arrive

à dénicher la mère, elle nous mènera peut-être au fils. Ne serait-ce qu'à travers un coup de fil qu'elle lui donnerait après notre passage chez elle. Même si Evan a changé de nom, sa mère devrait savoir où le trouver.

La mienne sait où me trouver. Hélas.

— Yvette devient donc notre priorité, conclut-il.

— Tu as raison, approuva-t-elle. Il peut y en avoir combien, d'après toi ?

— En ciblant sur l'âge qui nous intéresse…

Il fronça les sourcils et consulta son écran.

— J'avais trouvé trente-huit Ileanna. Je pense que nous aurons entre cinquante-cinq et soixante-cinq Yvette Smith. Sans l'âge et avec une recherche sur tout le pays, j'en obtiens plus de cinq cents. Il nous faut la date de naissance de la mère et son numéro de sécurité sociale. Je vais demander au service de l'état civil de s'en occuper.

Stevie se massa la nuque.

— Ça fait presque vingt-quatre heures que Ryan Agar a été enlevé, soupira-t-elle.

— Il est probablement mort, à l'heure qu'il est, murmura J.D. d'un ton résigné.

Stevie soupira de nouveau.

— Je devrais en être désolée… mais je pense surtout que ce crétin aurait dû nous écouter et nous dire ce qu'il savait. Bon sang… Après ce qui était arrivé à sa mère, il aurait dû comprendre que le danger était réel. S'il nous avait fait confiance, il serait sain et sauf.

— Je suis d'accord, mais apparemment, nous n'avons pas su le convaincre. Et j'ai une idée, en ce qui concerne la suite. Pour une fois, nous pourrions anticiper les mouvements de l'assassin. S'il a tué Ryan, il va tenter de le mettre sur le chemin de Lucy, non ?

Stevie se redressa d'un bond.

— Tu as raison. Continue.

— Il a déposé le premier cadavre près de chez elle, le second devant le club, un cœur dans sa voiture, un autre chez sa meilleure amie. Qu'est-ce qu'il va viser, maintenant, d'après toi ?

— L'appartement de Thorne ?

— Peut-être. Ou celui de Craig Mulhauser, chez qui elle a passé la nuit dernière. On ne s'est pas intéressés aux habitudes de Lucy. Il faut qu'on sache où elle mange, où elle fait ses courses…

— Tous les endroits où elle se sent en sécurité, commenta posément Stevie.

En sécurité…

La remarque venait de lui donner une idée.

— Tout dépend de ce qu'il sait de son passé, mais je crois que je vois où il pourrait avoir envie de se manifester…

Il vérifia sa montre.

— Hyatt voulait qu'on fasse le point vers 23 heures, mais il vaudrait mieux qu'on l'appelle maintenant.

Mardi 4 mai, 20 h 45

Lucy posa son grand sac de voyage sur son bureau. Elle en sortit son portefeuille qu'elle enferma dans un tiroir — contrairement à ses habitudes. *Il me piste. Il sait où je me trouve en ce moment.*

La sonnerie insistante du téléphone la fit sursauter. *Du calme. Tu n'es pas seule.* L'inspecteur Skinner avait été désigné pour la protéger et montait la garde de l'autre côté de la porte.

— Docteur Trask, dit-elle.

— Lucy, c'est moi, fit la voix de Gwyn.

Elle paraissait furieuse.

— J'ai essayé ton téléphone portable et tu n'as pas répondu. Ensuite, j'ai appelé la terre entière pour tenter de savoir où tu étais. Bon sang… Ne me fais plus ça !

— Je suis désolée, murmura Lucy en se laissant tomber dans son fauteuil. J'ai oublié de te prévenir que mon téléphone était en ce moment entre les mains des experts.

— Et pourquoi donc ? demanda sèchement Gwyn.

— Parce que…

Elle hésita et baissa la voix.

— Parce qu'ils pensent qu'il est peut-être piégé. Le tueur avait glissé un traqueur dans mon sac à main, Gwyn.

— Seigneur… Lucy, tu ne peux pas continuer comme ça. Tu dois aller dans un endroit sûr, sous protection de la police. Fitzpatrick aurait dû te le proposer depuis longtemps.

— J'ai un garde du corps avec moi et J.D. va le relayer tout à l'heure. Je ne risque rien. Mais j'ai peur.

Gwyn laissa échapper un soupir tremblotant.

— C'est un véritable cauchemar, Lucy.

— J'en ai parfaitement conscience, tu peux me croire.

— Qu'est-ce que tu fais à la morgue ?

— La famille d'une des victimes est arrivée pour identification. Les parents de la détective.

— Tu n'as qu'à demander à quelqu'un d'autre de les recevoir, rétorqua Gwyn.

— Il n'y a personne d'autre. Tout le monde est occupé. Je ne peux pas t'en dire plus.

— Il a tué quelqu'un d'autre ?

— Oui, murmura Lucy.

— Lucy ! appela Ruby en passant sa tête dans l'embrasure de la porte. Oh ! Désolée, je ne savais pas que tu étais occupée…

— Ce n'est rien, Ruby, j'allais raccrocher. Gwyn, je dois te laisser.

— N'oublie pas de m'appeler régulièrement pour me rassurer. Préviens-moi dès que tu seras chez toi. Promets.

— Je te le promets, répondit Lucy.

Elle raccrocha et se tourna vers Ruby.

— La famille est arrivée ?

— Oui. Ils veulent absolument parler au légiste qui a pratiqué l'autopsie, mais Mulhauser dort. J'ai failli aller chez lui pour le réveiller, mais je suis seule ici ce soir et je n'ai pas pu m'absenter.

— Laisse-le se reposer. J'ai lu le rapport, ça ira. Pourquoi es-tu seule ?

— Alan a donné sa démission.

Lucy en resta bouche bée.

— Il a quoi ?

— Il a donné sa démission. Il a appelé une heure avant de prendre son service pour dire qu'il n'en pouvait plus des cadavres. Personnellement, je pense qu'il ne voit plus l'intérêt de travailler ici depuis que tout le monde sait que tu es légiste et qu'il ne peut plus frimer auprès de ses copains.

— C'est possible, répondit Lucy.

Elle était à la fois soulagée et ulcérée du départ précipité d'Alan.

— Où sont les parents de la victime ?

— Dans la salle d'attente.

— Couvre bien le torse avec plusieurs épaisseurs, et aussi la gorge. Mets un grand drap sur le tout. Comme ça, quand tu découvriras son visage, ils ne verront pas sa blessure au cou.

— C'est déjà fait, répondit Ruby. Je l'ai arrangée du mieux que je pouvais.

— Très bien. D'après le rapport, elle a un tatouage à la cheville gauche. Commence par le tatouage et attends mon signal pour la suite. On pourra peut-être éviter de montrer son visage.

— J'en doute, répondit Ruby d'un air maussade. Ils veulent toujours voir les visages.

Voir le visage d'un proche brutalement décédé était un choc pour les familles, mais permettait d'entamer le processus de deuil.

— Tu peux amener la civière dans la pièce vitrée, soupira-t-elle. Je vais chercher les parents.

— Merci, Lucy. Il y avait deux autres médecins sur le tableau de service, mais comme tu es la mieux renseignée sur cette affaire, je me suis dit…

— Tu as bien fait, coupa Lucy en se levant.

En sortant, elle remarqua que Skinner était pâle.

— Ça va aller ? lui demanda-t-elle.

Il acquiesça.

— J'ai déjà assisté à des identifications. Je n'aime pas du tout.

— Moi non plus, répondit-elle.

Puis elle partit d'un pas décidé vers l'entrée, où elle trouva un vieil homme qui faisait les cent pas et une vieille femme assise dans un fauteuil, pâle et hagarde, soutenue par un homme d'une quarantaine d'années, grand et ténébreux. Un peu plus loin, il y avait aussi une jeune fille qui paraissait effrayée.

La réceptionniste avait terminé sa journée, le vigile avait pris sa place derrière le comptoir.

— Docteur Trask, voici les parents de Nicki Fields, M. et Mme Fields, annonça-t-il.

L'homme s'arrêta net pour la dévisager d'un air presque agressif, une réaction à laquelle elle était habituée. La femme leva vers elle un regard suppliant.

— Monsieur et madame Fields, je suis le Dr Trask, dit-elle d'une voix douce. Suivez-moi, je vous prie.

Mme Fields se leva en titubant, et l'homme qui se tenait près d'elle la retint par le bras.

— Est-ce qu'il peut nous accompagner ? demanda Mme Fields.

— Bien entendu, répondit Lucy.

Elle savait par expérience que la famille accusait mieux le choc avec le soutien d'un tiers.

Elle s'arrêta devant le comptoir de la réception et griffonna sur un bloc-notes le numéro de Fitzpatrick.

— Pouvez-vous appeler l'inspecteur Fitzpatrick et lui dire qu'il peut venir ?

Elle se tourna vers l'homme et la jeune femme.

— Vous êtes ?

— Clay Maynard, répondit l'homme. Je suis un ami de la famille. Et voici ma secrétaire. Est-ce qu'elle peut attendre ici ?

— Oui. Bien sûr.

— C'est l'inspecteur chargé de l'enquête, qui vous accompagne ? demanda Maynard en montrant Skinner.

— Non, monsieur. Je vous présente l'inspecteur Skinner. Il est là pour se familiariser avec le processus d'identification.

Elle entraîna la famille dans une salle où un rideau était tiré sur un pan de mur. Skinner demeura près de la porte. Elle s'approcha du rideau avec Maynard et les Fields.

— Je suis désolée de vous imposer cette épreuve, dit-elle.

Mme Fields se mit à pleurer et Lucy songea à sa propre mère, qui avait dû se déplacer pour identifier Buck. Emue, elle prit la main de Mme Fields dans la sienne.

— Vous aurez du mal à reconnaître votre fille..., dit-elle. Est-ce qu'elle avait une marque, une particularité ?

— Un tatouage, grommela M. Fields d'une voix rauque. Une rose. Sur la cheville gauche.

— Très bien.

Elle appuya sur le bouton de communication. Mme Fields serrait si fort sa main qu'elle eut l'impression qu'elle allait lui broyer les os.

Quand Ruby découvrit le tatouage, M. Fields laissa échapper un soupir douloureux.

— Oui, c'est bien son tatouage, dit-il.

Il serra les dents.

— Montrez-nous son visage, à présent, ajouta-t-il.

Lucy adressa un signe de tête à Ruby, qui souleva le drap. Mme Fields lâcha la main de Lucy et se réfugia en sanglotant dans les bras de son mari.

Lucy appuya de nouveau sur le bouton de l'Interphone.

— C'est tout, Ruby. Merci.

Elle referma le rideau.

Maynard échangea avec elle un regard. Il paraissait dévasté.

— Les inspecteurs Fitzpatrick et Mazzetti ne pourraient pas attendre demain, pour les interroger ? demanda-t-il. Je doute qu'ils soient capables d'affronter leurs questions.

— Oui, je comprends, dit-elle.

Elle les raccompagna jusqu'à la porte et tendit sa carte à M. Fields.

— Nous vous rendrons bientôt le corps de votre fille. Si

vous souhaitez l'enterrer chez vous, communiquez-nous le nom de l'entreprise de pompes funèbres que vous aurez choisie. Et n'hésitez pas à m'appeler si vous avez des questions.

M. Fields acquiesça d'un air incertain. Son visage était gris.

— Merci, dit-il.

Elle posa une main sur son bras.

— Avez-vous besoin d'un médecin, monsieur ?

— Non, ça va aller.

Il s'éloigna en prenant sa femme par la taille. Maynard et sa secrétaire leur emboîtèrent le pas sans un mot.

Lucy les suivit des yeux. Ils mettraient du temps à s'en remettre. Elle soupira et retourna dans son bureau.

Mardi 4 mai, 20 h 50

Il n'avait pas prévu de s'occuper des deux à la fois, mais il se réjouissait d'avance de ce duo improvisé. Ryan et Sonny. Il allait se régaler. Il attendit que le *Satisfaction* soit loin dans la baie, afin que les cris ne risquent pas d'être entendus depuis la côte, puis traîna Ryan sur le pont. Il le lâcha près de Sonny, lequel se tenait la tête à deux mains. Ryan n'était pas en meilleur état. Le fringant cow-boy souffrait du mal de mer. Cette journée en bateau avait été pour lui une véritable torture. Du moins, c'était ce qu'il croyait, parce qu'il ne tarderait pas à savoir ce que recouvrait exactement le mot « torture ».

Sonny plissa les yeux en reconnaissant Ryan.

— Toi ! J'aurais dû m'en douter…

Ryan mit quelques secondes à identifier Sonny. Puis il contempla l'écusson de sa manche d'un air incrédule.

— Tu es shérif ? murmura-t-il.

Sonny ignora la question.

— Tu es décidément un lâche. Pourquoi as-tu craché le morceau maintenant ?

— Mais je n'ai rien dit ! Je te jure. Il savait déjà tout. Je ne sais pas qui c'est, mais il savait déjà.

Ils tournèrent tous les deux vers lui un regard chargé de haine. Et sans doute aussi de la haine qu'ils éprouvaient l'un pour l'autre. Difficile à dire. Mais bientôt, ils seraient surtout occupés à le haïr, il n'en douta pas.

— Je suis le frère d'Ileanna, répondit-il d'une voix douce. Vous vous souvenez d'elle, n'est-ce pas ?

Les deux hommes se turent. Sonny afficha un air paniqué, Ryan un air coupable.

— Vous vous souvenez d'elle ou pas ? insista-t-il avec une menace dans la voix, cette fois.

Ryan ferma les yeux.

— C'est vous qui avez tué ma mère, dit-il.

— C'est moi, oui. Elle n'était pas sur ma liste, au départ, mais une information de dernière minute m'a poussé à la rajouter.

— Quelle information ? demanda Sonny.

Décidément, ce salaud avait du mal à lâcher son arrogance.

— Le marché qu'elle avait extorqué à Bennett, répondit-il.

Ryan ouvrit les yeux.

— Quel marché ?

— Son silence en échange d'un lifting et d'une augmentation mammaire. Elle avait tout de même remis une lettre à son avocat, au cas où il lui arriverait quelque chose. Cette lettre, dans laquelle elle raconte tout, ne va pas tarder à arriver à la police.

Sonny secoua la tête d'un air dégoûté.

— La salope.

Ryan ne fit pas de commentaires, mais son air outré en disait long.

— Comment avez-vous su, pour Ileanna ? demanda Sonny.

— Par Malcolm. Il était mourant et a écrit à ma mère une lettre anonyme pour tout lui avouer et réclamer son pardon.

— Une lettre anonyme…, murmura Ryan. Comme c'était courageux de sa part…

— Tu devrais la boucler, fit remarquer Evan. Tu n'es pas

beaucoup plus courageux que lui. Tu voulais que ta mère te dénonce aux flics parce que tu n'osais pas le faire toi-même.

Sonny jeta un regard de mépris du côté de Ryan.

— Tu t'étais confié à ta mère… Espèce de crétin !

— Vous avez raison tous les deux. Je suis un lâche et un crétin. J'en ai parlé à ma mère, qui a refusé de le dire aux flics. Alors j'ai fui très loin, pour oublier.

— Tu crois qu'il va t'épargner parce que tu avoues tout ? ricana Sonny. Tu te goures. Il va te tuer quoi que tu dises.

Ryan pâlit et parut sur le point de vomir.

Evan vint s'accroupir près de Sonny.

— C'est pas gentil, de parler comme ça à ton copain.

Sonny cracha dans sa direction, mais un peu trop court.

— Va te faire foutre, dit-il.

Il sourit et eut le plaisir de voir le visage de Sonny se crisper de rage et d'impuissance.

— Je crois que je vais drôlement m'amuser avec toi. J'avais déjà bien rigolé avec Bennett, mais je dois dire que ton badge te met juste derrière les Trask et leur fille.

Il se tourna vers Ryan.

— Dis-moi ce qui s'est exactement passé cette nuit-là. Je tiens un journal de vos différentes versions.

— D'accord, répondit posément Ryan, comme si ça n'avait aucune importance.

— Boucle-la ! rugit Sonny.

— Non, je ne peux pas. Je comprends ce qui a poussé Malcolm à écrire à la mère d'Ileanna. De toute façon, si ma mère a vraiment écrit une lettre, et ça ne m'étonnerait pas qu'elle l'ait fait, tout le monde sera au courant. Même si le petit frère ici présent te laisse en vie, ta carrière sera brisée. Est-ce que je peux m'asseoir ?

— Non, répondit Evan. Continue à parler. Je veux savoir ce que tu as fait et ce que Trask a fait.

— Comme vous voudrez. C'était le bal de fin d'année et Buck s'était disputé avec sa copine, qui l'avait trompé. Il l'avait quittée, mais il voulait se venger. C'est pour ça qu'il avait choisi Ileanna pour la remplacer au bal. Parce qu'elle avait la réputation de coucher. Je ne sais pas si c'était vrai ou non. Ça n'avait aucune importance à l'époque, et ça en a encore moins maintenant. Elle n'avait sûrement pas mérité ce qui lui est arrivé.

Evan avait écouté en silence.

— Et ensuite ? Continue.

— Buck était décidé à humilier son ex au maximum. Il a dansé avec Ileanna, et ensuite il l'a entraînée sous les gradins du terrain de foot. On savait tous qu'il allait l'emmener là-bas. Les autres pensaient que ça serait marrant de les espionner. Je ne voulais pas y aller, je ne sais pas ce qui m'a pris de les rejoindre. Je l'ai regretté toute ma vie. Quand je suis arrivé sur place, ils étaient tous là, mais c'était un autre type qui était avec Ileanna, et il la frappait. Il l'avait déjà violée une première fois et il a recommencé.

— Ricky Joyner ? demanda Evan, qui sentait venir la nausée.

— Oui. Ricky était cinglé. Et complètement défoncé au crack. Je suppose qu'il avait surpris Buck et Ileanna en train de le faire, ou s'apprêtant à le faire, et que ça l'avait rendu complètement fou. Je me souviens que Buck était un peu à l'écart et qu'il regardait la scène avec des yeux horrifiés.

— Pourquoi est-ce que vous n'avez pas réagi ? demanda Evan.

Cette question, il se la posait depuis plus de vingt ans.

— Je ne sais pas. Je regrette de ne pas être intervenu… Je crois qu'on ne savait pas quoi faire. Chaque fois que je compose un numéro sur mon portable, je me dis que si nous avions eu des téléphones, ça ne se serait peut-être pas passé comme ça. Mais ce n'est pas certain. On aurait sorti nos appareils pour prendre des photos, ajouta-t-il d'un ton amer. On était des machos. Bennett, Edwards et Cannon ont même encouragé Joyner de la voix.

— Et Sonny ? demanda Evan.

Sonny se débattit.

— Non, protesta-t-il d'un ton désespéré. Je n'ai pas encouragé Ricky.

Ryan haussa une épaule, ce qui voulait tout dire.

— Quand Ricky est parti en titubant, on a soudain compris qu'il s'était passé quelque chose de grave et on a eu peur. Buck a dit qu'il fallait maquiller ça en vol. Il a pris le sac d'Ileanna et son collier. Il prétendait savoir comment s'en débarrasser et tout arranger. Il était le fils du shérif, ça nous a paru cohérent. Et puis, on n'avait rien fait… On n'était coupables de rien. Du moins, on a tenté de s'en persuader. On est partis en courant.

— Et vous avez laissé mourir ma sœur, conclut Evan.

— Oui, répondit posément Ryan. Je suis désolé.

— C'est un peu tard pour être désolé.

— Je sais. Le lendemain, on a appris que Ricky s'était tiré une balle dans la tête. On a pensé qu'une fois qu'il n'était plus défoncé, il s'était rendu compte de ce qu'il avait fait. Le collier n'a jamais été retrouvé.

— Et le bracelet ? demanda Evan.

Ryan parut sincèrement surpris de la question.

— Je ne sais rien à propos d'un bracelet. J'ai vu un collier, c'est tout.

Il se tourna vers Sonny.

— Tu es au courant pour le bracelet ?

— Non, répondit Sonny.

Mais il devait mentir.

Evan lui balança un coup de pied dans les côtes, en visant le même endroit que la première fois.

— Dis-moi la vérité ! ordonna-t-il.

Comme Sonny n'ouvrait pas la bouche, il alla chercher sa batte et l'agita devant lui.

— Dis-moi, répéta-t-il.

— Oui, j'ai vu le bracelet, marmonna Sonny. Il était dans son sac. C'est Lucy Trask qui l'a pris. Elle le portait. Elle le porte encore aujourd'hui.

Oui, moi aussi, j'ai vu le bracelet de ma sœur au bras de Lucy Trask.

— Et le collier ?

— Je ne sais pas.

Il frappa Sonny à la hanche et entendit un craquement d'os, ponctué par un hurlement de douleur.

— Ce n'est pas la bonne réponse, shérif.

— Je ne sais pas ce qu'est devenu le collier, insista Sonny en sanglotant. Buck était censé se débarrasser de tout, mais on a vu le bracelet au bras de Lucy, bien après la mort de Buck. On a paniqué. On ne voulait pas que quelqu'un le reconnaisse et décide de remuer tout ça.

— Et qu'est-ce que vous avez fait ?

— Je suis allé chercher le bracelet dans la chambre de Lucy, mais je n'ai pas trouvé le collier. Ensuite, Lucy est venue me reprendre le bracelet, et elle l'a caché. Je voulais le collier, alors j'ai volé quelques trucs à ma mère, je les ai mis dans la chambre de Lucy, et j'ai dit que j'avais vu Lucy entrer chez nous. Je voulais que son père lui tombe dessus, qu'elle ait la trouille et qu'elle m'avoue où elle avait mis le collier. Mais ça ne s'est pas passé comme ça et on l'a envoyée dans une école pour jeunes délinquantes.

— Elle a fini par cracher le morceau, pour le collier ?

— Non. Je me suis introduit plusieurs fois dans sa chambre pour la fouiller, y compris pendant son absence, mais rien à faire, pas moyen de mettre la main sur ce collier.

— Tu n'as pas assez bien cherché, déclara Evan avec irritation. Elle avait le bracelet et elle avait aussi le collier. Depuis le début. Le collier, elle l'a vendu. C'était mon collier et elle le savait. Son père a chassé ma famille. On a tout perdu. Mon père s'est suicidé.

— On n'y est pour rien, répondit Sonny qui gémissait et sanglotait de douleur.

— Je sais, je connais la chanson. Vous n'avez rien fait.

Il frappa Sonny sur le crâne avec sa batte. Ryan sursauta en recevant un jet de sang chaud sur sa joue.

— Aussi, compte sur moi pour vous rendre la pareille.

22

Mardi 4 mai, 21 h 20

— Les Fields n'ont pas pu vous attendre, expliqua Lucy.

Elle traversait le parking de la morgue avec Stevie, Fitzpatrick et Skinner.

— Ils n'étaient vraiment pas bien.

— Moi non plus, je ne me sens pas très bien, murmura Skinner.

— Ce n'était pas une partie de plaisir, admit Lucy. J'ai leur numéro de téléphone, vous pourrez les appeler demain.

— Je vais te relayer, annonça Fitzpatrick à Skinner quand ils arrivèrent devant leurs voitures respectives.

— Tu es certain que tu peux ? demanda Skinner d'un ton plein de reconnaissance. J'avoue que ça m'arrange.

Il se tourna vers Lucy.

— Ma femme et moi, on vient d'avoir un bébé. Elle a besoin de souffler un peu.

— Allez-y, dit Lucy. Ça va aller.

Stevie paraissait épuisée.

— En attendant le résultat des recherches sur la mère d'Ileanna, je vais rentrer chez moi dîner et me reposer. J'en profiterai aussi pour rattraper la paperasse en retard.

Elle partit, laissant Lucy et Fitzpatrick seuls.

Il posa aussitôt sur elle un regard affamé qui la fit rougir jusqu'aux oreilles.

— J'ai récupéré ton sac à main et ton téléphone, dit-il d'un ton égal. Désormais, tu es officiellement un appât.

— C'est bon à savoir, répondit-elle.

Il lui prit le gros sac qu'elle portait en bandoulière et le déposa sur le siège arrière de sa voiture. Puis il se pencha sur elle pour lui donner un baiser très doux, tout en retenue, mais très prometteur.

— On dirait que tu attendais ça depuis des années, fit-elle remarquer quand il s'écarta d'elle. Pourtant, ça ne fait que vingt-quatre heures…

— Mais quelles vingt-quatre heures ! marmonna-t-il. Allez, viens, je te ramène chez toi.

Elle ne put s'empêcher de sourire d'aise. Chez elle… Enfin !

— Pourquoi Stevie parlait-elle de la mère d'Ileanna ? demanda-t-elle quand ils eurent démarré.

— On ne trouve pas le frère, et donc on se tourne vers la mère, qui saura peut-être où il est. Mais ça va nous prendre du temps pour remonter jusqu'à elle, surtout si elle s'est remariée. Il faut passer par les registres de mairie.

Il lui jeta un regard en coin.

— Tu m'as bien dit que tu donnais des cours de musique, dans ton ancien internat ?

Lucy se frappa le front.

— Oui ! Tous les mercredis. Il faut que je pense à annuler le cours de cette semaine.

— Non, tu n'annules rien. Tu te cantonnes à ta routine.

Elle haussa un sourcil.

— Si je me cantonnais à ma routine, je rentrerais seule chez moi.

Il eut un petit sourire vaguement inquiétant.

— Cette routine-là, on peut la modifier.

— C'est demain, mercredi, reprit-elle. Tu penses qu'il va laisser là-bas le corps de Ryan, n'est-ce pas ?

— Oui. On va donc truffer l'école de caméras et de micros. Les élèves n'auront pas cours et des agents vont se déguiser en professeurs. J'espère qu'il ne se doutera de rien.

Elle prit un air songeur.

— Très bien. Les filles seront ravies d'avoir un jour de vacances.

Il hésita.

— N'en parle à personne. Pas même à tes amis.

Elle plissa les yeux.

— Qui soupçonnes-tu, J.D. ?

— Je soupçonne tout le monde. Tant qu'on n'a pas arrêté le tueur.

— Je ne peux pas soupçonner mes amis.

— Très bien, mais ne leur dis rien. Tu peux me promettre que tu garderas le silence sur cette opération ?

— Je ne sais pas. Tu m'en demandes beaucoup. Eux aussi sont peut-être en danger.

Il soupira.

— Essaye de voir les choses comme moi. Quelqu'un te piste et te surveille. Même si ce ne sont pas tes amis, c'est peut-être une personne qu'ils connaissent. Ils pourraient commettre l'erreur de laisser échapper une information. Ce type ne s'embarrasse pas de scrupules. Il n'a pas hésité à tuer une détective qui s'était mise en travers de son chemin. Il n'a pas eu à forcer la porte pour entrer chez elle. Pas plus que pour ouvrir ta voiture.

Elle eut un nœud à l'estomac.

— Chez Gwyn non plus, il n'a pas eu à forcer la porte. C'est d'accord. Je promets tout ce que tu voudras.

— Merci.

— Au fait, j'ai oublié de te dire qu'Alan a démissionné. Tu vois qui est Alan ?

Elle vit sa mâchoire se crisper.

— Tu parles de cette mauviette qui faisait l'intéressant auprès de ses copains parce qu'il te côtoyait dans la journée ? Celui qui a pu avoir accès à ton sac ?

Elle battit des paupières.

— Oui. Qu'est-ce que tu penses de lui ?

— Je pense que ça vaut le coup de vérifier chaque seconde

de son emploi du temps durant les dernières quarante-huit heures.

— Il était presque tout le temps à la morgue, fit-elle remarquer.

— Possible. Mais il a pu s'absenter sans que personne ne remarque rien.

— C'est vrai. Qu'est-ce que tu fais ?

Il composait un numéro.

— Je me procure son adresse. J'ai l'intention de lui rendre visite.

— Il était avec Ruby quand le corps de Janet a été déposé devant le club, hier. J'ai vérifié. Mais tu peux vérifier par toi-même, si tu y tiens.

Il raccrocha.

— J'aurais préféré qu'il n'ait pas d'alibi, parce que je ne l'aime pas.

Il était manifestement jaloux, et elle ne put s'empêcher de trouver cela adorable.

— Est-ce qu'on pourrait arrêter un peu de parler de tout ça ? Oublier les tueurs fous, ma famille, la tienne.

Il sourit.

— Et qu'est-ce qui nous resterait, comme sujet de conversation ?

— La musique.

— La dernière fois qu'on a parlé musique, ça s'est terminé dans une impasse, commenta-t-il d'une voix rauque.

Il lui prit la main et la porta à ses lèvres. Elle fut parcourue d'un frisson.

— Mais on n'a pas réglé la question, il me semble ?

Il se tourna vers elle et lui adressa de nouveau un regard affamé.

— Il me semblait pourtant que tu m'avais donné raison. Mais je suis beau joueur. Si tu penses que la question n'est pas réglée… Je suis prêt à en accepter deux pour le prix d'une.

Elle eut un rire étouffé.

— Accélère, dit-elle.

Mardi 4 mai, 21 h 30

Clay se laissa tomber dans un fauteuil de son salon et ferma les yeux.

Alyssa vint s'installer près de lui.

— Ça va ? demanda-t-elle doucement.

— Non, répondit-il en déglutissant. Ça ne va pas et je me demande si ça ira un jour.

— C'était dur, murmura-t-elle. D'entendre pleurer sa mère comme ça et de ne rien trouver à lui dire.

Dans la voiture, la mère de Nicki avait pleuré, gémi, crié sa colère et son angoisse.

— Tu lui as tenu la main, Alyssa, dit-il. C'était ce que tu pouvais faire de mieux.

— Je me suis sentie impuissante. J'aimerais tellement me rendre utile…

— Tu peux. Je voudrais que tu fasses des recherches pour moi, dit-il sans ouvrir les yeux.

Une haine froide dirigée contre Evan Reardon lui brûlait les entrailles.

— Le Dr Lucy Trask avait un garde du corps, à la morgue. J'aimerais savoir pourquoi.

— Tu parles de l'inspecteur qui était là soi-disant pour se familiariser avec la procédure d'identification ?

— Oui. Il était tout le temps sur le qui-vive, prêt à dégainer son arme.

Il attendit qu'elle allume son ordinateur et l'écouta pianoter sur son clavier.

Puis elle poussa un juron étouffé.

— J'ai trouvé. Elle fait partie des propriétaires du Sheidalin, le club où le voiturier a été assassiné, et devant lequel on a découvert un cadavre dans une voiture.

Il comprenait, à présent, la raison du garde du corps. La légiste était une cible.

— Tape son nom avec Anderson Ferry, ordonna-t-il d'une voix douce.

— Je tombe sur Ronald Trask, shérif à la retraite, mais rien sur elle.

— Tape « Ileanna Bryan » et « Anderson Ferry ».

— Rien.

— Essaye « Evan Reardon ».

— Rien non plus.

— Mazzetti nous a lâché le nom d'Ileanna pour qu'on enquête. Nicki avait découvert quelque chose qui valait le coup qu'on la tue. Donc, on continue à chercher.

Mais il n'arrivait pas à se concentrer, car il avait devant les yeux le corps violenté de Nicki. *Tu te lamenteras plus tard. Tu dois trouver Reardon*. Et quand il l'aurait trouvé ? La haine monta en lui comme une houle. *Evan Reardon m'appartient.*

Mardi 4 mai, 21 h 50

Badiner à propos du sexe, c'était facile. Passer à l'acte l'était moins. Après lui avoir dit d'accélérer, Lucy s'était murée dans le silence. Et maintenant qu'ils arrivaient devant chez elle, J.D. la sentait nerveuse.

Il commençait à craindre qu'elle ne change d'avis et tenta de maîtriser sa frustration. Hier soir, ils avaient été emportés tous les deux. Ce soir, elle avait peut-être besoin de temps. Et de paix. Il était prêt à lui donner ce qu'elle voulait.

Il se gara devant l'immeuble et leva les yeux vers le balcon depuis lequel Mme Pugh les avait hélés.

— Tu as eu de ses nouvelles ? demanda-t-il.

Lucy sursauta, puis soupira.

— Tu parles de Barb ? Oui. Elle a laissé un message sur mon répondeur quand nous étions à Anderson Ferry. M. Pugh a eu encore une petite crise. Elle va devoir se décider à le placer et elle en a conscience.

— Elle m'a dit que tu lui avais trouvé un établissement et que tu te chargeais des frais. C'est très généreux de ta part.

Elle rougit.

— Il s'est occupé de moi quand tout le monde me rejetait. Et sa femme aussi. Ce que les Pugh m'ont donné n'a pas de prix.

Cette déclaration émut profondément J.D.

— Tu es quelqu'un de bien, Lucy. Ne permets jamais à personne de te dire le contraire.

Il sortit de la voiture et alla lui ouvrir la portière. Elle évita son regard, et il n'en fut pas étonné. Il la sentait troublée. Elle était manifestement touchée par les mots qu'il venait de prononcer. En effet, elle était quelqu'un de bien. A qui il avait envie de faire du bien. Et de plus d'une manière. Il prit son grand sac et leurs deux petites valises qui se trouvaient sur le siège arrière.

— Quand as-tu trouvé le temps de préparer une valise ? demanda-t-elle.

— Après t'avoir déposée à la morgue, tout à l'heure, je suis passé chez moi pour me doucher et j'en ai profité pour embarquer quelques affaires.

Il hésita.

— Comme tu m'avais proposé de dormir chez toi...

Elle déglutit avec peine.

— Oui, je te l'avais en effet proposé...

Il ne put s'empêche de soupirer.

— Lucy, ne t'inquiète pas. On fera comme tu voudras. Je dormirai sur le canapé, si tu préfères. Et même, si tu veux, je demande à Skinner de revenir.

Elle leva vers lui un regard surpris.

— Quelle idée ! Pas du tout. Ce n'est pas du tout ce que je veux. C'est juste que... j'ai peur.

— Peur de moi ?

Elle détourna les yeux.

— J'ai envie que tu restes. Vraiment. Mais... C'était beaucoup plus facile hier soir. Je n'ai plus l'habitude de... Enfin, tu vois ce que je veux dire.

Il comprit brusquement ce qui la tracassait.

— Ça ira très bien, tu verras, assura-t-il.

Ils entraient déjà chez elle. Il posa le sac et les valises.

— Il faut que j'appelle Gwyn, dit-elle précipitamment. Je le lui ai promis.

Il attendit qu'elle finisse de parler avec Gwyn et raccroche, puis il s'approcha d'elle. Elle se hissa sur la pointe des pieds et vint à sa rencontre, glissant ses mains dans ses cheveux.

Ils s'embrassèrent jusqu'à en avoir le souffle coupé. Quand il s'écarta, il eut la satisfaction de surprendre une lueur de désir dans ses yeux.

Elle levait déjà les bras pour se débarrasser de sa robe, mais il l'arrêta.

— Non, dit-il en lui immobilisant les mains. Pas tout de suite.

Elle lui lança un regard éperdu.

— Mais…

— Fais-moi confiance, murmura-t-il. Tu verras, tu ne le regretteras pas. Ça va te plaire.

Il ouvrit son grand sac et en sortit l'étui à violon qu'il posa sur la table.

— Mais qu'est-ce que tu fais ? s'exclama-t-elle.

Il lui tendait déjà le violon et l'archet.

— Je veux que tu joues pour moi.

Elle secoua la tête.

— Il est tard. Je vais réveiller tout le monde.

— Je suis sûr qu'il t'arrive de jouer pour M. Pugh à cette heure-ci.

— Oui, mais c'est pour le calmer. Alors les voisins ne disent rien.

— Ils adorent ta musique, Lucy. Aujourd'hui, ils sont sortis sur le palier pour t'écouter. Dis-toi que tu leur offres une berceuse. Et joue pour moi.

Il lui mit l'instrument dans les mains.

— Je tiens à ce que tu joues pour moi.

— Tu es fou, protesta-t-elle en coinçant l'instrument sous son menton. Qu'est-ce que tu voudrais que je joue ?

— Ce que tu veux. Je ne m'inquiète pas pour ça. Je sais que ça me plaira.

Elle hésita et il crut qu'elle allait refuser, puis elle se mit à jouer, lentement, calmement, le morceau qu'il avait entendu au club la veille au soir, mais plus retenu, comme un appel.

Tout en maniant son archet, elle ne le quittait pas du regard. Quand il ôta sa veste, elle ouvrit des yeux ronds. Elle les plissa quand il défit sa cravate, puis l'étui de son revolver. Quand il en vint à la chemise, qu'il déboutonna lentement, elle laissa échapper un soupir tremblotant, en se mordillant la lèvre inférieure.

Mais elle continua à jouer, le dévorant du regard, comme la veille, quand il était entré dans la morgue, en sueur.

Il fut pris d'une envie furieuse de la serrer dans ses bras et de la coincer contre un mur, mais il se retint et avança posément vers elle pour l'embrasser tendrement sur le cou. L'archet dérapa et elle fit une fausse note. Puis elle s'arrêta de jouer, et il n'entendit plus que sa respiration haletante et le battement de son propre cœur qui résonnait à ses oreilles.

— Continue…, murmura-t-il. Joue pour moi. S'il te plaît.

Elle se remit à jouer en tremblant et se raidit quand il défit la fermeture Eclair de sa robe, dénudant une peau sans défaut.

— Je n'ai rien vu, hier soir, dit-il en déposant de petits baisers sur son dos, d'une épaule à l'autre.

Un violent frisson la secoua et il ne put s'empêcher de sourire.

— Tu es magnifique, murmura-t-il.

Il détacha son soutien-gorge et glissa ses mains pour prendre ses seins chauds et ronds dans ses paumes. Le violon se tut de nouveau. La main qui tenait l'archet pendit mollement le long de son corps.

— Qu'est-ce que tu veux ? murmura-t-il contre son cou.

Elle se laissa aller contre lui et appuya le violon sur sa hanche, lui laissant le champ libre. Il en profita pour pincer doucement ses tétons, puis pour glisser sa main sur son ventre, jusqu'à l'élastique de sa culotte. Elle approuva d'un gémissement.

— Qu'est-ce que tu veux ? répéta-t-il.

— Toi. C'est toi que je veux.

*
* *

Elle s'écarta de lui et déposa précautionneusement le violon et l'archet dans leur étui, d'une main tremblante. Puis elle se tourna lentement vers lui, même si tous les nerfs de son corps lui commandaient de se jeter dans ses bras. Il avait un corps d'une forme parfaite. Parfaitement affûté.

C'était lui qu'elle voulait. Et tout de suite. Elle s'humecta les lèvres, se demandant par où elle allait commencer.

Elle remarqua qu'un muscle de sa mâchoire tressaillait nerveusement. Il avait posé le décor. *A moi de jouer, à présent.* Elle dégagea ses épaules de sa robe et de son soutien-gorge, qu'elle laissa glisser au sol. Il contempla fixement ses seins et ouvrit la bouche, comme pour dire quelque chose, mais sans laisser échapper un son.

Il fit un pas en avant. Elle fit un pas en arrière. Vers la chambre. Lentement. Il la suivit. Elle sentait la chaleur qui se dégageait de lui.

Elle referma la porte derrière eux et poussa un cri étouffé quand il la fit pivoter vers lui. Il prit l'un de ses seins dans sa bouche, et elle cessa de retenir le gémissement qu'elle avait dans la gorge. Il tira sur sa culotte, tout en la poussant sur le lit.

Elle tomba sur le dos et leva les yeux vers lui, tout son corps en attente, prêt à l'accueillir. Avec une expression féroce sur le visage, il ôta son pantalon et se redressa, vêtu seulement de son caleçon.

Elle contempla ce sexe en érection qui l'avait déjà pénétrée et le caressa du bout de l'index, en s'émerveillant de le voir réagir.

— C'est ça que je veux, dit-elle. Toi. Maintenant.

Il n'avait pas besoin d'en entendre plus. Il se débarrassa de son slip puis fouilla dans la poche de son pantalon pour en sortir un préservatif qu'il posa dans sa paume.

— Fais-le, dit-il.

Elle cessa de trembler et lui enfila le préservatif d'une main sûre, excitée à l'idée qu'il suivait l'opération de près. Quand ce fut terminé, il la repoussa sur le lit et s'allongea sur elle pour l'embrasser. Et enfin, d'un seul coup, il la pénétra, tout en couvrant son cou de baisers.

— Hier, c'était un peu trop rapide, lui murmura-t-il à l'oreille. Aujourd'hui, tu ne seras pas déçue. Je te le promets.

— Peu importe la vitesse, gémit-elle en poussant son bassin à sa rencontre. Vas-y.

Il ne put s'empêcher de rire, et se mit à bouger en elle avec une telle frénésie qu'elle crut que son cœur allait exploser. Elle planta ses ongles dans ses épaules et ses talons dans le couvre-lit, pour mieux se caler sur son rythme.

— La prochaine fois que tu prendras ton violon, tu penseras à moi, murmura-t-il. A ce qu'on fait en ce moment.

Mais elle n'entendait déjà plus. Elle y était presque. Presque. Aussi, quand il allongea le bras pour la caresser entre les jambes, elle explosa. Il étouffa avec sa bouche son cri de plaisir, tandis que des lumières blanches dansaient sous ses paupières closes.

Il cala alors son visage dans son cou et se raidit. Puis les minutes s'écoulèrent dans l'immobilité et le silence. Ils ne bougeaient plus. Elle lui embrassa l'épaule, heureuse de le sentir peser sur elle de tout son poids.

Il me fait du bien. Je veux croire qu'il est capable de me faire du bien.

Elle se sentait seule depuis si longtemps…

— Merci, murmura-t-elle.

Il se redressa sur un coude pour la dévisager.

— Merci de quoi ? demanda-t-il avec le plus grand sérieux.

— De ce que tu viens de me donner. Et d'avoir compris de quoi j'avais besoin. Comment as-tu deviné ?

— Hier soir, sur scène, tu étais comme du feu. J'ai compris que la musique était tout pour toi. Je veux que tu penses à moi quand tu joues, pas à tous ces gens qui hurlent en t'écoutant.

Il sourit, et sa fossette se creusa.

— Lucinda, ajouta-t-il.

— Hier, au club, je ne voyais plus que toi, si ça peut te rassurer.

Il rit franchement, cette fois, et les tressautements de son corps la firent frissonner.

— Tu étais furieuse.

Elle poussa ses hanches contre lui et le sentit durcir de nouveau.

— J'avais des raisons de l'être.

Il posa sur elle un regard que le désir assombrissait.

— Tu es sûre que tu peux recommencer tout de suite ?

Elle ferma les yeux.

— Tu avais bien dit deux pour le prix d'une ?

Mardi 4 mai, 21 h 55

— On pourrait peut-être envisager quatre pour le prix de cinq, proposa-t-elle.

Il ne put s'empêcher de rire, et aussi d'être surpris par l'énergie qu'elle lui insufflait, car il se sentait prêt, en effet, à recommencer.

— Je ne suis pas sûr que mon cœur tienne le coup, mais ce serait une belle manière de partir, fit-il remarquer.

— Je ne suis plus en état de remuer un orteil, soupira-t-elle.

— Ne remue pas.

— Mais j'ai froid !

Il grogna, tout en faisant l'effort de rabattre le drap sur elle.

— Où est-ce que tu vas ? demanda-t-elle comme il se levait et marchait vers la porte.

— Chercher mon arme, répondit-il en regrettant de devoir lui rappeler la dure réalité.

Il ramassa son arme et leurs vêtements, vérifia que la porte était bien fermée à clé, et retourna dans la chambre où elle somnolait déjà. Pendant quelques secondes, il la dévisagea en silence, le cœur plein d'espoir.

Elle ouvrit les yeux. Avec peine.

— Pourquoi est-ce que tu me regardes comme ça ? demanda-t-elle.

Parce que tu es à moi.

— Parce que tu es belle.

Elle lui sourit et, l'espace d'un instant, le monde fut parfait.

— Viens, dit-elle. Il faut dormir.

Il posa son revolver et son téléphone sur la table de nuit, et se glissa sous les draps, en se lovant contre elle. Elle ronronna de plaisir.

— Tu es chaud, murmura-t-elle. Tu es toujours chaud.

— Je sais, je suis très utile !

Elle remua contre lui et il ne put s'empêcher de pouffer.

— C'est vrai. Tu es parfait, comme radiateur.

Il éteignit la lumière et ils demeurèrent allongés dans le noir. Au bout d'un moment, elle poussa un gros soupir.

— J.D. ? Tu vois toujours ta mère ?

— De temps en temps. Elle me fait signe quand elle a besoin d'argent.

— Et tu lui en donnes ?

— Non. Je lui fais des courses, ou je paye sa facture d'électricité, mais l'argent, elle s'en servirait pour acheter de l'alcool, alors je m'abstiens.

— Pourquoi prends-tu soin d'elle ? Elle ne s'est pas occupée de toi.

— Pendant longtemps, je ne me suis pas occupé d'elle, moi non plus. Et je ne suis pas aussi présent que tu as l'air de le croire. La plupart du temps, elle ne me demande rien. Je crois qu'elle n'aime pas me solliciter. Elle déteste l'idée de me devoir quelque chose.

Elle se tourna sur le dos pour scruter son visage dans la pénombre.

— Mais pourquoi est-ce que tu ne t'en fiches pas, tout simplement ?

— Je ne sais pas, Lucy. Elle est tout de même ma mère. Elle a essayé plusieurs fois de cesser de boire et de marcher droit. Je n'ai pas eu une enfance dorée, mais je n'ai pas non plus été élevé dans un foyer. Je suppose que je m'accroche aux rares fois où elle m'a tendu la main.

— Ma mère faisait parfois cuire le pain, dit-elle. Elle était le plus souvent occupée à soigner les enfants des autres, mais parfois, le dimanche, elle prenait le temps de faire du pain et elle m'en apportait une tranche au lit, quand je me réveillais. Chaque fois que je sens l'odeur du pain frais, j'y pense.

— Et tu te sens nostalgique.

— Oui.

— Tu n'es pas responsable de son état, Lucy.

— Oui. Je l'ai compris. Mais je sais aussi que je ne lui ai pas facilité la vie, quand j'étais étudiante. Je regrette de lui avoir envoyé ces photos où on me voyait sur une moto. Je voulais la faire souffrir et j'ai réussi mon coup.

Il comprenait un peu mieux, maintenant, pourquoi elle avait réagi si violemment en découvrant un casque de moto sur son siège arrière.

— Pourquoi est-ce que tu n'essayerais pas de lui parler ? De mettre tout ça à plat ? Les gens changent, tu sais...

— Mon père ne me laisserait pas l'approcher. Pendant le procès, elle a voulu me dire quelque chose, une fois, quand elle est passée devant moi, mais mon père l'a empêchée de s'arrêter. Quand j'ai appelé la maison pour lui parler, il a refusé de me la passer et il m'a répondu que j'en avais fait assez comme ça, qu'il fallait que je la laisse tranquille, qu'elle ne voulait plus entendre parler de moi. Plus jamais.

— Il t'a peut-être menti.

— C'est ce que j'ai pensé aussi. J'ai réessayé et je suis tombé sur elle, cette fois. Elle m'a assuré qu'elle allait bien, qu'il ne la battait plus. Je lui ai annoncé que je partais m'installer en Californie et elle m'a souhaité bonne chance. Avant de raccrocher, elle m'a dit que ce serait mieux pour tout le monde si je ne cherchais plus à les joindre.

— Je suis désolé, murmura-t-il.

— Je devrais l'être aussi. Je ne voulais pas évoquer ma famille, mais je crois que les événements de ces derniers jours ont tout fait remonter à la surface. Je vais me taire et te laisser dormir.

Tandis qu'elle roulait de nouveau sur le côté en se calant contre lui, il songea que cela ne l'aurait pas dérangé, qu'elle l'empêche de dormir toutes les nuits. Il caressa sa peau infiniment douce. Il se sentait tellement bien, contre son corps. Mais son esprit ne trouvait pas le repos. Il ne cessait de se poser des questions. Comme elle ne dormait toujours pas, il décida de se lancer.

— Lucy, qu'est-il arrivé à ton deuxième fiancé ?

— Il m'a quittée.

— J'en suis ravi, je l'avoue. Mais je me demande pourquoi, tu es parfaite…

— Moi aussi, j'ai été ravie qu'il me quitte, au bout du compte. Gus était totalement à l'opposé de Heath. Je l'avais rencontré quelques années après être arrivée à L.A. Je ne voulais plus de « mauvais garçon ». Lui, il était gentil et rassurant. Il a simplement décidé que je n'étais pas pour lui.

— Qu'est-ce qu'il faisait ?

— Tu parles de son travail ? Il était charpentier. Une fois par an, il partait au Mexique pour construire des maisons. Je l'ai accompagné un été, quand j'ai terminé mon internat de médecine.

— Ah, c'est la fois où tu as sauvé une petite fille en l'amputant d'une jambe.

— Oui. Quand nous sommes arrivés sur les lieux de l'accident, il venait de se produire. La jambe de la petite était coincée. Elle saignait beaucoup. Personne ne savait quoi faire.

— Et toi, tu es intervenue.

— Oui.

Elle demeura silencieuse pendant quelques secondes.

— L'hôpital le plus proche se trouvait à plusieurs heures de voiture. On attendait un hélicoptère, mais elle n'aurait pas tenu jusqu'à son arrivée. De plus, les véhicules perdaient de l'essence. Les gens hurlaient. La mère de l'enfant pleurait et suppliait. La jambe était broyée, de toute façon. J'ai pris la scie électrique de Gus et j'ai amputé.

Elle soupira.

— Je n'oublierai jamais les hurlements de cette enfant. C'était horrible. Mais je l'ai sortie de là. Et quelques secondes après, les deux véhicules ont explosé.

— Bon sang…, murmura-t-il.

— J'ai continué à la soigner, avec ce que j'avais sous la main, pour stopper l'hémorragie. Je l'ai accompagnée à l'hôpital, dans l'hélicoptère, en priant pour ne pas avoir fait une bêtise.

— Tu lui as sauvé la vie.

— Les médecins de l'hôpital ont dit que j'avais fait au mieux. Mais Gus, lui, a été choqué. Il savait que j'étais légiste, mais me voir en train de découper cette petite l'avait bouleversé. Il m'a reproché d'avoir continué à couper, malgré les cris de l'enfant, comme s'ils ne m'atteignaient pas. Ils m'ont atteinte, tu peux me croire. Je les entends encore. J'ai simplement fait ce qui devait être fait.

Elle soupira.

— Il m'a traitée de robot sans cœur.

— Tu n'es pas un robot sans cœur, assura-t-il. Tu as fait preuve de sang-froid, tout simplement.

Elle lui adressa un sourire plein de gratitude.

— C'est gentil de me dire ça, même si tu ne le penses qu'à moitié. Merci.

— Je le pense, confirma-t-il en lui embrassant la tempe. Et ensuite ?

— Gus m'a quittée quand nous sommes rentrés de ce voyage. Proprement et amicalement.

— Amicalement ? Tu ne lui as pas cassé le nez ?

Elle rit.

— Non. J'ai simplement refusé de lui rendre la bague qu'il m'avait offerte pour nos fiançailles. J'avais investi de l'argent dans les préparatifs du mariage. Il n'a pas fait d'histoires.

— Et elle est où, cette bague ?

— J'ai fait monter la pierre en pendentif, mais je n'arrivais pas à porter ce bijou qui me rappelait qu'il n'avait pas voulu de moi. Je l'ai vendu. Il m'a servi à payer un pourcentage de ma part dans le club.

— Dans ce club, au moins, personne ne te considère comme un robot sans cœur.

— En effet, répondit-elle d'un air gêné. Je comprends que tout ça te paraisse bizarre, ajouta-t-elle.

Il se tut durant quelques instants. Il réfléchissait.

— Pas du tout, dit-il enfin.

— Pas du tout quoi ?

— Ça ne me paraît pas du tout bizarre. Au contraire, je comprends.

Elle roula sur elle-même pour le regarder.

— Qu'est-ce que tu comprends ?

— Le jour où Maya est morte, quand nous nous sommes disputés, elle m'a reproché d'être sans cœur, froid comme un robot.

— Et pour quelle raison ?

— Je voulais me poser, fonder une famille. Je n'avais jamais vécu ça, tu comprends… J'avais l'exemple de Paul et de Stevie, qui me paraissait enviable.

— D'accord… Et c'est pour ça qu'elle t'a traité de robot ?

— Elle m'a dit que lorsqu'on avait du sang sur les mains, on n'avait pas le droit de songer à être père. Que pour viser des inconnus dont on ne voyait même pas le visage, il fallait être un robot, ne pas avoir de cœur. Elle a dit aussi que je serais incapable de donner de l'amour à un enfant.

Lucy avait blêmi.

— Seigneur… Mais c'est affreux… Elle se trompait, J.D. Tu as du cœur.

Elle le prit par le menton.

— Je l'ai vu. Tu es plein de compassion et de gentillesse. Il existe une petite fille nommée Cordelia qui t'aime parce qu'elle sent que tu l'aimes. Ta Maya se trompait.

— J'aimerais que tu dises vrai, murmura-t-il.

— Bien sûr que je dis vrai. C'est elle qui ne se sentait pas capable d'assumer ou d'aimer un enfant.

Il n'avait jamais vu la chose sous cet angle.

— Possible.

— On peut briser le cercle infernal et devenir un bon parent, même quand on n'a pas eu d'exemple, conclut-elle.

Il hésita. Il était un peu tôt pour poser cette question, mais elle lui brûlait les lèvres. Il avait besoin de savoir. Il décida de franchir le point de non-retour.

— Et toi ? Tu envisages d'avoir un jour des enfants ?

Elle chercha son regard dans la pénombre.

— Oui. Et je m'efforcerai de faire mieux que ma mère. Je ne laisserai personne faire du mal à mon enfant. D'autres questions ?

— Non. Ça ira pour aujourd'hui.

— Dors, maintenant.

Mercredi 5 mai, 2 h 15

Il estimait avoir mérité une bonne nuit de sommeil. Il n'avait rencontré aucune difficulté avec le corps de Ryan Agar. Pas le moindre problème. Personne ne l'avait dérangé. Tous les braves gens dormaient gentiment dans leur lit.

Il avait laissé Sonny Westcott ligoté sur le sol de la cale, esquinté, mais en vie. Il avait manqué de temps. Et aussi d'énergie. Il avait choisi de terminer le boulot avec Agar, et de remettre Sonny à plus tard.

Son téléphone portable sonna brusquement. Il sursauta. Puis leva les yeux au ciel en reconnaissant le numéro.

— Qu'est-ce qui se passe, chérie ?

— Je me suis réveillée et tu n'étais pas là.

— Je suis sorti acheter des cigarettes. Je rentre tout de suite. Rendors-toi.

Mercredi 5 mai, 5 h 15

J.D. se réveilla en sursaut. Le lit était vide. A la place où aurait dû se trouver Lucy, les draps étaient froids.

Il roula sur lui-même, prêt à bondir, mais se figea en apercevant une silhouette devant la fenêtre, en train de contempler la rue déserte. Lucy avait enfilé un T-shirt trop long qui laissait voir ses jambes nues. Elle avait les joues trempées et les essuyait du revers de la main gauche. La moue qui déformait sa bouche était probablement destinée à étouffer ses sanglots. Dans sa main droite, elle tenait un petit cadre contenant deux photos.

Il se leva et s'approcha d'elle en silence. Puis il posa ses mains sur ses épaules, et un baiser sur sa tempe.

Elle laissa échapper un soupir douloureux et se laissa aller contre lui.

— Je ne voulais pas te réveiller, s'excusa-t-elle.

Il couvrit sa main droite de la sienne et la fit pivoter pour tourner les photos vers lui. Sur l'une d'elles, on voyait son frère, Buck, un casque de football sous le bras. Sur l'autre, il y avait un jeune homme enfourchant une moto, un casque sous le bras également. Il comprit qu'il devait s'agir de Heath, le premier fiancé, et constata avec soulagement qu'il n'éprouvait aucune jalousie. Il était simplement inquiet et triste de surprendre Lucy dans cet état. Ses pleurs silencieux lui brisaient le cœur.

— Je me demandais quand tu craquerais, murmura-t-il.

— C'est venu d'un seul coup. J'ai découvert aujourd'hui que mon frère n'était pas celui que je croyais. Mais il me manque tout de même.

Elle baissa les yeux vers la photo.

— Est-ce qu'il t'aimait ?

— J'ai besoin de croire que oui. Mais je voudrais tant savoir ce qu'il a fait..., ajouta-t-elle avec des accents de désespoir dans la voix.

— Tu parles de la mort d'Ileanna ou de son accident ?

— Des deux, je suppose. Je sentais qu'il se passait quelque chose d'anormal. Mon père était plus nerveux que de coutume, ma mère plus triste que jamais. Et Buck... Buck était sur le qui-vive. J'ai mis ça sur le compte de la mort brutale d'Ileanna. Elle avait tout de même été sa cavalière. Sa petite amie. C'était normal qu'il ait été touché, n'est-ce pas ?

— Oui. C'était normal.

— Le soir où il a eu l'accident, je n'étais pas à la maison. La mère de Gwyn m'avait invitée au cinéma, et j'étais restée dormir chez elle. J'adorais aller chez Gwyn.

— Tu avais parlé à quelqu'un des mauvais traitements que tu subissais chez toi ?

— Non. Personne ne m'aurait crue. Il était shérif. Elle était médecin. Est-ce qu'un médecin aurait laissé son mari battre ses enfants ? Sûrement pas.

— Et pourtant, elle le laissait faire.

— Oui. Des femmes maltraitées, on en trouve dans tous les milieux. Ma mère était battue, elle aussi. J'ai souvent rêvé qu'elle nous réveillait en pleine nuit et qu'on se sauvait tous les trois.

— Mais elle ne vous a jamais réveillés.

— Non. Elle restait avec mon père. J'ai fini par comprendre que je ne pouvais compter que sur moi pour m'en sortir.

— Et quand l'as-tu compris ?

— Quand j'ai passé ma première nuit à Sainte-Anne.

Son cœur se serra un peu plus, mais il se garda bien de le lui montrer. Elle n'avait pas besoin de sa pitié.

— Tu as pris soin de toi, mais pas seulement. Tu aurais pu être aigrie et égoïste, mais tu penses beaucoup aux autres. Tu aimes les Pugh. Ils t'aiment. Tu as un métier. Deux métiers. Et Gwyn a remplacé ta famille.

— Thorne aussi me tient lieu de famille. Il est grand et impressionnant, pas facile à aborder, mais il en a bavé, tu sais… Et on peut en dire autant de Gwyn. En fait, c'est le Sheidalin, notre foyer. Nous avons fabriqué ce nom avec les noms des êtres chers que nous avons perdus. Lin, c'est pour Linus. A présent, je me demande si j'ai bien fait d'inclure le prénom de mon frère dans le nom de mon club. Et s'il a tué cette fille, J.D. ? S'il a tué Ricky Joyner ? J'ai besoin de savoir, tu comprends…

Il lui prit la nuque et massa ses muscles noués.

— Je comprends, murmura-t-il. Ne pas savoir est probablement le plus dur, mais quoi qu'il se passe, tu ne seras pas seule.

— Merci. Merci de ne pas me répondre que tout ira bien.

— Je t'en prie. Tu devrais te recoucher. Il nous reste une heure…

Il plissa les yeux. Il ne regardait plus le reflet de Lucy dans la vitre, mais sa voiture garée dans le parking.

— Qu'est-ce que… ?

— Qu'est-ce qu'il y a ? demanda Lucy en s'approchant de la vitre. Ton coffre est ouvert, on dirait.

Il attrapa son pantalon et l'enfila à la hâte.

— Habille-toi, je ne te laisse pas seule ici.

Elle obéit en silence.

Quelques instants plus tard, ils sortaient ensemble du bâtiment, en direction de sa voiture.

Le coffre était ouvert, la carrosserie déformée à l'endroit où on l'avait forcé. J.D. alla chercher des gants en latex dans l'habitacle. Puis il souleva le capot de quelques centimètres, jeta un coup d'œil à l'intérieur et recula d'un pas, le visage fermé.

— Mauvaise nouvelle : nous venons de retrouver Agar.

Mercredi 5 mai, 5 h 35

Quand les renforts arrivèrent, ils étaient déjà en tenue. J.D. avait passé un costume et une cravate. Lucy avait mis une combinaison blanche. J.D. montrait aux techniciens où installer le ruban de scène de crime quand son téléphone sonna. Il crut qu'il s'agissait de Stevie, à qui il avait laissé un message. Mais l'écran affichait « inconnu ».

— Inspecteur Fitzpatrick, dit-il.

— Désolé de vous réveiller, fit une voix d'homme. Je suis Ashton McHale, adjoint au shérif d'Anderson Ferry.

— Vous tombez très mal. Pourriez-vous me rappeler plus tard ?

— C'est que j'ai un problème grave. Notre shérif a disparu.

J.D. ferma les yeux. *Bon sang…* Lucy avait pourtant dit à Westcott de se méfier.

— Depuis quand ?

— Depuis hier après-midi, peu après votre passage. On a d'abord cru qu'il était tout simplement rentré chez lui, mais sa mère vient de passer pour prendre de ses nouvelles parce qu'il ne répond pas au téléphone depuis hier, et que ce n'est pas dans ses habitudes. Nous avons trouvé sa voiture, abandonnée près d'une propriété à louer qui n'est plus habitée depuis quelque temps.

J.D. jeta un coup d'œil du côté du coffre où Ryan Agar gisait, ligoté, bâillonné, roué de coups. Penchée sur le corps, Lucy procédait à l'examen préliminaire avec Ruby Gomez. Il s'écarta pour leur laisser de l'espace.

— Avez-vous repéré des signes de lutte autour de la voiture ? demanda-t-il.

Lucy avait entendu et tourna la tête vers lui. Il lui fit signe de continuer avec Agar. Elle fronça les sourcils, mais n'insista pas.

— Oui, répondit l'adjoint. Nous avons prélevé du sang correspondant au groupe sanguin du shérif. Des traces montrent qu'il a été traîné jusqu'à un ponton. Nous avons également trouvé une autre voiture. Celle du Dr Trask.

— C'est impossible, dit J.D. Sa voiture est dans les locaux de notre labo.

Il y eut quelques secondes de silence.

— Ah… Je parle de la mère. Et vous de la fille, probablement.

Le cœur de J.D. fit un bond. *Pas la mère de Lucy !* Il se souvint que Mme Westcott l'avait vue sortir de chez elle en courant, sa trousse médicale à la main.

— Est-ce que le bateau de l'ancien shérif est rentré au port ? demanda-t-il en s'éloignant de quelques mètres pour ne pas risquer d'être entendu par Lucy.

— Non, répondit l'adjoint. On ne trouve ni le bateau ni l'ancien shérif Trask.

— Je vois, murmura J.D. Combien de personnes sont au courant ?

— Mme Westcott est au courant, soupira l'adjoint.

Ce qui signifiait qu'elle en informerait toute la ville.

— Je vois, répéta J.D.

Il s'efforça de réfléchir à la manière dont le tueur avait procédé, et de ne pas penser au choc que cette nouvelle causerait à Lucy. *Le tueur était à Anderson Ferry. Avec nous.* Une fois de plus, il s'en voulut d'avoir laissé filer la Lexus noire.

— Nous allons vous envoyer une équipe d'experts, si vous êtes d'accord, proposa-t-il.

— C'est parfait. Ici, nous n'avons pas autant de moyens.

— Ces disparitions sont liées à une série de meurtres sur lesquels nous enquêtons en ce moment, reprit J.D. Le tueur a été aperçu hier dans une Lexus noire. Vous pourriez chercher ? Je n'ai malheureusement pas le numéro d'immatriculation. Mais si vous trouvez une Lexus noire, ne l'ouvrez pas, ne laissez personne l'approcher, entourez-la d'un cordon et mettez un homme en faction. Cette voiture pourrait être capitale pour notre enquête.

— J'ai compris. A quelle heure arriveront vos experts ?

J.D. soupira.

— Je n'en sais rien. En ce moment, ils analysent une scène de crime.

— Qui est la victime ? demanda l'adjoint d'une voix angoissée.

L'homme s'était montré franc et direct avec lui. J.D. décida de lui rendre la politesse.

— Ryan Agar.

— Seigneur… Je suis désolé… C'est juste que… j'ai grandi avec lui… J'ai entendu dire que sa mère venait d'être assassinée. Westcott est probablement mort à l'heure qu'il est, n'est-ce pas ?

— N'anticipons pas, dit sèchement J.D. Je vous envoie la camionnette des experts le plus vite possible.

Il raccrocha et appela Stevie dans la foulée.

— Désolée, dit-elle. J'étais sous la douche et je n'ai pas entendu mon téléphone. Qu'est-ce qui se passe ?

Il lui expliqua la situation et écouta, en faisant la grimace, le chapelet de jurons imagés qu'elle débita en guise de réponse.

— Lucy avait prévenu Westcott, conclut-elle. J'ai du mal à plaindre ces crétins, J.D.

— Je te comprends. Bon, je te laisse, il faut que je prévienne Lucy de ce qui se passe…

— Seigneur… La pauvre. J'arrive le plus vite possible.

Il raccrocha, mais ne bougea pas. Il redoutait plus que tout d'avoir à annoncer la nouvelle à Lucy. Son père, passait encore. Mais sa mère… Lucy avait encore de l'affection pour elle. Elle était toujours penchée sur le corps, mais elle dut sentir le poids de son regard, parce qu'elle se figea brusquement, puis se tourna vers lui.

— Qui d'autre ? demanda-t-elle seulement.

Il avança vers elle et voulut lui prendre la main, mais elle eut un mouvement de recul. Il comprit pourquoi quand il vit ses gants couverts de sang.

— Sonny Westcott et tes parents ont disparu, dit-il.

Elle poussa un soupir étouffé.

— Quand ?

— Hier, pendant que nous étions à Anderson Ferry.

Il s'était attendu à une réaction, mais elle le surprit en se penchant de nouveau sur le corps, comme si de rien n'était.

— J'ai soulevé son T-shirt, commenta-t-elle. Il y a un *E* inscrit sur son dos, mais cette fois, ç'a été fait post mortem. Il n'a plus de cœur, et sa langue se trouve vraisemblablement dans le mouchoir qu'il a dans la bouche.

— Lucy, dit-il en la prenant par l'épaule.

— Non, J.D. Pas maintenant.

Il ignora ses protestations et l'obligea à pivoter vers lui.

— Je te retire cette affaire, dit-il.

Elle prit un air outragé.

— Tu n'as pas le droit.

— Bien sûr que si !

Il se pencha vers elle, oubliant le corps mutilé dans le coffre.

— Je tiens à toi, murmura-t-il d'un ton fervent. De plus, maintenant que ta famille est impliquée, tout ce que tu touches pourrait être refusé par un juge. Tu le sais.

Elle déglutit péniblement, et lui jeta un regard douloureux qui lui brisa le cœur.

— J'ai besoin de travailler pour tenir le coup.

— Non, ma chérie, non.

Il lui ôta ses gants, que Ruby prit sans un mot, et la serra dans ses bras. Elle tremblait comme une feuille et s'agrippait à sa chemise.

— Je vais appeler un autre légiste, proposa Ruby. Luce, je suis désolée.

Lucy acquiesça en silence. Elle était si raide que J.D. avait l'impression qu'elle risquait de se briser au moindre mouvement. Il l'entraîna loin du coffre, en lui tenant la taille. Elle le suivit sans résistance, hagarde.

Drew descendait de la camionnette des experts. Il remarqua l'expression de Lucy.

— Que se passe-t-il ?

— Ses parents ont disparu, ainsi que le shérif Westcott, expliqua J.D. Est-ce que tu peux envoyer des hommes à Anderson Ferry ?

— Non seulement je vais envoyer des hommes, mais je vais y aller. Lucy, je suis vraiment désolé.

Elle acquiesça de nouveau, le regard dans le vague. J.D. la reconduisit jusqu'à son appartement, en faisant signe à une femme de l'équipe de les suivre. Lucy s'assit lentement sur le canapé. Elle était très pâle.

— Restez avec elle, ordonna J.D. à la femme. Prévenez Gwyn Weaver et Thomas Thorne, ses amis, pour qu'ils viennent la soutenir.

Il s'agenouilla près de Lucy et prit ses mains dans les siennes pour les réchauffer.

— Je dois redescendre, Lucy, murmura-t-il.

— Je sais, répondit-elle dans un souffle, avec un regard

toujours étrangement vague. J.D., il va sectionner le cœur de ma mère.

— On l'arrêtera avant, ma chérie, dit-il en lui embrassant les mains. Je dois y aller.

Elle redressa la tête et, cette fois, son regard était direct.

— Il faut l'arrêter, dit-elle.

— Essaye de ne pas trop t'inquiéter, répondit-il.

Il se leva et jeta un coup d'œil par la fenêtre. Sur le parking, Ruby et un autre technicien refermaient le sac qui emportait Ryan Agar.

Il est là. Quelque part. Il prépare la suite. Il suit Lucy à la trace, avec son traqueur.

Il n'avait pas envie de quitter Lucy, mais il n'avait pas le choix. Pour se rassurer, il prit le traqueur que Drew avait dissimulé dans le sac à main et le glissa dans une des poches de la combinaison blanche de légiste.

— Où est ton téléphone portable ? demanda-t-il.

— Dans mon autre poche. Tu peux y aller. Je ne risque rien.

— Très bien, dit-il en lui embrassant le front. Reste ici. En sécurité.

Mercredi 5 mai, 6 heures

Stevie était en train de beurrer un toast quand elle remarqua le mot que sa sœur avait laissé en vue sur le réfrigérateur.

« Cordy a une sortie à l'école aujourd'hui. Il faut que tu signes l'autorisation. Biz. Iz. »

Stevie soupira. Izzy prévenait toujours à la dernière minute pour ce genre de choses. Cela dit, heureusement qu'elle était là.

Elle fouilla le sac à dos de Cordelia, consciente du temps qui passait. J.D. s'en sortait probablement très bien, mais ce n'était pas juste de lui laisser tout le fardeau. Agacée, elle renversa le contenu du sac à dos sur la table de la cuisine.

Elle fronça les sourcils en apercevant une clé. Qu'est-ce

que la clé de sa voiture fichait dans le sac de Cordelia ? Elle la ramassa et plissa les yeux pour lire la petite inscription gravée. Et là, elle faillit s'étrangler avec son toast. *Trackamatic GPS.*

— Seigneur…

Elle s'efforça de respirer, tout en courant vers la chambre de Cordelia, et laissa échapper un sanglot de soulagement et d'angoisse en la trouvant dans son lit, qui dormait comme un ange. Puis elle courut jusqu'à la chambre de sa sœur et alluma la lumière.

Izzy battit des paupières et mit un coussin sur son visage.

— Laisse-moi dormir, Stevie.

Stevie la secoua.

— Réveille-toi, Izzy !

Izzy s'assit d'un bond sur le lit.

— Qu'est-ce passe ? C'est Cordy ? Qu'est-ce qu'il y a ?

Stevie lui mit l'appareil sous le nez.

— Tu sais ce que c'est que ce truc ?

Izzy plissa les yeux.

— Ben… Ma clé de voiture ?

— Non. C'est toi qui as glissé ça dans le sac de Cordelia ?

— Non. Pourquoi j'aurais fait un truc pareil ? Qu'est-ce qui ne va pas ? Tu es pâle comme un fantôme.

Stevie dodelina de la tête, tout en s'efforçant de calmer son cœur qui battait la chamade.

— D'accord. Cordelia ne va nulle part aujourd'hui. Ce truc est un traqueur. Notre légiste en a trouvé un dans son sac.

— Je ne comprends pas, murmura Izzy.

— Un homme a tué huit personnes. Il avait mis un traqueur dans le sac de la légiste pour suivre ses déplacements. Et ce matin, je trouve un traqueur dans le sac de ma fille…

Sa voix se brisa et Izzy referma ses bras sur elle.

— J'ai compris, dit-elle. J'annule tout ce que j'avais prévu aujourd'hui. Je reste ici avec Cordelia et j'appelle de la famille en renfort.

Stevie s'écarta d'elle.

— Je devrais rester, moi aussi.

— Non, protesta Izzy en prenant son visage entre ses mains. Toi, tu vas poursuivre ce tueur qui menace ton enfant. File. Je ne bougerai pas de la chambre de Cordelia tant que papa et maman ne seront pas arrivés.

Stevie essuya du revers de la main son visage mouillé de larmes.

— Tu as une clé du coffre dans lequel je range mon arme ?

Izzy eut un rictus mauvais.

— J'ai une clé, oui. Et s'il entre dans cette maison, il vaudrait mieux pour lui qu'il porte un gilet pare-balles, sinon il n'en sortira pas vivant.

— Parfait, répondit Stevie en essayant de se calmer pour réfléchir.

Un seul nom lui venait en tête.

— Clay Maynard, murmura-t-elle en plissant les yeux. Ce type va me dire ce qui se passe.

— Je ne sais pas de qui tu parles, mais je le plains.

— Tu peux. Mais je vais d'abord parler à Cordelia. Je veux savoir comment ce truc a atterri dans son sac.

— Calme-toi d'abord. Tu me fais peur, et pourtant je n'ai pas cinq ans.

Elle avait raison. Stevie prit le temps de respirer.

— Je peux y aller ? finit-elle par demander.

Izzy fit la grimace.

— C'est pas génial, mais tu n'as plus tout à fait l'air d'un monstre.

Elles se rendirent ensemble dans la chambre de Cordelia et s'assirent de part et d'autre du lit.

— Chérie…, murmura Stevie en secouant doucement Cordelia pour la réveiller. Maman veut te parler.

Elle attendit que Cordelia batte des paupières.

— Est-ce qu'une grande personne a joué avec ton sac, ma chérie ? demanda-t-elle.

— Non, murmura Cordelia d'une voix endormie. Pourquoi tu me demandes ça, maman ?

— Est-ce que tu l'as perdu, ces jours-ci ?

— Non, je l'ai pas perdu. C'est la nuit ?

— Non, ma chérie, c'est le matin, mais il est tôt. Est-ce que quelqu'un que tu ne connais pas a touché à ton sac ?

— Non, répondit Cordelia en plissant le front. Enfin, si… Il est tombé et un monsieur l'a ramassé pour me le donner.

Le cœur de Stevie se mit à cogner.

— Tu l'as fait tomber comment ?

Cordelia haussa les épaules.

— J'ai failli tomber, le sac est tombé, un gentil monsieur l'a ramassé et je lui ai dit merci. Un grand monsieur, grand comme un arbre.

Stevie s'efforça de conserver une voix douce et calme.

— Il avait des cheveux noirs ou blonds, ce monsieur ?

— Il avait les cheveux noirs, avec un chapeau.

— Comment est-ce que tu sais qu'il avait des cheveux noirs s'il portait un chapeau ?

— Il avait des gros sourcils noirs, comme grand-père. Est-ce que je peux avoir des gaufres, pour le petit déjeuner ?

— Bien sûr, répondit Izzy en lui ébouriffant les cheveux. Tu m'aideras à les préparer. Maman doit aller au travail pour arrêter un méchant.

Cordelia inclina la tête et dévisagea sa mère.

— Le méchant qui a touché mon sac, maman ?

— Je ne sais pas, répondit Stevie. Mais ne t'inquiète pas. Tu vas rester avec tante Izzy, grand-père et grand-mère.

Cordelia tira sa mère par la manche.

— Maman, le méchant monsieur, il avait un tatouage.

— Un tatouage comment ?

— Un cœur. Mais il était pas joli. Il était tout bizarre.

— Tu es une super petite fille, lui dit Stevie. Et il était à quel endroit, son tatouage ?

Cordelia montra son avant-bras.

— Mais je ne sais plus de quel côté, maman.

Stevie la serra dans ses bras.

— Aucune importance, ma chérie. Tu es formidable.

Un grand sourire illumina le visage de Cordelia.

— Est-ce que je pourrais avoir des pépites de chocolat dans mes gaufres ?

Stevie ne put s'empêcher de sourire.

— Tu en auras. Je t'adore.

Cordelia se leva en sautant sur le lit.

— Moi aussi, moi aussi, je t'aime, je t'aime, chantonna-t-elle d'une voix de fausset.

Stevie entraîna Izzy dans le couloir.

— Je vais envoyer des hommes pour vous protéger. Ils resteront sans doute à l'intérieur.

— Je leur servirai des gaufres, répondit Izzy. Tu peux y aller.

Stevie refoula des larmes d'émotion.

— Je t'adore aussi, tu sais.

Izzy lui adressa un clin d'œil.

— Normal, je suis adorable.

Une fois dans sa voiture, Stevie prévint Hyatt, qui envoya une voiture de patrouille. Hyatt était un mauvais coucheur, mais il ne plaisantait pas avec la sécurité de ses équipes.

Puis elle appela J.D.

— Je dois faire un détour avant de te rejoindre chez Lucy, annonça-t-elle.

— Qu'est-ce qui se passe, Stevie ? demanda-t-il posément.

— J'ai trouvé un traqueur dans le sac à dos de Cordelia.

— Putain !

— Et Cordy m'a décrit l'homme qui l'a probablement placé.

Elle lui rapporta la description de Cordelia.

— Grand comme un arbre, avec un tatouage en forme de cœur tout bizarre ? répéta J.D. C'est assez spécial.

— A qui tu penses ?

— Thorne est très grand.

— Oui, mais on ne peut pas l'embarquer sur le témoignage d'une enfant de cinq ans.

— En effet. Je viens de dire à la femme qui monte la garde chez Lucy qu'elle devait appeler Thorne. Lucy ne croira jamais que c'est lui.

— Et Skinner, il est où ?

— Il est en route. Il devrait arriver d'une minute à l'autre. Où tu vas, toi ?

— Rendre visite au privé. Dès que la voiture de patrouille envoyée par Hyatt sera chez moi.

— Je te rejoins chez le privé dès que Skinner sera arrivé chez Lucy. Attends-moi pour intervenir.

— T'inquiète pas pour ça, répondit Stevie.

Puis elle raccrocha et ferma les yeux pour prier.

23

Mercredi 5 mai, 6 h 25

J.D. raccrocha. Il était si furieux qu'il en tremblait. D'abord Lucy, et maintenant Cordelia. *Je veux sa peau.* Peu importait pourquoi Evan faisait ce qu'il faisait, ni ce qu'il avait enduré pour en arriver là. Une seule chose comptait : il fallait l'arrêter. Définitivement.

Le téléphone de J.D. sonna de nouveau. Cette fois, c'était Debbie, la secrétaire de Hyatt.

— J.D., j'ai en ligne l'inspecteur Sherman, de Newport News. Hyatt m'a demandé de le mettre en contact avec toi. Il paraît que tu seras intéressé par ce qu'il a à dire. On a vérifié. C'est bien Sherman, pas un imposteur.

J.D. aurait voulu lui poser une question, mais elle ne lui en laissa pas le temps et le mit aussitôt en liaison avec Sherman.

— Bonjour, dit Sherman. Je suis l'inspecteur Sherman, de Newport News, section des homicides. Je serai bref parce que j'ai cru comprendre, en écoutant les nouvelles, que vous étiez très occupé. Votre lieutenant m'a appris que vous aviez rencontré un certain Maynard, détective privé.

— Oui, répondit J.D. en se redressant. Vous aussi, visiblement. Qu'est-ce que vous avez à m'apprendre à son sujet ?

— Je crois qu'il en sait plus qu'il ne veut bien le dire. J'ai deux cadavres dans ma morgue. L'un est un officier de police. Les deux ont eu la gorge tranchée et une blessure qui se termine en boucle derrière l'oreille droite. Vous aussi, vous avez un certain nombre de cadavres sur les bras…

Un flic. De mieux en mieux.

— J'en ai six à la morgue, répondit J.D. d'un ton morne.

Ils tenaient peut-être la brèche qu'ils espéraient. Il pria pour que Sherman lui apporte du nouveau.

Sherman se racla la gorge.

— Quelle ordure ! murmura-t-il.

— Et j'ai entre autres la partenaire de Maynard. Son corps a été retrouvé hier matin.

— Vraiment ? C'est peut-être pour ça qu'il est rentré. Qu'est-ce qu'elle a en commun avec les autres victimes ?

— On pense que le tueur l'a éliminée parce qu'elle en savait trop. De votre côté, quel est le lien entre Maynard et les victimes ?

— Il est venu lundi en ville pour chercher une femme qui se faisait appeler Margo Winchester. Nous avons été alertés par la grand-mère d'une amie de Margo, qu'il harcelait. Nous l'avons interrogé, puis relâché. J'avais pris soin de le faire suivre, mais il a semé notre agent. Nous avons appris par la suite qu'il s'était rendu dans le club où dansait Margo.

— Je suppose que vous ne l'avez pas fait suivre parce qu'il harcelait une vieille femme ?

— Il était d'abord passé à la morgue pour poser des questions au sujet d'un prétendu parent. L'employé nous en a avertis parce qu'il trouvait ça louche. Il s'intéressait entre autres à un cadavre non identifié découvert dans une maison qui avait brûlé. Et ce cadavre, c'était Pullman, notre policier. On lui a tranché la gorge, puis son corps a brûlé dans l'incendie d'une maison condamnée. Il nous a fallu quelques jours pour l'identifier. L'autre cadavre a été repêché dans la baie. Il s'agit d'une femme. Non identifiée. La gorge tranchée. Sa description correspond à celle de la femme que Maynard recherchait.

— Margo Winchester.

— Oui, mais Margo était un faux nom. Dans son club, elle

se faisait appeler Mary Stubbs. Elle ne s'y était pas montrée depuis une semaine. Logique, puisque son cadavre dérivait dans la baie. L'agent assassiné fréquentait ce club, il était marié et Margo était sa maîtresse.

— Pigé. Le nom Evan Bryan, ça vous dit quelque chose ?

— Rien du tout, mais je vais me renseigner. Ce serait l'assassin ?

— On n'est sûr de rien, mais il y a de fortes chances. Il vivait en Caroline du Nord avec sa mère, il y a vingt ans.

Sherman se tut. Il attendait la suite.

— C'est tout ce que vous avez ? demanda-t-il enfin, comme J.D. ne disait plus rien.

— Oui, soupira J.D. Avec six cadavres à la morgue, trois disparitions et vos deux victimes du Delaware.

— C'est vraiment la merde, grommela Sherman. Que vous a dit Maynard ?

— Rien. Il ne dit rien. Mais je m'apprêtais justement à lui rendre visite quand vous avez appelé. Je vous tiens au courant. De votre côté, voyez si vous trouvez quelque chose au sujet d'Evan Bryan.

— Entendu. Bonne chance.

— Merci.

J.D. raccrocha avec un soupir las. *Il va nous en falloir, de la chance.* Il composait le numéro de Stevie pour lui raconter le coup de fil de Sherman, quand Skinner arriva dans sa voiture banalisée, ce qui lui rappela qu'il n'avait plus de voiture — puisque la sienne était désormais une scène de crime — et qu'il lui en fallait une pour rejoindre Stevie chez Maynard.

— Je suis au courant, annonça Skinner en le rejoignant à petites foulées. Les parents de Lucy ont disparu et Stevie a trouvé un traqueur dans le sac de sa fille. Comment va Lucy ?

— Elle s'efforce de tenir le coup.

Ça fait longtemps qu'elle s'efforce de tenir le coup…

— Skinner, je dois rejoindre Stevie chez Maynard. Je peux t'emprunter ta voiture ?

Skinner lui tendit les clés.

— Bonne chance. Stevie doit être dans tous ses états, je n'aimerais pas être à la place de ce Maynard.

— Moi non plus. Dis à Lucy que je reviens dès que possible.

J.D. soupira.

— Ecoute, Skinner… La fille de Stevie a vu un homme « grand comme un arbre » avec sur le bras un tatouage de cœur. Je ne sais pas si Thorne est tatoué, mais pour ce qui est d'être grand…

— Il est grand comme un arbre, acheva Skinner à sa place. Hyatt va devenir hystérique quand il saura ça.

— Thorne est l'ami de Lucy et il va sûrement passer la voir pour la soutenir moralement.

Skinner acquiesça.

— Compris. Je vais ouvrir l'œil.

— Merci.

Mercredi 5 mai, 7 h 40

Clay avait passé la nuit à éplucher les dossiers de Nicki dans l'espoir de trouver un lien entre Ileanna Bryan, Evan Reardon et Lucy Trask. Mais il n'avait abouti à rien. Il avait prévu de se rendre aujourd'hui à Anderson Ferry, avec Alyssa, pour chercher des réponses à ses questions. Grâce à Dieu, Evan n'avait pas commis d'autres meurtres durant les dernières vingt-quatre heures — du moins à sa connaissance.

Ils auraient dû être déjà partis. Il se leva et attrapa la poignée de son porte-documents, tout en se demandant pourquoi les choses avaient si mal tourné.

Ils avaient accumulé les erreurs. Nicki était tombée amoureuse d'un salaud, ce qui l'avait poussée à nier l'évidence. Et ça, il n'y pouvait rien. Mais lui aussi avait commis des erreurs. Il regrettait à présent de ne pas avoir tout raconté à Sherman, quand celui-ci lui avait mis sous le nez la photo de la fausse Margo Winchester.

Il avait préféré se taire, et des innocents l'avaient payé cher. *Je vais porter ce fardeau toute ma vie.*

— Il faut y aller, Clay, lança Alyssa depuis le seuil de son bureau.

— Je sais, répondit-il en soupirant. Mais je n'arrive pas à me décider. Il faut absolument arrêter Evan, et aller à Anderson Ferry va nous prendre des heures, pendant lesquelles la police pourrait justement le faire. Je crois que je vais dire à Mazzetti ce que je sais. Je te laisserai en dehors de ça, t'inquiète pas.

Alyssa ouvrit des yeux ronds.

— Tu vas pouvoir lui parler plus tôt que tu ne le pensais, à l'inspecteur Mazzetti, murmura-t-elle.

Elle n'avait pas fini sa phrase qu'on frappait à la porte.

— Où est-il ? demanda Mazzetti quand Alyssa ouvrit.

— Euh… Je…

— Je viens de chez lui et il n'y était pas. Sa voiture est garée devant l'agence et je ne suis pas d'humeur à jouer au chat et à la souris, vous pouvez me croire. Où est Maynard ?

— C'est bon Alyssa, dit Clay. Elle peut venir.

Mazzetti entra à grands pas furieux, suivie d'un homme de la taille de Clay. Ils avaient tous les deux une sale mine. Clay se demanda si Evan n'avait pas encore fait des siennes.

Mazzetti posa ses deux poings sur le bureau et s'appuya de tout son poids.

— Qui est le frère ?

— De quoi parlez-vous ? rétorqua Clay.

Elle contourna son bureau et pencha sur lui un visage furieux.

— Arrêtez de me mener en bateau, Maynard. Dites-moi tout. Et tout de suite.

— A votre place, je répondrais gentiment, monsieur Maynard, déclara posément l'autre inspecteur. L'homme que nous recherchons, et qui a tué dix personnes, menace maintenant la fille de l'inspecteur Mazzetti. S'il ose toucher à un seul de ses cheveux, je ne donne pas cher de votre peau.

— Dix personnes ? répéta Clay d'un ton horrifié.

— Dix. Si on compte les deux cadavres qui sont à la morgue de Newport News et trois disparus.

Clay ferma les yeux.

— Seigneur…, murmura-t-il.

— Vous avez raison de prier le Seigneur, ricana Mazzetti. Je veux un nom.

L'homme vint s'asseoir sur le bureau. Clay se rendit compte qu'il était aussi furieux que Mazzetti, même s'il affectait un calme glacial.

— Aucune charge contre Alyssa, dit-il.

— Je ne peux rien promettre, répondit Mazzetti d'un ton un peu plus calme.

Elle recula, les poings sur les hanches.

— Je vous écoute.

— Vous ne vous êtes pas présenté, dit Clay en regardant l'homme. J'ai tout de même le droit de savoir à qui je m'adresse.

— Fitzpatrick. Je suis le partenaire de l'inspecteur Mazzetti. Un nom, je vous prie. Je peux vous donner le prénom : Evan.

C'est fini, songea Clay.

— Evan Reardon, dit-il. Alyssa, imprime-leur une photo.

Elle s'exécuta aussitôt et apporta la photo à Fitzpatrick, qui parut soulagé, comme s'il s'était attendu à voir quelqu'un d'autre.

— Ça pourrait être le type qui a enlevé Agar, dit Mazzetti. Si on ajoute une fausse moustache.

Elle se tourna vers Clay.

— Il a un tatouage ?

— Oui. Un cœur. Avec une drôle de forme. Un peu comme les horloges molles de Dali.

— Il mesure combien ? demanda Mazzetti.

— Un mètre quatre-vingt-dix, pourquoi ?

— Parce que ma petite fille de cinq ans a croisé un homme grand et tatoué qui a ramassé son sac, et qui en a profité pour y glisser un traqueur. Elle l'a vu, elle peut l'identifier, elle est en danger.

Clay comprit ce qu'elle voulait dire. Tant qu'Evan ne serait pas mort, Mazzetti aurait peur pour sa fille. Il ne demanda pas pourquoi Evan s'en prenait à cette enfant. Diviser et distraire les enquêteurs. La petite était destinée à lui servir d'assurance-vie.

— On ne savait pas, pour Ileanna Bryan, assura Clay. Et on ne sait pas non plus quel est le lien entre Ileanna et Evan. Tout ce que je peux vous dire, c'est que ça a un rapport avec une petite ville : Anderson Ferry.

Mazzetti se calma tout à fait, cette fois.

— Très bien. Vous allez nous dire tout ce que vous savez en commençant par le début.

Clay leur désigna des fauteuils et fit signe à Alyssa de venir s'asseoir elle aussi.

— Pas de charges contre Alyssa, insista-t-il.

Mazzetti lui jeta un regard aigu.

— Depuis quand avez-vous compris ?

— Je n'ai vraiment compris qu'hier soir. Nous savions qu'Evan avait pris une chambre d'hôtel avec Sue Ellen Lamont. Quand j'ai appris qu'elle avait été égorgée, je n'ai plus douté. Jusque-là, je n'avais pas de certitudes.

— Et à propos des meurtres de Newport News ? poursuivit Stevie.

Il croisa les bras sur son torse.

Votre parole, inspecteur. Elle n'a que dix-huit ans. Elle n'a fait que ce que je lui demandais, et nous ignorions tous les deux de quoi il retournait. Pas de charges.

— Je ne peux rien vous promettre, monsieur Maynard. Mais vous nous avez donné le nom d'Evan, donc je ferai de mon mieux pour que vos noms ne soient pas cités.

Pendant un long moment, ils se jaugèrent du regard.

— Très bien, dit-il.

Il leur raconta tout, en occultant néanmoins le fait que Nicki avait fabriqué une nouvelle identité pour Evan.

— Evan prétendait vouloir se protéger d'une femme qui le menaçait, conclut-il. Je ne sais pas pourquoi il tue tous ces gens. Je ne sais pas qui est Ileanna, ni pourquoi Nicki a enquêté à Anderson Ferry.

Les deux inspecteurs échangèrent un regard discret, mais chargé de sens.

— Mais vous, vous le savez, murmura Clay.

— Oui, répondit Mazzetti. Nous savons que Nicki est allée à Anderson Ferry et que le journal local lui a fourni un dossier quelques jours avant sa mort.

— Nous n'avons pas trouvé ce dossier. Je suppose qu'il y était question d'Ileanna.

Mazzetti acquiesça.

— Vous supposez bien.

— Il s'est produit il y a deux mois un événement qui a déclenché la fureur de l'assassin, intervint Fitzpatrick. Vous auriez une idée à ce sujet ?

— Sa mère, dit doucement Alyssa.

Clay opina de la tête.

— La mère d'Evan est morte, mais ça fait plus de trois mois, dit-il.

— Son nom ?

— Yvette Reardon, répondit Clay. Evan a expliqué à Nicki qu'elle était tombée malade et qu'il était revenu pour s'occuper d'elle. D'après lui, c'est à ce moment-là qu'il a rencontré la strip-teaseuse qui le harcelait.

— La liaison qui a poussé sa femme à le quitter, commenta Stevie.

— C'est ce qu'il a dit, oui, mais j'ai découvert qu'elle l'avait quitté parce qu'il la battait et qu'il commençait à s'en prendre aux enfants. Sa mère est morte, c'est vrai, mais tout le reste est une fable.

— Comment avez-vous su, pour Sue Ellen Lamont ? demanda Fitzpatrick.

— En suivant les paiements de la carte de crédit d'Evan, répondit Clay.

Il n'avait pas l'intention de mentionner le nom de Ted Gamble, tant qu'il avait le choix.

— J'ai fait des recherches hier sur Lamont et j'ai vu qu'elle avait un casier pour utilisation frauduleuse de carte bancaire. Elle avait probablement projeté de piquer sa carte à Evan, mais il l'a tuée.

Fitzpatrick demeura songeur quelques instants.

— Ça peut coller, dit-il enfin. Nous avons remarqué qu'il n'avait pas forcé la porte de l'appartement de Mlle Fields. Comment s'est-il procuré sa clé, d'après vous ?

Clay soupira.

— Ils étaient amants. Je l'ignorais.

— Nous essayerons de ne pas diffuser cette information à la presse, murmura Mazzetti. Les parents de Nicki Fields sont suffisamment abattus.

— Merci. Quand vous le trouverez, nous voudrions être prévenus.

— Je ne peux rien vous promettre, répondit Stevie.

— Merci tout de même, dit Clay.

Il se leva pour les raccompagner.

— Je suis désolée qu'il menace votre fille, inspecteur Mazzetti.

Elle redressa le menton.

— Il va le regretter, vous pouvez me croire.

Elle agita la photo d'Evan qu'elle tenait toujours à la main.

— Nous devons transmettre ça à notre lieutenant. Est-ce que je peux utiliser votre fax ?

Alyssa sortit de sa poche la carte que Mazzetti leur avait laissée la veille.

— J'ai votre adresse e-mail, je peux vous l'envoyer depuis mon ordinateur, proposa-t-elle.

Fitzpatrick sortit son téléphone de sa poche.

— J'ai un appel, Stevie. Je t'attends dehors.

Il sortit. Clay resta seul avec Stevie sur le seuil de la porte.

— Au fait…, dit-elle en montrant Alyssa qui s'était éloignée. Vous deux ?

La question parut surprendre Clay.

— Non, protesta-t-il. Mais non. Pas du tout.

— Tant mieux.

Il fronça les sourcils.

— Pourquoi ?

— Parce qu'il me semblait bien que vous n'étiez pas le genre d'homme à avoir une liaison avec une gamine qui pourrait être votre fille.

Il fit la grimace.

— Elle voulait gagner du temps. Et pour être honnête, j'étais sous le choc, avec le meurtre de Nicki. Complètement sonné. Nicki était mon amie depuis si longtemps… Parfois, les choses arrivent si brusquement, qu'on ne peut pas y croire. Je ne sais pas si vous comprenez.

— Je comprends parfaitement. Est-ce qu'Alyssa est votre fille ?

— Mais non ! Pas du tout ! Si j'avais eu une fille comme Alyssa, mes cheveux seraient gris, à l'heure qu'il est. Elle est la petite sœur de mon ex-fiancée.

— J'ai envoyé la photo ! cria Alyssa depuis son bureau.

Elle revint avec un papier à la main.

— Et j'en ai imprimé une deuxième, pour votre partenaire.

— Merci, répondit Mazzetti. Nous restons en contact.

Elle venait à peine de franchir le seuil de la porte qu'elle avait déjà son téléphone à l'oreille. Elle rejoignit Fitzpatrick, qui parlait lui aussi au téléphone. Ils avaient le nom d'Evan, c'était un tournant dans leur enquête.

Clay se tourna vers Alyssa.

— On va y aller nous aussi, dit-il. Mais je veux juste vérifier un truc avant de partir.

— On va où ?

— A Anderson Ferry. Mazzetti ne nous dira rien de plus, et les parents de Nicki ont besoin de savoir.

Elle acquiesça.

— Je peux être prête dans cinq minutes.

— Parfait.

Clay alla dans son bureau et ouvrit sur son ordinateur sa propre base de données. Il sortit de sa poche la carte de

Mazzetti. « Inspecteur Tefania MAZZETTI ». Son partenaire l'avait appelée Stevie. Clay préférait Tefania. Il tapa son nom sur le clavier et appuya sur « Recherche ». Il eut aussitôt la réponse à sa question.

Elle était veuve. Sa fille n'avait que cinq ans. Elle avait donc perdu son mari récemment. Elle devait comprendre très bien, en effet.

Il referma son ordinateur.

— Alyssa, on y va.

Mercredi 5 mai, 7 h 55

— Je vous ai préparé du thé, annonça gentiment Skinner. Ma femme aime bien boire du thé quand elle est perturbée.

Lucy se tenait devant la fenêtre et observait la scène de crime en contrebas. Elle jeta un coup d'œil par-dessus son épaule. Skinner déposait du thé fumant sur la table basse. La tasse en porcelaine de Chine paraissait minuscule et fragile dans ses grosses mains.

— Merci, dit-elle. Je vais le laisser refroidir un peu.

La voiture de Fitzpatrick venait d'être chargée sur un pick-up à plate-forme et emportée au garage de la police, où on la déposerait à côté des autres véhicules réquisitionnés par le tueur. Le corps de Ryan Agar se trouvait à la morgue, où on l'allongerait auprès des autres victimes.

Les experts avaient fait vite, pour la scène de crime. Le tueur n'avait rien laissé. Aucune trace. Pas d'indice. Quelques techniciens terminaient de balayer l'asphalte, plus par acquit de conscience qu'autre chose. Il ne restait plus qu'une voiture de patrouille pour empêcher les curieux d'approcher.

Un cordon bouclait le parking. Ceux qui s'étaient résignés, la veille au soir, à se garer en face, en pestant contre le manque de place, devaient se féliciter de leur chance.

— Vous devriez vous éloigner de la fenêtre, docteur Trask, conseilla Skinner.

— Il me nargue, murmura-t-elle pour elle-même. Il voulait que je voie. Et que je voie d'ici, là où j'étais censée être en sécurité.

Skinner tira sur la manche de sa combinaison.

— Venez, buvez votre thé.

Elle se laissa entraîner loin de la fenêtre et but son thé à petites gorgées, mais en restant debout. Elle n'arrivait pas à s'asseoir. *Il détient mes parents. Mon père mérite peut-être son sort…*

Non, même lui ne mérite pas ça. Personne ne mérite ça. Ni mon père, ni ma mère, ni aucune de ses victimes. Peu importe ce qu'ils ont fait.

Elle jeta un coup d'œil impatient sur l'écran de son téléphone.

— Est-ce que l'inspecteur Fitzpatrick vous a appelé, Skinner ?

— Pas encore. Ça ne fait qu'une heure qu'il est parti. C'est normal qu'il n'ait pas encore du nouveau.

Cela faisait une heure quinze, mais elle ne rectifia pas et tenta de se détendre.

— Je sais. Je me demande aussi ce que font mes amis. Votre collègue les a appelés en leur laissant des messages. Ils auraient dû déjà se manifester.

— Ils se préparent peut-être pour aller au travail, suggéra Skinner. Ils vous appelleront après.

Elle plissa les yeux.

— Vous savez, votre ton indulgent me tape sur les nerfs. Mais votre thé est correct, merci.

Il sourit.

— J'ai de l'entraînement. Ma femme ne cessait de boire du thé et des tisanes, quand elle était enceinte.

Il sortit son téléphone de sa poche et lui montra une photo.

— Mon enfant, dit-il.

— C'est un magnifique bébé, et votre femme aussi est très belle.

— Sur cette photo, elle a les traits tirés, et moi aussi. Vous savez ce qu'on pourrait donner à un bébé qui souffre de coliques ?

— Ma mère prétendait qu'il fallait asseoir le bébé dans un siège attaché à une machine à laver, dit-elle.

Une vague de douleur la transperça, et des larmes lui brûlèrent les yeux. Elle n'avait pas songé à cette anecdote depuis des années. Parce qu'elle avait évité de songer à sa mère.

Et maintenant, elle ne pensait plus qu'à elle. A elle et à ce tueur qui allait lui arracher le cœur.

— Je suis désolé, murmura Skinner. Je ne voulais pas…

— Ce n'est rien, répondit-elle.

Son téléphone sonna, à point nommé.

— C'est Gwyn, mon amie, dit-elle.

Elle tourna le dos à Skinner, le temps de se reprendre.

— Où es-tu, Gwyn ?

— C'est Royce. Nous avons reçu votre appel. Je suis venu avec Gwyn parce que la police a toujours sa voiture.

Il paraissait agité, et Lucy eut la chair de poule.

— Qu'est-ce qui se passe, Royce ? Où est Gwyn ?

— Nous sommes au bout de votre bâtiment. Il faut que vous veniez. Tout de suite. Gwyn me charge de vous dire que M. Pugh est tombé. Il saigne. J'ai prévenu le 911, et une ambulance arrive. Je vais vous passer Gwyn.

Lucy se dirigeait déjà vers la porte, Skinner sur ses pas.

— Docteur Trask ! protesta-t-il en la retenant par le bras. Attendez !

Elle se dégagea.

— Venez avec moi ! Dépêchez-vous.

« *Lucy !* hurla la voix de Gwyn. »

Elle n'avait pas pris le téléphone, et se trouvait probablement auprès de M. Pugh, à quelques mètres de Royce.

« Lucy ! Cours ! »

— Elle essaye de maîtriser l'hémorragie, expliqua Royce d'un ton angoissé. Il a perdu beaucoup de sang. Il y en a partout. Mais qu'est-ce qu'elle fout, l'ambulance ? Il faut absolument que vous descendiez. Nous avons besoin de votre aide.

Elle dévala les marches quatre à quatre, en priant pour qu'il ne soit pas trop tard. Un sanglot enfla sa poitrine et elle le refoula. *Je vous en supplie. Pas lui. Pas déjà.*

— Docteur Trask, attendez ! appela Skinner. Arrêtez !

Mais elle ne pouvait pas s'arrêter. Elle venait de voir M. Pugh, recroquevillé sur l'herbe, son chapeau sur la tête. Elle se précipita vers lui et se laissa tomber à genoux. Elle allait vérifier son pouls, quand il roula sur lui-même et referma ses bras sur elle.

Elle comprit trop tard.

Non ! C'est un piège.

Elle se retrouva debout. Skinner sursauta et bascula en avant, à genoux. Une tache rouge s'élargit sur le devant de sa chemise. Il avait reçu une balle.

Elle voulut hurler, mais l'homme posa un morceau de Scotch en travers de sa bouche et appuya un canon de revolver sur sa tempe.

— Avance, docteur Trask.

Le Scotch l'empêchait de parler. Elle se débattit, puis trébucha quand la crosse d'un canon heurta son crâne. Elle battit des paupières, à moitié assommée, tandis que l'homme la traînait vers une Buick gris métallisé.

Elle tenta de nouveau de protester et de se débattre, mais il la saisit par la taille et la souleva aussi aisément que si elle avait été une enfant. Il la jeta dans le coffre, où elle eut le temps de voir le corps ligoté de Gwyn, avant d'entendre un coup de feu, suivi d'un juron.

Il est blessé.

Cet espoir la traversa, comme un éclair. Puis une douleur insupportable lui transperça le crâne et tout devint noir.

Mercredi 5 mai, 8 heures

— Merci pour le renseignement, dit J.D. Une équipe d'experts est en route pour Anderson Ferry. Ils devraient arriver d'ici une heure, s'ils ne sont pas ralentis par des embouteillages sur le pont.

Il raccrocha et regarda Stevie, qui paraissait épuisée.

— Ils ont trouvé la Lexus noire à Anderson Ferry.

— Ç'a été rapide.

— Il n'y a pas beaucoup d'endroits où cacher une voiture, là-bas. Les plaques étaient fausses, bien entendu, mais le numéro d'identification du véhicule était toujours là. La voiture appartenait à Malcolm Edwards.

— C'est pratique. On tue un type, et on lui pique sa voiture pour transporter les futures victimes.

— Je me demande s'il s'est contenté de voler une voiture à ses victimes, commenta J.D. d'un air songeur. Ron Trask et son bateau ont disparu. L'adjoint du shérif dit que Trask a été traîné jusqu'à un ponton. Et si Evan avait coincé Trask sur son bateau, au port, puis navigué jusqu'à cet emplacement où il a attiré la mère de Lucy et Westcott ?

— Il faut bien qu'il soit quelque part. Dans un endroit isolé. Pour qu'on n'entende pas les cris de ses victimes.

— Pas forcément. Il leur coupe la langue.

— C'est vrai. Mais dans un port, quel qu'il soit, quelqu'un finirait par remarquer des allées et venues de visiteurs qui repartent les pieds devant. Je parie pour un endroit en dehors de la ville. Nous savons qu'il a accès à un grand congélateur cryogénique. Et qu'il transporte ses victimes en fauteuil roulant.

— Ça restreint pas mal les possibilités. Si on pouvait trouver ce maudit congélateur ! Il en est où, Skinner, avec ça ? C'est si compliqué ?

— Oui, c'est compliqué. Surtout quand on ne dort pas ou peu la nuit, à cause d'un bébé qui souffre de coliques. Il lui faut le temps de recouvrer ses esprits.

— Et c'est lui qui est chargé de veiller sur Lucy ?

— Il est encore capable de servir de garde du corps, détends-toi.

— Je serais encore plus détendu s'il mettait la main sur le

congélateur. De plus, comment peut-il chercher un congélateur tout en assurant la protection de Lucy ?

— Il ne le cherche plus. Hyatt a confié la mission à Elisabeth. Je l'ai eu au téléphone, Hyatt, au fait, pendant que tu parlais à l'adjoint d'Anderson Ferry. Il va lancer un avis de recherche pour Evan Reardon avec la photo. On rentre au bureau. Je m'arrêterai chez moi au passage pour voir si Cordelia va bien. Dis à Hyatt que j'arrive.

— Moi, je passe chez Lucy. Le premier qui arrive au bureau se charge d'excuser l'autre.

— Attends ! Avant que tu y ailles, je vais te donner une photo d'Evan. La secrétaire de Maynard en a imprimé une seconde pour toi.

Elle lui tendit son exemplaire.

J.D. étudia le visage de l'homme. Il avait une bonne tête, plutôt sympa. Certainement pas une tête de tueur en série. Mais ça n'avait rien de surprenant. Le mal s'affichait rarement sur les visages.

— Il est plutôt pas mal, comme mec, commenta-t-il. Pas étonnant que Nicki Fields en soit tombée amoureuse.

Stevie secoua la tête d'un air écœuré.

— Je suppose que les femmes viennent lui manger dans la main.

— Ouais, commenta J.D. d'un ton amer. Jusqu'à ce qu'il leur tranche la gorge. Au moins, ce n'est pas Thorne. C'est bien pour Lucy.

Il soupira.

— Rentrons et finissons-en.

Il allait quitter le parking de Maynard, quand la radio de sa voiture grésilla. Son ventre se noua.

« Officier abattu. »

Il monta le son. Son cœur s'arrêta.

C'est l'adresse de Lucy.

Il y avait un policier blessé à l'adresse de Lucy.

Stevie arrêta sa voiture à hauteur de la sienne.

— On se retrouve sur place, dit-elle.

Mercredi 5 mai, 8 h 25

Il l'a enlevée.

J.D. se répétait la phrase en boucle. Il ne pouvait penser à rien d'autre. Il se gara près de la rangée de voitures de police — il y avait là des voitures de patrouille, des voitures banalisées, une équipe de sauvetage. Pas d'ambulance de la morgue. *Merci, mon Dieu… Mais où est-elle ?*

Il sortit de sa voiture en courant pour rejoindre Hyatt, qui regardait Drew faire son travail sur la scène de crime. Une flaque de sang brillait sur l'asphalte. Du sang trempait l'herbe d'un emplacement de parking vide.

— Est-ce que c'est son sang ? demanda-t-il d'une voix rauque.

— Non, répondit Hyatt. Drew a déjà analysé le groupe. Ce n'est pas le sien. C'est celui de Skinner. Les ambulanciers viennent de l'emmener. Il était inconscient, mais en vie. Il a pris deux balles, une dans le ventre et une dans le cou, et il a riposté une fois. Le sang sur l'herbe correspond au groupe sanguin d'Evan Reardon. Il est blessé et il saigne beaucoup.

Drew les rejoignit, l'air grave.

— J'ai trouvé le téléphone portable de Lucy dans l'herbe. Elle venait de recevoir un appel de son amie, Gwyn Weaver. J'ai voulu rappeler, mais je n'ai obtenu que le répondeur.

J.D. tenta de maîtriser sa panique.

— Reardon s'est servi de Gwyn pour piéger Lucy.

— On connaît son visage, maintenant, répondit Hyatt d'un ton glacial. Il a tué un policier en Virginie, et il en a gravement blessé un autre ici. Tous les flics vont le rechercher. Il n'ira pas loin.

— Il a peut-être un bateau, murmura J.D. en avalant le nœud qu'il avait dans la gorge. Voire deux. Le voilier du père de Lucy et le bateau de croisière de Malcolm Edwards. Il faut trouver l'endroit où il les cache et…

Il s'arrêta net.

— J'ai mis le traqueur de Drew dans la poche de sa combinaison. Pourquoi est-ce qu'on ne s'en sert pas pour la localiser ?

— On l'a fait, répondit Drew d'un air penaud. Et on a retrouvé l'appareil. Il était à l'arrière d'un pick-up qui circulait en ville. Il a dû le trouver et le jeter par la vitre de sa portière dans le véhicule le plus proche. On ne peut plus localiser Lucy.

Il va la tuer.

J.D. se concentra pour refouler sa peur et balaya du regard la scène de crime. Il remarqua la présence de Thorne, qui se tenait à l'écart, avec un visage décomposé.

— Qu'est-ce que Thorne fait ici ? demanda-t-il.

— Il est arrivé juste après l'enlèvement, répondit Hyatt.

— C'est grâce à lui que Skinner est en vie, commenta Drew. Il a appelé le 911 et s'est occupé des premiers soins.

— Je veux tout le monde dans mon bureau à la demie, ordonna Hyatt. Nous devons nous organiser. Il nous faut un plan.

— Attendez, dit J.D. Si Lucy a été appelée du téléphone de Gwyn, elle connaissait forcément la personne qui lui a parlé, sinon elle se serait méfiée. Si c'était Gwyn, elle a agi sous la contrainte.

— C'était peut-être un de leurs amis du club, commenta Hyatt d'un ton ironique. Peut-être que Thorne va nous confier la liste qu'on lui réclame, à présent.

J.D. ne répondit pas. Il avait une autre hypothèse. Il venait de se souvenir de la première scène de crime, devant cette même résidence, quand Lucy avait découvert le corps de Russell. Au moment où elle était rentrée dans son bâtiment pour se changer, Gwyn l'avait arrêtée pour lui parler. Et avec Gwyn, il y avait un homme. *Un homme grand comme un arbre.*

Il traversa le parking pour rejoindre Thorne, la photo d'Evan Reardon à la main. En le voyant approcher, Thorne devint blanc de rage.

— Vous ! lança-t-il en le saisissant par les revers de sa veste. Vous étiez censé la protéger ! Qu'est-ce que vous foutiez ?

J.D. décida de ne pas perdre de temps à se justifier. Le problème, c'était Lucy. Pas lui.

— Regardez cette photo, dit-il. Est-ce que vous connaissez cet homme ?

Thorne le lâcha aussitôt et fixa la photo, les bras ballants. Son expression terrifiée et furieuse fit place à la plus complète incrédulité.

— C'est Royce, murmura-t-il. Le nouveau copain de Gwyn. C'est lui qui a enlevé Lucy ? C'est lui qui a tué Kevin ?

Kevin et au moins neuf autres personnes.

— Oui, c'est lui, répondit sèchement J.D.

C'est lui, et il détient Lucy.

La terreur revint sur le visage de Thorne.

— Il est passé chercher Gwyn chez moi hier soir tard. Seigneur… Elle est avec lui, elle aussi. Il les a enlevées toutes les deux. Je n'ai qu'elles.

Elles étaient sa famille, Lucy l'avait expliqué à J.D. *Mais Lucy est à moi. Et je vais tuer le salaud qui la tient.*

Il sentit soudain un grand calme se poser sur ses épaules comme un manteau.

— Tous les policiers de la ville ont cette photo, dit-il. Elle sera bientôt diffusée partout à la télévision et dans les journaux. On va le trouver.

Il faut qu'on le trouve.

Thorne lui jeta un regard désespéré.

— Qu'est-ce que je peux faire ?

— Ils se sont rencontrés quand, Royce et Gwyn ? demanda J.D d'une voix sèche et mécanique.

— Il y a quelques mois. Il est venu au club en disant qu'un ami lui avait conseillé le numéro de Gwyn. Cet ami, Gwyn le connaissait. Elle l'avait côtoyé au cirque, je crois.

— Qui savait que Gwyn avait fait du cirque ?

— Tout le monde. Ça fait partie de son C.V.

— Lucy m'a dit plusieurs fois que Gwyn dormait chez Royce. Il habite où ?

— Je ne sais pas exactement, répondit Thorne en fermant les yeux. Gwyn m'apportait des beignets achetés dans un endroit qui s'appelle DoughBoyz, avec un *z*. C'était tout près de chez lui. C'est tout ce que je sais.

— Ça pourrait nous aider.

Ça ne leur servirait probablement à rien. J.D. connaissait DoughBoyz, qui était situé dans un quartier d'immeubles.

— On reste en contact, dit-il. N'hésitez pas à m'appeler si vous entendez ou voyez quoi que ce soit.

Mercredi 5 mai, 9 h 15

Putain de flic. J'aurais dû viser plus à droite et le laisser sur le carreau. Ça aurait évité que ce salaud riposte. Sa deuxième balle avait touché la nuque de l'inspecteur. *J'espère que je l'ai eu.*

Il palpa précautionneusement le bandage de fortune qui protégeait son bras. Il ne saignait plus, mais la balle était toujours à l'intérieur. *Ça va me faire un mal de chien, mais je peux régler ça tout seul.* Il trouverait ce dont il avait besoin dans la trousse médicale de Kathy Trask.

Il se sentait faible, mais il avait tout de même réussi à ramener la voiture à l'usine, avec les deux femmes dans le coffre. Il avait fouillé Lucy, parce que Gwyn avait laissé échapper que les flics l'avaient « baguée comme un ours polaire ». Et c'était vrai. Il avait trouvé un traqueur dans sa poche. Heureusement, avec Gwyn, c'était facile d'obtenir des confidences sur l'oreiller.

Il s'était donné du mal pour la courtiser, l'embobiner, lui faire croire qu'elle était la femme de sa vie, mais ça avait porté ses fruits. Grâce à elle, il avait eu tous les renseignements qu'il voulait sur Lucy Trask. Gwyn savait tout. Enfin, presque tout. Elle ignorait que Lucy avait été complice d'un viol et d'un meurtre vingt ans plus tôt.

Et puis, le sexe, avec Gwyn, pas mal du tout. Elle était souple et elle connaissait des trucs qui lui manqueraient. La détective, pas mal non plus. Il avait pris des risques, à jongler entre les deux. Il avait fallu se montrer prudent, faire attention à tout, pour ne pas risquer de croiser l'une quand il était avec l'autre. Les traqueurs piqués à Nicki l'avaient aidé. Il en avait placé un dans le sac de Gwyn, un autre dans la voiture de Nicki.

Ce dernier lui avait été particulièrement utile, puisqu'il lui avait permis de savoir que Nicki se déplaçait à Anderson Ferry. Comment elle avait eu l'idée, il l'ignorait, et ça n'avait pas d'importance. Elle avait enquêté là-bas, donc elle avait tout appris de son passé. Et d'Ileanna.

Elle avait osé enquêter sur lui. Dans son dos. Mais elle n'aurait pas pu le dénoncer. Pas après lui avoir procuré une fausse identité. D'autant plus que ce n'était pas la première fois, pour elle. Si elle l'avait signalé aux flics, elle serait allée en prison, elle aussi. Il ne l'avait pas tuée pour qu'elle se taise. *Je l'ai tuée parce qu'elle m'a mis hors de moi.*

Ensuite, il l'avait regretté. Pas de l'avoir tuée, parce que ça, elle l'avait mérité. Elle l'avait supplié, elle avait juré de ne pas parler, elle avait même dit qu'elle l'aimait. Sans blague ? Si elle l'avait aimé, elle lui aurait fait confiance. Elle était morte parce qu'elle l'avait cherché.

N'empêche qu'il n'aurait pas dû se défouler comme ça, mais l'emmener ici, à l'usine. Il s'était montré imprudent en opérant chez elle et en abandonnant le corps sur place. Il avait eu de la chance : son partenaire n'avait pas retrouvé sa trace, mais c'était une erreur qu'il ne commettrait plus.

Il s'extirpa lentement de la voiture et constata avec mécontentement qu'il tenait difficilement debout. Il avança jusqu'au coffre et l'ouvrit. Gwyn était encore dans les vapes, mais elle ne tarderait pas à se réveiller. Il ne lui avait pas donné autant de barbituriques qu'aux autres. Elle était si petite et menue qu'il avait eu peur de la tuer. Il avait encore besoin d'elle, pour faire pression sur Lucy.

D'après ce qu'il avait observé à Anderson Ferry, lors de la rencontre entre Lucy et son père, elle ne se laisserait pas émouvoir par la souffrance de son géniteur. Pour sa mère, ça restait à voir. Mais pour Gwyn, il savait. Lucy ne supporterait pas qu'on torture la petite Gwyn devant elle.

Lucy était revenue à elle, et il savoura l'instant où elle le reconnut. Une lueur de surprise passa dans ses yeux d'un bleu si froid, qui s'agitèrent ensuite pour tenter de voir autour d'elle.

— C'est bête que tu aies dit à Gwyn que tu avais trouvé mon traqueur dans ton sac. Ça lui a donné l'idée de fouiller dans le sien. Elle en a trouvé un aussi. Elle était en train de t'appeler pour te le dire quand je suis rentré de la livraison du corps d'Agar.

C'était cet événement qui l'avait contraint à avancer l'enlèvement de Lucy. Il avait surpris Gwyn s'apprêtant à s'enfuir de son appartement en pyjama de soie, son portable à la main. Elle avait deviné qui plaçait les traqueurs, et elle s'apprêtait à le dénoncer. Il l'avait aisément maîtrisée, mais il avait dû faire des choix. Gwyn était censée servir d'appât pour attirer Lucy dans un piège. Si elle disparaissait, ça ne marcherait plus. Donc, il fallait agir tout de suite.

D'urgence.

Il avait attendu que les flics abandonnent la scène de crime, puis il avait appelé.

— Tu n'aurais pas dû lui donner l'idée de regarder dans son sac, Lucy. Maintenant, elle doit mourir, elle aussi. A cause de toi.

24

Mercredi 5 mai, 9 h 20

Stevie raccrocha son téléphone. En attendant Hyatt, qui avait dû donner une conférence de presse, elle avait fait des recherches sur le passé d'Evan Reardon.

— Aux dernières nouvelles, Evan vivait à Oxford, dit-elle. Pas loin d'Anderson Ferry. Il est infirmier. Je viens d'appeler l'hôpital où il travaillait. On m'a dit qu'il avait démissionné il y a trois mois.

— Au moment de la mort de sa mère, commenta J.D.

Ne supportant pas d'attendre sans rien faire, il passait en revue les photos que Higgins leur avait données.

— On a regardé ces photos une bonne douzaine de fois, dit Stevie. Il n'y en a aucune de la mère d'Evan.

— Ça fera treize, rétorqua J.D. Evan Reardon est à Baltimore. Il a un putain de réfrigérateur à sa disposition et un vendeur de beignets tout près de chez lui. Il est là, merde, sous notre nez !

Il prit la photo de l'équipe de football.

— Il y avait huit seniors dans cette équipe. Buck, Malcolm et Ryan sont morts. Sonny a disparu. Tu as dit que l'un d'eux était mort et que l'autre habitait Baltimore. Tu as l'adresse de celui de Baltimore ?

— Non. J'avais demandé à Debbie de chercher. Laisse-moi vérifier.

Elle appela la secrétaire de Hyatt et, quand elle raccrocha, elle arborait un sourire de triomphe.

— James Cannon vit dans un appartement à Fells Point. Dans le même quartier que le DoughBoyz qui vend des beignets.

— On y va ! dit-il.

Il était déjà sur le pas de la porte, mais elle l'arrêta.

— Attends ! lança-t-elle en composant un numéro. Il nous faut un mandat.

— Il faut surtout trouver Reardon.

— Moi aussi je veux le retrouver, mais je ne voudrais pas qu'il nous échappe par la suite.

J.D. revint vers le bureau en rongeant son frein, tandis qu'elle appelait Daphne pour la mettre au courant.

— Est-ce qu'on peut fouiller l'appartement de Cannon ? lui demanda-t-elle en guise de conclusion.

— Pas en vous fondant uniquement sur la proximité avec le vendeur de beignets, répondit Daphne, que J.D. pouvait entendre à travers le haut-parleur. Vous avez autre chose ?

— Non, pas encore.

— J'y vais, coupa J.D. S'il n'y a personne chez lui, je taperai chez les voisins pour demander si quelqu'un l'a vu récemment, et pour montrer la photo de Reardon. S'il est passé par là, on pourra raisonnablement supposer que Cannon est mort.

— Appelez-moi de là-bas, répondit Daphne. Le mandat sera prêt. Si Cannon a disparu et que ses voisins ont vu Reardon, vous pourrez fouiller.

Stevie raccrocha et attrapa sa veste. Ils arrivaient devant l'ascenseur quand le téléphone de J.D. sonna. C'était la morgue.

— Ici Craig Mulhauser.

J.D. songea que la nouvelle de la disparition de Lucy avait dû beaucoup l'affecter.

— On n'a rien de nouveau, dit-il.

— Je sais. Ce n'est pas pour ça que j'appelle. Je viens de recevoir un coup de fil de M. Bennett père. Il veut venir identifier le corps de son fils.

— Quoi ? Mais comment allez-vous faire pour le lui présenter ?

— On ne peut pas, répondit Mulhauser d'un ton désolé. Il ne pourrait pas l'identifier. Je lui ai dit qu'on l'avait identifié par des procédés scientifiques, mais il insiste. Il assure qu'il a été appelé pour venir identifier le corps.

J.D. fronça les sourcils.

— Qui l'a appelé ?

— D'après lui, ce serait vous.

— Merde ! Encore ! Il s'était aussi servi de moi pour attirer Agar ici.

— Je sais. Je lui ai demandé de ne pas quitter son hôtel tant que vous n'aurez pas pris contact avec lui.

— Merci, docteur. On va peut-être pouvoir utiliser la situation.

Il raccrocha et expliqua à Stevie ce qui se passait.

— Qu'est-ce qu'on fait en premier ? demanda-t-il. L'appartement de Cannon ou Bennett ?

— Bennett. On va envoyer des agents frapper à la porte de Cannon. Reardon n'a sûrement pas embarqué Lucy là-bas, de toute façon.

— Il l'a emmenée au même endroit que les autres, dit J.D. Dans un endroit isolé.

— Oui. Les agents interrogeront les voisins. Et nous, en interrogeant les Bennett, on aura peut-être de quoi obtenir un mandat pour perquisitionner chez Cannon.

Mercredi 5 mai, 9 h 30

Lucy avait atrocement mal au crâne. *Royce. C'était Royce depuis le début.* Sauf que ce n'était pas Royce, mais Evan. *Evan Bryan. Je suis à sa merci. Et Gwyn aussi.*

Elle avait les pieds ligotés, ainsi que les mains, derrière le dos. Le Scotch qu'il lui avait collé sur la bouche quand il avait tiré sur Skinner était toujours en place. Elle songea à

Skinner, à sa fierté quand il lui avait montré la photo de son bébé. *Faites qu'il ne soit pas mort.*

Gwyn était allongée derrière elle dans le coffre. Maintenant que la voiture ne roulait plus, elle entendait sa respiration saccadée. Elles étaient en vie. Pour le moment. Et ses parents ? Est-ce qu'Evan les avait déjà tués ?

Il détient ma mère. Il prend le cœur de ses victimes. Il va lui prendre le sien. Celui de Gwyn. Le mien. La panique lui donna la nausée. Elle se concentra pour la refouler.

J.D. Où es-tu ? Il avait mis le traqueur dans sa poche. *Il va venir.* Mais s'il n'arrivait pas à temps ? Il lui fallait un plan. Mais lequel ? Evan était blessé. Avant qu'il ne referme le coffre, elle avait eu le temps de voir le bandage qui enveloppait son bras. Elle avait entendu un coup de feu. Skinner avait dû tirer et le toucher.

C'était une bonne chose. Elle tenta de se raccrocher à ça. Elle avait aussi remarqué la pâleur d'Evan. Il avait perdu beaucoup de sang. Il était affaibli. Il ne restait plus qu'à guetter le moment propice pour intervenir…

Tu seras peut-être obligée de le tuer. Est-ce que tu en seras capable ? Elle songea à Kevin Drummond. A Nicki Fields. *Oh oui, j'en serai capable.*

Mercredi 5 mai, 10 heures

En arrivant à l'hôtel des Bennett, J.D. et Stevie les trouvèrent ébranlés. J.D. espéra qu'ils en deviendraient plus communicatifs. Il s'apprêtait, en tout cas, à lutter férocement avec eux s'ils mentaient.

— Voilà ce qui va se passer, dit-il d'un ton acide. Vous allez nous dire ce qui est arrivé à Ileanna Bryan il y a vingt et un ans. Le tueur a enlevé Lucy Trask.

Bennett soupira. Sa femme ferma les yeux.

— Ainsi que ses parents et le shérif d'Anderson Ferry, ajouta Stevie.

Ils pâlirent un peu plus tous les deux. Si c'était possible.

— Donc, vous allez parler. Qu'est-ce qui s'est passé ? Qui était impliqué ?

— On ne sait pas vraiment, répondit Bennett. La fille des Bryan a été agressée et nos fils… Ils se sont comportés… Ils étaient bizarres.

— Vous voulez dire qu'ils se sont comportés comme s'ils avaient quelque chose à se reprocher, corrigea J.D. Un viol collectif, par exemple. Doublé d'un meurtre.

— Russ m'a toujours juré qu'il n'avait rien fait, murmura Bennett. La police a clos le dossier quand l'ex-petit copain d'Ileanna s'est suicidé et qu'ils l'ont tous désigné comme le coupable. Puis Buck est mort et tout a changé.

Mme Bennett se mit à tripoter nerveusement son collier de perles.

— Nous, les parents, nous avons commencé à nous éviter parce que nous pensions que nos enfants avaient fait quelque chose, dit-elle. Quelque chose d'affreux. Mais on ne savait pas quoi.

— Qui évitait qui ? demanda J.D. d'un ton impatient.

— Tout le monde évitait tout le monde, répondit M. Bennett. Sauf Myrna Westcott, qui ne se doutait de rien, ou qui était plus douée que nous pour le déni. Si vous voulez une liste de noms, je pense que ça concernait Sonny, Buck, Malcolm Edwards, Ryan Agar et James Cannon.

J.D. remarqua qu'il n'incluait pas son fils dans le lot.

— Est-ce que vous signeriez une déclaration ?

Bennett acquiesça.

— Oui.

Stevie appelait déjà Daphne.

— Daphne, on va avoir une déclaration. Vous pouvez préparer le mandat.

J.D. se leva pour sortir, mais avant de partir, il avait une question à poser.

— Pourquoi avoir réclamé des articles à Bart Higgins à propos du procès de Lucy ?

— C'est Russ qui m'a envoyé. Il m'a dit qu'il connaissait un journaliste qui voulait écrire un article sur ce procès et qui avait besoin des articles.

J.D. fronça les sourcils.

— Et vous avez accepté ? Pourtant, vous vous entendiez bien avec Lucy. Vous déjeuniez régulièrement en ville avec elle, je le sais.

Il se tut. Mme Bennett répondit à sa place.

— Nous déjeunions avec elle parce que sa mère nous le demandait. Elle n'avait pas d'autres moyens de prendre de ses nouvelles. Nous avons accepté parce que nous ne voulions pas être en mauvais termes avec un Trask.

— Ron est particulièrement rancunier, renchérit Bennett.

— Et Kathy sait trop de choses, ajouta Mme Bennett d'un ton amer.

— Que sait-elle ? demanda Stevie. Dites-le. Et vite.

— Les secrets d'un peu tout le monde, répondit Mme Bennett. Elle sait par exemple que j'ai eu une liaison autrefois, quand les enfants étaient petits. Je… J'ai eu une infection… J'ai dû l'avouer à mon mari qui m'a pardonnée depuis. Mais Kathy le savait.

— Et elle a menacé de le lui dire ? s'étonna Stevie.

— Oui. Quand Lucy a été arrêtée. Ron ne voulait pas lui payer un avocat, alors Kathy s'est tournée vers nous. Elle nous a demandé de nous en occuper. C'était elle qui réglait les honoraires, mais il fallait que tout le monde pense que ça venait de nous. Nous avons refusé, parce que nous ne voulions pas nous mettre Ron à dos. C'est là qu'elle a employé la menace.

J.D. ouvrit des yeux ronds.

— C'est sa mère qui a payé son avocat ?

— Oui, répondit M. Bennett. Elle était trop lâche pour s'imposer face à son mari, et donc on a dû se mouiller. Ron nous l'a fait payer, pendant des années, de diverses manières. S'il ne nous a pas chassés de la ville, nous aussi, c'est uniquement parce que nous savions que Buck était mouillé dans le meurtre d'Ileanna.

— Pourquoi, vous aussi ? demanda Stevie.

— Je ne suis sûr de rien, mais… les Bryan accusaient Ron et Kathy d'avoir volé le pendentif de leur fille. Puis, brusquement, ils ont décidé de partir. Tout le monde ici savait que Ron était capable d'user de son pouvoir pour servir son intérêt personnel. Après ça, on s'est encore plus méfié de lui.

Charmante ville, décidément…

— Comment Russ vous a-t-il convaincus de réclamer les articles sur le procès de Lucy ? demanda J.D.

Bennett détourna le regard.

— Il a menacé de nous empêcher de voir nos petits-enfants.

Il n'y en avait décidément pas un pour racheter l'autre…

— Où devait-il le retrouver, ce journaliste ?

— Je l'ignore, répondit Bennett en pâlissant. Ce n'était pas un journaliste, n'est-ce pas ?

— Non, dit posément J.D. C'était Evan Reardon.

Les Bennett accusèrent le coup.

— Seigneur, murmura Mme Bennett.

— Je ne savais pas, gémit M. Bennett. Je ne savais pas… Je l'ai aidé à… Oh ! Seigneur…

Stevie posa sa main sur la manche de J.D.

— Inspecteur Fitzpatrick ? Il faut y aller.

Mercredi 5 mai, 10 h 20

Il revient. Allongée dans le coffre, Lucy entendit approcher les pas d'Evan. Elle n'avait aucune idée de l'heure qu'il était, elle savait seulement qu'il s'était écoulé beaucoup de temps. Trop de temps. J.D. aurait déjà été là, s'il avait pu la localiser avec le traqueur.

Le coffre s'ouvrit et elle ferma les paupières, dans l'intention de faire croire à Evan qu'elle était inconsciente.

— Je sais que tu es réveillée, Lucy, ricana-t-il. Tu peux ouvrir les yeux.

Elle ne les ouvrit pas, pour ne pas lui donner la satisfaction de contempler sa peur. Il se pencha sur le coffre et souleva Gwyn. Puis elle entendit grincer une roue et un bruit sourd.

— Je vais te sortir de là, annonça-t-il. J'ai une arme. Si tu essayes de résister, je tire, pas pour te tuer, pour te blesser. Et ensuite j'éventre ta copine sous tes yeux, en m'arrangeant pour qu'elle sente ce qui se passe. Fais un signe de tête si tu as compris.

Lucy songea à Nicki Fields et elle crut qu'elle allait vomir. Puis elle poussa un petit cri de douleur quand il lui souleva la tête en la tirant par les cheveux.

— Je t'ai dit de faire un signe si tu avais compris.

Elle acquiesça. Il la lâcha. Puis il la sortit du coffre en passant un bras autour de sa taille. Elle se raidit en atterrissant sur un sol dur et métallique.

Elle sentit alors une odeur de rouille. Elle entendit grincer des roues. Elle ouvrit les yeux. Elle se trouvait sur un chariot roulant, avec Gwyn, sur une aire de chargement. Du coin de l'œil, elle aperçut une porte de garage assez grande pour laisser passer un dix-huit roues. Mais l'aire de chargement était déserte.

Il n'y avait qu'elles et Evan. Les secours auraient dû déjà arriver. *Tu ne peux compter que sur toi-même.*

Evan se pencha sur elle, grand, large et terrifiant, la main de son bras valide crispée en poing.

— J'ai attendu cet instant pendant des années, dit-il.

Le coup s'abattit avec une violence inouïe, sans qu'elle l'ait vu venir. Une douleur aveuglante la transperça. Des larmes lui piquèrent les yeux.

Du sang chaud coulait maintenant sur son visage. Elle saignait du nez et ne pouvait pas respirer par la bouche, à cause du bâillon. Elle étouffait, des lumières blanches dansaient devant ses yeux. Puis, soudain, il lui arracha le bâillon. Elle avala l'air avec des halètements sifflants.

— Ça, c'était pour m'avoir brisé le nez, dit-il.

Elle faillit vomir et se força à respirer lentement.

— Je suis désolée… Je… Je ne m'en souviens pas.

Le visage d'Evan se ferma.
— Tu ne t'en souviens pas ?
— Je me battais... souvent... Je suis... désolée.
— Tu ne vas pas tarder à être vraiment désolée, t'en fais pas. Parce qu'on est loin d'être quittes.

Mercredi 5 mai, 10 h 30

Daphne attendait J.D. et Stevie devant l'appartement de Cannon, qu'une équipe d'experts fouillait déjà.
— Ce mandat est limité à ce qui est en vue, et uniquement aux documents liés à la complicité de Cannon dans le meurtre de la fille Bryan. Désolée, je n'ai pas pu faire mieux avec un délai aussi court.
— Espérons que ça suffira, répondit Stevie en enfilant une paire de gants. Drew ?
Drew leva le nez d'une pile de papiers qui se trouvaient sur la table de la salle à manger.
— Les voisins ont reconnu Evan quand j'ai montré sa photo. Ils disent qu'il s'est installé ici il y a environ six semaines. Nous avons trouvé des tonnes de documents, mais rien qui nous indique où il a pu aller. Une bonne nouvelle : nous avons des empreintes correspondant à celles qui ont été prélevées dans la Lexus noire d'Anderson Ferry.
Il hésita.
— Dans le coffre de la Lexus, il y avait un couteau. Un long couteau à filets, très tranchant. D'après les photos qu'on m'a envoyées, ça pourrait être l'arme des meurtres du voiturier, de la prostituée et de la détective.
J.D. fouilla le bureau de Cannon en essayant de ne pas penser au couteau, tandis que Stevie s'attaquait au placard du couloir. Au bout de quelques instants, il se redressa.
— Daphne ? demanda-t-il, tandis que son pouls grimpait en flèche. Les restrictions de ton mandat, elles seraient valables si Reardon était l'occupant légitime de cet appartement. Ce

n'est pas le cas, il ne peut donc se prévaloir d'aucune vie privée ici, n'est-ce pas ?

— C'est ma foi vrai, répondit doucement Daphne.

— Parfait, dit-il d'une voix fervente. Stevie, regarde ce que j'ai trouvé.

Il lui tendit un papier.

— C'est un manuel d'utilisation pour un congélateur cryogénique. Il l'a imprimé depuis son ordinateur. Et regarde la date.

— Il y a deux semaines, murmura Stevie. Le lendemain de la disparition de Bennett. Bien vu, J.D.

— Il faut trouver ce congélateur avant qu'il ne soit trop tard.

Il ouvrit un autre tiroir.

— J'ai quelque chose !

Il sortit une liasse de croquis d'architecte qu'il étala sur la table, près des relevés de carte bancaire.

— C'est une usine.

Il posa son doigt sur l'une des feuilles.

— Le voilà, notre congélateur. Il est énorme.

— Assez grand pour contenir un homme ? demanda Stevie.

— D'après le manuel, sa contenance serait de plus de six tonnes, intervint Drew. J.D. a raison, il est énorme.

— J'ai vu passer un truc, moi aussi, murmura Daphne d'un ton fébrile.

Elle se mit à passer en revue la pile de documents qu'elle venait de consulter.

— Voilà. Ça remonte à deux ans. James Cannon a fait un prêt pour rénover une usine de conditionnement de poisson. Il devait le toucher il y a un an, mais la banque a finalement annulé l'opération. La crise des crédits. Il n'a pas eu l'argent, et il n'a pas pu faire ses travaux.

— L'usine est donc restée à l'abandon, conclut Stevie.

— Jusqu'à ce que Reardon décide de s'y installer, renchérit J.D., le cœur battant.

Lucy, tiens bon ! On arrive.

— L'adresse de l'usine, dit-il à Daphne.

Mercredi 5 mai, 10 h 30

Lucy leva la tête quand le chariot poussa une double porte battante. En quittant l'aire de chargement, ils avaient traversé un couloir sombre et… Elle battit des paupières et balaya les lieux du regard. Ils se trouvaient dans une usine. Une usine désaffectée. Dans la pénombre, elle distinguait les tapis roulants d'une chaîne. Immobiles. De gros équipements couverts de poussière. Et, évidemment, un gigantesque congélateur cryogénique, assez grand pour congeler plusieurs millions de petits pois. Ou un homme.

Elle leva un peu plus la tête et se figea. Sur le sol, un peu plus loin, il y avait deux personnes. Son père, allongé sur le côté, ligoté et bâillonné. Et à quelques mètres… sa mère. Le cœur de Lucy se serra. Kathy Trask était assise, adossée à une colonne. Elle avait les jambes étirées devant elle, les chevilles attachées. Ses poignets aussi étaient attachés. Elle avait l'air malade. Elle était grise. Mais vivante.

Lucy sentit quelque chose lui gratter le mollet. *Gwyn.* Gwyn avait repris conscience. Elle commença par s'en réjouir, puis se prit à douter. Sans doute aurait-il mieux valu que Gwyn reste dans les vapes. Du moins pour le moment.

Au-delà de la chaîne et de ses parents, il y avait deux tables métalliques. Sur la plus grande des tables, un homme était étendu. Elle battit des paupières, en se concentrant pour mieux voir. Sonny Westcott. Il était nu, jambes et bras écartés, les poignets et les mains attachés aux quatre coins de la table avec une corde enroulée autour des pieds. Impossible de dire s'il était en vie ou non.

Sur la petite table… *Ses outils…* Des couteaux, des marteaux. *La scie.* Lucy vit défiler les images des corps qu'elle avait autopsiés. *Il leur enlève le cœur. A nous aussi, il va le faire.*

Elle s'entendit gémir de terreur et serra les dents.

Pas ça. Si tu craques, tu ne sortiras pas vivante d'ici.

Elle se força à regarder Evan droit dans les yeux.

— On vous a tiré dessus. Il vous faut des points de suture.

Il eut un petit sourire cruel.

— Et tu proposes de me recoudre ? Mais pour ça, il faudrait que je te détache, n'est-ce pas ? Est-ce que j'ai l'air complètement idiot ? Ne t'en fais pas pour moi. Je me suis recousu tout seul.

Elle ne put dissimuler son étonnement.

— Vous savez faire des points de suture ?

— J'ai l'habitude des tâches subalternes que les médecins dédaignent.

Ainsi, il avait une expérience dans ce domaine. Elle n'en était pas surprise. Il avait fait du travail de premier ordre, avec les cadavres qu'il leur avait livrés.

Il était pâle, il gardait son bras blessé collé à son flanc, mais il allait bientôt reprendre le dessus. Elle avait intérêt à agir le plus tôt possible.

— Est-ce que Sonny est vivant ? demanda-t-elle.

Il sourit, comme si elle avait deviné où elle voulait en venir.

— Malheureusement pour toi, oui. J'attends qu'il revienne à lui pour le finir.

— Vous êtes conscient que la police va vous chercher partout, dit-elle posément.

— Je suis conscient que la police va *te* chercher, corrigea-t-il. Moi, personne ne me cherche. Je suis mort. J'ai donné un paquet de fric pour ça.

Elle ne comprit pas ce qu'il voulait dire et n'insista pas.

— Vous êtes le frère d'Ileanna. Ils vous cherchent.

Une lueur de colère passa dans les yeux d'Evan.

— Je t'interdis de prononcer son nom.

— Vous vouliez pourtant qu'on trouve son nom en l'inscrivant, lettre par lettre, sur le dos de vos victimes.

— N'essaye pas de m'embobiner, coupa Evan. Je sais à quoi tu joues.

— Et à quoi ?

Il sourit de nouveau, et elle se demanda comment elle avait fait pour ne pas remarquer cette lueur de folie dans ses yeux, durant toutes ces semaines où elle l'avait côtoyé en tant que

Royce. Toutes ces semaines où il avait été près de Gwyn. *Et de moi. Il aurait pu me tuer des douzaines de fois.* S'il ne l'avait pas fait, c'est qu'il avait d'autres ambitions.

— Tu n'avais pas à deviner, tu savais depuis le début. Tu as ses bijoux.

« A la plus chouette des sœurs ».

— J'avais le bracelet, oui. Mais je croyais que Buck voulait me l'offrir. Et le collier, le pendentif, je ne l'ai jamais eu.

— Tu n'es qu'une menteuse.

Il s'accroupit pour se placer à sa hauteur et lui caressa le visage du bout des doigts. Elle en frissonna de dégoût.

— A qui as-tu vendu mon collier ? Je veux le savoir, parce que je tiens à le récupérer.

— Je ne sais pas où est votre collier, dit-elle.

Elle cria quand il lui envoya son poing dans la mâchoire. Le choc fit rouler le chariot dans lequel elle était allongée, et des étoiles blanches dansèrent devant ses yeux. Il retint le chariot et le tira vers lui.

— Tu l'as vendu. Je le sais.

— Non. Je n'ai jamais eu ce collier en main. Je…

Il la tira sans ménagement pour la faire tomber du chariot et lui balança un coup de pied dans les côtes. Elle se recroquevilla, avec la sensation qu'elle allait vomir.

— Je le jure, gémit-elle.

— Tu es aussi menteuse et hypocrite que ton père.

Il regarda du côté du père de Lucy en ricanant.

— Ce père qui vole les bijoux sur les cadavres et qui chasse de la ville les gens qui réclament justice.

Il s'accroupit de nouveau près d'elle et lui saisit le menton.

— Je t'ai laissé une chance de rétablir les choses, autrefois, dit-il. Je suis venu vers toi, mais tu étais comme lui, tu as refusé de m'entendre et de m'aider.

— C'est là que je vous ai cassé le nez ? demanda-t-elle.

— Mais oui, et tu le sais, je ne vois pas pourquoi tu me poses la question. Tu m'as cassé le nez. Mais je t'ai rendu la monnaie de ta pièce, on dirait.

— Je suis désolée, répéta-t-elle d'une voix désespérée. Je me suis souvent battue après la mort de mon frère. Je suis désolée.

— Mais avec moi, tu n'aurais pas dû te battre, rugit-il. Parce que moi, je faisais partie de cette famille que ton père avait ruinée. Ce jour-là je suis venu vers toi pour te supplier de m'aider. Je voulais sauver ma famille.

Elle souffrait atrocement. Ses côtes la brûlaient.

— Pourquoi dites-vous que mon père a ruiné votre famille ?

— Tu le sais, pourquoi.

— Non, pleurnicha-t-elle. Je ne le sais pas. Je n'avais que quatorze ans.

Elle crut voir passer une lueur de doute dans son regard. Si seulement elle avait pu le faire douter…

— Il a menacé d'embarquer mon père, dit-il.

Il regarda l'ancien shérif avec des yeux chargés de haine.

— Pour quel motif l'aurait-il embarqué ? demanda-t-elle doucement.

— Il aurait mis en scène un vol dont il l'aurait accusé.

— Et pourquoi êtes-vous venu vers moi ?

Il plissa les yeux.

— Ton père détenait quelque chose qui appartenait au mien. Si tu me l'avais rendu, tout serait rentré dans l'ordre. Nous n'aurions pas tout perdu. Mon père ne se serait pas suicidé.

— Je n'étais au courant de rien… Je ne savais pas. Pas plus pour mon père que pour mon frère. J'aurais pu vous l'expliquer, si vous me l'aviez demandé…

Il posa sur elle un regard glacial.

— J'ai essayé de te demander, tu as refusé d'écouter.

Lucy ferma les yeux, en tentant de se souvenir de l'épisode, mais non, vraiment, elle ne voyait pas.

— Je suis désolée, murmura-t-elle. Je ne me rappelle rien…

Elle sut, au moment où les mots sortaient de sa bouche, qu'elle venait de commettre une erreur.

— Ah oui ? ricana-t-il d'un ton plein de méchanceté. Mon père s'est tué. Ma mère a sombré dans l'alcool. Tu aurais pu leur épargner ça, en me rendant le collier.

— Mais je n'ai jamais eu ce collier, protesta-t-elle. Jamais.

Il se redressa d'un bond, le corps crispé de rage.

— Tu mens ! hurla-t-il.

Il courut vers la petite table et ramassa une batte, puis il revint, toujours en courant.

— Tu l'avais. Tu l'avais depuis le début. Et tu l'as vendu. Tu l'as vendu pour t'acheter ton putain de club.

Il abaissa brutalement la batte, qui l'atteignit au tibia, et elle entendit craquer son os. Elle poussa un hurlement. La douleur était insoutenable.

Ma jambe… Il m'a cassé la jambe. Seigneur…

La douleur l'envahit, présente dans tous les points de son corps.

— Ça fait mal, hein, docteur Trask ? Voyons ce que je peux faire d'autre…

Il courut vers la grande table, détacha Sonny Westcott à la hâte et le poussa à terre, puis revint, toujours en courant, le visage écarlate. De grosses gouttes de sueur couvraient son front. Il mit Lucy debout, avec son bras valide, et l'entraîna vers la table. Elle se débattit furieusement pour lui échapper, et il dut passer son bras blessé autour de sa gorge pour l'immobiliser.

C'était le moment qu'elle attendait.

Elle donna un coup d'épaule dans le bandage qui enveloppait son biceps. Il hurla et tituba. Ils tombèrent ensemble.

— Salope ! Tu vas le payer cher…

A genoux, il la saisit de nouveau par la taille et tenta de l'obliger à se lever. Elle n'entendait plus que les battements affolés de son cœur. Elle ne sentait plus que sa jambe qui la brûlait atrocement. Elle se défendit comme un animal pris au piège, ruant en arrière, hurlant quand son crâne heurta le front d'Evan.

Le bras qui enserrait sa taille lâcha prise et elle roula aussitôt sur elle-même pour s'éloigner du danger, soulevant sa tête douloureuse pour éviter le sol. Evan était tombé et ne bougeait plus. Le bandage autour de son bras était tout rouge. Ses points avaient dû sauter, car il s'était remis à saigner.

Elle chercha désespérément une arme du regard — et ses yeux tombèrent sur la plus petite des tables. *Les couteaux.* Elle avait vu des couteaux. Elle se hissa péniblement sur un genou, le menton à hauteur de la table, et tira. La table bascula et tomba sur le sol de béton. Un coin heurta violemment le front d'Evan.

Les instruments se répandirent à terre.

Elle aurait eu besoin de souffler, mais elle n'avait pas le temps. *Partir. Il faut partir. Coupe tes liens.* Avec ses mains attachées dans le dos, elle n'y arriverait pas sans aide. Depuis son chariot, Gwyn la regardait d'un air hagard.

Elle se contorsionna jusqu'à sentir ses mains se refermer sur un couteau. Puis elle se mit à rouler sur elle-même, vers Gwyn, serrant les dents contre la douleur et priant pour ne pas se poignarder elle-même au cours de la manœuvre.

Ocean City, Maryland
Mercredi 5 mai, 10 h 30

Clay arrêta la voiture.

— Alyssa, on est arrivés. Réveille-toi.

Alyssa remua et bâilla, puis battit des paupières de surprise.

— Mais on n'est pas à Anderson Ferry !

— Non. J'ai réfléchi pendant le trajet. D'après Mazzetti, Nicki est allée à Anderson Ferry il y a une semaine pour prendre un dossier. Or, ce dossier, nous ne l'avons pas trouvé.

— Ce qui signifie que Nicki l'a caché quelque part, ou qu'Evan l'a récupéré.

Clay acquiesça.

— Je me suis demandé pourquoi Evan l'avait tuée ce soir-là. Si c'était parce qu'elle avait des informations provenant d'Anderson Ferry, comment le savait-il ?

— Elle lui en avait peut-être parlé.

— C'est à moi qu'elle aurait dû en parler, murmura-t-il.

Pourquoi tu n'es pas venue me demander de l'aide, Nicki ?

— Mais elle ne m'en a pas parlé, reprit-il en soupirant. Parce qu'elle n'a pas osé, je suppose. Et si elle n'a pas osé, c'est que c'était vraiment moche.

— Je vois où tu veux en venir. Quand on détient un dossier trop sensible, on ne le cache pas dans son appartement.

— Elle ne l'a pas fait entrer, ce soir-là. Elle était dans son lit quand…

Il dut ravaler la bile qui lui brûlait la gorge, comme chaque fois qu'il pensait au corps mutilé de Nicki.

— Il l'a surprise dans son sommeil. Il savait qu'elle savait. Et ça l'a rendu fou de rage.

— Mais comment pouvait-il savoir ? demanda-t-elle.

Puis elle soupira.

— J'ai compris. Il avait équipé la voiture de Nicki d'un traqueur.

— Bravo, approuva Clay d'un air morne. Il savait qu'elle était allée à Anderson Ferry. Il savait qu'elle était rentrée chez elle. Ensuite, je me suis demandé pourquoi notre traqueur à nous était ici, à Ocean City.

Il montra du doigt un motel dont la peinture décolorée avait pris depuis longtemps une teinte grisâtre.

— Pourquoi dans ce motel ?

— Parce que Nicki a laissé le dossier ici.

A présent qu'il était là, il avait peur d'entrer. Mais il devait le faire.

— Viens avec moi, dit-il. Je ne veux pas te laisser seule tant que les flics n'ont pas arrêté Reardon.

— Tu es sûr qu'ils vont le trouver ?

— Il a tiré ce matin sur l'inspecteur chargé de protéger la légiste que nous avons vue hier à la morgue. L'homme est dans un état critique, la légiste a disparu. La radio ne parle plus que de ça.

— Seigneur…, murmura Alyssa.

— Ils le trouveront. C'est juste une question de temps.

— Pauvre femme, commenta Alyssa tout en le suivant dans le motel.

S'il la tue, j'aurai sa mort sur la conscience.

Il appuya sur la sonnette de la réception et une vieille femme sortit pour les accueillir.

— Je m'appelle Maynard, dit-il. C'est Nicki Fields qui m'envoie.

— Oh, très bien. Puis-je voir une pièce d'identité ? Nicki a bien précisé que je devais vérifier votre identité.

Clay lui montra son permis et la vieille femme disparut, puis revint, en lui tendant une épaisse enveloppe kraft.

— Merci, répondit Clay en la prenant.

De retour dans la voiture, il ouvrit l'enveloppe et en sortit une liasse de papiers. Sur le dessus, il y avait un mot, écrit à la main. En reconnaissant la belle écriture de Nicki, Clay eut un nœud à la gorge.

Cher Clay,

Si tu lis ceci, c'est qu'Evan Reardon m'a tuée. Au moment où j'écris ce mot, j'espère encore régler seule le problème. Je ne t'ai parlé de rien parce que j'avais honte d'avouer à quel point j'avais déconné. J'ai fait confiance à Evan, je suis tombée amoureuse de lui. J'ai même envisagé de devenir Mme Ted Gamble et de m'enfuir avec lui. Maintenant, il ne me reste plus qu'à tenter de réparer les dégâts.

Quand Evan est venu nous voir, j'ai effectué les recherches habituelles sur son passé. Parmi les pièces que j'avais réclamées, il y avait des pièces d'état civil. Ces documents ont mis plusieurs semaines pour arriver de Newport News, à un moment où j'étais déjà prise au piège — ce qui m'avait empêchée de voir ce que j'aurais dû voir.

En lisant le certificat de mariage des parents d'Evan, j'ai appris que sa mère s'appelait Yvette Bryan, pas Yvette Smith, comme il le prétendait. Evan m'avait raconté que le nom de jeune fille de sa mère était Smith, et que Timothy

Reardon était son premier mari, et qu'elle l'avait eu, lui, avant son mariage. Ça ne collait pas. Ça m'a tracassée.

Timothy est mort il y a dix ans, mais j'ai réussi à prendre contact avec sa sœur. Elle m'a raconté que, lorsque Yvette était soûle, elle pleurait sur le sort de sa fille, Ileanna. Ileanna n'est pas un nom très courant, et je n'ai pas eu beaucoup de mal à trouver son certificat de décès. Ileanna Bryan a été assassinée dans une ville du Maryland, Anderson Ferry. Je me suis rendue à Anderson Ferry, où j'ai trouvé sa tombe. Elle était morte à dix-sept ans. Je suis passée au journal local et ils m'ont confié les articles que tu trouveras dans cette enveloppe. Je me demande à présent pourquoi Evan ne m'a pas parlé de cette histoire.

Et surtout, je me demande pourquoi il nous a réclamé une nouvelle identité. J'ai besoin de temps pour comprendre ce qui se passe. S'il n'y a rien de grave et que tout s'arrange, je reviendrai chercher cette enveloppe. Et si ce n'est pas le cas… tant pis pour moi.

Le mot n'était pas signé. Pas d'au revoir. Clay le tendit à Alyssa et démarra. Il n'avait plus besoin d'aller à Anderson Ferry, à présent.

Baltimore, Maryland
Mercredi 5 mai, 10 h 30

Gwyn avait réussi à se mettre à genoux. Lucy la rejoignit et se redressa en s'appuyant sur sa jambe valide. Ses mains serraient toujours le couteau. Gwyn ne prononça pas un mot et vint se placer de manière à ce que ses liens entrent en contact avec la lame.

Lucy surveillait le corps d'Evan du coin de l'œil. Il ne bougeait toujours pas. Les mouvements de Gwyn lui paraissaient d'une lenteur exaspérante, et pourtant, au bout de quelques minutes, la corde qui liait ses mains céda. Gwyn était libre. Elle prit aussitôt le couteau.

— Il a un revolver, murmura Lucy. Il a tiré sur l'inspecteur chargé de me protéger.

— Tu crois qu'on pourrait le lui prendre ?

Lucy secoua la tête.

— Il le portait à la ceinture. Il est couché dessus.

— Je vais le faire rouler sur le dos, pour l'attraper.

— Il est trop lourd. Je ne crois pas que tu y arriverais. Et moi, j'ai peur d'essayer. J'ai peur qu'il se réveille. Dépêchons-nous.

Elle prit le temps de respirer.

— Il faut filer d'ici avant qu'il ne revienne à lui.

Les liens de Lucy venaient de céder. Elle se massa les poignets.

— J'ai la jambe cassée, dit-elle tandis que Gwyn passait maintenant à la corde autour de ses chevilles. Je ne peux pas marcher, et tu serais incapable de me porter. Libère ma mère et fais-la sortir. Je m'occupe de mon père. J'espère qu'il ne sera pas trop ankylosé. Il est dans cette position depuis longtemps. S'il peut marcher, je m'appuierai sur lui.

— J'ai une meilleure idée. On sort d'ici toutes les deux et on prévient les flics pour qu'ils viennent chercher tes parents.

La corde lâcha, et Lucy dut se mordre la langue pour ne pas gémir de douleur.

— Je n'abandonne pas ma mère, protesta-t-elle. Il la tuerait. Fais-la sortir.

Elle coupa les liens qui entravaient les jambes de Gwyn.

— Je monterai sur le chariot et mon père me poussera.

— Je ne te laisse pas, murmura Gwyn. Hors de question ! Essaye de te lever.

Lucy obéit, mais retomba aussitôt, sa jambe ne pouvant supporter son poids. Gwyn passa ses bras sous ses aisselles.

— Assieds-toi, ordonna-t-elle. Je vais te tirer et tu m'aideras en poussant avec ton autre jambe.

Cette technique leur permit de se rapprocher de Kathy Trask, mais l'effort avait épuisé Lucy.

— Coupe ses liens, ordonna-t-elle.

Gwyn hésita, puis s'exécuta.

— Et maintenant, mène-la loin d'ici. Et tout de suite, insista-t-elle, tandis que Gwyn faisait mine de se diriger vers le chariot.

— Je t'emmène aussi, protesta Gwyn. On laisse ton père. La police viendra le chercher.

Lucy secoua de nouveau la tête.

— Il ne mérite pas que je l'aide, mais je ne peux pas le laisser. File. Dépêche-toi. Va chercher du secours.

Elle prit le couteau et commença à scier la corde qui ligotait son père, tout en surveillant du coin de l'œil Gwyn qui soulevait sa mère et l'aidait à marcher jusqu'à la porte battante qui se referma derrière elles. Puis Gwyn revint, pour pousser dans sa direction un fauteuil roulant qui s'arrêta à mi-chemin entre elle et la porte. Gwyn disparut de nouveau, pour de bon, cette fois. *Elle va appeler à l'aide.*

Lucy arracha le bâillon de son père.

— Est-ce que c'est toi qui as pris le collier ? demanda-t-elle posément, tout en s'occupant de la corde qui lui liait les mains.

— Non. Dépêche-toi.

Elle serra plus fort le couteau et redoubla d'ardeur. Quelques secondes plus tard, les mains de Ron étaient libres. Il les massa, s'occupa de dégager ses chevilles, se mit à genoux en chancelant, puis sur ses pieds.

Lucy se hissa sur son genou valide.

— Aide-moi, dit-elle.

Il recula.

— Pas question.

Elle le regarda sans comprendre.

— Mais je t'ai aidé, murmura-t-elle.

— C'est ton problème, dit-il froidement.

Il se dirigea vers la porte, la laissant bouche bée, sous le choc.

— Attends ! appela-t-elle. Pourquoi ? Tu serais prêt à me laisser mourir ici ?

Il se tourna lentement vers elle, le visage déformé par la haine.

— C'était toi. Toujours toi. Il n'y en avait que pour toi. Elle n'était plus ma femme. Elle était ta mère. Quand il s'agissait de toi, elle n'obéissait plus. C'est à cause de toi qu'elle a osé me défier.

Il secoua la tête d'un air écœuré.

— Pour moi, ce n'est pas Buck qui aurait dû mourir. Tu ne mérites pas de vivre. Peu m'importe ce que te fera Evan.

Il se détourna et repartit en titubant vers la porte.

— Salaud, murmura-t-elle.

Evan risquait de revenir à lui d'une minute à l'autre. *Bouge.* Le fauteuil roulant était plus près que le chariot. *Rampe.* Elle rampa en traînant la jambe, serrant les dents pour ne pas crier de douleur. Elle n'était plus qu'à quelques mètres du fauteuil, quand elle entendit un bruit métallique derrière elle. Evan venait de repousser la table qui était tombée sur lui.

— Qu'est-ce qui se passe ? hurla-t-il. Trask ! Pas un pas de plus.

Lucy vit son père se figer.

Vite, Gwyn. Vite.

— Tourne-toi lentement, Trask, ordonna Evan. Les mains derrière la tête.

Ron Trask fit mine de se retourner, puis, brusquement, il se mit à courir. Evan tira. La balle l'atteignit dans le dos. Il tomba à genoux et bascula face contre terre. Le sang giclait. Lucy contempla la scène, paralysée d'horreur. Puis elle vit la main de son père qui avançait lentement, comme s'il essayait de ramper.

— Ne bouge pas, Lucy ! cria Evan alors qu'elle tentait de rejoindre son père.

— Il est toujours en vie, répondit-elle. Je dois stopper l'hémorragie.

Evan la saisit par le bras et la traîna jusqu'à l'endroit où gisait son père. Puis il posa son revolver sur la tempe de Ron et tira. Lucy détourna les yeux.

— Voilà. Maintenant, il est mort. Plus besoin de t'inquiéter.

Seigneur... Respire... Ne t'évanouis pas...

Le vacarme d'un rotor d'hélicoptère les figea tous les deux.

J.D. Enfin !

— Merde, grogna Evan. Bouge-toi. Tout de suite.

— Reardon ! cria une voix à l'extérieur.

Lucy se sentait de nouveau au bord de l'hyperventilation.

— Police ! Tu es cerné ! Rends-toi.

Evan la tira pour la mettre debout.

— Bouge ! cria-t-il.

Elle le suivit en sautillant sur un pied. Il l'entraîna dans le couloir, jusqu'à une porte donnant sur l'extérieur, et la fit passer devant lui, appuyant le canon de son arme sur sa tempe.

— Allez vous faire foutre ! hurla-t-il. J'ai un otage. Laissez-moi monter sur mon bateau. Si vous nous laissez partir, elle aura la vie sauve. Au premier geste agressif, je la descends.

Lucy aperçut du coin de l'œil J.D. et Stevie qui manœuvraient pour approcher.

Mercredi 5 mai, 11 heures

Dès qu'ils avaient eu l'adresse, tout s'était enchaîné très vite. Prévenir Hyatt, la course jusqu'à l'héliport, les dix minutes de vol — plutôt que quarante de voiture. Mais depuis qu'Evan pointait son arme sur la tempe de Lucy, J.D. avait l'impression que le temps s'était arrêté.

— Elle est vivante, J.D., dit Stevie à voix basse.

— Je sais.

Mais elle était blessée. Elle était pâle, la bouche crispée de douleur, elle déportait son poids sur une seule jambe.

— Il n'arrivera pas jusqu'à ce bateau, Stevie.

— Je sais, répondit posément Stevie. On a deux douzaines d'hommes postés autour de l'usine et des tireurs d'élite vont arriver.

Elle se tourna vers lui et le jaugea du regard.

— Tu préfères te retirer de la manœuvre ?

Il n'avait pas quitté des yeux le visage de Lucy. Elle était terrifiée et elle souffrait. Elle aussi l'avait vu. Elle le fixait. Elle avait besoin de lui. Confiance en lui.

— Non, dit-il. Il a peut-être quatre otages à l'intérieur, dont Gwyn.

— Il nous faut un négociateur, dit Stevie en prenant le porte-voix. Evan ! Nous devons parler.

— Non ! hurla Evan en réponse. Pas besoin de parler. Vous vous repliez, ou elle meurt. Vous savez que je n'hésiterai pas.

— On le sait. On va reculer. Mais on veut parler. Est-ce que quelqu'un à l'intérieur a besoin d'une assistance médicale ?

Evan ne répondit pas et tira Lucy à l'intérieur. Le cœur de J.D. s'arrêta. Quelques secondes plus tard, une chaise roulante franchit le seuil, avec un corps avachi. En atteignant le rebord du trottoir, la chaise bascula, le corps fut projeté en avant. La victime était un homme. Son dos et sa tête étaient marqués de trous causés par des balles.

— Ron Trask, dit Stevie. Merde…

Le téléphone de J.D. sonna à ce moment. Il reconnut le numéro qui avait appelé Bennett et Gordon le jour de leur disparition.

— Fitzpatrick, dit-il.

— Pas besoin d'assistance médicale, ricana Evan à son oreille. A présent, reculez, ou ta petite amie finira comme son père. Je vous donne trois minutes.

J.D. entendit un déclic. Il avait raccroché.

— Il va la tuer, dit-il d'une voix froide et mécanique. Pour l'instant, il faut reculer. On verra comment le pister.

Stevie fit passer l'ordre de reculer de quinze mètres. Les hommes et les voitures s'éloignèrent.

— Tu as étudié le plan de cette usine pendant le trajet, dit-elle. Il doit y avoir une porte qui nous permettrait de le prendre à revers.

J.D. s'efforça de visualiser le plan.

— Il y a dix portes et deux aires de chargement. La porte

devant laquelle il se tient mène à la salle principale, là où étaient installées les machines. Si ces machines sont toujours là, il n'aura que l'embarras du choix pour se cacher et nous voir arriver, quelle que soit notre porte d'accès. Il faut qu'il reste sur ce pas de porte. Fais-le parler.

— D'accord. Mais par où on l'approche ? répéta-t-elle tranquillement.

Il balaya le bâtiment du regard et fronça les sourcils.

— Par la porte qui vient de s'ouvrir.

Gwyn Weaver venait de se glisser à l'extérieur et progressait vers eux, dos au mur extérieur. Elle tourna au coin du bâtiment et se trouva face à la mer, vers les pontons où le bateau de croisière d'Edwards et le voilier de Trask étaient amarrés. Ses genoux se dérobèrent et elle glissa à terre. Depuis son entrée, Reardon ne pouvait pas la voir.

— Une unité à l'est, lança Stevie dans la radio. Rejoignez cette femme. Si elle n'a pas besoin de soins, restez sur place avec elle, pour éviter d'attirer l'attention de Reardon.

Elle se tourna vers J.D.

— Je me demande s'il sait qu'elle s'est échappée.

J.D. pensa qu'il devait le savoir.

— Occupe-le, dit-il. Fais-le parler. Je vais entrer par la porte de Gwyn.

— Pas question, protesta-t-elle. On attend les renforts. Je veux les tireurs d'élite en poste avant que tu entres.

— Ils seront là dans combien de temps ?

— Vingt à trente minutes. Il ne va pas tuer Lucy maintenant. Elle lui sert de passeport.

Vingt minutes, c'était trop long. Il pouvait se passer beaucoup trop de choses, en vingt minutes.

— Il a l'intention de la tuer, Stevie. Il est venu à Baltimore pour ça. Nous devons profiter maintenant de notre avantage. Il pense qu'on va négocier. Donc, négocie. Mais il faut entrer.

Il paraissait très calme.

— J'ai déjà fait ça.

— Continue, je t'écoute.

— La taille de cette usine joue en notre faveur. Il ne peut pas surveiller toutes les portes. Il ne sait pas que les tireurs d'élite ne sont pas encore arrivés. Laisse-le penser qu'ils sont là. Fais-lui croire que tu m'as exclu de l'intervention. Il faut qu'il nous voie nous disputer. Tu me vires. Je fais demi-tour et je vais du côté de Gwyn pour voir ce qui se passe à l'intérieur.

Elle parut réfléchir à la proposition, puis secoua la tête.

— On attend les tireurs d'élite, J.D. C'est mieux.

Il serra les dents.

— O.K. Tu veux un tireur d'élite ? J'en suis un.

Elle soupira.

— C'est différent, J.D. Il va se déplacer avec Lucy. Tu tiens à elle.

— Oui, je tiens à elle. Mais lui, il veut sa peau. Elle est sa vengeance. Je ne suis pas sûr qu'il fasse passer sa liberté avant sa vengeance. Dépêche-toi de te décider. Il nous surveille.

Elle secoua la tête, comme si elle refusait, puis elle tendit le bras à l'opposé de l'usine, comme si elle lui demandait de s'éloigner.

— Cache-toi derrière une camionnette, dit-elle sans le regarder. Je vais leur demander de t'apporter un fusil. Et ensuite déplace-toi, tu seras couvert.

Il fit un pas vers elle, arracha son gilet pare-balles en affectant un air écœuré, s'éloigna en poussant un soupir exaspéré et fendit la foule des policiers. Puis il se réfugia derrière une camionnette, remit son gilet, et attendit qu'un homme vienne lui tendre un fusil.

— Votre partenaire vous demande de ne pas déconner, dit l'homme. Nous, on vous couvre.

25

Mercredi 5 mai, 11 h 05

— Ils reculent, murmura Evan en poussant le canon de son arme contre la tempe de Lucy.

Elle appuya sa joue contre le mur, en tentant de remplir ses poumons par de petites inspirations saccadées. Il se tenait derrière elle, entre elle et la porte, et scrutait au-dehors.

Il l'avait traînée dans le couloir pour prendre dans la grande salle le corps de son père, qu'il avait jeté aux policiers sur la chaise roulante, puis il était revenu la chercher pour la ramener près de la porte. La douleur était de plus en plus insupportable, implacable. Elle serra les dents. Elle devait garder l'esprit en éveil, pour profiter de la moindre occasion de s'enfuir. J.D. lui en fournirait une, elle n'en doutait pas.

Evan vacillait, sa peau avait pris une teinte grisâtre. Il transpirait à grosses gouttes, parce qu'il avait perdu du sang et qu'il s'agitait. Mais il ne paraissait pas effrayé et la main qui tenait le revolver ne tremblait pas.

— Comment il t'a retrouvée ? demanda-t-il posément. J'avais jeté le traqueur caché dans ta combinaison. Tu en as un autre ?

C'est pour ça qu'ils ont mis tant de temps à arriver.

— Non, je n'en avais pas d'autre, à part celui que vous aviez mis dans mon sac.

Elle le défia du regard.

— Ils sont peut-être simplement très malins.

Le visage d'Evan se crispa.

— Personne n'est au courant, pour cette usine.

— A qui appartient-elle ?

— Elle appartenait à James Cannon, ricana-t-il.

Elle se souvint d'avoir entendu Stevie mentionner ce nom.

— Cannon était un ami de Buck. Vous l'avez tué lui aussi, je suppose.

— Je l'ai tué.

— Et pourquoi n'avez-vous pas placé son corps sur mon chemin ?

— Parce que je n'étais pas au courant de ton rôle dans l'affaire, quand je l'ai tué.

Elle se souvint de ce qu'il avait hurlé avant de lui envoyer son pied dans les côtes.

— Vous croyez que j'ai vendu le collier que votre sœur portait le soir du bal.

Il poussa le canon de l'arme contre sa tempe.

— Je le *sais.*

Elle n'osa pas nier. Si elle le mettait en colère, il allait la frapper et l'amocher encore plus. Elle était encore en état de ramper pour fuir, et elle tenait à ce que ça dure. *Mais il a un revolver.* Elle avait vu défiler un nombre impressionnant de cadavres au cours de sa carrière, mais c'était la première fois qu'elle était témoin d'un meurtre. De deux meurtres, si Skinner était mort. *Faites qu'il soit vivant.* Elle tenta de repousser l'image du jeune policier. *Il ne faut pas que j'y pense maintenant. Je dois continuer à le faire parler, à le distraire.*

— Comment avez-vous su, pour le collier ? demanda-t-elle.

— C'est Russ Bennett qui me l'a dit, quand je lui ai coupé les doigts. Il m'a dit qu'il l'avait vu sur toi.

Elle, elle avait vu les mains mutilées de Russ. Elle dut serrer les dents pour contrôler la panique qui montait.

— Vous l'avez torturé. Il vous a dit tout ce que vous vouliez entendre.

— C'est aussi ce que j'ai pensé, docteur. Aussi, je me suis renseigné ailleurs, et c'est ta grande amie qui me l'a confirmé.

Lucy battit des paupières.

— Gwyn ?

— C'est ça, docteur, commenta-t-il d'un ton amer. Gwyn. Il suffit de lui faire boire quelques margaritas pour lui délier la langue. Je lui ai demandé si tu possédais des bijoux de valeur, et elle m'a parlé du diamant monté en pendentif que tu as vendu pour acheter ta part du club.

Lucy ferma les yeux. *Ce n'était pas votre diamant*, eut-elle envie de répondre. Mais il ne l'aurait pas crue, aussi préféra-t-elle se taire.

— Alors, docteur, on ne dit plus rien ? demanda-t-il en ricanant.

— Vous ne me croiriez pas, je préfère ne rien dire.

— Même si tu me disais que le ciel est bleu, je ne te croirais pas. Toi et tous les membres de ta famille, vous mentez comme vous respirez. Vous vous en prenez à des gens qui ne peuvent pas riposter. Vous volez des gens qui n'ont pas les moyens de s'en remettre. Vous vous êtes moqués de nous. Vous nous avez traités de « petites merdes ». Ton père nous a ruinés. Et toi, tu avais le collier.

Son père avait traité pas mal de gens de « petite merde », mais pas elle. Mais ça non plus, ce n'était pas la peine de l'expliquer à Evan.

— Alors vous avez décidé de me suivre à la trace.

— Je t'ai suivie à la trace, oui. Je t'ai mise sur ma liste.

Les trois minutes qu'il avait données à la police pour s'écarter étaient écoulées depuis longtemps. Mais il ne se décidait pas à bouger. Adossé au chambranle de la porte, il balayait les alentours du regard. Du coin de l'œil, elle vit que la tache sur le bandage de son bras avait cessé de s'élargir, mais il avait tout de même perdu beaucoup de sang. Pourtant, il tenait le coup.

Tu dois l'occuper, le distraire. Il finira peut-être par s'évanouir, tout simplement.

— Quelle liste ? demanda-t-elle.

— La liste des gens à éliminer. Ton nom était sur ma liste

depuis bien longtemps, parce que tu es une Trask, mais depuis que ces crétins ont parlé, je te réserve la place de choix.

Ces « crétins » ? Qui d'autre avait parlé ? Malcolm Edwards avait été le premier. Malcolm était atteint d'un cancer et il avait légué une grosse somme à une Eglise. *Quelle Eglise ?* Elle ferma les yeux, en essayant de se souvenir. *L'Eglise du Pardon.*

— Malcolm recherchait l'absolution, murmura-t-elle.

Elle le sentit se raidir.

— Comment le sais-tu ? demanda-t-il.

— Je viens de le comprendre. Il était mourant. Il s'est confessé.

— J'ai dû utiliser certains arguments, mais oui, c'est à peu près ça.

— Vous l'avez torturé.

— Oui, je l'ai torturé.

Il y avait dans le ton une sorte de fierté qui donna la nausée à Lucy.

— Et ensuite vous l'avez tué. Et sa femme aussi.

— Exactement.

— Je comprends. Mais pourquoi la prostituée ? Et la détective ?

— La pute avait essayé de me voler. La détective m'avait énervé. Comme toi. Tu m'énerves. Boucle-la, maintenant.

Ils les avaient tuées parce qu'elles s'étaient trouvées sur son chemin. Comme Kevin. Il ne s'y intéressait pas. Il préférait parler de sa liste.

— Quand avez-vous placé le traqueur dans mon sac ?

— Quand je suis venu te chercher à l'aéroport. Tu m'as demandé de tenir ton sac pour sortir une veste de ta valise.

Il remua derrière elle pour regarder au-dehors. On n'entendait plus l'hélicoptère. Où étaient-ils passés ? *J.D., je suis prête. C'est quand tu veux.*

— Ileanna avait un sac, le soir du bal, enchaîna-t-elle. Mais on ne l'a jamais retrouvé.

Le canon du revolver s'agita contre sa tempe.

— Parce que ton frère l'a piqué ! lança-t-il en appuyant le canon sur le mot « piqué ». Après avoir violé ma sœur.

— Je pense qu'il a pris son sac, mais je ne crois pas qu'il l'ait violée.

— Parce qu'il te l'a dit ? ricana-t-il.

— Non. Il ne m'a rien dit. Je sais que vous ne voulez pas le croire, mais il ne m'a jamais soufflé un mot de toute cette histoire. J'ai lu hier soir le rapport d'autopsie d'Ileanna et j'en ai tiré quelques conclusions, c'est tout.

— Tu mens. De plus, on s'en fout, de ce rapport. C'est ta mère qui l'a rédigé.

— Ma mère a été appelée pour soigner Ileanna, mais l'autopsie, c'est un légiste de la police d'Etat qui l'a pratiquée. Vous pouvez le vérifier.

Il ne répondit pas, mais elle sentit qu'il l'écoutait avec intérêt, cette fois.

— L'homme qui a violé Ileanna, c'était Ricky Joyner. L'autopsie le prouve.

— Ça me confirme que Malcolm et les autres n'ont pas menti.

Il haussa les épaules.

— Ton frère n'a pas violé ma sœur, mais il a regardé faire. Ça me suffit.

Soudain, elle comprit tout.

— Ils étaient tous là, c'est ça ? Malcom, Russ, James, Ryan, Sonny. Et Buck.

— Oui, ils étaient là et ils ont regardé. Et rigolé. Encouragé, même. Et ils ont laissé crever ma sœur.

La haine et la colère faisaient trembler sa voix.

— Bon, ça fait plus de trois minutes, dit-il en l'entraînant dans le couloir.

Sa jambe n'en pouvait plus. Elle tomba à genoux. La douleur était insoutenable. Elle laissa échapper un sanglot.

— Je ne peux pas.

— Debout ! ordonna-t-il en la tirant par les cheveux pour la faire lever.

Elle en avait assez d'être malmenée. Elle vit rouge.

— Non! protesta-t-elle.

Puis elle fit volte-face et planta son coude dans le bras bandé. Il tituba, tout en l'entraînant en arrière avec lui, mais elle se jeta en avant, désespérément. Il ne lâchait pas ses cheveux et son cuir chevelu la brûlait. Elle avait les larmes aux yeux. Les jurons qu'il poussait lui transperçaient les tympans.

— Salop...

Elle avait réussi à se libérer et plongea en avant, pour ramper sur les mains et un genou. Puis, soudain, elle vit Evan vriller sur lui-même, et tomber. Elle regarda sa tête sans comprendre. Il n'en restait plus grand-chose.

J.D. Ce fut la seule idée qui perça le brouillard de son esprit.

Des pas résonnèrent. Elle se laissa aller.

J.D. courait le long de ce couloir qui paraissait n'avoir pas de fin. Lucy gisait à terre et elle ne bougeait plus.

Un de leurs hommes arrivait par l'autre bout du couloir et rejoignit Lucy avant lui.

— Elle est en vie, cria-t-il.

J.D. lâcha son fusil et se laissa tomber près d'elle, jetant à peine un regard du côté d'Evan dont la tête ressemblait à un melon écrasé.

Il prit entre ses mains les mains glacées de Lucy et les frictionna vigoureusement. Le policier qui l'accompagnait annonça par radio que la voie était libre et qu'il fallait un médecin.

— Lucy? murmura J.D. en se penchant vers elle. Lucy, ouvre les yeux, je t'en supplie, ma chérie...

Elle ouvrit les yeux, avec difficulté.

— Tu l'as tué?

— Oui.

— Tant mieux.

— A part ta jambe, où es-tu touchée? Il a tiré sur toi?

— Non, gémit-elle. Il n'a pas tiré sur moi. Gwyn?

— Elle est en vie.

Elle soupira de soulagement, puis leva vers lui un regard horrifié.

— Il a tué mon père.

— Nous le savons, ma chérie.

— Mon père a voulu s'enfuir. En m'abandonnant là, sans scrupule. Evan a tiré sur lui.

J.D. fut atterré par cette déclaration. Gwyn lui avait raconté que Lucy avait refusé de partir sans ses parents. Ainsi, Trask avait tenté de fuir. Le lâche… Il n'était pas mécontent qu'Evan l'ait éliminé. Il avait plus d'une fois rêvé de s'en charger.

— Je suis désolé que tu aies assisté à ça, dit-il tout en lui caressant la joue d'une main tremblante.

— Ma mère ?

— En vie, elle aussi. Gwyn l'avait presque amenée dehors. Un agent est allé la chercher à l'intérieur pendant que je m'occupais de toi.

— Skinner ?

Il hésita.

— Il est dans un état critique.

Elle ravala un sanglot.

— Skinner a essayé de m'empêcher de descendre. Si je l'avais écouté, il ne serait pas… Il a un bébé.

— Il est vivant et il se bat.

Grâce à Thorne.

— Essaye de ne pas y penser pour le moment.

Les infirmiers franchirent en courant la double porte battante, suivis de Stevie et Hyatt, qui venait d'arriver sur les lieux. J.D. s'attendait à ce qu'il soit furieux, mais il se contenta de hocher la tête en apercevant le cadavre d'Evan.

Les infirmiers immobilisèrent la jambe de Lucy avant de la mettre sur un brancard. La manœuvre lui arracha des gémissements de douleur, et J.D. regretta de ne pas pouvoir tuer Evan une deuxième fois. Elle chercha sa main à tâtons et la pressa si fort qu'elle lui arracha une grimace.

Hyatt se pencha sur le brancard.

— Docteur Trask, je voudrais vous poser quelques questions.

L'un des infirmiers voulut protester, mais elle le fit taire d'un geste.

— Allez-y, dit-elle à Hyatt.

— Est-ce qu'il vous a dit quelque chose ?

— Ils ont tout vu et ils n'ont rien fait, murmura-t-elle d'une voix brisée par l'émotion. Les seniors de l'équipe de football ont regardé le viol d'Ileanna en riant et en encourageant son petit copain. Puis ils l'ont abandonnée alors qu'elle était mourante. C'est Malcolm qui a tout avoué à Evan. Il a donné à Evan les noms de tous ceux qui étaient là. Evan a tué aussi James Cannon.

Elle ferma les yeux.

— Sonny Westcott est à l'intérieur du bâtiment. Je ne sais pas s'il est toujours en vie.

Stevie partit aussitôt à la recherche de Westcott. Une minute plus tard, ils l'entendirent appeler les infirmiers. Un brancard passa auprès d'eux.

— Je suppose que ça signifie qu'il est vivant, commenta Lucy. Tu peux y aller, J.D., si tu veux, proposa-t-elle.

Mais il ne bougea pas et écarta délicatement quelques mèches de cheveux de son visage. Sa main tremblait. Heureusement, elle n'avait pas tremblé, tout à l'heure, quand il avait tiré.

— Je reste avec toi, dit-il.

Mercredi 5 mai, 17 heures

Un parfum de rose lui piqua le nez et elle ouvrit les yeux. J.D. était là, un énorme bouquet de roses à la main. Il se pencha par-dessus la rambarde de son lit d'hôpital pour déposer un baiser sur ses lèvres.

— Ça ne t'a pas fait mal ? demanda-t-il en se redressant.

— C'est sans doute le seul endroit où je n'ai pas mal, répondit-elle en enfouissant son visage dans le bouquet. Ça fait bien longtemps qu'on ne m'a pas offert des fleurs… Merci.

Il s'installa dans le fauteuil, mais elle le sentit crispé.

— Tu as vu ta mère ? demanda-t-il.

Elle caressa une rose.

— Pas encore. Ils ne me laissent pas quitter ce lit.

Au moins, elle se reposait, mais sa jambe la lançait atrocement. Son nez aussi la faisait souffrir, ainsi que ses côtes brisées, chaque fois qu'elle inspirait. Elle supportait la douleur grâce aux calmants que J.D. l'avait convaincue d'avaler un peu plus tôt.

Il avait tenu parole et ne l'avait pas quittée, lui laissant broyer sa main pendant que le médecin réduisait la fracture. Il était resté avec elle jusqu'à ce qu'elle s'endorme, lui tenant toujours la main.

— J'ai demandé de ses nouvelles aux infirmières qui m'ont dit que son état était stable, mais qu'elle se reposait, ajouta-t-elle.

J.D. ne lui avait pas dit que sa mère avait fait une crise cardiaque pendant son transport à l'hôpital.

— Je suis au courant, pour la crise cardiaque, J.D.

— Je ne l'ai su qu'en arrivant ici, Lucy… et je me suis dit que ce n'était pas le moment de t'annoncer ça. Ta mère est réveillée. Je sors de sa chambre. Stevie était avec moi. On lui a dit, pour ton père. Il valait mieux. Elle risquait de l'apprendre de la bouche d'un autre patient.

Lucy entendait encore résonner le coup de feu qui avait tué son père. Elle repoussa ce souvenir et chassa de son esprit l'image de son corps ensanglanté, face contre terre. Une image qui la hanterait encore longtemps, sans doute.

— Comment elle l'a pris ?

— Elle a pleuré. Elle n'a pas posé de questions. Elle nous a remerciés d'être passés.

Lucy soupira.

— Je sais que c'est lâche, mais je suis soulagée de ne pas avoir assisté à ça.

— Tu n'es pas lâche, protesta-t-il. C'était lui, le lâche. On ne lui a pas raconté qu'il voulait t'abandonner aux mains d'Evan. Ce n'était pas à nous de le faire.

Elle acquiesça.

— Je n'ai pas l'intention de raconter à ma mère que mon père s'est comporté avec moi comme un salaud, dit-elle. Elle en a assez vu comme ça. Je compte tout de même lui demander ce qu'elle savait exactement au sujet de Buck. Et de la pression que mon père aurait exercée sur les Bryan pour les obliger à quitter Anderson Ferry.

Elle rapporta à J.D. les accusations d'Evan à ce sujet.

— Les Bennett nous ont dit la même chose, confirma-t-il. Mais ta mère était probablement à l'hôpital quand ça s'est passé. Il n'est pas certain qu'elle soit au courant.

Il la regarda droit dans les yeux.

— Il y a autre chose que nous avons appris de la bouche des Bennett aujourd'hui, et dont je voudrais te parler. C'est ta mère qui a payé ton avocat.

Elle battit des paupières.

— Pardon ?

Il acquiesça.

— C'est ce qu'ils nous ont dit. Ton père ne voulait pas qu'elle t'aide, elle les a convaincus de prétendre qu'ils payaient, mais l'argent venait d'elle.

Lucy le fixa d'un air incrédule.

— Tu es sérieux, on dirait. Seigneur… Mais pourquoi est-ce qu'elle ne me l'a jamais dit ?

— Je l'ignore. Elle avait sans doute trop peur de ton père.

— Ça change beaucoup de choses, soupira-t-elle. Et pas grand-chose en même temps. Elle n'osait pas le quitter, pas même pour sauver notre peau, alors elle a trouvé un biais. J'irai lui parler dès qu'on m'autorisera à me déplacer. Pour l'instant, je m'inquiète surtout pour Gwyn.

Il se racla la gorge.

— Je l'ai vue avant de venir. Elle n'a pas l'air très bien.

— Je sais, Thorne me l'a dit. Il l'a reconduite chez elle et lui a donné un somnifère. Il va l'emmener ici demain. Quand nous étions dans cette usine, je ne pensais qu'à une chose : nous sortir de là vivantes. Mais maintenant, je me rends compte que pour Gwyn, ce n'est pas fini. Savoir qu'on a partagé le lit d'un monstre…

— Il a trompé pas mal de gens, commenta J.D.

— Oui. Et certains l'ont payé très cher. Gwyn aurait pu finir comme Nicki Fields.

— Mais elle est là. Elle va surmonter cette épreuve et elle n'en sera que plus forte. Elle a des amis pour lui montrer le chemin.

Il lui prit la main.

— Skinner s'est réveillé.

— Seigneur, merci ! soupira-t-elle. Est-ce qu'il est hors de danger ?

— Oui. Le plus dur est passé. Et c'est grâce à l'intervention de Thorne.

— Thorne sera heureux de le savoir. Et Sonny Westcott ?

— Il a repris conscience pendant quelques minutes. Stevie l'a interrogé, mais il ne lui a rien appris d'intéressant. Il devrait s'en tirer, lui aussi, mais pas tout à fait indemne. Il lui manque quatre doigts et ses genoux sont très abîmés.

— Il l'a frappé avec la batte, murmura Lucy en baissant les yeux vers son plâtre.

Elle s'efforça de ne pas songer à l'affreux craquement qu'elle avait entendu quand Evan avait abaissé la batte sur son tibia.

— J'ai entendu les infirmières parler d'un *A* imprimé dans son dos. Mes parents étaient probablement destinés à recevoir les deux *N*, et moi le dernier *A*.

— Est-ce que Barb est passée te voir ? demanda-t-il pour changer de sujet.

Elle comprit que lui aussi était secoué par l'horreur de ce qu'ils avaient vécu.

— Oui, soupira-t-elle.

— Tu soupires ? Pourquoi ?

— A la manière dont elle a regardé mon plâtre, j'ai compris brusquement que je n'allais pas pouvoir l'aider pendant un moment. M. Pugh est de plus en plus agité, et elle ne peut pas s'en sortir seule. Nous allons devoir le placer.

Ses yeux se remplirent de larmes. Elle les tamponna avec le mouchoir en papier que J.D. lui mit dans les mains.

— Il a été si bon avec moi… Ça me fend le cœur, mais on ne peut pas le laisser errer la nuit et briser les miroirs. C'est dangereux pour tout le monde.

Il lui embrassa la main.

— Maintenant, quand tu joueras pour lui, les pensionnaires de son établissement profiteront de ta musique. Ça leur apportera un peu de paix.

— C'est une idée réconfortante. Je vais tâcher de m'y accrocher.

Et aussi de m'accrocher à toi, songea-t-elle en lui pressant la main.

Fitzpatrick était vraiment quelqu'un de bien. Nul doute que M. Pugh aurait approuvé son choix.

— Est-ce que Stevie est rassurée, à présent ?

— Oui, mais je pense que la pauvre Cordelia sera suivie vingt-quatre heures sur vingt-quatre par un garde du corps, jusqu'à ses quarante ans.

Il pinça les lèvres.

— Chaque fois que je pense que Reardon la surveillait, je sens monter la haine.

— Je suis heureuse qu'il soit mort, renchérit Lucy d'une voix chevrotante.

— Moi aussi, dit-il d'un ton morne et résigné.

Elle porta sa main à ses lèvres. Elle comprit qu'il était troublé d'avoir tué — même s'il savait avoir tué un salaud.

— Je suis désolée que tu aies dû faire ça, murmura-t-elle.

Il haussa les épaules.

— Pas de problème. Ce n'était pas la première fois. J'ai une réunion dans vingt minutes dans le bureau de Hyatt. Je reviendrai plus tard.

Il se leva, mais demeura là, planté devant elle, les bras ballants. Puis ses mains se crispèrent sur la rambarde du lit et il baissa la tête en soupirant.

— J'ai eu si peur…, avoua-t-il dans un murmure. C'était

affreux de savoir que tu étais entre les mains d'un monstre capable des pires horreurs.

Il n'y avait rien à répondre. Elle se tut et lui caressa tendrement la joue, tout en lui prenant de nouveau la main pour l'embrasser.

— Heureusement que tu t'es débattue, commenta-t-il. Ça faisait cinq minutes que je le visais. J'attendais l'occasion de tirer sans risquer de te blesser.

Il eut un petit sourire.

— J'espérais que tu t'en prendrais à son nez.

— Je m'efforçais de gagner du temps en le poussant à parler. Je savais que tu viendrais. Que tu saurais quoi faire.

Une étrange lueur passa dans les yeux de J.D.

— « Lucy saura quoi faire », murmura-t-il.

— Quoi ?

Il secoua la tête.

— Non, rien, c'est un truc que j'ai entendu il y a deux jours.

Il lâcha sa main et lui tendit la commande à distance de la télévision.

— Je reviens le plus vite possible, dit-il.

Mercredi 5 mai, 17 h 40

— Comment va-t-elle ? demanda Hyatt quand J.D. entra dans son bureau.

Stevie, Elisabeth et Drew étaient déjà là, ainsi que Daphne et Lennie Berman. Le procureur Grayson Smith aussi, ce qui étonna J.D. Tout le monde paraissait épuisé.

— Elle va beaucoup mieux, répondit J.D. Merci.

— Tant mieux. On peut commencer. En comptant Ron Trask, les Edward, James Cannon, les six victimes qui sont déjà à la morgue, les deux victimes de Newport News, Reardon a tué douze personnes. Nous l'avons coincé grâce à votre efficacité, à un vrai travail d'équipe, et à un petit coup de chance.

J.D. eut l'impression que Hyatt répétait la déclaration de sa prochaine conférence de presse.

— Il y a aussi les blessés : Sonny Westcott, Mme Trask et le Dr Trask. Espérons que certains d'entre eux ne viendront pas allonger la liste des victimes.

Et Gwyn Weaver, songea J.D. Gwyn allait souffrir de séquelles psychologiques pendant un certain temps. *Mais nous garderons tous des séquelles.*

— J'ai une conférence de presse à 18 heures. Avec l'aide du Dr Berman, je dresserai un portrait psychologique de ce tueur en série. Tout ce que vous avez appris aujourd'hui m'intéresse.

J.D. leur parla du père de Lucy, qui avait chassé les Bryan d'Anderson Ferry.

— Les Bennett s'en étaient doutés. Mais Evan l'a confirmé à Lucy. Un an plus tard, le père d'Evan s'est suicidé. C'est Evan qui a retrouvé son corps.

Il ne jugea pas utile de leur rapporter que Lucy s'était battue avec Evan quand ils étaient tous deux adolescents.

— Il avait une bonne raison de haïr les Trask, murmura Berman. Je n'arrivais pas à comprendre d'où venait toute cette haine, mais à présent, tout s'explique. Vous aurez un profil complet pour votre conférence de presse, lieutenant.

Hyatt afficha un air satisfait.

— Drew ?

— Les traqueurs placés dans les sacs de Lucy et de Cordelia portaient les empreintes de Nicki Fields. Nous avons également trouvé un traqueur dans les affaires de Gwyn, et un autre derrière le tableau de bord de la voiture de Nicki Fields.

— Evan les lui avait volés, suggéra Hyatt.

— Et il l'a tuée, ajouta Stevie avec un froncement de sourcils. Il surveillait ses déplacements : il a su qu'elle s'était rendue à Anderson Ferry, et il s'est douté de ce qu'elle y avait appris. Il l'a éliminée pour qu'elle ne fasse pas le lien avec les corps qui commençaient à apparaître.

— Evan a déclaré à Lucy qu'il l'avait tuée parce qu'elle

l'avait mis en colère, intervint J.D. Et pour la prostituée, c'était parce qu'elle avait tenté de le voler.

— O.K., dit Stevie. Donc ça, au moins, c'est réglé.

— Qu'est-ce qui n'est pas réglé ? demanda Hyatt.

— Le dossier que Nicki Fields s'est procuré à Anderson Ferry n'a pas été retrouvé, répondit Stevie en haussant les épaules. Evan a dû le détruire.

— Nous avons vérifié le site Web auquel Evan se connectait avec ses traqueurs. Il surveillait pas mal de gens, dont Gwyn et Nicki. Il est sorti avec les deux pendant une période, je suppose que les traqueurs étaient destinés à lui éviter des complications.

— Mais quel goujat…, murmura Daphne.

— J'ai trouvé dans son coffre-fort un passeport et un certificat de naissance au nom de Ted Gamble, poursuivit Drew. Il possédait également à ce nom une carte bancaire qui se trouvait dans son portefeuille. Lequel portefeuille contenait les cartes de ses victimes. Il leur avait extorqué leurs codes sous la torture pour retirer de l'argent liquide. En plus de vider leurs comptes.

— Un tableau complet, dit Hyatt.

— J'ai remonté la piste de la prostituée, Sue Ellen Lamont, intervint Elisabeth. L'hôtel Orion nous a appelés hier soir. En voyant la photo diffusée à la télévision, ils l'ont reconnue parce qu'elle venait régulièrement. On la voit se présenter à la réception avec Evan et sortir quelques heures plus tard. La carte bancaire utilisée par Evan, depuis, a été signalée comme volée. Le partenaire de la détective est passé à l'hôtel avant nous, pour demander à voir les enregistrements des caméras de surveillance.

— Il cherchait Evan, lui aussi.

— Exactement. Avant de prendre une chambre avec Evan, Sue Ellen était passée avec un autre type. Vous vous souvenez que d'après l'autopsie, elle avait eu des rapports sexuels avec deux hommes différents ?

— Oui, deux clients, répondit Stevie.

— Un client, corrigea Elisabeth. Le client, c'était Evan. L'autre était son petit copain et protecteur. Il s'appelle Dirk. Avec Sue Ellen, ils avaient monté une arnaque. Elle piquait les numéros de carte bleue de ses clients. Et quand on a fouillé la chambre dans laquelle Sue Ellen avait séjourné avec Evan, on a trouvé une caméra.

— Chantage ? demanda Stevie.

— Oui, répondit Elisabeth en haussant les épaules. Entre le chantage et les cartes bancaires, Dirk et Sue Ellen gagnaient bien leur vie. J'ai confisqué à Dirk l'enregistrement des ébats d'Evan et de Sue Ellen. On y voit Evan la surprenant dans la salle de bains en train de relever les numéros des cartes bancaires. Et lui montrant un badge de police.

— Le badge du policier de Newport News, suggéra Stevie.

— C'est ça. Dirk était furieux que Sue Ellen ait disparu. Il pensait qu'elle l'avait doublé. Mais quand il a vu sa photo hier soir, à la télé, il a été « dévasté », d'après ce qu'il dit.

— Pas suffisamment dévasté pour venir nous trouver, dit sèchement Daphne.

— J'ai reçu la visite de l'avocat de Janet Gordon il y a une heure, enchaîna Smith. Elle avait laissé une lettre qu'il devait transmettre à la police s'il lui arrivait malheur. Quand il a entendu son nom à la radio, hier, il a décidé de m'apporter cette lettre lui-même. La lettre explique tout ce que nous avons déjà appris par le Dr Trask. Le viol d'Ileanna par son petit copain, le groupe qui regardait. Cette lettre mentionne tous les coupables, sauf son fils, Ryan Agar.

— Mais pourquoi a-t-elle écrit cette lettre ? s'étonna Stevie.

— Parce qu'elle se laissait opérer par un homme qu'elle faisait chanter, commenta Daphne. Ça l'empêchait d'être à sa merci.

— Pas mal, concéda Stevie. Et elle ne cite pas son fils, bien sûr, parce qu'elle ne voulait pas qu'il trinque.

Hyatt soupira.

— Je crois que nous avons tout dit. A moins que quelqu'un n'ait quelque chose à ajouter.

J.D. dévisagea Stevie. Quelque chose la tracassait, il le devinait à son expression.

Il attendit qu'ils soient dans le couloir pour l'entraîner à l'écart.

— Qu'est-ce que tu as ?

— Je ne sais pas. J'ai l'impression qu'un truc nous échappe. Je vais passer à la maison embrasser Cordelia, et ensuite, j'y réfléchirai. On se voit demain. Dis à Lucy que je pense à elle, et que si elle a besoin de parler de son père, j'ai de la place dans mon groupe.

— Je le lui dirai. Bonne nuit.

26

Mercredi 5 mai, 18 h 40

— Qu'est-ce que c'est que tout ça ?

Lucy leva les yeux vers J.D. et lui adressa un pauvre sourire. Il s'était arrêté sur le seuil de sa chambre d'hôpital et contemplait d'un air incrédule les bouquets de fleurs.

— C'est à cause des roses. Tout le monde a voulu en faire autant. Ça, c'est Craig et Rhoda, expliqua-t-elle en montrant du doigt. Ça, c'est le groupe. Ça, c'est Thorne, ça c'est l'équipe de la morgue. Elles sont belles, celles de la morgue.

Une infirmière entra avec un fauteuil roulant muni d'un dispositif pour allonger une jambe. Le sourire de Lucy s'effaça.

— Qu'est-ce qui se passe ? demanda J.D.

— Ils m'emmènent voir ma mère.

— Tu veux que je t'accompagne ?

Elle leva vers lui un regard plein d'espoir.

— Tu voudrais bien ?

— Evidemment.

Elle fit la grimace quand l'infirmière l'installa dans le fauteuil. Elle aurait été mieux dans son lit, mais sa mère allait vraiment mal. Lucy ne voulait pas laisser passer la chance de lui parler.

Elle préférait tout de même ne pas penser que sa mère allait mourir.

Elle prit la main de J.D. et s'y agrippa. Elle sentait monter l'angoisse.

C'est elle qui a payé mon avocat.

Elle n'en revenait toujours pas.

Qu'est-ce que Buck a fait ? Cette question la hantait. *Il faut que je sache.*

L'infirmière poussait déjà le fauteuil dans la chambre de sa mère. Une femme se penchait sur elle pour vérifier ses signes vitaux.

— Pas plus de quelques minutes, murmura-t-elle à Lucy. Et évitez de l'énerver.

Lucy dut ravaler un petit rire machinal. « Enerver sa mère »… C'était déjà fait depuis longtemps. J.D. lui pressa discrètement la main.

— Maman…, murmura Lucy. C'est moi, Lucy.

— Je sais, répondit Kathy sans ouvrir les yeux. Il t'a fait du mal.

— Qui ?

Kathy eut un sourire amer.

— Evan, le frère de cette fille.

— Elle s'appelait Ileanna, cette fille, corrigea Lucy d'un ton plus caustique qu'elle n'aurait voulu.

— Oui, je sais. Ileanna. Est-ce que tu es blessée ?

— Il m'a cassé la jambe, répondit Lucy.

Kathy Trask n'avait toujours pas ouvert les yeux.

— J'ai aussi quelques côtes fêlées. Mais ça va, j'y survivrai.

Elle se racla la gorge.

— C'est toi, surtout, qui es blessée, dit-elle d'une voix émue.

Cette fois, Kathy ouvrit les yeux. Des yeux qui exprimaient un chagrin infini.

— Il t'a battue, murmura-t-elle avec un soupir. Tu es couverte d'ecchymoses.

— Ça va aller, ne t'inquiète pas, insista Lucy. Je suis au courant, pour l'avocat, pour mon procès.

Kathy tressaillit.

— Ce sont les Bennett qui ont parlé, je suppose.

— Oui. Ils l'ont dit à l'inspecteur Fitzpatrick, ce matin.

— Je vois. Ton père ne voulait pas que je t'aide. Il a fallu que je trouve un moyen.

— Pourquoi est-ce que tu ne m'as rien dit ?

— Parce que tu avais ta vie. Tu es partie. Il ne pouvait plus rien contre toi.

Elle fronça les sourcils.

— Tu parles de papa ?

— Oui. Il ne voulait pas non plus t'envoyer à Sainte-Anne, tu sais… Quand je suis rentrée de l'hôpital et que j'ai vu tes jambes couvertes de bleus… j'ai compris qu'il fallait que tu partes. Je ne pouvais plus te protéger.

— Tu aurais pu partir et m'emmener avec toi, murmura Lucy.

Elle avait un nœud à la gorge. J.D. lui caressa les épaules.

— Il ne m'aurait pas laissée emmener Buck, et je ne voulais pas abandonner mon fils. Je l'aimais trop. J'aimais ton père aussi, sans doute.

Lucy ravala ses larmes.

— Et moi ? Tu ne m'aimais pas ?

— Oui, je t'aimais aussi, mais j'étais lâche. Je le suis toujours.

Elle laissa échapper un soupir tremblotant.

— J'ai été lâche le jour où j'ai trouvé le diamant dans la chambre de Buck.

— C'était quand ? demanda simplement Lucy.

— Le soir de son accident. J'ai trouvé le pendentif dans ses affaires.

Lucy fronça les sourcils.

— Et pourquoi fouillais-tu ses affaires ?

— Parce que je sentais qu'il ne tournait pas rond. Je l'avais surpris en train de cacher une boîte sous son lit, alors j'ai voulu savoir ce qu'elle contenait. Pourquoi il conservait ce collier, je l'ignore. Mais quand je l'ai trouvé, je me suis assise sur son lit et j'ai pleuré. J'ai pensé aux blessures de cette fille. Ileanna. J'ai pensé que c'était Buck qui lui avait fait ça.

— Tu lui en as parlé ?

— Oui, plus tard, quand ton père est rentré à la maison. Il

a nié le viol avec tant de véhémence que je l'ai cru. Je voulais le croire. Ton père l'a giflé en lui hurlant qu'il n'aurait pas dû coucher avec une traînée.

Elle se mordit la lèvre.

— Il parlait d'Ileanna. J'ai voulu m'interposer et il m'a poussée, violemment. Buck s'est mis entre nous en jurant qu'il avait tout arrangé. Pas qu'il *allait* tout arranger. Qu'il *avait* tout arrangé.

— Il avait tué Ricky Joyner, murmura Lucy.

— Oui. C'est à ce moment-là que j'ai compris que c'était lui. Mais il a nié aussi. Il a nié en citant la marque du revolver de Joyner. Ton père a tiqué. Plus tard, j'ai vérifié. Les journaux ne citaient pas la marque.

— Où est passé ce collier, maman ?

— Ton père me l'a pris des mains. Il voulait le jeter dans la baie, mais Buck l'a repris en disant que c'était son erreur et qu'il allait s'en charger. Il est parti sur sa moto. Il était furieux. Il n'est jamais revenu. C'est la dernière image que j'ai de lui.

— Le jour de l'enterrement de Buck, tu as demandé à papa ce que Buck avait fait. Pourquoi ?

Le menton de Kathy trembla.

— Je ne savais pas moi-même. Je ne savais pas si Buck avait tué, violé, s'il s'était suicidé…

— Et le collier, tu ne l'as pas revu ?

— Non. Je suppose que Buck l'a jeté dans la baie.

Elle soupira.

— Je ne savais pas qu'il y avait aussi un bracelet. Je n'ai même pas remarqué que tu portais cette breloque. Je prenais tellement de calmants… T'envoyer à Sainte-Anne m'a paru la meilleure des solutions. Là-bas, tu étais heureuse. Tu avais ta musique. Personne ne te battait. Mais ça m'a privée de toi.

Lucy ne trouva rien à dire. Elle lui caressa la main.

— Qu'est-ce qu'on va faire, maintenant ? demanda-t-elle.

— Je ne sais pas, répondit J.D. C'est au procureur d'en décider. Je pense qu'il n'y aura pas de poursuites.

— Dans ce cas, je rentrerai à la maison, dit Kathy. Tu pourrais venir vivre avec moi, Lucy. Chez toi. Enfin.

— Chez moi, c'est ici, à présent, répondit gentiment Lucy. Mais je viendrai te voir.

Kathy acquiesça d'un air résigné.

— Très bien. Je t'inviterai à déjeuner et tu me parleras de ton travail.

— Dors, à présent, murmura Lucy. On se verra demain.

Elle attendit que J.D. ait poussé son fauteuil dans le couloir pour laisser couler ses larmes. Quand ils entrèrent dans sa chambre, il s'accroupit à côté d'elle, la prit dans ses bras, et la laissa sangloter, un long moment. Puis il lui apporta une serviette mouillée pour qu'elle se rafraîchisse le visage.

Elle frissonna.

— Je voulais simplement qu'elle m'aime…

— Je sais, ma chérie. Elle t'aime, à sa manière. Mais pas assez.

— Et maintenant ? Maintenant qu'il est parti ? Tu crois que ça pourrait changer ?

— Peut-être. Si vous le désirez suffisamment toutes les deux. Mais tu n'auras pas la réponse ce soir et ce n'est pas grave. Il vous reste toute la vie, pour ça.

Elle acquiesça.

— Je suis si fatiguée, J.D. !

— Dors.

— Tu vas rester avec moi ?

— Jusqu'à ce que tu t'endormes. Et je reviendrai te voir demain.

Mercredi 5 mai, 19 h 45

Installé à son bureau, J.D. étudiait la pile de documents que Higgins leur avait fournis. Il avait tout laissé en vrac quand il était parti, ce matin, pour interroger les Bennett avec Stevie.

Il avait de la paperasse en retard. Mais il restait obsédé par la question de Lucy. « Et moi ? Tu ne m'aimais pas ? »

Lui-même s'était souvent demandé si sa mère l'aimait. Il n'avait jamais trouvé la réponse. *J'ai toujours voulu une famille. Quelqu'un qui m'appartienne. Et à qui j'appartienne.* Il avait regardé ses amis fonder une famille. Il avait essayé avec Maya, et cette tentative avait abouti à un lamentable échec.

Je veux que ce soit avec Lucy.

Il était trop tôt pour espérer, mais il ne pouvait s'en empêcher, même s'il se sentait un peu ridicule.

— J.D. ? fit une voix de femme.

Il leva la tête. La secrétaire de Hyatt le dévisageait depuis le seuil de la porte.

— Pourquoi n'es-tu pas rentré dormir chez toi, comme tout le monde ?

— Je vais y aller, répondit-il.

Sauf qu'il redoutait de rentrer. De passer une autre nuit seul dans cette maison.

— J'ai de la paperasse.

Debbie lui jeta un regard attendri et J.D. se demanda s'il était écrit sur son front qu'il se sentait malheureux.

— Tu as écouté tes messages ? demanda-t-elle.

Il fit la grimace.

— Non. Mais j'ai vu que j'en avais une centaine. Et probablement quatre-vingt-dix laissés par des journalistes.

— Je ne pense pas qu'il reste de la place pour les messages des journalistes. Ton agent immobilier a dû saturer le répondeur.

— De quoi parles-tu ?

— Tu as bien mis ta maison en vente, non ?

— Oui. Ça fait un an qu'elle est en vente.

— Eh bien, ton agent immobilier a appelé. Et ensuite elle est passée, parce que tu ne répondais pas.

Elle déposa sur son bureau une pile de ces petits feuillets roses sur lesquels elle notait les messages.

— Elle dit que quelqu'un est intéressé et que tu dois la rappeler d'urgence.

Un peu abasourdi, J.D. composa le numéro de l'agence. La voix enjouée de son agent immobilier lui répondit.

— Nous avons une offre.

— Vous en êtes certaine ?

— Mais oui. Vous êtes passé à la télé, inspecteur.

— Quel rapport avec la vente de ma maison ?

— Eh bien, vous savez comment sont les gens… Vous êtes devenu une sorte de vedette. Quelqu'un veut acheter la maison de l'inspecteur qui a dégommé le tueur en série.

— Seigneur…, murmura J.D.

Il était partagé entre le dégoût et l'étonnement.

— Ne faites pas le difficile. Vous connaissez le dicton : « Un tiens vaut mieux que deux… »

— C'est sordide, gémit-il.

— « Un tiens vaut mieux que deux tu l'auras », répéta-t-elle d'un ton plein d'emphase. Il est preneur au prix que vous proposez. Vous devriez accepter.

Elle marqua une pause.

— Vous voulez toujours vendre, ou pas ? demanda-t-elle d'un ton soupçonneux.

J.D. songea à Lucy. A leur avenir. A leur éventuel avenir. C'était un bon présage, la vente de cette maison — même s'il ne croyait pas à ces âneries. Mais peut-être y croyait-il un peu, tout de même.

— Oui, je veux la vendre. Vous pouvez m'imprimer les contrats ?

— C'est déjà fait. On peut se retrouver à l'agence, si vous voulez.

J.D. en avait le vertige.

— D'accord. J'arrive.

Il raccrocha et poussa un gros soupir. *Range ton bureau et va signer ce contrat avant que l'acheteur ne change d'avis.* Il avait commencé à rassembler les photos de classe et les rapports de police, quand il remarqua une enveloppe qu'il n'avait pas encore ouverte. Elle était libellée : « Messe commémorative ». Il se souvint que Bart Higgins l'avait signalée à Lucy.

Il l'ouvrit. Elles ne contenaient pas les photos d'une messe commémorative, mais celles de l'enterrement de Buck.

Je suis content que Lucy n'ait pas vu ces photos.

Les clichés étaient granuleux, comme si on les avait pris avec un appareil sans flash. Buck Trask étant la coqueluche de la ville, le journaliste avait sans doute tenu à faire un reportage pour les lecteurs, mais discret, pour ne pas déranger la famille.

Il avait figé pour la postérité le prêtre, ainsi que les Trask. Le cœur de J.D. se serra en reconnaissant une Lucy de quatorze ans, tassée à l'extrémité d'un banc, terriblement seule et triste.

On voyait aussi ses camarades de classe, en pleurs. Il remarqua une fille assise au premier rang, le regard rivé au cercueil. Celle-là n'avait pas l'air triste. Plutôt furieuse.

Elle serrait le poing gauche, et quelque chose en dépassait. Il plissa les yeux. On aurait dit une chaîne.

Je me demande…

Il ouvrit l'album de promotion d'Anderson Ferry, qui se trouvait sur le bureau de Stevie, et chercha à la lettre D. Oui. La fille à l'air furieux était Sara Derringer, l'ex-petite amie de Buck. J.D. revint aux photos de l'enterrement et chercha de nouveau Sara. Là, elle attendait pour présenter ses derniers respects au mort. Son visage exprimait toujours une sorte de colère mêlée de frustration. Son poing était toujours fermé. Et J.D. commençait à avoir une petite idée de ce qu'elle y cachait.

Il acheva de ranger les documents dans la boîte, en conservant les photos de l'enterrement. Higgins lui avait donné l'adresse de Sara. Il allait lui rendre visite, avec Stevie. Mais pour l'instant, il avait d'autres priorités. Il allait enfin vendre sa maison.

Jeudi 6 mai, 7 h 55

Stevie fut soulagée de ne voir qu'une seule voiture devant le bureau de Clay Maynard. Elle préférait qu'il n'y ait pas de témoins de la conversation qu'elle prévoyait d'avoir avec lui.

Elle frappa à la porte vitrée et attendit. Une minute plus tard, il ouvrit en fronçant les sourcils.

— Inspecteur Mazzetti. Entrez. Comment va votre fille ?

— Elle va très bien, merci, répondit Stevie en levant les yeux vers lui.

Il était grand, plutôt bourru, mais il ne l'impressionnait pas le moins du monde.

— Je voulais vous dire que nous avions trouvé un traqueur derrière le tableau de bord de la voiture de votre partenaire.

— Je m'en doutais un peu. Quand vous m'avez dit qu'il en avait mis un dans le sac de votre fille, j'ai tout de suite pensé que Nicki y avait eu droit, elle aussi. Il savait qu'elle était allée à Anderson Ferry. Il s'est douté qu'elle avait découvert qu'il nous menait en bateau et il l'a tuée, pour qu'elle ne fasse pas le lien avec les meurtres. Mais merci d'être venue.

— Merci de nous avoir communiqué le nom d'Evan Reardon et de nous avoir confié sa photo.

— Il fallait bien, dit-il avec un petit sourire. Si je ne voulais pas être inculpé d'obstruction à l'enquête.

Elle sourit, elle aussi.

— En effet.

Elle redevint sérieuse et inclina la tête pour le dévisager.

— Nous avons trouvé des papiers dans l'appartement qu'Evan occupait. Et notamment un passeport et un permis de conduire au nom de Ted Gamble.

Maynard accusa le coup sans ciller.

— Ah oui ?

Elle sourit de nouveau.

— Vous m'avez dit que c'était grâce à une carte bancaire que vous aviez retrouvé l'hôtel où Evan était descendu avec la prostituée. L'hôtel Orion. Ils nous ont appelés parce qu'ils se souvenaient d'avoir vu la victime. Ils se souvenaient aussi que vous étiez passé pour demander à voir les enregistrements des caméras de surveillance.

Cette fois, il ne put s'empêcher de tressaillir.

— Oui ?

— C'est la carte au nom de Ted Gamble qu'Evan a utilisée dans cet hôtel. Vous ne cherchiez pas Evan, mais Ted. Comment ça se fait ?

Il la dévisagea fixement.

— Vous le savez déjà. Pourquoi me posez-vous la question ?

— C'était du bon travail, ces papiers. On n'y a vu que du feu.

— Est-ce que je dois vous remercier pour le compliment, ou appeler mon avocat ?

— Me remercier, ça suffira.

Il plissa les yeux.

— Pourquoi faites-vous ça ?

— Vous pensiez bien faire, monsieur Maynard. Quand ma fille était en danger, vous avez aussi choisi de faire ce qui était juste. Parfois, moi aussi, quand j'ai besoin d'informations, je contourne un peu la loi.

— Vous contournez ?

— Oui. La suivre n'est pas toujours le meilleur moyen d'aider les gens. Je vous étonne ?

— Plutôt. Votre mari était procureur.

Elle battit des paupières.

— Vous vous êtes renseigné à mon sujet ?

— Il faut croire. Je ne regrette pas de vous avoir confié la photo d'Evan. C'est un peu grâce à ça que vous l'avez retrouvé.

— En effet. Mais si on l'avait eue plus tôt, un de nos hommes ne serait pas en ce moment en réanimation, pendant que sa femme berce leur bébé. Mais c'est du passé, n'est-ce pas ?

— Qu'est-ce que vous voulez ?

Elle sourit.

— Pour l'instant, rien. Mais j'aurai peut-être un jour besoin d'une information que je ne pourrai pas me procurer légalement.

— Et si moi, j'ai besoin d'une information ?

Elle pensa à Cordelia qui dormait dans son lit. Saine et sauve.

— Vous avez ma carte, monsieur Maynard. Mon numéro de portable y est mentionné. Bonne journée.

Jeudi 6 mai, 11 heures

— Salut !

J.D. apparut sur le seuil de la chambre d'hôpital de Lucy, avec un grand sac dans une main et un petit dans l'autre. Et un sourire sur le visage.

Lucy songea qu'elle n'aurait pas pu mieux entamer sa journée.

— Bonjour, dit-elle.

Il entra et se pencha sur elle pour lui embrasser le front.

— Tu as bien dormi ?

Elle plissa les yeux.

— C'est quoi ce petit bisou poli ?

— C'est parce que je suis là, fit la voix de Stevie.

Elle entra avec une grande tasse de café à la main.

— Les infirmières m'ont regardée de travers parce que je passais ça en contrebande, commenta-t-elle.

— Merci, dit Lucy. J'en avais besoin.

Stevie contempla les fleurs.

— Je croyais que tu avais exagéré, pour les fleurs, J.D., mais je vois que non. Tu lui as dit ?

— Je viens d'entrer, répondit-il en levant les yeux au ciel. Tu as une visite et je voulais t'y préparer, ajouta-t-il en se tournant vers Lucy.

Lucy écarta son café de ses lèvres.

— M'y préparer ? demanda-t-elle d'un ton inquiet. Pourquoi ?

— Bonne question, répondit Stevie.

Puis elle alla vers la porte et fit un signe de la main.

Une femme entra et Lucy arrêta à mi-chemin la tasse de café qu'elle portait à ses lèvres. Cette femme… Elle avait un peu vieilli, épaissi, mais elle était encore très belle.

— Sara Derringer ?

Sara avança vers le lit.

— Je ne pensais pas que tu me reconnaîtrais, Lucy.

— Je te reconnais, évidemment. Je suis surprise de te voir.

Sara baissa les yeux.

— Ces inspecteurs sont venus me trouver ce matin.

Lucy fronça les sourcils.

— Mais pourquoi ?

Elle tourna vers J.D. un regard interrogateur.

Sara poussa un gros soupir et plongea la main dans son sac, dont elle sortit une petite boîte qu'elle tendit à Lucy. Lucy la prit, mais elle la regardait, sans oser l'ouvrir.

— Ouvre-la, dit Sara.

Il ne manquait qu'une pièce de puzzle, mais maintenant qu'elle la tenait dans sa paume, Lucy avait peur.

— Je ne veux pas, dit-elle.

— Ouvre, murmura J.D. Il faut que tu ouvres. Et tu pourras enfin passer à autre chose.

Elle ouvrit, tout en secouant la tête. Comme elle s'y attendait, la boîte contenait un pendentif. Un diamant en forme de cœur.

— C'était toi qui l'avais, depuis tout ce temps ?

— Oui, répondit Sara. Buck est venu me voir, le soir de sa mort. Il s'était disputé avec tes parents, à propos d'Ileanna et de ce collier. Quand il est arrivé chez moi, il était soûl, il pleurait. Il m'a tout raconté. J'étais horrifiée.

— Qu'est-ce qu'il t'a dit ? demanda Lucy tout en continuant à fixer le collier.

— On savait tous les deux qu'il avait choisi Ileanna comme cavalière uniquement pour me rendre jalouse. Je l'avais trompé, c'est vrai, mais lui aussi me trompait. Il considérait que lui avait le droit, mais pas moi. Il n'avait pas supporté que je lui rende la monnaie de sa pièce, alors il m'avait quittée. Après le bal, il a annoncé à tous ses copains qu'il irait sous les gradins avec Ileanna, en les mettant au défi de les suivre pour regarder. Ce qu'il ne savait pas, c'était que l'ex d'Ileanna l'avait suivi aussi.

— Ricky Joyner. Celui qui a violé Ileanna.

— Oui. Buck l'a laissé faire. Il était sous le choc, il n'a pas su ou pas pu réagir parce qu'il avait peur. Lui, le joueur de football macho et sexy, il n'a pas été capable de défendre sa cavalière. Quand les autres sont arrivés, ça les a fait rigoler. Ils ont encouragé Ricky, en se moquant de Buck et en le traitant de lâche.

Lucy chercha le regard de Sara.

— Buck n'a pas dû apprécier.

— Non. Il n'avait pas apprécié. Il était brusquement descendu de son piédestal. Le roi du bal avait été détrôné, ajouta-t-elle d'un ton ironique et désolé à la fois. Quand Ricky s'est enfui et que les garçons ont vu qu'Ileanna était vraiment mal en point, ils ont pris peur. C'est Buck qui a eu l'idée de maquiller ça en vol.

— Il a volé le collier d'Ileanna et son sac, dans lequel il y avait le bracelet.

— Oui. Il s'est débarrassé du sac, mais il a gardé les bijoux.

— Mais pourquoi avoir gardé les bijoux ? murmura Lucy. Je n'arrive pas à comprendre.

— Au début, c'était pour les rendre à Ileanna. Mais ensuite, il a appris qu'elle était morte. Il a juré avoir raccompagné Ileanna chez elle, et comme il était le fils du shérif Trask, personne n'a osé mettre sa parole en doute. Puis, dans la nuit, il a eu peur que Ricky se mette à parler, ce qui les aurait tous envoyés en prison.

— Alors il l'a tué.

— Oui. Avec l'aide de Sonny Westcott.

Lucy ouvrit des yeux étonnés.

— Sonny Wescott a participé au meurtre de Ricky Joyner ?

— C'est ce que Buck m'a raconté, et je ne pense pas qu'il ait menti. Il avait peur de ne pas arriver à maîtriser Ricky tout seul, et c'est pour ça qu'il a demandé à Sonny de l'accompagner. Mais Ricky était tellement défoncé qu'il n'a pas riposté quand Sonny l'a frappé. Buck a mis le revolver dans la bouche de Ricky, il a placé ses mains dessus, il a appuyé sur la détente. Il s'est servi d'une arme non enregistrée que conservait ton père.

Lucy poussa un soupir tremblotant.

— Mon père possédait une arme non enregistrée ?

— D'après Buck, il en avait tout un arsenal.

— Tout un arsenal ? répéta Lucy.

Lucy se demanda combien de fois il avait utilisé des armes

pour mettre en scène ce qui l'arrangeait. Elle préférait ne pas le savoir.

— Oui. Il m'a raconté que Sonny s'était moqué de lui jusqu'à ce qu'il tire et qu'ensuite, il l'avait « bouclé ». Buck voulait sentir de nouveau qu'il était le chef. Mais ensuite, il n'a pas pu supporter ce qu'il avait fait. Il n'arrivait plus à dormir. Il ne cessait de vérifier que les bijoux étaient bien là, que personne ne les avait trouvés. Ta mère a fini par le surprendre en train de cacher une des boîtes sous son lit. Elle lui a demandé de quoi il s'agissait. Ils se sont disputés, il est venu se réfugier chez moi. Il m'a demandé de conserver le collier parce qu'il avait de la valeur et qu'il avait l'intention de le rendre aux Bryan.

— Et qu'est-ce que tu as dit ?

— J'étais horrifiée. Je lui ai dit que rendre le collier ne rachèterait rien. Que ça ne ferait pas revenir Ileanna ou Ricky. Il est parti en pleurant, sur sa moto, et il a eu son accident. Je me suis toujours demandé s'il s'était suicidé.

Buck était donc coupable du meurtre de Ricky. Mais il avait eu l'intention de rendre le collier. De s'amender. Ce qui ne signifiait rien, Sara avait raison. Rien n'aurait pu faire revenir Ileanna ou Ricky.

— Comment es-tu entrée en contact avec la police ?

— C'est nous qui avons pris contact, intervint J.D. J'ai vu une photo de Sara dans l'enveloppe que Higgins t'avait donnée. Elle assistait aux funérailles de Buck et j'ai remarqué qu'elle tenait quelque chose dans sa main.

— Je voulais glisser le collier dans son cercueil, dit Sara. J'avais dix-huit ans et ça me semblait romantique de l'enterrer avec l'objet qui l'avait tué. Sauf que le cercueil était fermé, parce que le corps était abîmé. Je n'y avais pas pensé. J'ai donc conservé le collier. Mais le secret était trop lourd à porter. J'en ai parlé à mes parents. Mon père voulait faire une déposition à la police d'Etat, mais il a commis l'erreur d'en informer ton père, par délicatesse.

Lucy ferma les yeux. Plus rien ne l'étonnait, à présent.

— Continue, dit-elle.

— La nuit suivante, notre maison a pris feu. Papa a réussi à éteindre l'incendie, mais nous avons eu peur. Il n'a plus songé qu'à protéger sa famille. Il a pris une photo du collier pour la montrer à ton père, en lui rappelant que l'objet portait les empreintes de Buck. Ils se sont arrangés. Notre silence contre la paix. Nous avons tout de même déménagé.

— A présent que mon père est mort, vous ne risquez plus rien.

— Oui. Je suis désolée, Lucy. Si j'avais su que tu étais en danger, j'aurais parlé plus tôt.

Lucy acquiesça.

— Je comprends, ne t'en fais pas. J'aurais peut-être réagi de la même manière, à ta place.

Elle tendit la boîte à Sara.

— Reprends ça. Je n'en veux pas.

Sara jeta un regard paniqué du côté de J.D.

— Je n'en veux pas non plus.

— Nous le prenons, coupa Stevie. Il servira de pièce à conviction. Pour information, Lucy, la pierre du pendentif n'est pas un diamant. Elle ne valait qu'une centaine de dollars à l'époque. Et encore moins maintenant.

— Toutes ces vies pour une centaine de dollars, murmura Lucy.

— Nous avons donné de l'argent aux Bryan, à l'époque, expliqua Sara. Parce que nous nous sentions coupables de conserver le pendentif. Mon père leur a envoyé un chèque, en prétendant qu'il voulait investir dans leur entreprise de pêche. Il avait prévu de les aider régulièrement, mais ils sont partis et nous n'avons plus jamais entendu parler d'eux.

Elle serra son sac contre elle.

— Prends soin de toi, Lucy.

Quand elle fut partie, Stevie soupira.

— Je vais au bureau. Tu me suis, J.D. ?

— Dans quelques minutes. On se retrouve là-bas.

Stevie sortit à son tour. J.D. glissa la boîte contenant le pendentif dans sa poche.

— Je crois que je vais me rendormir, gémit Lucy. Où est Sonny ?

— Ici. Dans cet hôpital. Daphne dit qu'on n'a rien pour l'inculper. Tous les gens concernés par cette affaire sont morts. Il faudrait qu'il décide de se confesser…

— Ça m'étonnerait beaucoup.

— Ça m'étonnerait aussi. De toute façon, ses blessures vont l'empêcher de poursuivre une carrière dans les forces de l'ordre. Il souffre également d'une hémorragie cérébrale et de sérieux dommages au niveau des nerfs de la colonne vertébrale. Evan a fait des dégâts, avec sa batte.

— S'il ne peut plus être shérif, c'est déjà ça. On peut s'en contenter.

Elle soupira.

— Il faut que je dorme, à présent.

Il lui caressa les lèvres du bout des doigts.

— Tu as envie d'entendre une bonne nouvelle ?

— Une bonne nouvelle ? C'est possible ? J'ai eu Gwyn au téléphone ce matin, elle cherche un appartement. Elle ne veut plus rester là où elle est. Parce que Royce y est entré. Enfin, Evan… Je la comprends… mais elle s'éloigne de moi. Ça me fait de la peine.

— Laisse-lui du temps. Ça va s'arranger. Et toi, tu vas retourner dans ton appartement ?

— Je ne sais pas. J'étais venue là pour les Pugh. Gwyn m'avait suivie. Mais à présent… Je crois que je me mettrai en quête de quelque chose dès qu'on m'aura ôté mon plâtre. C'est-à-dire dans plusieurs semaines. Mais avant ça, je vais devoir trouver un pied-à-terre en rez-de-chaussée. Bref, à part le fait que je suis en vie, pour les bonnes nouvelles, je ne vois pas.

— C'est moi qui ai une bonne nouvelle. J'ai trouvé un acheteur pour ma maison.

Elle battit des paupières.

— J'ignorais que tu étais propriétaire de ta maison.

— J'ai acheté cette maison à ma tante quand je me suis installé avec Maya. Ça faisait un an que j'essayais de la vendre.

— Et c'est fait ?

— J'ai signé ce matin avec l'acheteur. Il a voulu aussi la voiture de Maya. Le fait d'avoir éliminé un tueur en série a donné de la valeur à mes biens.

— Et où vas-tu habiter ?

Il eut un sourire timide et sa fossette se creusa.

— J'ai commencé à chercher cette nuit, sur internet.

Elle ne put s'empêcher de sourire. Sa joie était communicative.

— Et qu'est-ce que tu cherches ?

— Un appartement avec ascenseur.

Elle haussa les sourcils.

— Vraiment ?

— Oui. J'ai appelé Barb pour lui demander où se trouvait l'établissement que tu avais choisi pour M. Pugh.

Lucy en resta bouche bée.

— Je prends demain un jour de congé pour visiter un appartement qui se trouve à mi-chemin entre notre travail et l'établissement où se trouvera M. Pugh quand Barb se sera décidée.

Elle en eut le souffle coupé.

— Tu n'es pas obligé de faire ça pour moi.

— C'est pour moi que je le fais, rétorqua-t-il en souriant. Je veux être tout près, pour venir t'écouter quand tu joueras pour lui.

Elle lui prit la main.

— Tu sais, je ne me fais pas prier pour donner des concerts très privés.

— Ah oui ?

— Comme si tu ne le savais pas !

Il jeta un regard en coin du côté de son plâtre.

— Les talons aiguilles, il faut oublier pour un temps. Mais la petite robe ?

Elle rit.

— Je crois que c'est négociable.

Epilogue

Samedi 6 novembre, 22 h 30

— Elle est de retour.

J.D. leva les yeux vers Thorne, qui arborait une expression à la fois grave, heureuse et soulagée. Puis il s'intéressa de nouveau à ce qui se passait sur la scène où Lucy jouait avec le groupe, pour la première fois depuis ce jour de mai où tant de vies avaient basculé à jamais.

— Oui, dit-il. Elle est de retour. Elle est là.

Après six mois de convalescence, elle était là, sur scène, comme s'il ne s'était rien passé. Comme si elle n'avait pas frôlé la mort. Comme si elle n'avait pas vu son père exécuté sous ses yeux. Comme si elle n'avait pas appris des choses terribles à propos de sa famille.

Elle était là, vêtue de sa robe de cuir noir et de ses talons aiguilles, pleine d'ardeur et de flamme, de cette présence qui l'avait subjugué. Qui le subjuguait. Pour toujours.

— Elle joue toujours aussi bien, commenta Thorne avec des accents de fierté dans la voix. Pas une fausse note.

— Elle a répété, dit J.D.

Elle avait en effet répété tous les soirs. Même avec son plâtre. Mais il préférait sans. Parce que c'était tout de même mieux pour le sexe.

Ils avaient dû faire preuve d'imagination, pour s'accommoder de ce plâtre encombrant, mais ils avaient fêté ça le jour où on le lui avait enlevé.

Les fans qui l'applaudissaient ne se doutaient pas qu'elle avait supporté une rééducation pénible et douloureuse, pour être capable de tenir debout pendant de longues heures devant une table d'autopsie, ou pour recevoir pendant quelques courtes, mais éprouvantes minutes, une famille endeuillée qui venait identifier un proche.

Et personne ne mesurait à quel point ces identifications lui pesaient. Sauf lui. Lui, il savait, parce qu'il était près d'elle la nuit, quand la douleur devenait trop insupportable pour qu'elle continue à la refouler. Quand elle se tournait vers lui pour qu'il la prenne dans ses bras, le temps que le tourment se dissipe.

Et elle aussi l'aidait à surmonter ce qui était trop dur. L'affaire qui leur avait permis de se rencontrer — il remerciait tous les jours le ciel de l'avoir rencontrée — restait la plus atroce de ses six mois passés dans la section des homicides. Il s'installait dans la routine, la paperasse, les interrogatoires, qui se ressemblaient tous. Mais il y avait ces terribles jours où il fallait annoncer à une famille que le monde s'était écroulé. Ces jours-là, quand il rentrait, il avait besoin d'elle.

Elle le rendait heureux, elle le comblait. Il ne se souvenait pas d'avoir vraiment vécu avant ce moment où elle avait fait irruption dans sa vie, sur les lieux d'une scène de crime. D'ailleurs, ça n'avait pas d'importance, ce qu'il avait vécu avant elle, puisqu'elle était là, près de lui, pour toujours.

Elle leva les yeux et leurs regards se rencontrèrent par-dessus la foule qui emplissait le club. Elle lui adressa un sourire qui en disait long. Puis elle tourna la tête vers l'entrée de la salle, comme si quelque chose l'interpellait.

Il suivit son regard. Thorne aussi. C'était Gwyn. Elle était sortie du bureau et se tenait devant le rideau donnant sur l'extérieur, seule, avec un visage de marbre. Et des yeux d'une tristesse à fendre l'âme. Elle avait partagé le lit d'un monstre… et elle avait du mal à s'en remettre.

— Ça fait six mois que je ne l'ai pas vue sourire, commenta Thorne d'une voix basse et inquiète.

— Elle n'a pas vu le thérapeute que Stevie lui a recommandé ? demanda J.D.

— Je ne pense pas. Elle ne parle pas. Elle vient. Elle fait ce qu'il y a à faire. Mais elle ne veut plus monter sur scène. Elle ne sort pas non plus. Je lui ai acheté un nouveau fouet, mais ça ne l'intéresse pas. On dirait qu'elle n'est plus là.

— Elle est là, assura J.D.

Au cours des mois précédents, il avait appris à apprécier cet avocat « grand comme un arbre ». Thorne aimait Lucy et Gwyn comme l'aurait fait un frère, et c'était un solide point en sa faveur.

— Il faut lui laisser le temps de retrouver ses marques.

La musique s'acheva sur un crescendo, puis il n'y eut plus que les bravos et les sifflements de la foule — et les hurlements pour réclamer un autre morceau. Gwyn disparut silencieusement derrière le rideau. Sans un sourire. Sans un mot.

— Elle va rester enfermée dans le bureau toute la soirée, commenta tristement Thorne.

Et ensuite, elle rentrerait dans un appartement où elle avait fait installer trois verrous sur la porte et des verrous à chaque fenêtre. Elle conservait une arme dans son armoire. J.D. le savait parce que c'était lui qui avait installé les verrous, en espérant qu'elle reviendrait plus vite vers ceux qu'elle aimait si elle cessait d'avoir peur. Mais cela n'avait rien changé. Elle se murait dans sa forteresse et dans sa solitude.

— Lucy se fait beaucoup de souci pour elle, dit-il. Mais je ne vois pas ce que nous pourrions faire.

— Moi, je me fais du souci pour toutes les deux, avoua Thorne. Est-ce que Lucy a vu sa mère ?

— Oui, répondit J.D. Elle s'est déplacée pour la voir le jour où on lui a ôté son plâtre et où elle a pu marcher. Le kiné lui avait donné une canne. Elle a grimpé les marches du perron au moment où Sonny Wescott sortait de chez lui. C'était bizarre.

Le visage de Thorne se ferma.

— Je m'en doute.

— Sonny marche avec une canne. Evan lui a abîmé la colonne vertébrale. Bref, Sonny s'est arrêté pour la regarder. Elle l'a regardé aussi. S'ils en étaient venus aux mains, j'aurais misé sur elle.

Sonny Wescott n'avait pas avoué sa complicité dans le meurtre de Ricky Joyner, mais tout le monde savait, à présent. C'était déjà une consolation.

De plus, n'ayant plus de revenus, il avait dû retourner chez sa mère. Sa condition était pire que celle d'un prisonnier.

— Sans le moindre doute, ricana Thorne. Lucy contre Sonny… Moi aussi, j'aurais misé sur Lucy. Comment était-elle, après la rencontre avec sa mère ?

J.D. soupira.

— Je suis content qu'elle ait vu Sonny en entrant, plutôt qu'en sortant, parce qu'après quelques heures chez sa mère, elle était vidée. Je crois que je vais avoir du mal à communiquer avec cette femme, mais je ferai de mon mieux.

Kathy Trask s'était montrée successivement bouleversée et glaciale. Lucy avait raison, sa mère était très perturbée. Ils avaient eu une conversation mondaine et distante. Pénible.

— Mais Lucy veut établir des liens avec elle, poursuivit-il. Nous y sommes retournés hier, nous dînerons chez elle pour Thanksgiving.

Après la fête qui aurait lieu chez Stevie.

— Lucy a voulu s'arrêter sur la tombe de son père.

— Je suis content de ne pas avoir été là, fit posément remarquer Thorne. J'aurais eu du mal à ne pas cracher dessus.

— J'ai eu envie de cracher, moi aussi, avoua J.D. Et Lucy s'est retenue, probablement. Elle est restée un long moment à contempler cette pierre tombale hors de prix commandée par sa mère, puis elle s'est éloignée sans un mot. Je ne pense pas qu'elle y retournera de sitôt.

— La voilà, murmura Thorne.

Lucy s'était frayé un chemin jusqu'à eux et levait vers lui un visage désolé.

— Je voudrais aider Gwyn, Thorne. Mais elle ne se laisse pas approcher.

Elle soupira.

— Et ne me réponds pas qu'il lui faut du temps. Je le sais, qu'il lui faut du temps…

Thorne se pencha pour lui embrasser le front.

— Dans ce cas, je te dirai simplement que tu as très bien joué. Je suis content que tu sois de retour.

— Je suis contente de l'être.

Elle se tourna vers J.D.

— Tu lui as dit ?

— Non. Je pensais que tu préférerais le faire toi-même.

Thorne haussa ses épais sourcils noirs.

— De quoi s'agit-il ?

Lucy leva timidement la main, et le visage de Thorne s'éclaira d'un sourire. Puis il hocha la tête avec une expression théâtrale.

— Ce n'est pas une pierre, c'est un rocher, Luce. Mais je ne l'ai pas remarquée quand tu jouais. Tu la portais ?

Lucy rougit.

— Pour l'instant, je l'enlève pour jouer, j'ai peur qu'elle me gêne. Je n'ai pas encore l'habitude, tu comprends.

— Je comprends, approuva Thorne avec un petit sourire entendu. Et puis, tu pourrais aveugler ton public, si elle renvoyait les lumières des projecteurs. C'est pour quand, le grand jour ?

— Pour le deuxième samedi de mai, répondit Lucy. Retiens bien la date. Je voudrais l'annoncer à Gwyn. Tu crois que je peux ?

Thorne hésita.

— Oui, tu peux, soupira-t-il. Mais ne te vexe pas si elle ne manifeste pas l'enthousiasme que tu espères. Elle va redevenir elle-même, mais il lui faut du temps.

— Bon… J'ai besoin d'une demoiselle d'honneur, alors je me lance, j'y vais.

Elle se dirigea vers le bureau et frappa, tout en poussant la porte. Gwyn lui ayant déjà refusé l'entrée, ces jours-ci, elle ne voulait pas prendre le risque de se voir refoulée.

Gwyn leva les yeux en fronçant les sourcils. Son visage prit une expression neutre quand elle reconnut Lucy.

— C'était bien, Lucy, dit-elle posément. Nous n'avions pas eu autant de monde depuis des semaines. Les gens attendaient ton retour.

Lucy vint s'asseoir près d'elle, en contemplant rêveusement la paperasse étalée sur le bureau. Gwyn se réfugiait dans cette pièce depuis des mois. Depuis qu'elle avait pris conscience qu'elle avait été la victime d'un assassin manipulateur.

— Je suis allée sur la tombe de mon père, dit-elle.

Gwyn plissa les yeux.

— Pour cracher dessus, j'espère ?

— Oui.

Gwyn haussa les sourcils.

— Enfin, ça m'a traversé l'esprit, avoua Lucy. J'avais besoin d'y aller pour moi. Pour tirer un trait sur tout ça.

Gwyn avait remarqué la bague.

— Tu as une belle bague, dit-elle prudemment.

Lucy baissa les yeux vers sa main.

— J.D. m'a demandée en mariage. J'ai dit oui.

Elle chercha le regard de Gwyn.

— Je veux que tu sois ma demoiselle d'honneur. Et que tu chantes à mon mariage.

Gwyn laissa échapper un soupir silencieux.

— Je serais ravie d'être ta demoiselle d'honneur. Mais pour chanter, il faudra que tu trouves quelqu'un d'autre.

Lucy allait protester, mais elle ne lui en laissa pas le temps.

— Trouve quelqu'un d'autre, répéta-t-elle avec force. Je ne peux pas. Pas maintenant. Je t'en prie, n'insiste pas.

Lucy acquiesça. Elle était déçue, mais elle comprenait.

— Tu m'en veux ? demanda-t-elle.

Les yeux de Gwyn se remplirent de larmes.

— Non, murmura-t-elle. Je me réjouis pour toi. Il faut que tu me croies.

— Je te crois.

Gwyn lui prit la main.

— C'est du travail, d'organiser un mariage. Laisse-moi m'en charger. Tu auras le plus beau mariage de l'histoire de l'humanité. On fera la réception ici, au club, bien entendu.

Elle repoussa les livres de comptes et entreprit de dresser la liste des tâches. Puis, soudain, son stylo se figea et elle se raidit.

— Arrête de me regarder comme ça. Je vais bien.

Un coin de sa bouche s'étira en une parodie de ce qui avait été son sourire.

— Je vais aller bien, corrigea-t-elle. Tu verras. Pour le moment, je dois me concentrer sur ce qui va devenir un sacré beau jour.

Elle lui montra la porte d'un vague geste de la main.

— Laisse-moi travailler. Tu me déconcentres.

Lucy sortit sans un mot. J.D. l'attendait derrière la porte. Elle n'en fut pas surprise.

— Comment ça s'est passé ? demanda-t-il.

Elle haussa les épaules.

— Mieux que je ne pensais.

Il se pencha pour l'embrasser. Tendrement et passionnément à la fois.

— Tu te sens mieux ?

— Oui, beaucoup mieux.

Comme toujours, sa présence l'apaisait. Elle se hissa sur la pointe des pieds pour l'embrasser de nouveau.

— Je t'aime, gémit-elle tout contre sa bouche.

Elle le désirait dès qu'il l'approchait. Cela la surprenait encore.

— Moi aussi, je t'aime.

Ses grandes mains lui caressèrent le dos et s'arrêtèrent sur ses fesses.

— Je pense à la première fois que je t'ai vue dans ce club.

Elle se sentit soudain brûlante. Elle n'avait plus eu froid depuis six mois.

— Si tu penses ce que je pense que tu penses, tu devrais

arrêter d'y penser. On est en novembre. Il fait trop froid pour des bêtises dans une impasse.

Il sourit et sa fossette se creusa.

— Vivement le printemps, murmura-t-il en se penchant sur elle.

Remerciements

A Marc Conterato, pour tout ce qui concerne le domaine médical. Et aussi pour le reste.

A Danny Agan, pour avoir répondu à mes questions sur les forces de l'ordre.

A Frank Ahearn, pour ses précieuses connaissances sur les traqueurs et la manière de faire disparaître quelqu'un.

A Laura Cifelli, Vicki Mellor et Robin Hue, pour leur soutien indéfectible.

A Kay Conterato, Terry Bolyard, Sonie Lasker, et Chery Wilson — parce que je les aime.

Et comme toujours, si ce livre comporte des erreurs, j'en suis la seule responsable.

CHEZ MOSAÏC

Par ordre alphabétique d'auteur

LAURA CALDWELL	*La coupable parfaite*
LAURA CALDWELL	*Le piège des apparences*
PAMELA CALLOW	*Indéfendable*
PAMELA CALLOW	*Tatouée*
ANDREA ELLISON	*L'automne meurtrier*
LORI FOSTER	*La peur à fleur de peau*
LORI FOSTER	*Le passé dans la peau*
HEATHER GUDENKAUF	*L'écho des silences*
KRISTAN HIGGINS	*L'Amour et tout ce qui va avec*
KRISTAN HIGGINS	*Tout sauf le grand Amour*
KRISTAN HIGGINS	*Trop beau pour être vrai*
LISA JACKSON	*Le couvent des ombres*
LISA JACKSON	*Ce que cachent les murs*
LISA JACKSON	*Passé à vif*
ANDREA KANE	*La petite fille qui disparut deux fois*
ALEX KAVA	*Effroi*
BRENDA NOVAK	*Kidnappée*
BRENDA NOVAK	*Tu seras à moi*
TIFFANY REISZ	*Sans limites*
EMILIE RICHARDS	*Le parfum du thé glacé*
EMILIE RICHARDS	*Le bleu de l'été*
NORA ROBERTS	*La fierté des O'Hurley*
NORA ROBERTS	*La saga des O'Hurley*
NORA ROBERTS	*Par une nuit d'hiver*
NORA ROBERTS	*Retour au Maryland*
NORA ROBERTS	*Possession*
ROSEMARY ROGERS	*Une passion russe*
ROSEMARY ROGERS	*La belle du Mississippi*
ROSEMARY ROGERS	*Retour dans le Mississippi*
KAREN ROSE	*Elles étaient jeunes et belles*
KAREN ROSE	*Tout près du tueur*
ERICA SPINDLER	*Les anges de verre*
SUSAN WIGGS	*Là où la vie nous emporte*

Composé et édité par les

éditions HARLEQUIN

Achevé d'imprimer en Allemagne
par GGP Media GmbH, Pößneck
en mai 2013

Dépôt légal en juin 2013